PATRICIA KOELLE

Das Glück in den Wäldern

Ein Sehnsuchtswald-Roman

FISCHER Taschenbuch

Originalausgabe
Erschienen bei FISCHER Taschenbuch
Frankfurt am Main, April 2023

© 2023 S. Fischer Verlag GmbH,
Hedderichstr. 114, D-60596 Frankfurt am Main

© Patricia Koelle 2023. Dieses Werk wurde vermittelt
durch die Literarische Agentur Michael Gaeb

Redaktion: Susanne Kiesow

Satz: Fotosatz Amann, Memmingen
Druck und Bindung: CPI books GmbH, Leck
Printed in Germany
ISBN 978-3-596-70723-2

Für alle, die beim Gang durch einen Wald
schon einmal ein unvermutetes Glücksgefühl gespürt haben
oder denen dieses noch begegnen wird.

Und für die eigenwilligen Bäume im Gespensterwald von Nienhagen,
die auf der Steilküste schutzlos allen Schwierigkeiten trotzen,
unbeirrt dem Himmel zustreben und in dem salzigen Wind tanzen.

Franzi

Darß/Ostsee

März 2019

1

Alles war so voller Licht! Der weiche Dunst über den Wiesen und dem Bodden, die ersten zarten Blätter in den Birken am Waldrand – die Welt war nach der letzten verregneten grauen Zeit von einem Tag auf den anderen wie verzaubert. Immer mehr Krokusse öffneten sich unter dem Sanddornbusch, an dem bunte Tassen leise im Wind schaukelten. Versonnen stupste Franzi einen hellgrünen Henkelbecher mit Vergissmeinnichtmuster an, um ihn noch mehr in Bewegung zu bringen.

Frühlingsfarben! Sie hatte sich so danach gesehnt, und nun wurden sie um sie herum wieder Wirklichkeit. Der Wind hatte endlich gedreht. Statt des kalten, scharfen Nordwinds der letzten Wochen kam er nun aus dem Süden. Sanft und lau strich er um die Hausecken und trug vom Meer her durch den Wald einen Duft nach Wärme, Neuanfang und Blüten bis in den Garten. Und jetzt hatte sie sogar ein kleines Wunder entdeckt! Franzi hatte schon eine ganze Weile vor dem Baum mit den baumelnden Tassen gestanden und sie zufrieden betrachtet, bevor ihr aufgefallen war, dass ganz oben in einer davon eine Blaumeise begonnen hatte, ein Nest zu bauen. An diese Möglichkeit hatte sie nie gedacht.

»Guten Morgen! Dieser erstaunliche Anblick sieht so einladend aus. Könnte ich eventuell …«

Franzi fuhr zusammen, dann unterbrach sie den Fremden

hastig, indem sie eine Hand hob und den Zeigefinger der anderen auf ihren Mund legte. Eindringlich zeigte sie nach oben. Sie wollte auf keinen Fall, dass das winzige, scheue Wesen gestört wurde.

Sie hatte den Mann nicht kommen sehen, so versunken war sie in ihre plötzliche Frühlingshochstimmung gewesen. Er musste ein Feriengast sein, sie hatte ihn hier noch nie bemerkt. Nun blickte er leicht amüsiert und betreten erst auf sie, dann nach oben. Die Verlegenheit wich einem Lächeln, er legte ebenfalls einen Finger auf die Lippen und nickte. Franzi winkte ihn um die Hausecke herum.

»Guten Tag! Entschuldigung. Ich wollte nur nicht, dass wir die Meise verjagen. Was wollten Sie sagen? Möchten Sie frühstücken?«

»Ja, das war mein spontaner Einfall. Hella Fuchs hat mir neulich Ihr Café empfohlen, ich soll Sie von ihr grüßen. Haben Sie denn schon geöffnet?«

»Ja, selbstverständlich. Sie kennen Hella?«, fragte Franzi interessiert. Die alte Dame wohnte nicht weit weg und war ihr ans Herz gewachsen. Hella hatte ihr schon oft einen guten Rat geben können, denn sie war hier auf dem Darß aufgewachsen, anders als Franzi, die noch nicht lange auf der Halbinsel Fuß gefasst hatte.

»Ich habe bei ihr die frei gewordene Stelle als Pfleger angetreten«, erklärte er. »Sie wissen sicher, dass mein Vorgänger nach Kanada gegangen ist.«

»Ach, wie schön, dass Hella jemanden gefunden hat. Wo waren Sie denn vorher tätig? Haben Sie sich schon eingelebt?«

Hoffentlich war er nett zu Hella und ihrem Partner Quentin und behutsam im Umgang mit ihnen.

Sie schätzte ihn auf ein paar Jahre älter als sie selbst, etwas über vierzig vielleicht. Er hatte erstaunlich grüne Augen. Und die blickten wieder amüsiert.

»Entschuldigen Sie meine Neugier«, fügte sie hastig hinzu. »Aber ich mag Hella sehr, und sie ist doch recht gebrechlich geworden.« Sie streckte ihm die Hand hin. »Ich bin Franzi. Mein Lebensgefährte Matteo und ich führen gemeinsam das Café.«

Sein Händedruck war fest und warm. »Lian. Ja, danke. Ich habe früher schon einmal am Meer gelebt. Damals war es die Nordsee. Jetzt, dachte ich, ist mal die Ostsee dran.«

»Ich verstehe. Ich habe auch schon an vielen Orten gearbeitet, das bringt die Gastronomie ja so mit sich. Jetzt hoffe ich, endlich zu bleiben. Setzen Sie sich doch! Was ist Ihnen lieber, drinnen oder draußen? Es ist noch kühl, aber …«

»… draußen ist es am schönsten«, beendete er den Satz für sie und nahm an einem der rustikalen Holztische Platz. »Unbedingt! Die Atmosphäre Ihres Gartens ist unwiderstehlich. Warum haben Sie denn das Café gerade hier eröffnet?«

Franzi schob ihm die Speisekarte hin. »Der Wald hier gefällt uns«, sagte sie. »Ich bin in einem Wald aufgewachsen. Und von diesem hier hatte ich einmal Gutes gehört. Ist beides lange her.«

Sie zupfte ein paar welke Primeln ab, während er las.

»Ich hätte gern ein Käsebrötchen und ein Schinken-Rührei-Brötchen«, entschied er. »Und einen Kaffee, bitte.«

Franzi verschwand hinter dem Tresen und machte sich daran, die Brötchen zu belegen. Dabei fingen ihre Gedanken an zu wandern. Die Entdeckung, dass die Blaumeise ein Nest baute, und das ausgerechnet in einer Tasse, hatte ihr den Tag gerettet. Es war ihr heute Morgen ausgesprochen schwergefallen, aus den Federn zu kommen. Das war für sie so ungewöhnlich, dass sie darüber ein wenig erschrocken war. Als sie jedoch begriffen hatte, was der Vogel da oben anstellte, war sie auf einmal überschwänglich glücklich gewesen. Der Tassenbaum hatte sich auf jeden Fall als eine gute Idee erwiesen.

Als Matteo und sie das Haus gepachtet hatten, war auf dem völlig verwilderten Grundstück überwältigend viel zu tun gewesen. Sie waren auch jetzt längst noch nicht fertig, aber es sah schon deutlich gemütlicher aus.

Franzi hatte es damals nicht übers Herz gebracht, den abgestorbenen Busch, der so knorrig gewachsen war, einfach abzusägen. Stattdessen hatte sie daran nach und nach verschiedene Tassen, die im Alltagsbetrieb angeschlagen worden waren oder einen Sprung hatten, an farbigen Bändern aufgehängt. Sie waren ihre ganz persönliche Flagge, die sie hisste. Auch Beschädigtes ist etwas wert, zeigte sie damit, und sie meinte nicht nur die Tassen. Die bunten Akzente vor dem blauen Himmel füllten die kleinen leeren Stellen ihrer Vergangenheit mit Fröhlichkeit aus. Außerdem wirkte es wie ein Werbeschild für das Café, das jetzt *Franzis Hafen* hieß.

Matteo hatte voller Überzeugung mitgemacht, aber es war zuerst ihr Traum gewesen.

Die Tassen am Baum fingen zuverlässig die Aufmerksamkeit der vorübergehenden Feriengäste ein und auch die mancher Einheimischer. Die Menschen blieben stehen, entdeckten dabei die bequemen, aus Europaletten und dicken Kissen gebauten Sitze neben blühenden Büschen. Sie kamen herein, um zu frühstücken oder einen Imbiss zu genießen, dazu gern ein freundliches Gespräch. Nach einer Weile hatten die Stammgäste begonnen, ihre eigenen angeschlagenen Tassen mitzubringen und aufzuhängen. Schließlich gesellten sich sogar Teekannen hinzu.

Seit Franzi neuerdings dabei war, im Café das alte Geschirr zu ersetzen, waren wieder mehr von ihren eigenen Sachen in den Baum gekommen. An jedem Stück hingen Erinnerungen, darum waren sie zu schade zum Wegwerfen. Aber auf das neue Geschirr war sie stolz. Es bedeutete, dass sie mit dem Betrieb vorankamen. Diese Teller und Tassen, für die sie von den Kunden Komplimente bekam, hatte ihre Freundin Nele eigenhändig getöpfert. Sie trugen ein Muster aus Baumsilhouetten, das ausdrucksvoll und lebendig wirkte und perfekt zur Einrichtung und zur Landschaft passte. Nele stand mit ihrer Töpferei noch am Anfang und probierte vieles aus, daher konnte sie Franzi die nicht perfekt gewordenen Stücke zu einem sehr günstigen Freundschaftspreis überlassen.

Franzi mochte gerade dies, dass auch hier jede Tasse, jeder Teller einen eigenen Charakter besaß, da ein wenig schief war, dort einen Fleck hatte. Unvollkommen wie die Menschen, denen sie Frühstück servierte. Vor allem wie sie selbst.

Die Tasse, in der jetzt die Meise brütete, hatte sie im ersten Betrieb während ihrer Ausbildung aus dem Papierkorb gerettet. Sie war damals schon angeschlagen gewesen, aber sie hatte Franzi, die zu jener Zeit die unerfahrene Küchenhilfe gewesen war, durch viele anstrengende Jahre begleitet. Jetzt führten Matteo und sie ein eigenes Lokal. Manchmal konnte sie es immer noch nicht fassen. Neuerdings boten sie sogar einige kleine Mahlzeiten an.

Als sie kurz darauf mit der Bestellung an Lians Tisch trat, sah sie, dass ihr Gast sehr gründlich zu sein schien, denn er studierte immer noch die Rückseite der Karte, auf der einige Worte über das Café und darunter das Impressum standen. Wenn er seine Pflegetätigkeit ebenso sorgfältig ausübte, war Hella in guten Händen.

»Franzi T. Michelly und Matteo Martens«, las er. »Wofür steht das ›T‹? Oh, das sieht aber lecker aus. Vielen Dank!«

»Für Terra«, beantwortete sie seine Frage verblüfft, weil sie ihr noch nie zuvor jemand gestellt hatte. Das »T« war ihr wichtig, ihr persönlicher Glücksbringer, aber sie hatte nicht gedacht, dass es jemandem auffallen würde.

»Terra? Erde? Wie ungewöhnlich. Wie kam es denn dazu?«

»Meine große Schwester heißt Luna, also Mond«, erklärte Franzi. »Mein Vater sagte, Mond und Erde halten sich gegenseitig im Gleichgewicht, das würde er sich für uns auch wünschen. Aber meine Mutter wollte, dass ich einen ganz normalen Namen bekomme, weil sie ihm schon bei Luna nachgegeben hatte. Daher Franzi. Franziska. Haben Sie auch Geschwister?«

»Nein.« Er legte die Karte beiseite und goss Milch in seinen Kaffee. »Und? Hat es funktioniert? Das mit dem Gleichgewicht, meine ich?«

Franzi sah zu Boden. »Nein. Nicht lange. Ich habe keinen Kontakt mehr zu meiner Schwester«, sagte sie leise. »Schon eine Ewigkeit nicht.«

Es war ein so herrlicher Morgen gewesen. Und dann kam ein Fremder daher und traf mit ein paar lässigen Worten zielgenau ihren wunden Punkt. Die Sonne strahlte immer noch, aber auf einmal schien das warme Licht kühl, wie gelbe Tinte.

Franzi hatte immer gehofft, das »T« würde sie erden, dafür sorgen, dass sie nicht aus dem Gleichgewicht kam. Aber so für sich allein funktionierte das leider nur sehr unzuverlässig.

Er blickte betreten. »Tut mir leid! Meine verflixte Neugier. Ich finde Menschen einfach interessant. Berufskrankheit. Ich vergesse dabei manchmal, dass es aufdringlich wirken kann.«

»Alles in Ordnung. Guten Appetit.« Franzi klemmte hastig das Tablett unter den Arm und wollte hineingehen, doch die Erde, ihre Namenspatin, schien ihr auf einmal entgegenzukommen, und dann war da plötzlich gar kein Licht mehr.

Als es zurückkehrte, war es der sanfte Schein einer der gemütlichen Lampen im Gastraum. Mühsam stellte sie fest, dass sie auf einer der Bänke lag, ein Kissen unter dem Kopf und die Füße hochgelegt. Ihr Blick fiel auf das Schiff aus Holzbalken mit Segeln aus Pappe, das sie mit Hilfe von Freunden vor einiger Zeit als Dekoration an der Wand angebracht hatten. Es schien in wilder Fahrt zu sein, denn alles schwankte, bevor das Zimmer schließlich zur Ruhe kam. Eine ruhige, warme Hand fühlte Franzis Puls, und ein fragender Blick aus grünen Augen traf ihren. »Na, wieder da?«

Sie wollte sich aufsetzen, aber Lian schüttelte den Kopf.

»Bleib noch einen Moment liegen. Hör auf den Fachmann. Ich bin Pfleger, schon vergessen? Du hast mir Frühstück gemacht, dafür habe ich dich aufgesammelt. Kein Problem.« Er lächelte angenehm gelassen.

Franzi versuchte, ihre Gedanken zu sortieren. »Bin ich etwa umgekippt? Einfach so?«

»Stimmt genau. Wo ist eigentlich dein … Matteo, richtig?«

»Im Althäger Hafen, Räucherfisch kaufen. Er kommt bestimmt gleich zurück.« Sie war dankbar, dass Lian sie nun duzte, das machte die Situation zumindest etwas weniger peinlich. Nun setzte sie sich doch auf. Vorsichtig. Zum Glück blieben Fußboden und Zimmerdecke, wo sie waren. Nur seltsam flau war ihr im Magen. Lian musterte sie mit Kennerblick und drückte ihr ein halbes trockenes Brötchen in die Hand. »Iss, das hilft.«

Sie kaute langsam und stellte fest, dass er recht hatte.

»Hör mal«, sagte er, »ich weiß, normalerweise ginge mich das nichts an, aber als medizinische Fachkraft eben doch. Bist du schwanger?«

Franzi lachte und schüttelte den Kopf. »Aber nein. Sicher habe ich zu wenig getrunken. So viel Sonne ist ja noch ungewohnt.« Doch dann wurde ihr etwas klar. Sie starrte Lian verblüfft an und begann, fieberhaft zu rechnen. Sie hatte die Pille genommen. Natürlich nahm sie die. Sie war mit Matteo erst drei Jahre zusammen, in der Zeit hatten sie dreimal den Ort gewechselt und im letzten Jahr das Café aufgebaut. Da war das Thema Kind nicht einmal ansatzweise aufgetaucht. Zwar war ihr irgendwo in ihren ferneren Gehirnwindungen bewusst, dass sie mit siebenunddreißig nicht mehr lange damit warten konnte. Doch sie hatte es sehr gern dabei belassen. Denn sie wusste nicht, was sie in dieser Hinsicht wollte. Und ob sie sich dafür eignete. Nach allem, was gewesen war.

Aber sie hatte dermaßen viel zu tun gehabt in letzter Zeit. Das Café frühlingstauglich machen, dann der Garten, der Papierkram, neue Rezepte ausprobieren. Hatte sie da womöglich mal geschludert? Und überhaupt, hundertprozentige Sicherheit gab es ja nie …

»Du bist dir nicht sicher«, stellte Lian fest.

»Bist du immer so direkt?«, erkundigte sie sich irritiert.

»Das bringt mein Beruf mit sich. Alles andere nützt da nichts.« Doch er klang verständnisvoll. »Klarheit ist immer am besten. Finde es heraus.«

»Was soll sie herausfinden?« Matteo stand in der Tür, eine große Kiste mit Räucherfisch in den Händen. Es zog, denn er hatte die Vordertür offengelassen, und der intensive Geruch stieg Franzi direkt in die Nase. Hastig schlug sie die Hand vor den Mund und flüchtete ins Bad.

»Was ist denn hier los?«, hörte sie Matteo fragen, bevor sie die Tür zuschlug.

Eine Weile später fühlte sie sich so blass, wie es der Spiegel behauptete. War sie das wirklich? Konnte sich innerhalb eines Augenblicks so viel verändern?

Der erschrockene Ernst in ihrem Ausdruck passte überhaupt nicht zu ihrem Wuschelkopf. Sie hatte sich immer blonde Locken gewünscht, wie Luna sie hatte. Stattdessen waren ihre Haare glatt, durchschnittsbraun und ewig widerspenstig. Franzi trug sie in einem schulterlangen fransigen Bob und hatte sich angewöhnt, sie wenigstens mit ein paar mit Holzperlen verzierten Schnüren aufzupeppen. Sie war eben nicht Luna.

Sie kämmte sich, spritzte sich kaltes Wasser ins Gesicht, bis sie sich wieder halbwegs menschlich fühlte, und holte tief Luft.

Was hatte Lian gesagt? Klarheit ist immer am besten. Alles andere nützt nichts.

Entschlossen ging sie zurück in den Gastraum. Draußen trank Lian seinen Kaffee. Drinnen wischte Matteo die Kiste aus. Der Fisch war wohl schon im Kühlschrank verstaut. Ihrem

Unwohlsein von vorhin zum Trotz verspürte Franzi plötzlich Appetit darauf.

Matteo kam ihr entgegen und nahm sie in den Arm. »Was ist mit dir? Dieser Lian hat gesagt, dir ist schwindlig geworden.«

»Ja. Er ist jetzt der Pfleger bei Hella. Er hat mich gleich wieder fit bekommen, keine Sorge.«

»Gut, dass er da war, aber was war denn bloß los? Du hast bestimmt zu viel gearbeitet, ich wusste es doch! Hier, setz dich.« Er schob sie auf einen Stuhl. »Möchtest du Wasser? Oder besser einen Tee?«

Lian war also diskret. Nett. Aber schade eigentlich. Nun musste sie es Matteo selbst sagen, dabei hatte sie die Möglichkeit noch kaum begriffen.

Und doch war Franzi sich auf einmal sicher, dass Lian recht hatte. Daher die seltsame Euphorie heute Morgen. Von wegen Frühling!

Bald würden sie selbst so etwas wie ein Nest bauen müssen. Wie die Blaumeise in der Tasse. Hysterisches Gelächter stieg in ihr auf.

»Franzi?« Matteo betrachtete sie ratlos und besorgt.

Sie nahm sich zusammen, stand auf und streckte die Hand nach seiner aus. »Es geht mir gut. Ich mache mir gleich einen Kräutertee. Lass uns erst mal an die frische Luft gehen.« Sie zog ihn in den Vorgarten, wo sie allein waren mit den Narzissen und den fröhlichen rosa und blauen Hyazinthen. »Schön, oder?«, fragte sie. »Denk mal an letztes Jahr, da war das hier noch eine Baustelle.«

»Eine Sandgrube voller verwelkter Brennnesseln und Dornengestrüpp. Ja.« Zufrieden sah er sich um, dann küsste er sie.

»Ich hoffe, dieses Jahr wird es schon leichter. Vor allem für dich. Wir müssen besser auf dich aufpassen!«

»Das ist es nicht.« Sie lehnte sich einen Moment an ihn, dann sah sie zu ihm auf. »Matteo, es … es kann sein, dass ich schwanger bin.«

2

»Und? Und? Sieht man schon was?«, fragte Matteo zum dritten Mal in einer Minute. Sie saßen am Tisch im Gastraum und starrten auf den Schwangerschaftstest. Franzi musste trotz ihrer eigenen Aufregung lachen.

»Da steht *fünf Minuten warten*, Matteo. Du hast es mir selbst vorgelesen!« Aber sie war glücklich über die freudige Ungeduld in seinen Augen. Er hatte nicht einen Moment Zweifel daran gelassen, wie er fühlte.

Sie selbst war sich nicht ganz so sicher. Das wurde ihr bewusst, als sie feststellte, dass sie mit der linken Hand einen der Balken des Bootes an der Wand umklammerte. Dieses Boot war für sie längst eine Art Symbol dafür geworden, dass in ihrem Leben alles gut lief. Solange es da so stolz sein Segel in den Wind hielt und aufrecht fuhr, würde sie alles im Griff haben. Und Holz zu berühren hatte sie schon immer beruhigt.

»Da!«

Franzi hatte gar nicht bemerkt, dass sie die Augen geschlossen hatte, aber bei Matteos Ausruf schrak sie auf.

Zwei Striche.

Matteo tanzte förmlich durch den Rest des Tages. Am Baum kam eine weitere Tasse hinzu, weil sie ihm vor lauter Schwung vom Tablett geflogen war. Zum Glück eine von den alten.

»Scherben bringen Glück«, sagte er fröhlich. »Aber das haben wir ja schon!«

Franzi band die angeschlagene Tasse mit einem frühlingsgrünen Band an einen Zweig und versuchte, ihre Gefühle zu verstehen.

»Du freust dich doch auch, oder?«, hatte Matteo ängstlich gefragt und sie prüfend angesehen. »Wir schaffen das! Ich bin doch da.«

»Natürlich freue ich mich!« Franzi hatte ihn fest umarmt. Das war die Wahrheit. Vor ein paar Tagen hatte sie zwar noch nicht einmal an eine Schwangerschaft gedacht, aber es war gut, dass ihr die Entscheidung nun abgenommen worden war. Sie hätte die Kinderfrage sonst verdrängt, bis es zu spät gewesen wäre. Nun sprudelte die Freude in ihr, als hätte man einen Korken gezogen. Nur eben auch die Zweifel. »Und wie ich mich freue! Ich habe bloß Angst, dass es ... dass unsere Familie später mal ... dass alles so ein Chaos wird wie ...«

»Wie bei deiner Familie?«, beendete er den Satz für sie. »Ach, Franzi. Wir haben eine eigene, neue. Das ist doch nicht unsere Geschichte!«

»Nicht unsere. *Meine.* Vielleicht färbt das irgendwie ab. Vielleicht weiß ich nicht, wie es richtig geht.«

»Wer weiß das schon? Das weiß man nie. Man kann es doch immer nur so gut wie möglich machen, nach bestem Wissen und Gewissen.« Er legte ihr die Hände auf die Schultern und sah sie eindringlich an. »Wir beide haben schon so viel erreicht. Wir sind das perfekte Team. Das wird wundervoll, du wirst sehen.«

»Okay.« Sie lächelte ihn an. Ja, mit ihm würde sie alles schaffen! Seit sie beide in Wismar in dem Lokal *Kormorans Rast* zusammengearbeitet und sich beim Servieren von Heringsbröt-chen und Fischsoljanka verliebt hatten, hatte sie sich nie mehr mit irgendetwas allein gefühlt.

Außer mit der ständigen vagen, beunruhigenden Angst, dass sich jederzeit wieder von einem Augenblick auf den anderen alles ändern konnte und abgesehen von Matteos Liebe nichts sicher war.

Jetzt stupste sie die frisch angebundene Tasse an, um zu sehen, ob das Band hielt.

Dabei fiel ihr Lian ein, und dann Hella.

Hella! Sie würde Hellas mütterlichen Rat einholen. Ihre eigene Mutter würde in dieser Angelegenheit keine Hilfe sein. Was Franzi Hella genau fragen wollte, wusste sie noch nicht. Nur, dass ihr jemand helfen musste, das Durcheinander in ihr zu ordnen.

»Matteo hat recht. Wir bekommen das hin«, sagte sie leise und legte eine Hand auf ihren flachen Bach. Würde das Kind Matteos dunkle Locken haben, die er von seiner italienischen Mutter geerbt hatte? Oder Franzis Augen, deren Farbe ihr Vater als »Dämmerungsblau« bezeichnet hatte – das wusste sie noch genau – und die Matteo »Blaue-Stunde-Augen« nannte? Er behauptete, sie würde damit mehr sehen als andere. Franzi wünschte, das wäre so und sie könnte die Zukunft erkennen. Wahr war aber nur, dass sie die blaue Stunde liebte, zwischen Tag und Nacht, wenn die Luft zugleich glasklar und geheimnis-voll war, das Land erwartungsvoll still und der Himmel so weich.

Am liebsten wäre sie sofort zu Hella gefahren, doch die würde jetzt noch ihren Mittagsschlaf halten. Heute war es ruhig im Lokal, selbst die alten Herren, die täglich am Stammtisch in der Ecke Skat spielten, waren schon fort. Matteo werkelte in der Küche herum. Sogar das Klappern der Töpfe klang fröhlicher als sonst. Um ihre Nerven zu beruhigen, begann Franzi etwas, das sie schon lange im Sinn hatte. Sie setzte sich an einen der Tische und fing an, die schlichten, auf sandfarbene Pappe montierten Speisekarten am Rand zu verzieren. Die Deko sollte zu dem neuen Geschirr und zu der Wandgestaltung passen, daher klebte sie aus zarten Zweigen zusammengesetzte Bäume auf die unteren Ecken. Kleine Kieselsteine stellten Blätter dar, und einzelne winzige Vögel aus Erlenzapfen saßen in den Wipfeln. Bei der Arbeit wurde es ruhiger in ihr. Zwischendurch blickte ihr Matteo über die Schulter.

»Wunderschön. Das passt perfekt!«, sagte er und küsste sie auf den Scheitel.

Franzi war selbst überrascht, wie hübsch das aussah. Sie machte ein Bild und schickte es an Nele.

Super Idee, da ist mir gleich noch ein Einfall für Dessertschüsseln gekommen!, schrieb Nele zurück.

Und doch war Franzi beunruhigt. Die Bastelarbeit mit den Zweigen löste etwas in ihr aus, sie kam nur nicht gleich darauf, was es war. Diese Bäume sahen anders aus als die auf Neles Tassen. Sie wirkten seltsam vertraut. Sie erinnerten in ihrer Form an …

»Franzi? Kannst du mal bitte ans Telefon gehen?«, rief Matteo aus der Küche. »Hier brennt mir sonst was an.«

Sie hatte das Klingeln gar nicht gehört. Hastig sprang sie auf, nahm den Hörer ab und trug die Reservierung ein, die der Kunde am anderen Ende wünschte, dann half sie Matteo mit den Pfannen. Als sie danach an den Tisch zurückkehrte und auf ihr Werk heruntersah, erkannte sie, welche Bäume sie da unbewusst nachgestaltet hatte.

Es waren die Buchen im Gespensterwald.

Dreißig Jahre waren vergangen, seit sie zum letzten Mal dort gewesen war. Seit sie an jenem warmen Frühsommertag darunter gestanden und hilflos zu den hohen, mächtigen Wesen aufgesehen hatte. Sie hatte nicht begreifen können, was es bedeutete, dass ihre Schwester und ihr Vater nicht zurückkehren würden und ihre kleine Welt auseinanderbrach. Sonst rauschten die Bäume im Wind, aber an diesem Tag waren auch sie still, als fiele ihnen nichts dazu ein, als würde der Wald selbst den Atem anhalten. Weit unten hatten sogar die Wellen aufgehört, an der Steilküste zu lecken. Es war wie eine Lähmung, die alles erfasste.

Jetzt stand es ihr wieder so deutlich vor Augen, als wären die Jahrzehnte dazwischen nie gewesen. Bei dem bloßen Gedanken daran wurde Franzi wieder leicht übel. Sie legte die Speisekarten zum Trocknen auf den Tresen und schob ihr Werkzeug hastig in eine Schachtel.

In der Küche packte sie einige Kuchenstücke in einen Karton.

»Wenn du mich gerade nicht brauchst, bringe ich Hella und Quentin was zum Kaffee. Sie freuen sich immer so, und ich brauche mal frische Luft«, sagte sie zu Matteo.

Er nahm sie kurz in den Arm. »Natürlich, mach das. Es tut dir bestimmt gut. Grüß sie beide von mir.«

Quentin war Hellas Lebensgefährte. Sie hatten sich erst kennengelernt, als sie über siebzig waren. Franzi war jedes Mal gerührt, wenn sie die beiden zusammen erlebte.

Während sie das Auto die einzige Straße entlang in Richtung des alten Forsthauses lenkte, dachte sie darüber nach. Sie wünschte sich inständig, dass es zwischen ihr und Matteo auch einmal so sein würde, wenn sie alt waren. Ein so wortloses Verständnis, solche unkomplizierte Rücksichtnahme und eine gemeinsame, große Freude an den alltäglichen Dingen.

Hella war vor langer Zeit Försterin an verschiedenen Orten gewesen, und selbst nach ihrer Berentung hatte sie sich noch naturpädagogisch im Nationalpark eingesetzt. Sie hatte Führungen veranstaltet und sich als Botschafterin der Bäume verstanden, aber niemals moralisierend oder aufdringlich. Sie liebte den Wald, und das zeigte sie den Menschen und teilte mit ihnen ihr unerschöpfliches Wissen darüber.

Wenn jemand einen Rat für Franzi hatte, dann war das Hella.

Sie hätte keine Bedenken haben müssen, zu früh zu kommen. Die alten Leute saßen Hand in Hand auf der Bank vor dem Haus in der Märzsonne, als Franzi ausstieg.

»Wie gemütlich. Und ich hatte befürchtet, ich störe beim Mittagsschlaf«, sagte sie.

»Mittagsschlaf? Schlafen können wir, wenn wir tot sind.« Hella lächelte zu ihr auf. »Vom Frühling darf man nichts versäumen, er sorgt dafür, dass der Saft steigt. Auch in den Menschen.«

»Hella!« Quentin fing an zu lachen.

»Was denn? Ist das da Kuchen in dem Karton, Franzi? Mein Appetit kommt im Frühling nämlich auch zurück.«

»Matteos bester.« Franzi lupfte den Deckel.

»Der duftet herrlich«, meinte Quentin, der nur noch wenig sehen konnte. Seine anderen Sinne waren dafür umso schärfer.

»Bring den doch in die Küche zu Lian«, bat Hella. »Er kann uns allen Kaffee auf die Terrasse bringen. Wir gehen inzwischen langsam ums Haus nach hinten.«

»Braucht ihr Hilfe?«

Hella winkte ab. »Heute nicht. Es ist ein guter Tag. Es dauert nur ein wenig.«

»Ach, da freuen sich die beiden aber wie ein Itsch. Hallo, Franzi.« Auch Lian schnupperte anerkennend. »Aprikosenkuchen! Lecker. Na, wie geht es dir?«

»Ausgezeichnet.« Franzi stellte Geschirr auf ein Tablett, während Lian die Kaffeemaschine befüllte. »Was ist ein Itsch?«

Lian lachte. »Den kann sich jeder vorstellen, wie er mag. Den Ausdruck habe ich von Freunden gelernt. Der Itsch ist auf jeden Fall ein glückliches, lebensvolles Wesen.« Er warf ihr einen scharfen Blick zu. »Kein Schwindel mehr?«

»Nein, Herr Doktor.«

»Haha. Keine Spur von Doktor, aber wenn du mal Hilfe oder einen Rat brauchst, sag trotzdem Bescheid.«

»Danke, Lian!« Seine Fürsorge berührte sie. Er war ein wirklich netter Kerl. Auch Matteo war von ihm angetan gewesen. Er hatte sich sogar mit Lian zum Paddeln verabredet. »Der kennt ja hier noch niemanden. Und man kann sich richtig gut mit ihm unterhalten«, hatte er gesagt.

»Weißt du, ob er Familie hat?« Irgendwie passte es nicht zu Lian, dass er ganz allein hier war.

Matteo hatte mit den Schultern gezuckt. »Hat er nicht erwähnt.«

Draußen fiel das schräge Nachmittagslicht durch die Baumkronen und ließ die jungen Blätter aufleuchten. »Ich kann mich nie daran sattsehen«, bemerkte Hella mit einem glücklichen Lächeln.

Quentin blinzelte. »Selbst ich kann das Hellgrün erkennen.«

»Welchem Umstand verdanken wir deinen netten Besuch, Franzi?«, erkundigte sich Hella, nachdem sie den Kuchen gekostet und anerkennend genickt hatte.

»Komme ich denn nur, wenn ich etwas von dir will?« Franzi war zerknirscht.

Hella lächelte. »Nein. Nur sieht man dir immer an, wie es dir geht. Auf deiner Stirn steht geschrieben, dass dich etwas bedrückt.«

»Soll ich hineingehen?«, fragte Lian.

Franzi überlegte kurz. »Nein, du weißt es ja sowieso schon. Hella, Quentin – ich bin schwanger.«

»Na, das ist aber schön. Herzlichen Glückwunsch! Ich sag's ja, der Frühling.« Hella sah sie forschend an. »Oder ist es nicht schön?«

»Doch. Sehr. Wir freuen uns riesig.« Franzi fasste nach den Holzperlen in ihrem Haar, wie immer, wenn sie nervös war. Als sie es bemerkte, nahm sie rasch die Kuchengabel in die Hand. »Ich weiß nur nicht, ob ... ob ich ...«

»Hmm. Das ist mehr als nur die normale Nervosität vor dem ersten Kind«, stellte Hella fest. »Was bekümmert dich, Liebes?«

»Kann dir deine Schwester nicht vielleicht helfen?«, fragte Lian, als Franzi noch immer nach Worten suchte. »Ich könnte mir vorstellen, dass eine Schwester dafür genau die richtige Person ist ...« Dann fasste er sich an die Stirn. »Entschuldige, ich vergaß. Du sagtest ja, ihr hattet schon lange keinen Kontakt mehr.«

»Du hast eine Schwester?« Hella war überrascht. Franzi

nickte stumm. »Was fühlst du, wenn du die Perlen in deinem Haar berührst?«, forschte Hella weiter, als sonst nichts kam.

Fummelte sie tatsächlich schon wieder daran herum? Franzi ließ die Hand sinken.

»Du musst dich nicht dafür schämen. Es hat etwas zu bedeuten«, erklärte Hella. »Was bedeutet es dir?«

»Es beruhigt mich, wenn ich Holz berühre.«

»Kein Wunder«, sagte Hella. »Mir haben Bäume auch immer Kraft gegeben. Sie können jedem etwas geben. Das ist ihre Natur. Es macht ihr Wesen aus.«

»Bäume sind Wesen?«, fragte Lian.

»Natürlich sind sie das, warum denn nicht? Sie atmen. Sie halten Widrigkeiten stand. Sie brauchen Wasser und Licht und Nahrung. Sie wispern, stöhnen, rauschen, singen, sie senden sich mit Hilfe von Duftstoffen Botschaften. Sie unterstützen sich gegenseitig oder konkurrieren miteinander. Sie verkümmern oder gedeihen. Sie können krank werden. Sie pflanzen sich fort. Sie sind ungemein lebendig, sie rennen nur nicht hektisch herum wie die Menschen«, erklärte Hella belustigt.

»So habe ich das noch nie gesehen«, meinte Lian erstaunt und warf der Kiefer am Rande des Grundstücks einen Blick zu, als würde sich diese gleich zu ihnen an den Kaffeetisch setzen.

Franzi aber war plötzlich den Tränen nahe. Quentin, der neben ihr saß, hörte sie schniefen und reichte ihr still ein Taschentuch.

»Weine ruhig«, sagte Hella. »Das heißt, dass wir der Sache näher kommen. Was ist dir an Holz wichtig? Wann hat das begonnen, dass es dich beruhigt?«

Franzi putzte sich die Nase und versuchte, sich zu erinnern. »Das war … das war schon immer so. Nein, wartet!« Sie schloss die Augen. Da war etwas, ein Gegenstand, fast konnte sie ihn sehen. Als ob sich ein Nebel hob, wurde er deutlicher. Es war etwas Großes, Eckiges. Es hing über ihr, bedrohlich, nein, beschützend! Es hatte über ihrem Kinderbett gehangen. Es hatte sie angesehen.

»Kala!« Franzi setzte sich gerade. »Der Baumgeist!«, erklärte sie ihrem fragend dreinschauenden Publikum und trank einen Schluck Kaffee. »Mein Vater hatte ihn aus einem großen Stück Rinde gemacht. Der Geist hatte Augen aus Astlöchern, in die er Kieselsteine gesteckt hatte. In dem natürlichen Muster der Rinde war ein Gesicht zu erkennen, ganz deutlich. Mein Vater hatte das Stück im Wald gefunden, es noch ein wenig herausgearbeitet und in einem Rahmen befestigt. Er hängte das Bild über mein Bett und sagte, das wäre ein Baumgeist. Er würde mich beschützen, und ich könnte ihm immer alle meine Sorgen anvertrauen, falls ich sie sonst niemandem verraten wollte. Denn der Baumgeist würde sie niemals weitererzählen. Meine Schwester hatte auch einen. Meiner hieß Kala, ihrer Keni.« Franzi lächelte, als die Erinnerung deutlicher wurde. »Ich fragte meinen Vater, ob man dafür nicht eher einen Schutzengel bräuchte, so wie es in einem meiner Bilderbücher stand. Er antwortete, dass ein Baumgeist beständiger wäre, weil ein Baum tief in der Erde wurzelt, aber zum Licht hinwächst, so dass er immer eine Brücke zwischen Himmel und Erde ist. ›In ihm ist Weisheit, Schönheit und die Kraft von beiden‹, sagte er. ›Ein Engel ist auf der Erde nicht zu Hause. Wir und die Bäume aber schon.‹«

»Und hat das funktioniert?«, fragte Lian.

Franzi nickte. »Ich habe lange daran geglaubt. Es war ein so beruhigendes Gefühl, wenn Kala mich ansah. Ich konnte ihm tatsächlich alles erzählen. Und er wirkte ständig anders, je nachdem, wie das Licht auf ihn fiel. Mit den Schatten wechselte sein Ausdruck. Ich war überzeugt, dass er mich verstand. Und dass er lebendig war und mir immer wohlgesonnen. Er besaß für mich eine geheimnisvolle Macht, die viel zum Guten wenden konnte.«

»Wenn ich diese Idee gehabt hätte, hätte ich sie an die Eltern in meinen Kursen weitergegeben«, sagte Hella. »Jetzt wissen wir, warum dich Holz beruhigt. Das ist eine schöne Geschichte und ein wunderbares Werkzeug für Krisensituationen, das dir dein Vater da mitgegeben hat. Die wirkliche Frage ist jetzt: Was beunruhigt dich an deiner Schwangerschaft dermaßen, dass du den Trost von Holz brauchst? Denk dran, der Teil eines Baumes, den wir sehen, ist nur der über der Erde. Das unsichtbare Wurzelwerk darunter ist genauso breit wie seine Krone. Was ist es, das du bei dir selbst nicht siehst?«

Franzi dachte nach. Ihr fiel die Traurigkeit ein, die sie in der letzten Nacht gespürt hatte, als sie voller Unruhe aufgewacht und barfuß zum Fenster getappt war. Über dem Wald war gerade der Mond aufgegangen, groß und silberhell. Da hatte sie wieder an Luna denken müssen. Luna, von der sie nicht einmal wusste, wie sie jetzt aussah.

»Ich habe Angst!«, gestand sie. »Sogar doppelt. Angst, dass ich meinem Kind nicht eine genauso schöne Kindheit geben kann, wie ich sie anfangs hatte. Und Angst, dass alles schiefgeht, so wie später bei uns.«

»Ich weiß, wie das ist, wenn Dinge aus der Vergangenheit an einem kleben. Sie können einen ausbremsen wie eine Fessel«, sagte Lian. »Nur, man kann trotzdem alles machen. Es ist eben bloß ein bisschen schwerer. Aber mit der Zeit wird es leichter. Wenn man es aus Angst nicht macht, versäumt man alles. Eine Binsenweisheit, aber wahr.«

»Binsenweisheiten sind meistens gut brauchbar«, sagte Hella mit einem Lächeln. »Binsen sind nämlich sehr haltbare Pflanzen. Nicht umsonst flicht man Körbe daraus, in denen man schwere Dinge tragen kann. Franzi, wenn du dir jetzt in diesem Moment etwas wünschen könntest – nichts Großes, irgendetwas Kleines, aber Wichtiges und vor allem Machbares –, was wäre das?«

Franzi dachte nach. Etwas Machbares. Seltsamerweise half ihr gerade dieses schlichte Wort, sich schlagartig besser zu fühlen.

»Ich möchte das Rindenbild wiederhaben. Kala. Den Baumgeist«, sagte sie. »Ich will ihn über das Bett unseres Kindes hängen. Unbedingt!«

»Das ist doch ein Plan«, sagte Hella.

3

Nachdem sie das Kaffeegeschirr abgeräumt hatten, begann Lian auf Hellas Bitte hin, im Vorgarten die letzten trockenen Blätter aus dem vergangenen Herbst zusammenzuharken, die der Frühlingswind herbeigewirbelt hatte. Franzi erbot sich, ihm zu helfen. »Musst du nicht nach Hause?«, fragte er.

»Nein, Matteo sagt, heute ist kaum Betrieb. Ich brauche Bewegung! Das hilft mir gerade sehr gegen die innere Unruhe. In letzter Zeit habe ich viel zu viel drinnen gearbeitet. Eigentlich bin ich ein Draußenmensch.«

Er reichte ihr einen Sack. »Gut, dann füll da bitte die Blätter ein. Das Zeug leeren wir dann auf den Kompost. Oder möchtest du lieber das Harken übernehmen?«

»Nein, schon gut. Solange ich mich noch bücken kann, muss ich das ja ausnutzen.«

»Was ist denn eigentlich aus deinem Baumgeistbild geworden?«, erkundigte sich Lian nach einer Weile. »Du sagtest, du willst es wiederhaben. Wer hat es denn? Oder bin ich schon wieder zu neugierig?«

»Meine Schwester ist acht Jahre älter als ich. Als sie ging, hat sie es mitgenommen.«

»Ohne dich zu fragen? Oder war es ein Abschiedsgeschenk?«

»Sie hat nicht gefragt. Ich glaube, ich hätte ihr alles geschenkt, nur das Bild nicht.«

»Das muss dich ganz schön verletzt haben. Du hast sie bestimmt vermisst, und dann war auch noch dein beschützender Geist weg, dem du deine Sorgen anvertrauen konntest. Wem hast du sie denn dann erzählt?«

Franzi stampfte mit dem Fuß in den Sack, um die Blätter zusammenzupressen und Platz zu schaffen. »Bist du jetzt auch noch Psychologe?«

»Entschuldige. Ich dachte, es hilft dir vielleicht, darüber zu reden. Ich wollte dir nicht zu nahe treten.«

»Ich muss erst mal eine Weile nachdenken. Dabei kann mir niemand helfen. Lass uns den schönen Frühlingsabend genießen. Die Luft tut mir gerade so gut. Riechst du das? Feuchte, warme Erde voller Leben, Rinde, Moos und Veilchen.«

»Ja, Aufbruchsstimmung.« Er lehnte sich auf die Harke und sah sich befriedigt um. »Das ist ansteckend. Macht lebendig.«

»Was ist eigentlich mit dir?« Schließlich war er nicht der Einzige, der neugierig sein konnte. Franzi beschloss, den Spieß umzudrehen. »Hast du Familie? Wirst du gar nicht vermisst, nachdem du an dieses kleine Ende der Welt gekommen bist?«

»Ich denke nicht.« Er hatte sich abgewandt und harkte wieder, sie konnte sein Gesicht nicht sehen. »Nein, ich habe keine Familie. Zurzeit auch keine Beziehung.«

Er klang so überraschend melancholisch, dass er ihr leidtat. Sie hätte ihm gegönnt, dass er so glücklich war wie sie mit Matteo. Für sie war es immer noch ein Wunder, dass sie sich gefunden hatten. Aber das hatte auch gedauert. »Und wem erzählst *du* deine Sorgen?«, fragte sie.

»Vielleicht suche ich mir einen Baum.« Er klang grummelig.

»Eine sehr gute Idee«, sagte Hella hinter ihm. »Auf Bäume kann man sich immer verlassen. Franzi, ich habe ein Geschenk für dich.« Sie reichte Franzi ein Armband. »Das sind Perlen aus

Birkenholz. So was habe ich früher gemacht, als ich noch geschickter war. Die Birke steht für Liebe, Leben und Glück. Es soll dich und dein Kind beschützen. Zumindest hast du dann immer Holz in deiner Nähe, das dich beruhigt.«

Hellas Lächeln und ihr Geschenk erfüllten Franzi mit Wärme. Sie streifte das Armband über und umarmte Hella spontan. »Danke, wie lieb von dir!«

Die alte Frau blickte sich anerkennend um. »Ist ja erstaunlich, was ihr schon geschafft habt. Ich gehe wieder hinein. Vielen Dank, ihr zwei!« Bevor sie sich umwandte, legte sie einen Augenblick tröstend die Hand auf Lians Schulter.

Franzi sah ihr nach. »Sie ist klasse, oder? So möchte ich auch mal werden, wenn ich alt bin.«

Lian nickte. »Hier bei diesen beiden zu sein, ist ein Glücksfall für mich. Ich habe schon so viele Menschen gepflegt, aber Hella und Quentin gehören eindeutig zu denen, die mich am meisten beeindruckt haben. Gelernt habe ich von allen etwas.« Er zwinkerte ihr zu. »Ich liebe meinen Beruf, weißt du. Ich bin weder einsam noch unglücklich. Und meine Sorgen erzähle ich einer sehr alten Freundin.«

»Einer von jenen alten Menschen, die dich so beeindruckt haben?«

Er lachte auf. »Nein, sie ist sogar etwas jünger als ich. Ich meinte eine andere Sorte alt. Wir kennen uns schon sehr lange. Sie heißt Jessie. Ich bin ihr damals auf Amrum begegnet. Sie lebt aber meistens in Kalifornien.«

»Und ihr seid nie zusammengekommen?«

»Nein, sie war damals schon verlobt. Leider. So, sind wir jetzt quitt, was das Ausfragen angeht?«

»In Ordnung.« Sie erwiderte sein lausbübisches Grinsen.

»Ich weiß zwar nicht, ob ich einen verlorenen Baumgeist ersetzen kann, aber wir könnten immerhin auch Freunde werden«, bot er an. »Matteo, du und ich. Falls ihr mal einen gebrauchen könnt.«

»Kann man das nicht immer? Du ja vielleicht auch.«

»Gut möglich. Gib mir den Sack, ich bringe ihn weg.«

»Ja, danke, ich muss auch los.« Franzi klopfte sich die Hände ab. Das Armband wirkte hell in der einsetzenden Dämmerung. Sie fühlte sich besser als seit Tagen. »Bis dann, Lian.«

In jener Nacht schlief sie gut, nur der Mond geisterte wieder durch ihre Träume. Er wirkte ungewöhnlich unfreundlich, fand sie. Das war noch nie so gewesen. Doch als sie aufwachte, schien die Sonne, und sie entdeckte, dass sich vor dem Fenster die ersten Blüten der Zierkirsche öffneten. Beglückt lief sie hinunter und verlangsamte das Tempo, als ihr etwas schwummrig wurde. Matteo war schon in der Küche beschäftigt.

»Ich wollte dich ausschlafen lassen«, sagte er und reichte ihr eine Tasse Tee. »Da steht ein Käsebrötchen für dich, mit Obst dazu, wie du es magst.« Er sah sie besorgt an. »Geht es dir wieder schlechter?«

»N... nein.« Aber sie setzte sich vorsichtshalber hin. »Soll ich heute den Fisch holen?«

»Wenn du Lust hast, ja, das wäre prima. Falls du im Hafen Jakob siehst, sagst du ihm, dass die Paletten gekommen sind? Er hatte angeboten zu helfen.«

»Klar, mach ich.« Sie mochte Jakob, der immer hilfsbereit und ein begnadeter Handwerker war, egal, worum es ging. Er hatte beim Renovieren des Cafés mitgeholfen. Jakob besaß ein altes Zeesboot, mit dem er Touren auf dem Bodden veranstaltete. Er lebte schon ewig auf dem Darß. »Das ist der anständigste Mensch, den ich kenne«, hatte Hella von ihm gesagt, und auch Nele schwärmte von Jakob, der ihr manchen guten Rat gegeben hatte, als sie noch auf dem Darß gewesen war. Man musste ihn einfach gernhaben.

Franzi vereinbarte einen Termin bei ihrer Frauenärztin, dann fuhr sie in den Hafen. Nachdem sie den Fisch eingeladen hatte, suchte sie Jakobs Boot auf. Der warme Honigton des alten Holzes im Morgensonnenlicht begeisterte sie immer wieder. Jakob stand auf dem Deck und hantierte mit einem Tau.

»Hallo, Jakob! Alles gut bei dir?«

»Oh, Franzi! Lange nicht gesehen. Danke, und bei euch?«

»Auch. Matteo lässt ausrichten, die Paletten sind gekommen.«

»Aus denen wir mehr Möbel für euren Garten machen wollen? Das passt mir gerade gut. Wenn du zehn Minuten Zeit hast, könntest du mich gleich mitnehmen. Mein Auto ist noch in der Werkstatt. Ich muss das hier nur noch kurz fertig machen und mein Werkzeug zusammenpacken, dann kann es losgehen.«

»Na klar, gerne.«

Er wandte sich wieder dem Tau zu, doch dann hielt er inne. »Ist wirklich alles in Ordnung, Franzi? Du siehst so nachdenklich aus.«

Verflixt. Hella hatte wohl recht. Man sah ihr einfach alles an.

»Ja, aber nachdenken schadet doch nichts, oder? Ich finde, hier ist ein guter Ort dafür.«

»Das stimmt.« Er lächelte sie an und konzentrierte sich wieder auf seine Arbeit.

Der liebe Jakob. Er war nicht so neugierig wie Lian. Aber er war auch wesentlich älter und lebenserfahrener. Seine bloße Gegenwart war wohltuend, so viel gutmütige Ruhe und Zuversicht strahlte er aus.

Während er noch beschäftigt war, wanderte Franzi nach vorne bis ans Ende des Steges, setzte sich und ließ die Füße baumeln. In der Ferne bewegten sich Segel über den silberblauen Bodden wie Schmetterlinge. Die Blautöne von Wasser und Himmel waren so hell und kühl wie der Frühlingstag. Voller Versprechen, dass immer mehr Farben und Wärme im Kommen begriffen waren. Und was noch?, fragte sich Franzi.

Sie vergaß die Zeit, während sie den Kormoranen zusah, die auf den Pfählen ihr Gefieder trockneten, indem sie die Flügel ausbreiteten und sich der Sonne zuwandten. Irgendwann fiel ein Schatten auf sie.

»Ich wäre so weit.« Jakob setzte sich mit einem leisen Ächzen neben Franzi. »Aber wegen mir besteht keine Eile. Hier kann man sich nie sattsehen. Wie läuft es mit dem Nachdenken?«

»Ich weiß nicht. Woran erkennt man, ob man in die richtige Richtung denkt?«

Jakob sah einem Boot nach, das gemächlich aus dem Hafen tuckerte und um den Schilfgürtel herum verschwand.

»Genau hier hat früher oft ein alter Kapitän gesessen, der sich Flömer nannte. Er war fast immer da, als sei er Teil der Landschaft geworden. Hinter seinem Ohr steckte meist ein Stück Kreide. Damit schrieb er hin und wieder ein Wort auf den Steg, über das er nachdenken wollte. Er lebt nicht mehr, aber die Tradition ist geblieben. Es kommt immer wieder vor, dass heute noch jemand vorbeikommt und das tut.« Er hielt Franzi die Handfläche hin. Darin lag ein Stück Kreide. »Magst du? Vielleicht hilft es dir auch.«

Sie sah zweifelnd darauf, dann nahm sie es. Jakob stand etwas mühsam auf. »Ich bringe schon mal nach und nach mein Zeug zum Auto. Lass dir Zeit.«

Franzi fand, sie hatte für heute eigentlich schon genug nachgedacht. Aber sie stellte sich den alten Kapitän vor, wie er hier saß und über Worte nachdachte, nachdem er sein Leben lang zur See gefahren war und so viel gesehen, gehört und erlebt hatte. Dann die Menschen, die hier zu Besuch waren, von der Tradition hörten und das Wort auf den Steg schrieben, das sie in diesem Augenblick am meisten beschäftigte. Wie eine Stecknadel, die man in eine Landkarte sticht, an einem wichtigen Ort, an dem man gewesen ist. Wie ein Blick in einen Spiegel, der einem mehr zu zeigen hatte als nur ein Bild.

Sie nahm die Kreide, die warm war von der Sonne, und schrieb große Buchstaben auf das verwitterte Holz. Auf jede der Bohlen einen.

AUFRÄUMEN

Ja. Nach diesem Wort hatte sie gesucht. Sie musste ihre Vergangenheit aufräumen, bevor es ihr möglich wurde, der Zukunft zu vertrauen. Man konnte zwar, was geschehen war, nicht bügeln, sorgfältig zusammenlegen und stapelweise in einen Schrank legen wie einen Haufen T-Shirts. Aber so weit Ordnung hineinbringen, dass es ihr gelingen konnte, das meiste zu verstehen – das war sicher machbar. MACHBAR, dieses Wort von Hella hatte ihr geholfen. Sie schrieb es noch dahinter.

Franzi wollte nicht mehr traurig sein, wenn sie den Mond sah. Schon gar nicht wollte sie traurig sein, wenn sie ihren Gästen die Speisekarten brachte, die jetzt mit Abbildern der Buchen im Gespensterwald verziert waren.

»Danke, Jakob!«, sagte sie, als sie ihn am Auto traf und ihm die Kreide zurückgab. »Das war eine gute Idee.«

»Freut mich.« Er klopfte ihr kurz auf die Schulter, dann stieg er ein.

Franzi öffnete die Fahrertür. Es war Zeit, Ordnung in ihr Leben zu bringen. Die so lange gewohnte Situation war ihr unerträglich geworden. Die Meise hatte auch nicht das letztjährige Nest in der Hecke benutzt. Manchmal bauten Meisen ein neues Nest auf das alte oder aber an eine ganz neue Stelle, so wie jetzt. Wenn sie selbst ein Kind bekam, dann brauchte sie dafür auch eine neue, frische Grundlage. Sie musste mit Matteo reden. Und vorher mit Lian. Er hatte ihr seine Freundschaft angeboten. Sicher würde er sich wundern, wie schnell sie die in Anspruch nehmen würde.

Luna

Vehlefanz/Brandenburg

4

»Ich bin aber nicht an diesen ersten grauen Haaren schuld, oder?« Dennis zog verspielt an einer ihrer langen Locken.

Luna hatte ihn nicht kommen hören, so vertieft war sie in das Sortieren der Marmeladengläser gewesen. Beim Darüberbeugen war ihr das Gummi aus dem Zopf gerutscht. Als sie ihn wieder hatte flechten wollen, war ihr aufgefallen, dass in dem Blond einige silberne Strähnen hinzugekommen waren. In dem schrägen Sonnenlicht, das durch das Fenster fiel, leuchteten sie ebenso auf wie die umherfliegenden Staubkörnchen, die man hier auf dem Hof nirgends ganz wegbekam. Das Silber verlieh ihrem dunklen Naturblond einen interessanten Akzent, fand sie. Und mit fünfundvierzig hatte sie sich das verdient. Oder?

»Bestimmt nicht«, erklärte sie gelassen. »Das ist Biologie. Man produziert nach und nach weniger Melanin. Völlig normal.« Albernes Geplänkel lag ihr nicht. Noch nie. Anfangs hatte sie es versucht. Doch nach drei Jahren ihrer lockeren Affäre hätte Dennis es eigentlich wissen müssen. Sie verstellte sich schon lange nicht mehr ihm zuliebe. Es funktionierte einfach nicht.

»Mela… was?«

»Farbpigmente. Egal. Hast du die Kartons schon entsorgt?«

»Aber sicher, Gnädigste. Hast du noch eine andere Verwendung für mich?« Unbeirrt legte er von hinten die Arme um sie und pustete ihr in den Nacken.

»Gerade nicht, aber danke.« Sie würde ihm bald erklären müssen, dass sie das alles nicht mehr wollte. Nicht so. Nicht mit ihm. Eigentlich überhaupt nicht. Es würde Dennis wenig ausmachen. Er nahm nichts schwer und nichts ernst, und er hatte jede Menge Alternativen.

Ihr ging es einfach besser allein. Das war oft gut, manchmal auch nicht.

»Na schön.« Fröhlich pfeifend verschwand er nach draußen. Wider Willen musste sie lächeln. Er war so angenehm unkompliziert. Leider auch unzuverlässig, aber immer gut gelaunt. Es war nicht seine Schuld, dass sie nie wirklich zusammengepasst hatten. Luna kam nach ihrem Vater. Dafür konnte Dennis nichts, aber sie mochte sich auch nicht mehr ständig dafür entschuldigen. Je älter sie wurde, desto besser verstand sie ihren Erzeuger, der nie Vater hatte genannt werden wollen. .

Aber er war ein guter Vater gewesen, jedenfalls für sie. Zum Glück hatte sie ihm das vor seinem Tod noch gesagt – auch wenn die Kommunikation zwischen ihnen oft fast unmöglich schien. Eben weil sie ihm so ähnlich war.

Sie schob die Marmeladengläser zurecht und freute sich darüber, wie das tief stehende Sonnenlicht die Farben zur Geltung brachte und mit einem geheimnisvollen Zauber erfüllte. Pfirsich, Brombeere, Holunder, Birne, Erdbeere. Es war eine befriedigende Ernte gewesen im letzten Jahr. Luna konnte den Duft durch die geschlossenen Gläser förmlich riechen, hatte den Geschmack auf der Zunge. Sie sortierte nicht nach Früchten, stattdessen ordnete sie die Farben in Mustern an. Das wirkte viel reizvoller, fand sie, und schließlich trugen sie ja Etiketten. Seit man ihr die Verantwortung für den Hofladen übertragen hatte, ging so etwas endlich. Nach über zwanzig Jahren war damit kaum noch zu rechnen gewesen. Als ungelernte Hilfskraft hatte sie einmal hier angefangen. Damals hatte man über ihre Einfälle nur gönnerhaft gelächelt, und ihr fehlte lange Zeit das Selbstbewusstsein, sich durchzusetzen. Lange Diskussionen lagen ihr ohnehin nicht. Ihre Zeit verwendete sie lieber auf andere Dinge.

Nun aber hatte sie doch noch ihre Chance bekommen und setzte viele ihrer Einfälle um. Manche Ideen alterten nicht. Kürzlich hatte sie verzierte Äste vorn an die nüchtern glatten Kanten der Regale montiert. Das gab dem Laden gleich eine ganz andere Atmosphäre. Den Kunden gefiel es, sie hatten Luna sogar darauf angesprochen, ob sie so etwas auch verkaufte. Dafür hatte sie kaum Zeit, aber sie notierte es in ihrem Gedächtnis. Man konnte nie wissen, wann das einmal nützlich sein konnte. Es waren alles leicht krumm gewachsene Äste. Die dunkle Rinde hatte sie nicht entfernt, sondern mit dem Taschenmesser helle Muster hineingeschnitzt. Es war eine entspannende Arbeit, die sie in ihrer Freizeit verrichtete, wenn sie draußen irgendwo in dieser vielfältigen Landschaft war. Auf einem Baumstamm oder einer Brücke sitzen, den Vögeln zusehen und dabei schnitzen, das war ihr eine liebe Beschäftigung geworden. Dann wurde in ihr alles ruhig, und sie war für kurze Zeit vollkommen im Reinen mit sich.

Bis auf die eine, große Sache, von der sie nicht wusste, wie sie sie in Ordnung bringen sollte. Immer wieder schob sie es hinaus. Immer wieder hatte sie einen Brief begonnen und dann im Feuer verbrannt. Das war nichts, was man mal eben so mit einer E-Mail erledigen konnte.

Momentan säumte morgens noch Eis die Seen und Tümpel, trug das erwachende Gras noch glitzernde Säume aus Raureif.

Kein passendes Vorzeichen. Vielleicht, wenn es richtig warm wurde und alles wieder grün war, sanft und versöhnlich. Im Sommer. Ja, diesen Sommer würde sie es endlich tun, nahm sich Luna vor.

Bis dahin würde es jedoch noch einige Zeit dauern. Der März ging gerade erst seinem Ende zu. Bei Tag lag die Sonne bereits warm auf Lunas Rücken, wenn sie die Tiere fütterte und den Weg zum Hof fegte, und wie eine zärtliche Berührung auf ihrem Gesicht, wenn sie innehielt. Schneeglöckchen und Krokusse welkten bereits, dafür öffneten sich Narzissen und Primeln. Ebenso die leuchtend dunkelblauen Zwergiris, deren Farbe so bezaubernd war und die sie dennoch Jahr für Jahr traurig machte.

Dämmerungsblau hatte ihr Vater diese Farbe genannt. Er meinte jene Tageszeit, wenn die Sonne längst hinter dem Horizont verschwunden war, aber das Blau ihr nicht folgte und immer tiefer und klarer wurde, auch dunkler, doch der Schwärze der Nacht über dem Meer noch lange nicht weichen wollte. Vor seinem Tod hatte er davon gesprochen, und sie hatten beide gewusst, dass er eigentlich Franzi meinte. Wie sie wohl heute aussah? Das kleine Porträtfoto, das Luna im letzten Jahr im Internet gefunden hatte, war schwarz-weiß, die Frau darauf eine Fremde für sie. Luna konnte das achtjährige Mädchen aus ihrer verschwommenen Erinnerung kaum darin wiederfinden. Dennoch hatte dieses Bild sie erschüttert, das ihr so vage von der Website entgegensah, als wollte die Frau ihrem Blick ausweichen.

Das war gewesen, als Luna es endlich gewagt hatte, Franzis Namen in die Suchmaschine zu geben. Sie war bald fündig geworden. Ihre verlorene Schwester führte mit einem Mann zusammen ein Café auf dem Darß. Ein Café namens *Franzis Hafen*. Luna hoffte, dass dieser Name bedeutete, dass Franzi in ihrem Leben angekommen und glücklich war. Sie redete sich ein, dass es für ihre Schwester gar nicht gut wäre, wenn Luna jetzt alte Wunden wieder aufreißen und alles durcheinanderbringen würde, indem sie Kontakt zu ihr suchte. Das Café gab es noch nicht lange. Sollte Franzi doch erst einmal zur Ruhe kommen und den Betrieb etablieren! Irgendwann würde der richtige Zeitpunkt da sein, sich bei ihr zu melden. Luna würde diesen Moment finden, eines Tages. Es lag ganz bei ihr, denn Franzi würde es nicht tun. Nicht, nachdem Luna sie dermaßen im Stich gelassen hatte.

Aber dass sie das Bild betrachtet hatte, war jetzt auch schon wieder über ein halbes Jahr her.

Das Marmeladenregal war fertig befüllt. Luna stapelte gerade die leeren Kartons hinter den Tresen, als Henriette hereineilte.

»Ach, Luna! Hör mal, könntest du eine Bestellung zum Hotel *Kranichland* bringen? Ich frage dich nur, weil ich weiß, wie gern du durch die Gegend radelst.« Henriette strahlte Luna etwas atemlos an und krempelte dabei die Ärmel ihres Sweatshirts auf, das deutliche Spuren der Arbeit im Stall trug. »Daniela kommt dich gleich ablösen. Ist ja eh nicht mehr lange bis zu deinem Feierabend, du kannst dann gleich nach Hause fahren. Du machst schon wieder viel zu viele Überstunden in letzter Zeit!«

»Ach, Henriette. Du weißt doch, ich bin hier so gut wie zu Hause. Setz dich doch!« Henriettes Kurzatmigkeit machte Luna Sorgen. Die Hofbäuerin war nun schon über siebzig, und sie hatte ein Leben lang etwas zu viel von der frischen Hausmannskost gegessen. Henriette und Hubert waren früher Lunas Fels in der Brandung gewesen, auch wenn sie immer eine gewisse Distanz wahrten. Die beiden hatten eigene Kinder. Daniela würde den Hof einmal übernehmen, zumindest sah es zurzeit so aus.

»Was für eine Lieferung?«

Henriette ließ sich auf einem Hocker nieder und reichte Luna einen Zettel.

»Eier, Holundergelee, Nusskekse. Sieh selbst.«

Luna goss Henriette ein Wasser ein und reichte es ihr auffordernd.

»Danke. Ich weiß, der Arzt hat gesagt, ich soll mehr trinken. Aber seit deine Oma nicht mehr ist, lässt du deine ganze Fürsorgepflicht an mir aus«, beschwerte sich Henriette mit einem Lächeln.

Luna, die gerade begann, einen Karton mit der Bestellung zu füllen, ließ fast das Holundergelee fallen. »Wirklich? Das ist mir gar nicht aufgefallen. Tut mir leid!«

Henriette winkte ab. »Das muss es nicht. Ist ja lieb von dir. Aber Daniela passt auch schon auf mich auf, und Hubert sowieso. Das wird mir zu anstrengend! Ich denke, du solltest dich mal um dich selbst kümmern. Tanzen gehen mit Dennis oder so. In Schwante ist ein Frühlingsfest.«

Luna war froh, dass Daniela in diesem Augenblick hereinkam. Henriette hatte den Spieß sauber herumgedreht. Luna musste so oft jemandem erklären, dass solche Veranstaltungen ihr zuwider waren. Wenn Henriette jetzt auch noch damit anfing, ihr so etwas aufzudrängen … Sie ging die Liste noch einmal durch und verschloss hastig den Karton. »Ich fahr jetzt mal los!«

»Na klar, ich hab hier alles im Griff«, sagte Daniela vergnügt und warf die Kaffeemaschine an.

Luna beeilte sich, den Karton auf das Fahrrad zu laden und loszufahren. Sie fühlte sich wie befreit und trat in die Pedale. So ein Frühlingstag erfüllte sie unweigerlich mit einem seltsamen Rausch und einer unbestimmten Sehnsucht. Bevor sie den Hof verließ, hielt sie noch bei den Wasserbüffeln an. Arvalus, benannt nach einem keltischen Landwirtschaftsgott, war schon lange ihr Liebling. Die Wasserbüffel gehörten seit Jahren zum Hof. Sie strahlten eine tiefe, wohltuende Ruhe aus, zu der sich Luna sofort hingezogen gefühlt hatte. Zutraulich waren sie auch. Arvalus konnte man jederzeit streicheln oder sich an ihn lehnen, sogar wenn er im Gras lag und ruhte. Luna vertraute ihm alle ihre Sorgen an, früher und selbst jetzt noch. Er widersprach ja nie. Zuhören konnte er aber gut. Sein dunkles Fell glänzte in der Sonne. Das mächtige Tier sah sie sanft und geduldig an, während sie leise auf ihn einredete. »Dir gefällt der Frühling auch, was, alter Freund?«, sagte sie und rieb ihm den Hals. »Wenn es warm wird, ist alles leichter. Weißt du was? Im Sommer werde ich ihr schreiben.« Wenn sie es laut aussprach, wurde es sicher leichter. Arvalus schnaubte. Es klang amüsiert. »Wirst schon sehen«, meinte Luna. Er stupste sie leicht an, dann begann er wieder zu fressen. »Mach's gut«, sagte sie und schwang sich auf ihr Rad.

Bis Groß-Ziethen waren es nur zwanzig Minuten. Im Hotel *Kranichland* schenkte man ihr ein Stück frischen Apfelkuchen. Auf dem Rückweg war es noch immer so schön, dass sie beschloss, eine Pause am Mühlensee einzulegen und es dort zu essen. Um die alte Bockwindmühle herum färbten sich der Himmel und damit auch der See bereits leicht rosa. Kühe standen im flachen Wasser und genossen den Frühling ebenfalls sichtlich. Oben zogen geschwätzige Pfeilformationen aus Graugänsen Richtung Norden. Luna setzte sich auf den langen Steg, baumelte mit den Beinen und genoss den Kuchen, der unter dem fruchtigen Aroma auch nach Zimt und echter Vanille schmeckte. Herrlich! In einem solchen Moment war sie glücklich. Am anderen Ufer strich ein Silberreiher entlang. Sie bewunderte seine Anmut. Der Beginn einer neuen Saison, die Vorfreude auf drängendes Leben überall sprachen aus jeder Knospe, aus dem Glänzen der Weidenkätzchen, dem süßen Geruch in der Luft und den Rufen der Spechte. Luna vergaß alles außer der Gegenwart. So soll Leben sein!, dachte sie. Genau dafür sind wir hier. Damit jemand all die Schönheit sieht.

Sie liebte dieses Land. Damals war sie im Ländchen Glien in Oberhavel nur deshalb gelandet, weil ihre Großmutter hier lebte und Luna nicht gewusst hatte, wohin sie sonst sollte. Glien, so lernte sie, kam vom slawischen Wort für Lehm. Das nahm sie als hoffnungsvolles Zeichen. Aus Lehm konnte man alles mögliche Haltbare, Feuerfeste formen. Sicher auch ein neues Leben.

Und nun war sie immer noch hier.

»Grüß Sie, Frau Michelly!«, sagte da eine Stimme hinter ihr. Luna fuhr zusammen. Sie hatte die Frau mit dem Schäferhund nicht kommen hören. Hastig stand sie auf und dachte fieberhaft nach. Frau Binger …? Nein, Frau … »Frau Ellinghaus! Guten Tag!« Sie hatte die Bekannte ihrer Großmutter seit der Beerdigung nicht gesehen.

»Wie geht es Ihnen?«, erkundigte sich Frau Ellinghaus und musterte sie streng. Sie war mit Oma Hedwig im Kirchenchor gewesen, fiel Luna ein. »Wohnen Sie denn jetzt ganz allein?«

»Ja, immer noch in Großmutters Haus. Danke, es geht mir

gut, und selbst?« Smalltalk war nicht Lunas Stärke. Sie hasste solche Gespräche.

»Wie es eben so ist in meinem Alter. Ich habe Sie nicht angesprochen, um Ihnen von meinen Zipperlein vorzujammern, Fräulein. Wissen Sie, Hedwig war sehr froh, dass Sie sich so gut um sie gekümmert haben! Ich habe großen Respekt davor, wie Sie das gemacht haben. Respekt!«, wiederholte Frau Ellinghaus mit Nachdruck. »Hedwig war keine einfache Person. Absolut nicht. Genau wie ich.« Sie ließ ein Gelächter los, das einen Schwan auf dem Wasser aufscheuchte. Mit lautem Schwingenschlagen startete er in den Abendhimmel. »Das wollte ich Ihnen auf der Beerdigung noch mitteilen, aber da waren Sie beschäftigt. Hedwig war Ihnen nämlich ehrlich dankbar. Ich wusste nicht, ob sie's Ihnen je gesagt hat. Machte sie selten, so was. Wenn nicht, wissen Sie's jetzt. Ja, ja, Samson, ich komm ja schon, du Ungeheuer!« Der Schäferhund hatte kräftig an der Leine gezogen. Es war eindeutig, wer hier den Ton angab. Frau Ellinghaus war viel zu zierlich und gebeugt, um das kräftige Tier halten zu können. Aber es schien ihr nichts auszumachen. »Schönen Abend noch, Frau Michelly. Alles Gute!«

»Ihnen auch, Frau Ellinghaus. Und – danke schön!«, rief Luna ihr verdattert nach. Die alte Dame winkte lässig ab, ohne sich noch einmal umzusehen. »Nun zieh doch nicht so, Samson, du stures Tier!«, verklang ihre Stimme hinter dem goldenen Schilf vom Vorjahr, durch das neue grüne Halme zu sprießen begannen. Jetzt wurde es rasch kühl, ein Mückenschwarm fing an, sich für Luna zu interessieren, und die Sonne war hinter den Hügeln verschwunden.

Luna radelte nach Hause, beschämt, dass sie ungehalten über die Störung durch die alte Dame gewesen war. Frau Ellinghaus hatte ihr ein großes Geschenk gemacht. Denn Oma Hedwig hatte Luna tatsächlich nie gesagt, ob sie froh über ihre Gegenwart und Hilfe war.

Über persönliche Dinge zu sprechen war nie die Stärke der Familie Michelly gewesen.

Auch ihr Vater hatte lieber Geschichten erzählt. Sie hörte noch seine Stimme draußen im Wald, in solch sanften, klaren Abendstunden wie jetzt. Vor allem, wenn der Südwind wehte, wie heute.

Als sie die Tür zu der winzigen Doppelhaushälfte aufschloss, erschien es ihr zum ersten Mal nicht mehr so kühl und unnahbar darin wie seit Hedwigs Tod. Vielleicht war es Zeit, hier demnächst doch zu renovieren? Bis jetzt war es Hedwigs Zuhause geblieben. Luna hatte zu ihren Lebzeiten nie etwas ändern dürfen, und inzwischen war sie den Zustand gewohnt. Zu Hause war sie selbst ohnehin stets mehr auf dem Kiebitzhof, obwohl sie hier wohnte. Aber nun war es Frühling und Hedwig schon über ein Jahr nicht mehr da.

Zeit, etwas zu erneuern. Vielleicht führte das ja auch zu anderen Veränderungen.

Franzi

Darß/Ostsee

5

Wenn das so weiterging, würde es an ihr liegen, sollten Hella und Quentin demnächst nicht mehr in ihre Sommergarderobe passen, dachte Franzi schuldbewusst. Sie war schon wieder mit Kuchen ins Forsthaus unterwegs, zur Abwechslung mit Quark-Schokotorte im Gepäck. Diesmal war es tatsächlich ein Vorwand. Aber sie wollte nichts von Hella, sondern von Lian.

Sie hoffte darauf, ihn vielleicht bei der Gartenarbeit vorzufinden. Stattdessen schickte Hella, die Quentin gerade ein Buch über Moose vorlas, sie in die Küche. »Das lohnt sich«, meinte Quentin geheimnisvoll.

Womit er recht behalten sollte. Denn als Franzi die Nase in die Tür steckte, duftete es nach Karamell. Lian war damit beschäftigt, mit zwei Löffeln kleine Kugeln aus einer honigfarbenen Masse zu formen und auf ein Gitter zu setzen. Sie sah eine Weile zu, ohne dass er es bemerkte, und bewunderte, wie geschickt er das machte. Es wirkte, als würde er dirigieren. Franzi sah förmlich vor sich, wie sich die Aromen zu etwas verbanden, das den Geschmacksknospen zu einer Art Musikerlebnis verhelfen würde. Schließlich wagte sie sich hinein und stellte ihr Kuchenpaket ab. »Hallo, Lian. Darf ich kosten? Das riecht unwiderstehlich.«

»Die Pralinen schmecken erst kalt richtig und wenn sie eine Weile durchgezogen sind. Aber bitte sehr.« Er reichte ihr einen Löffel. Die Masse war noch lauwarm, aber Franzi fand nicht, dass das ein Nachteil war. Sie schmeckte dem Genuss lange nach, bis sie bemerkte, dass Lian sie amüsiert betrachtete. »Kann ich sonst noch etwas für dich tun?«

»Verkaufst du die auch?«, fragte Franzi. Sie stellte sich die Gesichter ihrer Kunden vor. Die alten Herren, die jeden Tag am Stammtisch Skat spielten und sich schon den ganzen Vormittag auf ihren Kuchen freuten. Da hätten sie etwas Besonderes, was ihren Tag noch besser machte. Dann die Feriengäste von weit her, die ihren ersten Urlaubstag feierten oder aus einem Regentag etwas Schönes machen wollten. Die Einheimischen, von der Hochsaison gestresst, die ins Café kamen, um sich einen Augenblick Pause vom Alltag zu gönnen. Die Alleinreisenden, die sich etwas Gutes tun wollten, etwas Kleines, Bescheidenes und trotzdem Großes.

»Darüber habe ich noch nicht nachgedacht«, sagte Lian verblüfft. Die Kugel, die er gerade formte, landete schief auf dem Gitter. »Wärt ihr denn interessiert? Zeit hätte ich ja reichlich.«

Franzi fiel ein, warum sie eigentlich hier war. Aber das konnte man doch verbinden? Sie ordnete ihre Gedanken neu. »Matteo war schon sehr gespannt, als du ihm erzählst hast, dass du so was machst. Ich habe nur nicht gleich geschaltet. Es wäre auf jeden Fall einen Versuch wert, was meinst du?«

Er legte eine weitere Kugel auf ihren Löffel. »Dass du zur Sicherheit noch einmal prüfen solltest.« Er zwinkerte ihr zu.

»Danke. Nicht nötig.« Doch sie konnte nicht widerstehen. »Hättest du vielleicht Lust, die mal in unserer Küche herzustellen? Da hättest du mehr Platz und Geschirr.«

Er sah sie an. »Und? Gibt es da noch einen anderen Grund für diesen Vorschlag, von dem du nicht weißt, wie du ihn mir erklären sollst?«

Franzi atmete tief ein und setzte sich. »Bin ich wirklich so … durchsichtig?«

»Behalte das bei. Es ist eine liebenswerte Eigenschaft.« Er lächelte. »Soll ich es dir leichter machen? Du brauchst Hilfe und weißt nicht, ob du mich fragen kannst. Weil wir uns ja gerade erst kennengelernt haben und du dir nicht sicher bist, wie lange eine Freundschaft schon bestehen muss, damit man eine Bitte haben darf?«

Franzi nickte verlegen.

»Es ist wie mit Rezepten. Es ist immer einen Versuch wert. Also, was ist los?« Er begann wieder, Kugeln zu formen. »Willst du das Formen auch mal probieren? Es beruhigt.« Er hielt ihr zwei Löffel hin. Franzi versuchte es. Ihre Kugeln wurden bestenfalls annähernd rund, aber er hatte recht. Die Tätigkeit besaß eine entspannende Wirkung.

»Ich habe doch von meiner großen Schwester erzählt«, begann sie. »Luna.«

»Ja. Groß bist du ja inzwischen auch. Wie viel älter als du ist sie denn?«

»Acht Jahre. Und acht war ich auch, als ich sie das letzte Mal gesehen habe. Seitdem hatten wir keinen Kontakt mehr.«

»Und das möchtest du jetzt ändern?«

»Ja. Ich weiß nicht, ob es eine gute Idee ist. Eigentlich will ich gar keine alten Sachen wieder aufrühren. Es geht mir prima. Ich bin glücklich, hier mit Matteo und dem Café. Aber ich will unbedingt das Bild wiederhaben. Es klingt wahrscheinlich verrückt. Schieb es auf die Hormone, wenn du willst. Es ist albern, abergläubisch und kindisch. Aber ich habe diese fixe Idee, dass alles nur dann gut werden kann, wenn mein Kind auch diesen Baumgeist über dem Bett hängen hat. Es war meiner! Es ist nicht richtig, dass Luna ihn mitgenommen hat, als sie weggegangen ist.« Franzi bemerkte, dass sie ungeschickt mit einer Kugel herummatschte, und legte hastig die Löffel weg. »Ich habe sogar geträumt, dass mein Baby in eine Öffnung in der Wand fiel, die auf einmal da war, wo das Bild hätte sein sollen. Eine Leere. Und ich konnte es nicht festhalten.« Ihre Augen füllten sich mit Tränen. Beschämt wischte sie sie weg.

»Vorsicht! Du bekommst Karamell ins Auge.« Lian reichte ihr ein Küchentuch. »Ich finde das nicht albern. Ich glaube zwar nicht, dass es nur um das Bild geht. Aber die Leere da, wo etwas sein sollte, die ist echt. Man hat dir etwas genommen, als du noch klein und hilflos warst. Mehr als nur einen Talisman. Eine Schwester. Dein gewohntes Leben. Jetzt willst du nachträglich etwas gegen die Hilflosigkeit tun, um abzuschließen und den Kopf frei zu bekommen für die Zukunft mit deiner Familie. Das ist völlig in Ordnung. Das muss man nicht auf Hormone schieben. Wie kann ich dabei helfen?«

»Ich weiß nicht, wie viel Zeit du hast. Ich dachte, vielleicht könntest du Matteo ein paarmal im Café aushelfen. Nur ein paar Stunden. Dann könnte ich eventuell zwei Tage zu Luna fahren. Ich kann ihn nicht mit allem allein lassen.«

»Sicher, das dürfte kein Problem sein. Ich muss es nur mit Hella und Quentin besprechen. Ich bin bei ihnen angestellt. Da müssen sie ihre Zustimmung geben. Aber ich denke, das geht in Ordnung. Sie brauchen mich oft stundenlang gar nicht. Wäre es denn für Matteo okay? Und wo wohnt deine Schwester überhaupt?«

Seine Fragen waren berechtigt, aber sie brachten Franzi in Verlegenheit. »Ich wollte mich erst bei dir erkundigen, ob das überhaupt möglich wäre, ehe ich mit Matteo darüber spreche. Und Luna lebt in Dänemark. Glaube ich.«

»*Glaubst* du? Hast du sie denn nicht gefragt, ob du kommen kannst?«

»Ich will lieber einfach hinfahren. Ich bin nicht so gut darin, mich auf Distanz auszudrücken. Und ich muss das Bild ja sowieso holen. Das ist zu empfindlich für die Post. Wenn ich weiß, ob ich hier wegkann, versuche ich, ihre Adresse rauszufinden.«

»Wenn du meinst.« Lian stellte das gefüllte Gitter beiseite und den leeren Topf zum Einweichen in die Spüle. »Komm, wir reden mit Hella und Quentin.«

Die beiden hatten keinerlei Einwände, wie sich herausstellte. »Es ist gut, Dinge in Ordnung zu bringen.« Hella nickte zufrieden. »Wir kommen hervorragend eine Weile allein zurecht. Und Lian kann Matteo helfen, das Dessertangebot im Café aufzufrischen. Nichts zieht die Gäste so an wie Leckerli.«

»Leckerli?« Franzi musste losprusten. Aus irgendeinem Grunde fand sie Hellas Bemerkung wahnsinnig komisch. Wenn das mit diesem ungewöhnlichen Auf und Ab der Stimmungen so weiterging, konnte das eine anstrengende Schwangerschaft werden. »Findest du das jetzige Angebot zu beschränkt?«

»Nur bei den süßen Sachen«, wiederholte Hella. »Das Frühstück ist großartig.«

Na, vielleicht würde das Matteo ja davon überzeugen, dass es ein guter Plan war, wenn Lian sie ein Weilchen vertrat.

Voller Erleichterung radelte Franzi nach Hause. Der erste Schritt war geschafft. Andererseits hatte sie nun auch keine Ausrede mehr.

Abends war die Gaststube voll. Erst als Matteo schon schlief, kam sie dazu, im Internet nach Luna zu suchen. Wenn ihre

Schwester den Nachnamen gewechselt hatte, konnte es schwer werden, sie zu finden. Mit klopfendem Herzen gab sie die Buchstaben ein. All die Jahre hatte sie das von sich geschoben und sich auf ihrer Wut ausgeruht. Doch sie fand nichts. Lange nicht. Erst als ihr die Augen beinahe zufielen und sie schon aufgeben wollte, stieß sie auf einen Link, der zum Blog einer Wandergruppe führte.

Dort war vermerkt, dass diese Gruppe eine Tour in Brandenburg unternommen und dabei auf einem Hof Rast gemacht hatte. Ein Hof in einem Ort namens Vehlefanz mit einem Hofladen, in dem es selbst gemachten Mozzarella gab, von dem der Verfasser ausdauernd schwärmte. Franzi fragte sich ungeduldig, warum die Suchmaschine sie ausgerechnet auf diese Seite gelenkt hatte, bis sie unten in dem Artikel schließlich auf ein Gruppenfoto beschwipst in die Kamera lächelnder Leute stieß. Darunter stand, fast unleserlich klein: *Foto: Luna Michelly, die freundliche Verkäuferin im Kiebitzhof.*

Das Datum war nur ein Jahr alt.

Also war Luna gar nicht mehr in Dänemark. Franzi wusste nicht gleich, was das in ihr auslöste. Brandenburg! Kaum an Luna zu denken war jahrzehntelang nicht so schwer gewesen, solange sie davon ausgegangen war, dass ihre Schwester weit im Norden lebte, in einem anderen Land, einer irgendwie anderen Welt. Insgeheim hatte sie auch jetzt beinahe gehofft, dass Luna vielleicht sogar nach Kanada oder Australien gezogen war. Dann hätte sie die ganze Sache als zu aufwendig abhaken können, oder eine schlichte E-Mail schreiben.

Und nun? Dieser Ort war keine drei Autostunden entfernt. »Eigentlich sollte Luna das machen, sie ist die Ältere«, grummelte Franzi unterdrückt, um Matteo nicht zu wecken. »Und *sie* war es, die gegangen ist!« Aber sie wusste, dass es keinen Sinn mehr hatte, darauf zu hoffen. Luna hatte genug Zeit gehabt. Und das Kind würde nicht warten.

Franzi beugte sich über Matteo und küsste ihn. »Ich kriege das hin«, flüsterte sie. Er rührte sich nicht. Wenn er schlief, schlief er. Franzi lächelte zärtlich und fragte sich, ob Luna wohl auch so glücklich war.

Morgen war Montag. Ruhetag im Café. Da konnte sie ungestört mit Matteo sprechen.

Das Wetter war ihr gut gesonnen. Schäfchenwolken trieben gemächlich über einen frühlingsblauen Himmel. Kleine Wellen schlugen plätschernd an den Strand, auf dem verwittertes Treib- und Wurzelholz silbriggolden im Licht schimmerte. Es war nicht warm, aber mild. Noch waren nicht viele Feriengäste hier.

»Das haben wir lange nicht gemacht, Picknick am Weststrand«, sagte Matteo vergnügt, nachdem sie bereits eine lange, entspannte Weile am Flutsaum entlanggewandert waren. »War eine gute Idee von dir.« Er hatte einen versteinerten Seeigel gefunden, was seine Laune gleich noch weiter hob, und Franzi einen Hühnergott, von dem sie hoffte, dass er ihrem Vorhaben Glück bringen würde. Durch das Loch hindurch blickte sie Matteo an.

»Jetzt darfst du dir was wünschen«, sagte er.

»Hab ich gerade. Schau mal, dort unter der Kiefer. Das wäre ein guter Platz für das Picknick.«

»Stimmt.« Er nahm den Rucksack ab und breitete die Decke aus. In glücklicher Zweisamkeit genossen sie Heringssalat und frisches Vollkornbrot, Apfelkuchen und Tee. Den perfekten Abschluss bildeten Lians Pralinen. »Du hast recht«, sagte Matteo. »Die wären ein Knaller im Café! Ich muss unbedingt mit ihm reden. Aber du wolltest doch noch etwas anderes mit mir besprechen?« Eine Möwe kam neugierig näher, um zu sehen, ob nicht ein Krümel für sie abfiel. Franzi breitete die Hände aus. »Tut mir leid, Möwe. Alles aufgegessen. Außerdem ist Füttern verboten.«

»Aus gutem Grund.« Matteo goss Tee nach. »Also, was ist los?«

»Ich möchte Luna besuchen. Nur für ein, zwei Tage.«

»Tatsächlich? Das finde ich gut. Sehr gut sogar. Hast du herausgefunden, wo sie lebt?«

»Ja. In Brandenburg.« Franzi war erstaunt. »Du findest das gut? Hattest du nicht neulich gesagt, ich soll das alles hinter mir lassen, denn ich hätte ja jetzt eine eigene Familie?«

»Schon. Aber so funktioniert es wohl nicht. Glaubst du, ich weiß nicht, warum du gerade dieses Café übernehmen wolltest, hier auf dem Darß?«

»Weil es eine wunderbare Gelegenheit war. Wir wollten beide nicht in eine Stadt. Wir wollten in der Nähe der Küste leben. Und wir wollten an einem Ort sein, wo nicht so viel Trubel ist.«

»Ja. Und du wolltest Wald in der Nähe haben, weil du dich nur dann wohlfühlst. Damals hattest du auch gerade den Brief vom Testamentsvollstrecker bekommen. Dass dein Vater gestorben ist und du achthundertsiebenundzwanzig Euro geerbt hast, genau wie Luna. Da hast du erwähnt, dass dein Vater einmal erzählt hat, dass er in seiner Jugend auf dem Darß gewesen ist und wie sehr ihn das beeinflusst hat. Dass er dort glücklich war und die Bäume lieben gelernt hat.«

»Das weißt du noch?« Franzi war verblüfft. »Stimmt, das habe ich gesagt, aber ich bin mir gar nicht mehr ganz sicher, ob ich mich richtig erinnere. Ich war ja erst sechs oder sieben, als er davon erzählte, als wäre es ein Märchen.«

Matteo lehnte sich zurück an die Düne, die eine natürliche Lehne bildete, und zog sie an sich. »Ich denke, du hast diesen Ort für deinen Traum nicht nur gewählt, weil er zu dir passt. Ich glaube, es war auch die einzige Möglichkeit für dich, eine innere Verbindung zu deinem Vater wiederherzustellen und den Kreis versöhnlich zu schließen. Und darum ist es gut, wenn du auch mit Luna alles zu klären versuchst, was noch zu klären geht.« Er zeichnete ein Herz in den trockenen Sand. Zusammen sahen sie zu, wie feine Körner in die Vertiefung rieselten und es beinahe wieder löschten. »Probleme, über die man nicht redet, verschwinden nicht. Man kann sie beiseiteschieben, aber sie rieseln immer wieder nach. Das ist mir klargeworden. Fahr zu Luna! Nimm dir so viel Zeit, wie du brauchst. Und wenn etwas schiefläuft, dann bin ich hier und tröste dich, wenn du zurückkommst.«

»Danke, mein Schatz.« Sie sah ihn an, immer noch voller Zweifel. »Aber du kannst das mit dem Café nicht allein schaffen. Ich lasse dich so ungern im Stich, jetzt, wo die Saison beginnt. Deshalb habe ich Lian gefragt, ob er mich wenigstens stundenweise vertreten kann, in Abstimmung mit Hella und Quentin.«

Matteo zeigte auf die Schachtel. »Wenn er solche Pralinen macht«, sagte er und nahm die zwei letzten heraus, »dann ist das eine hervorragende Idee.«

6

Wenn sie nicht aus einem so schwierigen Grund hier gewesen wäre, hätte es sich wie Urlaub anfühlen können, dachte Franzi, als sie ihren Rucksack auf dem Boden absetzte und sich in dem Zimmer umsah.

Hotel Drei Schwäne hieß die alte Backsteinvilla. Sie hatte um neunzehnhundert herum einem jener Kaufleute gehört, die an der Ziegelproduktion in der Gegend verdient hatten. Inzwischen war das Haus mit Charme und Würde gealtert. Ein bröckelndes Sims hier, wuchernder Efeu an der Fassade dort. Es hatte Franzi sofort gefallen, als sie es im Internet entdeckt hatte. Um diese Jahreszeit war noch kaum ein Zimmer belegt, der Betrieb hatte nach der Winterpause gerade erst wieder eröffnet.

Bei aller Liebe zu Matteo und dem Café war es schön, sich einmal frei zu fühlen, ganz allein und fern der täglichen, unerbittlichen Routine zwischen Kaffeemaschine und Käsebrötchen. Franzi war mit dem Zug gefahren. Für Matteo war das Auto geschäftlich unverzichtbar, und wozu so viel Benzin verbrauchen, wenn es die Bahn gab? So hatte sie entspannt aus dem Fenster sehen können, Leute beobachten, ein wenig dösen.

Und immer wieder durchspielen, was sie zu Luna sagen würde. Wie ihre Fragen eigentlich lauteten.

Doch was, wenn Luna nichts mit ihr zu tun haben wollte? So wie all die langen Jahre?

Nun, dann hatte sie es wenigstens versucht. Dann musste sie ihre Schwester und auch das Bild endgültig verloren geben.

Als sie ihre Mutter am Telefon nach dem alten Baumgeist aus dem Kinderzimmer gefragt hatte, hatte Jantje wie immer kaum zugehört. »Rindenbilder? Keine Ahnung, Franzilein, das ist so lange her. Ich kann mich nicht erinnern, was da an der Wand hing. Du, Bobby hat ein neues Lied geschrieben, soll ich es dir mal vorspielen? Es ist wirklich gut, die Gäste sind verrückt danach …«

»Sorry, ich muss Schluss machen, da kommt gerade eine Lieferung«, hatte Franzi schnell behauptet und sich hinterher ein wenig geschämt. Fairerweise musste sie zugeben, dass die Lieder ihres Stiefvaters, wenn auch wie aus einer anderen Zeit, hin und wieder recht erträglich waren. Als Teenager hatte sie manchmal heimlich auf der Treppe zum Dachboden gesessen und zugehört, weil sie in den besseren davon sogar etwas Trost fand, obwohl sie es nie zugegeben hätte. In dem Alter war ihr das völlig ungenierte Geturtel zwischen Jantje und Bobby peinlich gewesen. Heute fand sie es rührend, war jedoch froh, dass sie in einiger Entfernung lebte. Damals hatte sie oft das Gefühl gehabt, durch ihre bloße Gegenwart zu stören. Vor allem, als sie noch klein war. Tatsächlich war es eher Bobby gewesen als ihre Mutter, der in den ersten Jahren versucht hatte, Franzi Zeit zu widmen.

Ich kann den beiden ja eine Karte schreiben, dachte sie jetzt. Ganz retro, eine richtige Postkarte, das gefällt ihnen garantiert.

Franzi blickte aus dem Fenster mit dem romantischen Rundbogen. Hier war es beinahe so still wie manchmal in Born. Im

Rahmen des dunkelroten Backsteins leuchteten weite Felder wie ein Gemälde in der Frühlingssonne. Dahinter konnte sie einen Kirchturm erkennen und die Silhouette einer alten Bockwindmühle. Der zarte hellgrüne Schleier, der über dem Land lag, war mit gelben, weißen und rosa Pinselstrichen betupft – Weidenkätzchen, Forsythien, erste Obstbäume. Direkt vor dem Fenster blühte überschwänglich rosa eine japanische Zierkirsche. Alles sah so frisch und hoffnungsvoll aus, doch Franzi fühlte sich müde.

Morgen, dachte sie, morgen, wenn ich ausgeruht bin, dann gehe ich zu Luna. Heute schaffe ich das beim besten Willen nicht mehr. Es war voll und laut gewesen unterwegs, und sie hatte zweimal umsteigen müssen.

»Du kannst sowieso ein paar Tage Urlaub gebrauchen, Franzi«, hatte Matteo ihr mehrfach versichert. »Du bist ganz blass und dünn. Du musst dich jetzt etwas schonen. Ich komme hier wunderbar klar mit Lian, und Jakob will auch einspringen, wenn es nötig ist. Nimm dir bitte so viel Zeit, wie du brauchst!«

Die Website des Hotels hatte mit dem romantischen Garten geworben, in dem man gut entspannen könne. Franzi beschloss, das auszuprobieren. Vielleicht gab es irgendwo eine Bank oder einen Liegestuhl. Sie konnte sich nicht erinnern, wann sie das letzte Mal in einem Liegestuhl gelegen hatte.

Es gab mehr als das. An die Terrasse, auf der man Kaffee trinken konnte, schloss eine Rasenfläche mit jeder Menge Liegen und Korbsesseln an. Ein Pärchen saß dort und las, ein Mann im Anzug tippte auf seinem Laptop. Franzi jedoch entdeckte weiter hinten ein Dickicht aus blühenden Büschen. Dort hinein führte ein Weg, der sie unwiderstehlich lockte. Er war schmal und gewunden und so uneben, dass sie einigen Pfützen ausweichen musste. Der Gedanke an Luna war so gegenwärtig, dass es ihr vorkam, als wäre dies ein Pfad zurück in ihre Kindheit.

»Du kannst ruhig in die Pfützen treten, nur zieh vorher die Schuhe aus. Na los, das macht Spaß!«, tauchte die Stimme ihres Vaters aus ihrer Erinnerung auf und auch das Gefühl seiner warmen, festen Hand um ihre. »Na, los, trau dich! Soll ich mitmachen?« Er hatte die vier Schuhe nebeneinander auf einen Stein gestellt, und dann waren sie in die lehmige Pfütze gestiegen, die aussah wie Kaffee. Franzi war es unheimlich, weil man nicht sehen konnte, was darin war und wohin man trat. Aber wenn Stellan das tat, konnte es nicht falsch sein, und wenn er bei ihr war, war nichts gefährlich. Also trat sie in die Pfütze und fand es herrlich, wie weich der nasse Lehm zwischen ihren Zehen quoll, die Blasen aufstiegen und die Oberfläche Muster bekam. Wie kühl das Wasser auf der Haut war, wie frei sich die Füße fühlten, und dass man so herrlich spritzen und den Lehm überallhin fliegen lassen konnte, wenn man fest aufstampfte. Stellan mochte mit seinen großen Füßen da mehr bewirken, aber auch Franzi spürte dabei ihre Kraft, etwas bewegen zu können.

Stellan, so hatte er genannt werden wollen, als sie alt genug waren, das zu verstehen. »Väter gibt es viele«, hatte er gesagt. »Ich bin aber nicht nur ein Vater, so wie ihr nicht nur Töchter seid. Wir sind alle mehr als das. Ich heiße Stellan, darin steckt das lateinische Wort Stella, und das bedeutet Stern. Luna heißt Mond, und dein zweiter Vorname Terra bedeutet Erde. Da passen wir doch gut zusammen, findet ihr nicht?«

»Aber was ist dann mit Mama?«, hatte Franzi gefragt. »Müsste die dann nicht Sonne heißen?«

»Mama heißt Jantje, das bedeutet ›die Schöne‹. Das passt doch perfekt zu ihr, findet ihr nicht? Schön wie die Sonne.«

Ja, das passte. Ihre Mutter war eine wunderschöne Frau. Und Luna sah ihr ähnlich, mit den langen blonden Locken und dieser Art, sich zu bewegen, die immer etwas wie ein langsamer Tanz wirkte. Wie Schilf im Wind. Franzi, die oft über ihre eigenen Füße stolperte oder Dinge fallen ließ, deren Hosen meist zerrissen waren und deren störrische dunkle Haare sich kaum kämmen ließen, wünschte sich, sie würde auch so aussehen. Einmal war Stellan ins Kinderzimmer gekommen, als sie gerade versucht hatte, sich die Haare mit der gelben Wasserfarbe aus dem Tuschkasten anzumalen.

»Was machst du denn da?«, fragte er interessiert. Er schimpfte nicht, wie ihre Mutter es getan hätte. Stellan wollte immer nur den Grund für etwas wissen.

»Ich will bloß auch mal so schön sein wie Luna!«

»Warum?«

»Weil … weil …« Den Tränen nahe zuckte sie mit den Schultern. Sie konnte es nicht erklären, dieses Gefühl. Dass Luna »richtiger« war als sie. Schließlich konnte Luna alles besser, sicher weil sie wie eine Prinzessin aussah.

»Kannst du mal mit mir mitkommen? Ich möchte dir unbedingt was zeigen«, sagte Stellan. Also legte sie den Pinsel weg. Stellan nahm sie mit in den Wald.

»Aber es wird bald dunkel!«, wandte sie ein.

»Genau deswegen gehen wir ja gerade jetzt.« Im Flur nahm er etwas aus Jantjes Handtasche, aber sie konnte nicht sehen, was es war.

An der Tür begegneten sie Luna. »Wohin wollt ihr? Kann ich mitkommen?«

»Diesmal nicht. Franzi und ich müssen etwas erledigen.«

Franzi kam sich unglaublich wichtig vor. Sie war nicht oft mit ihrem Vater allein.

Er führte sie an die Steilküste, dorthin, wo man zwischen den hohen Buchen unten das Meer sehen konnte und darüber den weiten Himmel, den sie damals für eine Selbstverständlichkeit gehalten hatte. Dort setzte er sich mit ihr auf eine der Bänke. Die Sonne war schon untergegangen, am Horizont lag noch ein Streifen Aprikosenfarbe und darüber funkelte der Abendstern. Die weißen Ränder der Gischt unten am Strand schimmerten hell durch die Dämmerung hinauf. Der Wind, der tagsüber recht frisch gewesen war, schwieg jetzt. »Siehst du diese Farbe, die der Himmel gerade bekommt?«, fragte Stellan.

»Klar. Dunkelblau.« Aber sie wusste selbst, dass dieses Wort, das man genauso gut für Socken oder Röcke benutzen konnte, nicht genügte. Dieses Blau war etwas, wofür sie keinen Namen hatte. Klar, durchsichtig, leuchtend, geheimnisvoll. Noch nicht Nacht, aber auch nicht mehr Tag. Am liebsten hätte sie diese Farbe ganz tief eingeatmet, wenn man Farben atmen könnte. Es gab ihr das Gefühl, sie könnte vielleicht fliegen, hier von der Klippe, wie die Möwen, wenn sie nur die Arme ausbreitete und den richtigen Moment erwischte. Es machte sie leicht und froh, ganz tief in ihr drin.

Stellan betrachtete sie mit einem leichten Lächeln. »Dunkelblau, ja, aber es ist mehr, oder? Ich nenne es Dämmerungsblau. Es ist die schönste Farbe, die ich kenne. Und jetzt guck mal.« Er drückte ihr einen Taschenspiegel in die Hand. »Sieh dir deine Augen an. Zu Hause kannst du das noch mal machen, da ist es heller, aber ich denke, hier erkennst du auch noch was. Was für eine Farbe haben die?«

Franzi hatte noch nie darüber nachgedacht. Jetzt sah sie in den Spiegel. Blau. Dunkelblau? Nein, nicht wie Socken. »Meinst du – Dämmerungsblau?«

Stellan nickte zufrieden. »Ganz genau! Das haben nicht viele Menschen. Du bist schön, Franzi! Lass dir nie etwas anderes einreden. Und weißt du was?« Er tippte leicht an ihre Stirn. »Da drin ist das Allerschönste! Deine Gedanken. Jeder kann schön sein, wenn er sich gute Gedanken macht. Das bestimmst du ganz allein. Niemand anderes. Keine Luna, kein Lehrer, keine Klassenkameraden, nicht mal ich oder Mama. Denk immer daran!«

Franzi staunte. Mama sagte immer, sie wisse am besten, was gut für die Mädchen sei. Weil sie auch einmal ein Mädchen war und außerdem ihre Mutter. So ganz verstand Franzi ihren Vater an jenem Abend nicht. Aber seine Worte merkte sie sich und hob sie auf wie einen Schatz.

Viel später wurde ihr bewusst, dass er ihr an diesem Tag eine Freiheit geschenkt hatte, die für ihr ganzes Leben reichte.

Franzi lächelte vor sich hin. Wenn ihr nicht gerade ein Hotelgast mit Anzug und Krawatte entgegengekommen wäre, hätte sie sich vielleicht die Schuhe ausgezogen und wäre mit Vergnügen in eine der Pfützen getreten. Egal, was später geschehen war, es gab Dinge, die man nie wieder verlieren konnte. Sie würde es auf jeden Fall mit ihrem Kind zusammen tun.

Damals war Stellan am nächsten Tag mit den Rindenbildern angekommen und hatte Franzi erklärt, dass dies ihr ganz persönlicher beschützender Baumgeist war und sie ihm in Zukunft alles anvertrauen konnte, worüber sie mit niemandem sonst sprechen wollte.

»Und Lunas Baumgeist? Kann der das auch?«, fragte Franzi.

»Natürlich. Nur ein bisschen anders, weil es ja Lunas Geist ist.«

»Wie heißt denn meiner?«

»Kala. Er heißt Kala.«

Kala hatte sich bewährt. Oft. Bis er verschwunden war.

Der Hotelgarten war voller Überraschungen. Am Ende des Weges entdeckte Franzi einen Teich, in dem sich das Abendlicht spiegelte. Die drei Schwäne aus dem Hotelnamen gab es zwar nicht, dafür zwei Haubentaucher, die sich in einem verliebten Balztanz umkreisten. Franzi dachte an Matteo und rief ihn an, doch er bediente wohl gerade Gäste. Sie sprach ihm auf die Mailbox, setzte sich dann auf einen Baumstamm am Ufer und ließ nun doch die Füße ins noch sehr kalte Wasser hängen. Am flachen Rand entdeckte sie zahlreiche Märzfrösche in inniger Umklammerung, die gerade dabei waren, ihren Laich abzulegen. Bald würden hier jede Menge Kaulquappen unterwegs sein. Auch das hatte ihr Stellan einst erklärt.

»Ist das nicht unglaublich?«, hatte er ausgerufen, als er sich an einen Teich im Wald hockte und auf die kleinen Kugeln in der durchsichtigen geleeartigen Masse zeigte. »In jedem dieser schwarzen Punkte steckt die Bauanleitung für einen ganzen Frosch. Und noch für eine Kaulquappe.«

Ob Luna wohl Kinder hatte?, fragte sich Franzi, als sie die Schuhe wieder anzog.

Auf dem Rückweg erkundete sie einen schmalen Nebenpfad, der auf eine Trauerweide zuführte. Ihre jungen Frühlingsblätter leuchteten hellgrün in der letzten Abendsonne. Als Franzi die hängenden Zweige wie einen Vorhang beiseiteschob, entfuhr ihr ein leises »Oh!«

Unter dem Baum standen, efeubewachsen, die Reste eines alten Brunnens. Die aus Feldsteinen gemauerte Wand war zum Teil eingestürzt, darauf blühten Veilchen, und auch in der geborstenen Schale aus Beton, die einst das Wasser gehalten hatte. So viele Veilchen hatten ihre Wurzeln in die Risse geschoben, dass es durch die Menge blauer Blüten aussah, als wäre die Schale noch immer mit Wasser gefüllt. Der Duft hatte sich unter der weit überhängenden Baumkrone gefangen. Verzaubert trat Franzi näher, schob behutsam eine Efeuranke beiseite und entdeckte darunter die steinerne Skulptur eines – ja, was? Koboldes? –, der auf einem Karpfen ritt. Beide sahen sie freundlich an, mit einem Ausdruck verschmitzter Heiterkeit, der sie unwillkürlich zurücklächeln ließ. Das eine Ohr der Figur war abgebrochen, eine Hand bröselte, und auch der unternehmungslustige Schwanz des Karpfens hatte schon bessere Zeiten gesehen. Möglich, dass aus seinem Maul einst der Wasserstrahl geflossen war, jetzt wuchs knallgelb ein Löwenzahn darin und schien ihm zu schmecken.

Auf dem Rand des Brunnens gegenüber hockte ein fein gestalteter bronzener Wiedehopf und blickte nachdenklich. Franzi war sich ziemlich sicher, dass er mit dem Kobold in eine zeitlose Unterhaltung über die Menschen und die Welt im Allgemeinen verwickelt war.

Sie setzte sich eine Weile dazu, streichelte das weiche Moos zwischen den Steinen und entfernte einen Vogelklecks aus dem Augenwinkel des Kobolds.

»Wünsch mir Glück für morgen!«, sagte sie leise.

Zu ihrer Überraschung schlief sie gut, doch am Morgen war ihr übel. Sie war sich nicht sicher, ob es an der Schwangerschaft lag oder daran, dass sie so nervös war. Wahrscheinlich beides. Sie trank Tee, aß ein trockenes Brötchen und wartete, bis es vorbei war. Dann überlegte sie hin und her, was sie anziehen sollte, und ärgerte sich schließlich über sich selbst. Sie musste Luna nichts beweisen. Die würde als Verkäuferin auf einem Biohof wohl auch nicht im eleganten Kleid arbeiten. Franzi entschied sich für ihre bequemen Jeans, Sneakers und ein Sweatshirt, hellgrün wie der Frühling und die Hoffnung. Sie klemmte einen zart geknüpften Makrameestrang mit grünen Holzperlen in ihre widerspenstigen Haare und machte sich auf den Weg.

Es war nur ein Spaziergang bis zum Kiebitzhof. Bald stand sie vor einem Tor aus geflochtener Weide in einer weiß und gelb blühenden Hecke. Verschiedene niedrige Gebäude, die aus denselben Backsteinen der Gegend gebaut waren wie das Hotel, lagen dahinter. An einem davon konnte Franzi mit etwas Mühe ein Schild erkennen. *Hofladen* stand über einer sonnengebleichten grünen Holztür, die halb offen stand.

Zögernd trat Franzi durch das Tor auf einen großzügigen Hof mit Kopfsteinpflaster. Es war blank getreten und unregelmäßig, aber in einem sorgfältigen Muster aus grauen und roten Steinen gelegt, das ihren Blick anzog. Sie blieb stehen und starrte darauf. Ihr Kopf war auf einmal völlig leer. Sie hielt sich an dem Muster fest, begann, die Steine zu zählen. Drei rote, drei graue, immer im Wechsel in einer Rosette gelegt, oder war es eine Spirale?

»Kann ich dir helfen? Suchst du etwas?«, erkundigte sich eine fröhliche Männerstimme. Franzi schrak auf und sah einen großen Mann in Arbeitshosen und einem erstaunlich weißen Hemd. »Hallo, ich arbeite hier. Wolltest du dich nur umsehen, oder kann ich dir helfen?«, wiederholte er geduldig und lächelte sie beruhigend an.

»Ich …« Ihre Stimme versagte. Sie schloss die Augen, räusperte sich und versuchte es noch einmal. »Entschuldigung, aber arbeitet hier eine Luna Michelly?«

Er hob die Augenbrauen. »Klar. Sie ist im Laden.« Er deutete auf die grüne Tür. »Es ist offen, geh einfach hinein. Wenn du sie nicht gleich siehst, ist sie in der Vorratskammer, dann warte eben kurz.«

»Danke.« Aber sie brachte es nicht fertig, sich zu bewegen.

Der Mann betrachtete sie leicht verwirrt. »Du kannst mir ruhig glauben! Ich weiß, dass sie da drin ist. Sie ist meine Freundin.« Er streckte ihr die Hand hin. »Ich bin Dennis.«

Franzi riss sich zusammen. »Franzi. Hallo. Ich bin Lunas Schwester.«

»Nanu? Da kennen wir uns so lange, und sie hat komplett vergessen, mir zu erzählen, dass sie eine Schwester hat?«

»Sie hat nicht vergessen, es dir zu erzählen. Sie hat einfach vergessen, dass sie eine hat.«

»Oh.« Er trat eilig einen Schritt zurück. »Na, da halte ich mich raus. So was ist überhaupt nicht mein Ding. Die Leute sind manchmal unnötig kompliziert. Geh rein, wenn du magst, oder bleib hier stehen, mich stört es nicht. Ich hab zu tun. Viel Glück!«

»Dennis!«, rief sie ihm nach.

»Ja?«

Franzi fummelte an den Holzperlen in ihren Haaren herum. Als sie es bemerkte, bohrte sie rasch die Hände in die Hosentaschen und spürte dabei Hellas Birkenholzarmband. Das beruhigte sie etwas. »Könntest du vielleicht bitte kurz hineingehen und Luna sagen, dass ich hier bin? Sie erwartet mich nicht. Ich möchte sie nicht im Laden überfallen. Wenn Kunden da sind … das wäre nicht fair.«

Er kam zurück. »Okay, das kann ich machen. Du hast wohl recht. Soll ich ihr sagen, wer du bist?«

Franzi nickte. »Dann kann sie entscheiden, ob sie rauskommen möchte. Vielen Dank.«

Sie sah ihm nach. Seine Schritte in den Turnschuhen machten kein Geräusch auf den Steinen. Die ganze Szene kam ihr unwirklich vor, einschließlich sie selbst. Als sähe sie sich von außen, wie in einem Film.

Und dann stand sie da und wartete. Ein Huhn lief über den Hof. Ein Hahn krähte. Oben kreiste ein Falke. Eine Katze spazierte auf einer Mauer entlang. Die Wolken wurden dichter. In der Ferne schlugen die Kirchenglocken zehnmal.

Sonst geschah nichts.

7

Luna würde nicht auftauchen.

Franzi wandte sich um und marschierte auf das Tor zu. Nach drei Schritten blieb sie stehen und schluckte die drohenden Tränen entschlossen herunter. Schließlich war sie extra hierhergekommen! Wenn Luna nichts mit ihr zu tun haben wollte, musste Franzi das akzeptieren, obwohl sie es sich beim besten Willen nicht erklären konnte. Aber das Bild gehörte ihr, und sie wollte es wiederhaben! Luna hatte die Chance auf Diskretion gehabt. Dann würde sie jetzt eben in diesen Laden gehen, Kunden oder nicht.

Doch in diesem Augenblick kam jemand hinter der grünen Tür hervor und ging zögernd auf Franzi zu.

Sie erkannte ihre Schwester mit sofortiger Gewissheit an der Art, wie sie sich bewegte. Immer noch graziös und biegsam wie Schilf in einer Frühlingsbrise. Immer noch war sie schlank und trug ihre Locken lang, doch in dem Blond lag ein fast unwirklicher silberner Schimmer, der Franzi fremd war und sie für einen Augenblick befürchten ließ, die Gestalt wäre nur eine Illusion, heraufbeschworen von ihrem Wunschdenken. Doch dann hätte die Frau keine Jeans getragen und keine ausgeleierte rote Strickjacke. Sinnestäuschungen trugen auch bestimmt kein T-Shirt, auf dem eine Kuh gedruckt war.

Sie schien vertraut, und doch so fremd.

Luna blieb mit einigem Abstand von ihr entfernt stehen.

»Franzi?« Die Stimme war kaum hörbar, so ungläubig klang sie.

Franzi brachte nur ein Nicken zustande. Dann ein vorsichtiges Lächeln, das gegen ihren Willen kam.

»Ich dachte, Dennis macht einen Aprilscherz«, sagte Luna langsam. »Du hast immer noch diese schiefe kleine Zahnlücke vorn. Und den Wuschelkopf.« Jetzt kam sie näher. »Und die Augen. Dämmerungsblau.«

»Augen ändern sich nicht.« Franzi fand ihre Stimme wieder. Ihr war gar nicht aufgefallen, dass es der erste April war. Typisch, dass ihr so was passierte. Von allen dreihundertfünfundsechzig Tagen des Jahres musste sie für eine so ernste Angelegenheit ausgerechnet diesen wählen.

»Gut, dass dir Mama keine Zahnspange verpasst hat«, sagte Luna leise. »Ich hätte diese kleine Lücke vermisst.«

»So was wäre ihr im Traum nicht eingefallen«, sagte Franzi, von diesem Gedanken abgelenkt.

Luna nickte. Ein Funke alter Vertrautheit glomm eine Sekunde lang auf, das einstige stumme Verstehen. Dann erlosch er wieder.

Sie waren sich so fern.

»Ich wollte dir schreiben«, sagte Luna. »Schon lange.«

Ihre Stimme klang völlig anders, als Franzi sie in Erinnerung hatte. Eben nicht mehr wie mit sechzehn. Wie musste es da erst Luna gehen? Franzi hatte noch eine Kinderstimme gehabt, als sie sich das letzte Mal gesehen hatten.

»Hast du aber nicht.«

»Nein. Habe ich nicht. Aber in diesem Sommer hätte ich es getan. Ich habe es mir fest vorgenommen.« Luna lächelte zum ersten Mal. Wie eingerostet. »Das glaubst du mir jetzt nicht.«

»Es fällt schwer«, gab Franzi zu. »Nach all den Jahren.«

»Neunundzwanzig.«

»Ja.«

»Deswegen wollte ich dir endlich schreiben. Damit es nicht dreißig werden. Und weil Oma Hedwig gestorben ist. Das macht es einfacher.«

»Oma Hedwig?« Franzi konnte sich an ihre Großmutter mütterlicherseits noch gerade so erinnern. »Was hat denn die damit zu tun?«

»Ich habe bei ihr gewohnt.«

»Du hast …?« Franzi kam sich dumm vor. Wie ein Echo. Oder ein Papagei.

»Wollen wir …«, begannen sie jetzt gleichzeitig. Franzi brach ab.

»… an einen Ort gehen, wo wir uns unterhalten können?«, fragte Luna.

»Musst du nicht weiterarbeiten?«

Luna schüttelte den Kopf. »Dennis übernimmt den Rest meiner Schicht.«

»Nett von ihm.«

»Ja.« Es klang unverbindlich. Nicht verliebt, fand Franzi. Sie hatte auch nicht den Eindruck gehabt, dass Dennis zu Luna passte. Aber was wusste sie schon über ihre Schwester? Über diese Frau? Nichts. Gar nichts mehr.

»Komm«, sagte Luna. »Wir fahren ein Stück mit dem Fahrrad. Wir haben eins, das du nehmen kannst.«

Franzi folgte ihr zu einer Scheune, aus der Luna zwei Räder schob. Sie hatte so viel über diese erste Begegnung spekuliert, dass sie keinerlei Plan hatte, was darauf folgen sollte.

»Hier, versuch mal, die Höhe müsste passen.«

Franzi versuchte. »Passt.« Luna war noch einen halben Kopf größer als sie. Aber immerhin hatte sie aufgeholt.

Sie waren nicht weit über einen holprigen Weg gefahren, als Luna schon wieder anhielt und ihr Rad an einen Zaun lehnte. »Ich will dir kurz was zeigen.«

Franzi dachte erst, es wären Kühe, die da über eine Weide gemächlich zu ihnen hingelaufen kamen. Doch die Tiere waren größer und schwarz und trugen gewaltige Hörner.

»Wasserbüffel«, sagte Luna erklärend. »Wir machen Mozzarella aus ihrer Milch. Und wir verleihen und verkaufen sie an Naturschutzgebiete.«

»Wozu denn das?«, fragte Franzi, beeindruckt von diesen Wesen, noch ehe sie nahe herangekommen waren.

»Sie mögen Feuchtwiesen und auch trockene. Sie fressen fast alles und halten so die Flächen zum Teil offen, die sonst ganz von Sträuchern und Bäumen bewachsen würden. Viele gefährdete Vogelarten wie der Kiebitz, die Bekassine, die Wachtel und andere brauchen zum Brüten abwechslungsreiche Flächen, und davon gibt es nicht mehr viele. Die offenen Flächen sind auch wichtig für die Wildbienen. Und durch den Dung der Rinder werden noch mehr Insekten angelockt, zum Beispiel Käfer, die wieder für Vögel wie den Wiedehopf und den Neuntöter wichtig sind. Außerdem legen die Büffel kleine Tümpel an, wenn sie sich wälzen. Das ist gut für alle.«

Franzi staunte. Früher hatte ihre Schwester nie so viel geredet. Sie schien sich sehr für all diese Tiere zu begeistern. Luna bemerkte wohl ihre Überraschung, denn sie warf ihr einen verlegenen Blick zu. »Weißt du noch, wie Stellan die Vögel des Waldes geliebt hat? Er sagte, sie seien das glückliche Lachen der Bäume in einem gesunden Wald, und wenn man sie nicht mit Respekt behandeln würde, würde uns ein großes Stück von dem verloren gehen, was den Zauber des Lebens ausmacht.«

Franzi versuchte, sich daran zu erinnern. »Ich weiß noch, wie er mir die Schwanzmeisen gezeigt hat und die Haubenmeisen, und wie wir lange einen Zaunkönig und ein andermal ein Rotkehlchen beobachtet haben.« Sie wich ein Stück zurück, als ein enormer Büffel ganz nahe an den Zaun kam und Luna anstupste, die ihn streichelte. »Das ist Arvalus. Mein Freund«, sagte sie. »Den wollte ich dir zeigen. Du kannst ihn ruhig anfassen, er ist das gutmütigste Wesen, das ich kenne.«

»Ich dachte, Dennis ist dein Freund.« Franzi fuhr vorsichtig über das dunkle, warme Fell.

»Auch.« Luna lachte, und Franzi stimmte ein. Es war ungewohnt und dennoch vertraut und ganz neu, dass sie zusammen lachen konnten. Und irgendwie bei weitem zu früh, denn da war so viel Ungeklärtes, das zwischen ihnen stand, unsichtbar, aber wesentlich gewaltiger noch als der Büffel. Darum hörten sie rasch wieder auf.

»Komm«, sagte Luna und stieg auf ihr Rad.

»Wohin fahren wir?«

»In den Wald natürlich. In den Krämer Forst, der ist in der Nähe. Wenn es schwierig wird, fahre ich immer in den Wald.«

Natürlich, dachte Franzi. Manche Dinge änderten sich wohl doch nicht. Das machte ihr Mut.

Sie radelten eine Viertelstunde schweigend, bis Luna an einem Parkplatz abstieg. Sie schlossen die Räder an einem Zaun an, dann folgte Franzi ihrer Schwester einen sandigen Weg entlang, der in einen Wald führte. Der Duft und das Schattenspiel hüllten sie ein und beruhigten sie.

»Es ist in großen Teilen nur eine Monokultur, eine Plantage, das, was ich einen Stangenwald nenne«, sagte Luna. »Nicht so ein richtiger, lebendiger alter Wald, wie wir es gewöhnt waren. Aber sie bemühen sich hier, das zu ändern, und pflanzen jetzt andere Bäume dazwischen, damit eine Vielfalt entsteht. Es gibt auch eine Begegnungsstätte, ein Arboretum im Aufbau, einen Lehrpfad und ein offenes Klassenzimmer im Wald. Damit die Leute das verstehen lernen, vor allem die Kinder.« Luna blieb stehen. »Sieh mal, eine Spechtschmiede!«

»Eine was?«

»Hier hat ein Specht einen Tannenzapfen in einen Ast eingeklemmt, damit er die Samen herauspicken kann. Das nennt man Spechtschmiede.«

»Toll.« Franzi war beeindruckt. Luna schien eine Menge zu wissen.

Bald führte ein Holzsteg zwischen zwei Teichen entlang auf eine Halbinsel, auf der Bänke standen und junge Birken, deren Stämme und Zweige blendend weiß in der Sonne leuchteten. Bei ihrem heiteren Anblick wurde Franzi ein wenig leichter ums Herz.

Luna setzte sich auf eine der Bänke. Franzi zögerte. Es kam ihr so absurd vor. Alles so normal, als würden sie seit Jahren zusammen irgendwo hinfahren, sich auf eine Bank setzen und ganz selbstverständlich über den Alltag plaudern. Über Arbeit, Liebe, Kinder, Garten, Freunde, die Welt. So wie es Schwestern eigentlich taten. So, wie es immer hätte sein können. Schließlich setzte sie sich dazu. Aber mit Abstand. Unter ihnen hingen blühende Weidenkätzchen die Böschung hinab bis ins Wasser, wo sich Enten jagten.

»Warum hast du nicht geschrieben, dass du kommst?«, fragte Luna, als das Schweigen erdrückend lang wurde.

»Ich wusste nicht, was ich sagen sollte. Du hast ja auch nie geschrieben.«

»Nein.«

»Man kann nicht Jahrzehnte keinen Kontakt haben und dann sind einfach Worte da.«

»Das stimmt. Und Worte waren sowieso noch nie meine Stärke«, sagte Luna. Ihr Blick folgte den Enten. »Deswegen habe ich dir Arvalus vorgestellt. Er hat auch keine Worte. Trotzdem haben wir Kontakt, er und ich. So was wie eine Freundschaft.« Jetzt blickte sie Franzi an, vorsichtig, von der Seite. »Mit Arvalus habe ich dir etwas von meinem Leben offenbart. Jetzt erzähl mir was von deinem.«

»Du wirst Tante.« Sie hatte nicht so damit herausplatzen wollen. Sie wusste ja nicht einmal mehr, was Luna für ein Mensch war. Wollte sie diese Fremde als Tante für ihr Kind? Wollte sie diese Schwester wieder in ihrem Leben haben? Wollte Luna das überhaupt? Würde sie so abwechselnd übergriffig und interesselos sein wie ihre Mutter?

Eigentlich ging es Franzi ja nur um das Bild, zumindest redete sie sich das ein. Aber dafür musste sie schließlich den Grund nennen.

Außerdem half hier nur noch Ehrlichkeit. Zu verlieren hatten sie nichts, beide nicht.

Luna rutschte mit einem Ruck auf der Bank herum und sah Franzi zum ersten Mal direkt ins Gesicht. »*Tante?* Ich werde

Tante?« Sie flüsterte es fast. Zu Franzis Erstaunen entdeckte sie Tränen in Lunas Augen.

»Hast du Kinder?«, fragte sie.

Luna schüttelte den Kopf. »Nein. Das alles liegt mir nicht so, weißt du. Das mit Dennis ist auch nichts Ernstes. Auch vor ihm war da nie was Ernstes. Das heißt, ernst schon, aber nicht … nicht richtig. Nicht … ach, verflixt. Ich bin wie Stellan, weißt du. Wie es sein Name schon sagt. Der Stille.«

Franzi war aus dem Konzept gebracht. »Ich dachte, es heißt Stern?«

»Nein. Stella ist das lateinische Wort für Stern, das stimmt schon. Aber Stellan ist ein schwedischer Name. Und der bedeutet eben das. Der Ruhige, der Stille. Er hat mir das vererbt. Ich habe Kinder nie vermisst. Aber Tante, das wäre schön.« Sie machte eine Bewegung, als wollte sie nach Franzis Hand greifen, dann zog sie sie hastig zurück. »Auch wenn ich es nicht verdient habe.«

Jetzt spürte Franzi, dass sie ebenfalls feuchte Augen bekam, und blinzelte ärgerlich. »Tante sein verdient man sich nicht«, sagte sie heftig. »Das wird man einfach. Ob es einem passt oder nicht! Ich weiß, dass du kein Interesse an mir hast. Ich bin nur gekommen, um mir mein Bild wiederzuholen.«

Luna starrte sie verständnislos an.

»Mein Rindenbild, das du damals mitgenommen hast. Den Baumgeist. Kala. Das wirst du ja wohl noch wissen.« Franzi wurde ungeduldig. »Ich brauche es für mein Kind! Für unser Kind. Matteos und meins. Das *ist* nämlich was Ernstes, verstehst du? Was Echtes.«

»Matteo«, wiederholte Luna. »Ich habe sein Bild auf der Website gesehen. Seid ihr verheiratet?«

»Nein. Das brauchen wir nicht. Wir lieben uns einfach so. Ohne Stempel.« Trotzig wartete Franzi auf die Moralpredigt.

»Find ich gut«, sagte Luna. »Aber Franzi, ich habe Kala nicht mitgenommen! Ich habe nicht mal Keni mitgenommen!«

Franzi starrte sie entgeistert an. »*Deinen* Baumgeist? Nicht? Aber sie waren weg! Beide. An dem Tag.«

»Ich war das nicht, Franzi.« Luna war rot geworden. »Ich gebe zu, ich hatte mir das überlegt. Ich dachte, wenn ich deinen Baumgeist mitnehme, sind sie beide zusammen, und das bedeutet vielleicht, dass wir auch wieder zusammenkommen. Ich dachte, man darf sie nicht auch noch trennen. Und ich dachte, du bleibst ja in deiner gewohnten Umgebung, da brauchst du ihn nicht. Du würdest ja noch den Gespensterwald haben. Unseren Wald. Ich dagegen würde ihn verlieren. Aber im letzten Moment habe ich es mir doch noch anders überlegt. Ich wollte dir nichts wegnehmen, und da habe ich Keni auch dagelassen. Damit sie beide auf dich aufpassen können. Ich hatte ja Stellan.« Jetzt griff sie doch nach Franzis Hand. »Bitte glaub mir!«

Franzi hätte das so gern getan. Doch, ja, sie glaubte es sogar. Sie sah es in Lunas Augen. In diesen Augen erkannte sie unter dem Neuen immer noch ihre sechzehnjährige Schwester, die alles mit ihr geteilt und sie nie belogen hatte. Aber das machte alles andere nur schlimmer. Sie entzog ihre Hand und sprang auf. »Und warum hast du mir dann nie wieder geschrieben? Warum?«, brach es aus ihr heraus. »Warum war ich dir völlig egal?« Ein Spaziergänger in der Ferne wandte sich um, weil sie so laut geworden war. Sein Hund begann zu bellen.

»Du warst mir niemals egal. Nie!« Bei Luna flossen jetzt die Tränen, aber Franzi war zu wütend, um Mitleid zu haben.

»Wie *soll* ich das denn glauben?«

»Bitte, Franzi, lass uns in Ruhe darüber reden. Ich ertrage es nicht, wenn jemand wütend auf mich ist! Das konnte ich noch nie. Ich halte das nicht aus. Wie Stellan. Es ist zu kompliziert, um es einfach so zu erklären. Ich war doch auch erst sechzehn.«

»Na, aber das bist du schon lange nicht mehr!« Franzi funkelte sie an. »Und ich war erst acht. Und *wie Stellan* stimmt. Er hat mich genauso im Stich gelassen. Komplett!«

»So einfach ist das nicht. Bitte, Franzi. Gib uns Zeit! Gib uns eine Chance.« Lunas Stimme zitterte. »Du hast mir jeden Tag gefehlt. Und ich wäre wirklich sehr gern Tante.«

Über ihnen flog eine Formation Kraniche gen Norden. Glücksvögel. Die Birken leuchteten ungerührt weiter schneeweiß, die Enten balgten sich, die Sonne spielte golden im Schilf, Bienen summten in den Weidenkätzchen. Überall war Frieden, ungeachtet des kleinen menschlichen Dramas, das sich hier abspielte. Franzi sah die Szene wie von Weitem. Zwei Frauen auf einer Bank, winzige Figuren unter den Bäumen, sich nahe und doch ein unsichtbarer Abgrund dazwischen.

Die Halbinsel lag erhöht, umgeben von einem unregelmäßigen Holzzaun. »Ich komme oft hierher, weil ich mich dir im Wald immer noch nahe fühle«, sagte Luna leise. »Der Platz hier ist wie eine kleine Festung. Ich fühle mich sicher. Ich wünschte, du könntest das auch! Wenn wir uns beide sicher fühlen, können wir auch ruhig miteinander reden. Bitte, setz dich wieder hin.«

Hinter dem Wald rauschte Verkehr auf der Straße. Es klang fast wie das Meer früher hinter den Buchen.

»Ich weiß, es ist nicht wie in unserem Wald«, sagte Luna flehend. »Nicht wie dort, wo der Wind das Gras mäht. Aber es gibt Blaubeeren. Später im Jahr, meine ich.«

Ein Specht trommelte laut, irgendwo in der Nähe. Es klang mahnend. Wie »*Hör-ihr-zu-hör-ihr-zu.*«

Wo der Wind das Gras mäht. Die Worte brachten Franzi diesen anderen Wald, den ihrer gemeinsamen Kindheit, mit einer solchen Wucht und Deutlichkeit zurück, dass sie sich tatsächlich wieder setzte.

8

Der Abstand zwischen ihnen auf der Bank war kleiner geworden. Etwas. Franzi war sich nicht sicher, ob sie sich mit Absicht näher gesetzt hatte. Sie war einfach erschöpft und wollte nicht mehr so laut reden müssen, um eine Lücke zu überwinden.

Dieser Wald war anders. Nicht wie derjenige von damals. Auch nicht wie der, wo sie jetzt lebte. Aber Luna hatte recht, es war immerhin ein Wald. Ein Ort, an dem Bäume eine Brücke zwischen Himmel und Erde schlugen, an dem sie ihre Wurzeln wie ein sicherndes Netz durch den Boden schickten, den Tag mit Duft erfüllten, tröstlich flüsterten und den Vögeln ein Zuhause gaben.

Wo der Wind das Gras mäht, so hatte man liebevoll und mit einer gewissen Ehrfurcht von jenem Wald hoch oben auf der Steilküste gesprochen, wenn man dort wohnte. Denn durch den stetigen Wind, der die Halme bog, wirkte es, als ob dieses Gras immer die gleiche Höhe hatte. Es wuchs zwischen den Bäumen, die unten kaum Äste trugen und so das Licht und die Schatten zwischen ihnen spielen ließen. Es gab wenige Sträucher zwischen diesen Bäumen, nur ein paar Wildblumen, und so wuchs hier das Gras, so intensiv grün im Frühling wie das Meer darunter blau war.

Ja, das war ein anderer Wald gewesen, mit einer unvergleichlichen Magie. Da konnte der Krämer Forst nicht mithalten.

Trotzdem half es, dass hier und heute auch ein Wald um sie herum war. Er hatte seinen eigenen Zauber.

»Hörst du den Specht?«, fragte Luna. »Wenigstens der klingt wie immer. Wie früher.«

»Zwei. Das sind zwei Spechte«, sagte Franzi. Sie trommelten im Wechsel, einer weit oben, einer gegenüber, unten auf der anderen Seite des Teiches. »Ob sie sich streiten? Um das Revier? Oder sich nur unterhalten?«

»Wir haben uns früher fast nie gestritten«, sagte Luna. »Oder?«

Franzi dachte nach. »Nein. Haben wir nicht. Vielleicht, weil der Altersunterschied so groß war.«

»Oder weil wir uns so gut verstanden haben.« Wenn Franzi sich nicht irrte, klang in Lunas Stimme eine Hoffnung, dass es wieder so werden konnte. Aber bis das möglich wurde, musste viel passieren. Franzi wusste nicht, ob sie eine solche Nähe noch einmal riskieren wollte. »Das hat es ja so schlimm gemacht für mich, dass du so plötzlich weg warst! Und dich nie mehr gemeldet hast. Und Stellan auch nicht.« Sie schluckte. »Wie … wie ist er gestorben? War er krank? Warst du bei ihm? Ich habe es nur vom Anwalt erfahren. Er hat mich um meine Kontonummer gebeten. Wegen des Pflichtteils.«

»Wie bitte?« Luna fuhr herum. »Ich dachte natürlich, Mutter hätte es dir gesagt. Persönlich und vorsichtig.«

»Jantje? Du kennst sie doch.«

»Nein. Schon ewig nicht mehr.«

»Na, sie hat sich nicht verändert. Sie hat sich noch nie geändert, glaube ich. Also, woran ist er gestorben?«

»Er war weit über achtzig, Franzi. Er war doch fast zwölf Jahre älter als Mutter. Stellan war kaum einen Tag krank gewe-

sen in seinem Leben, aber seine Zeit war einfach zu Ende. Er hat
es eine Weile vorher gespürt, und er wollte allein sein. Wie die
Vögel, wenn sie sterben. Das hat er uns doch beigebracht,
weißt du noch? Dass die sich zum Sterben in eine Höhle oder
ein dichtes Gebüsch zurückziehen, an irgendeinen geschützten
Ort. Das hat er sich auch so gewünscht. Ich hatte angeboten, zu
ihm zu kommen und zu bleiben. Er hat es kategorisch abge-
lehnt.«

»Wo hat er denn gewohnt?«

Luna lächelte traurig. »In einem Wald natürlich. In Dänemark, in einer einsamen Hütte. Er hatte sie von einem Freund
gemietet. Da wohnte er schon lange. Um ihn herum nur Bäume.
Und Vögel. Das Rotkehlchen nistete auf seiner Terrasse, die
Blaumeisen im Briefkasten und die Amseln im Rosenstock vor
dem Fenster. Die scheue Bachstelze hatte sich an ihn gewöhnt,
und der Grünspecht bohrte im Rasen nach Würmern. Stellan
war niemals allein. Er war umgeben von seiner eigenen Art
Freunde.« Sie nickte zu einer Amsel hin, die unten am Ufer
Schlamm und Blätter sammelte und in das Wasser tauchte. »Das
ist ein weiterer Grund, warum ich gern hier bin oder an anderen
Stellen in der Gegend. Immer wenn ich Vögel sehe, ist es ein
bisschen, als wäre er anwesend.«

»Sie baut.« Franzis Blick folgte der Amsel zu einer efeu-
umrankten Kiefer. Das Nest war fast fertig. Mit dem nassen
Lehm verputzte der Vogel es nur noch.

»Ja. Es ist immer wieder ein Wunder, wie sie das machen.«
Eine Weile lang vergaßen sie ihr Gespräch, während sie dem
flinken Wesen mit den glänzenden Augen zusahen, das sich
im Nest immer wieder drehte, um die Kuhle perfekt zu machen.
Ihr Partner vertrieb so lange laut schimpfend einen Rivalen.

Ja, Franzi konnte sich gut an den glücklichen, fast zärtlichen Ausdruck erinnern, den Stellan bei solchen Gelegenheiten gehabt hatte. Sie schloss die Augen und begann, nicht nur die Amsel, sondern auch das Zwitschern von Meisen, das Lied eines Zaunkönigs in der Ferne und die Rufe eines Bussards in der Höhe wahrzunehmen. Darauf hatte sie in letzter Zeit zu wenig geachtet oben im Darßwald. Dann fiel ihr die Meise ein, die dort in der Kaffeetasse brütete, und sie öffnete die Augen. Sie war aus einem Grund hier, nicht zum Träumen. Lian konnte nicht ewig für sie einspringen.

»Dann ist er dort gestorben, in seiner Hütte?«

»Ja, er ist im Liegestuhl friedlich eingeschlafen. Als sein Freund ihn fand, saß das Rotkehlchen auf der Armlehne. Es war so, wie er es sich gewünscht hat, Franzi.«

»Das ist gut.« Sie stellte sich das vor und suchte in ihrer Tasche. Der Brief des Anwalts damals hatte sie kaum berührt. Es war so kalt und fremd gewesen, und sie hatte sich gefragt, ob etwas mit ihr nicht stimmte.

Jetzt erst kam die Trauer. Jetzt hatte sie ein Bild, ein Stück Nähe. Luna reichte ihr ein Taschentuch. Franzi war froh, dass sie nicht versuchte, sie in den Arm zu nehmen. Stattdessen wartete ihre Schwester geduldig, bis Franzis Tränen nach geraumer Zeit aufhörten zu fließen.

»›Weine ruhig, das tut gut und heilt die Seele‹, hat Stellan immer gesagt, weißt du noch?«, sagte Luna schließlich leise. »›Fast alles, was mit Wasser zu tun hat, ist gut.‹«

Franzi brachte ein Lächeln zustande. »Ja. Und Jantje sagte: ›Heulen hat noch niemandem etwas gebracht, das macht nur hässlich.‹«

Luna schnaubte. »Typisch Mutter! Und Oma Hedwigs Meinung war: ›Kein Ehemann erträgt hysterische Frauen. Das Geheule gewöhn dir gleich mal ab.‹«

»Wirklich?«, fragte Franzi. »War sie so … altmodisch? Ich bin ihr ja nur ein paarmal begegnet, und da war ich noch klein. Ich weiß fast nichts über sie.«

»Erzkatholisch und erzkonservativ. So spießig wie nur irgend vorstellbar. Sie hatte die Moral für sich gepachtet.«

»Und bei der hast du gewohnt?«

Luna zuckte mit den Schultern. »Sie konnte nicht aus ihrer Haut. Sie war eben so aufgewachsen. Aber sie war kein schlechter Mensch, weißt du. Nur halt sehr überzeugt. Von sich und ihren Werten.«

»Hast du schon hier gelebt, als Stellan starb?«

»Ja, schon lange.«

»Was wolltest du überhaupt bei Hedwig?« Franzis Magen knurrte plötzlich und übertönte damit die Spechte.

»Du hast Hunger. Wir müssen auf dich aufpassen, wo du doch schwanger bist. Weißt du was?«, fragte Luna. »Wir könnten zu mir fahren. Ich mach uns was zu essen. Dann siehst du, wo ich die letzten Jahre gelebt habe.«

Wir müssen auf dich aufpassen. Wir, hatte sie gesagt! Franzi schnaubte in das Taschentuch, damit Luna nicht merkte, dass ihr schon wieder die Tränen kamen. Egal wie gut das für die Seele sein mochte, dieses dauernde Am-Wasser-gebaut-sein musste aufhören. Da hatten ihr die Hormone was eingebrockt! So kannte sie sich gar nicht. Wofür würde Luna sie halten?

»Ist gut«, sagte sie. Hunger hatte sie wirklich.

Bei all den Neuigkeiten, die sie verarbeiten musste, klammerte sie sich an das, weshalb sie hergekommen war. »Aber

Luna, wenn du unsere Baumgeister nicht hast – wo sind sie denn dann geblieben?«

Luna sah sie ratlos an. »Ich habe keine Ahnung, Franzi. Ich dachte doch, sie sind bei dir! Ich hab sie auch vermisst. Einmal habe ich mir sogar aus dem Gedächtnis meinen Baumgeist nachgemalt, aber es hat nicht funktioniert. Du sagst, Mutter weiß nichts davon?«

»Sie sagt nein.«

Luna runzelte die Stirn. »Dann können sie wohl nur in der Kiste sein.«

Das machte Hoffnung. »Welche Kiste denn?«

»Die, die Stellan hinterlassen hat. Mit seinen Sachen. Mehr Besitz hatte er nicht. Sie steht noch bei seinem Freund in Dänemark.«

»Wieso ist die nicht bei dir?«

»Er hatte angeboten, sie mir zu schicken oder für mich aufzuheben. Ich wollte noch nicht, dass er sie schickt. Bei uns war kein Platz. Oma Hedwig brauchte Rollstühle, jede Menge Hilfsmittel, alles war vollgestopft, es ging einfach nicht. Und außerdem …« Luna zögerte.

»Was?«

»Ich weiß nicht, was in der Kiste ist, vielleicht nur Bücher, aber es könnten auch sehr persönliche Sachen sein. Oma Hedwig hätte verlangt, sie zu sehen, und wäre darüber hergezogen. Ich wollte das nicht. Es wäre verletzend gewesen. Für Stellan, auch wenn er es nicht mehr erfahren hätte. Und für mich. Es hat schon gereicht, wie sie immer über unsere Eltern geschimpft hat. Diese feinen Nadelstiche ständig.«

»Dann verstehe ich nicht, wie du es überhaupt mit ihr ausgehalten hast!«

»Ach weißt du, sie konnte auch lieb sein. Sie war für mich da, als ich nicht weiterwusste. Und sie war Familie. Viel hatten wir ja nicht davon. Außerdem hatte ich im Gegensatz zu dir eine Menge Erinnerungen an sie. Als ich noch klein war, so fünf oder sechs.«

»Als mit unseren Eltern noch alles in Ordnung war?«

»Ja, jedenfalls schien es so. Damals war Oma Hedwig ziemlich nett zu allen, und sie hatte immer Zeit für mich. Sie konnte wunderbar vorlesen, auch wenn ihre Märchen furchtbar moralisch waren. Ich mochte es aber noch sehr viel lieber, wenn Stellan seine Geschichten erfand, von den Vögeln und was alles im Wald passierte.« Luna stand auf. »Komm, fahren wir was essen.«

Während sie zurückradelten, überlegte Franzi, ob sie je wieder lernen würde, ihre Schwester zu verstehen. Wider Willen war sie jetzt neugierig auf diese fremd gewordene Frau. Sie hatte doch nur mit allem abschließen und das Bild holen wollen. Und nun? Statt einer Antwort drängten sich so viele offene Fragen auf! Was war Stellans Leben gewesen, was Lunas? Warum hatten sich ihre Eltern getrennt? Und warum hatten sie alle nicht mehr miteinander geredet?

Was für ein Geschenk, dass sie mit Matteo über alles, wirklich alles jederzeit reden konnte. In keiner ihrer anderen Beziehungen zuvor war das so gewesen. Darum hatte sie gewusst, dass Matteo der Richtige war und sie für immer mit ihm zusammenbleiben wollte, wenn sie ihr Glück festhalten konnten. Sie würde darauf achten, dass es mit ihrem Kind genauso sein würde, nahm sie sich vor. Es sollte nicht mit offenen Fragen aufwachsen und schon gar nicht eines Tages mit einer solchen Last ins Erwachsenenleben hinausgehen.

Aber dann gehört Luna auch dazu, fiel ihr ein. Wenn alles richtig sein sollte, musste das Kind auch mit seiner Tante reden können. Dann musste sie an Weihnachten zu Besuch kommen und Geschichten vorlesen und zu viele Süßigkeiten kaufen dürfen, und in den Ferien würde es zu ihr auf den Hof fahren und Arvalus kennenlernen ...

»Franzi! Pass auf! Die Kurve ist scharf!« Luna hatte sich umgedreht. Franzi riss den Lenker herum, fast wäre sie gegen einen Baum gefahren. Zu viele Tagträume, ermahnte sie sich. In der Gegenwart gab es genug, um das sie sich kümmern musste.

Aber das Bild, das sie heraufbeschworen hatte, blieb in ihren Gedanken hängen.

9

»Uih!« In dem kurzen Flur, von dem aus man in eine winzige Küche und ein etwas größeres Wohnzimmer blicken konnte, sah sich Franzi beeindruckt um. »Das ist … voll.«

»Voll*gestopft*. Sag es nur.« Luna nahm ihr die Jacke ab. »Sieh dich ruhig um, auch oben. Ich mach uns was zu essen. Vorbereitet bin ich natürlich nicht. Es gibt nur Pizza oder Spaghetti.«

»Was für Pizza?«

»Gemüse.«

»Gerne.«

Luna verschwand in der Küche, und Franzi bahnte sich staunend einen vorsichtigen Weg durch das Wohnzimmer. Kein Zentimeter an der Wand war frei. Gestickte Sprüche, ein Gemälde der Art »Röhrender Hirsch«, ausgeblichene Fotos von Kirchen, das finster blickende Porträt eines Mannes, vermutlich der Großvater. Einige kleine Geweihe. Jede Menge Stehlampen und bunte Teppiche, beides mit reichlich Fransen. Ein riesiges durchgesessenes Plüschsofa in einem kränklichen Violett, das wohl einst weinrot gewesen war. Unter den Kissen sah man es noch, als Franzi eines anhob. Eine gewaltige Standuhr tickte vor sich hin. Ein honiggelber Ohrensessel gefiel ihr. Der Blick aus den Fenstern war durch Rüschenstores und schwere Obergardinen aus zerschlissenem Brokat verdeckt. Mit Mühe schob Franzi den Stoff beiseite. Dahinter fand sie eine bezaubernde Aussicht auf eine weite Frühlingslandschaft vor, in der Ferne die

Mühle vor dem Himmel. Hinter einem anderen Vorhang entdeckte sie eine Tür, die auf eine kleine Terrasse führte. Die war offenbar schon lange nicht mehr benutzt worden. Herbstblätter vom letzten Jahr trieben sich darauf herum, in einer Ecke lag ein Handfeger voller Spinnweben.

In der Küche begann es zu duften. Franzi versuchte, ihren Appetit zu vergessen, indem sie die Erkundungstour im Obergeschoss fortsetzte. Sie zwängte sich an einem Treppenlift vorbei hinauf und fand zwei winzige Schlafzimmer. Im größeren standen ein Pflegebett und ein Ungetüm von Kleiderschrank, das kleinere gehörte Luna, was man nur an der zeitgemäßen Kleidung und den Büchern erkannte, die herumlagen. An den Möbeln nicht. Aber auch hier war der Blick herrlich. Franzi öffnete das Fenster weit und träumte eine Weile hinaus über die Wiesen. Das Dach besaß einen großzügigen Überhang mit geschnitzten Balken. Wilder Wein hing wie Girlanden davon herab. Irgendetwas an dem Haus sprach sie an, eine Art Geborgenheit. Sicher, weil es so klein ist, dachte Franzi, man müsste nur …

»Fertig!«, rief Luna von unten.

»Ich komme!«

»Na, bist du schockiert?«, wollte Luna wissen.

»Nein. Ich würde es ›Lunas Nest‹ nennen. Es hat was. Man könnte nur …«

Luna winkte ab. »Schon gut, ich weiß. Los, die Pizza wird kalt. In der Küche sind ein Tisch und zwei Stühle. Ich esse immer da. Wenn überhaupt. Meistens bin ich auf dem Kiebitzhof.«

Kein Wunder, dachte Franzi. »Es ist so schön draußen. Könnten wir nicht auf der Terrasse …?«

Luna blieb verblüfft stehen. »Könnten wir wohl. Ich habe

noch nicht darüber nachgedacht. Oma Hedwig hat das nie in Betracht gezogen.«

»Warum?«

»Käfer. Wespen. Bienen. Und Nachbarn. Komm, dann müssen wir die Küchenmöbel rausstellen. Ich habe keine Gartenmöbel.«

»Wie lange wohnst du schon hier?«, erkundigte sich Franzi.

»Siebenundzwanzig Jahre.«

»Siebenund…?« Franzi verschluckte zu spät ihr Erstaunen, während sie half, die beiden wackeligen Stühle und den winzigen Tisch hinauszutragen. Die Sonne war noch warm, im Gras blühten Gänseblümchen und Löwenzahn. Hier konnte man besser atmen als drinnen. »Wer sind denn die Nachbarn?«, fragte sie mit einem Blick zur zweiten Doppelhaushälfte. Die war anders. Hellgrün gestrichene Fassade, die Fenster blitzblank, um die Terrasse herum ein Beet voller Stiefmütterchen und Tulpen, zwei Liegestühle.

»Udo und Sieglinde. Einige Jahre jünger als Oma Hedwig und ganz in Ordnung. Sie lassen mich in Ruhe, aber manchmal helfen wir uns auch, wenn es nötig ist.«

Sie lassen mich in Ruhe schien etwas zu sein, das Luna wichtig war.

»Störe ich dich eigentlich sehr?«, fragte Franzi. »Ich hätte mich wohl doch anmelden sollen. Es war vielleicht nicht fair, einfach so aufzutauchen.«

»Was ist schon fair?« Luna schob ihr den Pizzateller hin. »Ja, du hast mich ganz schön überrumpelt, und normalerweise mag ich so was gar nicht. Aber ich bin ja selber schuld. Ich hätte mich schon lange melden können. Jetzt, wo du da bist, freue ich mich einfach nur. Sehr sogar.«

Franzi freute sich auch – mehr, als sie zugeben wollte, auch sich selbst gegenüber. Wer wusste schon, ob Lunas Freude anhalten würde? Besser war es, vorsichtig zu bleiben. »Erzählst du mir jetzt, warum du hier mit Hedwig gelebt hast?«

»Ja …« Luna suchte sichtlich nach Worten, nach einem Anfang. »Also, Stellan ist damals mit mir nach Dänemark gegangen. Wir haben in einem möblierten Haus am Wald gelebt, in einer Dachwohnung. Ich habe mir vorgestellt, es wäre unser Gespensterwald. Ich konnte aus der Luke klettern, neben dem Schornstein sitzen und auf die Bäume sehen, das war schön. Ziemlich einsam, aber nicht so weit abgelegen wie seine Hütte später. In der Nähe war ein Dorf, ich musste ja noch in die Schule. Das war zum Glück leichter als gedacht. Die meisten dort konnten etwas Deutsch, und ich ja von Stellan schon einiges Dänisch.« Luna biss von der Pizza ab.

»Und wie war das so, allein mit Stellan?« Franzi war immer so gern mit ihrem Vater auf Streifzügen gewesen. Wie hatte sie das vermisst, bis es nur noch eine verschwommene Erinnerung war.

»Schwierig. Mit Kindern konnte er gut umgehen, aber ich war ja längst in der Pubertät und hatte mit mir selbst Probleme. Wir wussten kaum, worüber wir reden sollten. Er war ohnehin schweigsam, und ich bin es auch. Wir waren uns viel zu ähnlich. Das fiel wohl erst ins Gewicht, als du und Mutter nicht mehr da wart. Ihr seid so ganz anders.«

»Das war mir nie klar. Bei mir war Stellan nicht schweigsam, und du auch nicht.«

»Nein, wie gesagt, mit Kindern konnte er besser – und du und ich, wir waren uns so nahe, da fiel mir nichts von dem schwer, was mir bei fremden Leuten zu schaffen macht. Diese Trennung von euch war auch etwas, worüber wir nicht miteinander reden konnten. Dabei haben wir beide so darunter gelitten. Na ja, und dann wurde ich achtzehn.« Luna nahm einen Schluck von der Kräuterlimonade, die sie gemacht hatte, während die Pizza im Ofen war. Die schmeckte ungewöhnlich, aber sehr gut, fand Franzi. Ehe sie abfuhr, musste sie Luna nach dem Rezept fragen. Das war was für das Café. »Wir feierten den Geburtstag ganz ruhig und nett, mit Stellans Freund, der ihm später die Hütte vermietet hat. Jeppe hieß er«, fuhr Luna fort. »Ich mochte ihn, er war wie eine Art Patenonkel. Er hatte mir kurz davor eine Gärtnerlehre vermittelt. Ich dachte, das liegt mir. Immer draußen sein, nicht viel mit Menschen zu tun haben. Blumen verlangen nicht, dass man mit ihnen spricht. Die erste Woche lief ganz gut, ich durfte im Gewächshaus Setzlinge versorgen. Und dann, am Tag nach dem Geburtstag, wollte Stellan etwas mit mir besprechen. Ich hatte gleich ein komisches Gefühl. Wenn er über was reden wollte, musste es etwas Ernstes sein. Noch ein Stück Pizza?«

»Ein kleines.« Franzi nahm sich, gespannt. »Und? Was wollte er?«

»Er sagte, ich wäre ja nun erwachsen. Ich würde Geld verdienen, und auf dem Konto läge auch noch einiges. Die Miete wäre für ein halbes Jahr im Voraus bezahlt. Und Jeppe wäre ja in der Nähe, wenn ich Hilfe brauchte. Er selbst würde sich deshalb jetzt auf eine schon ewig verschobene Reise machen, und die würde lange dauern, vielleicht ein halbes Jahr, vielleicht ein ganzes.«

Franzi verschluckte sich beinahe an einem Stück Zucchini. »Ein ganzes Jahr? Er hat dich einfach so allein gelassen?«

»Nicht einfach so. Er hat ja gewartet, bis ich erwachsen war.«

»Volljährig vielleicht. Aber erwachsen wird man doch nicht von einem Tag auf den anderen. Ich habe gerade den Eindruck, ich bin immer noch nicht fertig damit.« Franzi schob den Teller weg. »Seit ich erfahren habe, dass ich schwanger bin, habe ich das Gefühl, nicht bereit dafür zu sein, dabei wird es höchste Zeit. Ich weiß einfach nicht, ob ich das kann.«

»Weil in unserer Familie so viel schiefgegangen ist? Das muss doch nichts heißen. Du wirst es besser machen, Franzi.«

»Woher willst du das wissen? Du kennst mich ja gar nicht mehr.«

»So grundlegend ändert man sich nicht. Du hast die guten Eigenschaften von Jantje und auch die von Stellan geerbt. Bei mir war es eher umgekehrt.«

»So siehst du das?« Franzi war erstaunt. »Ich habe dich immer bewundert. Damals dachte ich, du wärst perfekt.«

»Weil ich älter war und mehr konnte? Das ist keine Kunst.«

»Nein. Du warst schön und schon mit zwölf souverän und immer gelassen. Und so unabhängig. Du wusstest immer, was zu tun ist.«

Luna lachte auf. »Das sah vielleicht so aus. Mit achtzehn jedenfalls wusste ich es nicht mehr. Stellan ging also auf seine Reise. Es stellte sich heraus, dass er schon als Junge davon geträumt hatte, den Süden kennenzulernen. Die Sterne dort wollte er sehen, das Kreuz des Südens. Mangrovenwälder und türkisblaues Meer. Im Heim in Dänemark hat er oft frieren müssen. Er liebte es, wenn der Südwind blies, und er wollte herausfinden, woher dieser Geruch kam.«

»Das stimmt«, erinnerte sich Franzi. »Wenn der Wind aus dem Süden kam, hat er uns immer darauf hingewiesen. Dann stand er manchmal lange nur da und schien ganz abwesend zu sein.«

»Tja, aber er musste wohl erst Geld dafür verdienen, und er dachte ja, er hätte ein Leben lang Zeit. Stattdessen kam der Mauerbau. Da war es aus mit dem Traum. Stellan dachte, für immer. Und dann, so viele Jahre später, kam die Wende. Die Mauer fiel. Er hätte wieder fahren können. Aber da war er für mich verantwortlich.«

»Hat er dich das etwa spüren lassen? Dachtest du, du wärst eine Last für ihn?« Franzi war empört.

»Nein, nie! Aber nun sah er seine Chance gekommen, und er wollte sie nicht noch einmal verpassen. Er war längst nicht mehr jung. Es war seine letzte Reise. Ich konnte das verstehen und war ihm nie böse. Ich fand den Gedanken sogar aufregend, allein für mich verantwortlich zu sein, ganz erwachsen eben. Und dass er mir das zutraute.«

»Das kann ich mir vorstellen. Und? Wie war es?«

»Ein, zwei Wochen ging alles gut. Ich hatte ja den Wald. Wenn ich mich einsam gefühlt habe, bin ich auf meinen Lieblingsbaum geklettert, habe mich an den Stamm gelehnt und den Blättern zugehört. Ich habe heruntergefallene Äste in eine Vase gestellt und mit allerhand dekoriert – Eicheln, Tannenzapfen, für jeden bewältigten Tag etwas, wie eine Art Tagebuch. Aber dann kam ich in der Gärtnerei immer weniger zurecht. Ich sollte auf einmal Kunden beraten und bedienen. Mit fremden Menschen reden. Und es war so laut dort. Da ging eine große Verkehrsstraße vorbei. Das alles hielt ich kaum noch aus. Und dann … möchtest du einen Kaffee?«

»Ja, gerne.« Franzi half, die Teller in die Küche zu tragen, und setzte sich auf das Fensterbrett, während Luna hantierte. Die Stühle waren ja draußen. »Erzähl weiter«, bat sie gespannt.

»Na ja, ich …« Luna zögerte, dann gab sie sich einen Ruck.

»Ich bat Jeppe, ob er nicht einen Rat hätte, eine andere Idee, was ich für eine Lehre machen könnte. Er hatte einen kleinen Lebensmittelladen, so einen Tante-Emma-Laden, wo es fast alles gab, und ich mochte es dort. Es war meist still, und es roch gut nach tausend Dingen. Er bot mir an, die Lehre bei ihm zu machen. Ich fragte, ob ich auch Kunden bedienen müsse, und er meinte, kaum, wenn ich das nicht möchte. Ich könnte Organisatorisches machen, die Waren in den Regalen anordnen, Bestellungen aufgeben und auspacken, solche Dinge. Also versuchte ich es, und es machte mir Spaß. Anscheinend lag mir das. Die Kunden fanden, es wäre jetzt alles viel übersichtlicher, aber auch ansprechender.«

»Das klingt doch gut«, fand Franzi, als Luna aufhörte zu erzählen.

Luna stellte den Kaffee auf ein Tablett und steuerte wortlos wieder auf die Terrasse zu.

»Was ist passiert?«, fragte Franzi hartnäckig, als ihre Schwester nur schweigend an ihrer Tasse nippte. Die Tasse war angeschlagen, stellte Franzi fest, und beschloss, Luna ein Paket mit zwei Tassen und Tellern von Nele zu schicken. Irgendetwas musste hier doch mal verändert werden. Was würden die Nachbarn wohl sagen, wenn man hier altes Geschirr in den Magnolienbaum hängte?

»Jeppe fing an, sich immer öfter ganz nahe hinter mich zu stellen und mir Handgriffe zu zeigen. An den Haltern für Handtücher, an den Regalen mit Kosmetik, an den Kleiderständern. Er fing an, mich dabei … anzufassen. Anfangs habe ich es ignoriert, bin ihm ausgewichen, aber es wurde ständig schlimmer. Ich habe heute noch seinen Geruch in der Nase, wenn ich daran denke. Und dieses Gefühl, nicht atmen zu können. Irgendwann träumte ich auch nachts davon und konnte nicht mehr schlafen.«

»Oh, Luna! Und du warst ganz alleine.«

»Ja, da war niemand, mit dem ich darüber reden konnte. Jeppe war nicht verheiratet. Wir hatten keine anderen Freunde. Schließlich hat er versucht, mich zu küssen.« Luna blies in ihre Tasse, obwohl der Kaffee längst nicht mehr zu heiß war. »An dem Tag habe ich unserem Vermieter eine Kündigung geschrieben, meine paar Sachen gepackt und bin mit dem Bus bis Gedser gefahren. Dann mit der Fähre nach Rostock. Ich hatte nicht viel Geld, aber es reichte für eine Nacht in einer Pension, um zu überlegen, was ich jetzt tun konnte.«

»Aber warum bist du denn nicht zu uns gekommen?« Franzi fiel es immer schwerer, noch wütend auf ihre Schwester zu sein. Sie hatte einfach angenommen, Luna wäre es gut gegangen. Warum eigentlich?

»Das ... das ging nicht. Jedenfalls wollte ich es nicht. Mir fiel Oma Hedwig ein. Ich wusste noch, dass sie und Opa damals, als sie wegzogen, in der FDJ-Schule Sommerswalde Arbeit gefunden hatten und in einem Örtchen namens Vehlefanz wohnten. Den Namen hatte ich mir gemerkt, weil ich ihn lustig fand. Also fuhr ich nach Vehlefanz und fragte mich durch. Ich dachte, wenn sie da nicht mehr wohnt, kann ich ebenso dort nach Arbeit suchen wie woanders. Aber ich hatte Glück. Man kannte sie. Die FDJ-Schule war zwar seit der Wende Geschichte, aber Oma Hedwig war noch da. Du glaubst nicht, wie froh ich war!«

Doch, das glaubte sie. Wenn sie sich vorstellte, wie einsam und verloren sich Luna gefühlt haben musste ... Franzi fröstelte trotz der warmen Sonne. »Lebte Opa nicht mehr?«

»Nein, der war kurz davor gestorben. Vielleicht war Oma

Hedwig deswegen ganz froh, mich zu sehen. Sie war richtig freundlich und ich unendlich erleichtert. Ich habe ihr alles erzählt. Das war vielleicht ein Fehler, weil es ihr Gelegenheit gab, über Stellan herzuziehen. Aber in dem Moment war mir das egal. Ich war einfach nur froh, eine Bleibe gefunden zu haben und jemanden, der für mich da war. Nach der Sache mit Jeppe war ihre felsenfeste Moral sogar irgendwie beruhigend.« Luna lachte auf. »Ich habe mich dann mit der Zeit daran gewöhnt wegzuhören, wenn sie sich über die Verkommenheit der Menschheit im Allgemeinen ausließ.«

»Mit Jantje hatte sie seit der Scheidung nie wieder Kontakt aufgenommen, oder weiß ich nur nichts davon?«, fragte Franzi.

Luna schüttelte den Kopf. »Nein. Sie wollte mit unserer Mutter nichts mehr zu tun haben. ›Meine Tochter hat zweimal versagt. Es ist eine Sünde und eine Schande‹, schimpfte sie, als ich sie danach fragte.«

»Wieso zweimal? Was war denn noch außer der Scheidung?«

Luna zuckte mit den Schultern. »Das habe ich nicht rausbekommen. ›Ich will davon nichts mehr hören! Es ist ein Glück, dass du nicht nach ihr kommst‹, sagte sie, als ich nachfragte.«

»Ach, hatte sie Angst, du würdest auch sündigen?« Franzi musste lachen.

»Na, das habe ich wohl getan, mehrmals, wenn es nach ihren antiquierten Standards ging. Ich habe vor Dennis zweimal eine Beziehung gehabt. Aber ich tue mich schwer mit Nähe, es war nichts Dauerhaftes. Oma Hedwig wusste nie etwas davon. Oder sie hat es nicht wissen wollen. Vielleicht war sie sogar so altersweise geworden, darüber hinwegzusehen. Sie war am Ende schließlich auf mich angewiesen. Im Ganzen war es über all die Jahre eine Zweckgemeinschaft.«

»Und du wolltest nie weg?« Franzi konnte sich so ein Leben schwer vorstellen.

»Doch, sicher. Ich hatte nie geplant zu bleiben, es war ja nur eine Zuflucht. Aber Oma Hedwig arbeitete auf dem Kiebitzhof. Sie stand kurz vor der Rente und konnte körperlich eigentlich schon nicht mehr. Sie hat geregelt, dass ich ihre Stelle übernehmen konnte. Sie konnte mich einweisen, so ging alles glatt. Ich fütterte die Tiere, half im Gemüsegarten, alles Dinge, die mir lagen. Und dann arbeitete ich zunehmend im Hofladen. Das hatte mir ja schon bei Jeppe Freude gemacht. Der Laden hier wurde erst aufgebaut, ich konnte kreativ mitwirken, wenn auch nicht so viel, wie ich es gern gehabt hätte. Mir lag so sehr daran, dass ich sogar lernte, mit Kunden umzugehen. Ich freundete mich mit Arvalus an und erzählte ihm meine Sorgen.« Luna lächelte. »Und so fing ich an, den Hof zu lieben, die Tiere und meine Arbeit. In der Freizeit fuhr ich mit dem Fahrrad umher und fand den Forst und noch andere wunderschöne Stellen, die ich dir gern zeigen würde. Ich verliebte mich in das Land. Viel habe ich nicht verdient, aber bei Oma Hedwig wohnte ich umsonst und habe mich dafür um sie gekümmert. Und so blieb ich. Wir haben uns zusammengerauft. Sie konnte auch sehr lieb sein.« Luna schenkte Kaffee nach.

»Und wie ging es dir, als sie starb?«

»Ich habe einfach weitergemacht. Mir vorgenommen, dir endlich zu schreiben. Irgendwann zu überlegen, ob ich denn hierbleiben möchte und wenn ja, wie. Sie hat mir das Haus vererbt, aber es fühlt sich immer noch an wie ihres.« Luna hob die Schultern. »Ich habe alles erst mal von mir weggeschoben, ich war wie gelähmt. Aber gerade kürzlich habe ich beschlossen, etwas zu ändern.«

»Hilft dir Dennis denn nicht?«

»Ach, Dennis.« Luna wischte ihn mit einer Handbewegung beiseite. »Das ist eigentlich schon lange vorbei. Zwischen uns war kaum was. Zeitvertreib, für uns beide.«

»So eine Beziehung wäre nichts für mich.« Franzi dachte voller Sehnsucht an Matteo.

»Ich hab ja gesagt, Nähe liegt mir nicht«, sagte Luna.

»Luna, warum fällt es dir so schwer, mit Menschen umzugehen? Warum sagtest du, du bist wie Stellan?«

»Er konnte viele Menschen um sich herum auch nicht ertragen. Menschenmengen wie auf Volksfesten oder in der Nähe von Sehenswürdigkeiten versetzten uns beide geradezu in Panik. Lärm ebenso. Oder grelles Licht. Und Streit. Ich muss es von ihm geerbt haben, also ist das wohl Veranlagung. Oder einfach eine Macke, ein Defizit. Ist auch egal. Stellan ist tot, und ich habe meine Nische gefunden.«

»Luna, die Kiste, die mit Stellans Sachen. Du sagtest, ein Freund von ihm bewahrt sie auf. Ist sie … ist sie bei diesem Jeppe?«

Luna nickte. »Ja, sie ist bei Jeppe. Franzi, ich habe jetzt mehr geredet als jemals zuvor. Ich kann gerade nicht mehr.«

Franzi wusste nicht, wie sie damit umgehen sollte, da waren immer noch so viele Fragen. Doch all die Jahre konnte man wohl nicht an einem Tag aufholen. »Soll ich dir was von mir erzählen?«

»Sei mir nicht böse, aber im Moment kann ich auch nicht mehr zuhören.« Luna ließ den Kopf sinken. Sie sah tatsächlich erschöpft aus. »Ich möchte alles erfahren, unbedingt, aber nicht jetzt.«

»Soll ich gehen?«

Luna blickte auf. »Bitte, sei mir nicht böse! Vielleicht wäre es für uns beide gut, wenn wir uns ausruhen? Du bist doch schwanger! Und dann kommst du morgen wieder, ja? Bitte! Geht das? Ich nehme mir frei. Und dann machen wir was. Zusammen. Was immer du willst.«

Luna wirkte so zerbrechlich, so verletzlich. Franzi schluckte ihren Unmut hinunter und sah sich ratlos um. Auf einmal kam es ihr vor, als sei sie die Ältere. Ihr Blick fiel in das Wohnzimmer, auf die allzu bunten Kissen, den kaputten Teppich, die schweren Vorhänge, die Spitzendeckchen.

»Okay, ist gut. So machen wir das. Weißt du was? Körperliche Tätigkeit hilft immer. Du wolltest doch was ändern. Lass uns morgen dein Nest entrümpeln!«

10

Luna hatte recht gehabt. Als Franzi im Hotel ankam, merkte sie erst, wie sehr sie der Aufruhr von Gefühlen ebenfalls erschöpft hatte. Dennoch schlief sie in dieser Nacht schlecht, so viele gute und schwierige Erinnerungen und offene Fragen hatte Luna in ihr geweckt. Eine Weile irrte sie in einem rastlosen Traum nachts im Gespensterwald umher. Aber sie war allein, Stellan mit seiner Lampe war nicht da und die Sterne auch nicht. Es war dunkel, und Franzi, voller Angst, wusste den Weg nicht mehr. Selbst das Meer, an dem man sich immer orientieren konnte, war verschwunden.

In Panik wachte sie auf, wusste auch dann erst nicht, wo sie war, bis ihr einfiel, dass sie sich in einem Hotel befand. In einem Fremdenzimmer, das sich in diesem Moment genauso anfühlte – fremd. Dabei gefiel es ihr hier doch eigentlich. Sie stand auf, holte sich ein Glas Wasser und döste schließlich gegen Morgen wieder ein.

Luna öffnete am nächsten Morgen so rasch die Tür, als hätte sie dahinter gewartet. Sie sah wesentlich frischer aus, als Franzi sich fühlte.

»Ich hatte Angst, du kommst nicht!«, sagte sie.

»Warum? *Ich* bin noch nie weggegangen und weggeblieben, ohne Bescheid zu sagen.« Franzi klang vorwurfsvoller, als es ihre Absicht gewesen war. »Entschuldige. Diese Morgenübelkeit macht mich reizbar. Ich meinte es nicht so.«

»Schon gut«, sagte Luna hastig. »Soll ich dir einen Tee machen?«

Franzi winkte ab. »Hatte ich schon. Hat geholfen, ist fast vorbei. Wo wollen wir mit der Arbeit anfangen? Das lenkt ab.«

»Du willst mir wirklich dabei helfen?«, fragte Luna zaghaft und setzte sich erst einmal auf einen abgewetzten Hocker, der zusammenhanglos herumstand. »Ich bin damit schlichtweg überfordert. Vielleicht weil alles, was ich entfernen will, Schuldgefühle auslöst. Ich denke dann, ich höre Oma Hedwig schimpfen.«

»Na, ich habe diese Schuldgefühle nicht«, sagte Franzi entschieden. »So, wie sie unsere Mutter behandelt hat. Ihre eigene Tochter! All die Jahre hat sie den Kontakt mit ihr verweigert, bloß wegen der Scheidung? Katholisch und erzkonservativ hin oder her, das muss einen doch nicht unmenschlich werden lassen!«

Nun, da sie schwanger war, machte sie das Verhalten ihrer Großmutter wütend, obwohl sie es als Kind widerspruchslos hingenommen hatte. Aber darum ging es jetzt nicht. Es war ein merkwürdiges und auch schönes Gefühl, dass ihre ältere Schwester tatsächlich ihre Hilfe gebrauchen konnte. Ausgerechnet Luna, der scheinbar immer alles zugeflogen war. Da hatte Franzi sich wohl geirrt, aber wie hätte sie es damals besser wissen sollen?

»Sie war kein …«, begann Luna, aber Franzi kam jetzt in Fahrt und wischte das beiseite.

»Ja, ja, ich habe es verstanden, sie konnte auch lieb und hilfsbereit sein. Ich glaube es dir, aber ihre guten Seiten werden kein bisschen nachträglich beeinträchtigt, wenn wir diese Sofaruine hier beseitigen, und die kaputten Gardinen auch.« Sie zog daran, um ihre Worte zu bekräftigen, aber in dem Zupfer lag wohl etwas zu viel Groll auf die Vergangenheit. Der verschlissene Stoff riss mit einem merkwürdig befreienden Ratschen der Länge nach auf, dann stürzte die gesamte Gardinenstange polternd und rauschend damit zu Boden.

»Upps!«, murmelte Franzi betreten und betrachtete die hässliche Stelle, an der die Haken aus der Wand gebrochen waren. »Tut mir leid! Ich besorge Spachtelmasse und bringe das wieder in Ordnung.«

Aber Luna sprang auf, auf einmal voller Energie. »Mensch, guck mal, wie viel Licht jetzt hier hereinkommt! So war das noch nie. Das ist ja ein richtig heller Raum!« Sie nahm sich den anderen Vorhang an der Tür vor, kletterte auf einen Stuhl und löste dort ebenfalls die ganze Stange von den Haken. Sie ließ alles einfach fallen. Dann stieg sie herab, griff sich einen Schraubenzieher aus einer Schublade und schraubte die Haken gleich aus der Wand. »Die waren auch schon locker. Ich habe eine bessere Idee als die Spachtelmasse, warte kurz!« Sie verschwand die Treppe hinauf.

»Hast du irgendwo Müllsäcke?«, rief ihr Franzi hinterher.

»In der Küche, über dem Herd!«

Franzi stopfte die staubigen Stoffe in einen blauen Sack und musste dabei dreimal niesen, bevor Luna zurückkam, zwei dicke Äste in der Hand. »Guck mal, weißt du noch? Die machen wir jetzt da dran, wo die Gardinenstangen waren. Einfach als Deko. Nie wieder Gardinen! Und dann können wir an Fäden Sachen dranhängen. Zapfen, Hühnergötter, Nüsse, Eicheln, Federn, solche Dinge. Ich hab mit Ästen im Laden die Regalbretter vorn an den Kanten verkleidet. Das gefällt den Kunden ausgesprochen gut, ich verkaufe sie inzwischen sogar.«

Staunend berührte Franzi einen der Äste, fuhr über das eingeschnitzte Muster. Es war wie ein Griff in die Schatzkiste der Vergangenheit. Die Rinde, kühl und glatt unter ihren Fingerspitzen. Die sanften Kurven. Der Duft nach Holz, Rinde, Harz, Sommer.

»Erste Regel: ›Das Messer immer vom Körper wegführen und nie die Klinge anfassen. Zweite Regel: Niemals mit dem Messer auf jemanden zeigen. Dritte Regel: Das Messer immer zuklappen, bevor du einen Schritt gehst, es wegsteckst oder jemandem gibst‹«, zitierte sie. »›Vierte Regel: Mach damit etwas Schönes und lass dir nie von jemand anderem sagen, was schön ist.‹« Sie hörte Stellans Stimme so deutlich, als hätte er diese Worte gerade erst gesprochen. »Er hat mir mein Taschenmesser zum siebten Geburtstag geschenkt. Ich habe es noch im Schmuckkasten. Es hat einen Griff aus Perlmutt, in dem alle Regenbogenfarben schimmern.«

Luna lächelte. »Ich hab meins auch mit sieben bekommen. Es hat einen Griff aus Bernstein. Das Schnitzen hat er mir am nächsten Tag beigebracht.«

Franzi nickte. Sie sah sich dort stehen, oben auf der Steilküste im Gespensterwald, in der Frühlingssonne zwischen den hohen Buchen. Der Wind fuhr durch das Gras, ließ es tanzen und glänzen. Das Licht spielte auf dem Perlmutt, das sich so glatt anfühlte, dass sie nicht aufhören konnte darüberzustreichen. Es war, als ob die Berührung ihrer Kinderfinger die Farben darin weckte.

Stellans große warme Hand um ihre zeigte ihr, wie man das Messer öffnete und schloss. Wie man es sauber wischte und damit Muster in einen Ast ritzte, dann die Rinde in den Motiven abzog. Wie durch Zauberhand erschienen helle Ringe, Streifen,

Zickzacklinien auf dem dunklen Ast, fügten sich zu einem Ganzen, und das Wunderbare war, dass es sich bei der Zauberhand um Franzis eigene handelte. Später waren es Blüten, kleine Bäume oder Schmetterlinge, die sie schnitzte. Luna half ihr, ihre Künste zu verbessern. Niemand hatte so schöne Wanderstöcke wie die Mädchen aus der Pension Küstenkauz. Manchmal tauschten Franzi und Luna ihre besten Werke mit Kindern der Gäste gegen ein Eis oder eine Tüte Bonbons. Gelegentlich gab es von deren Eltern sogar fünfzig Pfennig, dann konnten sie sich unterwegs Waffeln und Brause für ein Picknick kaufen und sich unabhängig fühlen. Das war dann ein Festtag für sie.

Franzi stand mit den Ästen in der Hand da, gefangen in der Erinnerung und der Bewunderung dafür, wie sehr Luna diese Kunst mittlerweile verfeinert hatte. Zarte Blütenranken und fein ausgearbeitete Vogelgestalten zierten die Rinde. Inzwischen holte Luna, die nun voller Tatendrang war, die Bohrmaschine, lange Dübel und eine Leiter.

»Lass uns erst streichen«, wandte Franzi ein, aber Luna war nicht zu bremsen. »Das geht auch hinterher noch. Guck mal, ist das gerade? Nein, reich mir lieber mal die Wasserwaage.«

Kurz darauf standen sie beide nebeneinander und betrachteten den Ast, der jetzt die Gardinenstange über der Terrassentür ersetzte. »Das sieht klasse aus«, stellte Franzi fest. Luna strahlte und wirkte dabei viel jünger.

»Ja, es gibt dem Raum gleich eine ganz frische Note. Jetzt der andere. Ich mach es so, dass die alten Löcher verdeckt werden. Lass uns schon mal das Sofa beiseiteschieben, sonst passt die Leiter nicht dahin.«

Kaum hatten sie begonnen, das Ungetüm ein Stück zu bewegen, da gab es ein Ächzen von sich und brach in der Mitte zusammen. Eine Wolke aus Fusseln, Splittern und einem undefinierbaren Füllstoff breitete sich darüber aus. Luna fing an zu lachen. »Ich muss sagen, du wirbelst ganz schön Staub auf, wo du auftauchst, Franzi.«

»Sind Schwestern nicht dafür da?« Franzi warf einen Blick aus dem Fenster. »Sag mal, wem gehört der Pick-up-Truck da draußen?«

»Den Nachbarn natürlich. Sieglinde fährt ihn meistens. Warum?«

»Den leihen wir uns aus. Für den Sperrmüll«, sagte Franzi entschieden und klopfte sich die Hände an der Hose ab. »Aber vorher gibst du mir die Adresse von Jeppe. Hast du eine E-Mail? Ich schreibe an ihn, dann musst du keinen Kontakt zu ihm haben. Er soll uns die Kiste so schnell es geht schicken. Hast du ihn eigentlich jemals angezeigt?«

»Nein, ich wollte nur weg. Das hätte viel zu viel Wirbel gegeben. Ich hätte aussagen müssen.« Luna schüttelte sich. »Ich hätte ja auch nichts beweisen können. Außerdem ist er kein …«

»… kein schlechter Mensch. Sagst du das eigentlich von allen, mit denen du zu tun hast?«, erkundigte sich Franzi.

»Niemand ist nur schlecht«, protestierte Luna. »Und Jeppe schon gar nicht. Er hat so viel für uns getan. Und als ich noch jünger war, hat er sich vorbildlich benommen.«

»Na, dann wird er uns die Kiste schicken, weil er sich schämt. Also, wo ist die Adresse? Kann er Deutsch?«

Luna nickte. Wortlos kramte sie ein Adressbuch hervor und schlug es auf. Franzi setze sich in den gelben Ohrensessel, nachdem sie prüfend an ihm gerüttelt hatte, und schrieb auf ihrem Handy eine kurze, sachliche Mail.

Keine zehn Minuten später, als sie den Sack mit den Gardinen und den Kissen vor das Haus trugen, kündete ein *Ping* in ihrer Tasche von einer Nachricht.

Sehr geehrte Frau Michelly, ich schicke den Nachlass Ihres Vaters umgehend auf die Reise. Es war mir eine Ehre, sein Freund zu sein. Alles Gute Ihnen beiden, Jeppe Svensson.

»Geht doch!«, murmelte Franzi und legte eine Hand auf ihren Bauch. »Ich hoffe, unser alter Schutzgeist ist bald bei uns, Kleines. Wir kommen zwar auch ohne ihn klar, aber ich wünsche es mir einfach so sehr. Das mag albern sein, aber es ist, als ob dann alles ein für alle Mal in Ordnung kommt.«

»Wenn nicht, bin ich ja noch da. Als olle Tante«, sagte Luna vorsichtig und sehr verlegen.

Zögernd lächelten sie sich an.

Nein, es war noch längst nicht alles gut. Aber ein Anfang war gemacht.

»Weißt du«, sagte Franzi, als sie das Handy weglegte, »dieses Haus, so klein es auch ist, erinnert mich ein bisschen an Zuhause. Wegen dem vorgezogenen Dach.«

Sie hielten beide inne. Das Wort »Zuhause« hing fast sichtbar in der Luft. Es war so lange her, seit sie ein gemeinsames Zuhause gehabt hatten. Fast vergessen und doch auf einmal so gegenwärtig.

»An die Pension *Küstenkauz*?« Luna war erstaunt. »Jetzt, wo du es sagst. Aber nur äußerlich.« Sie sah sich um. Die Äste waren ein guter Anfang, doch der Rest wirkte durch die verschobenen Möbel, die Flecken an der Wand, die dahinter zum Vorschein kamen, und die herumstehenden Müllsäcke nun noch desolater als vorher. »Was ist daraus eigentlich geworden?«

Franzi wies auf einen Läufer. »Der hat Löcher, kann weg, oder?«

»Ja, unbedingt.«

Franzi fing an, das deprimierende Ding aufzurollen. »Die Pension gibt es noch. Sie hat mehrfach den Besitzer gewechselt. Ich habe im Internet nachgesehen, aber es nie über mich gebracht hinzufahren.«

Luna nickte. »Ich habe nicht mal das Nachsehen geschafft. Heißt sie noch so?«

»Ja, erstaunlicherweise.« Franzi kämpfte mit dem widerspenstigen Teppich. »Hilf mir mal!«

»Weißt du noch, wie die Käuzchen geschrien haben? Nachts, und in der Dämmerung, oder bei Sturm oder Gewitter, und manchmal einfach so, wenn man am wenigsten damit rechnete. Ich fand es unheimlich und schön zugleich.« Luna war mit den Gedanken ganz woanders. »Und Stellan wusste es auszunutzen. Wie oft hat er zu Mutters Empörung zu dir gesagt, du darfst noch aufbleiben, und ist dann im Dunkeln mit uns rausgegangen! Er sagte, jemand müsse den Käuzchen zuhören, es wäre doch schade, wenn sie umsonst rufen und nur die Kobolde sie hören.«

Franzi vergaß den Teppich. Daran hatte sie ewig nicht gedacht! Das Gefühl der glücklichen Aufregung, wenn sie nicht ins Bett musste, sondern Stellan dafür sorgte, dass sie etwas Warmes anzog, und sie dann mit hinausnahm. Luna hatte meist schon unten gewartet, ebenso eingemummelt und mit einem Rucksack, in dem sich eine Thermosflasche mit Kakao und eine Handvoll Heidesandkekse befand, die bei Michellys Strandsandkekse hießen.

Stellan trug eine Taschenlampe, deren Schein wie ein freundliches, tanzendes Irrlicht vor ihnen den Weg erleuchtete. Jede Baumwurzel warf einen eigenwilligen Schatten, um sie herum wisperte und huschte es. Hinter den Buchenstämmen, die jetzt vor dem tiefblauen, beinahe schon schwarzen Himmel nur noch Silhouetten waren, lag ein letzter Glanz des Tages auf dem Meer. Manchmal ging dann der Mond auf, erst golden und groß mit einem rötlichen Schimmer, später hing er silbern und klein ganz weit oben. Der Seewind jagte schwarze Wolkenfetzen mit hellem Rand wild wie Wölfe über den Wipfeln entlang. Wenn es besonders windig war, rieben sich manche Bäume aneinander und stöhnten dabei. »Wozu haben wir einen Gespensterwald, wenn es nicht unheimlich sein darf?«, verteidigte Stellan diese späten Ausflüge seiner Frau gegenüber.

Gespensterwald, so hieß dieser alte Küstenwald in Nienhagen deshalb, weil die Buchen und Hainbuchen, die Eichen und Eschen, die hier oben zum Teil seit hundertsiebzig Jahren ständig dem feuchten, salzhaltigen Wind trotzten, oft bizarre Gestalten angenommen hatten. Gerade bei Nacht oder Nebel lag eine mystische Stimmung wie ein Zauber über allem, und manche Baumgestalt wirkte wie ein Kobold, ein Troll, eine Fee oder ein Geist. Alles Wesen, die sich hier scheinbar versammelten, unterhielten und ein ganz eigenes Leben führten. Der Wald war voller Geheimnisse, und Franzi war überzeugt, dass sie immer nur einen Schritt davon entfernt war, eines davon zu lüften. Vorsichtshalber hielt sie sich dabei oft an Stellans Hand fest. Sie war überzeugt, er würde mit jedem Kobold fertigwerden, sollte einer zu argen Schabernack mit ihnen treiben.

Irgendwann kam fast immer der Ruf eines Käuzchens, und dann war der Abend perfekt. Sie suchten sich einen Baumstamm und tranken den heißen Kakao, der alles Unheimliche verscheuchte außer jenem, das ein so angenehmes Kribbeln im Bauch verursachte. Wenn die Wolken es erlaubten, brauchte Franzi nur aufzusehen, und dann entdeckte sie, dass hoch über ihr Sterne zwischen den Zweigen blinkten. Vielleicht hingen sie ja sogar darin fest. Franzi war überzeugt, dass die Baumgeister sich mit den Sternen unterhielten und der eine oder andere zu Besuch herunterkam. Wahrscheinlich schienen sie daher so nahe, und vielleicht war Franzi deshalb an solchen Abenden im Wald so glücklich, dass sie überzeugt war, im Leben ginge es hauptsächlich genau darum: den Himmel über den Bäumen zu betrachten, neue Wege zu entdecken und mit den liebsten Menschen zusammen dem Wind, dem Käuzchen, den Nachtigallen und allerhand unsichtbaren Wesen zuzuhören, während man Kakao trank.

11

Franzi beugte sich über den Müllsack mit dem Teppich und band ihn fest zu, als könnte sie damit die plötzliche überwältigende Sehnsucht bändigen, die mit dem unvermuteten Rückblick in ihr aufgekommen war. Hoffentlich würde ihr Kind auch eines Tages solche Erinnerungen haben, die wie ein Schatz glänzten, unzerstörbar von allem, was folgte.

»Weißt du noch, was Stellan manchmal gesagt hat? Dass wir alle wichtig wären – du, die nach dem Mond benannt ist. Ich, die mit zweitem Namen wie die Erde heißt. Und er, in dessen Name die Sterne vorkamen. Solange wir im Gleichgewicht blieben, würde alles in Ordnung sein. Dann wären die Geister uns gut gesonnen, und der Zauber, der im Wald lebt, könnte wirken.«

»Ja, das weiß ich noch.« Luna fegte die Fusselklumpen zusammen, die unter dem Teppich hervorgekommen waren. »Du hast dann gefragt: ›Und was ist mit Mama?‹«

»›Jantje ist wie die Sonne, die ist schön und genauso wichtig und scheint immer, sie ist eben nur meistens woanders als der Mond‹, hat er dann geantwortet.«

»Genau. Sie hielt sich selten da auf, wo er war. Und wir haben trotzdem nicht gemerkt, dass wohl nicht alles im Gleichgewicht gewesen ist zwischen den beiden. Oder war es das damals doch noch? Hat Mutter jemals mit dir darüber gesprochen?« Luna schob den Sack zur Tür hinaus.

»Nein. Sie sagte immer, nur die Gegenwart zählt, und man müsse nach vorne blicken, die Vergangenheit sei etwas Totes.«

Luna stemmte die Arme in die Seiten. »Das ist traurig! Ich finde, lebendige Erinnerungen machen die Gegenwart erst zu dem, was sie ist.«

Franzi hob die Schultern. »Ich glaube, das hängt davon ab, was für ein Typ man ist. Ich denke, für Jantje ist das in Ordnung so. Ihr gelingt es. Vielleicht ist das für sie der richtige Weg. Sie lebt immer im Augenblick und ist voller Pläne. Nichts bedrückt sie.«

»Und für dich?«, wollte Luna wissen. »Ist das auch dein Weg?«

»Nein. Wohl nicht. Die Vergangenheit hat für mich eine große Bedeutung. Das war mir vorher auch nicht so klar, aber sonst wäre mir das Bild für mein Kind sicher nicht so wichtig.«

»Ich dachte immer, ich bin wie Stellan und du bist wie Mutter. Aber das stimmt nicht. Du bist nicht wie sie«, sagte Luna langsam. »Du bist … du bist du selber. Du strahlst mehr Ruhe aus. Das ist schön.«

»Oh. Danke.« Franzi wusste nicht genau, was sie damit anfangen sollte, aber es klang doch wie eine Art Kompliment und berührte sie. »Womit machen wir weiter?«, fragte sie, um ihre Verlegenheit zu überspielen.

»Das Sofa raus vielleicht. Oder das, was davon übrig ist.« Luna zögerte. »Aber da müssten wir erst Sieglinde wegen des Autos fragen.«

Franzi betrachtete sie. »Du machst so was nicht gern, stimmt's? Früher musste Jantje immer die Leute um etwas bitten, weil Stellan es nicht mochte, mit Fremden zu sprechen. Das weiß ich noch. Du hast ja gesagt, du bist wie er.«

»Ja. Stimmt«, gab Luna zu. »Mit Kunden sprechen kann ich

inzwischen gut. Aber um etwas zu bitten, das fällt mir total schwer.«

»Okay, kann dann ich rübergehen und klingeln und einfach fragen?«

Luna schüttelte den Kopf. »Nein, das wäre mir zu peinlich. Ich mach das schon selbst. Ich muss das schaffen.« Sie marschierte hinaus, ehe sie der Mut verließ.

Franzi ließ sich in den Sessel sinken. Sie sehnte sich nach frischer Luft und Weite. Nach dem Meer. Und nach Matteo. Sie rief ihn an.

»Franzi! Wie schön, deine Stimme zu hören. Na, wie läuft es?«

»Mühsam, aber interessant.« Sie erklärte ihm, dass sie auf die Kiste warten mussten, es also noch dauern würde.

»Macht nichts, nimm dir alle Zeit, die du brauchst«, sagte er fröhlich. »Du fehlst mir zwar sehr, aber mit Lians Hilfe klappt alles prima. Das ist doch wunderbar, dass du wieder mit deiner Schwester redest! Ich würde sie gern mal kennenlernen, vielleicht geht das ja irgendwann.«

Ich wünsche mir, dass wir wieder in diese Balance kommen, dachte Franzi, als sie das Gespräch beendet hatte. Sterne, Mond, Erde. Luna und Terra. Stellan ist nicht mehr da, aber er hat etwas von seinem Licht in uns beiden hinterlassen. Ja, Mond und Erde sind voneinander abhängig, sie halten sich im Gleichgewicht. Das könnten wir beide doch schaffen. Wir müssten uns nur wieder vertrauen. So richtig.

Luna kam zurück, etwas atemlos, so anstrengend war das Gespräch nebenan für sie gewesen. »Sieglinde macht es!«, berichtete sie freudestrahlend. »Sie leiht uns nicht nur das Auto, sie fährt uns sogar zum Recyclinghof und fasst mit an. Wir sollen schon mal alles nach draußen bringen und Bescheid sagen, wenn wir fertig sind – egal ob morgen oder übermorgen oder wann wir wollen. Die Sachen, die man noch verwenden kann, können wir in die Kartons packen, die nimmt sie mit nach Berlin ins Sozialkaufhaus, wenn sie ihre Tochter besucht.«

»Welche Kartons?«

»Sie hat mir welche gegeben. Alte Umzugskartons aus ihrem Keller, die stehen schon draußen.«

Von Überforderung war Luna nichts mehr anzumerken. Wie besessen fing sie an, Dinge aus den Schränken zu räumen.

»Warte, reich mir alles nacheinander zu, und ich packe es ein!«, sagte Franzi hastig, als eine Vase zu Bruch ging. Ein bisschen unheimlich war ihr Lunas plötzlicher Eifer. »Brauchst du die noch?« Sie wies auf einen Stapel alter Zeitungen. »Sonst nehme ich sie, um die Sachen einzuwickeln.«

»Ja, prima Idee.« Lunas Stimme klang dumpf aus dem untersten Schrankteil, in das sie halb hineingekrochen war. »Du glaubst nicht, was hier alles drin ist.« Sie tauchte wieder auf, einen Stapel violetter Rüschenschürzen in den Händen, und nieste dabei dreimal hintereinander. »Sieh mich nicht so an, Franzi! Du kannst das sicher nicht nachvollziehen, aber das ist gerade wie eine Befreiung für mich. Ich wollte das schon so lange, aber ich konnte einfach nie einen Anfang finden. Ich war wie eingefroren. Jetzt hast du mich überrumpelt, und es ist wie dieses Märchen, was man uns vorgelesen hat, weißt du noch? Das mit den eisernen Bändern um irgendjemandes Herz, die plötzlich zersprangen?«

»Der eiserne Heinrich, glaube ich«, murmelte Franzi.

Luna kniete noch immer vor dem Schrank. Sie sah auf. »Ich will das wiederhaben, weißt du«, sagte sie langsam, wie um es selbst zu verstehen. »Wieder so werden, wie ich mal gewesen bin, damals, als wir diese Ausflüge mit Stellan gemacht haben und so lebendig waren, eins mit dem Wald und dem Meer. Als alle Wildblumen an der Steilküste und alle Bäume unsere Freunde waren, Wesen wie du und ich, mit denen wir uns unterhalten konnten, auf unsere Art. Als das einfach genügt hat. Stellan hat uns gelehrt, das Schöne zu sehen und an einen Zauber zu glauben, den so viele Menschen gar nicht bemerken. Aber ich weiß, dass er da ist! Jedenfalls war es mir früher ständig bewusst. Seitdem ist mir das immer weiter aus den Händen geglitten, irgendwie in die Ferne gerückt. Ich habe so viel davon verloren.« Sie saß da so traurig zwischen den Resten eines Lebens, das nicht ihres gewesen war, dass Franzi sie am liebsten in den Arm genommen hätte. Aber sie brachte es nicht fertig, noch nicht. Da war so viel Ungeklärtes. Noch immer so viel Fremdsein.

»Das glaube ich nicht«, versuchte sie ihre Schwester zu trösten. »Du bist mit einem Wasserbüffel befreundet. Du schnitzt kunstvolle Stöcke und dekorierst den Laden damit. Du gehst in den Wald, wenn du Kraft brauchst. Du weißt sogar, was eine Spechtschmiede ist, und bestimmt noch viele andere Dinge, von denen ich keine Ahnung habe.«

»Na und? Ich weiß auch, dass eine Buche in ihrem Leben ungefähr zwei Millionen Bucheckern produziert und im Durchschnitt nur aus einer einzigen davon ein Baum wird. Aber Wissen ist nicht dasselbe wie fühlen. Es hilft, aber es reicht nicht. Ich habe sogar so was wie eine Beziehung zu einem Mann und kann ihn nicht lieben. Ich weiß nicht mehr, was ich will und was ich bin, Franzi. Glaubst du, ich kann es wiederfinden?«

»Auf jeden Fall wird es leichter, wenn du das da loswirst«, sagte Franzi und deutete auf den Stapel Schürzen, die Luna noch immer in der Hand hielt. »Und das ganze andere Zeug.«

Luna blickte auf den verblassten Stoff mit den Rüschen und fing an zu lachen. »Da hast du recht. Danke, dass du mir hilfst, Terra.« So hatte sie Franzi nur genannt, wenn sie sich ganz nahe waren. Wenn sie vor dem Einschlafen von Bett zu Bett geflüstert, Geheimnisse vor den Eltern gehabt, sich bei Streichen oder in Nöten geholfen hatten. »Ich glaube, mit dem Chaos hier werden wir nur gemeinsam fertig. Du hast die Füße auf der Erde und ich den Kopf in den Wolken, so war es doch immer. Hat Stellan jedenfalls gesagt. Zusammen wären wir für alles groß genug, meinte er. Weißt du noch?«

»Stimmt. Von da an hielten wir uns für unschlagbar.« Ach, Stellan! Franzi kamen wieder die Tränen, und sie wischte sie hastig an ihrem Ärmel ab, froh, dass Luna jetzt einen Stapel Zinnteller mit eingeprägten Kampfszenen aus dem Schrank zutage förderte. Warum nur hatte er sie so im Stich gelassen? Und dann später auch Luna?

Sie hatte es nie geschafft, wirklich wütend auf ihren Vater zu sein.

»Luna, als Stellan auf seine Reise ging. Wo war er da? Hast du ihn noch einmal wiedergesehen?«

Luna reichte ihr die Teller, und Franzi verstaute sie in einem der scheinbar bodenlosen Kartons. »Ja. Aus einem Jahr wurden zwei, dann mehr, ab und zu kam eine Postkarte, und irgendwann war er wieder in Dänemark und schrieb mir von dort. Einige Monate vor seinem Tod habe ich ihn besucht. Er hat nicht viel erzählt. Nur dass er die ganze Zeit mit einem Skipper aus Mauritius unterwegs war, auf einem alten Segelboot namens *Estrella*.«

»Das ist spanisch für Stern«, sagte Franzi leise.

»Ja. Sie haben wohl unterwegs hier und da gearbeitet, und er hat mit seinen Schnitzereien gehandelt.«

»War er denn zufrieden? Dass er seinen alten Traum umsetzen konnte und jetzt wusste, wie es da aussieht, wo der Südwind herkommt?« Franzi wunderte sich über sich selbst, dass sie das trotz allem so inständig für Stellan hoffte.

»Ich weiß es nicht. Einmal hat er wohl irgendwo lange Zeit mit einer Blutvergiftung im Krankenhaus gelegen, und hinterher war er noch menschenscheuer als sowieso schon. Gib mal den Lappen rüber, bitte!« Luna fing an, den Schrank auszuwischen, doch dann ließ sie es und faltete sich mit einer eleganten, mühelosen Bewegung in den Schneidersitz. Franzi staunte, wie beweglich ihre ältere Schwester noch immer war. »Ich habe ihn gefragt, ob ich bei ihm bleiben soll. Er lebte jetzt woanders im Wald, nicht mehr in Jeppes Nähe. Ich hätte da im Dorfladen arbeiten können. Dass es Stellan nicht besonders gut ging, war eindeutig, auch wenn er noch bestens zurechtkam. Aber er sah mich nur an und schüttelte den Kopf. ›Danke, Luna, aber weißt du, ich fühle mich am besten, wenn ich ganz allein bin mit dem Wald und den Vögeln und dem Himmel. So war es einmal, als ich jung war, und nun ist es wieder so, nur diesmal endlich mit einem inneren Frieden. Ich habe nicht mehr die Angst, etwas zu versäumen, so wie damals noch. Zu jener Zeit war für mich die Welt voller Musik, aber jetzt verlangt es mich nur noch nach Stille. Du verstehst das doch! Du bist wie ich.‹ Er nahm meine Hand und sagte noch: ›Dass das so ist, dass es wenigstens einen

Menschen gibt, der mich versteht, das genügt. Das bedeutet mir sehr viel. Und jetzt geh und finde etwas, das dich glücklich macht.‹«

In Lunas Augen sah Franzi, dass ihre Schwester gerade für einen Moment weit fort war, in einem dänischen Wald mit ihrem Vater.

»Und?«, fragte sie gespannt. »Hast du?«

12

Lunas Blick kehrte zurück in die Gegenwart. »Hab ich was?«

»Etwas gefunden, was dich glücklich macht«, wiederholte Franzi geduldig.

»Ich weiß es nicht. Eine ganze Weile dachte ich das. Wenn ich allein im Krämer Forst bin oder am Mühlensee oder einem anderen Lieblingsplatz, dann bin ich oft glücklich. Aber in letzter Zeit war da diese Unruhe. So ein Gefühl, als ob ich von einem besonderen und wichtigen Buch nur die Hälfte gelesen und es dann verloren habe.«

Franzi stellte sich das vor, und sie fand es beklemmend. Ihr Bücherregal war ihr größter Schatz. Selbst im Café standen überall Bücher herum, falls die Gäste schmökern wollten, während sie auf das Essen warteten, oder beim Nachtisch. Außerdem sah es schön aus und dämpfte manche Geräusche. »Willst du die andere Hälfte jetzt wiederfinden?«

Luna nickte langsam. »Ich denke, ja. Vielleicht kann ich es jetzt, wo du wieder da bist. Wenn du mir hilfst.«

»Ich bin nicht wieder da! Ich bin bloß kurz zu Besuch. Ich habe mein Leben da oben auf dem Darß. Mit Matteo und dem Café, das ich führe. Und bald mit meinem Kind.« Das wurde Franzi zu viel. Lunas Probleme, was für welche es auch immer waren, konnte und wollte sie nicht lösen. Sie war gern gewillt, beim Entrümpeln zu helfen, während sie auf diese Kiste warteten, aber sie war nicht hier, um ihre Schwester zu therapieren, die sich seit einer Ewigkeit kein bisschen für sie interessiert hatte. Gelegentlich waren Postkarten von dankbaren Gästen gekommen. Insgeheim hatte Franzi immer wieder gehofft, es könnte auch einmal ein Lebenszeichen von Luna dabei sein. Stets vergeblich.

»Stellan hat noch was gesagt«, fuhr Luna fort, als hätte sie Franzi nicht gehört. »Wir sollen uns an das erinnern, was er uns beigebracht hat. Und niemals für das entschuldigen oder schämen, was oder wie wir sind. Auch wenn die Leute reden oder sich empören, etwas wäre nicht richtig oder man sei merkwürdig. ›Merk-würdig ist nichts Schlimmes. Ganz im Gegenteil. Es bedeutet, dass etwas nicht belanglos ist‹, sagte Stellan. Mir hat das geholfen. Ich habe seitdem aufgehört, mich zu schämen und zu denken, dass mit mir etwas nicht stimmt. Jedenfalls meistens. Das war eine ungemeine Befreiung.«

»Ich habe mich nie geschämt«, erklärte Franzi. Nur unglücklich war sie früher gewesen, fiel ihr ein. Und ja, da war das Gefühl, dass etwas nicht mit ihr in Ordnung war, sonst hätte Stellan ja auch sie mitgenommen, nicht nur Luna.

Geredet hatten die Leute tatsächlich, damals im Dorf, und nicht zu knapp. Es gehörte sich nicht, dass die eine Hälfte einer angesehenen Familie einfach verschwand. Auch nicht, dass eine Mutter von jetzt auf gleich ungeniert mit einem neuen Mann lebte, und das in wilder Ehe! Man hatte sehr bestimmte Vorstellungen von dem, was richtig war. »Doch«, gab sie zu. »Ich habe mich geschämt. Aber das ist lange vorbei.« Wäre Stellan deswegen enttäuscht von ihr gewesen, wenn er es gewusst hätte? War sie zu normal, zu durchschnittlich, um in seinen Augen bestehen zu können, wenn er sie heute treffen würde?

»Du bist nicht so seltsam und versponnen wie dein Vater und

deine Schwester. Werde bloß nicht so!«, hatte ihr die Mutter nach der Trennung eingetrichtert. »Wir haben jetzt ein anderes Leben, ein richtiges. Du wirst lebenstüchtig sein. Praktisch veranlagt und lustig, so wie Bobby und ich, du wirst sehen. Das ist viel einfacher. Du wirst es einmal wesentlich leichter haben als sie.«

Es hatte geklungen, als wäre es eine Sünde, so zu sein wie Luna und Stellan. Doch Franzi wusste, dass ihre Mutter es gut mit ihr meinte. Also hatte sie sich Mühe gegeben, fröhlich, vernünftig und tüchtig zu sein. Tatsächlich hatte sie Jantje und Bobby bewundert, wie sie dieses neue Leben angepackt hatten.

Sie hatten die Pension verlassen und waren nach Rostock gezogen, denn Bobby war Automechaniker. In Nienhagen gab es kaum Autos, in Rostock dafür umso mehr. Dort wurde nicht getuschelt, es kannte sie ja niemand. Bobby machte sich selbständig und eröffnete eine Werkstatt. Jantje übernahm dabei alles, was nichts mit Mechanik zu tun hatte – den Papierkram, die Finanzen, die gesamte Organisation und vor allem die Kundenbetreuung.

Bei all dem blieb erstaunlicherweise immer noch Zeit für Bobbys Musik. Wenn er nicht an den Autos arbeitete, spielte und sang er, und bei der Arbeit komponierte er. Aus dem Lautsprecher erklangen seine Lieder und verführten die Kunden zu Begeisterung und Sorglosigkeit, was diese liebten. Das Geschäft lief nach einem schwierigen Anfang blendend. In jener ungewöhnlichen Zeit herrschte allgemeine Aufbruchstimmung. Jantje konnte gut mit den Kunden aus dem Osten umgehen und Bobby mit jenen aus dem Westen, und dass sich die Unterschiede mit der Zeit verwischten, begann wohl an Orten wie *Bobbys Autofix.*

Franzi hatte auch einmal so erfolgreich werden wollen. Nur nicht in einer Werkstatt und bestimmt nicht in einer Stadt. Bis zu dem Umzug nach Rostock hatte sie in einem verzauberten Wald voller Licht, Stürme und Geschichten gelebt, mit Blick in die Weite und dem Rhythmus des Meeres im Ohr. Eines Tages wollte sie sich zurückholen, was sie verloren hatte – die Nähe des Waldes und der Küste ebenso wie das Klappern von Geschirr, den Duft von Speisen und glückliche Gäste.

Mit der Eröffnung von *Franzis Hafen* war ihr das nach so vielen Jahren endlich gelungen. Dazu noch hatte sie das Glück gehabt, Matteo zu treffen, der im selben Gewerbe arbeitete und ihren Traum teilte.

Und trotzdem! Während Franzi jetzt den Karton verschloss, beschlich sie ein Unbehagen. Sie fragte sich auf einmal, ob es ihr nicht ebenso ging wie Luna. Fehlte nicht auch in ihrem Leben etwas wie die Hälfte einer verlorenen Geschichte? Wo war der Zauber geblieben, der damals im Gespensterwald ihre Welt erfüllt hatte, mit Spannung, Glück, Abenteuer, Neugier, mit dem Empfinden, Teil eines großen, strahlenden Geheimnisses zu sein? War das der eigentliche Grund, warum sie unbedingt das Rindenbild wiederhaben wollte – weil sie hoffte, damit würde dieser Zauber zurückkehren, den Stellan über ihre Kindheit gelegt hatte? Nicht nur für ihr Kind, auch für sich selbst?

»Warum eigentlich der Darß?«, fragte Luna, die jetzt wieder begann, den Schrank auszuwischen.

»Wie bitte?« Franzi schrak aus ihren Gedanken auf.

»Warum hast du dein Café gerade auf dem Darß eröffnet?«

»Stellan hat mal erwähnt, dass er als ganz junger Mann dort

eine Weile im Wald gelebt hat, kannst du dich erinnern? Er sah glücklich aus, als er das sagte. Seitdem war ich neugierig, was das wohl für ein Wald auf einer Halbinsel ist. Es klang, als würde er von einem verlorenen Paradies sprechen.«

»Das weißt du noch?« Luna klang erstaunt.

»Es hat sich eingeprägt, weil ich den Namen so lustig fand. *Darß*. Es klang ein bisschen wie ein kleines Niesen. Als ich dann die Anzeige las, dass ein heruntergekommener Imbiss in Born zu verpachten sei, da konnte ich nicht widerstehen. Es war, als ob sich ein Kreis schloss. Wenn ich dort im Urwald unterwegs bin, dann spüre ich dasselbe Glück wie er. Oder ein ähnliches. Vielleicht habe ich gedacht, ich könnte Stellan nachträglich wiederbegegnen, wenn ich den Ort kennenlerne. Außerdem erschien es mir richtig, das bisschen Geld, das er hinterlassen hatte, dort anzulegen. Dauerhafter als ein Blumenstrauß auf seinem Grab. Fasst du mal mit an? Der Karton kann raus.«

»Er hat kein Grab. Er ist in einem Friedwald beerdigt worden«, schnaufte Luna.

Der Karton war schwer. Bloß gut, dass es den kleinen Lastwagen gab.

»Ein Friedwald. Das passt zu ihm.« Franzi stellte sich vor, wie sich jetzt im Frühling auch dort die zarten Blätter entfalteten und in der Sonne hellgrün an den Zweigen strahlten. Sie würden vom Leben erzählen und von der unglaublichen Magie der Welt, so wie Stellan es einst getan hatte.

Franzi schniefte und wischte sich mit dem Ärmel über die Nase.

»Alles gut?«, fragte Luna.

»Ja. Alles gut. Lass uns weitermachen.«

Wir sollen uns an das erinnern, was er uns beigebracht hat. Diese letzte Bitte Stellans ging ihr nicht aus dem Kopf.

Sie wollte es versuchen. Es war nicht nur ein Bild aus Rinde, nach dem sie auf der Suche war. Das wusste sie nun.

»Jetzt müssten wir es schaffen, den Schrank da in die Ecke zu schieben«, schlug Luna vor. »Dann können wir das Sofa besser raustragen.« Sie warf Franzi einen Blick zu. »Ich finde es sehr schön, etwas zusammen mit dir zu machen. Das Tun fällt mir leichter als das Reden.«

Franzi wusste keine rechte Antwort und packte eine Seite des zusammengebrochenen Sofas an. Die letzten Streben in der Mitte brachen vollends auseinander, und als Luna mit anfasste, riss auch das Polster in der Mitte durch. Die hintere Ecke des Rahmens krachte auf den Boden.

»Da war ja gar kein Bein dran«, entdeckte Franzi. »Da stand nur ein Karton drunter.«

»Nanu? Der ist aber schwer.« Luna zog ihn mit Mühe unter den Sofaresten hervor, wischte einige Spinnweben beiseite und öffnete ihn. »Oh!«

»Was?«

»Steine! Da sind Steine drin. Richtig schöne.« Luna nahm einen heraus und hielt ihn in das Licht, das durch das von Gardinen befreite Fenster hereinfiel. Der ovale Kiesel, groß wie ihre beiden Fäuste, schimmerte in der Sonne rot und grünlich. Feine Einsprengsel glitzerten wie Silberstaub. Franzi rutschte zu Luna hinüber und griff auch in den Karton. Sie förderte erst einen schneeweißen Stein zutage, dann einen nachtschwarzen, dann einen gelben, alle mit einer von der ewigen Brandung glatt geschliffenen Oberfläche. Franzi legte sie in eine Reihe, strich darüber und spürte, wie die Kühle des langen Schlafs der Steine im Dunkeln der Sonnenwärme wich, die sie langsam annahmen. »Das sind nicht irgendwelche Steine zum Beschweren«, sagte sie staunend.

»Nein«, stimmte Luna zu. »Das sind eindeutig Steine von der Küste unter dem Gespensterwald.«

Sie sahen sich an. »Wusstest du, dass Oma Hedwig Steine gesammelt hat, wenn sie uns früher besucht hat?«, fragte Franzi verwirrt.

Luna schüttelte den Kopf. »Sie hat sich nie für so was interessiert. Allerdings weiß ich noch, dass Stellan immer darüber gestaunt hat, wie schwer ihre Koffer waren, wenn er sie zur Bahn gebracht hat. Er hatte sie im Verdacht, von den Konserven der Pension etwas eingepackt zu haben, weil sie doch so geizig war.«

Franzi kicherte. »Das waren wir doch! Wir haben immer was in der Höhle gehamstert, für dann, wenn wir beim Spielen Hunger bekamen.« An die »Höhle« hatte sie lange nicht mehr gedacht. Es war nicht wirklich eine gewesen, nur die Stelle zwischen zwei Findlingen, die an einer Seite durch gewaltige Wurzeln geschützt war. Den Eingang hatten sie mit daran gelehnten Ästen verdeckt. Unter einem der Steine hatten sie ein Loch gegraben und die stibitzten Vorräte darin versteckt – eingemachte Kirschen, Dillgurken, Würstchen im Glas. Nüsse für das Eichhörnchen, das ihnen aus der Hand fraß. Und manchmal Bonbons, aber das war ein Problem wegen der Ameisen, die ihren Weg irgendwie sogar in das Schraubglas gefunden hatten. In einer Plastiktüte lag immer ein Lieblingsbuch vor Ort, aus dem Luna vorlas, wenn sie allein waren und Zeit hatten.

»Ja, das war schön«, sagte Luna versonnen. »Aber das konnte Stellan ja nicht wissen. Darum hat er Oma Hedwig verdächtigt. Dabei hat sie Steine mitgenommen! Wie hätte ihn das amüsiert.«

»Warum hat sie das getan? Bloß, um das Sofa abzustützen?«

»Nein. Dafür hätte sie hier welche sammeln können, es gibt genug davon. Die wären besser geeignet gewesen, weil sie nicht so glatt sind.« Luna drehte einen versteinerten Seeigel hin und her. »So schwer es mir fällt, das zu glauben, es muss aus Sentimentalität gewesen sein.«

»Dann war sie also gern bei uns in Nienhagen? Obwohl sie immer was zu kritisieren hatte?«

»Der *Küstenkauz* war ein fröhliches Haus, damals, vor allem, als du noch klein warst. Und ehe unsere Eltern übernahmen, hat Hedwig ja mit ihrem Mann selbst die Pension geführt.« Luna legte den Seeigel in die Reihe zu den anderen Steinen. »Es wurde viel gelacht, auch von den Gästen. Mutter steckte sie alle mit ihrer guten Laune an. Und Oma Hedwig hatte ein Lachen, das bis draußen schallte, das weiß ich noch. Sie mochte es, all die Gäste um sich zu haben. Wahrscheinlich hat sie sich dann wieder jung gefühlt. Später habe ich sie nur noch sehr selten lachen gehört.«

Franzi kramte in ihrer Erinnerung. Ja, da tauchte ein Bild auf von Oma Hedwig in einer bunten Schürze, wie sie ein Tablett mit Eisbechern trug. Ein Junge, der einen Frosch daraufsetzte, und ein unerwartetes Gelächter statt der Ohrfeige, die Franzi mit angehaltenem Atem erwartet hatte, schon im Voraus voller Mitleid für den Lausbuben und Bewunderung für seinen Mut.

»Was soll ich denn jetzt mit den Steinen machen?«, fragte Luna ratlos.

»Draußen um die Terrasse legen«, schlug Franzi vor. »Die

kann dringend eine Verschönerung gebrauchen.« Am liebsten hätte sie den gesamten Inhalt des Kartons für ihren eigenen Garten mitgenommen, aber sie mochte sich nicht vorstellen, wie es dann wäre, den Koffer in die Bahn zu wuchten. Sie konnte gar nicht aufhören, die Farben zu betrachten. Genau dies waren ihre Bausteine gewesen, aus denen sie sich einmal ihre Welt zusammengesetzt hatte.

Die gekauften Klötze, die man ihr geschenkt hatte, waren für sie uninteressant geblieben. Aus den Kieseln am Strand aber, die so bunt waren wie die Regenbögen über dem Meer, hatte sie unzählige Bilder im Sand erschaffen, wo die Wellen sie überspülten und die Farben erst richtig zum Vorschein brachten. Später dann hatte Franzi damit Wege angelegt und Gärten, hatte Mauern, Häuser und Burgen daraus errichtet.

Das will ich mit meinem Kind auch tun, beschloss sie. Und ich brauche unbedingt einen Namen, damit ich nicht immer »das Kind« denken muss. Sobald ich zu Hause bin, muss ich mit Matteo darüber reden. Bis dahin gebe ich ihm einen vorläufigen.

»Woran denkst du?«, fragte Luna. »Brauchst du eine Pause? Ist dir wieder komisch? Ich könnte einen Tee machen.«

»Das ist eine gute Idee. Ich muss so lange etwas nachsehen.«

Luna verschwand in der Küche. Franzi schob den Karton auf die Terrasse, setzte sich und suchte im Internet nach einem Namen. Er sollte zu Mond, Erde und den Sternen passen und von dem Zauber erzählen, der sie und Luna zumindest in der Erinnerung verband. Es dauerte ein wenig, doch dann setzte sie sich gerade. »Das ist es!«

»Was ist was?«, fragte Luna, die mit einem Tablett herauskam.

»Marley. Das ist ein Name, der sowohl Jungen als auch Mädchen gegeben werden kann. Ich weiß doch noch nicht, was es wird. Und es bedeutet ›Waldlichtung‹. Das passt perfekt.«

»Wunderschön«, stimmte Luna zu und reichte Franzi eine Tasse. »Auf Marley!« Sie stießen an. Franzi spürte eine überwältigende Aufregung. In diesem Augenblick war ihr Kind für sie zum ersten Mal zu einer Persönlichkeit geworden.

Luna bückte sich und wählte einen großen, besonders glatten Stein aus, auf dessen Oberfläche zwischen weißen und goldgelben Streifen überall Quarz glitzerte. Sie reichte ihn feierlich an Franzi weiter. »Für euch! Falls wir das Bild nicht wiederfinden. Dann soll Marley wenigstens einen Glücksstein aus unserer Kindheit bekommen. Vielleicht hilft das ja auch.«

»Danke!« Franzi schluckte.

Es war eine große Sache, den Namen von jemand anderem ausgesprochen zu hören.

Und das Geschenk zeigte ihr, dass die Verbindung zwischen ihr und Luna noch da war, verschüttet, aber vielleicht doch unzerstörbar.

In schweigender Einträchtigkeit tranken sie den Tee aus. »Lass uns die Steine um die Terrasse legen, bevor wir mit dem Sofa weitermachen«, schlug Franzi schließlich vor. »Die frische Luft tut so gut. Wollen wir auch gleich noch das Moos aus den Ritzen entfernen?«

»Bloß nicht!«, wehrte Luna ab. »Moos fühlt sich so wunderbar an, wenn man barfuß läuft. Außerdem ist es ein Feinstaubfilter, speichert CO_2 und Stickstoff und Wasser und senkt die Temperatur.«

»Oh. Sonst noch was, Frau Professor?«, erkundigte sich Franzi, zugleich belustigt und interessiert.

»Na ja, es leben jede Menge Kleinstlebewesen darin. Denen wollen wir doch nicht die Wohnung wegnehmen.«

»Natürlich nicht. Okay, alles klar.« Franzi streifte einen Schuh ab und fuhr mit der nackten Sohle über eines der Moospolster, das sich wohl schon lange ungestört zwischen den Fliesen breitmachte.

Luna hatte recht. Es fühlte sich himmlisch an. Weich, kühl, wie eine zärtliche Berührung. Wir früher im Wald, sie hatte es nur vergessen.

Der Zauber war so nahe. Man musste nur darauf achten.

»Wir werden dir das alles zeigen, Marley«, sagte sie leise. »Und dafür sorgen, dass du es nicht vergisst.«

»Und dafür, dass wenigstens dieser junge Mensch nie denken muss, es sei etwas nicht mit ihm in Ordnung«, ergänzte Luna. »Das ist ganz wichtig.«

Franzi fragte sich, ob das in der heutigen Zeit überhaupt möglich war, die oft ganz anderes für wichtig hielt. Es klang nach einer gewaltigen Aufgabe.

Gut, dass sie Matteo an ihrer Seite hatte. Und möglicherweise sogar Luna.

Luna

Vehlefanz

13

Weil Lunas gewohnte Welt durch das unvermutete Auftauchen ihrer Schwester tief erschüttert worden war, hatte sie sich an diesem Tag schon in der Dämmerung auf ihr Fahrrad geschwungen, während Franzi noch im Hotel schlief. Der Morgen hob sich gemächlich über den Horizont, begleitet vom ausgelassenen Frühlingsgesang der Vögel. Diese kleinen Wesen, denen Luna sich näher fühlte als den meisten Menschen, hatten sich unendlich viel zu erzählen. Sie zwitscherten, riefen, schnatterten und flöteten von Liebe und Sehnsucht, Revieren, Nestbau, Sonnenaufgang und purer Lebensfreude. Luna fuhr so langsam wie möglich, um all das zu genießen. Eine Goldammer hüpfte zutraulich über den Weg und warf ihr einen neugierigen Blick zu, ein Gänsepaar flog dicht über Lunas Kopf hinweg, gefolgt von Schwänen, deren mächtige Schwingen im Wind pfiffen und im Licht durchsichtig erschienen wie aus einem Traum befreit.

Sie wollte Milch, Käse und Gemüse aus dem Laden holen, damit sie Franzi heute mehr anbieten konnte als nur Pizza. Auch wollte sie sich noch einmal auf dem Hof entschuldigen, dass sie sich so kurzfristig freigenommen hatte. Das war sonst gar nicht ihre Art. Doch Henriette, die schon beim Melken war, winkte ab. »Das ist überhaupt kein Problem, Luna. Daniela will sowieso öfter einspringen. Du hast es weiß Gott verdient! Ich kann mich nicht erinnern, wann du das letzte Mal ein paar freie Tage genommen hast, geschweige denn Urlaub.«

»Ich brauche normalerweise keinen Urlaub«, erklärte Luna. »Es geht mir am besten, wenn ich meine Routine habe. Es ist eben nur … eine Familienangelegenheit.« Sie wusste nicht, wie sie das Erdbeben in ihrem Inneren erklären sollte. Schon gar nicht Henriette, in deren Wortschatz ein Begriff wie »kompliziert« eher nicht vorkam. Sie durfte auch nicht zu verwirrt erscheinen. Dass Daniela mehr Zeit im Laden verbringen wollte, klang ein wenig bedrohlich. Was, wenn Luna dort schließlich doch irgendwann überflüssig wurde?

Dennis war zum Glück noch nicht da, so dass sie auch ihm nichts erklären musste.

Der Hof lag still im Morgenlicht, das auf den alten Pflastersteinen glänzte. Im Laden rührte sich nichts. Der vertraute Anblick ließ Lunas aufgewühltes Inneres etwas zur Ruhe kommen. Sie schob die Gardinen beiseite, freute sich an dem bunten Glühen, das ein schräger Sonnenstrahl in den Marmeladengläsern entfachte, und begann, Kartoffeln, Mohrrüben, Kräuter, Butter, Sahne, Käse, Schinken, Honig und Eier in einen Korb zu legen. Ein frisches Brot dazu. Sie geriet ein wenig in Panik, weil sie keine Ahnung hatte, was ihre Schwester gerne aß. Warum hatte sie nicht gefragt? Früher waren es geviertelte Birnen mit Schokostreuseln gewesen und rohe Spaghetti, auf denen Franzi ewig herumgekaut hatte. Das würde wohl kaum noch gelten.

Dieses plötzliche Zusammensein mit ihrer Schwester war für Luna so schwierig wie eine Wanderung an der Steilküste von Nienhagen für Fremde. Dort, wo der Gespensterwald plötzlich zu Ende war und weit, weit unten der Strand mit den Steinen lag. Ein schmaler Pfad führte an einigen Stellen dicht am Abgrund entlang durch das weiche, grüne Gras. Für Menschen mit Höhenangst war das nichts. Luna aber war ihn immer leichtfüßig entlanggelaufen, hatte manchmal sogar dabei mit dem Wind getanzt. Dort kannte sie sich von klein auf aus, vertraute der Erde unter ihren Füßen und ihren eigenen Schritten. Sie wusste, wann es so viel geregnet hatte, dass es zu gefährlich wurde, weil der weiche Boden abrutschen konnte. Sie war mühelos fähig, genau einzuschätzen, wann Wind und Wetter zu unberechenbar waren und wann sie unbesorgt dort sitzen und den Abend über dem Meer betrachten oder auf die Möwen hinabsehen konnte.

Doch jetzt, so viele Jahre später bei dieser vorsichtigen, zerbrechlichen, neu aufkeimenden geschwisterlichen Beziehung fehlte ihr jegliche Sicherheit. Sie hatte Angst, im nächsten Moment abzustürzen. Sie konnte nicht einmal den nächsten Schritt voraussehen, egal wie banal er war. Zum Beispiel ob Franzi ein Kartoffelauflauf schmecken würde. Und wann sie die bisher unausgesprochenen Fragen stellen würde, die Luna entweder nicht beantworten konnte oder aber so beantworten musste, dass es Franzi wütend machen würde. Wut aber konnte Luna nicht aushalten. Jede Form von Unstimmigkeit war unerträglich für sie, selbst wenn es nicht einmal sie selbst betraf, sondern nur ein Streit zwischen Henriette und ihrem Mann war.

Doch aufgeben war keine Option. Dazu war sie zu glücklich darüber, dass Franzi so unvermutet aufgetaucht war. Luna konnte es noch kaum glauben. Jetzt wollte sie sich diese Chance nicht kaputt machen.

Bevor sie den Laden verließ, legte sie noch ein zierliches Messer aus dem Souvenirregal zu den anderen Dingen in den Korb. Als sie bei Arvalus vorbeifuhr, lehnte sie sich einen Augenblick an die kräftige Schulter des Wasserbüffels. »Ich schaffe das, Arvalus!«, flüsterte sie ihm ins Ohr und versuchte damit, sich selbst zu überzeugen. Arvalus schnaubte ihr freundlich über die Schulter.

Zu Hause blieb Luna überrascht in der Tür stehen. Es roch hier bereits anders. Nach aufgewirbeltem Staub, frischer Luft und Veränderung. Und so viel heller war es.

Ihre Nervosität war gestiegen. Wann würde Franzi aus dem Hotel kommen? Oder war sie gar wieder nach Hause gefahren, einfach verschwunden, so wie sie selbst damals?

Um sich abzulenken, bereitete sie kurzerhand den Auflauf vor, so dass er nachher nur noch in den Ofen geschoben werden musste.

Franzi war natürlich gekommen. Sie war anders als Luna. Sie hatte Wort gehalten und mit angepackt, hatte sich mit ihr an die Steine erinnert und ihr den Namen für ihr Kind verraten. Das alles waren für Luna so große, unbegreifliche Geschenke, dass sie jetzt eigentlich Zeit für sich brauchte, um darüber nachzudenken. Stattdessen fragte sie: »Magst du Auflauf? Er müsste nur noch in den Ofen, dann können wir ihn essen, wenn wir mit dem Möbelraustragen fertig sind.«

Wie als Antwort knurrte Franzis Magen, und sie mussten beide lachen. »Ich liebe Auflauf«, verkündete sie. »Besonders den, den Matteo aus Resten macht.«

»Dann ist gut.« Luna war erleichtert.

Sie schleppten die eine Hälfte des Sofas hinaus, dann einen kaputten Fernseher, ein unfassbar hässliches Schuhregal und drei Bodenvasenungetüme, weil all das im Weg stand und Luna es auf einmal nicht schnell genug aus dem Haus haben konnte.

»So viel Raum!«, sagte sie und sah sich verwundert um. »Es fühlt sich auf einmal wie meins an. Ich wusste gar nicht, dass man hier so frei atmen kann.«

Franzi hatte sich ein Wischtuch geschnappt und polierte zwischen Häufchen aus Staubmäusen und Splittern probeweise den Boden. »Und sieh mal, die alten Dielen!«, stellte sie begeistert fest. »Schön glatt getreten von vielen Füßen, ein bisschen unregelmäßig, und dann dieses warme Dunkelbraun. Ein bisschen Bohnerwachs oder was auch immer man dafür braucht, bloß keinen Teppich mehr drüber, außer vielleicht einen kleinen, fröhlich bunten Flickenteppich in der Sitzecke, und du hast eine schlichte und trotzdem ganz wunderbar heimelige Atmosphäre hier drin!«

Luna hockte sich zu ihr und strich über das Holz. »Davon wollte ich Oma Hedwig vor Jahren überzeugen, aber keine Chance.«

»Na, jetzt ist deine Zeit gekommen. Du kannst tun, was du willst.«

Von dieser unfassbaren Aussicht wurde Luna einen Moment ganz schwindlig. Sie hatte nie gewagt, sich bewusst zu machen, dass das nun möglich war. In ihrer ewig übereifrigen Phantasie entstand ein völlig neues Bild von ihrem Haus. Hellgrüne Wände mit vielen Fotografien ihrer Lieblingsorte. Ein weißer Schaukelstuhl und eine Leselampe dazu mit einem warmen Licht. Ein großer Schreibtisch. Blumenkästen vor allen Fenstern. Mit Wiesenblumen, nicht mit Geranien.

Blumen auch im Garten, jede Menge. Kein Rasen mehr, dafür ein großes Vogelbad. Ein Brunnen. Und eine Hängematte …

»Ich freu mich drauf! Du glaubst nicht, wie sehr. Ohne dich hätte ich wahrscheinlich nie damit angefangen. Franzi, lass uns essen, bevor ich völlig verrückt werde.«

»Gerne. Ich kann auch nicht mehr. Den Rest machen wir später.« Franzi pflückte sich Fusseln aus den Haaren. »Wollen wir wieder draußen sitzen?«

»Unbedingt!« Draußen, wo das junge Grün an den Zweigen und die Blütenknospen zurzeit ebenso zu explodieren schienen wie der neue Lebenshunger in ihr. Luna wusste nicht, wohin mit ihrem Überschwang. Alles würde gut werden.

Diese Überzeugung wuchs, während sie draußen im Rund der Steine saßen, ein Kuckuck auf den Wiesen rief und Franzi begeistert ein drittes Mal vom Auflauf nahm. »Der ist dir echt gelungen. Wie gut, dass ich jetzt eine Ausrede habe, mich vollzustopfen. Marley hat nämlich auch Hunger«, sagte sie lachend. »Kochst du gerne?«

»Ich weiß nicht.« Luna dachte nach. »Für mich allein habe ich mir die Mühe kaum gemacht. Und Oma Hedwig wollte immer nur dasselbe. Ihren Haferbrei. Oder Kartoffelpüree. Sie konnte ja nicht mehr gut kauen.«

»Kartoffelpüree ist was Feines. Besonders mit solchen frischen Kräutern«, meinte Franzi mit vollem Mund. »Das könnten wir ja morgen zusammen kochen, wenn du willst.«

»Gerne.« Luna stellte sich das vor. Es klang so wunderbar normal.

»Vielleicht kommt dann morgen Nachmittag auch schon Stellans Kiste«, spekulierte Franzi und lehnte sich zurück. »Puuh, bin ich satt! Lass uns noch eine Weile ausruhen, ehe wir weitermachen. Es ist gemütlich. Luna, weil wir gerade hier so zusammensitzen, jetzt sag doch endlich mal bitte … wir können ja nicht ewig ängstlich um das Thema herumschleichen und so tun, als wäre alles in Ordnung. Warum hast du dich nie gemeldet? All die Jahre nicht? Und vor allem damals – warum nur seid ihr beide einfach so verschwunden, und dann kam nie wieder ein Wort?«

Luna wurde es eiskalt. Sie hatte sich vor diesem Augenblick gefürchtet, aber ausgerechnet jetzt hatte sie überhaupt nicht damit gerechnet. Sie erstarrte, dann fing sie an, die leeren Teller ganz langsam säuberlich einen auf den anderen zu stapeln. Hielt sich an dieser Alltagstätigkeit fest. Drehte den oberen, so dass sein Muster mit dem unteren übereinstimmte. Wischte einen Krümel vom Tisch, dann noch einen. Zeit gewinnen! Nachdenken. Die Worte suchen. Die richtigen, wenn es sie gab. Im Stillen hatte sie das immer wieder versucht, seit Jahren schon. Hatte Briefe angefangen, dann wieder weggeworfen. Jetzt gerade fiel ihr gar kein Wort ein, kein einziges. Als wäre ihre Sprache weg. Oder vielleicht waren es auch so viele Worte, dass sie alle zugleich herauswollten und daher wie ein Korken in ihrem Hals steckten, weil keines am anderen vorbeikam. So fühlte es sich an. Sie bekam keine Luft. Genauso war es damals in der Schule gewesen, wenn sie nach vorn kommen sollte, um ein Referat zu halten. Oder auf den Partys ihrer Mutter, wenn sie vor den Pensionsgästen ein Gedicht aufsagen sollte, oder singen. Ihr Puls jagte, ihre Knie zitterten. Man hatte gelacht.

Das hier war so viel wichtiger als dies oder jenes Publikum von damals. Und darum noch schwieriger.

»Luna, wirklich! Du bist mir wenigstens eine Antwort schuldig, findest du nicht?« Franzis Augen waren ganz dunkel geworden. Das war früher schon so gewesen, als sie noch klein war, wenn sie verzweifelt war oder sehr ärgerlich. Oder beides.

Luna öffnete den Mund, aber es wollte kein Ton herauskommen, also schloss sie ihn wieder. Sie konnte sich nicht rühren.

Franzi sprang auf. »Weißt du was«, sagte sie leise, »dann lass es einfach! Ich bin ohne dich zurechtgekommen. Das kann ich auch weiter tun. Du kannst mich mal!« Sie riss ihre Jacke von der Stuhllehne, stolperte dabei über einen der Steine und beförderte ihn mit einem Fußtritt auf den Rasen, dann lief sie hinein. Keine Minute später knallte vorn die Haustür. Luna riss sich aus ihrer Erstarrung, aber als sie auf der Straße stand, sah sie Franzi auf dem Fahrrad nur noch in der Ferne um die Kurve verschwinden.

Luna wusste, dass sie sie nicht einholen würde. Sie ging zurück ins Haus, wo die eine Hälfte des alten Sofas schief im fast leeren Zimmer lag, umgeben von Splittern und Staubhäufchen. Am liebsten hätte sie sich in ihr Bett verkrochen, unter die Decke, und an gar nichts mehr gedacht. Oder ihr Fahrrad genommen, um ganz weit hinauszufahren in den Krämer Forst und sich dort an einen Baum zu setzen, bis es dunkel wurde. Der Baum hätte ihr Halt gegeben und die Stimmen der Vögel alle schmerzlichen Gedanken aus ihrem Kopf vertrieben.

Doch diesmal kam Flucht nicht infrage. Wenn sie jetzt nichts unternahm, würde sie Franzi nie wiedersehen. Sie würde Matteo nicht kennenlernen, das Café nicht sehen und niemals Tante sein dürfen.

Und nie mit sich selbst im Reinen sein.

14

Als sie im Hotel nach Franzis Zimmernummer fragte, sagte man ihr, dass Frau Michelly in den Garten gegangen sei. Luna war erleichtert. Sie hatte schon befürchtet, Franzi wäre bereits auf dem Weg zum Bahnhof. Die Erleichterung wich wieder der Angst, als sie das ganze Gelände durchsucht und nur ein älteres Ehepaar auf einer Bank gesehen hatte. Sie überwand sich und sprach die beiden an. »Entschuldigen Sie, aber haben Sie eine jüngere Frau mit dunklen Haaren gesehen?«

Der Mann lächelte freundlich und wies vage über seine Schulter. »Ja, vorhin, dort hinten bei der Trauerweide.«

»Danke!« Auch wenn das Wort nicht wie ein gutes Omen klang, Luna mochte Trauerweiden. Der Baum würde sie unterstützen. Entschlossen ging sie hin und schob den hellgrünen, weichen Vorhang aus tief hängenden Zweigen beiseite.

Im grünlichen Dämmerlicht dahinter sah sie Franzi auf einem verfallenden Brunnen sitzen, in dem das Blau nicht von Wasser, sondern blühenden Veilchen herrührte, deren Duft sich unter der Baumkrone gefangen hatte. Ein bröckelnder Kobold auf einem Karpfen, der wohl einst ein Wasserspeier gewesen war, lachte ihr entgegen. Ein metallener Wiedehopf schien mit dem Kerlchen im Gespräch zu sein. Die Unwirklichkeit der Szene machte es Luna leichter, auf Franzi zuzugehen. »Hier ist es ja wie in einer von Stellans Geschichten«, sagte sie leise. »Darf ich mich zu dir setzen?«

Franzi blickte sie finster an. Luna hätte sie so gern in den Arm genommen, aber sie wusste, dass das nicht ging. Nicht jetzt, nicht so. Stattdessen wartete sie, bis Franzi endlich kaum merkbar nickte, dann setzte sie sich zwischen Franzi und den Wiedehopf.

»Du warst an einem Nachmittag bei deiner Freundin Anni«, begann sie. Franzi drehte sich ein wenig zu ihr. Ermutigt fuhr Luna fort. »Stellan kam in mein Zimmer und bat mich, mit ihm einen Spaziergang zu machen. Ich hatte dringende Hausaufgaben, aber er sagte, es sei wichtig, er müsste etwas mit mir besprechen. Ich dachte, es ginge vielleicht um eine Überraschung zu deinem neunten Geburtstag.«

Franzi lachte auf, es war ein bitteres Lachen. Luna tat es im Innersten weh. Selbst der Kobold schien erschrocken dreinzuschauen.

»Wir hielten nicht im Wald an, um uns dort auf einen Baumstamm zu setzen wie sonst. Stellan wollte zum Strand. Ich glaube, er mochte im Wald nicht über traurige Dinge reden, nicht in seinem Heiligtum. Es war ein grauer, kalter Tag. Wir lehnten uns an einen Findling und sahen den Wellen zu, und dann sagte er mir, dass Mutter und er sich trennen würden. Dass er es nicht wollte, aber er würde trotzdem gehen, weil sie einen anderen Mann liebte und ihn darum gebeten hatte. Er wollte ihr nicht im Weg stehen.« Luna musste sich räuspern. »Ich war alt genug, um das zu begreifen, aber ich hatte niemals damit gerechnet. Ich wusste zwar, wie verschieden sie waren, doch ich hatte sie trotzdem für eine Einheit gehalten. Wahrscheinlich war ich zu sehr mit meinen eigenen Problemen beschäftigt gewesen.«

»*Du* hattest Probleme? Du konntest doch immer alles!« Franzi klang völlig verblüfft, aber wenigstens nicht mehr so kalt und wütend. Das machte es leichter weiterzusprechen. Luna wünschte, sie hätten etwas zu trinken. Aber wenn sie jetzt unterbrach, würde sie nicht weitermachen können.

»Ach, Franzi, hast du eine Ahnung! Jedenfalls eröffnete er mir, dass ich die Wahl hätte. Ob ich bleiben oder mit ihm nach Dänemark gehen wollte, wo er auch in einem Wald leben würde. Du wärest noch zu jung, und Mutter bestünde darauf, dass du bei ihr bleibst. Und da hätte sie recht, sagte Stellan, ein so kleines Kind gehöre zur Mutter. Aber ich wäre mit sechzehn alt genug, selbst zu entscheiden.«

»Und da hast du so eben mal beschlossen, mich allein zu lassen.« Franzi wandte den Blick ab und starrte den Kobold an. Sie blinzelte heftig.

»Nein! Erst mal war ich fassungslos. Dann wütend. Bis dahin hatte ich nie etwas entscheiden dürfen, und jetzt schoben sie mir die Verantwortung zu.« Luna schluckte, dann nahm sie sich zusammen. Da musste sie jetzt durch. »Mutter hatte an dem Abend Gäste und keine Zeit. Ich lag die ganze Nacht wach, und gegen Morgen wusste ich, dass ich nicht ohne Stellan bei ihr bleiben konnte. Es ging einfach nicht. Wir verstanden uns schon lange nicht mehr. Oder vielmehr, ich war ihr so fremd und unverständlich wie einer der Wechselbälger aus Omas finsteren Märchen. Stellan hatte das immer abgefedert. Er verstand mich. Aber ohne ihn, das würde ich nicht aushalten. Nicht einmal dir zuliebe. Bei dir war das was anderes, Franzi, du kamst prima mit Jantje aus, du warst genau so ein Kind, wie sie es sich vorstellte. Aufgeschlossen, immer freundlich zu allen, du liebtest es, wenn was los war, viele Leute um dich herum waren, Gespräche, Musik.«

Jetzt wandte Franzi sich ihr wieder zu, bass erstaunt. »Ich habe aber nie was davon bemerkt, dass ihr euch nicht verstanden habt.«

»Nein. So was hielt sie von dir fern. Kinder brauchen Harmonie, sagte sie. Ich habe sie nach dem Frühstück gefragt, was sie denn für richtig hält, ob ich bleiben oder gehen soll, obwohl ich mich eigentlich schon entschieden hatte. Ich redete mir ein, du würdest es vielleicht sogar schön finden, wenn ich dir jeden Tag schreibe und Geschichten von einem anderen Wald erzähle. Wir würden uns in allen Ferien sehen, du könntest uns dort besuchen kommen. Wir würden mit Stellan ganz neue Abenteuer erleben.«

»Das hätte schön sein können. Vielleicht. Aber das hast du anscheinend sofort vergessen, als du dort warst.«

Die Veilchen dufteten, als wollten sie ihr Mut machen. Luna hob die Hand. »Warte. Hör zu. Es ist schwer genug für mich, so viel zu reden.«

»Was ist schwer daran, einfach die Wahrheit zu sagen?«

»Nicht die Wahrheit ist schwer. Ich kann mich nicht gut ausdrücken. Schreiben kann ich besser. Ich hätte es dir alles schreiben müssen. Es gibt keine Entschuldigung dafür, dass ich das immer aufgeschoben habe.«

»Na, darum musst du jetzt reden, ob es dir passt oder nicht. Was hat Jantje gesagt?«

Luna beobachtete einen Spatz, der sich neben den Wiedehopf setzte und den großen metallenen Vogel fragend betrachtete. Das war leichter, als Franzi in die Augen zu sehen. »Wenn sie vorgeschlagen hätte, ich sollte bleiben, hätte ich es wohl getan. Aber sie war anderer Meinung. Sie sagte, es wäre besser, wenn ich ginge, besser für alle. Sie sagte es ganz nett, aber sehr bestimmt. Sie könne mir anscheinend nicht helfen, weil ich genauso werden würde wie Stellan, und vor allem hätte ich einen schlechten Einfluss auf dich.« Es tat weh. Nach all den Jahren tat es noch weh.

Franzi setzte sich kerzengerade und machte große Augen. »Du? Einen schlechten Einfluss auf mich? Wie um Himmels willen denn das? Du hast dich doch immer wunderbar um mich gekümmert. Hast mir bei allem geholfen, wofür sie keine Zeit hatte. Du hast mir beigebracht, wie man Schuhe zubindet, wie man sich die Haare kämmt, hast mir zugehört, mich ernst genommen, meinen Kummer verstanden und meine Freude und überhaupt alles!«

Luna zuckte die Achseln. »Sie hat das anders empfunden. Sie hat nur gesehen, dass ich so wenig gesellschaftsfähig war. Ich hasste es, auf Partys zu gehen. Sie wollte mir die Schüchternheit austreiben und zwang mich, für die Gäste der Pension zu singen. Es war eine Tortur für mich. Die Lehrer haben sich bei ihr beschwert, weil ich mich mündlich nicht beteiligt und einmal sogar ein Referat verweigert habe, weil mir vor Angst übel war. Es war wohl das, was Mutter auch an Stellan ärgerte. Er mochte es ebenso wenig wie ich, unter vielen Menschen zu sein, die laut redeten und lachten, oder in große Städte zu fahren, um mal ein unterhaltsames Wochenende mit Theater oder Einkaufen zu verbringen, wie sie es eben so gern tat. Ihrer Meinung nach jedenfalls benahm ich mich unhöflich, ungelenk, kleidete mich zu nachlässig, war abweisend und bockig, zugeknöpft und egozentrisch. ›Willst du wirklich, dass Franzi so wird wie du?‹, fragte sie mich. ›Willst du, dass sie deine Probleme bekommt und in der Schule genauso ausgelacht wird und kaum eingeladen und irgendwann nicht im Leben zurechtkommt? Dass sie nie Erfolg haben wird?‹« Luna zerpflückte ein Kleeblatt. »In dem Moment habe ich ihr geglaubt. Sie war so überzeugend. Das konnte sie. Sie hat eine Menge gute Seiten, das weiß ich. Sie war so beliebt, immer fröhlich, alle Gäste mochten sie. Man konnte viel Spaß mit ihr haben. Und sie wusste viel über Kultur, über Ballett, Konzerte und so. Ich habe mir in dem Augenblick tatsächlich für dich gewünscht, dass du werden kannst wie sie. Ich wusste, du würdest es dann viel leichter haben als ich. Und ich dachte, vielleicht hat sie recht, dass es besser ist, ich beeinflusse dich nicht.«

»Ach, Luna! Das habe ich nicht geahnt. Wie schrecklich das für dich gewesen sein muss.« Franzi griff nach ihrer Hand. Wahrscheinlich merkte sie es nicht einmal, aber Luna tat es unendlich gut.

»Bitte, Franzi, versteh mich nicht falsch! Ich will Mutter nicht schlechtmachen. Ich weiß, dass du sie liebst. Sie war gut zu dir. Man kann ihr nicht vorwerfen, dass sie den Trubel liebt. Ich war einfach nur so anders als sie. Wer weiß, ob du jetzt dein Café hättest, wenn wir zusammengeblieben wären.«

»Ganz bestimmt hätte ich das. Du hast mich doch immer zu allem ermutigt.« Franzi zog ihre Hand zurück, anscheinend selbst erschrocken über ihre vertraute Geste. »Aber wie ging es weiter? Warum hast du dich nicht von mir verabschiedet und warum nie geschrieben?«

Luna sprang auf und begann, um den Brunnen herumzulaufen. Sie konnte nicht mehr still sitzen. Vielleicht würde das weiche hellgrüne Gewölbe der Weide, das sie beide umfing, ja wie ein magischer Kreis wirken, der dabei half, dass die alten, schlimmen Gefühle und Verletzungen heilten und Franzi ihr verzeihen konnte. Sie traute es dem alten Baum zu. Er

hatte schon so viel gesehen und so vielen Stürmen standge-
halten.

»Ich wollte es ja! Ich sagte ihr, gut, ich würde mit Stellan gehen, aber ich wollte es dir selbst sagen. Ich würde dich am Nachmittag mit auf einen Spaziergang nehmen und dir alles erklären. Da wurde sie wütend. ›Kommt nicht in Frage!‹, rief sie. ›Ich
erziehe dieses Kind. Niemand sonst. Mischt euch da nicht ein!‹«

»Sie hat wahrscheinlich gedacht, du würdest mir erzählen,
dass sie dich wegschicken wollte. Sie ist sehr empfindlich, wenn
sie denkt, dass jemand sie kritisieren will.« Luna sah Verwir-
rung auf Franzis Gesicht, Ärger, Schmerz, Fassungslosigkeit,
Hoffnung. Es tat ihr fast körperlich weh. Anderen Unbehagen
zu bereiten war für sie ebenso unerträglich, wie Wut auszu-
halten.

»Du wolltest also gar nicht weg von mir? Ich war dir nicht
egal?«, vergewisserte sich Franzi nach einer Pause.

»Nie! Du warst mir nie egal!« Jetzt setzte sie sich doch wieder,
dicht neben ihre Schwester. »Es tut mir so leid! Für mich fühlte
sich in jenen letzten Tagen alles total unwirklich an. Wir pack-
ten ein paar Sachen zusammen, aber du durftest nichts merken.
Das Beste für dich wäre, wenn wir einfach weg wären, sagte
Mutter. Abschiede wären für ein kleines Mädchen zu belastend.
Sie würde dich schon ablenken. Kinder passen sich leicht an,
meinte sie. Also fuhren wir an jenem Tag weg, als du bei Anni
übernachtet hast.«

»Pyjamaparty«, sagte Franzi tonlos. »Es war so lustig. Als ich
zurückkam, sagte Jantje, ihr wärt auf eine Reise gegangen, Stellan hätte plötzlich einen dringenden Auftrag bekommen. Ich
war etwas beleidigt, dass ihr mich nicht mitgenommen habt,
aber dann fand ich es erst ganz nett. Jantje ließ mich länger auf-

bleiben, wir backten Kekse, und es gab ein Fest für die Gäste. Und irgendwann Wochen später erklärte sie mir auf einem Spaziergang, dass ihr gar nicht wiederkommen würdet, weil jetzt Bobby ihr Mann sei und bei uns einziehen würde. Ich verstand die Welt nicht mehr. Ich habe jeden Tag auf einen Brief gewartet, aber es kam keiner. Warum kam denn keiner?«

Oben in der Weide rief eine Elster. Es klang wie ein hämisches Lachen.

»Wir *haben* geschrieben! Ich habe viele Seiten geschrieben, am Anfang. Stellan auch. Schreiben lag uns doch sowieso besser als reden.« Luna konnte nur hoffen, dass Franzi ihr glauben würde.

Franzi starrte sie finster an. »Ich habe aber nichts bekommen! Und dann sind wir auch noch nach Rostock gezogen, und alles war anders. Ich konnte nicht mehr in den Wald, und ich hatte Angst, du wüsstest meine neue Adresse nicht.«

»Dann hat sie dir die Briefe aus der Anfangszeit gar nicht gegeben? Sie hat uns dann bald gebeten, dass wir dir nicht mehr schreiben sollen. Das würde dich jedes Mal schrecklich durcheinanderbringen. Es wäre besser für dich, einen klaren Schnitt zu machen. Kinder würden schnell vergessen, und du hättest viele Freundinnen, anders als ich.«

»Und das habt ihr geglaubt, einfach so?« Franzi wusste nicht, auf wen sie wütender sein sollte, auf ihre Mutter, Stellan oder Luna.

»Ja! Wir wussten ja, dass du ihr ähnlicher warst als wir. Wir wollten dich nicht durcheinanderbringen. Stellan erinnerte sich nur zu gut daran, wie schwer er es als Kind und Jugendlicher in dem Heim hatte, weil er sich nie gegen unfaire Behandlung durch die anderen Kinder und die Erzieher wehren konnte. Sie haben ihn fertiggemacht, weil er so schüchtern, still und anders war. Er wusste auch, dass es mir oft ähnlich ging. Wir hofften, dass du es wirklich leichter haben würdest.« Luna wischte sich jetzt auch die Tränen ab. »Und Stellan wollte keinen Streit mehr mit Mutter. Er war erschöpft von all dem, glaube ich.«

Sie saßen dort unter dem Schirm des Baums und schwiegen, lange, jede mit ihren Gedanken beschäftigt. Der Spatz war fort. Stattdessen huschte eine Eidechse auf die warme Steinmauer und sah sich um.

»Ich habe überhaupt nichts vergessen«, sagte Franzi leise. »Ich habe euch furchtbar vermisst und noch jahrelang auf einen Brief gewartet. Aber Jantje hat mir das immer ausgeredet. Sie sagte, wir seien doch jetzt wieder eine komplette Familie. Ich habe mich gut mit Bobby verstanden. Erst wollte ich das nicht, ich war so wütend auf ihn, aber ich konnte nicht anders, er war so nett. Und ich dachte, ihr wolltet nichts mehr von mir wissen. Ich glaubte, ich hätte etwas Schreckliches gemacht. Warum hast du dich nicht einmal später gemeldet, als wir beide erwachsen waren?«

»Ich wollte es ja. Aber ich habe es immer wieder aufgeschoben. Ich glaube, ich hatte Angst, dann müsste ich auch mit Mutter wieder Kontakt haben. Ich bekam nicht aus dem Kopf, dass ich ein schlechter Einfluss für dich sein könnte. Und dass sie mich verachtete. Außerdem hatte ich ein mieses Gewissen. Es war alles völlig verkorkst. Es tut mir so leid, Franzi! Mutter hatte am Ende recht. Ich habe alles falsch gemacht. Wenn nicht früher, dann jedenfalls später. Ich hätte wissen müssen, wie du dich fühlst.« Sie stand wieder auf, hockte sich vor Franzi. »Kannst du mir verzeihen? Meinst du, wir können noch einmal von vorn anfangen?« Sie glaubte nicht daran, aber sie musste es fragen.

Eine Biene summte durch die Zweige herein, flog von Veilchen zu Veilchen. Unter dem heimeligen Geräusch war es dennoch totenstill, eine Stille, die Luna fast erstickte. *Bitte*, wollte sie sagen, aber sie bekam kein Wort mehr heraus.

»Nein!«, sagte Franzi schließlich.

15

Die Stille unter der Weide wurde immer dichter. Luna hielt es nicht mehr aus. Sie berührte den metallenen Vogel auf dem Brunnen, nur, um sich nicht so verloren zu fühlen, und fing an, tonlos dazu zu erzählen, was sie wusste: »Der Wiedehopf mit der ungewöhnlichen Federhaube, die an einen Punker erinnert, ist in Mitteleuropa selten geworden. Er liebt halb offene bis offene insektenreiche Landschaften, und er mag es warm. Den Winter verbringt er meist in Afrika. Zum Nisten nutzt er oft Spechthöhlen …« Es half. Wenigstens konnte sie atmen, wenn sie an Fakten dachte.

»Stopp!«, rief Franzi.

Luna brach ab und wagte es, ihre Schwester anzusehen. Da war auf einmal eine neue Wärme in ihrer Stimme gewesen.

»Wir können *nicht* von vorn anfangen«, erklärte Franzi. »Und das will ich auch gar nicht. Die Verletzungen werden bleiben. Sie sind Teil unserer Lebensgeschichte. Aber die schönen Erinnerungen bleiben zum Glück auch, denn sie sind für uns beide zu kostbar, als dass wir sie verlieren möchten. Das ist mir klar geworden.« Sie betrachtete ein Veilchen, das sie gepflückt hatte, ohne es zu merken. »Deshalb können wir *weiter*machen. Nicht da, wo wir aufgehört haben. Das ist viel zu lange her. Aber von dieser Stelle aus, wo wir hier und heute sind, und *wie* wir sind, von da können wir weitermachen. Wie am besten, werden wir herausfinden.«

Der Wiedehopf blickte auf einmal nicht mehr so streng, Luna hätte es schwören können. Die Veilchen dufteten noch stärker als zuvor, und ein leiser Windhauch bewegte die grünen Vorhänge der Zweige. Es wirkte wie ein ermunternder Gruß. Sie würde Veilchen von jetzt an immer mit diesem Moment der Hoffnung in Verbindung bringen. Ich will welche in meinen Garten pflanzen, überlegte sie. Dann fiel ihr auf, dass sie zum ersten Mal »mein Garten« und nicht »der Garten« gedacht hatte.

»Das wünsche ich mir sehr«, sagte sie. »Danke, dass du das so siehst.« Sie zögerte. »Meinst du denn, wir bekommen das hin, Franzi? Ich werde mich nicht völlig ändern können, weißt du. Mir fällt manches schwer, und anderes halte ich schlecht aus.« Sie wusste, dass es für sie beide nur wieder funktionieren würde, wenn sie sich an die unverblümte Wahrheit hielt. Inzwischen war sie alt genug, um ihre Grenzen zu kennen. Und sich klar darüber zu sein, was sie um ihrer selbst willen nicht mehr aufgeben konnte.

»Ich möchte überhaupt nicht, dass du dich änderst!«, sagte Franzi. »Ich bin nicht unsere Mutter, in Ordnung? Ich will nur lernen, dich zu verstehen! Erklärst du mir, was an dir und Stellan so anders war, dass Jantje nicht damit leben konnte? Hast du eigentlich jemals wieder mit ihr Kontakt gehabt?«

»Ich habe es nie versucht. Sie hat mich damals Spaßbremse genannt.« Die alte Bitterkeit war noch da. Sie würde sich solchen Verurteilungen nicht mehr aussetzen.

»Wirklich? Unfassbar!« Franzi runzelte die Stirn. »Ich glaube aber nicht, dass sie das böse gemeint hat. So ist sie eben. Ich denke, das hat sie schon zu vielen Leuten gesagt.«

»Da bin ich mir sicher. Trotzdem. Ich will das nicht mehr.« Das Licht, das durch die Trauerweidenblätter gefiltert zu ihnen ins Innere fiel, wurde immer goldener. Bald würde es in ein warmes Abendlicht hinübergleiten, das alles in versöhnlichen, weichen Dunst tauchte. »Guck mal, ich hab was für dich.« Luna reichte Franzi das Taschenmesser. »Ich dachte, wir könnten an den Mühlensee fahren, den Sonnenuntergang genießen und etwas schnitzen, so wie früher. Dabei erkläre ich dir, was mein Problem war und ist.«

»Luna, wie schön! Danke!« Franzi betrachtete das Messer sichtlich gerührt. Der Griff war aus blank poliertem Holz gestaltet. Luna hatte eigenhändig einen Baum hineingeschnitzt, und die Buchstaben F und L. »Das wird mich an heute erinnern und daran, dass Groll eine üble Last ist. Man sollte ihn nicht mit sich herumtragen, er wird von Jahr zu Jahr schwerer.«

»Das gilt auch für ein schlechtes Gewissen«, fand Luna. »Wir hätten uns wohl einiges ersparen können, wenn ich eher den Mut gefunden hätte, mich bei dir zu melden. Es tut mir sehr leid.«

»Nun ist es, wie es ist, und zum Glück nicht zu spät. Klein-Marley ist der beste Anlass für eine Veränderung.« Franzi sah sich um. »Das ist ein verwunschener, heilender Ort hier, oder?«

»Oh ja. Aber der Mühlensee ist für mich auch so einer. Darum möchte ich ihn dir zeigen.«

Unterwegs hielten sie an einem Dickicht, in dem Luna verschwand und mit zwei Ästen vom Haselnussstrauch wieder herauskam. Danach fuhren sie bis an die alte Mühle, die hinter einer dicht von knallgelbem Löwenzahn bedeckten Wiese würdevoll vor dem Himmel stand. Dort auf dem Parkplatz stellten sie die Räder ab und liefen zu Fuß weiter bis auf den langen Bohlenweg, der am See entlangführte.

Franzi blieb stehen, lehnte sich über das Geländer und sah in das klare Wasser hinab, wo ein Schwarm streichholzlanger Fische herumhuschte. Ein Vogelpärchen umkreise sich nicht weit davon selbstvergessen in einem anmutigen Tanz. »Haubentaucher«, erklärte Luna und musterte das gegenüberliegende Ufer, denn sie suchte etwas anderes. Wenn sie dort einen ihrer Lieblingsvögel sichten konnte, wäre das bestimmt ein gutes Omen, dass sie ihre kleine Schwester nicht noch einmal verlieren würde. Doch nur einige Enten mit einem auffallend weißen Latz jagten sich im Schilf. »Pommernenten«, sagte Luna vor sich hin.

»Ich kenne bloß die normalen Stockenten«, staunte Franzi. »Woher weißt du das alles? Bei dem Wiedehopf hast du dich angehört wie Wikipedia.«

Luna dachte zurück und lächelte. »Kannst du dich an unser Lexikon erinnern?«

»Das uralte grüne mit den vielen Bänden und dem Gold hinten? Klar, darin haben wir immer Blätter gepresst, warum?«

»Vorne drin auf dem Titelblatt stand *Konversationslexikon*. Ich habe nachgeschlagen, was das bedeutet, und fand heraus, dass es einem angeblich ermöglichen würde, intelligent an Unterhaltungen teilzunehmen. Ich dachte, wenn ich genug darin lese, würde ich lernen, was Mutter und die Lehrer von mir verlangten. Konversation eben. Mich ungezwungen unterhalten zu können, auch mit Fremden und vielen Menschen. Das hat bloß nicht funktioniert. Erstens machte es mich immer noch genauso nervös. Und zweitens hat sich außer Stellan niemand um mich herum für Pommernenten, die Blüten der Traubenkirsche oder die Berechnung von Sonnenflecken interessiert.«

Franzi lachte auf. »Das kann ich mir vorstellen. Ich erinnere mich jetzt, du hast mir immer lauter verrückte und spannende Sachen erzählt.«

»Du warst klein genug, sie spannend zu finden. Die Mädchen in meinem Alter fanden sie peinlich. Jedenfalls habe ich seitdem eine Schwäche für Lexika. All die Dinge, die in meinem Kopf hängenblieben, gaben mir eine Art Sicherheit. Ich hielt mich daran fest, wenn ich nervös wurde, und sagte sie mir im Stillen auf.«

Franzi betrachtete sie von der Seite. »Ich habe nie gemerkt, dass du nervös warst.«

Luna strich über die weiche Vorjahresblüte eines Schilfhalms. »In der Zeit, an die du dich erinnern kannst, war ich schon alt genug, um den meisten für mich brenzligen Situationen einfach stur aus dem Weg zu gehen. Mutter nannte es bockig, träge und verstockt, die Lehrer trugen es als Arbeitsverweigerung ein, für mich war es Selbstschutz.«

»Ich würde es mutig nennen. Bei so viel Opposition.« Franzi beobachtete ein aufkommendes Gezänk auf dem Wasser. »Und das? Was ist das für eine bunte Ente?«

»Eine Mandarinente. Sie hat da hinten ihr Nest. Das Weibchen sitzt darauf, man sieht es kaum, weil es so gut getarnt ist.«

Es war schön, hier mit Franzi so ungezwungen zu stehen. Luna wünschte sich zutiefst, dass sie ihrer Schwester verständlich machen könnte, wie sie die Welt wahrnahm. Sie war sich nicht sicher, wie es sich bei Franzi verhielt, aber für viele Leute war eine Landschaft wie diese nur eine langweilige Wasserfläche mit namenlosen Bäumen drumherum und ein paar Enten darauf. Bestenfalls eine Joggingstrecke oder ein Platz, um Würstchen zu grillen. Das war Luna in der Schule und auch in den Jahrzehnten auf dem Hof und im Laden deutlich geworden, auch wenn sie es nicht verstand. Denn für sie selbst war es ein Märchenland voller Wunder. Genau wie schon damals im Gespensterwald. Nur war dieses Empfinden bei ihr über die Jahre stetig stärker geworden, während für andere, die das als Kind vielleicht noch so gesehen haben mochten, dieser Zauber offenbar verloren gegangen war.

Luna konnte sich das nicht erklären. Die Farne wuchsen doch nicht weniger fein geschwungen am Ufer als damals, die winzigen blauen Schmetterlinge waren immer noch so zart und schimmernd wie Wesen aus einem Traum, die dicken Wolkenschiffe fuhren unverändert mit geblähten Segeln den Horizont entlang. Eine Wiese im Morgentau funkelte wie mit tausend vergänglichen Diamanten bestreut. Wenn eine Libelle für einen Augenblick auf Lunas Arm landete, erfüllte es sie mit Ehrfurcht, dass dieses filigrane, freie Wesen ihr dermaßen vertraute, und wenn ihr ein buntes Blatt vor die Füße fiel, war es für sie ein einzigartiges Geschenk. Nie war etwas selbstverständlich, nie verblasste etwas zur Gewohnheit. Ein blühender Flieder hüllte sie in einen unwirklichen Duft, der sie mit tiefem Glück erfüllte, das Lied einer Nachtigall machte sie atemlos vor Freude und eine wilde Erdbeere vom Wegrand legte ihr in Sekunden einen Geschmack auf die Zunge, der alle erlebten Sommer wieder gegenwärtig sein ließ.

Heute wehte ein sanfter Südwind, ganz so, als wollte Stellan ein Wörtchen mitreden bei der neuen Annäherung seiner Töchter. Er flüsterte in den Zweigen der Erlen, ließ weiße Blütenblätter der Schlehen wie Schneeflocken über die Hügel treiben, zeichnete wechselnde Muster auf die Wasseroberfläche und spielte mit der blau glänzenden Feder eines Eichelhähers. Von der

Mühle her flogen auf ihm unternehmungslustig die Schirmchen der ersten Pusteblumen. Dieser warme Wind trug Gerüche und Töne in sich, die von den Ländern erzählten, welche Stellan bereist hatte. Anders als bei ihm weckte seine leise Musik in Luna keine Sehnsucht danach, nur Dankbarkeit, dass sie hier sein durfte, an genau diesem geliebten Ort, und das zum ersten Mal zusammen mit Franzi.

Der Wind brachte noch mehr mit sich. Luna bemerkte erst den Schatten, der über den See glitt, dann über den Schilfgürtel. Dann sah sie den großen weißen Vogel, der anmutig am Ufer gegenüber landete, gefolgt von einem zweiten. Jetzt also doch noch. Silberreiher! Luna fand sie jedes Mal so unwirklich schön, als seien sie nicht von dieser Welt. Wie der Gestalt gewordene Glaube an das Gute. Es war ein Pärchen. Sie sah es daran, dass das Männchen seine langen, zarten Schulterfedern spreizte, um die Aufmerksamkeit des Weibchens zu gewinnen, das nach Fischen sah.

»Was …«, begann Franzi.

»Schhhh!«, flüsterte Luna. »Sie sind ausgesprochen scheu! Es ist ein großes Glück, sie noch zu sehen, um diese Zeit sind schon fast alle weitergeflogen.«

Vorsichtig zogen sie sich hinter die nächste Kurve des Weges zurück. »Lass uns da entlang über die Wiese gehen«, schlug Luna vor. Dort gab es eine knorrige Erle, eine alte Freundin von ihr, unter deren Krone sie schon oft geträumt, gelesen oder gedöst hatte, während um sie herum das Vogelvolk und die Bienen ihren eigenen Lebensdingen nachgingen.

»Was für ein herrlicher Platz!« Franzi warf sich rücklings ins Gras, dann setzte sie sich wieder auf und öffnete das Taschenmesser. »Ich bin so gespannt, ob ich das noch kann!«

Sie setzte die Klinge an die Rinde des Haselnussstocks und begann zögernd, ein Muster einzuritzen. Luna zog ihr eigenes Messer und folgte mit gewohnter Sicherheit ihrem Beispiel.

»Sag mal, du hast gesagt, Mutter hat dich dazu gezwungen, vor den Pensionsgästen zu singen«, fing Franzi nach einer Weile konzentrierten Schweigens an. »Davon weiß ich gar nichts. Warum hat sie das gemacht? So ist sie doch gar nicht. Und seit wann kannst du singen?«

Luna schnitt tiefer in die Rinde, als sie vorgehabt hatte. Auch gut, dann musste sie das geplante Motiv eben ändern. Eine Knospe statt eines Blattes, umso besser.

»Du warst da ja immer schon im Bett, du warst doch noch so klein. Sie meinte es gut. Sie wollte für mich, dass ich meine angebliche Schüchternheit überwinde, weil sie dachte, es würde mir dann besser gehen und mein späteres Leben leichter sein.« Sorgfältig schnitzte sie eine Ranke in den Ast. »Ich habe immer schon gern gesungen, aber nur, wenn ich völlig allein im Wald war. Ich habe mit den Bäumen gesungen, wenn der Wind in ihnen pfiff und rauschte. Aber einmal hat Mutter mich dabei erwischt. Sie war ganz begeistert von meiner Stimme und richtig stolz und wollte, dass ihre Gäste auch in diesen fragwürdigen Genuss kamen.«

Luna schälte ein Stück Rinde ab und schnipste es ins Wasser, wo es aufrecht mit der Strömung davontrieb wie ein winziges Boot. Es war nicht leicht, darüber zu sprechen. Selbst jetzt noch verkrampfte sich ihr Magen dabei.

»Ich hätte sie so gern einmal stolz gemacht, aber ich habe kläglich versagt. Auf der Bühne wurde mir nur schlecht und ich habe keinen Ton herausgebracht. Das lag nicht an der Schüchternheit, aber das hat sie nie verstanden. Ich habe es in einem Raum mit so vielen Menschen einfach nicht ausgehalten, schon gar nicht bei dem Licht und den Gerüchen.«

»Was war denn daran so schlimm? Ich fand die Sommerfeste und Wochenendzusammenkünfte, die sie für die Gäste veranstaltet hat, immer wundervoll. Es gab leckeres Essen und Musik, die Gäste ließen mich von ihrer Bowle kosten, und manche nahmen mich auf den Arm und tanzten mit mir«, erinnerte sich Franzi. »Ich durfte ein schönes Kleid anziehen und fühlte mich wie eine Prinzessin.«

Luna seufzte. »Genau das war der Unterschied. Für dich und Mutter waren es Feste, für mich und Stellan dagegen eine Quälerei. Es waren derselbe Saal, derselbe Tag und dieselben Menschen, aber zwei völlig verschiedene Welten für euch und für uns.« Und wenn sie sich Franzi in ihrem Café vorstellte, dann hatte sich daran sicherlich nichts geändert.

Nun galt es, eine Brücke zwischen diesen zwei Wirklichkeiten zu finden, eine, die standhielt, auch wenn man einmal zu fest auftrat oder es um etwas ging, was schwer wog.

Franzi

Vehlefanz

16

Franzis Handy gab einen Ton von sich. »Warte bitte mal kurz.«
Sie suchte in ihrer Tasche. Zwar unterbrach sie Luna ungern,
nun, da sie endlich offen miteinander sprachen. Wer wusste,
wie lange das anhalten würde? Aber es konnte ja etwas Dringendes mit dem Café sein. Sie hatte Matteo versprochen, immer erreichbar zu sein, und das stand für sie grundsätzlich an
erster Stelle. Besser, Luna gewöhnte sich gleich daran.

Doch in der Nachricht ging es um die Lieferung aus Dänemark. Sie war von der Spedition. »Die Kiste kommt tatsächlich morgen!«, sagte sie erstaunt. Sie konnte es kaum erwarten,
das Rindenbild endlich zurückzubekommen. Und was mochte
noch in der Kiste sein? Durch Luna war ihr Stellan wieder so
nahe gerückt. Gleichzeitig bedauerte sie die schnelle Ankunft
der Kiste etwas. Wenn sie das Bild hatte und Lunas Sperrmüll in
den Lieferwagen geladen war, dann gab es für sie keinen Grund,
länger hierzubleiben. Sie hätte gern mehr Zeit gehabt, um Luna
besser verstehen zu lernen. So einfach schien das nicht zu sein.

Franzi fing wieder an zu schnitzen. Es beruhigte sie. »Zwei
verschiedene Welten, wie meinst du das? Warum war es denn
bloß so schlimm für dich und Stellan?«

Sie bewunderte, wie behände und mühelos Lunas Finger mit
dem Messer umgingen und was für filigrane Reliefs dabei entstanden. Zarte Ranken und Knospen, die wirkten, als würden
sie sich entfalten, sobald man nur einen Augenblick nicht hin-

sah. Luna machte überhaupt nicht den Eindruck, als wäre sie je wegen etwas unsicher oder könnte gar bei irgendeiner Sache versagen.

»Ich versuche es mal so«, begann Luna. »Stell dir doch bitte vor, du fährst mit der Bahn in die Stadt, um einzukaufen. Vielleicht triffst du dich danach noch mit einer Freundin im Café. Wie wäre das für dich?«

Franzi verstand nicht, worauf Luna hinauswollte. »Das mach ich manchmal, warum?«

»Versuch es. Beschreibe mir einfach, wie du das erleben würdest und was du dabei fühlst«, drängte Luna.

Franzi zuckte mit den Schultern. »Okay. Also, so was ist eine nette Abwechslung für mich. Auf solche Tage freue ich mich. Ich würde das Bahnfahren genießen – hab ich ja gerade auf der Fahrt zu dir getan. Ich brauche dann mal nichts arbeiten, nur dasitzen, aus dem Fenster gucken. Die Landschaft fliegt vorbei, ich beobachte die fremden Menschen, die um mich herumsitzen. Was sie reden, welche Musik sie hören. Ich unterhalte mich nett mit einer Sitznachbarin und komme mit ihrem Kind ins Gespräch. Die Zeit vergeht schnell. In der Stadt staune ich dann, was alles neu gebaut wurde. Ich bin neugierig auf die Auslagen in den Geschäften. Ich finde das Gedränge lustig, das ist so anders als auf dem Darß. Die Teenager tragen schon wieder eine ganz neue Mode, das ist spannend. Es regt mich an. Das Einkaufen macht Spaß. So viel zu sehen, nette Verkäuferinnen. Ich fühle mich jung und sorglos, weil ich meinen Betrieb und die Pflichten mal hintenangestellt und fast vergessen habe. Dann ins Café mit einer Freundin, der Eisbecher schmeckt, wir haben unendlich viel zu quatschen. Das Gewusel der Touristen ist bunt und lebendig. Mir gefällt es. Auf der Rückfahrt bin ich voller neuer Energie und Schwung, die Abwechslung hat mir gutgetan, und ich freue mich wieder auf den Alltag zu Hause. Auf meine eigenen Gäste, auf Matteo, auf alles. Ganz normal eben. Oder?«

»Siehst du!« Luna setzte sich kerzengerade hin. »Genau das ist der Unterschied! Du bist nach so einem Tag voller neuer Energie und Schwung. Ich aber bin seelisch und körperlich völlig erschöpft, bedrückt und habe so eine Art Kater. Danach brauche ich mindestens einen Tag ganz für mich allein, an dem ich niemanden sehe. Ich beschreibe dir jetzt mal, wie ich so etwas erlebe.« Sie lehnte sich wieder an den Baumstamm, suchte nach Worten, ohne das Schnitzen zu unterbrechen. Franzi hörte zu und beobachtete dabei fasziniert, wie die Holzspäne flogen und nebenbei ein zarter Vogel auf der Oberfläche des Stocks entstand. »Ich freue mich nicht auf einen solchen Tag, ich graule mich davor. Ich freue mich zwar sehr darauf, eine Freundin zu sehen, aber ich weiß, dass es alles anstrengend wird. Wenn die Bahn kommt, ist mir schon das Einsteigen zuwider. Drin sitzen jede Menge Leute dicht neben mir. Der Geräuschpegel ist für mich entsetzlich. Ich muss alle Gespräche gleichzeitig mithören, ob ich will oder nicht. Viele telefonieren laut. Ich kann nichts ausblenden. Ich erfahre von Ehekrisen, Streit im Job, Liebeskummer, Geldproblemen, Urlaubsplänen, Einkaufslisten bis hin zu Kontonummern und Adressen. Vieles bleibt in meinem Kopf hängen, egal wie sinnlos diese Informationen für mich sind. Andere hören Musik über Kopfhörer, aber so laut, dass unablässig ein Zischen und Quäken herausdringt, das mich quält. Das Ganze ist eine einzige Kakophonie aus Lärm. Die Luft ist stickig, weil niemand ein Fenster offen haben möchte. Das Gemisch aus Gerüchen ist auch so aufdringlich wie der

Lärm, unzählige Parfüms, Essen, Schweiß, erhitzte Polster auf den Sitzen, Putzmittel. Mir wird schwindelig davon und etwas übel.« Luna machte eine Pause.

Franzi staunte. Als sie sich im Zug mit ihrer Sitznachbarin unterhalten hatte, hatte sie nichts anderes wahrgenommen. Sie blendete Ablenkungen automatisch aus, und wenn nicht, störte es sie auch nicht. »Das klingt wirklich belastend«, sagte sie vorsichtig.

Luna warf ihr einen halb amüsierten, halb traurigen Blick zu. »Ich weiß ungefähr, was du jetzt denkst«, sagte sie. »Das, was man mir früher vorgeworfen hat, in der Schule und zu Hause. Ich wäre überempfindlich, eine Prinzessin auf der Erbse, arrogant, zickig. Hast du schon mal was von Hochsensibilität gehört?«

Franzi dachte nach. »Nein. Nur von Hochbegabung.«

Luna lachte. »Na, die habe ich nicht. Viele Menschen sind hochsensibel, etwa zwanzig Prozent der Bevölkerung, es wird nur nicht darüber gesprochen. Es bedeutet nichts weiter, als dass man eben etwas empfindlichere Sinne hat, die auf alle möglichen Reize stark ansprechen und für Feinheiten empfänglich sind. Was für andere ein kleines Ärgernis ist – ein zu enges Hosengummi oder ein kratziger Stoff auf der Haut –, kann für uns unerträglich sein. Meist wird es nicht ernst genommen, es passiert stattdessen genau das: Man wird als schwierig und überempfindlich betrachtet, als affektiert oder hochmütig. Schulkinder, die sich zurückziehen, weil es ihnen zu laut oder zu voll ist, werden als sozial unterentwickelt oder verhaltensgestört eingeordnet. Man will ihnen helfen, indem man ihnen umso mehr Aufmerksamkeit zukommen lässt. Aber genau das überfordert sie noch mehr.« Luna schwieg einen Augenblick. Das viele Reden schien wirklich anstrengend für sie zu sein. »Menschen wie unsere Mutter können das Problem überhaupt nicht verstehen«, fuhr sie schließlich fort. »Für sie ist Aufmerksamkeit wie ein guter Wein, sie genießt sie. Sie braucht sie sogar, sie ist fast süchtig danach. Du hast es als Kind auch genossen, wenn die Gäste sich um dich bemüht haben. Das ist ja auch völlig in Ordnung. Es wäre eben nur schön, wenn man uns ein wenig mehr Verständnis entgegenbringen würde. Ich sage den Menschen im Zug ja auch nicht, sie sollen aufhören, sich zu unterhalten. Aber dann will ich auch nicht als zickig bezeichnet werden, wenn ich mir die Ohren zuhalten muss.«

Im See jagten sich zwei Schwäne laut rufend und flatternd über das Wasser. »Guck dir diese Streithähne an«, sagte Luna zärtlich und lächelte. Tiere störten sie anscheinend nicht.

»Erzähl mir weiter von diesem fiktiven Tag. Was, wenn du in der Stadt aussteigst? Da, wo ich mich über das bunte Gewusel freue und alles spannend finde?« Franzi war neugierig geworden.

»Na ja, ich müsste mich dann eigentlich von der Bahnfahrt erholen. Stille suchen und frische Luft. Stattdessen strömen von allen Seiten weitere Gerüche von Benzin, Grillwürstchen, Kohleheizung, Diesel auf mich ein. Menschen überall, Sirenen und Bremsenquietschen und Motorenlärm, Gedränge, Werbung aus Lautsprechern. Ein Albtraum! Im Kaufhaus ist es ruhiger, aber auch da gibt es Lautsprecher. Keine Fenster, dafür kaltes, grelles Neonlicht, das halte ich überhaupt nicht aus, in der Schule war es wie Folter für mich. Dann dieses ständige Piepen an der Kasse. Die Enge in den Gängen. Ich muss da so schnell wie möglich raus. Danach möchte ich mich nur noch zu Hause verkriechen.«

»Aber da ist ja noch das Treffen mit der Freundin«, fiel Franzi ein.

Luna kratzte einen Tropfen Harz von ihrem Messer. »Ja, und ich möchte sie wirklich sehen. Sie ist eine gute Freundin und ist letztes Mal extra zu mir gekommen, weil sie meine Probleme kennt und versteht. Diesmal bin ich also dran, zu ihr zu fahren. Aber ich bin schon erschöpft, mein Kopf brummt und ist zum Platzen voller Eindrücke, die ich verarbeiten muss. Da sind so viele hässliche Häuser. Schlechte Architektur ist für mich genauso schlimm wie Lärm. Das Café ist voll. Ich bitte sie, lieber im Park spazieren zu gehen. Das geht. Sie kennt mich. Sie nimmt mir nicht einmal übel, dass ich sie nie anrufe, weil ich telefonieren hasse. Das Gespräch mit ihr macht mir Freude, aber abends zu Hause bin ich einfach nur froh, den Ausflug überstanden zu haben. Ich weiß, dass ich am nächsten Tag allem Lärm und allen Begegnungen aus dem Weg gehen muss. Es ist, als ob die gesamte Energie aus mir rausgesogen wurde. Ich muss mich wieder auftanken. Das geht am besten hier am See oder im Wald. Die Bäume verlangen nicht von mir, dass ich rede, sie haben eine stille Sprache. Früher habe ich mir oft gewünscht, ich wäre eine Waldnymphe wie die in Stellans Geschichten.«

»Stellan war auch hochsensibel«, erkannte Franzi.

»Ja. Er hat mich verstanden, und ich ihn. Aber Mutter uns eben nicht.«

»Aber warum haben sie denn dann bloß geheiratet, wenn sie dermaßen schlecht zusammengepasst haben?«, rätselte Franzi. Matteo und sie hatten von Anfang an gemeinsame Träume und Interessen gehabt, auch wenn es natürlich Unterschiede gab. Er hörte gern Klassik, sie lieber Jazz. Er mochte Anisplätzchen, sie bekam die nicht herunter. Sie waren nicht wie Zwillinge, aber in allen wichtigen Angelegenheiten tickten sie ähnlich und waren ein glückliches Team.

Die sinkende Sonne färbte die Schäfchenwolken rosa und das Wasser golden. In einer Weide sang eine Nachtigall. Es duftete nach den Schlehen, die überall weiß blühten. Sie wirkten wie Wolken, die auf der Erde zu Besuch waren. Luna hatte recht. Hier konnte man auftanken. Auch wenn man nicht hochsensibel war und es manchmal mochte, sich im Menschengewühl zu tummeln.

»Man sagt ja, Gegensätze ziehen sich an. Vielleicht haben unsere Eltern darauf gehofft.« Luna betrachtete ihre Schnitzerei. »Stellan wollte nie darüber reden. Hast du Mutter mal gefragt, wie es kam, dass sie sich verliebt haben?«

»Sie wollte auch nicht darüber sprechen. War ja Vergangenheit und damit erledigt für sie. Warum hast du sie eigentlich nie Jantje genannt? Sie hat das doch immer gewollt.«

»Weil ich sie nicht als Freundin betrachten konnte. Ich habe sie geliebt, weil sie unsere Mutter war, aber eine Freundschaft mit ihr war mir unmöglich. Wie denn auch? Das Leben zu feiern bedeutet für sie Feste und Gäste, für mich bedeutet es allein draußen unter den Bäumen zu sein und aufs Wasser zu sehen. Das konnte sie nie akzeptieren. Wenn wir nicht verwandt gewesen wären, hätte sie zu der Sorte Menschen gehört, der ich unbedingt aus dem Weg gehe.«

»Hui. Ich finde, du kannst doch gut reden«, sagte Franzi. »Das war ziemlich heftiger Klartext.« Sie wusste nicht, ob sie davon irritiert war oder es bewunderte. »Wie ist das eigentlich mit dir und Dennis? Passt ihr denn zusammen?« Sie fand das schwer vorstellbar.

»Ach, Dennis … Ich bin praktisch für ihn, weil er weiß, dass ich nicht in Konzerte oder zum Essen ausgeführt werden will oder verlange, dass er Partys organisiert. Es passte einfach ganz gut. Er kann mit seinen Kumpels Fußball gucken oder mit dem Motorrad unterwegs sein, ohne dass ich mich beschwere – im Gegenteil, ich bin immer froh, wenn ich Zeit für mich allein habe. Wir sehen uns gar nicht mal so oft privat. Tagsüber auf dem Hof reicht. Es ist einfach Bequemlichkeit von uns beiden. Wir wollten beide nicht ganz allein sein, aber auch nicht ganz zusammen.«

»Das klingt traurig«, fand Franzi.

»Nein. Nicht traurig, nur eben nicht glücklich. Ich werde es beenden, das hatte ich mir schon vorgenommen, bevor du aufgetaucht bist. Aber jetzt, wo ich merke, mit wie viel Liebe du von Matteo sprichst, wird mir klar, dass meine Beziehung oder das, was ich dafür hielt, in Wahrheit längst vorbei ist und im Grunde nie richtig angefangen hat. Warum ich so bin, hat Dennis nie interessiert. Er wollte immer, dass ich die Fantasybücher lese, die er mag. Ich habe es versucht, aber es langweilt mich. Für mich ist die Wirklichkeit unendlich viel wundersamer und unglaublicher als alles, was sich jemand ausdenken kann.«

Franzi betrachtete ihr eigenes, eher schlichtes Schnitzwerk. Es machte Spaß, immer noch, nach all der Zeit. Aber sie war nie so gut gewesen wie Luna, und dazu noch völlig aus der Übung. Ihr Stock war wesentlich einfacher gearbeitet als Lunas. Doch sie stellte fest, dass ihr das nichts mehr ausmachte. Es war ein neues und befreiendes Gefühl. Damals war sie die Kleine, Ungeschickte gewesen. Nun begegneten sie sich auf Augenhöhe. Und zum ersten Mal verstand sie die Unterschiede zwischen ihnen.

Sie war sehr froh, hergekommen zu sein. »Danke, dass du mir das alles erklärt hast, Luna!« Franzi legte den Stock beiseite, steckte das Messer ein und legte sich auf den Rücken, die Arme hinter dem Kopf verschränkt. Sie wollte die rosa Wölkchen bewundern, die gerade erst aus dem Winterquartier zurückgekehrten Schwalben, die darunter kreisten, das dunkler werdende, klare Blau des Himmels. Aus dem Gras stieg ein Duft nach Tau und Klee und Frühlingsabend. »Weißt du, Mutter war mit mir auch nicht immer zufrieden. Sie hasste es, dass ich lieber in Jeans und Sweatshirt herumlief als in Röcken, am liebsten sogar in Latzhosen, dass ich die Haare immer durcheinander und ständig schmutzige Knie und Hände hatte. Ich habe vielleicht nicht mit den Bäumen gesungen, aber ich bin auf jeden geklettert, auf den ich es geschafft habe.«

»Gut so«, sagte Luna und legte sich neben sie. Zwei Zitronenfalter flatterten vom weichen Abendwind getragen vorbei, der nun stärker nach Süden roch und die Erinnerung an Stellan noch gegenwärtiger machte.

»Ist das sehr anstrengend – dein Leben mit der Hochsensibilität? Es hört sich so an.« Franzi drehte den Kopf zur Seite und betrachtete ihre Schwester. Die Lachfalten in den Augenwinkeln, die so neu waren. Das Grübchen in der Wange, das sich auch verändert hatte. Der muntere kleine Schwung der Nase, der genauso war wie früher. Die silbernen Haare an den Schläfen. Nein, angestrengt sah Luna nicht aus, eher wie eine Frau, die sich genau kannte und um Dinge wusste, die sie glücklich und unabhängig machten.

Über Lunas Gesicht flog ein so strahlendes Lächeln, dass Franzi ganz leicht ums Herz wurde. »Manchmal ja, aber es ist auch ein riesiges Geschenk, das ich niemals missen möchte!

Wenn ich an Orten wie diesem bin, ist das für mich wie ein Glücksrausch, ein Paradies. Manch einer würde hier am Ufer sitzen, nur ein paar Bäume und Schwäne sehen und es bald kühl und langweilig finden. Ich dagegen begegne jedem Baum als das lebendige Wesen, das er ist. Ich kann mich in ihn hineinversetzen und spüren, wie der Saft in meinen Adern steigt, wie der Wind durch mich fährt, wie ich auf die Welt blicke, die sich unter mir ausbreitet, und wie sich meine Wurzeln ohne jede Eile in die kühle Erde schieben. Ich fliege mit den Schwalben da oben, von Flügeln getragen und von Leichtigkeit, und sehe die Erde unten klein werden, die Felder reifen. Ich höre das feine Rascheln um uns her und weiß, dort huscht eine Eidechse. Das leise Platschen da unten sind Frösche bei der Paarung. Die Biene dort drüben baut ein Nest unter dem Stein. Es sind alle meine Freunde, meine Gefährten, ich bin niemals irgendwo einsam.« Luna half sanft einem Grashüpfer von ihrem Bauch, wo er sich in einer Stofffalte zu verirren drohte. »Außer in einer Menschenmenge eben. Der Duft von Schlehen und Veilchen ist für mich wie ein Kleid, das mich wärmt und schützt. Das Licht auf dem Wasser, all die Spiegelungen, ich kann ewig hinsehen und werde mich niemals dabei langweilen. Im Gegenteil, es erfüllt mich mit einer unbändigen Freude, mit einem Staunen und einer Dankbarkeit, die so weit ist wie der Nachthimmel mit Mond und Sternen über dem Meer und dem Gespensterwald, so wie ihn Stellan uns gezeigt hat.« Luna setzte sich auf und schlang die Arme um die Knie. »Wenn Stellan nicht so gewesen wäre, wie er war, dann hätte er uns niemals so viel geben können. Was von ihm bleibt, ist unzerstörbar, jedenfalls solange ich lebe und mich daran erinnere.«

»Und ich. Ich erinnere mich auch!«, sagte Franzi.

Draußen auf dem Wasser landete ein Pärchen Wildgänse und schnatterte verliebt. Im Schilf quakten die Frösche. Die Sonne verschwand langsam hinter den Weiden am anderen Ufer und tauchte dabei den See noch einmal in flüssiges Feuer. Sie wusste nicht, ob es an Lunas Beschreibung, an ihrer bloßen Gegenwart oder an diesem besonderen Ort lag, dass sie einen Zauber spürte, wie sie ihn seit damals so nicht mehr gefühlt hatte, der sie tief berührte und mit derselben Freude erfüllte, die sie in Lunas Augen sah und in ihren Worten hörte.

Sie mochte nicht ganz so feine Sinne haben wie ihre Schwester, aber sie wusste jetzt wieder um das, was Stellan auch ihr geschenkt hatte.

Das würde sie an Marley weitergeben.

Als sie zurückradelten, zwinkerte ihnen der Abendstern zu, Fledermäuse flatterten lautlos über sie hinweg wie gute Geister, und im Dunkel des Waldes schlossen sich die Blütenkelche der Buschwindröschen gemächlich für die Nacht. Einmal liefen zwei Rehe über den Weg.

Dann stieg der Mond hinter den Schlehen auf und tauchte sie in silberweißes Licht.

17

Am nächsten Tag hing eine dichte Wolkendecke über dem Land. Es war schwülwarm. Sie waren gerade dabei, die zweite Hälfte des Sofas aus dem Haus zu schleppen, als ein Lieferwagen vorfuhr und ein kleiner, dünner Mann ausstieg.

»Sind Se Frau Michelly?«

»Ja«, sagten Franzi und Luna gleichzeitig. Der Fahrer sah von einer zur anderen und grinste. »Mir is egal, wer det unterschreibt.« Er hielt ihnen sein Smartphone hin. Franzi übernahm das. Sie ahnte, dass Luna nicht einmal mehr diese symbolische Verbindung mit Jeppe wollte. Der Mann lud die Kiste mit einer Sackkarre aus. »Wohin?«

»Ginge es hinter das Haus? Auf die Terrasse?«, bat Luna und steckte ihm etwas zu.

»Klar jeht det.« Unter langen eisgrauen Stirnfransen zwinkerte er ihr zu.

Sie zeigte ihm den Weg. Als beide wieder nach vorn kamen, warf er einen Blick auf Franzi, die noch immer an dem Sofawrack zerrte, das sich in der Tür verkeilt hatte. »Soll ick ma anfassen bei dem Jerümpel?«

»Nicht nötig«, meinte Franzi schnell. Er sah so zerbrechlich aus. Doch er scherte sich nicht um ihre Antwort, packte einmal an, und schon hatte er das schwere Teil nach draußen und die Stufen hinuntergezerrt, wo es eine weitere Staubwolke von sich gab und noch mehr in sich zusammensackte.

»Alle Achtung!«, staunte Franzi. »Danke!«

Er winkte nur fröhlich, verschwand in seinem Wagen und trat das Gaspedal durch. Franzi sah ihm noch nach, als Luna hinter ihr einen Ruf des Erstaunens ausstieß.

»Was ist?« Sie drehte sich um. Luna war dabei, etwas unter der krümelnden Füllung des Sofas herauszuziehen. Es hing in den metallenen Spiralfedern fest, die ein vibrierendes Geräusch von sich gaben, als sich das eckige Ding löste. Es war in die vergilbten Seiten einer Handarbeitszeitschrift eingewickelt. »Strickmuster für einen Pullunder«, las Luna. »Franzi, weißt du noch, wie wir die Dinger immer tragen mussten? Sie hatten zu enge Armlöcher und kratzten. Davon mal abgesehen, wie es aussah. Aber Widerspruch war zwecklos.«

»Pullunder sind so ziemlich das schrecklichste Kleidungsstück, was man in der Neuzeit erfunden hat«, stimmte Franzi zu. »Aber mach auf, Luna! Was versteckt man denn in einem Sofa?«

»Vor allem, warum hat ausgerechnet Oma Hedwig es im Sofa versteckt? Vor wem denn, etwa vor mir?« Luna zerrte an dem Papier. Zum Vorschein kam ein Bilderrahmen aus Holz mit einem alten Schwarz-Weiß-Foto darin. Die Zeit hatte dem Bild einen weichen Sepiaton verliehen, der zu dem warmen Braun des Holzes passte.

In den Rahmen waren kunstvoll eben jene bizarren Buchen geschnitzt, die dem Gespensterwald bei Nienhagen seinen ganz eigenen Charakter gaben. Sie waren winterkahl, so dass die gebogenen Äste klar sichtbar waren und in einem Tanz gefangen schienen, genau wie Franzi es in Erinnerung hatte. »Sie tanzen wirklich, aber so langsam, dass wir es nicht sehen«, hatte Stellan ihr erklärt, als sie klein war und ihn danach fragte. »Es ist ein Geheimnis, das ihnen allein gehört, nicht den Menschen.«

Franzi strich zärtlich über die geschwungenen Kerben im Holz. »Stellan muss Oma Hedwig den Rahmen geschenkt haben.«

»Und Jantje hat das Bild gemacht. Ich erinnere mich«, sagte Luna etwas heiser. Auch Franzi musste blinzeln. Es war eine Sache, von Stellan und Erinnerungen zu sprechen, eine andere, unvermutet auf ein Bild von ihm zu stoßen, aus dem heraus er sie so herzlich, heiter und gleichzeitig sehnsüchtig anlächelte, als wäre es erst gestern gewesen. Und auf dem er seine Töchter im Arm hielt, jede in einem.

»Ich muss da ungefähr elf gewesen sein, und du drei«, überlegte Luna. »Es war, als wir zu einem unserer Ausflüge aufgebrochen sind. Jantje wollte wieder einmal nicht mit, sie bereitete ein Grillfest vor. Aber sie hatte gute Laune und war froh, dass Stellan uns mitnahm und sie in Ruhe arbeiten konnte. Sie hat ihn geküsst und dann noch das Bild von uns gemacht. Hauptsächlich wollte sie ausprobieren, ob die Kamera funktioniert, weil sie abends die Gäste fotografieren wollte.« Sie wischte ein paar Schaumgummikrümel aus dem Sofa von der Rückseite. »Weißt du was? Ich glaube, Oma Hedwig hat Stellan ausgesprochen gern gehabt. Er war immer sehr lieb zu ihr. Deswegen war sie so enttäuscht von der Trennung. Aber sie wollte nicht, dass ich das weiß, dann hätte sie ja nicht über unsere Eltern herziehen können. Deshalb hat sie das Bild versteckt.«

»Oder sie hat befürchtet, dass es dich traurig macht, wenn du es immer ansehen musst«, schlug Franzi vor.

Im Hintergrund der Fotografie war der Wald zu sehen, diesmal nicht kahl, sondern voller Frühlingsblätter. Stellan hatte seinen Mädchen von den Schleifenblumen ins Haar gesteckt, die am Tor wuchsen. Ganz hinten über dem Meer trieb eine weiße Wolke wie mit weit ausgebreiteten Schwingen, die einem Adler ähnelte, oder …

»Ein Engel. Stellan sagte, es sei ein Schutzengel«, erzählte Luna. »Er hat eine Feder aufgehoben und gemeint, der Engel hätte sie fallen lassen als ein Zeichen, dass er bei uns sei. Es war eine Möwenfeder, aber ich habe es fest geglaubt und sie hinter das Baumgeistbild gesteckt. Ich dachte mir, einen Schutzengel würde es sicher nicht stören, dass ich mich nicht so ändern konnte, wie Mutter es wollte. Oder dass er mir dabei helfen würde.«

»Die Baumgeistbilder!«, fiel Franzi ein. »Luna, die Kiste! Lass uns die Kiste aufmachen.«

Sie schoben das Sofa zu dem Sperrmüllhaufen hinüber, deckten angesichts der Wolken eine Plane über alles und liefen nach hinten. Luna stellte das Foto sorgfältig ins Wohnzimmer auf den Tisch, dann kehrte sie mit einem großen Schraubenzieher zurück und begann, den Deckel aufzuhebeln. Franzi schnappte sich eine herumliegende Baumschere und half auf der anderen Seite mit. Beide fuhren zusammen, als zwischen ihnen mit einem Knall ein Klümpchen Lehm auf die Kiste fiel.

»Die Schwalben bauen wieder!«, stellte Luna beglückt fest, als sie nach oben sahen. »Sie waren letztes Jahr zum ersten Mal da und haben unter dem Dach genistet. Als ob sie gewusst haben, dass Oma Hedwig es niemals zugelassen hätte. Sie haben mir Gesellschaft geleistet. Du hast doch gesagt, du würdest das Haus *Lunas Nest* nennen. Die Idee ist gut, aber es soll *Schwalbennest* heißen.«

»Das passt. Ich hoffe, du machst es ganz zu deinem und fühlst dich wohl hier.« Franzi sah den zierlichen Vögeln zu, Vorboten des kommenden neuen Sommers, wie sie übermütige Bogen über der Wiese flogen, dann über den Dachfirst kurvten und sich dabei Mücken schnappten.

Dann mischte sich ein neues Geräusch in das Zwitschern der Schwalben und das Lied einer Amsel im Flieder. Ein Flüstern erst, dann ein Klopfen. »Es fängt an zu regnen! Los, tragen wir die Kiste rein!«

Sie hatten gerade alles ins Zimmer gebracht, da ging ein Blitz und ein Grollen los, dann prasselte ein Graupelschauer nieder. Die weißen Körner hüpften wild auf der Terrasse und den Steinen aus dem Gespensterwald herum. Die Zweige der Weiden hinten am Wegrand wedelten in den plötzlichen Böen wie in eine große Aufregung versetzt.

Luna lachte. »Es macht den Himmel wohl unruhig, dass wir die Baumgeister aus ihrem Dornröschenschlaf wecken wollen!«

»Das wird uns nicht davon abhalten.« Sie setzten ihre Werkzeuge wieder an. Mit einem Knirschen lösten sich endlich die Nägel, und sie konnten den Deckel abheben.

Unter einer Schicht dänischen Zeitungspapiers erschien eine Lage Stoff. Als Franzi sie anhob, entdeckte sie, dass es Pullover waren. Grob gestrickte, weite Pullover, weich und warm, einer in Dunkelblau, einer in Förstergrün. »Oh, ich weiß wieder! Die hat er so gern getragen, und Jantje mochte sie nicht. Sie waren ihr nicht schick genug.« Franzi saß da und roch an dem Stoff, überwältigt davon, wie nahe ihr das den Vater brachte. »Ich hatte es ganz vergessen. Man konnte sich so gut drankuscheln, und wenn mir kalt war, hat er ihn sich ausgezogen und mir übergestreift. Der ging mir bis zu den Knöcheln. Herrlich, wie ein Bademantel.«

»Seine Seemannspullover!« Luna griff nach dem anderen. »Ja, die hat er nach der Trennung fast nur noch getragen. Wahrscheinlich hat das auch ihn getröstet. Es passte einfach am besten zu ihm.«

Die Tür stand immer noch offen. Es war deutlich kühler geworden durch den Schauer, der bereits wieder nachließ. Franzi zog sich den einen Pullover kurzerhand über. Luna folgte ihrem Beispiel. Sie lächelten sich an. Franzi fühlte sich geborgen.

Unter einer weiteren Lage Zeitungspapier kamen zwei flache Päckchen zum Vorschein, ein breites und ein schmales. Draußen waren die Vögel verstummt. Eine erwartungsvolle Stille legte sich über den Garten und die Wiesen dahinter. Die Weiden bewegten sich nicht mehr. Der Wind hatte die Wolken Richtung See getrieben. Sonnenlicht ergoss sich wieder über das Frühlingsgrün, ließ die Tropfen darin in allen Regenbogenfarben funkeln und die letzten Graupelkörner schmelzen. Die Steine dampften.

»Das sind nicht die Rindenbilder«, sagte Franzi. »Die Größe stimmt nicht.«

Luna befreite das schmale Päckchen vom Zeitungspapier und machte große Augen. Ein weiches, aufgerolltes Geschirrhandtuch mit einem verwaschenen Aufdruck von Blättern gab zwei Füllfederhalter frei. Auf der flachen Hand hielt sie sie Franzi hin. »Die Pullover kenne ich, aber die hier habe ich noch nie gesehen.«

Die Kappen waren mattsilbern mit einem Muster aus kleinen glänzenden Sternen. Die dicken Griffe bestanden aus Holz. Längs auf einer Seite fein eingeschnitzt befand sich die unverkennbare Silhouette des Gespensterwaldes zur Frühlingszeit, mit zarten Gräsern und Blumen im Vordergrund und dem angedeuteten Meer dahinter. Auf der anderen Seite eingraviert war auf einem LUNA und auf dem anderen FRANZI TERRA.

Wortlos nahm Franzi ihren an sich. Er lag überraschend leicht in ihrer Hand.

Nach einer Weile räusperte sich Luna. »In Oma Hedwigs Schreibtisch ist noch irgendwo ein Tintenfass.«

Franzi war zu berührt, um etwas zu sagen. Sie öffnete das größere Päckchen, weil sie eine Ahnung hatte. Stellan machte keine halben Sachen. Zum Vorschein kamen zwei dicke Notizbücher. In braunes Leder gebunden, mit einem Band darin als Lesezeichen, daran eine glatte Holzscheibe mit einem eingeschnitzten Käuzchen auf einem Ast auf der einen Seite, auf der anderen ein Stern, der Mond und die Erde.

Stellan, Luna, Terra. »Erde, Mond und Sterne im Gleichgewicht …«, zitierte Franzi. Sie reichte ihrer Schwester eines der Bücher. Luna schlug es auf. Die Seiten waren liniert. Auf der ersten stand in Stellans großer, etwas unregelmäßiger Handschrift:

Was ich im Leben schön oder wichtig finde:

Sonst nichts. Alle Seiten waren leer und luden dazu ein, darauf zu schreiben.

Franzi strich über den Einband. »Das sieht ihm ähnlich.«

»Er will, dass wir uns auf uns selbst besinnen und es im Alltag nicht vergessen.« Luna stand auf und legte ihr Buch behutsam auf den Tisch, den Füller dazu. Franzi legte ihres daneben. Zusammen standen sie dort und blickten darauf. »Was für ein Glück, dass du gekommen und um die Kiste gebeten hast«, meinte Luna und drückte Franzi kurz und unbeholfen an sich.

»Sonst hätten wir das vielleicht nie bekommen. Ich hätte es noch lange verdrängt und womöglich nie an Jeppe geschrieben. Danke!«

Bei dem bloßen Gedanken wurde Franzi ganz komisch zumute. »Lass uns nachsehen, was noch drin ist.«

Zwei weitere, diesmal unförmige Gegenstände in Papier. Jede wickelte vorsichtig eines aus. Franzi fühlte sich wie einst bei der Bescherung, nur wusste sie diesmal um die tiefe Kostbarkeit der Geschenke.

»Die Boote!« Blitzartig sah sich Franzi mit Stellan im Garten der Pension an dem alten Tisch stehen, den Stellan zu einer Werkbank umfunktioniert hatte, versteckt hinter den Rhododendronbüschen. Er zeigte ihr, wie man Boote aus Holz und Rinde baute. Manchmal war auch Luna dabei, wenn ihre Zeit es zuließ. Damals hatte sie schon viel für die Schule zu tun, und Jantje forderte ihre Hilfe in der Küche ein.

Die Boote waren für Stellan die perfekte Verbindung zwischen dem Wald und dem Meer. Holz und Rinde, getragen von Wasser. Franzis Boote waren sehr einfach, ein Stück Holz, ein Ast als Mast und ein Stück Rinde als Segel. Es dauerte trotzdem, bis sie selbst das hinbekam. Lunas Werke waren schon komplexer, Zweimaster manchmal mit Fenstern aus aufgeklebten Blättern.

Es gab Boote, die sie nur zur Dekoration in die Fremdenzimmer stellten. Andere, die zum Spielen gedacht waren und schwimmen sollten, bekamen mit Stellans Hilfe einen Kiel und wurden dann in Fluttümpeln erprobt oder in dem Bach, der durch den Wald hinab ins Meer floss.

Stellans eigene Boote, die er aus reiner Freude für sich baute, waren richtige Schiffe, ganz eigene Meisterwerke, an denen er tagelang, später manchmal wochenlang arbeitete. Der Rumpf war aus Holz, entweder mit filigranen Schnitzmustern verziert oder mit Rinde verkleidet, bei den kleineren bestand er nur aus Rinde. Es gab Kajüten aus Wurzeln, Masten aus Ästen, eine Besatzung aus Eichel- und Kastanienmännchen und Fahnen aus Blättern oder Samenständen. Anker aus Feuersteinen und Steuerräder aus Nussschalen. Die Segel waren auch aus Rinde gefertigt, bei kleineren Booten aus einem großen gepressten Blatt. Er nutzte Moos und Flechten als Kissen auf Bänken oder für die Frisuren der Matrosen. Bucheckern lugten aus kleinen Jutesäcken hervor, die neben Stapeln winziger Holzscheite die Ladung darstellten.

Sein Meisterwerk, einen ganzen Meter lang mit allen erdenklichen Details, stellte er im Speisesaal aus. Jantje war erst skeptisch gewesen, dann jedoch voller Stolz, als die Gäste voll überschwänglichen Lobes waren. Stellan verkaufte von da an gelegentlich eines der kleineren Schiffe an Gäste, die er sympathisch fand. Doch es war das Herstellen, das ihn glücklich machte. Das Sammeln der Dinge und das Zusammenfügen zu einem kunstvollen Gebilde, aus tiefem Respekt vor den Materialien und dem Wald, der sie ihm schenkte.

Diese beiden letzten, im Detail ausgearbeiteten Schiffe aus der Kiste gehörten nicht zu seinen größten, ganz sicher aber zu den besten.

»Wie schön sie sind!«, staunte Franzi andächtig. »Das war mir damals nicht bewusst.«

»Hast du je wieder eins gemacht?«, fragte Luna.

»Nein. Aus was denn? Wir sind ja dann in die Stadt gezogen.«

»Ich hätte mal wieder Lust dazu. Damals bin ich doch kaum dazu gekommen.« Sehnsüchtig berührte Luna eines der Segel. Sie drehte das Boot um und betrachtete die glatte Unterseite. »Sein Zeichen!«

Franzi hatte es ganz vergessen. Stellans Signatur war nie sein Name gewesen, sondern immer dieses Symbol. Vier Kreise, die sich wie zu einem Kleeblatt zusammenfügten. Darin unten jeweils ein nach oben gebogener Strich, wie ein Lichtreflex. In der Mitte eine angedeutete Spirale, die entfernt einer brechenden Welle ähnlich sah. Er hatte es nie erklärt. Sie hatte immer angenommen, das Kleeblatt stünde für den Wald, die Spirale für das Meer.

Sie stellten die Schiffe behutsam auf die Seite. Franzi spähte in die Kiste. Unter der nächsten Lage Papier verbargen sich interessante Holzstücke, bizarre Äste, Rindenstücke verschiedenster Arten. Und ein dickes, vertrautes, abgeschabtes und enorm schweres Lederetui. »Sein Werkzeug!«

Luna räusperte sich. »Er will, dass wir auch wieder kreativ werden.«

Franzi wischte sich eine Träne ab. Das Werkzeug glänzte noch, mit all seinen Kratzern. Wie oft hatte sie die Feile in der noch zu kleinen Hand gehabt, sich mit der Säge abgemüht. Stellan hatte ihr immer mehr zugetraut als sie sich selbst, unerschütterlich, bis sie es dann doch geschafft hatte und stolz wie ein Schneekönig war.

Jetzt ging es ihr wie Luna. Sie bekam auch Lust. Es juckte sie geradezu in den Fingern.

»Raffiniert«, murmelte sie.

Luna schüttelte den Kopf. »Wenn er eines nicht war, dann

raffiniert. Anders als Jantje. Aber er kannte uns besser als wir uns selbst. Daran scheint sich in all der Zeit nichts geändert zu haben. Er wusste, was uns echte Freude macht.«

»Nur die Baumgeister sind nicht da«, sagte Franzi traurig. Auf dem Boden der Kiste war nur noch Papier übrig. Damit hatte sie nicht gerechnet. »Er hätte Kala und Kuni doch niemals entsorgt! Er wusste, was sie uns bedeutet haben. Wo sind sie bloß, Luna?«

18

»Nein, er hätte sie auf keinen Fall entsorgt. Ich dachte ja, sie wären bei euch«, sagte Luna nachdenklich. »Sonst hätte ich ihn bestimmt mal danach gefragt.« Ein Lächeln erhellte ihr Gesicht. »Ich weiß noch, wie er sagte, jeder Mensch hätte einen weisen Baumgeist, der ihn beschützt und tröstet. Die Menschen wüssten nur meist nichts davon. Da wir nicht alt genug wären, um nach Belieben draußen herumzulaufen, hätte er unseren ein Gesicht gegeben, mit dem wir uns jederzeit unterhalten könnten. Das habe ich oft gemacht. Dieser Geist lachte mich nicht aus, er wollte mich nicht ändern, und er verriet mich nie. Ich war zwar bald alt genug, um zu wissen, dass es nur ein Bild war, aber ich habe trotzdem die Wahrheit dahinter gespürt, immer, wenn ich im Wald war. Wenn ich nicht draußen sein konnte, war Keni meine Verbindung dorthin. Er gab mir eine Art Geborgenheit.«

»Ich war klein genug, ich habe fest an Kala geglaubt«, sagte Franzi. »Ich habe sogar in der Schule davon erzählt und wurde ausgelacht. Als ich das ganz verstört Stellan berichtet habe, hat er es für mich sofort wieder geradegerückt. ›Nicht alle Menschen können den Zauber der Bäume wahrnehmen‹, erklärte er mir. ›Bei manchen schweigen die Pflanzen aus verschiedenen Gründen einfach. Du willst ja auch nicht mit jedem befreundet sein, oder? Aber du gehörst zu denen, die sich mit einer Buche wunderbar unterhalten können. Diese Magie in dir kann dir niemand wegnehmen, wenn du es nicht zulässt.‹«

»Siehst du. Das kann keiner.« Luna nickte. »Das war mir immer bewusst, egal wie seltsam mich die anderen fanden. Es ist etwas, das einen erfüllt, man muss gar nicht darüber sprechen. Und weil es einem keiner nehmen kann, brauchst du für Marley das Bild von Kala gar nicht. Es ist alles in dir. Das kannst du an dein Kind weitergeben, so wie es Stellan uns gegeben hat. Auch ohne Symbol.«

»Aber wenn man klein ist, braucht man ein Bild. Damals habe ich die hellen Steine in den Augen von Kala noch in der Dämmerung schimmern sehen, wenn es fast dunkel im Zimmer war. Das hat mir beim Einschlafen geholfen, wenn ich vor etwas Angst hatte oder traurig war.« Franzi war nicht bereit, so schnell aufzugeben. »Außerdem geht es mir ums Prinzip. Wenn ihr die Bilder nicht mitgenommen habt, dann muss Jantje doch wissen, was sie damit gemacht hat! Wahrscheinlich hat sie es mal wieder auf Stellan geschoben, weil das am einfachsten war.« Sie rappelte sich vom Fußboden auf, setzte sich in den Ohrensessel, schaltete auf Lautsprecher und wählte die Nummer ihrer Mutter. Luna sammelte währenddessen das herumliegende Zeitungspapier in einen Korb und hörte gespannt zu.

»Hallo, Franzi. Was gibt's? Hier ist mal wieder die Hölle los. Alle Kunden wollen gleichzeitig ihre Reifen wechseln.« Es klang ein wenig atemlos, wie immer. Franzi hielt es für einen Reflex, der Jantjes Wichtigkeit signalisieren sollte.

»Die Kunden müssen jetzt mal kurz warten. Jantje, du hast doch gesagt, die Bilder von den Baumgeistern hätten Stellan und Luna damals mitgenommen.«

»Die was? Ach so, das Zeug, nach dem du gefragt hattest, ja, genau.«

»Bitte denk nach! Du irrst dich. Luna ist hier bei mir, und sie hat die Bilder seitdem nicht gesehen. Und in Stellans Nachlass sind sie auch nicht.«

Pause. Auch kein Schnaufen mehr. Jantje schien aus ihrem Konzept gerissen. »Luna ist bei dir?«

»Ja. Möchtest du sie sprechen?«

Luna machte wild abwehrende Gesten. Franzi zwinkerte ihr beruhigend zu. Nie im Leben würde sich ihre Mutter auf ein Gespräch einlassen, das Mühe machte und sich womöglich um die Vergangenheit drehte, wenn es irgend vermeidbar war.

»Ach nein! Das bringt doch nichts. Geht es ihr gut?«

Immerhin. »Ja, das tut es. Jetzt überleg noch mal. Was könntest du mit den Bildern gemacht haben?«

»Ach, das ist so lange her! Es gab so viel zu tun in der Zeit. Ich musste ja Stellans Arbeit in der Pension mitmachen.«

»Musstest du nicht. Bobby war da. Der hat alles für dich gemacht.«

»Ich werde versuchen, mich zu erinnern, okay?«, sagte Jantje hastig. »Ich muss mich jetzt unbedingt wieder um die Kunden kümmern.«

»Nein! Warte! Wenn du mir jetzt keine Antwort gibst, rufe ich jede Stunde wieder an, bis es dir einfällt.«

»Bloß nicht! Warum nur habe ich dir meine Sturheit vererbt?« Jantje seufzte.

Franzi schmunzelte. Das waren die entwaffnenden Momente, in denen ihr einfiel, warum sie ihre Mutter trotz all ihrer Schwächen liebte. »Manchmal bin ich dir dankbar dafür. Ohne die hätte ich mein Café nicht.«

»Dann habe ich wenigstens etwas richtig gemacht.« Jantje räusperte sich. »Ich glaube, jetzt weiß ich es wieder. Ich hielt die

Bilder immer schon für schädlichen Unsinn. Luna konnte ich nicht davor bewahren, aber ich wollte nicht, dass du auch noch in dem Glauben an Geister aufwächst und den Bezug zur Wirklichkeit verlierst. Ich habe sie zusammen mit anderem Krempel an eine befreundete Dame verkauft, die ein Antiquariat in Kühlungsborn hatte.«

»Nicht dein Ernst! Du hast sie verscherbelt?« Franzi war vieles von ihrer Mutter gewöhnt, aber sie konnte ihre Wut diesmal nicht unterdrücken.

»Habe ich nicht!« Jantje war aus anderen Gründen empört als Franzi. »Ich habe einen richtig guten Preis dafür bekommen! Die Frau hielt sie für originell. Franzi, wir *mussten* all das Gerümpel loswerden, wir sind doch in die Stadt gezogen.«

Ihre Wut war sinnlos. Jantje war einfach nicht fähig zu verstehen, worum es ging. Franzi war jetzt den Tränen nahe. Das war immerhin fast dreißig Jahre her. Die Bilder waren eindeutig verloren.

Oder? *Warum habe ich dir meine Sturheit vererbt ...*

»Sag mir den Namen!«, forderte sie scharf. »Wie hieß die Frau? Oder wenigstens der Laden?«

»Meine Güte, du verlangst Sachen! Warte ... Fine ... Fritzi ... Franzi ...«

»Das bin *ich*, Mutter!«

»Warum schreist du mich an? Frida! Jetzt hab ich es. Ich glaube, sie hieß Frida. Frida Nossen. Ich war vor ungefähr zehn Jahren noch mal da, als wir in Kühlungsborn Wellness gemacht haben. Es ist irgendwo in der Nähe vom neuen Hafen.«

»Na also, geht doch! So, jetzt kannst du dich deinen Kunden widmen. Grüß Bobby herzlich. Er kann nichts dafür, dass du mich angelogen hast.«

»Danke, mach ich. Er winkt dir«, sagte Jantje ohne eine Spur von Reue. Sie hatte ihre sogenannten Notlügen noch nie als unmoralisch empfunden. »Und, Franzi? Grüß du Luna von mir.«

»Mal sehen.«

»Danke«, sagte Luna trocken, nachdem Jantje aufgelegt hatte. Sie sahen sich an. Franzi schnäuzte sich heftig. Eine Weile herrschte Schweigen.

»Du glaubst nicht wirklich, dass diese Frida noch weiß, was sie mit den Bildern gemacht hat?«, erkundigte sich Luna schließlich skeptisch.

»Wenn sie einen guten Preis dafür bezahlt hat und sie originell fand, besteht zumindest eine kleine Chance. Wenn sie überhaupt noch lebt.«

»Es könnte sein, dass sie sich an Mutter erinnert«, überlegte Luna.

Franzi musste wider Willen lachen. »Wohl wahr. Irgendeine Art von Eindruck hinterlässt Jantje immer. Gib mal deinen Laptop, meiner ist im Hotel.«

»Hier. Ich mach uns so lange einen Salat, reicht dir das?«

»Super Idee.« Franzi war schon bei der Suche. »Viel Werbung scheint diese Frida nicht zu machen. Erst mal taucht da nichts ... warte! Doch! Es heißt bloß nicht mehr Antiquariat. Es heißt *NosStalgie – Altes, Schönes und Inspirationen.* Und die Inhaberin war tatsächlich einmal Frida Nossen, aber nun ist es eine Ava Janning.«

»Vielleicht die Tochter?«

»Wenn wir Glück haben.« Franzi wählte die Nummer, doch schon nach dem zweiten Klingeln kam nur eine mechanische Ansage. »Ich bin leider beschäftigt, bitte versuchen Sie es später oder kommen persönlich vorbei.«

»Mist. Na gut, also später noch mal.« Enttäuscht legte Franzi das Telefon beiseite. »Kann ich dir mit dem Salat helfen? Mit Jantje zu sprechen macht mich immer so unruhig, dass ich Hunger bekomme.«

»Bin fast fertig. Er war schon vorbereitet.« Luna kippte das Dressing über eine bunte Mischung. »Vielleicht ist sie wie ich.«

»Wer?«

»Na, diese Ava Janning. Vielleicht telefoniert sie nicht gerne.«

»Wie kommst du darauf?«

Luna zuckte mit den Schultern. »Ihr Tonfall bei der Ansage. Nur so ein Gefühl. Und wer lässt es nur zweimal klingeln, wenn er wirklich antworten möchte?«

Franzi stibitzte eine Gurkenscheibe. »So sensibel, wie du bist, wird dein Gefühl schon stimmen.« Sie stellte Teller und Brot auf das Tablett. »Ich probiere es trotzdem weiter. Lass uns draußen essen, der Regen ist vorbei. Danach tragen wir die letzten Sachen raus und sagen Sieglinde Bescheid, dass wir das Auto vollladen können.«

»Ist gut. Ich habe gestern noch jede Menge Geschirr aussortiert und in Kartons gepackt, weil ich nicht schlafen konnte. Es ist so befreiend, das alles loszuwerden.«

Stunden später waren sie beide erschöpft, aber sehr zufrieden. Sieglinde und ihr Mann hatten kräftig mit angepackt. Der Sperrmüll samt Sofa waren auf dem Pick-up unter einer Plane verstaut, die Kisten mit noch verwendbaren Sachen lagerten im Schuppen der Nachbarn und würden beim nächsten Besuch von Sieglinde mit ins Sozialkaufhaus wandern. »Mir macht das Freude«, sagte sie, »es ist spannend zu sehen, was dort alles so zusammenkommt, und die Leute sind sehr nett und engagiert.

Nun macht euch einen netten Abend, Mädels, das habt ihr euch verdient. Und Luna, wann immer du mal wieder Hilfe brauchst, sag einfach Bescheid.«

»Ich weiß nicht, wie es dir geht, aber ich muss noch mal raus«, sagte Luna, als sie allein waren. »Es gibt da noch einen Ort, den ich dir gern zeigen würde.«

»Nach all dem Staub wäre frische Luft nicht schlecht«, gab Franzi zu. Sie hatte weitere Male versucht, Ava Janning zu erreichen – vergeblich. »Wenn die Frau wenigstens einen Anrufbeantworter hätte, auf dem man eine Nachricht hinterlassen kann!« Eine E-Mail hatte auch noch keine Antwort erbracht.

Sie war traurig. So blieb ihr wohl erst mal nichts, als nach Hause zu fahren, obwohl Matteo und Lian sehr gut zurechtkamen. »Die Gäste sind begeistert von seinen Kreationen«, hatte Matteo berichtet. »Er bringt Hella und Quentin meist kurzerhand mit, denen tut es gut, mit den Leuten zu reden. Hella erzählt ihnen alles über den Wald, wie sie es immer gemacht hat. Und sie geben mir Ratschläge wegen des Gartens. Es ist alles bestens hier, wirklich, obwohl ich dich natürlich sehr vermisse. Tut mir leid, das mit dem Bild.«

Franzi war im Zwiespalt. Sie vermisste ihn auch. Aber sie hätte am liebsten noch ein wenig Zeit mit Luna verbracht.

»Gut, wenn du Lust hast, fahren wir zum Bosselberg«, entschied Luna.

»Och nee! Bitte nicht Bergsteigen, dafür bin ich wirklich zu müde.«

Luna lachte. »Der Berg ist nur acht Meter hoch. Das schaffst du. Aber die Aussicht ist großartig. Da wird man klar im Kopf.«

Schon beim Fahrradfahren wurde es Franzi leichter ums Herz. Alles um sie her war so berauschend voller Lebensenergie, und es duftete honigsüß nach Schlehen, Hyazinthen und dem Goldlack in den Gärten. Noch besser ging es ihr, als sie die Räder abstellten und auf den Berg kraxelten. Der war zwar klein, aber steil; immerhin gab es so etwas wie eine Treppe, auch wenn die von Zeit und Wetter eigenwillig geworden war.

»Donnerwetter!«, sagte Franzi, als sie oben ankamen.

Es war nicht nur die Aussicht, die sie beeindruckte, obwohl die grandios genug war. Wie ein vor Frühlingsgrün schäumender Teppich breitete sich das Land um sie herum aus, flache Täler und sanfte Hügel, unterbrochen von dem Weiß der Obstbäume. Dazwischen begannen die ersten Rapsfelder, gelb zu werden. Oben segelte majestätisch ein Bussardpärchen, in den Büschen am Hang turnten zarte Schwanzmeisen herum, und weit unten in der Ferne ästen Rehe auf einem Feld. Ein Aurorafalter umschwirrte Luna, zwei Bläulinge Franzis Füße. Der Himmel war weit und hoch, und es war, als ob er ihnen allein gehörte. Weit und breit war kein Mensch, nur tiefe Stille bis auf das Zwitschern der Meisen. Und das eifrige Summen der Bienen im Löwenzahn, der so nachdrücklich gelbe Punkte ins junge Gras setzte, als wollte er unterstreichen, dass man nichts brauchte außer eben all dem hier – Punkt.

»Der Berg ist da, weil im Mittelalter hier eine Turmhügelburg stand«, erklärte Luna. Aber Franzi hörte kaum hin, denn etwas anderes hatte sofort ihre Aufmerksamkeit gefesselt. »Luna, was für unglaubliche Bäume, alle drei!« Sonst wuchs nichts hier oben, nur Gras. In der Ferne sah man den Kirchturm von Vehlefanz. Die Bäume waren eine überwältigende, majestätische Präsenz, vor der sie sich beinahe unwillkürlich verbeugt hätte.

»Ja, nicht wahr?« Luna sagte es mit so viel Stolz, als hätte sie diese persönlich gepflanzt. »Die wollte ich dir zeigen. Es sind Winterlinden. Auch Herzblattlinden genannt. Ungefähr dreihundert Jahre alt, schätze ich.« Sie zögerte. »Ich komme immer hierher, wenn ich besonderen Trost oder Kraft brauche. Lindenblüten wirken krampflösend und beruhigend, vielleicht ja nicht nur auf den Körper, sondern auch auf die Seele. Außerdem gelten sie als Friedensbäume.« Sie wandte sich Franzi zu und sah sie bittend an. »Ich dachte, es wäre vielleicht gut, wenn wir, ehe du gehst, noch einmal zusammen hier sind. Damit wir wirklich im Frieden auseinandergehen. Ich hätte nicht gedacht, dass mir das so viel bedeutet.«

»Sie sind so gewaltig und strahlen so eine Ruhe und Unerschütterlichkeit aus. Wie breit ihre Krone ist!« Franzi ging zu dem größten der Bäume hin und legte eine Hand auf die Rinde. Sie schloss einen Augenblick die Augen und spürte die tiefe, fast zeitlose Stärke darin. »Dieser hier steht allein und lehnt sich ein wenig zu den anderen hin. Als ob er sie beschützen will und ihnen ein Vorbild sein, das Mut macht. Und die beiden auf der anderen Seite wachsen dicht beieinander. Wie Schwestern. Zusammen wirken die drei wie wir und Stellan.«

»Ja, eben. Ich habe dabei auch immer an uns gedacht.« Luna ließ sich auf der Bank unter den zwei zusammenstehenden Linden nieder und sah über das Land. »Wenn ich hier gesessen habe, warst du durch den kleinsten Baum immer ein wenig bei mir.«

Franzi setzte sich neben sie.

Sie ließen den Ort auf sich wirken, während die Schatten länger wurden. Der Südwind wehte immer noch und ließ den Duft aus den Wiesen und Rapsfeldern mit dem Geruch warmer Erde zu ihnen hinaufsteigen. Ein Eichhörnchen jagte spielerisch ein anderes um die Stämme. Statt der Rehe lief nun ein Hase vor dem Wald hin und her.

»Ja, wir gehen in Frieden auseinander.« Franzi drückte Lunas Hand. »Es macht mich immer noch traurig, wie es mit uns gekommen ist, aber wenigstens verstehe ich jetzt, was damals mit dir geschehen ist. Über die Ehe unserer Eltern werden wir wohl nichts mehr erfahren, aber was soll's, wir haben jetzt unser eigenes Leben. Ich freue mich auf Marley und darauf, dass wir in Kontakt bleiben. Aber Luna, du musst es auch wollen! Und dich diesmal von selbst melden.«

»Ja. Das mache ich. Unbedingt!« Luna nickte heftig. »Ich will mich nicht ändern, um jemandem zu gefallen, aber ich muss lernen, öfter über meinen Schatten zu springen, wenn es um Menschen geht, die mir viel bedeuten.« Plötzlich lächelte sie, sichtlich erleichtert. »Ich freue mich dank dir auch darauf, mein Haus fertig einzurichten. Das Schwalbennest. Wir werden uns gegenseitig besuchen. Wenn du willst, komme ich zu Marleys Geburt und helfe dir eine Weile.«

»Das wäre wunderbar.« Franzi war gerührt. Und doch schmerzte es sie, dass sie ihr Ziel nicht erreicht hatte. Die Bilder mochten nur ein Symbol sein, aber ohne die Baumgeister erschien ihr die Versöhnung mit Luna unvollständig. Außerdem waren sie eine kostbare Erinnerung an Stellan. Es widerstrebte ihr immer schon, etwas nicht zu Ende zu bringen.

Sie legte den Kopf in den Nacken und blickte hinauf in die gewaltigen Kronen. Dabei kam ihr ein Gedanke. So, als hätte ihr jemand die Idee zugeflüstert. Sie hätte schwören können, dass es der Wind in den Zweigen gewesen war.

19

»Weißt du was? Planänderung. Wir fahren einfach hin!«

Luna starrte sie an. »Hin …? Wohin?«

»Na, zu dieser Frau, die nicht ans Telefon geht. Irgendwo muss sie ja stecken. Jemand wird es wissen. Der Laden hat schließlich Öffnungszeiten.«

»Wir? Beide? Nach Kühlungsborn?«

Franzi musste lachen. Ihre Schwester klang, als hätte sie einen Flug zum Mond vorgeschlagen. »Bis Kühlungsborn ist es keine Weltreise. Das liegt praktisch auf meinem Weg nach Hause. Na ja, nicht ganz, aber die Richtung stimmt. Es wäre doch fein, wenn wir noch etwas zusammen unternehmen könnten. Oder? Also, ich jedenfalls fände es schön. Vielleicht magst du ja hinterher sogar mit auf den Darß kommen und Matteo und das Café kennenlernen?« Franzi sah förmlich, wie die Gedanken hinter Lunas Stirn kreisten, sich verwirrten und langsam ordneten. Zweifel, Freude, Aufregung. Sie sprang auf und legte die Hand an die nächststehende Linde. »Komm schon! Wir zusammen! Wie diese Bäume.« Vielleicht würde die Kraft, die sie unter der Rinde spürte, auch ihrer Schwester den nötigen Impuls geben. Luna stand schließlich auch auf und legte zögernd ihre Hand neben Franzis, dann für einen Augenblick ihre Stirn an den Stamm.

»Gut«, sagte sie schließlich. »Lass uns das machen.« Als sie Franzi ansah, funkelte auf einmal so etwas wie Abenteuerlust in ihren Augen. »Ich könnte Dennis fragen, ob er uns sein Auto leiht. Das mache ich öfter mal. Dafür übernehme ich Schichten von ihm.«

»Wunderbar! Das würde es wesentlich einfacher machen.« Franzi war auf einmal leicht zumute. »Ruf ihn am besten gleich an, dann können wir für morgen planen. Und sag nachher Sieglinde Bescheid, dass wir weg sind und sie für dich die Post annehmen soll.«

»Ich bekomme kaum Post.« Aber Luna nickte und zog ihr Handy aus der Tasche. »Ich schreib Dennis. Telefonieren mag ich nicht.«

Egal, wie Luna es anstellte, Hauptsache, sie kam mit! Franzi hatte das dringliche Gefühl, dass der Südwind, der gerade wieder auffrischte und die Zweige der Linden heftig mit ihren jungen Blättern winken ließ, sie geradezu nach Norden drängte. Dort wartete noch etwas auf sie und Luna, sie spürte das. Es war ihr ein wenig unheimlich, doch gleichzeitig füllte es sie mit einer kribbeligen Erwartung.

»Wenn du mal nicht weiterweißt, lausche dem Wind«, hatte Stellan einmal gesagt, als Franzi weinend aus der Schule gekommen war, weil sie eine Aufgabe nicht verstanden und man sie ausgelacht hatte. »Ich gehe da nie mehr hin!«, hatte sie geschrien. Stellan hatte sie mit in den Wald genommen und den Finger erst auf die Lippen gelegt und ihn dann gehoben, bis Franzi anfing zuzuhören. Der Wind rauschte in den hohen Wipfeln, und wie ein Echo leiser unten an der Küste antwortete das Meer. Beides zusammen ergab eine Musik, die den Aufruhr in Franzis Seele allmählich glättete und durch das Gefühl ersetzte, dass es so viel Größeres, Wichtigeres gab als das spöttische Gelächter anderer. Dass der Wind ihr Freund war. Und dass Geheimnisse auf sie warteten, die jene anderen nicht kannten, die sich ihr aber eröffnen würden, wenn sie nur lange und oft genug zuhörte.

Dennis' Antwort lautete lapidar: *Kein Problem*. Sie einigten sich darauf, dass er seinen klapprigen Kombi am nächsten Morgen vorbeibringen und dafür mit Franzis vom Hof geliehenen Fahrrad zur Arbeit fahren würde. »Wenn er kommt, muss ich ihm aber sagen, dass das mit ihm und mir nur noch Freundschaft sein kann«, beschloss Luna. »Es ihm erst hinterher zu eröffnen, nachdem ich mit seinem Auto unterwegs war, wäre nicht anständig.«

»Das wird bestimmt nicht leicht für dich.«

Doch für Luna schien es schwieriger zu sein, Sieglinde um das Briefkastenleeren zu bitten.

»Ich glaube, Dennis weiß das schon. Wir reden eben bloß nicht darüber. Er will nicht über Gefühle reden, und ich kann es nicht gut. Meinst du wirklich, dass Sieglinde Bescheid wissen muss?«

»Na, sie macht sich doch Sorgen, wenn bei dir nicht mal Licht brennt. Und das, nachdem sie uns so geholfen hat. Luna, Nachbarschaft ist wichtig und kann auch richtig nett sein.«

»Ich möchte aber nicht, dass sie irgendwann bei mir reinspazieren, wie es ihnen gerade gefällt, egal wie nett sie sind.«

»Dann sag ihnen das eben.« Ungeduldig blies Franzi eine Haarsträhne aus den Augen. »Gut miteinander auskommen bedeutet nicht, dass man gegenseitig die Privatsphäre verletzen muss. Hör mal, bloß weil Jantje dir früher die soziale Kompetenz abgesprochen hat, heißt das doch nicht, dass du sie nicht haben kannst.«

»Okay.« Luna klang verzagt, aber auch hoffnungsvoll. »Ich will daran arbeiten. Du tust mir gut, Franzi. Lass uns heimfahren. Ich habe eine Idee.«

Durch die weiche Dämmerung radelten sie nach Hause. Es begann, leicht zu tröpfeln. Franzi lauschte dem Plätschern auf den Blättern und sog den Geruch nach Regen auf warmen Wegen ein. Frieden breitet sich in ihr aus. Dass sie die Bilder noch finden würden, war unwahrscheinlich, aber sie war dennoch überzeugt, dass sie das Richtige taten.

»Im *Schwalbennest* hat viel zu lange kein Feuer mehr im Kamin gebrannt«, erklärte Luna, als sie im Wohnzimmer das Licht einschaltete. »Ganz früher haben wir das manchmal angemacht, aber später hatte Oma Hedwig Angst davor. Sie meinte, sie bekäme vom Rauch keine Luft. Aber das war nur, weil sie den Schornsteinfeger nicht aufs Dach gelassen hat. Da war ein Nest, das den Abzug verstopft hat. Inzwischen war er da.«

»Warum hat sie ihn nicht aufs Dach gelassen?«

»Sie dachte, er würde im Schornstein Mikrophone installieren.«

Franzi musste lachen. »Hatte sie was zu verbergen?«

»Ihren Klatsch und Tratsch wahrscheinlich.« Luna schichtete verstaubtes Holz aus einer Ablage auf. »Ich finde, wir sollten diese ganzen dänischen Zeitungen verbrennen. Es wäre irgendwie befreiend – und ich mag sie nicht in die Tonne werfen. So kann uns Stellan noch mal Licht machen.«

»Und Wärme«, sagte Franzi leise. Sie half, die Seiten zu zerknüllen und unter das Holz zu stecken. Luna reichte ihr ein Streichholz.

Gemeinsam zündeten sie die Ecken an und sahen zu, wie die

Flammen daran leckten, das Holz fanden und knisternd hoch-
züngelten. Abwechselnd vertrauten sie den Rest des Papiers
dem tanzenden Feuer an. Sie hatten keine Blumen auf sein Grab
legen können, aber auch dies war wie ein Gruß, ein lieber Abschied. Schließlich war das ganze Papier nur noch Asche. Luna
drosselte die Lüftungsklappe ein Stückchen. Das Knistern und
Flackern wurde leiser und gleichmäßiger. Geheimnisvolle Schatten bewegten sich auf dem Boden und in den Ecken. Franzi
streckte ihre Hände der Wärme entgegen und beobachtete, wie
das Licht auf Lunas Gesicht fiel und ihre beiden Silhouetten wie
lebendige Scherenschnitte auf die Wand.

Der Inhalt der Kiste lag noch im Raum verteilt. Gedankenvoll
hob sie Stellans Werkzeug auf. Die Feile, die so gut in der Hand
lag. Dann ein Stück Ast, das er in die Kiste gelegt hatte. Oben
flach, insgesamt ein wenig gebogen, mit einem Astloch, das wie
eine Halterung für einen Mast wirkte. An der Seite hatten
Flechten Kreise gezeichnet wie Bullaugen. Und da unten war
noch ein Stück dünnerer Zweigansatz, einem Kiel ähnlich …
Das Holz mochte aus einem dänischen Wald sein, doch es fühlte
sich so vertraut an, als hätte ihr Vater es gerade im Gespensterwald aufgehoben. »Was siehst du? Was will es werden?«, hörte
sie ihn fragen und hatte bereits angefangen zu feilen, bevor es
ihr bewusst wurde.

Luna legte noch ein Scheit nach, dann beugte sie sich über
Franzis Hände und berührte das, was durch das sanfte Formen
bereits als Bootsrumpf zu erahnen war. »Darf ich dazu ein Segel
bauen?«

»Unbedingt.«

Luna wählte ein flaches Stück Rinde aus der Kiste, das leicht
gebogen war. Wenn sie es zurechtgeschnitten hatte, würde es

wirken wie ein Segel in voller Fahrt. Franzi genoss den Duft nach Sägemehl und Harz, der unter ihren Händen aufstieg, und den Rhythmus der Feile auf der Kante des Schiffs, das sie gemeinsam erschufen, ihre Schwester und sie, gefangen vom Zauber des Augenblicks, angeleitet und angeregt von Stellan.

Luna sah die Äste durch auf der Suche nach einem Mast, der gerade genug war und dennoch einen ganz eigenen Charakter besaß, welcher dem Boot eine unverwechselbare Gestalt geben würde.

Draußen klapperte der Wind mit den Fensterläden. Es klang wie Applaus. Der Regen war stärker geworden. Der trockene Boden würde ihn aufsaugen und an die durstigen Wurzeln der Bäume leiten, die Tropfen spülten den Staub von den Blättern, so dass sie wieder atmen konnten. Die Melancholie, die hatte aufkommen wollen, wich aus Franzi.

Es war so unvorstellbar lange her, dass sie etwas mit Luna zusammen gestaltet hatte, dass sie sich mit ihren Ideen gegenseitig befeuert und innerlich vor kreativer Spannung geknistert hatten wie das Papier in den Flammen. Und doch war es wie damals.

»Das Boot wird richtig schön. Vielleicht können wir die Frau von dem Laden damit überreden, dass sie uns bei der Suche hilft«, meinte sie.

»Das ist doch keine Antiquität«, wandte Luna ein.

»Da stand doch ›Antiquitäten, Schönes und Inspirierendes‹« widersprach Franzi. »Schön und inspirierend wird es auf jeden Fall.«

»Für uns, ja. Für andere ist es nur ein gebasteltes Boot.«

»Aus Naturmaterialien. Das ist gefragt. Außerdem, kann es nicht auch mal genügen, wenn etwas einfach nur schön ist?«

»Wir können es ja versuchen.« Luna klang nicht überzeugt. »Außerdem möchte ich es eigentlich behalten. Es ist das Erste, was wir zusammen gemacht haben, seit …«

Franzi war gerührt. Luna empfand also genauso wie sie. Plötzlich war sie glücklich. »Weißt du was? Das machen wir. Wir behalten es. Es soll unser guter Geist sein, wenn wir die Bilder nicht finden. Für die Frau Janning bauen wir einfach noch eins. Das wird dann sogar noch besser. Hier ist so viel Material, und ich bin noch gar nicht müde.«

»Das geht mir auch so. Ich war lange nicht mehr so wach, aber auf eine gute Art. Ich mache uns einen Holundersaft warm, ja?«

Das Feuer brannte herunter, fiel mit einem Wispern in sich zusammen und glühte noch lange vor sich hin. Der Geruch der Glut mischte sich mit dem Duft des Regens, der durch das offene Fenster hereinkam. Sie stellten das Boot fertig und gaben ihm einen Platz im entrümpelten und geputzten Regal. Voller Stolz betrachten sie es.

»Wir können es noch!«, sagte Luna erstaunt.

»Stellan hätte es gefallen.« Franzi war gerührt und voller Freude. Beim Werken hatte sie alles vergessen und fühlte sich trotz des langen Tages erfrischt. »Lass uns gleich noch das für die Frau mit dem Laden machen. Wir sind gerade so in Schwung, und alles liegt noch da.« Sie wollte jetzt nicht schlafen gehen. Sie fühlte sich viel zu lebendig, und ihre Hände griffen wie von selbst nach einem weiteren Stück Holz.

Luna zögerte nicht.

Es war nach Mitternacht, als sie fertig waren. »Jetzt kannst du aber nicht mehr ins Hotel fahren«, sagte Luna bestimmt. »Wir hätten Oma Hedwigs Bett nicht entsorgen sollen.«

»Da hätte ich niemals drin schlafen wollen«, erklärte Franzi. »Ich lege mir hier die beiden Liegestuhlkissen übereinander, das ist so gut wie eine Matratze. Für eine Nacht geht das. Hast du eine Decke für mich?«

Das Lager war überraschend bequem. Franzi lag da und beobachtete die letzten Funken Glut, die wie rote Glühwürmchen in der Asche zwinkerten. Oben schnarchte Luna bereits leise. Franzi stand wieder auf. Sie knipste eine kleine Lampe an, nahm sich das Notizbuch und den Füllfederhalter von Stellan, fand das Tintenfass im Sekretär und setzte sich an den Tisch. Behutsam nahm sie die glänzende Kappe mit den Sternen ab, fuhr zärtlich mit dem Finger über die geschnitzte Silhouette des Gespensterwaldes, über ihren Namen. Schlug das ledergebundene Buch auf. Las noch einmal Stellans Überschrift.

Was ich im Leben schön oder wichtig finde:

Sie zog Tinte in dem Kolben auf, prüfte auf einem Zettel die Feder, die nach einem kurzen Moment aus ihrem langen Schlaf erwachte und einen weichen Strich hinterließ.

Dann begann sie mit ihrem ersten Eintrag.

Ich habe Luna wiedergefunden. Dank dir, Stellan, denn es waren deine Baumgeister, die dafür gesorgt haben, auch wenn sie nicht mehr da sind. Es ist nicht einfach zwischen uns, vielleicht wird es das nie sein, aber schön ist es trotzdem, und so kostbar. Es ist ein Abenteuer, uns wieder kennenzulernen, uns überhaupt neu kennenzulernen. Wir haben uns verändert, wir sind nicht mehr deine kleinen Mädchen. Aber diese Mädchen sind noch in uns drin, unter all den Schichten aus den Jahren danach, und ich glaube, sie haben uns viel zu sagen.

Es ist seltsam, aber dieser Füller in meiner Hand mit meinem Namen drauf und das Bootebauen, zu dem du uns mit voller Absicht heute Abend angeregt hast, bewirkt, dass ich mich wieder ganz fühle. Ich war glücklich mit Matteo, mit meinem Leben, aber ein Stück von mir hat immer gefehlt. Am meisten habe ich das gespürt, wenn ich im Wald war oder wenigstens in der Nähe von alten Bäumen. Stell dir vor, Luna ging es genauso! Das gehört zu den Dingen, die wir herausgefunden haben und die uns so fest verbinden, dass wir eine unerschütterliche Grundlage haben. Alles andere werden wir dadurch auch noch hinbekommen.

Vertrauen zum Beispiel, das muss erst wieder wachsen, aber wir haben Wurzeln, die noch lebendig sind, deshalb wird es gehen. Es ist wie eine Schatzsuche. Weißt du noch, Stellan, wie du manchmal Schatzsuchen für uns veranstaltet hast? Wie Schnitzeljagden, aber nie mit Farbe, so wie andere Leute sie auf den Boden sprühen, oder Zetteln. Du hast Pfeile aus Zweigen gelegt, aus Blättern, oder Grashalme um Äste gebunden. Dir sind immer wieder neue Dinge eingefallen, die uns gelehrt haben, genau hinzusehen. Die Schätze waren ein Vogelnest, das wir aus rücksichtsvoller Entfernung beobachten konnten, oder auch leere Eierschalen in Türkis oder gefleckt. Manchmal eine besondere Wurzel, die wir mit in den Garten nehmen durften. Ein interessanter Samenstand. Ein Stein, der in der Sonne glitzerte. Oder reife Blaubeeren. Ich werde das nie vergessen. Das alles fügte sich mit der Zeit zu einem Bild von unserer Umgebung, das immer bunter wurde und sich mit Wundern füllte.

Luna kennenzulernen ist genau wie eine solche Suche. Ich muss all die kleinen Hinweise finden. Und dabei entdecke ich auch Hinweise auf dich und auf mich selbst, und vielleicht auch auf unsere Mutter. Am Anfang war ich sehr nervös, aber jetzt fange ich an, es zu genießen. Ich bin gespannt, ob wir noch etwas zu den Rindenbildern herausfinden. Das ist unwahrscheinlich, und eigentlich ist es nur ein Vorwand, um Luna mit mir auf eine Fahrt zu locken. Ich fühle mich wie früher, wenn du uns nachmittags aus der Stube gewunken und Mutter gesagt hast, dass wir eine Weile weg sein würden. Jetzt hast du es wieder getan.

Danke für das Kribbeln im Bauch, dieses Gefühl, etwas entdecken zu können. Ich habe es vermisst.

20

Franzi lehnte sich gegen das Auto und nahm einen Schluck aus ihrer Trinkflasche. Als nach beinahe zwei Stunden Fahrt das Feld mit den vielen Schlüsselblumen am Rand aufgetaucht war, hatten sie beschlossen, eine Pause zu machen. Dennis' alter Kombi passte in der Farbe so gut zu der Umgebung, dass er wie ein Teil davon wirkte. Er war ursprünglich gelb lackiert, aber überall verteilte Roststellen waren mit einer grünen Farbe überstrichen worden.

»Sieht ein bisschen aus wie eine aus der Art geschlagene Giraffe«, hatte Franzi festgestellt, als sie das Gefährt zu Gesicht bekam. »Und so, als ob er nach drei Kilometern schlapp macht.«

»Ist aber sehr zuverlässig, und hinten drin ist Platz für alles Mögliche«, versicherte Luna. »Er heißt Konstantin.«

»Warum?«

Luna zuckte mit den Schultern. »Weil es zu ihm passt.«

Franzi musste das zugeben. Nach kurzer Zeit erwärmte sie sich für Konstantin, der sich ausgesprochen angenehm fuhr und trotz oder wegen seines dezenten Geruchs nach Heu und anderen ländlichen Komponenten innen absolut gemütlich war.

Es war warm und immer noch windig. Rückenwind aus dem Süden, dachte sie. Stellan ist bei uns! Der Wind wirbelte weiße Blütenblätter von der Böschung her den Straßenrand entlang auf Franzis Arm, wo sie wie eine Berührung auf ihrer Haut lagen. »Luna, sieh mal … Luna?« Ihre Schwester schien sich in Luft aufgelöst zu haben.

»Hier!«

Franzi blickte sich um. Schließlich entdeckte sie eine alte Leiter, deren oberes Ende in einem blühenden Obstbaum verschwand. Aus der Krone winkte ein Arm. »Das ist märchenhaft hier oben! Komm rauf!«

Zweifelnd betrachtete Franzi die Leiter. Sie wirkte noch weniger vertrauenswürdig als Konstantin.

»Komm schon!« Luna war in ihrem Element. »Das ist ein Zeichen, dass die hier steht.«

Franzi dachte an das, was sie gestern geschrieben hatte. Das Mädchen von einst, das keinen Baum ausgelassen hatte, war noch in ihr. Andererseits war sie schwanger. Sie rüttelte an der Leiter. Die stand tatsächlich bombenfest. »Sonst würde ich dich nicht herauflocken«, sagte Luna empört von oben. »Glaub mir, es lohnt sich! Hier in der Astgabel ist ein sicherer Platz für dich und Marley.«

Sie hatte recht. Franzi saß wie verzaubert in der weißen, duftenden Wolke aus Blüten. Bienen brummten darin, und sie hätte am liebsten mitgesummt. In ein paar Jahren würde sie Marley zeigen, wie man auf Bäume klettert. Dieser hier hielt sie fest in seinen hölzernen Armen, wiegte sie sanft im Wind, und sie wusste nicht mehr, warum sie Bedenken gehabt hatte. Es war ja nicht hoch, und der grasbewachsene sandige Boden darunter weich.

Das Feld breitete einen Teppich aus jungem Grün aus, dahinter spiegelte ein See den Himmel, eingerahmt von knallgelbem Scharbockskraut. Eine Lerche sang über ihnen, so hoch, dass man sie nicht sehen konnte. Franzi fühlte sich so leicht wie die

Blütenblätter, so tief glücklich wie damals, als ihr Leben noch neu war und es die ganze Welt zu entdecken gab. Was hatte sich seitdem eigentlich geändert? Nichts, außer dass die Zeit kürzer und kostbarer war. Zu entdecken und genießen gab es noch genauso viel, denn das Blütengestöber hatte kein bisschen von seinem Zauber verloren. Im Gegenteil.

»Danke, Luna!« Sie konnte nicht anders, sie strahlte ihre Schwester an.

»Siehste!«, sagte die zufrieden.

»Wir müssen trotzdem weiter«, meinte Franzi widerstrebend.

»Warum? Wir haben doch Zeit.«

»Stimmt eigentlich.« Also blieben sie noch lange sitzen, bis eine Kolonne Motorräder die Straße entlangfuhr und der Lärm den Frieden verjagte.

Da sie früh losgefahren waren, kamen sie trotzdem gegen Mittag in Kühlungsborn an und fanden nach einigem Suchen einen Parkplatz.

»Lass uns was essen«, sagte Franzi, die das Gespräch mit Ava Janning auf einmal gern noch ein wenig hinauszögern wollte. Wenn die Frau ihnen nicht helfen konnte, war die letzte Chance auf die Baumgeister ihrer Kindheit verloren.

»Dann am Hafen«, entschied Luna. »Wenn wir schon mal hier sind.« Seit sie losgefahren waren, schien sie auf einmal erstaunlich entscheidungsfreudig. »Es ist gut, dass du mich aus meinem Trott herausgerissen hast«, erklärte sie, als Franzi sie darauf ansprach.

Bald darauf saßen sie auf einer hölzernen Treppe mit Blick auf schaukelnde Boote und das Meer und aßen Backfisch mit

Pommes und Salat. Franzi kratzte auch den letzten Krümel vom Teller. »Köstlich!« Das Leben konnte so einfach sein. Franzi fragte sich, ob sie im Café auch so interessant lockige Pommes hinbekommen könnten. Vor allem aber mit so leckeren Kräutern drauf. Da musste sie Hella um Rat bitten.

»So, jetzt aber«, meinte Luna, als sie das Ganze mit einem Espresso abgerundet hatten. »Wir sollten es hinter uns bringen. Hoffentlich macht das Geschäft mittags nicht zu.« Am Horizont bauten sich Wolken auf, ein leichter Schleier hatte sich vor die Sonne gelegt. Der Wind war eingeschlafen und hatte keine Antworten mehr. Selbst die Wellen waren in sich zusammengefallen und die Jachten lagen still. Es war, als ob alles auf etwas wartete.

Sie holten das gemeinsam hergestellte Boot aus dem Auto. Franzi hatte es in ein halb transparentes Seidenpapier gewickelt, durch das es geheimnisvoll hindurchschimmerte. Der Laden *NosStalgie* lag um ein paar Ecken herum hinter dem Hafen. Neugierig betrachteten sie das Schaufenster, in dem gläserne Fischerkugeln, ein aus einem kleinen Anker gefertigter Kerzenhalter, ein altmodisches Schränkchen mit maritimen Motiven und einige minimalistisch aus Strandsteinen gehauene Tierfiguren auf einem Haufen Sand und Muscheln ausgestellt waren. Im Inneren konnte man nichts erkennen, weil gegen die Sonneneinstrahlung ein Rollo heruntergelassen war.

»Der Kerzenhalter würde wunderbar ins Café passen«, sagte Franzi.

»Ich hätte gern diese Schwalben.« Luna deutete auf zwei der Steinfiguren. »Für das Schwalbennest. Sie würden auf die Pfosten am Gartentor passen.«

»Ich schenk sie dir«, sagte Franzi. »Wenn hier jemals jemand aufmacht.« Denn obwohl das Schild besagte, dass jetzt offen sein müsste, bewegte sich die Tür kein bisschen, als sie dagegendrückte. Franzi klopfte energisch. Nun waren sie extra hier. Jetzt würde sie diese Frau irgendwie zu fassen bekommen. Zumal sie die Schwalben für Luna haben wollte.

»Moment! Ich komme schon!«

Franzi war nicht sicher, ob sie sich die Stimme nur eingebildet hatte, doch dann erschien ein Schatten hinter der Tür, ein Schlüssel klapperte, und jemand öffnete. »Entschuldigung. Kommen Sie herein. Ich war nur eben kurz hinten in der Werkstatt.«

Die Frau, die vor ihnen stand und so nervös wirkte, als hätte man sie bei etwas ertappt, schätzte Franzi etwa auf ihr eigenes Alter, vielleicht ein paar Jahre jünger. Sie war klein, zierlich und barfuß und trug ein Maxikleid in Pastellfarben. Ihre Haare waren lang und schimmerten im verhangenen Sonnenlicht unregelmäßig in verschiedenen Brauntönen, die Franzi deutlich an Baumrinde erinnerten. Vielleicht war das ein gutes Zeichen. Die Spangen, die die Haare an den Seiten nach hinten hielten, waren aus Emaille. In durchsichtigen, leuchtenden Farben prangte darauf eine Blumenlandschaft vor einem Blau, das sowohl Himmel als auch Meer darstellen konnte. Wie im Gespensterwald, dachte Franzi. Wenn man dort durch die Bäume guckt, ist man sich oft auch nicht sicher, ob man den Himmel oder das Meer sieht. »Schöne Spangen!«, sagte sie.

Die Frau fasste danach. »Danke. Die hat mir meine zweite Mutter mal von der Insel Poel mitgebracht, kurz nach der Wende. Es gab da eine ältere Dame, die Emaillekünstlerin war. Was kann ich für Sie tun?«

»Ihre zweite Mutter?«, fragte Luna, von dieser Äußerung abgelenkt.

»Meine Pflegemutter«, war die verlegene Antwort. »Aber worum geht es denn? Möchten Sie etwas kaufen?«

So ähnlich wie ihr Gegenüber hatte sich Franzi früher die Waldelfen vorgestellt, über die sich Stellan Geschichten ausgedacht hatte und die auf Lichtungen tanzten, wenn die Menschen nicht da waren.

»Sind Sie Ava Janning? Die Inhaberin?«, erkundigte sie sich.

»Ja. Ich habe das Geschäft vor einem Jahr übernommen.« Sie lächelte Luna zu. »Von meiner zweiten Mutter, Frida Nossen.« Ein Schatten flog über ihr Gesicht. »Sie war krank und ist leider inzwischen gestorben.«

»Oh. Das tut mir sehr leid.« Für Ava Janning, dachte Franzi, und auch für uns. Damit sanken die Chancen auf eine Erinnerung an die Baumgeister oder wenigstens an Jantje erheblich. »Führte Frau Nossen dieses Geschäft auch schon vor etwa achtundzwanzig Jahren?«

Frau Janning nickte. »Sie hat es gleich nach der Wende selbst aufgebaut.«

»Und auch alle Wareneinkäufe dafür selbst erledigt?«

»Ja, soweit ich weiß. Warum fragen Sie das alles? Und wollen Sie nicht hereinkommen?«

Im Laden war es kühl. In dem gedämpften Licht, das durch die Gardinen hereinfiel, wirkte das überall verteilte Sammelsurium an Gegenständen unwirklich. Luna begann, herumzuwandern und Dinge in die Hand zu nehmen. Das Gespräch überließ sie Franzi. So war Luna eben.

»Wir sind auf der Suche nach etwas, das unsere Mutter damals an Frau Nossen verkauft hat«, erklärte sie. »Zwei große

Bilder, aus Baumrinde gestaltet. Uns ist bewusst, wie lange das her ist, aber wir hatten gehofft, dass sich hier vielleicht trotzdem noch jemand daran erinnert. Dass wir herausfinden können, was aus ihnen wurde, womöglich sogar, wer sie gekauft hat. Ich bin Franzi, Franzi Michelly, und das ist meine Schwester Luna.«

»Ava. Freut mich. Aber ich fürchte, da kann ich euch nicht helfen.« Die Frau betrachtete sie betroffen mit ihren großen graublauen Augen, die wirkten, als könnten sie Dinge sehen, die sonst niemand wahrnahm. »Ich war ja damals noch klein, und außerdem war ich nur in den Ferien hier. Wie sahen die Bilder denn aus?«

»Sie waren schlicht gerahmt. Die Ränder etwa so lang wie mein Arm. Die Rindenstücke wirkten wie gütige Gesichter, und sie hatten Augen aus glatten Strandsteinen.«

Ava dachte angestrengt nach und blickte ins Leere, wie um lang vergangene Eindrücke heraufzubeschwören. Schließlich schüttelte sie den Kopf. »Nein. Wenn ich so etwas gesehen hätte, würde ich mich mit Sicherheit daran erinnern. Frida muss sie bald weiterverkauft haben, ehe ich wieder zu Besuch kam. Es tut mir leid. Ich hätte euch so gern geholfen.«

»Und Frau Nossen hatte nie eine Angestellte oder Hilfe im Laden, damals?«

Ava schüttelte den Kopf. »Sie hat lieber die Öffnungszeiten kurz gehalten. Und mein Pflegevater hat manchmal geholfen. Aber er ist schon lange tot.«

Dann hat sie ihre Eltern wohl zweimal verloren, dachte Franzi. Da hatten wir es doch gut, so schwierig das alles auch war.

»Danke trotzdem. Darf ich dich aber bitten, weiter nachzudenken? Es ist wichtig. Vielleicht fällt dir irgendwann doch noch etwas ein, oder jemand, der was wissen könnte. Hier ist meine Visitenkarte mit Handynummer. Wir haben dir übrigens etwas mitgebracht. Zur Entschädigung für die Neugier.« Franzi überreichte ihr das Boot.

»Ohh! Das ist aber schön!« Ava machte große Augen. Franzi gefiel es, wie vorsichtig ihre Hände damit umgingen. »Ein außergewöhnliches Stück. Wo habt ihr es her?«

»Das haben wir zusammen gebastelt, nach einer Anregung meines Vaters.«

»Oh, wirklich? Gebastelt würde ich das nicht nennen. Das ist ja ...«

»Warum gehst du eigentlich nie an dein Telefon?«, fragte Luna, die sich jetzt wieder zu ihnen gesellt hatte.

Ava wurde rot, dann blass. »Ich ... wenn keine Kunden kommen, das ist oft, dann bin ich manchmal hinten in der Werkstatt. Da muss ich mich konzentrieren. Außerdem telefoniere ich nicht so gern.« Sie warf einen verschämten Blick zu einer Tür hinter dem Tresen. Franzi fragte sich, warum die Frau so wirkte, als hätte sie ein schlechtes Gewissen.

»Das geht mir auch so«, sagte Luna erfreut. »Was machst du denn in der Werkstatt?«

»Ach, dies und jenes.« Wieder wurde Ava rot und wirkte auf einmal nervös. »Reparaturen eben. Darf ich das Boot wirklich behalten? Ich würde ihm einen Ehrenplatz geben. Es erinnert mich an alte Träume.«

»Freut mich. Hör mal, was kosten diese steinernen Schwalben?«, wollte Franzi wissen.

»Die im Fenster? Ich schenk sie euch. Zum Tausch für das Boot und zur Entschädigung dafür, dass ich nicht helfen kann.«

Ava hob die beiden Figuren aus dem Fenster und wickelte sie sorgfältig in Seidenpapier.

»Danke!« Luna war voller Freude. »Sie werden mein Haus beschützen. Es heißt jetzt Schwalbennest.«

»Den Kerzenhalter hätte ich auch gerne.« Franzi wollte ihn Matteo als Geschenk mitbringen. »Den bezahle ich aber!«

»Dann wenigstens zu einem Sonderpreis«, sagte Ava bestimmt.

»So macht sie aber keine Geschäfte«, bemerkte Luna, als sie wieder draußen waren.

»Ich glaube nicht, dass sie wirklich eine Geschäftsfrau ist«, meinte Franzi nachdenklich. »Wahrscheinlich ist sie da so reingerutscht, ihrer Pflegemutter zuliebe.«

»Ich hatte das Gefühl, dass sie etwas zu verbergen hat«, sagte Luna. »Vielleicht eher vor sich selbst als vor den Kunden.«

Sie waren schon an der Ecke, da hörten sie hinter sich Schritte und Rufen. Es war Ava, die ihnen winkend nachlief.

»Wartet!« Atemlos kam sie zum Stehen. »Mir ist doch was eingefallen!«

21

Franzi war trauriger gewesen, als sie sich eingestehen wollte. Als sie das Leuchten in Avas Augen sah, wachte die gerade verlorene Hoffnung wieder auf.

»Frida hat doch früher immer akribisch Buch über ihre Käufe und Verkäufe geführt! Jedenfalls am Anfang. Sie wollte herausfinden, woher ihre Kunden kamen. Später, als sie krank wurde, hat sie es aufgegeben, und ich habe es irgendwie nie wieder richtig angefangen. Ich bin nicht dafür geeignet, ich habe mit der Buchhaltung genug zu tun. Jedenfalls vermerke ich nicht die Namen der Käufer, das darf man, glaube ich, gar nicht«, sprudelte Ava heraus. »Aber diese staubigen Ordner liegen noch im Keller! Ich hab ewig nicht mehr daran gedacht. Ich wollte sie immer mal entsorgen, aber die ganzen Namen kann man doch nicht einfach so in die Tonne werfen – Datenschutz und so ...«

»Können wir gleich nachsehen?« Franzi konnte diese Wendung kaum glauben und schickte einen stillen Dank an die unbekannte, ordentliche Frau Nossen.

»Sehr gern! Wenn ihr Zeit habt. Sonst mach ich das und schick euch, was ich finde.«

»Nein, wir helfen, das geht schneller. Jetzt sind wir einmal hier.« Diese zweite Chance würde sie sich nicht entgehen lassen. Nun wollte sie ein für alle Mal Gewissheit.

Die Ordner lagerten in drei Kartons, die mit Jahreszahlen versehen waren. »Hier!«, rief Franzi triumphierend. »1990 bis 1996. Da muss es drin sein.«

Im Keller war die Beleuchtung zu trüb. Sie schleppten den Karton hinauf und nahmen sich jeweils zwei Ordner vor. Es war mühsam. Frau Nossen war sehr umtriebig gewesen, es gab jede Menge Käufe. »Gugelhupfform, mit Draht geflickt. Nadelkissen in Schneckengestalt, Bootspropeller, Schnupftabakdose, Brieföffner in Vogelform, mit Vergissmeinnicht besticktes Opernglas … Wie bestickt man ein Opernglas?«, stöhnte Franzi.

Luna blätterte konzentriert Seite für Seite um und lächelte gelegentlich. »Faszinierend, was Menschen so brauchen oder einfach nur haben.«

»So ganz habe ich das auch nie verstanden«, murmelte Ava.

Luna war es, die den Eintrag fand. *Zwei große gerahmte Bilder, ungewöhnliche Gesichter aus Baumrinde gefertigt. Erworben von Jantje Michelly.* Darunter: *Drei Monate später verkauft an Tomke Felbrich aus Nienhagen.*

Die Schwestern sahen sich an. »Ausgerechnet Nienhagen!«, sagte Franzi verblüfft. »Kannst du dich an eine Familie Felbrich erinnern?«

Luna schüttelte den Kopf. »Nein. Aber für Menschen habe ich mich ja nie sehr interessiert.«

Franzi zückte ihr Handy und fotografierte den Eintrag, dann fing sie an, im Netz nach dem Namen zu suchen. Die anderen beiden räumten die Ordner zurück in den Karton und brachten ihn wieder hinunter. Als sie zurückkehrten, war Franzi bereits fündig geworden. »Tomke Felbrich war Lehrer hier in Kühlungsborn. Jetzt ist er im Ruhestand, es gibt Bilder von seiner

Verabschiedungsfeier. Er hat eine Frau namens Esther. Und eine Adresse im Impressum seiner Website. Auf der erstellt er Arbeitsbögen für Grundschüler zum Herunterladen. Eschenweg zehn in Nienhagen.« Eschenweg. Der ging von der Kliffstraße ab. Franzi wusste es noch genau. Jeden Tag war sie auf dem Schulweg daran vorbeigelaufen.

»Im Impressum muss ja auch eine E-Mail-Adresse stehen«, sagte Luna erfreut. »Wollen wir ihm gleich schreiben?«

Franzi zögerte. Nienhagen! Das war kein Zufall. Das war ein Zeichen! Luna und sie verstanden sich wieder, wenn auch mit Vorsicht, weil alles noch so zerbrechlich schien. Nun fehlte aber noch, dass sie sich mit dem Ort ihrer Kindheit versöhnten, den sie beide so plötzlich hatten verlassen müssen.

»Nein!«, sagte sie entschlossen. »Das ist nicht mal eine halbe Stunde Weg. Wir fahren nach Nienhagen!« Auf einmal war sie sich sicher, dass sie nicht länger warten konnte. Sie hatten sich beide davor gescheut zurückzukehren – wegen der guten Erinnerungen, die sie so im Herzen behalten wollten, wie sie waren, und wegen der schlechten, die sie nicht wieder aufrühren mochten. Doch jetzt war die Zeit gekommen. Sie mussten zum Gespensterwald.

Luna sah sie zweifelnd an, dann nickte sie langsam. »Du hast recht. Ich träume schon lange davon, die Buchen wiederzusehen, aber ich war noch nicht so weit. Wahrscheinlich müssen wir es zusammen tun. Aber willst du zwei alte Leute einfach ohne Ankündigung überfallen?«

»Herr Felbrich war Lehrer. Da ist er einiges gewöhnt. Auf der Website kommt er offen und sympathisch rüber, ich denke, das wird schon okay sein. Und so alt sind sie nicht. Versuchen wir es.«

Sie verabschiedeten sich von Ava, die darum bat, eine Nachricht zu erhalten, ob sie die Bilder gefunden oder etwas über den Verbleib erfahren hatten. »Und ein Foto davon! Ich bin so neugierig darauf geworden.«

Auf der Fahrt waren sie schweigsam, je mehr, desto näher sie Nienhagen kamen. Jede war mit ihren Gedanken beschäftigt.

Am Ende fuhr Luna immer langsamer. Franzi fand ihre Stimme wieder. »Es sieht anders aus und trotzdem wie früher.«

»Ja. Ganz merkwürdig. Ein bisschen unwirklich, wie in einem Traum. Da ist die Kliffstraße!« Luna bog ein. Sie sahen vertraute Häuser, die unverändert schienen. Ebenso neu gestrichene, mit Anbauten oder modernen Markisen.

Und dann die Pension Küstenkauz.

Luna bremste unwillkürlich, fuhr an den Straßenrand und hielt. Der Motor verstummte. Durch die Scheiben betrachteten sie das Haus. Das Dach war neu gedeckt worden, die alten moosigen Schindeln, von denen sich bei jedem Sturm einige verabschiedet hatten, waren ersetzt durch neue, rote. Doch die altersdunklen Klinkerwände waren unverändert, auch die vielen Giebel und das an den Stirnseiten so ungewöhnlich weit vorgezogene Dach, unter dem sich großzügige, geschützte Balkons verbargen. Auch das Schild über der Tür war neu, doch man hatte den alten Schriftzug übernommen. Das wirkte so vertraut, dass es Franzi einen Stich gab.

Die Fliederbüsche wuchsen noch immer rechts und links vom frisch weiß gestrichenen Tor, nur knorriger waren sie geworden. Sie trugen zu Franzis Freude dicke Knospen. Es gab jetzt statt der Sandfläche einen richtigen Parkplatz, auf dem einige Autos mit den verschiedensten Nummernschildern standen. Anscheinend beherbergte man hier nun Gäste aus dem ganzen

Land und sogar dem Ausland. Wie anders war das als früher, vor der Wende!

Franzi konnte nicht anders, sie stieg aus und lehnte sich an den Kofferraum. Sie hätte schwören können, dass die Fliederbüsche ihr ein Willkommen zuwisperten, als der Wind sie bewegte.

Luna folgte ihrem Beispiel.

Da oben, wo eine Gardine mit Blumenmuster sich bewegte, als stünde jemand hinter dem Fenster, war ihr Kinderzimmer gewesen. Erst hatte es ihnen beiden gehört, dann war für eine kurze Zeit Franzi unendlich allein darin gewesen, aber immerhin zu Hause. Auf dem Balkon hatten sie heimlich im Nachthemd im Mondlicht gespielt, hatten ihre Schularbeiten gemacht, zu eingebildeter Musik getanzt, den Wolken zugesehen, geweint, gelacht, Stellans Geschichten gelauscht und sich geborgen gefühlt.

Jetzt standen statt des abgewetzten Sammelsuriums alter Sessel moderne Gartenmöbel aus Kunststoff dort, doch das änderte nichts daran, dass Franzi zwei Mädchen dort sitzen sah, die über eine Bastelarbeit gebeugt waren, so deutlich, als könnte sie sie berühren, wenn sie die steile Seitentreppe hinaufkletterte. Das Bild verschwamm, als sich die Haustür öffnete, eine lärmende Familie mit Koffern heraustrat und das Gepäck in eines der Autos zu laden begann.

Luna räusperte sich. »Wenn wir heute noch Herrn Felbrich besuchen wollen, dann sollten wir das jetzt tun.« Aber sie rührte sich nicht.

Franzi ahnte, dass sie es war, die aussprechen musste, was wohl beide dachten. »Aber wir wollen doch auch in den Wald. Jetzt wo wir hier sind. Und an den Strand. Das geht gar nicht anders! Wir könnten fragen, ob sie ein Zimmer für uns haben und eine Nacht bleiben. Was meinst du? Matteo wird es verstehen, wenn ich noch ein bisschen länger brauche.«

»Ein Zimmer im *Küstenkauz*? Bei Fremden? Das wird ganz seltsam. Wollen wir dann nicht lieber in einer anderen Unterkunft …« Aber Luna ließ den Satz im Leeren hängen.

»Nein. Alles oder nichts. Jetzt sind wir konsequent.« Franzi jedenfalls konnte nicht zurück, nachdem sich die Idee einmal in ihr festgesetzt hatte. Jetzt musste sie ins Haus, egal, wie sehr es sich verändert hatte. Vielleicht war das ja gerade gut.

»Ein Doppelzimmer?« Die freundliche junge Frau starrte mit hochgezogenen Brauen auf ihren Bildschirm, drückte einige Tasten. Franzi versuchte, ihre Ungeduld zu zügeln. »Ja, bitte, am liebsten das mit dem Blick nach Norden und dem Balkon.«

»Oh, da haben Sie sich draußen ja schon genau umgesehen. Sie haben Glück. Es ist ja noch Nebensaison. Für eine Nacht?«

Franzi zögerte. »Zwei. Voraussichtlich.« Sonst mussten sie ja morgen Vormittag gleich wieder auschecken. Sie war sich ziemlich sicher, dass ihnen das nicht genügen würde.

»Na, Sie können es sich noch überlegen. Es ginge auch einen Tag länger. Vielleicht gefällt es Ihnen ja in Nienhagen.«

Bestimmt, dachte Franzi. Hast du eine Ahnung. Sie überlegte, ob sie erwähnen sollte, dass sie hier aufgewachsen waren, ließ es aber. Sie hatte genug mit sich selbst zu tun und wollte keinesfalls alle möglichen Fragen beantworten. »Ist es hier in der Hochsaison ausgebucht?«, wollte sie wissen.

»Oh ja. Da muss man lange im Voraus reservieren.«

Das freute Franzi. Anscheinend war die Zukunft der Pension vorerst gesichert.

»Hier.« Franzi bekam den Schlüssel überreicht. »Sie müssen bitte die Außentreppe nehmen.«

Luna folgte ihr stumm nach oben. Jede Stufe war ein Schritt zurück in die Kindheit.

Das Zimmer war neu tapeziert und weiß gestrichen, die Wände besaßen nicht mehr das angegraute Gelb, das im Lampenlicht eine gewisse Wärme ausgestrahlt hatte. Weiß waren auch die neuen Betten und Nachttische, die sich jedoch auf beiden Seiten an den gleichen Stellen unter die Dachschrägen schmiegten wie früher, und neu der kleine Tisch mit den Stühlen in der Mitte. Eine Ecke des Raumes war abgezweigt und in ein winziges Badezimmer verwandelt worden. Doch der Blick hinaus auf die Wiese und die Ahnung von Meer dahinter war derselbe, das helle Dreieck des Giebelfensters auch, und natürlich das schützende Dach, unter dem sie so viel erlebt und ausgesponnen hatten.

Früher waren in ihrem Mädchenzimmer kunterbunt jene Möbel gelandet, die für Pensionsgäste nicht mehr gut genug waren. Ein zerschlissener Sessel, aus dem die Füllung quoll – man konnte mit Hilfe von Leim und Zahnstochern kleine Tiere daraus basteln. Ein Tisch mit einem Brandfleck und einem geschienten Bein. Ein Bett, gegen dessen Fußende mal jemand getreten und ein Stück herausgebrochen hatte. Danach wirkte die Kontur des Bretts wie eine Landschaft. Luna hatte diesen Eindruck mit Filzstift verstärkt und sich dafür eine Standpauke von Jantje und Anerkennung von Stellan eingehandelt. Die wilde Mischung der Einrichtung hatte ihnen gefallen, sie war so einzigartig. Doch jetzt tat es Franzi wohl, dass der muffige Geruch verschwunden war und mit ihm die trüben Farben. Alles wirkte leicht und freundlich – genau so, wie es einer Versöhnung anstand. Dies war eine neue Zeit. Die guten Erinnerungen zerstörte das alles nicht, die dunklen überstrich es hell.

Franzi ließ ihre Tasche fallen und sah sich gründlich um. »Ich finde es schön. Wie geht es dir?«

Luna setzte sich auf das Bett. »Erstaunlich gut«, sagte sie zögernd, als würde sie noch nicht recht daran glauben.

22

Franzi öffnete die Tür weit und probierte einen der neuen Stühle auf dem Balkon aus. Luna setzte sich in den anderen. Schweigend sahen sie zum Dach hoch, dann blickten sie über die Wiese.

»Nach all den Jahren«, sagte Luna schließlich leise. »Wir beide hier!«

»Und diesmal kann niemand bestimmen, wann wir wieder fortmüssen«, stellte Franzi zufrieden fest. Außer vielleicht dem Alltag, ihren Verpflichtungen, ihrer Sehnsucht nach Matteo. Aber das war etwas anderes.

Luna nickte. Auf einmal strahlte sie. »Du hattest recht. Das war nötig! Es geht nicht darum, wie *lange* wir hier sein können. Nur *dass*, und *wie*. Franzi, da wir zwei Nächte bleiben, müssen wir denn gleich heute zu dem Mann mit den Bildern? Reicht nicht morgen? Können wir nicht erst in den Wald?«

Franzi lächelte zurück. »Wir können machen, was wir wollen, stell dir vor!«

»Das ist kaum zu glauben. Aber herrlich. Und so befreiend.« Luna räkelte sich und blickte nach oben. Ihre Augen funkelten. »Hallo, du altes Dach!«

Ein Windstoß fuhr unter den Überhang, wehte einige Blütenblätter der Zierkirsche heran und ließ sie in einem kleinen Wirbel über die neuen Bodenfliesen tanzen.

»Das Haus scheint uns wiederzuerkennen.« Franzi lachte, plötzlich war sie ganz ausgelassen.

Luna blieb ernst. »Oder es ist ein Gruß von Stellan.«

»Vielleicht.« Franzi konnte dieses Gefühl auch nicht abschütteln, aber es fiel ihr nicht so leicht wie Luna, so etwas auszusprechen. Luna würde sich sicher gut mit Hella verstehen, die jede Menge mythische Eigenschaften verschiedener Bäume kannte und darüber sprach, als wären sie unzweifelhaft gültig.

Doch je länger dieser sanfte Südwind mit seinen Frühlingsdüften die Schwestern umspielte, umso gegenwärtiger schien Stellan zu sein. Warum sollte sie sich nicht, nun da sie wieder hier war, in diesen kindlichen Glauben fallen lassen, dass alles möglich sein konnte?

Schließlich hieß der Wald wirklich Gespensterwald. Das hatten weder Stellan noch die Mädchen sich ausgedacht. Er war ganz offiziell auf allen Karten vermerkt und hatte schon ewig so geheißen. Der Name rührte von der Gestalt der Bäume und der für alle wahrnehmbaren Atmosphäre her, nicht aus Gruselgeschichten. Dieser besondere Wald war schon vor Ende des Zweiten Weltkriegs zum Naturschutzgebiet erklärt worden. Bis zu hundertsiebzig Jahre alt waren seine Buchen, Eichen, Hainbuchen und Eschen. Sie waren bereits hier gewesen, bevor Stellan sie je gesehen hatte. Sonst hätte es die Geschichten, die er erzählt hatte, nie gegeben. Die Bäume, so hatte er seinen Mädchen versichert, hatten sie ihm zugeflüstert.

Franzi und Luna tranken unten in der Gaststube rasch einen Tee und vertilgten ein Stück Kuchen. Vielleicht lag es an der Seeluft, vielleicht auch an dem Ausflug in die Kindheit, dass sie auf einmal einen erstaunlichen Appetit hatten.

Dann hielt sie nichts mehr. Eilig liefen sie bis zum Ende der Kliffstraße, bogen in die Strandstraße, blickten aufs Meer, zögerten, ob sie erst die steile Treppe zum Strand hinunter nehmen sollten.

»Später«, beantwortete Luna Franzis unausgesprochene Frage.

Stattdessen betraten sie den Weg, der in den Wald führte. Zwar waren einige hastige Fahrradfahrer darauf unterwegs, vor denen man sich in Acht nehmen musste, doch Franzi nahm sie kaum wahr. Ihr schien es, als wären Luna und sie allein mit der zeitlosen Atmosphäre.

Anfangs waren die Bäume niedrig, eng verflochten, mit krummen, manchmal sogar im Kreis gewachsenen und ineinander verschlungenen Ästen. Verholzte Efeuranken klammerten sich an die Stämme und wirkten wie lebendige Adern. Hier drang kaum Licht ein. Der enge Weg war schlammig vom letzten Regen. Spechte hämmerten aus allen Richtungen unsichtbar in den Wipfeln, Krähen schimpften krächzend. Durch das Gewirr von Zweigen gab es nur enge Durchblicke zum Meer. Schiffe segelten weit unten in der Ferne, wie aus einer anderen Welt. In Abständen waren Tafeln befestigt, die davor warnten, zu dicht an die Kante der Steilküste zu treten. *Abbruchgefahr! Lebensgefahr!*

Wenn man nicht aufpasste, stolperte man über bucklige Wurzeln oder verfing sich in dornigen Ranken. Hier und da tat sich ein Loch auf, das von Mäusen oder Füchsen erweitert worden war. Die Mäuse hörte man rascheln, irgendwo unter Blättern.

Schweigend sahen sie sich um. Eine Bewegung fing Franzis Aufmerksamkeit ein. Eine Kröte hockte da, sah sie aus goldenen Augen an. Ein paar Schritte später blieb Luna stehen und hielt Franzi zurück. Vor ihnen glitt anmutig eine Ringelnatter über den Weg. »So eine große habe ich noch nie gesehen!«, flüsterte Franzi andächtig. Kurze Zeit später war sie es, die erschrocken anhielt. Auf einem Holzklotz hockte etwas, das sich als die mit einer Kettensäge geschnittene Skulptur einer Eule entpuppte. Ein Stück weiter stießen sie auf eine ähnliche, etwas abstraktere, die wie aus Stellans Geschichten entsprungen wirkte und Franzi allein darum unwillkürlich Gänsehaut verursachte. Danach verengte sich das Gebüsch zu einem noch dunkleren Tunnel.

Bald darauf aber veränderte sich der Weg, wurde unvermittelt ausgetreten und sandig. Von einem Augenblick zum anderen öffnete sich der Wald und mit ihm der Blick, wie ein Aufatmen, das durch den ganzen Körper ging und nicht nur die Lunge betraf, sondern ebenso Geist und Seele.

Die Buchen waren ab hier so unfassbar hoch und durch ihren Kampf mit den Stürmen ebenso bizarr wie in Franzis Erinnerung. Wie in einem langsamen Tanz schwankten ihre Wipfel, als wären sie nur übergroßes Schilf. Zu ihren Füßen wuchs kaum Strauchwerk, und das zum Teil dichte Gras blieb an vielen Stellen kurz, so unerbittlich fegte der salzige Wind ständig vom Meer heran über das Kliff. Die Stämme waren dadurch unten sämtlich kahl.

In diesem ungewöhnlichen Wald gab es Licht- und Schattenspiele wie in keinem anderen. Jetzt war alles hell hier, warm von der Abendsonne durchstrahlt, die die frühlingsgrünen Blätter ebenso leuchten ließ wie das junge Gras und Franzi mit einem tiefen Glück erfüllte. Glück, hier zu sein, Dankbarkeit dafür, einfach nur lebendig zu sein. Hin und wieder wanderten Wolkenschatten über das Meer heran und das Kliff hinauf, über die

Stämme und den Boden. Dann konnte man erahnen, wie der Wald bei nebligem oder regnerischem Wetter wirkte, oder nachts bei Mondlicht. Nicht nur Kindern war es dann zumute, als entwickelten diese knorrigen Schatten mit den vielen Armen ein Eigenleben, als würden Trolle und Nymphen und Geister sich herumtreiben, hinter Stämmen lauern, Feste feiern, Streiche spielen oder auch nur ihre eigenen Geheimnisse hüten. Selbst die Pilze wirkten hier ein wenig unheimlich. Franzi erinnerte sich an glänzende weiße, die wie beinahe durchsichtige kleine Gespenster hinter einer Wurzel hervorzulugen pflegten. Die hatte sie ganz früher gleichermaßen geliebt und etwas gefürchtet.

Luna legte zärtlich beide Hände an einen der glatten Buchenstämme und sah hinauf in die landeinwärts gebogene Krone. »Weißt du, woher das Wort ›Buchstabe‹ kommt, und damit auch ›Buch‹ und alle damit zusammenhängenden Ausdrücke?«

»Ich habe noch nie darüber nachgedacht«, sagte Franzi überrascht und ein wenig unwirsch, aus ihren Betrachtungen gerissen zu werden. Aber ihr fiel ein, dass Luna sich stets mit Fakten beruhigte, wenn sie etwas sehr aufwühlte. Daran würde sie sich gewöhnen.

»Die Germanen haben in alten Zeiten ihre Runen in Stäbe aus Buchenholz geritzt. Das war hart und lange haltbar. Solche Stäbe haben sie dann auch als Orakel befragt, wenn sie Entscheidungen treffen mussten und etwas über die Zukunft wissen wollten.«

»Spannend.« Franzi legte ihre Hände neben Lunas. Die Rinde war kühl und silbrig im Licht. Sie konnte sich mühelos vorstellen, dass diese Buchen auch ohne eingeritzte Runen gewusst haben könnten, dass Franzi und Luna, die unter ihnen gespielt und die Welt entdeckt hatten, eines Tages zurückkehren würden. Was bedeutete ihnen schon Zeit? Franzi spürte die stille Kraft der alten Bäume genauso deutlich wie damals. Lange standen sie zusammen dort, dann wandte sie sich um und sah auf das Meer hinunter, das jetzt frei vor ihnen lag. Die Menschen am Strand wirkten winzig von hier aus, ebenso die Möwen im Flug, auf die man von hier herunterblicken konnte.

Bänke hatte es hier früher auch schon gegeben, aber nicht so schöne, aus dicken Stämmen gefertigte. Franzi setzte sich. Sie musste ihre Gefühle sortieren; erst einmal wollte sie nur hier sein, schauen und atmen. Zwischen diesen Buchen fühlte sie sich geborgen wie unter alten Freunden. Dass ihr so leicht zumute war, hatte möglicherweise auch damit zu tun, dass sie sich hier an der hohen Kante mitten zwischen Himmel und Meer befanden.

Luna schien es ähnlich zu gehen. Irgendwann setzte sie sich neben sie, und als Franzi sie von der Seite ansah, entdeckte sie ein seliges Lächeln im Gesicht ihrer Schwester, an das sie sich ganz dunkel erinnern konnte. Es stammte aus der Zeit, als auch Luna noch sehr jung gewesen war.

Die Sonne sank tiefer, die langen Schatten der Bäume wurden noch länger, und Franzis und Lunas mit ihnen, bis sie im Inneren des Waldes eins wurden.

»Gut, dass wir hergekommen sind«, sagte Luna schließlich. »Danke dafür, Terra.«

»Ich bin auch froh. Ich möchte gerade nirgendwo anders sein und nichts anderes tun, als hier mit dir zu sitzen.« Franzi war unendlich zufrieden.

»Bis zum Granitzbach schaffen wir es wohl heute nicht mehr«, überlegte Luna.

Der Granitzbach floss am anderen Ende durch den Wald, dann über den Strand ins Meer. Dort hatten sie oft die kleineren Rindenboote ausprobiert. »Wusstest du, dass es hier in der Nähe, mitten im Wald, damals zu DDR-Zeiten ein Gästehaus der Volksmarine gab?«, fuhr Luna fort. »Unsere Pension war ja zur Zusammenarbeit mit dem FDGB-Ferienheim gezwungen, und eben auch mit dem Gästehaus. Mutter hat mich damals manchmal beauftragt, kalte Platten und Salat hinzubringen. Das habe ich gern getan.«

»Trotz deiner Menschenscheu?«

»Erst hatte ich Angst. Aber es bedeutete immer einen Waldspaziergang, und die Frau, der ich die Sachen gegeben habe, war freundlich und hat mir immer West-Kaugummis geschenkt. Und dann auf dem Rückweg hat mich einmal ein sehr junger Mann angesprochen. Wenn er nicht Uniform getragen hätte, hätte ich ihn für einen Jungen gehalten. Ich denke, er war nur ein paar Jahre älter als ich. Ich habe mich erst erschrocken, aber er war total nett, und als er mir was zeigte, habe ich alles andere vergessen.« Sie schmunzelte vor sich hin.

»Was hat er dir denn gezeigt?« Franzi war neugierig geworden.

»Die haben Soldaten in die Bäume geschickt, damit sie das Gästehaus bewachen. Da boten sich die Buchen als Ausguck an. Man hatte Steigeisen in die Stämme geschlagen, solche Metallschlaufen, wie man sie an Schornsteinen hat. Dadurch konnte man ganz bequem bis weit nach oben klettern. Ich durfte das ausprobieren, und er blieb dicht hinter mir, falls ich den Halt verlieren würde. Es war natürlich leichtsinnig, ich kannte ihn ja gar nicht, aber darüber habe ich mir damals keine Gedanken gemacht. Es war unglaublich schön da oben. Ich habe den Ausblick über die Baumkronen und das Meer nie vergessen. Aber ich musste ihm versprechen, das niemals allein zu versuchen. Danach habe ich ihn nie wieder getroffen. Ich wusste nicht mal seinen Namen, den wollte er mir nicht sagen. Ich will gar nicht daran denken, was er für Ärger bekommen hätte, wenn das herausgekommen wäre!«

»Wie alt warst du da?«

»So zwölf oder dreizehn, glaube ich.«

»Und – hast du dein Versprechen gehalten?« Franzi zweifelte daran.

»Nein. Nicht ganz. Einmal war ich noch oben, allein. Viel später, an dem letzten Abend, bevor wir weggingen. Da stand das Gästehaus schon leer.«

Franzi wurde komisch bei dem Gedanken. Dass ihre Schwester sich vom Gespensterwald hatte verabschieden wollen, konnte sie verstehen. Doch was, wenn Luna abgestürzt wäre? Oder hatte sie gar mit dem Gedanken gespielt, das mit Absicht zu tun? Franzi wollte es nicht wissen. Das war Vergangenheit. Nun konnten sie nach vorn blicken.

23

In der ersten Nachthälfte schlief Franzi tief und fest unter dem vertrauten Dach. Später durchzogen unruhige Szenen ihre Träume.

Stellan spielte eine Rolle, Jantje auch, ebenso ehemalige Gäste der Pension, das Käuzchen aus dem Wald, dann Luna auf einem Baum, aus dem sie zu stürzen drohte. Ein Segelschiff am Horizont, das bedrohlich näher kam und von dem sie ahnte, dass es sie gegen ihren Willen mitnehmen würde in eine fremde, wüstendürre Ferne ohne Bäume.

Als sie aufwachte, dämmerte es gerade, und einige verwirrte Augenblicke lang dachte sie, sie wäre wieder ein Kind und müsste in die Schule. Erst als sie im Bett an der Wand gegenüber die schlafende Luna erkannte mitsamt ihren silbernen Haaren an der Schläfe, kam sie vollends zu sich und tappte an das dreieckige Fenster. Aus der Wiese stieg Dunst auf, das Licht mogelte sich langsam durch die Weißdornsträucher. Franzi stand lange dort, bis sich hinter ihr etwas regte.

»Franzi? Ich habe geträumt, wir wären nach Nienhagen gefahren.« Luna setze sich auf und rieb sich die Augen.

Franzi lachte. »Und ich dachte, mein ganzes Leben nach unserer Zeit in Nienhagen wäre der Traum gewesen und wir müssten gleich los zur Schule. Wir sind wirklich hier, Luna! Meinst du, es gibt schon Frühstück?«

Ihre Schwester rieb sich die Stirn, stieg wortlos aus dem Bett und verschwand im Badezimmer. Franzi hörte Wasser plätschern. Kurze Zeit später kam Luna heraus, rubbelte sich dabei noch das Gesicht mit einem Handtuch ab und las den Zettel, der neben der Tür hing. »Frühstück gibt es ab acht. Das dauert noch was. Ich geh duschen.«

»Okay. Ich danach.« Franzi kuschelte sich wieder ein und überlegte, ab wann sie wohl bei Herrn Felbrich aufkreuzen konnten.

Am Ende erwies sich das Frühstück als so lecker und ausgiebig, dass es ohnehin bereits zehn Uhr war, als sie losgingen. Es waren nur ein paar hundert Meter. Und wieder fühlte sich Franzi wie auf dem Schulweg, obwohl sich doch so viel verändert hatte. Es war voller, bunter, moderner hier geworden. Doch sie hätte schwören können, dass der alte lederne Ranzen auf ihrem Rücken drückte.

»Eschenweg zehn. Da ist es.« Franzi sah noch einmal auf ihre Notiz.

»Steht auch am Klingelschild. Felbrich.« Luna zeigte auf den Knopf, drückte aber nicht.

Franzi war noch damit beschäftigt, sich umzusehen. Das Haus war mit Holz verkleidet, weiß gestrichen, die Fensterrahmen und die Tür blau, das Dach schiefergedeckt. Es war kein altes Haus, aber auch nicht mehr neu. Hier und da blätterte etwas Farbe ab. Früher einmal musste sich ein Laden darin befunden haben, denn auf einer Seite gab es ein Schaufenster, und darüber verrieten Löcher und ein Schmutzrand, dass ein Schild dort befestigt gewesen war. Durch die Scheibe sehen konnte man nicht, denn hinter dem Glas spannten sich helle, aber undurchsichtige Jalousien. Oben im Giebel hing ein Nistkasten, aus dem Blaumeisen ein und aus flogen. Das gemütliche kleine Grundstück war von einer dichten Hecke umrahmt, die an einigen Stellen blühte.

Franzi überlegte, was für Menschen hier wohl wohnten und ertappte sich dabei, dass sie wieder mal an den Holzperlen in ihrem Haar zog.

»Vorbildlich für Vögel und Insekten«, stellte Luna fest. »Kornelkirschen, Weißdorn, Weigelie, Brautspiere, Jasmin, Purpurweide, Pfaffenhütchen …«

Ihre Schwester zählte Fakten auf. Also war sie auch nervös. Dabei gab es gar keinen Grund dafür. Entweder wusste Herr Felbrich noch etwas über die Bilder oder eben nicht mehr. Sie hatten ja nichts zu verlieren. Franzi nahm sich zusammen und drückte auf den Klingelknopf.

Gespannt starrten sie auf die blaue Tür, an der ein Kranz aus Zweigen hing, mit Federn von Möwen, Eichelhähern und Dohlen dekoriert. Es dauerte nicht lange, bis sie sich öffnete und ein Mann mit einem weißen Haarkranz, einem ebensolchen gepflegten Bart und einer roten Jacke erschien. Wäre er nicht so klein und zierlich gewesen, hätte er an den Weihnachtsmann erinnert. Hoffentlich war das ein gutes Zeichen.

»Hallo, hallo, kommen Sie doch herein, das Gartentor ist immer offen. Der elektrische Öffner ist kaputt. Schon ewig«, sagte er fröhlich. »Ich nehme an, Sie möchten Bücher?«

»Ähm, nein«, sagte Franzi verblüfft. »Guten Tag! Wir sind auf der Suche nach Herrn Tomke Felbrich. Wir haben eine Frage. Es ist ein bisschen kompliziert. Ich bin Franzi Michelly, und das ist meine Schwester Luna.«

Der Mann stutzte, dann wurde sein Lächeln noch breiter und ein Netz von Lachfalten erschien in seinen Augenwinkeln.

»Wie spannend! Ich bin der, den Sie suchen. Verzeihung. Die meisten wollen Bücher. Na, dann kommen Sie!« Er winkte sie in eine kleine, gemütliche Wohnstube, zartgrün gestrichen, mit Blumen an den Fenstern und vielen Kissen. »Setzen Sie sich doch.« Er hinkte stark, aber jetzt sah sie, dass er jünger sein musste, als sie zunächst gedacht hatte.

»Ich hoffe, wir stören nicht.« Franzi war erleichtert, dass er so freundlich zu sein schien, aber als sie nebeneinander auf dem Sofa saßen, in dem man etwas versank, wusste sie nicht, wie sie beginnen sollte. Sie warf Luna einen Blick zu. Die war jedoch damit beschäftigt, sich anerkennend umzusehen. Wahrscheinlich überlegte sie gerade, ob sie die Wände im Schwalbennest in derselben Farbe streichen sollte. Franzi gab sich einen Ruck. »Das klingt jetzt etwas merkwürdig, aber haben Sie vielleicht vor beinahe dreißig Jahren in Kühlungsborn in einem Laden namens *NosStalgie* zwei Bilder gekauft?«

Er nickte langsam und erstaunlich wenig überrascht. »Das habe ich in der Tat.«

»Wirklich?« Trotz des akribischen Eintrags der Frau Nossen hatte Franzi kaum damit gerechnet, dass sich der Käufer nach so vielen Jahren noch erinnern würde.

»Ich weiß es noch genau«, sagte er. »Und ich habe allmählich so eine Ahnung, dass Sie beide mir ebenso wie ich Ihnen wohl bei der Lösung eines alten Rätsels helfen können.« Nun hatte er auch Lunas volle Aufmerksamkeit. Anscheinend genoss er das, denn er legte eine kleine, aber dramatische Pause ein und sah von einer seiner Besucherinnen zur anderen. Er war Lehrer gewesen, fiel Franzi ein. Er wusste, wie man seine Zuhörer fesselt.

»Damals hatte ich gerade eine neue Stelle an einer Schule in Kühlungsborn angetreten, nachdem ich lange in Leipzig und dann in Berlin gewesen war«, fuhr er fort. »Ich spazierte durch die Stadt und dachte darüber nach, wie schön es war, wieder in der Heimat zu sein. Im Schaufenster entdeckte ich einen Briefbeschwerer in Form eines Ankers und beschloss spontan, ihn zu kaufen. Er sollte mich auf meinem Schreibtisch fortan daran erinnern, dass ich hier an dieser Küste am glücklichsten bin. Während die Inhaberin ihn einwickelte, sah ich mich im Laden um und bemerkte, dass mich aus einer dämmrigen Ecke ein Blick traf. Ich fuhr zunächst erschrocken zusammen, dann wurde mir klar, dass es sich um ein Bild handelte. Fasziniert betrachtete ich es näher. Es stellte ein weises, gutmütiges Gesicht dar, das aus Baumrinde gefertigt war. Sie war kaum bearbeitet worden. Man hatte die natürliche Form und Zeichnung ausgenutzt, ganz wenig mit einem Schnitzmesser nachgeholfen und Augen aus glatten Strandkieseln eingefügt. Ein schlichter Rahmen hielt es, ohne von dem Antlitz abzulenken.«

Franzi sah alles genau vor sich. Kein Zweifel, das war einer der Baumgeister gewesen. Herr Felbrich räusperte sich und fuhr fort. »Das Bild erinnerte mich sofort an etwas, was ich in meiner Jugend gesehen und bewundert hatte. Doch es gab keine Signatur des Künstlers, so dass ich nicht wusste, ob ich mit meiner Vermutung richtiglag. Auf jeden Fall wollte ich meinen überraschenden Fund nicht in diesem dunklen Laden zurücklassen. Ich verhandelte mit Frau Nossen, die mich darauf hinwies, dass ein zweites, ähnliches Bild dazugehörte. ›Die sind zu eigenartig, ich hatte nicht gedacht, dass sie jemand haben möchte‹, sagte sie und forderten einen viel niedrigeren Preis, als ich ihr angeboten hätte. Es fühlte sich ein wenig an wie Betrug, aber ich war gleichzeitig empört, dass sie den Werken, in denen sich ein solches Verständnis für die Ästhetik der Natur verbarg, so wenig Wertschätzung entgegenbrachte. Ich denke, am Ende waren wir beide mit dem Handel zufrieden. Mit einiger Mühe trug ich meine Neuerwerbungen nach Hause. Dort stellte ich fest, dass es auf der Rückseite ein Symbol gab. Ich fand aber leider keinerlei Information darüber.«

Franzi beugte sich gespannt vor. »Wie sah es aus?«

»Was glauben Sie?«, fragte er zurück.

»Ein Kreis, in dem sich vier kleinere Kreise zu einer Art Kleeblatt fügen. In der Mitte eine angedeutete Spirale wie eine Welle«, sagte sie leise.

Er schlug sich auf den Schenkel, so dass sie beide zusammenzuckten. »Ha! Habe ich doch richtiggelegen. Ich war mir nie ganz sicher. Stellan war der Künstler! Euer Vater.« Herr Felbrich lehnte sich zurück. »Ich habe ihn gekannt, wisst ihr. Als du klein warst, Luna, habe ich dich manchmal auf den Schultern getragen. Du mochtest das, nur gesprochen hast du nicht mit mir.«

»Das stimmt sicher«, sagte Luna überrascht. »Ich kann mich zwar nicht daran erinnern, aber mit Fremden habe ich nie gern geredet. Als ich älter war, waren Sie nicht mehr da, oder?«

Er winkte ab. »Nicht so förmlich. Ich bin Tomke, schließlich sind wir alte Bekannte. Euer Vater hat mir etwas bedeutet. Auch wenn ich ihn leider bald aus den Augen verloren habe. Ich ging nach Berlin, um zu studieren. Als ich eine Weile nach der Wende zurückkehrte, gehörte die Pension *Küstenkauz* jemand anderem, und es hieß, Stellan Michelly sei ins Ausland gegangen. Sagt, lebt er noch?«

»Nein. Er ist vor ein paar Jahren in Dänemark gestorben«, erklärte Luna.

»Das tut mir leid.« Eine Weile sah er nachdenklich vor sich hin, dann schüttelte er den Kopf, wie um trübe Gedanken zu verscheuchen, blickte auf und lächelte. »Und nun sitzen seine Mädchen hier vor mir im *Kuckuckshaus*. Wie schön!«

»Im *Kuckuckshaus*?«, fragte Luna interessiert.

Tomke schmunzelte. »Ja, meine Frau Essie hat es so genannt. Weil oben im Giebel jedes Jahr die Meisen nisten. Sie sagt, wenn die aus und ein fliegen, sieht das Haus aus wie eine Kuckucksuhr. Zumal es das Fenster im Treppenhaus gibt, das rund wie ein Ziffernblatt ist.«

Franzi hatte viele Fragen. Eine war die wichtigste. »Tomke, bitte, was ist denn nun aus den Bildern geworden?«

Tomke stand auf. »Folgt mir mal.« Er ging voraus in den Flur und öffnete eine Tür weiter hinten. »Bitte schön!«

Sie fanden sich in einem Arbeitszimmer. Da war ein Schreibtisch mit Computer, ein Whiteboard mit dem Entwurf eines Arbeitsblatts, Bücher und Notizblöcke, ein Sessel, in einer Ecke ein Plattenspieler und eine Plattensammlung.

Und in einer großzügigen, hellen Nische zwischen den Bücherregalen hingen Kala und Kuni, die Baumgeister, und sahen Franzi mit vertrauten Augen an.

»Sie sind noch da!« Franzis Stimme kam als ein Quieken heraus vor Freude.

Luna sagte nichts, doch ihr Strahlen genügte. Tomke blickte von einer zur anderen. »Da habe ich wohl was richtig gemacht, als ich die beiden damals rettete. Sie haben mir seitdem freundlichste Gesellschaft geleistet, und manchmal habe ich ein Wort mit ihnen gewechselt. Ich glaube, Essie auch. Sie denkt, ich merke das nicht«, fügte er mit einem Schmunzeln hinzu.

Franzi musste ihn fragen. »Bitte, Tomke! Würden Sie … wür-

242

dest du uns die Bilder verkaufen? Du hängst bestimmt daran, es ist nur …«

»Franzi ist schwanger«, erklärte Luna, als Franzi keine Worte mehr fand. Anscheinend betrachtete sie Tomke nicht mehr als Fremden. »Sie möchte ihren Baumgeist unbedingt über Marleys Bett hängen, als Schutzengel sozusagen, genauso wie es bei uns früher war.«

»Marley?«

»So soll mein Kind heißen«, sagte Franzi verlegen.

»Verstehe. Nein, ich werde euch die Bilder ganz bestimmt nicht verkaufen.« Tomke hob einen Finger und lächelte. »Aber ich schenke sie euch, wenn ihr mir mehr darüber erzählt. Das ist das Mindeste, was ich für Stellan tun kann. Irgendwie dachte ich mir damals schon, dass sie nur durch ein Versehen in jenem Geschäft landen konnten.«

»Wirklich? Wir können sie mitnehmen?« Franzi brach zu ihrem Ärger in Tränen aus. So viel Glück konnte doch kein Mensch haben. »Entschuldigung …« Sie musste sich auf den Sessel setzen.

»Überhaupt kein Problem. Warte mal. Ich glaube, da kommt Essie nach Hause.« Tomke steckte den Kopf aus der Tür. »Essie, kommst du mal bitte und bringst zweimal SOS-Saft mit?«

»Bin gleich da!« Die Stimme war herzlich und fröhlich.

Franzi, vor deren Augen gerade alles verschwamm, während das Zimmer sich um sie drehte, hielt sich innerlich an diesem erstaunlich beruhigenden Klang fest. So ähnlich hatte sich damals die Mutter ihrer Freundin aus der Grundschule angehört. Franzi war immer sehr gern dort gewesen. Jantje hatte diesen Ton nie gehabt.

Essie Felbrich enttäuschte sie nicht. Sie kam mit einem Tablett herein, auf dem zwei Gläser standen, gefüllt mit einer tiefroten Flüssigkeit, dazwischen ein Teller mit Gebäck. Sie war noch kleiner als ihr Mann, rundlich und mit weißen Locken, roch nach frischem Gras und lächelte warm wie ein Sommertag.

»Na, hallo und willkommen im Kuckuckshaus! Wen haben wir denn da?«, fragte sie und drückte erst Franzi, dann Luna ein Glas in die Hand. »Du bist ja kalkweiß im Gesicht. Das hier ist selbst gemachter Schlehensaft mit Honig. Der hilft bei allem, deswegen nennen wir ihn SOS-Saft.« Sie sah Franzi herzlich an, reichte ihr ein Taschentuch und legte eine beruhigende Hand auf ihre Schulter, die die Welt sofort wieder geraderückte. »Trink das in Ruhe aus. Und dann erzählt ihr mir, was los ist.«

24

»Nun hast du wieder Farbe im Gesicht«, stellte Essie zufrieden fest, als Franzi ausgetrunken hatte. Der Saft war süß und schmeckte nach Sommer und Leben. Ihr Schwindel verschwand. »Was hat mein Tomke denn angestellt?«, erkundigte sich Essie, wobei sie liebevoll einen Arm um ihren Mann legte und ihn anlächelte.

»Gar nichts«, beeilte sich Franzi zu versichern. »Im Gegenteil, er hat uns eine große Freude gemacht!«

»Essie«, sagte Tomke und deutet auf die Wand, »wir hatten diese beiden erquicklichen Baumwesen da lange zu Gast, aber wir müssen sie nun ziehen lassen. Das hier sind Stellans Töchter, und sie wünschen sich ihre Schutzgeister zurück.«

»Ach, wie schön! Gute Geister können an ihrem eigentlichen Ort am besten wirken.«

»Kannten Sie unseren Vater auch, Frau Felbrich?«, fragte Luna.

»Essie. Ich bin Essie. Nein, leider nicht. Tomke und ich haben uns erst spät kennengelernt. Aber er hat mir oft von ihm erzählt.«

»Stellan hat einen guten Lehrer aus mir gemacht«, sagte Tomke mit großem Ernst. »Er hat mein Leben geprägt, obwohl wir nur wenige Begegnungen hatten. Essie, gibt es Kuchen? Wir könnten uns hinaussetzen.«

»Natürlich gibt es Kuchen.«

»Wir haben gerade erst gefrühstückt«, protestierte Luna.

»Kuchen geht immer«, erklärte Tomke.

»Das will ich wohl meinen!« Essie verschwand, bevor Franzi anbieten konnte, ihr zu helfen.

Tomke führte sie zu einer Hintertür in den Garten hinaus. Dort standen Korbmöbel unter einer von Blauregen überwucherten Pergola. Die blauen Blütentrauben hingen wie Vorhänge herab, und die dichte Hecke rundum verlieh dem Garten eine duftende Geborgenheit. Der Rasen war voller Gänseblümchen. In unregelmäßig verteilten runden Beeten wuchsen mal Kräuter, mal Rosen und Akelei. Franzi fühlte sich sofort wohl und beschloss, Matteo so eine Blauregenpergola auch für den Cafégarten vorzuschlagen.

Tomke sah zu den Wolken hinauf. »Heute Nacht gibt es Sturm«, sagte er.

Luna folgte seinem Blick und nickte. »Das kann gut sein.«

Franzi betrachtete den unschuldig blauen Himmel mit den hellen Schäfchenwolken, sog die weiche Frühlingsluft ein und fühlte sich einen Moment lang ausgeschlossen. Sie war zu jung gewesen, als sie fortgezogen waren. Sie hatte nie eine Chance gehabt, diesen Instinkt für das Küstenwetter zu entwickeln. Doch vielleicht würde sich das ja mit der Zeit einstellen, nun da sie auf dem Darß lebte.

Essie kam mit Rhabarberkuchen heraus. »Frisch geerntet und selbst gebacken.«

»Das schmeckt man«, stellte Franzi fest, und auch, dass sie auf einmal trotz des Frühstücks Appetit hatte. Marley mochte wohl Rhabarber.

»So, ihr habt also früher auch mit den Baumgeistern gesprochen?«, fragte Tomke.

Zwischen den Bissen erzählten Franzi und Luna abwechselnd, was ihnen die Bilder bedeutet hatten. In dieser herzlichen Umgebung konnte Franzi sogar aussprechen, was sie eine Zeitlang gequält und was sie noch nicht einmal Luna gesagt hatte. »Damals, nachdem wir weggezogen sind, habe ich irgendwann nicht mehr genau gewusst, wie Stellan ausgesehen hat. Ich war ja noch so jung. Jantje hatte alle Fotos weggepackt. Sein Gesicht verschwamm in meiner Erinnerung und wurde manchmal eins mit dem Baumgeist über meinem Bett, der ja auch verschwunden war. Vielleicht war mir deshalb auf einmal so wichtig, das Bild wiederzufinden.«

Sie schwiegen eine Weile. »Tomke, woran hast du erkannt, dass Stellan die Bilder gemacht hat?«, wollte Luna dann wissen. »Kanntest du das Symbol, mit dem er signierte?«

Tomke lehnte sich zurück. »Nein, das kannte ich nicht. Aber seinen Stil. Ich war etwa fünfzehn, als ich ihn traf. Dieses Alter, in dem man viel nachdenkt, mit sich unzufrieden ist, nicht weiß, was werden soll und ob man all den verschiedenen Ansprüchen genügen kann. Damals ging ich gern allein spazieren. Ich fühlte mich in Gesellschaft unwohl und trieb mich ziellos herum. Die anderen in der Klasse fanden so furchtbar wichtig, was man für Sachen trug, dass man schon eine Freundin hatte, all so was. Die Erwachsenen dagegen betrachteten als ungemein wichtig, dass man sich ›richtig‹ benahm und schon wusste, was man werden wollte. Obwohl man sich das damals in der DDR oft gar nicht so ohne Weiteres aussuchen konnte.

Tja, und dann saß da auf einmal dieser Mann an der Steilküste und legte in einer Sandkuhle ein Gesicht aus Baumrinde und Steinen. Ich staunte und kam näher, seltsam davon angezogen. Als er mich sah, blickte er ohne jede Verlegenheit auf und lächelte. ›Möchtest du auch? Hier liegt noch Material. Bedien dich.‹ Er nickte zu einem Häufchen aus Rinde, Zweigen und Kieseln hin und setzte sein Tun seelenruhig fort. Mich beeindruckte das sehr. Er saß da völlig selbstvergessen, tat voller Freude etwas scheinbar Unsinniges, Kindliches, und es war ihm nicht im Geringsten peinlich. Im Gegenteil, er lud mich sogar dazu ein, als wäre das völlig in Ordnung.« Wenn Tomke gestikulierte, sah man, dass nicht nur sein Bein, sondern auch sein einer Arm leicht gelähmt war. »In diesem Moment eröffnete sich für mich eine neue Sicht der Welt. In dem Augenblick, als ich mich zu ihm hockte und selbst ein Bild legte – kein Gesicht, sondern das einer Libelle – begriff ich zum ersten Mal, ohne dass es mir damals klar wurde, eine andere Art zu leben. Denn zum ersten Mal wollte mich niemand ändern, sondern lud mich ein zu entdecken, was in mir war.« Tomke sah eindringlich von Franzi zu Luna, wie um sich zu vergewissern, dass sie ihm auch wirklich zuhörten. »Als mir später bewusst wurde, was er mir damit geschenkt hatte, beschloss ich, genau dies einmal als Lehrer an junge Leute weiterzugeben. In Stellan fand ich jemanden, der das Leben liebte, auf das er anders blickte als so mancher. Er sah einfach mehr Feinheiten, nahm die Möglichkeiten hinter allem wahr, was ihm in der Natur begegnete, und fand für sich darin eine tiefe Verbindung. Stellan hat sicherlich nie irgendeine Karriere gemacht, aber er war ein reicher Mann. Denn er war ein geborener Geschichtenerzähler, weil er all dies in sich trug, zusammen mit einer unglaublichen Offenheit und Unvoreingenommenheit.« Tomke runzelte die Stirn. »Nur mit Erwachsenen konnte er nicht so gut umgehen. Sie hatten diese Offenheit oft verloren, und dann blieben ihm die Geschichten im Hals stecken. Das gestand er mir einmal. Er sprach stets auf

Augenhöhe mit mir, auch das beeindruckte mich. Ich war das nicht gewöhnt, war ich doch ›nur‹ ein schlaksiger Jugendlicher, noch feucht hinter den Ohren und von wenig Nutzen und Klugheit.« Tomke nahm sich noch ein Stück Kuchen. »Stellan aber fühlte sich am wohlsten mit Kindern, vermutlich weil er sich selbst das kindliche Staunen und die Freude am Augenblick, am Abenteuer und an der Einbildungskraft bewahrt hatte. Er war dennoch kein Peter Pan, der nicht erwachsen werden wollte, dazu hatte er wohl schon zu viele schwierige Erfahrungen gemacht, er trug ja auch mit großer Hingabe die Verantwortung für seine Familie. Er liebte dich sehr, Luna. Deine Schwester war noch nicht geboren, er hatte nur dich. Es war berührend zu sehen, wie er mit dir umging, wie er dir Dinge zeigte und ihnen Magie verlieh.«

»Ich weiß«, sagte Luna und schluckte. »Darum konnte ich ihn auch nicht allein ziehen lassen, damals, als er und meine Mutter sich trennten.«

»Es tut mir leid zu hören, dass die Ehe gescheitert ist«, sagte Tomke und fasste nach Essies Hand. »Aber es wundert mich nicht. Ich habe Jantje nur einmal mit ihm zusammen erlebt, aber obwohl ich so jung und unerfahren war, hatte ich den Eindruck, dass sie nicht zueinanderpassten. Da war so ein Leuchten in Stellan, das in ihm zum Teil erlosch wie unter einem Deckel, solange sie anwesend war. Dasselbe allerdings dachte ich von ihr, als ich sie einmal in der Pension bei einem Gartenfest beobachtete. Stellan war nicht vor Ort. Da war Jantje es, die auf eine andere Art strahlte, was mir zuvor in seiner Gegenwart nicht aufgefallen war.«

»Ja«, sagte Luna tonlos. »So war es meistens. Ich habe überhaupt nicht verstanden, wie sie je zueinandergefunden haben und warum. Die Frage lässt mich nie ganz in Ruhe.«

Franzi nickte. Das ging ihr genauso.

»Und trotzdem gab es auch Augenblicke, da brachten sie sich gegenseitig zum Strahlen«, fügte Luna an.

»Das ist gut.« Tomke klang erleichtert. »Ich traf Stellan noch einige Male im Wald oder am Strand. Er lehrte mich auf seine Art unweigerlich etwas über die Bäume und den Wald – und darüber, wie man das Leben auf seine ganz eigene Art angehen kann. Ich war von da an freier, und ich hatte ein Ziel. So wurde ich Lehrer und habe es keinen Tag bereut. Bis zu meinem Schlaganfall vor ein paar Jahren. Nun bin ich Frührentner.« Er lächelte Essie an. »Und dieses neue Leben genieße ich immer noch ähnlich wie Stellan, egal, wie lange es dauern mag – jeden Augenblick, Tag für Tag. Es gibt so viel zu entdecken. Zum Beispiel einander.«

»Oh ja, damit sind wir vollauf beschäftigt.« Essie lachte und küsste ihn auf die Glatze. »Und bis in den Wald oder hinunter zum Meer schafft er es immer noch. Dann zeichnen wir zusammen unsere eigenen guten Geister in den Sand.«

»Warum hast du gedacht, wir wollen Bücher, als wir vorhin geklingelt haben, Tomke?«, wollte Franzi wissen.

»Ich arbeite noch stundenweise in einer Bibliothek«, erklärte Essie. »Und meine Freundin hat eine Buchhandlung, dort war ich früher beschäftigt. Bücher, die beschädigt sind, sich nicht verkaufen oder in der Bibliothek aussortiert werden, nehme ich mit hierher. Der alte Ladenraum steht leer, irgendwas Sinnvolles mussten wir mit dem ganzen Platz ja machen. Wir haben oft Feriengäste in Nienhagen, denen bei schlechtem Wetter der Lesestoff ausgeht. Oder Kinder, die kein Geld für so was haben. Die können dann alle zu uns kommen, sich Bücher leihen oder auch einfach behalten.«

»Das ist schön«, fand Luna.

»Was war das früher für ein Laden?« Franzi hatte das schon die ganze Zeit wissen wollen.

»Ach, eine Dame hat hier vor einigen Jahren ein Schuhgeschäft eröffnet. Aber im Ort gibt es nicht genügend Kundschaft dafür, trotz der Feriengäste. Es handelte sich auch um eine ungeeignete Art Schuhe. Wir sind hier nicht in der Großstadt. Eine Fehlinvestition ihres Vaters. Er war froh, als wir das Haus gekauft haben. Ich wollte so gern wieder nach Nienhagen ziehen, und Essie gefiel es hier auch sehr gut. In das *Kuckuckshaus* haben wir uns beide sofort verliebt. Nur mit dem Ladenraum wussten wir nicht viel anzufangen, bis Essie mit dem ersten Stapel Bücher nach Hause kam. Seitdem ist es eben eine Art inoffizielle Mini-Bücherei.«

Luna hatte nur halb zugehört. »Tomke, wie geht es dem Wald?«, fragte sie in eine Gesprächspause hinein. »Sterben hier auch so viele Bäume wie in Brandenburg?«

»Nun, du weißt ja, die Bäume hier an der Küste sind hart im Nehmen, obwohl sie zum Teil unter der starken Sonneneinstrahlung leiden und Schäden an der Rinde entstehen, die Sonnenbrand ähnlich sind.« Tomke blickte etwas bekümmert. »Aber natürlich gibt es viele abgestorbene und tote Bäume im Wald, schon wegen ihres Alters und eben wegen der schwierigen Bedingungen. So alt wie woanders werden die Buchen hier nicht. Es können jederzeit Äste zu Boden stürzen, also geht bei Sturm bitte nicht dort spazieren – aber das wisst ihr natürlich. Das Totholz ist immerhin auch hilfreich, es wird liegengelassen. Nicht nur, weil neues Leben daraus treibt und darin wächst. Es ist auch als Windbremse notwendig. Wegen der aktiven Kliffkante, die laufend abbröckelt, konnte sich kein schützender

Waldrand mit Büschen entwickeln. Im Windschatten des Holzes aber können neue junge Bäume wachsen, wenn sie nicht von achtlosen Wanderern zertreten werden, und vor allem Segge und Gras. Das ist wichtig, um die Staunässe im Boden zu verringern.«

»Staunässe? Läuft das Wasser nicht gerade da oben auf dem Kliff ab, nach unten?«, wunderte sich Franzi.

»Nein, der Wald steht auf einem sehr feinen Bodenmaterial. Durch die Bewegungen der Bäume im Wind und leider auch durch die zunehmend zahlreichen Fahrradfahrer, die sich nicht an den Radweg halten, wird der Boden immer weiter verdichtet. Dadurch kann Regenwasser oft nicht versickern und bleibt im Wurzelbereich stehen. Die feineren Wurzeln sterben dann ab, weil sie nicht belüftet werden und zu faulen beginnen. Andererseits wird der Boden sehr hart, wenn es lange Trockenphasen gibt. Dann dauert es länger als anderswo, bis er wieder feucht wird. Die Bäume haben es also abwechselnd zu nass und zu trocken.« Tomke runzelte die Stirn. »Ich habe versucht, den Schülern das alles zu erklären. Mit den erwachsenen Feriengästen ist das nicht so einfach. Sie meinen es nicht böse, aber viele finden es zum Beispiel unterhaltsam, Holzstücke über die Kliffkante zu werfen. Dadurch zerstören sie die kostbare Windbremse, und außerdem gefährdet es natürlich die Menschen am Strand und zudem die Schifffahrt, wenn größere Stücke aufs Meer getrieben werden.«

»Dann sollten wir wohl kein Holz und so was sammeln«, sagte Franzi schuldbewusst. »Ich hatte schon überlegt, ob wir Bastelmaterial finden können, um noch ein paar von Stellans Booten nachzubauen, zur Dekoration für mein Café.« Sie hatte eigentlich im Sinn gehabt, eines für Tomke zu fertigen, als Dankeschön und Tausch für die Bilder. Lunas Seitenblick mit einem leichten Nicken zeigte ihr, dass sie denselben Gedanken gehabt hatte.

»Oh, da könnt ihr Justus Frey fragen, der ist beim Forstamt«, sagte Tomke. »Mit einem Gruß von mir und Essie – er holt viele Bücher hier. Das ist sicher kein Problem, denn das Forstamt muss reichlich Holz entfernen, wo tote Äste über den Wegen die Besucher gefährden. Sie können natürlich nicht *alles* als Windbremse liegen lassen.«

»Vielen Dank für den Tipp und den leckeren Kuchen.« Franzi stellte ihren leeren Teller auf das Tablett. »Ich glaube, wir sollten jetzt los. Ich muss Matteo erzählen, dass wir die Bilder gefunden haben und ich bald zurückkomme. Und wir wollen ja unbedingt noch an den Strand.« Ihr war vor allem aufgefallen, dass Tomke allmählich müde aussah. Essie hatte es wohl ebenso bemerkt, denn sie stand widerspruchslos auf. »Dann werde ich mal Verpackungsmaterial aus dem Keller holen, damit ihr die Bilder mitnehmen könnt.«

»Ich helfe dir«, sagte Luna.

»Dann nimmt Franzi mit mir die Bilder von der Wand«, sagte Tomke. »Ich freue mich sehr, dass sie wieder nach Hause finden.«

»Was für nette Menschen«, sagte Luna, als sie, jeder mit einem sorgfältig eingewickelten Bild unter dem Arm, zurück in die Pension spazierten. Der Wind frischte bereits auf, so dass sie Mühe hatten, die Pakete festzuhalten. »Es war, als würden wir uns schon lange kennen.«

»Stimmt ja auch ein bisschen, wenn er mit dir gespielt hat.«

»Na ja. Daran lag es nicht. Vielleicht ist es eher, weil er etwas seelenverwandt mit Stellan ist.«

»Kann sein. Es war jedenfalls ein unerwarteter Lichtblick, die beiden kennenzulernen.« Franzi wollte heute nicht mehr grübeln. Sie war einfach nur unendlich glücklich, die Bilder wiederzuhaben. Sie sah vor sich, wie das Bild über Marleys Kinderbett hängen und in allen kindlichen Notlagen Trost schenken würde. Vielleicht an einer so fröhlich zartgrünen Wand wie bisher.

Sie war voller Zuversicht. Zum ersten Mal, seit sie wusste, dass sie schwanger war, erschien ihr ihre Welt ganz und gar in Ordnung.

25

Franzi hörte die Freude in Matteos Stimme so deutlich durch das Telefon, als stünde er direkt neben ihr. »Das ist ja wunderbar! Ich hatte so für dich gehofft, dass du deinen Glücksbringer findest, aber ich hatte große Zweifel, ob daraus nach all der Zeit etwas wird. Es hätte mir sehr leidgetan, wenn du enttäuscht worden wärst. Du, wenn du mit deiner Schwester noch ein paar Tage in deiner alten Heimat bleiben möchtest, mach das ruhig. Ich vermisse dich zwar sehr …«

»Ich dich auch!«

»… aber das täte dir bestimmt gut. Du sollst dich doch ein bisschen schonen. Hier läuft alles rund, es war nicht zu viel los.«

»Hm, danke, mein Schatz. Mal sehen.« Franzi dachte daran, dass sie ja noch den Forstamtmann kontaktieren und Material sammeln wollten, und das kleine Boot für Tomke musste auch erst einmal gefertigt werden. »Vielleicht brauche ich wirklich noch ein oder zwei Tage. Ich melde mich.«

Luna war inzwischen damit beschäftigt, die beiden Bilder zu fotografieren. »Wir haben Ava doch eine Nachricht versprochen«, erklärte sie, nachdem Franzi aufgelegt hatte.

»Ach ja, das hatte ich fast vergessen. Machst du das?«

»Bin schon dabei.« Luna, die so schwer Kontakte knüpfte, schien Ava zu mögen, ebenso wie Tomke. Vielleicht war es auch für sie gut, wieder hier zu sein.

Franzi betrachtete beglückt die Bilder. Sie hatte befürchtet, sie im Nachhinein verklärt zu haben und womöglich die schönen Erinnerungen daran zu zerstören, wenn sie wirklich auftauchten. Doch das Gegenteil war der Fall. Die Gesichter waren noch ausdrucksvoller, als sie gedacht hatte. Aus klugen Augen blickten sie mit Wärme und einem spielerischen, ungenierten Zauber in die Welt, mit ihr verwandte und doch ganz eigene Wesen, eine gütige und humorvolle Brücke zwischen Menschen und Bäumen.

Sie war sehr froh, diese Lücke in ihrem Leben endlich schließen zu können. Mit den alten Gefährten war das Schöne, Wichtige wieder greifbar und heil, das Teil ihrer Kindheit gewesen war – durch Stellan, durch den Gespensterwald, durch diese Küste. Der aufgestaute Groll hatte sich mit ihrer Wiederkehr gelöst. Franzi spürte ihre Wurzeln wieder, und die Lust, sich in ihrem Leben fröhlich auszubreiten wie die Äste einer weiten Krone, wurde wieder lebendig. Die Angst, keine gute Mutter sein zu können, verlor ihren Schrecken.

»Wollten wir nicht noch an den Strand?«, fragte Luna. »Dann besser jetzt, bevor der Wind noch doller wird …«

Also stiegen sie die lange Treppe herunter, an der sie gestern auf dem Weg in den Wald vorbeigelaufen waren. Oben blieb Franzi stehen und betrachtete amüsiert das Schild *Hier Ticket lösen!* mit einem Pfeil nach unten, der direkt auf ein zweites Schild zu zeigen schien: *Vorsicht Steilkante – Abbruchgefahr! Lebensgefahr!* Das Ticket bezog sich wohl auf die Kurtaxe, doch die Wirkung war unfreiwillig komisch.

Luna war bereits fast am Fuß der Treppe angelangt. Franzi folgte ihr und sog den Anblick der aufgepeitschten See und dramatisch heranrollenden Wellen begierig in sich auf.

Der Strand war ebenso weit, einsam und von Geröll bedeckt wie damals. Sie hatte die Vielfalt dieser Steine geliebt, die in allen Farben glänzten, wenn die Wellen darüber hinweggingen und sie nass zurückließen. Franzi hob einen länglichen tiefroten auf, auch einen schwarzen, dazu einen gelben, dann einen weißen mit runden Einsprengseln. Die Augen auf den Boden gerichtet vergaß sie Luna, die Zeit und sich selbst und blickte erst wieder auf, als ihre Taschen voll waren. Suchend sah sie sich um. Oben auf der Steilküste ragte würdevoll die bizarre Silhouette des Gespensterwaldes in den bleigrauen Himmel, über den dunkle und silbrige Wolkenfetzen rasten.

Franzi war erfüllt von einer glücklichen Aufregung. Der Sturm wirkte auf sie wie Sekt, so perlend lebendig fühlte sie sich. Die Euphorie über die wiedergefundenen Bilder verstärkte das noch. Sie fühlte sich so leicht, dass sie froh über das Gewicht der Steine war. Sonst hätte der Wind sie womöglich wie einen heiteren Geist hinauf zu den Bäumen getragen. Sie musste gerade lächeln über ihre eigenen Phantasien, als sie Luna entdeckte, die mit ausgebreiteten Armen weiter vorn am Meer stand, als flöge sie innerlich ebenso wie Franzi. Ihr Blick war wie gebannt auf eine Buhne gerichtet, und als Franzi näher kam, sah sie, warum Luna so verzückt lächelte.

Die eiweiß- und fetthaltigen Rückstände abgestorbener Algen hatten die Luftblasen, die der Wind im Wasser verursachte, stabiler gemacht, so dass gewaltige schwimmende Schaumberge am Strand auf- und abwogten. Der Sturm drückte sie von der Seite durch die Spalten zwischen den Pfählen der Buhne, so dass sie in große, gelbe oder kaffeebraune Flocken zerrissen und dahinter in einem Sog nach oben gewirbelt wurden wie in einem wilden, verrückten Schneegestöber.

»Weißt du noch, wie wir darin gespielt haben?«, fragte Luna, als Franzi sich neben sie stellte. »Wir haben versucht, sie zu fangen, und dann haben wir mit ihnen getanzt, und Stellan auch.«

Oh ja, jetzt, da sie hier stand, fiel es Franzi glasklar wieder ein. Es hatte einmal zu ihren schönsten Erinnerungen gehört, bevor sie es in ihrer Traurigkeit über die Trennung verdrängt hatte, weil es zu sehr schmerzte.

Das war auch im Frühling gewesen, genau wie heute. Im Gespensterwald entfalteten sich gerade die jungen hellgrünen Blätter an den Buchen. Der Sturm hatte einige davon abgerissen und von der Steilküste segeln lassen. Manche davon hüpften heiter auf den Wellenkämmen, andere gesellten sich zu den wirbelnden Schaumflocken, die zwischen dem flachen Wasser und dem wilden Himmel auf- und niederstiegen, sich umeinander drehten und in alle Richtungen stoben. Weiter oben taten es ihnen die Möwen gleich, die genossen, was die Böen mit ihnen anstellten. Franzi, in jenem Jahr sechs, hatte nicht anders gekonnt, als die Schuhe abzustreifen und in die Brandung zu waten, wo sie sich mitten in den fliegenden Schaumwirbel stellte, um sich selbst drehte und mittanzte, bis ihr wohlig schwindelig wurde.

Sie fühlte sich eins mit den Naturgewalten, mit dem Meer, dem Himmel und all den Wundern dazwischen, Hand in Hand mit dem Wind, dem sie noch nie so nahe gewesen war. Denn in den Flocken hatte er zum ersten Mal eine Gestalt angenommen, wie die Baumgeister, auf Augenhöhe mit ihr. Luna, bereits vierzehn, hatte ihr sehnsüchtig zugesehen, sich umgeblickt und war dann ihrer kleinen Schwester gefolgt. Sie hatte auf einmal alle Hemmungen abgelegt und war mit ihr herumgetobt, bis der Schaum in ihren langen blonden Locken saß und sie zur Königin des Sturms krönte. Stellan hatte laut und glücklich aufgelacht, wie er es selten tat, tief aus dem Bauch heraus, die Arme ausgebreitet und sich zu den Mädchen gesellt. Oben am Ende der Strandstraße hatten ein paar gegen den Sturm vermummte Menschen gestanden und die Köpfe geschüttelt, aber es hatte keiner der drei gekümmert, auch Luna nicht. Franzi hatte es mit Stolz erfüllt, dass sie hier etwas taten, was sich wie ein Privileg anfühlte, etwas Magisches, das niemand verstand außer ihnen, und das sie für immer miteinander und mit dem Ort verband.

Wie wunderbar, dass sich manche Dinge nicht änderten! Grenzen konnten fallen, Beziehungen zerbrechen, Lebenswege sich trennen, Kinder erwachsen werden, Träume sich erfüllen oder scheitern, doch bei alledem würden Stürme immer wieder Schaumflocken an Küsten wirbeln lassen. Und wo war dafür ein besserer Ort als hier am Gespensterwald, wo die bizarren, tapferen Buchen Zeugen waren?

Franzi streifte die Schuhe ab, krempelte ihre Hosen hoch und lief in die Brandung. Luna zögerte diesmal nicht. Sie warf den Leuten oben keinen einzigen Blick zu.

Es war nicht kalt. Trotz der Heftigkeit war es ein milder, launiger Frühlingswind, der von Süden kam, sie umtobte und mit dem Schaum bewarf, der sich wie ein freundlicher Segen an sie beide heftete. Natürlich hatten sie die Hosenbeine nicht weit genug hochgekrempelt, natürlich waren sie in kurzer Zeit nass, wie sich das bei solchen Abenteuern gehört. Lunas Zopfgummi löste sich, flog zum Horizont hinaus und ließ ihre feuchten Haare flattern wie einen Wimpel des Triumphs. Sie stand mitten im Tosen wie ein Wesen der See, schloss die Augen und streckte die Zunge heraus, um den salzigen Sturm zu kosten.

Als Franzi wenig später im Sand strauchelte, fasste Luna nach ihrer Hand und sie rannten am Flutsaum entlang, verfolgt von Wind und Schaum, ließen das flache Wasser aufspritzen, das das gedämpfte Licht des Horizonts fing. Dann wieder zurück bis dahin, wo sie ihre Schuhe gelassen hatten. Außer Atem und lachend schüttelten sie den Tang heraus, der hineingeflogen war.

Ein älterer Mann wanderte vorbei, geduckt gegen den Wind, und fragte »Alles in Ordnung?«, und Franzi antwortete strahlend: »Alles in allerbester Ordnung!« Er nickte und ging weiter, sichtlich unentschlossen, ob er sich mit ihnen freuen oder peinlich berührt sein sollte.

Franzis Füße prickelten, aber oben herum wurde ihr nun doch kühl. Auch Luna hatte eine Gänsehaut an den Beinen. Sie zogen sich in den Schutz eines an diesem Tag geschlossenen Wachhäuschens der Lebensrettungsgesellschaft zurück, setzten sich daneben auf die Brandungsmauer und baumelten mit den Füßen, bis sie trocken genug waren, um den Sand abzurubbeln.

Wie oft hatten sie damals auf derselben Mauer gesessen, hatten Schulsorgen und Mädchenprobleme besprochen und den Sonnenuntergang betrachtet, oder einen Regenschauer beobachtet, wie er über das Meer näher kam. Manchmal hatte Stellan zwischen ihnen gesessen und ihnen Geschichten erzählt, während sie an einem Eis leckten. Ganz früher war Jantje manchmal dabei gewesen. Dann trug der Wind ihr Lachen über die Wellen, und Stellan hatte keine Geschichten gesponnen, weil sie das nicht mochte. Stattdessen hatte er sie mit einem zufriedenen, weichen Lächeln von der Seite betrachtet und die Arme um seine ganze Familie gelegt, den einen um Luna, den anderen um Jantje und Franzi.

Franzi fuhr mit dem Finger die eingemeißelte Jahreszahl auf der Mauer entlang. 1955.

Die Mauer hatte es schon vor ihrer und auch Lunas Geburt gegeben. Unerschütterlich hielt sie allem stand, was da kam. Es hatte sie immer beruhigt, die steinerne Oberfläche zu berühren.

Sie blieben lange dort, denn nun malte die Sonne, die sich hinter dem schweren Wolkenvorhang auf den Abend zu senkte, feurige Bänder in die Ferne über dem Meer, schob Lichtfinger durch Öffnungen und ließ auf dem aufgewühlten Wasser mal hier, mal da silberne Flecken treiben wie Irrlichter.

Erst als es zu regnen begann, zogen sie die Schuhe an und flüchteten lachend die Treppe hinauf unter den schwankenden Sonnenschirm eines Lokals, wo sie ihren plötzlichen Heißhunger mit einem Fischbrötchen stillten.

Zurück unter dem Dach der Pension Küstenkauz schlüpften sie der Einfachheit halber gleich in ihre Schlafanzüge, die wohltuend warm und trocken waren. Der Tag war anstrengend gewesen. Wechselnde Gefühle hatten ihn durchzogen wie die Unwetterkapriolen die Landschaft. Während Luna sich noch kämmte, kuschelte sich Franzi in ihre Decke, legte die Arme um die Knie und betrachtete wieder die Gesichter auf den Bildern. Jetzt bei Lampenlicht wirkten sie anders, geheimnisvoller, als hätten sie etwas Dringendes zu sagen.

»Dreh sie doch bitte mal um, Luna«, bat sie, zu träge, noch einmal aufzustehen. »Ich möchte das Symbol sehen, Stellans Signatur. Ob es da schon genauso aussah wie später auf den Booten. Damals bin ich nie auf die Idee gekommen, die Bilder von der Wand zu nehmen.«

Luna legte die Bürste beiseite und tat ihr den Gefallen, doch dann beugte sie sich selbst über die schlichten Rückseiten aus Sperrholz. »Was ist das?«, fragte sie erstaunt.

Franzi konnte nichts erkennen, weil Lunas Haare ihr wie ein Vorhang die Sicht nahmen. Ungeduldig versuchte sie unter der engen Dachschräge, sich aus der Decke zu befreien. »Was ist was? Sag schon!«

26

»Hier!« Luna legte das eine Bild auf Franzis Bett und deutete auf die untere rechte Ecke. »Da ist das Symbol hineingeritzt, mit einem feinen Schnitzmesser, genauso wie wir es kennen. Tomke hatte es ja bemerkt. Aber darunter steht ganz klein *Notos*. Tomke muss es übersehen haben. Wer ist das? Es ist Stellans Handschrift. Glaubst du, das ist ein Künstlername? Ich wüsste nicht, dass er einen benutzt hat.«

»Keine Ahnung.« Franzi beugte sich über die Schrift. »Du, da steht noch mehr! Neben dem Symbol, noch kleiner.« Vorsichtig wischte sie eine Spinnwebe fort. Das Sperrholz war von den Jahren dunkel geworden, die Worte waren kaum zu erkennen. »Kannst du das lesen?«

»Zeig her.« Luna hielt die Ecke unter Franzis Nachttischlampe. »Ja … warte mal … es heißt … *der Baumgeister*.« Verständnislos sahen sie sich an. »Das ergibt keinen Sinn. Es sei denn – Moment.« Sie nahm kurzerhand die Lampe hoch und beleuchtete die Rückseite des anderen Bildes. »Hier!«

Auch da war das Symbol und darunter der Name *Notos*. Wenn es ein Name war. Daneben wieder kleinere Worte.

»*Siehe die Seelen …*«, entzifferte Franzi.

»›*Siehe die Seelen der Baumgeister*‹! Zwei Hälften, ein Satz. Für Stellan waren die Bilder unzertrennlich. Wie wir noch, als er sie für uns gemacht hat«, erklärte Luna.

»Aber was will er uns damit sagen?«, rätselte Franzi. »Dass sie uns ein Vorbild sein sollen? Inwiefern genau?«

Luna schüttelte den Kopf. »Ich muss darüber nachdenken. Gib mir Zeit.«

»Ja, du bist ihm ähnlicher als ich, du kommst bestimmt drauf.« Die unklare Botschaft von Stellan beunruhigte Franzi. Gerade hatte sie gedacht, nun sei alles in Ordnung. Was sollte jetzt noch diese Aufgabe aus dem Jenseits?

Lunas Handy gab ein Signal von sich. Luna sah flüchtig darauf, dann blickte sie genauer hin. Ein Lächeln erhellte ihr Gesicht. Gleichzeitig blinkte auch Franzis Telefon. Eine Nachricht von Ava.

Ich freue mich so für euch, dass ihr die Bilder gefunden habt. Ich bin froh, dass ich helfen konnte. Seht mal, ich habe etwas mit eurem Boot gemacht, ich hoffe, es gefällt euch. Die Energie kommt von einem kleinen Solarpaneel.

Auf dem angehängten Bild war das Boot zu sehen – aber in einem dunklen Raum. Es war nun mit winzigen Lämpchen ausgestattet. Topplicht, Seitenlichter, Hecklicht, Schlepplicht, Rundumlichter, alles wie es sich gehörte, in Weiß, Rot, Gelb und Grün. Dazu noch eine ganz zarte Lichterkette an der Reling und am Mast.

»Zauberhaft«, staunte Franzi. »Das hätte Stellan gefallen.«

»Es sind keine Naturmaterialien«, gab Luna zu bedenken. »Aber Avas Ergänzungen werfen im wahrsten Sinne des Wortes ein besonderes Licht auf das Boot und seine Stärken. Ja, er hätte es wunderschön gefunden.«

Franzi zweifelte nicht daran. Denn durch ihren vielfältigen

Schattenwurf arbeiteten die zarten Glühbirnchen die Details des Holzes heraus, betonten die Formen und brachten die kleinen Vorsprünge, Wurzelknoten und Astlöcher ans Licht, die feinen Strukturen von Moosen und Rinde. Avas Beleuchtung hüllte das Boot in Geheimnisse und ließ es stumme Geschichten erzählen.

»Ich dachte, sie hätte einfach nur den Laden von ihrer Pflegemutter übernommen«, sagte Luna. »Aber sie scheint kreativ zu sein. Ich glaube, das versuche ich zu Hause auch mal mit einem Boot. Das würde auf der Fensterbank im *Schwalbennest* abends wunderschön und gemütlich aussehen, meinst du nicht? Antwortest du und sagst ihr, wie sehr es uns gefällt?«

»Ja, wenn du mir hilfst, auch eins für das Café zu machen. Ich bin nicht so gut mit elektrischen Sachen.«

Luna runzelte die Stirn. »Ich auch nicht. Aber ich kann es lernen.«

»Nicht schlimm.« Franzi machte sich daran, an Ava zu schreiben. Matteo konnte ihr ebenso gut helfen wie Luna. Sie stellte sich vor, wie ihren Gästen das gefallen würde, ein beleuchtetes Boot in der Nische zwischen den Türen, dort, wo es immer so dunkel war. Franzi schickte ihm das Bild. Es dauerte nicht lange, bis eine Antwort kam.

Machen wir! Das wird ein Knaller.

Sie musste lachen.

Luna war mittlerweile im Internet unterwegs. Draußen drehte der Sturm nun richtig auf, klapperte mit Fensterläden und heulte um den Giebel. Durch die neuen Ziegel klang es etwas anders als früher, aber doch vertraut. An solchen Abenden hatte Stellan ihnen Kakao gebracht, wenn sie nicht schlafen konnten. Wenn es zu arg tobte und sie sich ein wenig fürchteten, erzählte er ihnen, dass die Bäume auf einen solchen Sturm geradezu warteten, um sich zu beweisen, wie standhaft sie waren. »Die jungen Buchen wollen sich erproben, so wie junge Menschen auch«, erklärte Stellan. »Und die alten genießen es, noch einmal beweglich zu sein wie früher, als sie sich noch in jeder Brise wiegen konnten.« So verlor das Unwetter seinen Schrecken und wurde in den Augen der Mädchen zu einem Fest.

Franzi lächelte bei der Erinnerung zärtlich vor sich hin und sah Stellan so deutlich auf der Bettkante sitzen, dass sie meinte, nur die Hand nach ihm ausstrecken zu müssen. Doch Lunas Stimme holte sie in die Gegenwart zurück.

»Ich hab's! Hier steht es. Notos ist einer der Anemoi!«

»Der was?«

»Die alten Griechen machten die Winde zu Personen, zu so etwas wie Göttern. Die Anemoi. Boreas, der Nordwind. Notos, der Südwind. Apheliotes, der Ostwind. Zephyros, der Westwind. Sie sind die Kinder des Gottes der Abenddämmerung Astraios und der Göttin der Morgenröte Eos.«

»Wie romantisch. Aber sinnvoll«, fand Franzi. »*Notos, der Südwind*. Ja, das passt. Das steht für Stellan selbst. Es muss wirklich sein Künstlername gewesen sein. Oder er identifizierte sich einfach damit.«

»Sein wahres, tiefstes Ich, nicht das, das Jantje in ihm sehen wollte. Ja«, sagte Luna nachdenklich. »Er liebte den Wind, alle Winde, aber den Südwind am meisten. Ich denke, die Segelboote, die er baute, waren für ihn deren Botschafter. So konnte er mit ihnen spielen, ihnen nahe sein, eine symbolische Form geben und zeigen, wie viel Schönheit in ihnen ist.« Sie legte den Laptop weg. »Ich werde das Symbol durchpausen, damit wir es unter dem Boot, das wir für Tomke machen, auch einritzen können. Wir sollten die Tradition fortsetzen. Vielleicht zusätzlich mit unseren Initialen darunter, damit es nicht wie eine Fälschung wirkt.«

»Dann bei mir aber T für Terra«, beschloss Franzi.

»Oder FT?«, fragte Luna.

Franzi dachte nach. Ja. Sie hatte so viel von Stellan mit auf den Weg bekommen. Aber auch von ihrer Mutter. Sie war beides – Franzi und Terra. »Ja, gute Idee. Hab ich ja im Café auch gemacht.«

Luna suchte in ihrem Rucksack und förderte einen Bleistift zutage und einen Notizblock, aus dem sie ein Blatt riss. Sie legte das Papier über das Symbol und fing vorsichtig an, darüber zu schraffieren, bis sich das Motiv abzuzeichnen begann. Franzi sah ihr zu. »Weißt du was«, meinte Luna, »Das in der Mitte soll gar keine Welle darstellen. Das ist ein Zeichen für Wind, wie man es manchmal auf Wetterkarten verwendet.«

Beide fuhren zusammen, als von draußen ein lärmendes Poltern und Schaben ertönte.

»Ist nur der Sturm«, stellte Franzi erleichtert fest, als sie aus dem Fenster spähte. »Der wirft die Terrassenmöbel hin und her. Ich geh raus und schieb sie an die Wand. Die sind leichter als früher. Zu leicht für dieses Klima. Bleib ruhig sitzen.«

Sie genoss es, draußen zu sein. Der Wind riss an ihr, es roch nach Salz und Meer, und in der Luft lag eine beinahe knisternde Spannung. In der Ferne zuckte ein Blitz. Vor dem Überhang rauschte ein Wolkenbruch hernieder wie eine silbrige Gardine, einzelne Graupelkörner darin hüpften auf der Brüstung, und ganz kurz schob sich der Mond durch ein Wolkenloch, nur um gleich wieder zu verschwinden. Unter dem großzügigen Dach fühlte sich Franzi sicher und schob die Möbel in aller Ruhe in einen geschützten Winkel. Als sie wieder hineinging, hatte sie Mühe, die Tür zu schließen. Es war, als wollte der Wind mit ihr ins Haus.

»Franzi, hier ist was komisch!« Luna hatte das Blatt beiseitegelegt und betrachtete mit gerunzelter Stirn eingehend die Rückseite des Bildes. »Beim Durchzeichnen ist mir aufgefallen, dass da ein feines Viereck um das Symbol herum ist. Ich dachte erst, es wäre eine Linie, wie ein Rahmen, aber es ist ein ganz dünner Schlitz, und wenn man draufdrückt, gibt es nach und knistert. Hast du eine Nagelfeile oder so was?«

»Ja, Moment.« Franzi sauste ins Bad und suchte in ihrer Tasche herum. Vor Aufregung fiel sie ihr herunter, und sie musste erst alles aufsammeln, bevor sie fündig wurde. Aber die Feile erwies sich als noch zu dick.

»Passt nicht in den Schlitz«, sagte Luna enttäuscht.

Franzi sah sich ungeduldig um. Ihr Blick fiel auf das Bild neben der Tür, eine Kohlezeichnung von Buhnen und Wellen in einem rahmenlosen Glasrahmen. »Warte mal!« Diese Rahmen kannte sie. Das Glas war mit dünnen Metallklemmen am Hintergrund befestigt. Sie nahm den Rahmen vom Nagel, löste eine Klammer und reichte sie Luna.

»Genial. Das passt!« Luna führte den dünnen Metallstreifen in den Schlitz ein und hebelte erst an einer, dann an einer anderen Stelle. Erst passierte nichts, dann löste sich entlang des Spalts ein säuberliches Viereck aus dünnem Holz und fiel heraus. Dahinter kam Papier zum Vorschein. Luna zog behutsam daran und förderte einen Umschlag zutage.

Wieder Stellans Handschrift.

Für meine Mädchen – die Geschichte von der Mondbuche. Wichtig!

Sie sahen sich an. Franzi schluckte, dann rieb sie sich die Augen.

»Siehe die Seelen der Baumgeister«, zitierte Luna. »Das hat er also damit gemeint. Wie sollten im Inneren der Bilder nachsehen!«

Franzi stutzte. »*Die* Seelen *der* Baumgeister! Luna, im anderen muss auch etwas sein!«

Der Rahmen des zweiten Bildes musste sich etwas verzogen haben, denn diesmal war der hölzerne Deckel kaum zu lösen. Als es schließlich gelang, fanden sie auch hier einen Umschlag, dicker noch als der erste.

Die Geschichte von Jantje und Stellan. Tagebuchauszüge. (Nur wenn ihr es wissen möchtet).

In der unteren rechten Ecke stand ganz klein eine 1. Auf dem anderen fanden sie beim genaueren Nachsehen eine 2. Das war wohl die Reihenfolge, in der sie die Umschläge öffnen sollten.

Sie legten ihre Funde auf den Tisch und betrachteten sie mit gemischten Gefühlen. Luna schüttelte den Kopf und machte sich erst einmal daran, die Holzplättchen mit den Symbolen wieder einzupassen und festzuklemmen. »Nicht, dass an den Bildern ein Schaden entsteht. Was hat er sich wohl dabei gedacht? Wann hat er angenommen, dass wir die Briefe finden würden?«

Franzi überlegte. »Er muss es gemacht haben, bevor ihr fortgegangen seid. Wahrscheinlich kurz davor. Er wusste nicht, ob oder wann er wiederkehren würde. Bestimmt hat er niemals damit gerechnet, dass Jantje die Bilder verkauft. Er wird gedacht haben, wenn ich erwachsen bin, werde ich ausziehen und sie mitnehmen und dabei darauf kommen. Oder auch, dass du vorher dein Bild holst, für deine erste eigene Wohnung. So was in der Art.«

»Wahrscheinlich.« Luna zögerte. »Wollen wir das heute noch lesen? Ich bin fix und fertig nach alldem. Erst Tomke mit seiner Geschichte, das Wiedersehen mit den Bildern, dann der Sturm und jetzt noch diese Überraschung. Das reicht für einen Tag, findest du nicht? Für mich jedenfalls ist es ein bisschen viel.«

»Schon, aber ich kann bestimmt nicht schlafen, ohne wenigstens hineingesehen zu haben. Bei dem Getöse da draußen sowieso nicht. Weißt du was?«, beschloss Franzi. »Ich gehe hinunter und hole uns einen Kakao. Wie früher. Und dann lesen wir uns gegenseitig vor. Wenigstens ein Stück, bis wir zu müde werden. Mit dem Tagebuch fangen wir an.«

Es sah so aus, als sollten sie doch noch etwas über die Beziehung ihrer Eltern erfahren, der sie ihr Leben verdankten.

»Was hast du uns zu sagen, Notos?«, murmelte sie leise, während sie barfuß die vertraute Hintertreppe zur Küche hinunterschlich.

27

Der jungen Frau, die noch in der Küche aufräumte, sagte Franzi nur, dass sie sich verlaufen und dadurch die Hintertreppe gefunden hätte. Die gewünschten zwei großen Becher Kakao und Kekse dazu bekam sie sofort. »Eine kleine Entschädigung für das schlechte Wetter.«

Franzi lächelte sie an. »Oh, wir lieben den Wind. Vielen Dank und gute Nacht!«

»Fang du an«, sagte Luna, die inzwischen eingekuschelt im Bett lag. »Vorlesen ist überhaupt nicht meine Stärke, und ich bin so müde.«

Franzi war dankbar für die Wärme der Tasse in ihrer Hand, für den Duft nach Schokolade, der sie in der Wirklichkeit verankerte. Denn es fühlte sich seltsam an, Stellans Worte auszusprechen, die so lange in den Bilderrahmen geschlafen hatten und von einer Zeit vor ihrer Geburt erzählten, von einem Leben, das nicht das ihre war und doch so lebendig wurde, als sie vorzulesen begann.

Die vergilbten Seiten in dem Umschlag waren aus einem Buch herausgerissen worden. Nur das Deckblatt war heller und hatte glatte Kanten.

»Liebe Luna, liebe Franzi Terra, meine Mädchen. Ich habe nur jene Passagen aus meinem Tagebuch aufgehoben, die für euch von Bedeutung sind. Alles andere ist nicht mehr wichtig. Eure Lebenszeit soll der

Gegenwart gelten. Auch diese Notizen sollt ihr nur lesen, wenn ihr es
möchtet. Seid glücklich! In Liebe, Stellan.«

»Möchten wir?«, fragte Luna nachdenklich.

»Jetzt gibt es kein Zurück mehr.« Franzi blätterte um. Oben
auf das erste Blatt hatte Stellan mit demselben Stift einige Sätze
nachträglich eingefügt.

»Zur Erklärung: Ich war sechzehn, als ich Anfang der fünfziger Jahre
aus einem Waisenhaus in Dänemark nach Deutschland geflüchtet bin.
Mein Vater ist im Krieg umgekommen, meine Mutter war schon länger
tot und die Atmosphäre im Heim durchdrungen von Kälte. Menschen-
scheu und immer der Außenseiter, sehnte ich mich nach Wärme,
seelisch und körperlich. Ich wollte in die Richtung, aus der im Frühjahr
der sanfte, duftende Wind kam. Als blinder Passagier auf einer Fähre
gelangte ich nach Rostock und per Anhalter auf einem Lastwagen auf
den Darß. Das war nicht weit entfernt, und dort gab es Wald, das
wusste ich. Wenn ich Trost brauchte, hatte es mich schon immer in den
Wald gezogen. Die Bäume verhöhnten mich nicht, bestraften nieman-
den, hörten mir zu und gaben mir Kraft. Sie waren Wesen wie ich, sie
liebten den Himmel und die Erde. Ich schlief in jener ersten Nacht unter
einer Kiefer nahe am Strand, ich hatte ja kein Quartier. Dort las mich
ein Mann auf, nur ein paar Jahre älter als ich, der mit zwei Freunden in
einer einfachen, aber gastfreundlichen Hütte im Wald lebte. Sie waren
alle auf der Suche danach, wer sie waren und was sie mit ihrem Leben
anfangen sollten. Sie stellten keine Fragen, sie hatten keine Forderun-
gen. Sie nahmen mich einfach auf als einen der ihren, und zum ersten
Mal schien ich niemandem lästig zu sein. Ein Jahr blieben wir dort
zusammen, und in jenem Jahr begann ich, hin und wieder Einträge in
mein Notizbuch zu schreiben, um mich nicht wieder zu verlieren,

nachdem ich endlich einmal herausfinden durfte, wer ich war, ohne dass mir jemand Vorwürfe oder Vorschriften machte und bei allem kritisch beäugte. Es war ein Paradies für mich. Seit dieser Zeit blieb mir ein ständiges Staunen, Wundern und Glück über das, was das Dasein an Überraschungen, Aufgaben und Rätseln zu geben hat. Am Ende sind es die Bäume, zu denen ich immer wieder zurückkehren kann und die mich in ihrem stetigen, ruhigen Verwurzeltsein und ihrem aufrechten Stand als Verbindung zwischen Himmel und Erde mit allem aussöhnen.«

Die folgenden Einträge waren mit verblasster Tinte geschrieben, was sie umso eindringlicher machte.

»Wir haben im Wald ein Mädchen getroffen, ein Freund und ich. Er kannte sie, ich habe sie auch schon manchmal gesehen, aber nur von weitem. Er musste zu einer Verabredung, hastete davon und ließ mich allein mit ihr. Ausgerechnet mich, wo ich doch nie Worte finde, wenn ich in Gesellschaft von Fremden bin! Sie war sehr jung, fast ein Kind noch, vielleicht vierzehn. Ich wusste nicht im Geringsten, was ich mit ihr anfangen sollte. Sie blickte meinem Freund nach und wirkte traurig, irgendwie verloren. Doch dann sah sie mich an, lächelte und sagte mit tiefem Ernst: ›Ich bin Hella. Ich bin so gern im Wald, da geht es mir immer gut. Ist das bei dir auch so?‹

Ich konnte es kaum glauben, aber so, wie sie mich ansah, tat ich es doch. Sie scheint auf seltsame Art seelenverwandt mit mir zu sein. ›Ja, genauso ist es‹, versicherte ich, wahrscheinlich übereifrig, und spürte, wie ich rot wurde. ›Ich heiße Stellan. Warum geht es denn dir im Wald besser?‹

›Da lacht niemand über mich oder schimpft mich aus. Ich kann einfach so sein, wie ich bin, so wie die Bäume es auch tun‹, antwortete sie.

›Genauso fühle ich auch. Ist das nicht ein Wunder?‹ Etwas an diesem Mädchen machte, dass mir das Reden nicht so schwerfiel wie sonst.

›Ja, und das Schöne ist, der Wald ist immer da. Man kann sich auf ihn verlassen.‹

›Welche Bäume magst du am liebsten?‹, wollte ich auf einmal unbedingt wissen.

›Alle eigentlich. Vor allem Kiefern.‹ Sie dachte nach, dann lächelte sie wieder. ›Und Buchen! Weil die Stämme so glatt und silbrig sind und weil sie so hoch in den Himmel wachsen. Aber jetzt muss ich nach Hause.‹

›Bleib noch ein wenig‹, bat ich. ›Ich zeige dir was.‹

Sie zögerte erst und begegnete prüfend meinem Blick, dann nickte sie und begleitete mich zu einer Stelle, an der ich große Stücke herabgefallene Baumrinde wusste. Ich hatte schon länger überlegt, was ich damit anfangen könnte, doch jetzt auf einmal wusste ich es. Sie sah geduldig zu, wie ich ihr ein kleines Boot aus Holz und Rinde fertigte, in hübschen Farben. Ich heftete eine Fahne aus Farn an den Mast und überreichte es ihr. ›Es soll dir Glück bringen und Mut machen, damit niemand mehr über dich lachen kann.‹

Sie nahm es ganz behutsam in die Hand. ›Vielen Dank, das ist sehr schön. Es wird mich immer an die Bäume erinnern, wenn gerade keine da sind. Aber jetzt muss ich mich beeilen. Alles Gute!‹ Ich fand es eine seltsame Abschiedsformel, sie war zu jung dafür, aber es klang wie ein Segen.

›Vielleicht sehen wir uns mal wieder‹, rief ich ihr nach. Ich glaube, sie hat mich nicht mehr gehört, aber sie trug das Boot vor sich her wie einen Schatz.

Heute war ein guter Tag. Vielleicht tauge ich doch zu etwas. Ich habe jemandem eine Freude gemacht. Ich habe es am Leuchten ihrer Augen gesehen.«

Franzi räusperte sich, nahm einen großen Schluck Kakao und sah zu Luna hinüber, die wieder hellwach schien und gespannt zuhörte. »Das also war das erste Boot, das er gemacht hat!« Es war so seltsam, wie in einer Zeitreise praktisch direkt dabei zu sein. »Willst du jetzt vorlesen?«

Luna schüttelte den Kopf. »Morgen vielleicht. Lies noch einen Eintrag. Bitte!«

Draußen heulte und pfiff der Sturm. Hier drinnen war es umso gemütlicher. Franzi vergaß die Welt um sich her, als sie weiterlas.

»Wir vier Freunde haben uns nach einem letzten gemeinsamen Projekt voneinander verabschiedet und sind jeder unserer Wege gegangen, wie es von vornherein geplant war. Das Mädchen Hella habe ich noch einige Male in der Ferne gesehen, schmal und leicht wie eine Elfe. Wie ein Wesen des Waldes lief sie zwischen den herbstlich goldenen Bäumen umher, das Licht auf ihren Haaren. Gesprochen habe ich nie mehr mit ihr. Ich wusste inzwischen von meinem Freund, dass sie in ihn verliebt war, aber viel zu jung, und dass sie bald mit ihrer Familie fortziehen würde. So behalte ich sie nur in meinen Gedanken wie einen guten Geist. Einen, der meine Einsamkeit leichter macht, die ich meistens liebe und die mich nur manchmal trauern lässt. Wenn ich eines Tages eine Frau finde, die mich lieben kann, dann müsste sie mich so ernst und voller Vertrauen ansehen können wie einst Hella. Und sich über etwas so freuen, dass ihre Augen leuchten. Es wäre schön, wenn sie mich außerdem, wie Hella, so freundlich annehmen könnte, wie ich bin, mit meiner Verlegenheit und Schweigsamkeit und meinen wunderlichen Gedanken, dass ich mich nicht mehr schämen muss. Ich schlafe mit diesem Traum ein, doch wenn ich aufwache, bin ich wieder sicher, dass ich nur dazu geeignet bin, die Erde und den Himmel tief zu

lieben. Dass mir genau das bestimmt und in Ordnung so ist. Warum gibt es all das Schöne im Wald und in der ganzen Natur, wenn da nicht einer ist, der es sieht und liebt? Ich denke, dafür sind wir Menschen gemacht, dass wir die Wunder wahrnehmen, und dies mit Ehrfurcht und Andacht, dass wir sie lieben, hüten und davon erzählen. Nur habe ich außer Hella noch niemanden getroffen, der es auch so sieht. Meine Freunde, ja, die waren zum Teil gleichgesinnt, doch ein jeder auf andere Weise. Hella aber hat mich nur angesehen und im selben Augenblick verstanden. Wahrscheinlich passiert einem das nur einmal. Immerhin weiß ich nun, dass es das gibt.

Ich bin recht glücklich zur Zeit. Ich bin weiter nach Süden gekommen, wenn auch nur bis Thüringen. Dann hatte ich kein Geld mehr und habe Arbeit im Garten eines kleinen Hotels gefunden, wo ich Holz hacken soll. Ich brauche nicht viel zu reden und bekomme Essen, es grünt und blüht um mich her, und die Sterne leuchten klar. So nehme ich jeden Tag für sich, ohne Pläne, und bei aller gelegentlichen Melancholie fühle ich mich frei. Auch habe ich ein weiteres Boot gebaut, größer und schöner diesmal, für die Großmutter des Hotelleiters, Frau Hirschel. Sie ist Witwe und vermisst ihren Mann, der Kapitän war. Seit einiger Zeit ist sie bettlägerig. Nun steht das Boot auf ihrer Fensterbank, ihre alten Augen leuchteten, als ich es ihr brachte. Ihrem Nachttopf fehlt der Deckel, nun benutzt sie dafür ein Buch mit dem Titel ›Die Grundfragen der Philosophie‹. Manche sagen, sie sei schon wirr im Kopf, doch das glaube ich nicht. Sie hielt mich am Arm fest und sagte: ›Junger Mann, wenn Sie auch nur eine Sache finden, die Sie glücklich macht und die beinahe überall zu finden ist, dann kann Ihnen niemand etwas anhaben.‹

Darüber habe ich nachgedacht und festgestellt, dass ich es schon gefunden habe. Ich weiß es im Grunde seit der Zeit im Darßwald. Seit ich mein eigenes Empfinden in den Augen von Hella gespiegelt sah,

*die in allen lebendigen Brauntönen von Baumrinde leuchteten. Nur war
es mir nicht so deutlich bewusst. Es sind die Bäume, die mich glücklich
machen! Die Gegenwart auch nur eines Baumes, sein Schatten, sein
Flüstern, seine aufrechte oder auch krumme Stärke, seine Wurzeln
werden mir immer die Kraft geben, mich vor Zerstörerischem in mir
selbst und den Menschen um mich herum zu schützen. Ich bin
Frau Hirschel dankbar, dass sie es mir bewusst gemacht hat.*

*Wie lange ich an diesem Ort bleiben werde – wer weiß? Sollte ich
keine Antwort finden, werden mir die Bäume eine verraten. Es gibt hier
eine große Buche, die weit in den Himmel ragt, und wenn der Wind
bläst, flüstert sie mir Geschichten zu.«*

Franzi war heiser geworden. Sie steckte die Seiten behutsam
wieder in den Umschlag. Der Wind schlug Regen gegen die
Scheibe.

»Unser Stellan«, sagte Luna leise und zärtlich. »Er hatte also
schon damals eine besondere Beziehung zu Buchen. Ich frage
mich, ob er sich im Gespensterwald wirklich in unsere Mutter
oder doch eher in die Bäume verliebt hat? Gute Nacht, Terra.«
Sie löschte das Licht und drehte sich auf die Seite.

Franzi lag noch lange wach, lauschte auf den Sturm und
stellte sich vor, wie unten die Wellen über die bunten Steine an
den Strand rollten und wie oben die Buchen darüber wachten.

28

Ein Sonnenstrahl wanderte durch einen Schlitz in den Fensterläden über Franzis Gesicht. Sie wachte davon auf und blinzelte mühsam, musste sich von ihrem Traum befreien wie von Spinnweben. Eben noch hatte sie in einem Boot aus Rinde gesessen. Erst war sie den Granitzbach entlanggefahren, dann plötzlich befand sie sich auf dem Bodden zu Hause vor dem Café. Nach und nach fiel ihr die Wirklichkeit wieder ein. Stellan. Und Hella … Franzi setzte sich auf. »Natürlich!«, sagte sie laut.

Hella. Auf dem Darß. Eine Hella, die den Wald liebte. Die alte Dame hatte einmal erzählt, dass sie als Kind dort aufgewachsen und dann später zurückgekehrt war. Bestimmt war das Stellans Hella! Vom Alter her passte es. Gerührt über ihre Entdeckung überlegte Franzi, ob sie ihr Stellans Zeilen zeigen sollte. Sie hatte Hella zwar erzählt, dass sie ihr Café auf dem Darß eröffnet hatte, weil ihr Vater einmal von der Schönheit der Gegend und des Waldes berichtet hatte. Aber sie hatte nicht erwähnt, dass ihr Vater Stellan hieß.

Stellans Tagebucheintragungen waren zwar nur für seine Töchter gedacht und irgendwie zu persönlich. Doch würde es seiner Jugendbekanntschaft nicht Freude machen, dass sie einen Fremden durch eine flüchtige Begegnung so berührt hatte?

Nun, erst einmal abwarten, warum ihr Vater nach alledem ausgerechnet mit einer Frau wie Jantje eine Ehe eingegangen war.

Luna hatte Franzis unwillkürlichen Ausruf nicht gehört, sie schlief seelenruhig weiter. Franzi stieg aus dem Bett und öffnete die Läden und die Tür. Der Sturm hatte die Möbel tatsächlich aus der Ecke herausgeschoben und wieder durcheinandergeworfen, eine solche Wucht hatte er besessen. Sie räumte leise auf und bewunderte dabei die klare, stille Luft. Außer abgerissenen Blättern und einigen geknickten Zweigen war vom Unwetter nichts mehr zu ahnen. Die Welt wirkte frisch gewaschen. Franzi fühlte sich nach einer kleinen Weile der Übelkeit und einem Glas Wasser voller Energie. Leise telefonierte sie mit Matteo, suchte im Internet etwas heraus, notierte es und schrieb eine E-Mail. Dann zog sie sich an. Als sie aus dem Bad kam, war Luna endlich wach. »Na, du Schlafmütze? Bitte beeil dich ein bisschen, Marley und ich haben einen Riesenappetit.«

»Ich auch«, stellte Luna erstaunt fest.

Beim Frühstück erzählte ihr Franzi, was sie herausgefunden hatte. »Dieser Justus Frey, den Tomke uns empfohlen hat – damit er uns Material aus dem Wald besorgt, weißt du? –, der arbeitet nicht voll beim Forstamt, er hilft nur stundenweise mit. Eigentlich ist er freier Autor, schreibt Artikel über Naturschutz und Wälder und bietet Veranstaltungen für Schulen an, Projekttage und so. Er wohnt auch hier in Nienhagen. Ich habe ihm geschrieben, ob er uns helfen kann. Mal sehen, ob er sich meldet.«

»Fein. Du bist ja schnell.«

»Na, ich muss doch mal nach Hause. Hast du dir schon überlegt, ob du noch mitkommst auf den Darß?«

Luna sah in ihre Tasse. »Eigentlich wollte ich dir sagen, dass ich das ein andermal mache. Zu Marleys Geburt, wenn du willst. Ich muss das alles erst mal verdauen – dass wir wieder miteinander reden und dass wir hier waren. Außerdem zieht es mich auch nach Hause, ich will das *Schwalbennest* schön machen. Aber nun wollen wir ja erst zu Ende lesen, was Stellan schreibt. Nach dem, was wir gestern erfahren haben, würde ich den Darßwald jedenfalls sehr gern sehen, egal wann.«

»Fein, das freut mich. Also lass uns hoffen, dass dieser Herr Frey sich bald meldet, dann machen wir das Boot für Tomke und lesen nebenbei fertig, was Stellan zu sagen hat.«

Sie mussten nicht lange warten. Franzi verhandelte am Tresen noch wegen einer Verlängerung um zwei Nächte, da klingelte ihr Handy.

»Guten Tag, hier ist Justus Frey. Danke für Ihre Mail. Ich kenne Tomke gut und freue mich über Ihre Idee, ihm ein Geschenk zu fertigen«, erklärte eine freundliche Stimme. »Wenn Sie können, kommen Sie am besten gleich bei mir vorbei, ich habe wahrscheinlich genug Material für Sie in meinem Fundus, den ich auch für Schulklassen benutze. Ich muss danach gleich den Waldweg prüfen, ob es nach dem Sturm Windbruch gibt, der die Spaziergänger gefährdet. Die Buchen kommen mit der Trockenheit schlecht zurecht, sie reduzieren dann ihre Kronen, indem Äste absterben und herunterfallen.«

»Wir kommen sehr gerne«, sagte Franzi erfreut. »Das passt wunderbar, vielen Dank. Wir sind startklar, sagen Sie mir nur die Adresse.«

»Ich schick sie Ihnen. Bis dann!«

»Wie du das immer machst!«, sagte Luna mit einer hörbaren Mischung aus Bewunderung und gutwilligem Neid. »Das Talent hast du eindeutig von Jantje.«

»Man braucht doch nur freundlich zu fragen. Kommst du? Ist

nicht weit, aber wir nehmen das Auto, wir wollen ja was transportieren. Übrigens müssen wir uns beeilen. Mehr als eine Nacht können wir nicht mehr bleiben, dann ist tatsächlich ausgebucht.« Franzi wusste noch nicht, wie sie das Geschenk für Tomke so schnell fertig bekommen sollten, aber irgendetwas würde ihnen schon einfallen.

Draußen duftete es nach nassem Gras, warmer Erde und tausend Blüten. Franzi widerstand der Versuchung, einen Umweg zu machen, über das Morgenmeer zu blicken und herauszufinden, wie es jetzt im Wald roch. Das konnten sie später noch tun.

Der Mann trug einen grünen Pullover und eine Arbeitshose und war gerade dabei, in seinem Vorgarten eine Säge zu schleifen. Seine Schläfen waren grau, sein dichtes Haar ansonsten noch so hellbraun wie seine Augen, in denen viel Wärme lag. Er war etwas älter als Luna vielleicht, schätzte Franzi.

»Guten Tag, ich bin Justus.« Er legte die Säge weg und öffnete ihnen das Tor.

Franzi mochte ihn sofort. »Hallo, danke, dass Sie sich die Zeit nehmen! Ich bin Franzi Michelly. Und das ist meine Schwester Luna. Wir haben als Kinder hier gelebt.«

»Luna«, wiederholte er in einem merkwürdig ungläubigen Ton und sah an Franzi vorbei, noch während er ihre Hand schüttelte.

»Ja, und?«, fragte Luna etwas kratzbürstig.

Er schüttelte den Kopf wie um eine Vision zu vertreiben. »Verzeihung. Kommen Sie doch herein. Das Material lagert hinten im Schuppen.«

Er wies auf Kisten voller Zapfen und Eicheln, Sammlungen von Bucheckern, Nüssen und Ahornsamen, Wurzeln und verschiedene Rinden. »Ich mache Veranstaltungen für Grundschulkinder und schreibe Informationsbroschüren, da brauche ich immer Anschauungsmaterial. Hier sind zwei Kisten mit Bastelsachen aus dem Wald, ich hoffe, Sie finden darin, was Sie suchen. Sie schreiben, Sie wollen ein Geschenk für Tomke machen, worum handelt es sich denn genau?«

»Es ist ein bisschen mehr als Basteln«, erklärte Franzi. »Wir brauchen größere Stücke. Es soll ein Dankeschön und gleichzeitig ein Andenken an unseren Vater Stellan sein. Er fertigte Boote aus Rinde und Holz und hat uns beigebracht, wie man das macht ...«

»*Stellan?*«, unterbrach er sie entgeistert. »Ihr seid Stellans Töchter?«

»Du kanntest ihn?« Franzi konnte ihre Gefühle nicht gleich einordnen. Dass Stellan hier noch so deutlich in Erinnerung geblieben war, erst bei Tomke, nun bei diesem Justus, das berührte sie, verblüffte sie und mischte sich beinahe mit so etwas wie Eifersucht. Anscheinend hatte ihr Vater Freunde gehabt, von denen sie als kleines Mädchen nichts mitbekommen hatte, seine eigene Welt ohne sie. Natürlich, das war selbstverständlich. Sie hatte nur nie darüber nachgedacht.

Er nickte. »Ich war damals ein blutjunger Wehrpflichtiger, ich habe unter anderem das Marineheim im Wald bewacht. Damals traf ich auf Stellan, der dort Rinde sammelte. Ich wusste nicht recht, ob ich ihn als verdächtige Person einzustufen hatte, obwohl er absolut nicht so wirkte. Es war mir peinlich, dass ich ihn ansprechen musste. Er war sehr verständnisvoll und freundlich und erklärte mir, dass seine Frau das Essen für das Heim lieferte und dass sie eine Pension in der Nähe führten und er ganz bestimmt kein Feind sei. Er merkte sofort, wie sehr ich mich auf dem Posten langweilte. Es passierte ja nie etwas.« Er lächelte. »Dachte ich damals jedenfalls. Tja, und dann setzte sich Stellan einfach zu mir und sagte: ›Du irrst dich. Hier ist jede Menge los! Ich zeig es dir, wenn du willst.‹ Und dann eröffnete er mir eine neue Welt, genau da, wo wir uns befanden und wo ich seit Wochen nur eine Menge Bäume gesehen hatte.« Justus lehnte sich an den Türrahmen, die Hände in den Taschen. Man sah, wie ihn seine Gedanken in die Vergangenheit trugen. »Stellan zeigte mir, wie unterschiedlich diese Bäume waren. Wie verschieden sich ihre Rinden anfühlten, dass jeder von ihnen eine andere Gestalt, einen anderen Geruch, andere Blätter, Blüten und Samen hatte. Er wies mich auf Frösche hin, Kröten und Eidechsen, verriet mir ihre Namen. Vor allem erklärte er mir die Vögel, all die Arten, die über die Lichtung flitzten, Meisen, Spatzen, Drosseln, Bachstelzen, Eichelhäher, Elstern, Finken, Nachtigallen, Kleiber, Baumläufer. Er merkte sich, wann ich Dienst hatte, und kam immer wieder einmal vorbei. Wenn es dunkel wurde, benannte er für mich die Sterne und Sternbilder, freute sich mit mir über die Fledermäuse und das Käuzchen. Noch nie hatte sich jemand so viel Zeit für mich genommen. Er hörte zu, wenn ich ihm erzählte, was ich seit seinem letzten Besuch alles beobachten konnte. Sogar Bücher lieh er mir, ein Vogelbestimmungsbuch und eines für Schmetterlinge. Ich habe mich niemals wieder gelangweilt. Meine Kameraden lachten mich zwar aus, als ich einmal von den Vögeln sprach, aber es war mir egal, denn Stellan hatte mich vorbereitet. ›Es wird immer Menschen geben, die dich nicht verstehen. Manche werden dich verspotten, weil es ihnen Unbehagen bereitet, dass du Freude an etwas hast, das sie nicht begreifen‹, sagte er. ›Aber weißt du was? Es kann dir nichts anhaben, weil diese

Freude in dir unzerstörbar bleibt, wenn sie echt ist.‹ Und er hatte recht. Genauso war es.«

»Unser Vater hatte meistens recht«, sagte Luna leise. »Justus – bist du der junge Soldat, der mit mir auf den Baum geklettert ist?«

Er nickte, sichtlich erfreut. »Du erinnerst dich? Wie schön! Ich wusste damals nicht, dass du Stellans Tochter bist. Ich wollte bloß an jemanden etwas von dem weitergeben, was er mir geschenkt hat. Du sahst so einsam und verloren aus, wie ich es gewesen war, und ich wollte, dass du lächelst. Später dann, als ich nicht mehr in der Armee war, da habe ich Stellan noch manches Mal geholfen, wenn er Material gesammelt oder im Wald Müll beseitigt oder Nistkästen aufgehängt hat. Er tat das alles ja nur, weil er es für richtig hielt, nicht weil ihn jemand beauftragt hatte. Der Wald war seine Leidenschaft, und mir lag er auch längst am Herzen. Ich half Stellan und lernte von ihm. Es tat mir sehr leid, als er fortmusste. Doch er hatte mir das nötige Rüstzeug gegeben, damit ich mich von da an selbst bilden konnte.«

»Und jetzt gibst du das alles an Schulkinder weiter, und durch die Artikel, die du schreibst. Das ist … das ist so schön, Stellan wäre sehr glücklich darüber.« Luna wandte sich ab und blinzelte angestrengt.

»Er lebt nicht mehr?«, fragte Justus.

»Nein. Aber er ist bis zuletzt in einem Wald in Dänemark gewesen, wo es ihm gefiel«, tröstete ihn Franzi.

Sie schwiegen einen Moment. »Ich glaube, in meinen Kisten ist doch nicht das, was ihr braucht«, sagte er schließlich. »Ich kann mir vorstellen, was ihr sucht. Stellan hat mir auch einmal eines seiner Rindenboote geschenkt. Ich habe es noch. Lasst uns zum Wald fahren. Ich darf euch nicht mit auf den Pfad nehmen, bevor er freigegeben ist. Aber ihr könnt am Strand warten, während ich ihn ablaufe, und dann bringe ich euch von dem mit, was auf den Weg gefallen ist.«

»Möglichst viel«, bat Luna, die sich wieder gefasst hatte. »Wir wollen mindestens zwei Boote machen. Franzi braucht eins für ihr Café.«

»Du hast ein Café? Was macht ihr denn überhaupt so, und wo lebt ihr?«

Auf der Fahrt erzählten sie sich gegenseitig von ihrem Leben, erinnerten sich dabei an denselben Lehrer und dieselbe Bäuerin, die ihnen einst Wurst und Erdbeeren geschenkt hatte. Franzi fühlte sich zunehmend wieder zu Hause, als sei sie nie weg gewesen. Zeit war doch eine seltsame Sache, wie sie sich dehnen, aber auch schrumpfen konnte.

Justus verschwand mit einer Art Kiepe auf dem Rücken, Arbeitshandschuhen und einer Säge bewaffnet in den Wald, auf dem Weg, wo er mit Forstarbeitern verabredet war. Während sie auf seine Rückkehr warteten, vertrieben sich Franzi und Luna die Zeit am Strand. »Ich suche uns Steine«, sagte Franzi. »Vielleicht können wir welche für die Boote verwenden, als Bullaugen oder Bänke, so wie Stellan manchmal. Und weißt du was? Ich habe was beschlossen. Ich werde meinen Baumgeist behalten und über *mein* Bett hängen. Marley bekommt einen neuen, eigenen. Den werde ich selbst machen.«

»Das ist eine tolle Idee«, fand Luna. »Dann brauchst du die richtigen Steine für die Augen.«

»Genau. Die finde ich jetzt.«

Franzi wanderte den Strand entlang, glücklich und selbstvergessen. Glatte, runde Steine gab es genug, es war nur die Frage der richtigen Wahl. Das Wasser und der Sand waren kühl und weich an ihren Füßen, die Wellen, die gestern so getobt hatten, plätscherten sanft. In Franzi sah es ähnlich aus. Ihr Leben schien sich endlich ganz zu ordnen, mitsamt der Vergangenheit. So, als ob alle Teile, die ein Sturm von Ereignissen einst rücksichtslos durcheinandergewirbelt hatte, sich nach dem ganzen Aufruhr nun friedlich dort niederließen, wo sie immer schon hingehört hatten.

Luna blieb auf der sonnenwarmen Brandungsmauer sitzen, baumelte mit den bloßen Füßen und träumte über das Meer hinaus.

Luna

Nienhagen/Gespensterwald

Justus rief und winkte von oben her, als er aus dem Wald zurück kam. Luna fuhr zusammen. Ihr war, als wäre seit seinem Aufbruch kaum Zeit vergangen. Dabei war es Stunden her, stellte sie fest, als sie auf die Uhr sah. Franzi war in der Zwischenzeit so weit den Strand entlanggelaufen, dass sie eine ganze Weile aus Lunas Sichtfeld verschwunden war, bevor sie gemächlich zurückgeschlendert kam. Sie trug eine Tüte, die sie unterwegs gefunden haben musste. Es wurde ja genug Müll angeschwemmt. Bestimmt war die jetzt voller Steine.

Luna hatte die ganze Zeit den Wellen gelauscht und die wechselnden Farben auf der Oberfläche beobachtet, das Treiben der Möwen, Seeschwalben, Kormorane und Enten. Sie hatte dem leisen Wind zugehört und die nach all den Jahren noch immer so vertraute Silhouette des Waldes oben auf dem Kliff betrachtet. Wie so oft hatte sie dabei das Gefühl, ihren Körper zu verlassen und mit dem Fischadler zu fliegen, der hoch über den Wipfeln kreiste, dann mit einem Schwarm junger Meerforellen zu tauchen und schließlich auf den warmen Sand gespült zu werden wie ein treibendes Blatt. Sie hatte sich frei gefühlt und glücklich. Nichts hatte gezählt, als zu sehen und zu spüren und hier zu sein.

Justus zeigte auf einen großen Korb, den er und seine Mitstreiter abgestellt hatten. Luna nickte und bedeutete ihm, dass sie heraufkommen würden. Franzi hatte ihn auch gesehen und beschleunigte ihre Schritte.

Dass Justus Frey der junge Soldat war, der ihr einst ein unvergessliches Erlebnis beschert hatte, irritierte und faszinierte Luna. Damals hatte nicht nur der geschenkte Blick über den Wald und der Aufenthalt in der hohen Baumkrone sie glücklich gemacht. Es war auch das erste Mal, dass sich außer Stellan jemand dafür interessierte, was sie sich wünschte, was ihr wichtig war. Justus war so rücksichtsvoll mit ihr umgegangen, hatte sie weder bedrängt noch ausgelacht oder in irgendeiner Weise seltsam gefunden. Sie war verblüfft gewesen, dass es solche Menschen gab, und hatte diese Begegnung wie einen Schatz in ihrer Erinnerung bewahrt, unvergänglich und unverändert. Dass er nun völlig unerwartet als reifer Mann wieder in ihrem Leben auftauchte, verwirrte sie. Das brachte die ganze Geschichte durcheinander. So eine Unordnung in ihren Gedanken mochte sie gar nicht. Sie würde darauf achten müssen, dass er das nicht bemerkte und als Unhöflichkeit auffasste. Er war so hilfsbereit. Er hatte nicht verdient, dass sie ihn so abweisend behandelte, wie es ihr manchmal unabsichtlich mit Menschen passierte.

Sie half ihrer Schwester, deren Beute die steile Treppe hinaufzuschleppen. »Ich habe wunderbare Steine gefunden!«, schnaufte Franzi. »Bunt und rund und glatt, in allen Größen. Auch Augen für Marleys Bild.«

»Fein.« Das Meer war immer so großzügig mit seinen Geschenken, dachte Luna. So wie auch der Himmel, der Wald und die Wiesen. Die Menschen, die das nicht bemerkten, taten ihr leid.

Die Waldarbeiter, mit denen Justus unterwegs gewesen war,

verschwanden gerade ein Stück weit die Straße herunter im Fischlokal, als Luna und Franzi oben ankamen.

»Könnt ihr damit etwas anfangen?«, wollte Justus wissen und wies auf den Korb zu seinen Füßen.

Franzi machte große Augen. Sie hob eine beachtliche Wurzel an, die oben lag und nur wenig Schliff brauchen würde, um zu einem charaktervollen Bootsrumpf zu werden. Luna sah das fertige Werk sofort vor sich, geradewegs wie aus einer von Stellans Geschichten gesegelt. »Perfekt!«, rief Franzi, als sie darunter auch mehrere große Stücke Rinde, gerade gewachsene Äste und weitere Wurzelstücke entdeckte. »Danke, Justus, das wird ganz sicher ein Boot, über das Tomke sich freuen wird! Ich kann kaum erwarten, damit anzufangen.«

»Ja, vielen Dank, Justus«, beeilte sich Luna zu sagen. Er hatte es wieder getan. Er hatte intuitiv verstanden, was sie suchten.

»Bedankt euch bei dem Sturm«, antwortete er mit einem Lächeln. »Hört mal, ihr könnt doch schlecht im Hotel arbeiten, und Werkzeug braucht ihr auch …«

»Wir haben Stellans Werkzeug«, sagte Luna.

»Gut, aber trotzdem, ich dachte, vielleicht mögt ihr das bei mir im Schuppen erledigen. Nur, wenn ihr wollt. Ich habe heute sowieso im Haus zu tun, Schreibtischarbeit. Ich würde euch nicht stören.«

»Das wäre eine große Hilfe«, erklärte Franzi. »Ich hatte schon Sorge, dass wir in der Pension zu viel Dreck machen, und außerdem ist es echt eng – wie sollen wir da das ganze Material ausbreiten?« Sie stutzte und schob hastig nach »Luna, wäre das denn okay für dich?«

»Ja. Ja, sicher.« Luna war gerührt, dass Franzi sie fragte. Sie wollte auf keinen Fall ein Bremsklotz sein, nur weil sie ihre Eigenheiten hatte. Auf das Werkeln freute sie sich. Wenn Justus ihnen nicht zusah und sie nervös machte, wie es der kritische Blick fremder Menschen unweigerlich tat, hatte sie kein Problem damit, es in seiner Werkstatt zu tun.

Justus hielt Wort. Er brachte ihnen noch ein Tablett mit belegten Broten, Äpfeln und eine Karaffe mit Saft in den Schuppen, dann zog er sich zurück und tauchte den ganzen, langen Nachmittag nicht mehr auf.

»Was für ein Glück, dass Tomke uns an Justus verwiesen hat«, sagte Franzi, während sie behutsam an der Wurzel feilte. »War der früher auch schon so nett und aufmerksam?«

»Ja, das war er wohl. Soweit ich das aus unserer kurzen Begegnung schließen kann.« Luna zeichnete die Form der Segel auf verschiedene Rindenstücke. Sie hatten beschlossen, dass es ein Zweimaster werden würde.

Zum Glück schien Franzi begriffen zu haben, dass Luna sich bei der Arbeit nicht die ganze Zeit unterhalten wollte. Eine kameradschaftliche Stille breitete sich aus, während das Boot nach und nach Gestalt annahm. Franzi bohrte die Löcher in den Rumpf, Luna versenkte die Masten darin. Während Franzi die Segel befestigte, die Luna ausgeschnitten hatte, und danach das Tauwerk spannte, fertigte Luna winzige Klampen und ein Spill. Nach einer Pause, in der sie die mit Käse und frischen Kräutern belegten Brote verzehrten, setzte Franzi runde Steine als Bullaugen ein, während Luna kleine Fässer und Möbel konstruierte, sogar eine Hängematte. Am Ende schnitzte Franzi noch einen Anker, Luna ein Steuerrad. Zuletzt brachte sie am Mast eine Fahne aus einem durchscheinenden, getrockneten grünen Stück Tang an. Das kreative Werken, gemeinsam mit Franzi, machte ihr große Freude. Und doch war sie auf einmal erschöpft, der Schuppen kam ihr eng und düster vor. Draußen nieselte es inzwischen wieder.

»Das ist klasse geworden, findest du nicht?« Franzi beäugte das fertige Boot kritisch. »Ich möchte nur noch etwas an der Reling machen. Und dann die Stücke für das zweite Boot raussuchen, für mein Café.«

Luna fuhr sich über die Stirn. »Franzi, bitte sei mir nicht böse, aber ich … ich muss mal raus. Den Himmel sehen, ein Stück laufen und ein bisschen allein sein. Es hat nichts mit dir zu tun.« Sie war nun schon so ungewohnt lange in ständiger Gesellschaft, sie brauchte einfach eine kleine Zeit für sich, ganz allein.

»Ach Unsinn, ich bin dir doch nicht böse.« Franzi lächelte ihr zu. »Das ist völlig okay. Geh nur, ich fummele hier noch eine Weile. Es macht mir Spaß, und viel Zeit haben wir ja nicht mehr. Vielleicht packe ich alles ein, was ich für mein Boot brauche, und dann mache ich es zu Hause fertig. Ich könnte Matteo bitten, mich hier abzuholen, wenn du nicht mit auf den Darß kommst. Du musst ja bestimmt auch bald Dennis das Auto zurückbringen.«

»Mal sehen. Ich frag ihn, wann er es braucht.« Luna bekam ein schlechtes Gewissen. Es war wohl doch angebracht, Franzi nach Hause zu bringen. Warum auch nicht? Das würde sie schon schaffen. Wenn sie jetzt nur kurz durchatmen und allein sein konnte.

Sie wanderte die Straße hinauf in den Wald. Der Weg war freigegeben, aber niemand unterwegs. Wohl wegen des leichten Regens, der gerade aufhörte, denn die Wolken rissen auf.

Kaum wurde Luna von dem dichten Gebüsch der ersten

bizarren, niedrigeren Bäume umfangen, fühlte sie sich geborgen wie früher. Geschützt von den lebendigen, stillen Wesen, denen sie sich so seltsam verwandt fühlte. Die Kobolde aus Stellans Geschichten begleiteten sie wie damals unsichtbar mit einem Lächeln, ein Eichhörnchen huschte einen Stamm hinunter und sah sie neugierig an, ein Frosch hüpfte scheu davon, ein Specht trommelte an einem Stamm. Zeit zum Alleinsein bedeutete für sie nicht einsam sein. Es hieß nur, dass keine Menschen um sie herum waren. Menschen, die beinahe immer Erwartungen hatten, die sich unterhalten wollten, die Schweigen als unhöflich, dumm oder arrogant empfanden oder es einfach nicht aushielten. Die rasch vorankommen und nicht stehen bleiben wollten, um einen Käfer zu beobachten. Eine solche Begleitung war für Luna eine Tortur. Von freundlichen Wesen, denen sie sich nahe fühlte, war sie jedoch immer umgeben, ob es Bäume, Gräser, Blumen, Vögel oder Libellen waren.

Schritt für Schritt und Begegnung für Begegnung ging es ihr besser. Sie konnte wieder atmen, fühlte sich leicht. Besonders, als sie aus dem Tunnel des Dickichts heraustrat und den lichten Teil des Waldes erreichte, der in ihr das andächtige Gefühl auslöste, das andere in einer Kirche empfinden mochten. Wie die Säulen einer Kathedrale erhoben sich die hellen Stämme um sie herum. Das kurze Gras breitete sich wie ein kostbarer Teppich darunter aus, Narzissen leuchteten aufrecht, weißen Kerzen gleich, und Löwenzahnblüten wirkten wie goldene Verzierungen. Licht fiel durch die jungen Blätter in Grün und Gelb und Rot wie durch farbige Fenster und tanzte auf dem Waldboden. Die Regentropfen an den Zweigen funkelten wie unzählige Kristalle. Das Vogelzwitschern in der Höhe zusammen mit dem Meeresrauschen konnte mühelos mit jeder Orgelmusik mithalten, denn es tönte aus allen Richtungen mit einer schwingenden, großen, alles durchdringenden Freude.

Luna zog ihre wetterfeste Jacke aus, breitete sie auf den Boden, legte sich auf den Rücken und sah an den Buchen hinauf durch das Leuchten und Glitzern und grüne Winken der Zweige bis dorthin, wo das Blau des Himmels durch das Blätterdach lugte und die Wolken mit dem Südwind zogen. Sie feierte ihre eigene Art Andacht und das Glück, leben zu dürfen.

30

Sie hatte sich eine glücklich ausgedehnte Weile in dem bewegten Farbspiel verloren, das jetzt in der Abendsonne so warm und rotgolden war. Nirgends gab es so viel Licht wie in hohen Baumwipfeln. Diese fingen morgens die ersten Strahlen auf, wenn alles andere noch im Schatten lag, und auch das allerletzte Leuchten war noch in ihren Kronen unterwegs, wenn sich unten schon die Dämmerung ausbreitete. Der Duft nach Waldboden und Kiefernnadeln umfing Luna weich wie eine Decke. Erst das *Ping* ihres Handys holte sie aus ihren Gedanken zurück.

Luna, ich weiß, so was fällt dir nicht leicht, aber könntest du auf dem Rückweg nachsehen, ob Essie oder Tomke im Garten sind und sie fragen, wann wir morgen unser Geschenk bringen und uns verabschieden dürfen?, schrieb Franzi. Ich möchte hier unbedingt noch etwas fertig machen.

Zu ihrer eigenen Überraschung bemerkte Luna, dass sie sich über diese Bitte freute. Sie mochte Tomke, und noch mehr mochte sie Essie und deren warme, unkomplizierte, mütterliche Herzlichkeit, die fürsorglich, aber in keiner Weise aufdringlich war. So jemanden hatte sie bisher nie gekannt.

Klar, mach ich jetzt gleich.

Einen Augenblick noch stand sie am Rand des Kliffs und beobachtete, wie die Sonne, die inzwischen nahe über dem Horizont hing, die Ränder der Wolken feuerfarben aufglühen ließ, dann machte sie sich durch die tiefen, geheimnisvollen Schatten auf den Rückweg. Im Unterholz raschelten kleine Geschöpfe.

Am Kuckuckshaus hatte sie Glück und musste nicht klingeln. Essie war im Garten dabei, die Rosen neben der Tür zurückzuschneiden. Dabei summte sie leise vor sich hin. Im Haus brannte schon Licht, doch die Gardinen waren noch nicht zugezogen. Luna sah Tomke in einem Sessel sitzen und lesen. Es wirkte anheimelnd. Eine ungekannte Sehnsucht breitete sich in ihr aus. Sie stand eine Weile in der Deckung eines Fliederbusches, ehe sie still auf sich aufmerksam machte, indem sie an den Zaun trat. Essie blickte auf. »Oh, guten Abend, Luna! Wie schön. Wie geht es deiner Schwester?«

»Gut«, versicherte Luna. »Sie lässt fragen, ob wir morgen Vormittag vorbeikommen könnten, ohne zu stören. Wir möchten etwas abgeben und uns verabschieden.«

»Komm doch herein. Das Tor ist offen. Warum sollte das stören? Wir freuen uns.« Essie wischte die Schere mit einem Tuch ab und legte sie in einen Korb. Einen zweiten voller trockener, dorniger Zweige hob sie an.

»Das mache ich.« Luna nahm ihn ihr rasch ab. »Wo soll er hin?«

»Danke! Dort, neben den Kompost, in die hintere Ecke. Wollt ihr wirklich schon fort?«

Nein!, sagte etwas in Luna. *Nein!*

Bis zu diesem Moment war ihr das nicht klar gewesen. »Wir

müssen«, sagte sie. »Auf Franzi warten ihr Partner und ihr Café. Und in der Pension ist kein Zimmer mehr frei.«

»Och, ihr könntet auch hier unterkommen, wenn ihr mehr Zeit möchtet«, meinte Essie unbekümmert.

Luna starrte sie an und wusste nicht, was sie sagen sollte. Etwas in ihr machte einen kleinen Hüpfer, aber sie wusste nicht, wie sie damit umgehen sollte. Ein Bild von den Rosen an der Tür, wenn sie blühten, tauchte in ihrem Kopf auf. Dabei würde es bis dahin Monate dauern. Warum war Franzi nicht hier?

»Komm, ich zeige dir einfach mal, was ich meine.« Essie stellte den Korb mit dem Werkzeug neben der Tür unter einem Vordach ab und zog die Gartenhandschuhe aus.

»Aber ich habe dich unterbrochen …«

»Nein, gar nicht, ich wollte sowieso gerade Schluss machen. Es wird zu dunkel.« Essie winkte sie in den erleuchteten Flur. Drin duftete es nach Honig und Hyazinthen.

»Sieh mal, das war der ehemalige Schuhladen.« Essie öffnete eine Tür auf der Seite gegenüber der Wohnräume. »Es gibt einen separaten Eingang von draußen, hinter dem Verkaufsraum ein kleines Büro mit einer Kochnische und sogar eine Toilette. Wir haben seither bloß alles mit den Büchern vollgestellt, und außerdem ein Sofa hineingebracht, damit die Leute dort eine Weile schmökern und sich in Ruhe etwas aussuchen können.« Essie wies auf eine gewaltige, mit Blumenstoff überzogene Couch. »In letzter Zeit ist das Interesse aber gesunken, es kommen nicht mehr so viele. Das Sofa kann man jedenfalls ausklappen. Wir haben es von Nachbarn bekommen. Da könnten auch zwei darauf schlafen. Und wenn die Rollos unten sind, kann man nicht von außen reinsehen, und trotzdem ist es hell. Hier könnt ihr gern ein paar Tage bleiben. Es ist natürlich kein Luxus, dafür kostet es nichts.«

»Ich brauche keinen Luxus«, sagte Luna. Wichtiger war ihr schon immer gewesen, dass man vor dem Fenster Grünes sah, dass es nicht laut war und dass das Gefühl stimmte, eines, das sie nicht benennen konnte. Hier stimmte es. Eindeutig. Aber was war mit Franzi? Würde es ihr hier gefallen? Sie hatte keine Ahnung. »Aber was ist, wenn Leute kommen und Bücher wollen?«, fiel ihr ein.

Essie wischte ihren Einwand mit einer Handbewegung weg. »Ach, ich mache so lange das Schild dran. ›Buchverleih vorübergehend geschlossen‹. Das tue ich ja auch, wenn wir nicht zu Hause sind.« Sie lächelte. »Außerdem haben wir dafür das Fass.«

»Das was?«

»Das Bücherfass. Das steht draußen am Zaun. Man kann den Deckel heben, reingreifen und gucken, was für ein Buch man erwischt, und es einfach mitnehmen.«

Super, fand Luna und beschloss, das auf dem Heimweg gleich auszuprobieren.

Sie trat ans vordere Fenster, das ja eigentlich ein Schaufenster war, und spähte am Rollo vorbei. Da waren die Rosen neben der Tür, das Stück Wiese und die blühende Hecke. An der anderen Wand gab es ein Fenster ohne Rollo, das den Blick auf noch mehr Wiese, ein Gemüsebeet, ein Rondell mit Lavendel und weiteren Rosen freigab, und dahinter lag ebenfalls die Hecke. In der Ferne ahnte man den Wald. Es war still bis auf das gelegentliche Rauschen eines Autos auf der Kliffstraße und die Rufe von Möwen und einem Kuckuck.

Ja, hier stimmte das Gefühl. In Luna formte sich ein Entschluss der Sorte, die bedeutete, dass er nicht wieder weggehen würde. Sie kannte das. Es passierte ihr extrem selten, aber wenn doch, war es sinnlos, mit sich selbst innerlich endlos über Zweifel zu diskutieren.

Egal, was Franzi machen wollte. Luna würde ein paar zusätzliche Tage hierbleiben.

Sie wandte sich um und begegnete Essies Blick. Luna konnte nicht immer gut mit Menschen umgehen, aber Menschenkenntnis besaß sie dennoch, mehr als mancher, der sich überall mit zwanglosem Charme und Leichtigkeit bewegte. Essie meinte ihr Angebot offen und ehrlich und würde sich wirklich freuen. Das war weder Höflichkeit noch ein Gefallen ihrem Mann gegenüber, weil der Stellan gemocht hatte.

»Danke, Essie«, sagte sie. »Ich würde das sehr gerne annehmen.«

Auf dem Weg telefonierte sie mit Dennis. Er hörte ihr ausnahmsweise genau zu, denn er wusste, wie sehr sie telefonieren hasste und dass es wichtig sein musste.

Es war schon fast dunkel, als sie wieder in Justus' Schuppen auftauchte. Der war inzwischen hell erleuchtet. Drinnen polierte Franzi immer noch an der Reling. »Guck mal!«, sagte sie stolz.

»Oh, Franzi. Das ist zauberhaft!« Luna staunte. Franzi hatte das hölzerne Geländer mit einem feinen muschelähnlichen Schnitzmuster verziert.

»Deine Bänke und der Tisch und alles war so gelungen, und die Fenster, da wollte ich auch noch mehr beitragen. Ich wusste gar nicht, dass ich es so gut kann. Stellan wäre stolz auf unser Werk, was meinst du?«

»Auf jeden Fall! Wir können übrigens morgen Vormittag jederzeit zu Tomke.«

»Wunderbar.« Franzi räumte das leere Geschirr der Mittagspause zusammen. »Dann nehmen wir das Boot jetzt mit in die Pension, so müssen wir Justus nicht gleich früh stören. Trägst du es? Dann nehme ich das Tablett.«

Es dauerte einen Moment, ehe Justus auf ihr Klingeln hin öffnete. »Entschuldigt. Ich habe beim Schreiben die Zeit vergessen.« Er sah verwuschelt aus und wirkte wie aus einem langen Schlaf aufgeschreckt. »Oh, danke.« Er nahm das Geschirr entgegen. »Hat alles geklappt?«

»Bestens.« Franzi schob Luna mit dem Boot in das Licht der Haustürlaterne. »Wie findest du es?«

Er betrachtete ihr Werk genau. Seine Augen weiteten sich vor Erstaunen, jetzt war er eindeutig hellwach. »Das ist ja phantastisch! Das ist wirklich keine Bastelei, das ist Kunst.«

»Kunsthandwerk«, meinte Luna, doch sie freute sich.

»Ich komme morgen gegen Mittag noch den Rest Material abholen, den wir für das zweite Schiff brauchen, ist das in Ordnung?«, fragte Franzi. »Ich nehme es mit zu mir nach Hause auf den Darß und mache es dort.«

»Ihr wollt schon fort?« Justus runzelte die Stirn und sah verwirrt aus. »Ich dachte, dass ihr doch …«

»Wir müssen. Es ist kein Zimmer mehr frei, und Matteo wartet auf mich. Der Besuch hier war ja schon außerplanmäßig.«

»Aber ihr solltet doch …« Er brach ab.

»Was sollten wir?« Jetzt blickte Franzi verwirrt.

»Ach, nichts.« Justus schüttelte den Kopf, wie um einen Gedanken zu verscheuchen.

»Für mich hat sich etwas geändert«, erklärte Luna in die Stille hinein. »Ich bleibe noch. Essie hat mir ein Zimmer angeboten. Du kannst auch bleiben, Franzi, aber ich werde es auf jeden Fall tun. Ich brauche hier noch Zeit. Bitte nimm es mir nicht übel! Ich kann nicht anders, ich kann einfach noch nicht weg.« Ihre größte Angst war, dass sie sich schon wieder entfremden könnten, noch ehe Franzi ihr wieder vertraute. Aber es hatte keinen Sinn, ihrer Schwester etwas vorzuspielen. Sie hatten nur eine Chance, wenn sie in allem ehrlich blieb. »Du darfst das Auto mitnehmen. Ich komme dann mit der Bahn nach und hole es ab. Dennis will seinen Konstantin nämlich gar nicht wiederhaben, er will sich ein Motorrad kaufen und braucht Geld. Ich habe ihm das treue alte Gefährt abgekauft, nachher überweise ich gleich den Betrag.«

»Du bist ja auf einmal so entschlossen«, staunte Franzi.

»Ich wundere mich selbst.« Es war der Gespensterwald, der ihr die Kraft gab. Das Glück, das sie vorhin dort umfangen hatte. »Wäre das so in Ordnung für dich?«

»Klar, das können wir machen«, meinte ihre Schwester. »Schließlich habe ich dich hierhergeschleppt, da kann ich mich nicht beschweren. Aber dann bleibe ich auch noch einen Tag, bis wir das zweite Schiff fertig haben. Außerdem wollten wir doch noch was zu Ende lesen! Das geht nur gemeinsam.«

»Stimmt.« Stellans Tagebuch. Und der andere Umschlag.

Justus fragte nicht weiter nach, sah aber seltsam erleichtert aus.

»Sehr gut, dann sehen wir uns bestimmt noch. Den Schuppen lasse ich offen, ihr könnt jederzeit hinein. Ich werde morgen auch da sein, aber ich störe euch nicht. Gute Nacht!«

Auf dem Weg nach Hause hing jede ihren Gedanken nach. Luna fragte sich, was Justus verschwiegen hatte.

»Heute bist du dran mit Vorlesen«, sagte Franzi später. »Nachher gleich wieder gemütlich im Bett, ja?«

Luna hatte das befürchtet. Sie mochte Vorlesen gar nicht, das war wie mit dem Telefonieren. Ihre eigene Stimme hallte dabei so laut in ihrem Kopf. Aber sie wollte Franzi nicht noch einmal enttäuschen. Und es stimmte ja: Dies war etwas, das sie zusammen machen mussten.

Sie hatten sich erst eine Weile auf den Balkon gesetzt, wie früher. »Schön, dass wir noch einmal hier wohnen konnten«, meinte Franzi leise. Heute gab es keinen Wind, es war mild, duftete nach Meer, Wald und Frühling, und es funkelten sogar mehr Sterne als in Vehlefanz. War das wirklich erst ein paar Tage her, seit sie mit Franzi auf dem Bosselberg bei den Linden gestanden und sie beschlossen hatten hierherzukommen? Für Luna hatte sich so viel geändert, seit sie wieder hier unter den Buchen gewesen war. Sie erkannte sich selbst nicht wieder. Lebendig und stark fühlte sie sich und so, als müsste sie sich nicht mehr dafür entschuldigen, dass sie so war, wie sie eben war. Stellan hatte das nie verlangt, und der Wald auch nicht. Auf einmal war sie voller Vorfreude, sie wusste nur noch nicht, worauf. Vielleicht einfach nur auf den neuen Tag. Auf morgen. Genügte das nicht? Bisher hatte sie sich verloren gefühlt, wenn sie nicht wusste, was am nächsten Tag sein würde, und immer einen Plan gehabt. Das schien sich gerade zu ändern.

»Ich muss noch Matteo anrufen«, fiel Franzi ein. »Der wird denken, ich will gar nicht mehr nach Hause. Ich gehe kurz hinein, die Verbindung ist so schlecht, das müssen ja nicht alle Gäste mitbekommen.«

Luna genoss den Moment allein, genau hier, wo wie damals das Licht aus den Fenstern warmgelbe Rechtecke auf den Balkonboden warf. Vielleicht würden sie ja irgendwann wieder einmal hier ein Zimmer nehmen. Sie könnten eine jährliche Tradition daraus machen … Aber im Grunde wusste sie, dass es das letzte Mal war, dass sie unter diesem Dach schliefen. In dieses Haus gehörten sie nicht mehr. Die Vergangenheit war vorbei, die Pension wurde von Fremden in die Zukunft geführt, und das war gut so. Luna wollte die Zeit nicht zurückdrehen, nicht einmal, wenn sie es gekonnt hätte.

Was auch immer sie von jetzt an tun würde, es würde nur noch das sein, was ihrem Wesen entsprach. Die Zeit der Kompromisse war vorbei. Sie hatte immer auf irgendjemanden Rücksicht nehmen müssen und sich so verbogen, dass es irgendwie passte, egal, was es sie kostete. Wegen Jantje, wegen der Schule, wegen ihrer Lehre bei Jeppe, wegen ihrer Großmutter, in den Läden, in denen sie gearbeitet hatte.

Nun aber hatte sie das Schwalbennest als Rückzugsort, den sie nach ihren Bedürfnissen gestalten konnte. Sie hatte ihre Schwester wieder, mit der sie endlich offen über alles sprechen konnte. Und es gab wieder eine Verbindung zum Gespensterwald, und auch der sprach zu Luna, noch klarer als damals. Damit heilte etwas in ihr.

Franzi kam wieder heraus. »Matteo sagt, es ist alles gut. Ich soll die Zeit nutzen, ehe das nach Marleys Geburt nicht mehr geht. Ich frage mich allerdings, was er genau meint, was mit Marley nicht gehen soll. Er wird hoffentlich nicht so ein Vater, der denkt, außer dem Kind habe ich ab da nichts anderes mehr im Kopf.« Sie blickte nachdenklich, doch dann lächelte sie. »Egal, wir werden das schon hinbekommen. Wir haben bisher immer alles klären und einen Weg finden können. Übrigens möchte er, dass Lian Patenonkel wird. Scheint ja bestens zu funktionieren mit den beiden. Das ist super. Wollen wir rein? Ich werde langsam müde.«

Bald saßen sie beide in die Betten gekuschelt. Franzi hatte wieder Kakao besorgt. Luna räusperte sich entschlossen und schlug die nächste Seite auf. Es war seltsam, nach all den Jahren Stellans vertraute Handschrift in den Händen zu halten.

31

»Ich frage mich, was ich hier gerade tue. Als mich Herr Hirschel damals in Thüringen fragte, ob ich nicht eine Lehre in seinem Hotel machen wollte, habe ich nach langem Zaudern zugesagt. Hauptsächlich, weil ich hoffte, auf diese Art einmal weiter in den Süden zu kommen und dabei meinen Lebensunterhalt zu verdienen. Außerdem war er freundlich zu mir. ›Du redest nicht viel, aber du hast eine schnelle Auffassungsgabe und kannst zupacken‹, sagte er.

Wir sind immer gut miteinander ausgekommen, und so erfüllte er mir nach drei Jahren den Wunsch, mich in einen Betrieb wenigstens etwas weiter südlich zu vermitteln. Mehr als Bad Blankenburg stand nicht in seiner Macht. Ich denke, es lag an meinem neuen Kollegen Arndt, dass ich dort dann wieder jahrelang hängenblieb. Er arbeitete da schon länger, kannte die Gegend und liebte die Natur wie ich, und mit ihm zog ich fortan jede freie Minute in die Wälder. Im Hotel hatte ich bald einige Freiheiten. Dort waren viele Politiker zu Gast, und man schätzte mich, glaube ich, gerade weil ich so wenig redete. Das lag allerdings an meiner Menschenscheu, nicht an meiner Diskretion. Ihr Treiben interessierte mich nicht, ihre Schachereien und Intrigen bei Unmengen von teurem Wein hinter geschlossenen Türen. Es war alles so kleingeistig. Aber ich mochte das Haus, meine schlichte, unkomplizierte Arbeit in den Zimmern und manchmal in der Küche, vor allem aber draußen im Gelände.

Immer, wenn ich davon sprach fortzugehen, bat Arndt mich zu bleiben. Er konnte wegen seiner alten Mutter nicht weg, und er fand ebenso schwer Anschluss wie ich. So legte ich meine Pläne auf Eis, wahrscheinlich auch, weil die Sicherheit des Vertrauten, Beherrschbaren so bequem war.

Bis Arndts Mutter starb und er sich urplötzlich in die Frau verliebte, die die Beerdigung organisiert hatte. Unsere Freundschaft zählte nicht mehr, er ging mit ihr nach Berlin, und ich hörte nur noch einmal von ihm. Da war er plötzlich im Westen, in Bayern, südlicher, als ich je gekommen war. Ich beschloss, nun endlich auch meiner Wege zu gehen, doch ich wollte die anderen nicht im Stich lassen, bevor Ersatz für uns beide gefunden war, musste doch schon Arndts Arbeit auf alle verteilt werden. Es gingen damals so viele in den Westen, dass so schnell niemand zu finden war.

In meinem Hadern tröstete mich Sina, ein Mädchen aus der Küche. Bald gestand sie mir, dass sie sich in mich verliebt hatte, und ich fand ihre Nähe wohltuend, hatte ich so etwas doch bis dahin nie erlebt. Ich muss mir dieses Gefühl jetzt noch einmal vor Augen führen, um zu verstehen, warum ich damals nicht endlich wieder aufbrach. Vielleicht lag es auch daran, dass man als junger Mensch denkt, man hätte für alles ewig Zeit. Stattdessen blieb ich, bis es zu spät war. Die Grenzen wurden geschlossen, ich saß in der Falle. Sina und ich trennten uns bald darauf freundschaftlich, wir hatten nie ausreichend zueinander gepasst, es war nur ein gegenseitiges Stützen in der Einsamkeit gewesen. Ich wurde versetzt – von nun an geriet ich immer weiter in den Norden, etwas anderes war ja kaum mehr möglich. Im Harz gefiel es mir gut, an der Müritz auch, im Grunde hatte ich Glück, und das tröstete mich über meine alten Sehnsüchte hinweg. Denn ich erinnerte mich immer wieder an Frau Hirschels Worte und suchte die Gesellschaft der Bäume. Und die, das ist der Segen bei allem, was ich tue und was mir geschieht, gibt es überall zu finden. Zwar wird oft nicht achtsam mit ihnen umgegangen, aber die Herren der Obrigkeit mochten immerhin wie schon zu allen Zeiten die Jagd. Dazu braucht es Wälder, und in ihren Hotelanlagen wollten auch sie Schatten und etwas, das majestätisch wirkt und sie vor Blicken schützt, ganz gleich, wie es um ihre eigene Moral bestellt war.

Nun bin ich mittlerweile knapp über dreißig, da beginnt man nachzudenken. Die Ironie ist, dass man mich nun wieder zurück an die Küste geschickt hat, von der ich einst aufbrach, nur weiter westlich. Nicht auf den Darß soll ich, sondern aushelfen in einem Gästehaus in Nienhagen. Wieder meiner Verschwiegenheit und Zuverlässigkeit wegen. Ich habe sofort zugesagt, auch wenn ich damit an meine Anfänge zurückkehre. Denn dort gibt es einen Wald, der einzigartig sein soll. Außerdem habe ich die Hoffnung, am Meer gut nachdenken zu können, so wie damals mit den alten Freunden, als mein Leben noch neu und offen vor mir lag. Vielleicht kann ich mich am Meer darauf besinnen, was ich mit eben diesem Leben noch anfangen will unter den Umständen, die nun einmal sind, wie sie sind. Ich bin kein Rebell, ich glaube, ich möchte nur meinen Frieden. Und, ja, eine Gefährtin wäre schön. Sina hat mich nicht recht verstanden, aber es muss doch eine Frau geben, die mir so gleichgesinnt ist wie Arndt? Mit der ich im Wald wandern kann, mit der ich ein ähnliches Glück dabei empfinden kann, dieselbe Andacht, mit der ich gemeinsam das Staunen über die Wunder genießen kann, und die Freude an dem Zauber des Lichts in den Blättern, des Dufts, der Farben und Gestalten und der kleinen Wesen, die darin ihre vielfältigen Lebenswege finden?

Und dann ist da ein ganz neuer, ungewohnter Gedanke. Wenn es eine solche Gefährtin nicht gibt, nicht für mich, dann vielleicht eine Frau, mit der ich mich dennoch vertrage und mit der ich eine Familie gründen könnte? Ein Kind in diese wunderbare Welt setzen? Eines, das ich lieben und auf diesen Wegen an die Hand nehmen könnte. Dem ich, ohne verspottet zu werden, erzählen kann von allem, was ich sehe und denke, und sei es als Märchen. Vielleicht sind all diese Wunder und Wesen ja tatsächlich Märchen, da die meisten anderen sie nicht zu sehen scheinen. Grund zur Freude könnten sie dennoch sein. Sie sind in mir, ich möchte sie jemandem zum Geschenk machen. Dass sie aus mir herauswollen, auch wenn ich kein begnadeter Redner bin, das muss doch einen Sinn haben?

Die Bahn nähert sich nun meinem Ziel und ich will guten Mutes sein. Eine neue Hoffnung regt sich in mir mit jedem Meter, den ich dem Meer näher komme. Damals hat mich ein Wald an der Küste so nachhaltig bereichert, vielleicht ist dies die Antwort – dass in Wahrheit genau diese ganze Küste mein Ort ist und der Südwind mir davon eigentlich erzählen wollte? Schließlich muss man fort, um zurückkehren zu können. Auch wenn es nicht weit war, so war es immerhin eine lange Zeit. Vielleicht genügt das?«

Luna ließ erschöpft die Seiten sinken. Sie konnte sich nicht erinnern, jemals zuvor so lange am Stück gesprochen zu haben. Doch Stellans Worte rissen sie so mit, dass sie sich völlig vergessen hatte. So ging es ihr oft, wenn sie etwas las oder eine Geschichte hörte, dass sie ganz und gar in dieses andere Leben gezogen wurde. Das machte eine gute Geschichte aus. Doch hier ging es um ihren Vater, da war es noch einmal anders. Sie war aus diesem Leben entstanden, also war es, auf Umwegen, tatsächlich Teil ihres eigenen.

Franzi schlüpfte aus ihrem Bett, kam zu Luna herüber und setze sich zu ihr. »Du hast deinen Kakao vergessen.« Sie reichte ihr die Tasse. Luna trank dankbar. Der Kakao war nur noch lauwarm, aber er legte sich wohltuend über ihre Stimmbänder.

»Du hast wunderbar vorgelesen«, versicherte Franzi. »Auch

wenn ich gemerkt habe, dass es dir schwerfällt. Soll ich weitermachen? Oder wollen wir es auf morgen verschieben?«

Luna schüttelte den Kopf. »Ich lese gleich noch einen Abschnitt. Ich muss wissen, wie es weitergeht.«

»Okay. Soll ich wieder rübergehen?«

»Nein, bleib hier, bitte. Dann muss ich auch nicht so laut lesen.« Franzis warme Nähe war beruhigend. Wie früher, wenn ihre kleine Schwester zu ihr ins Bett gekrabbelt war, um getröstet zu werden. Sie roch sogar immer noch genauso.

Das alles hatte Luna in Dänemark bitterlich gefehlt. Doch nach dem, was sie gerade gelesen hatte, war sie sich zum ersten Mal sicher, dass ihre Entscheidung, mit Stellan zu gehen, damals richtig gewesen war. Jedenfalls so richtig, wie sie in der Situation überhaupt etwas hatte richtig machen können.

Sie wickelte sich aus der Decke und legte sie um sie beide. Draußen rief ein Käuzchen. Sie sahen sich an und lächelten. »Ich glaube, Stellan hört zu«, meinte Franzi.

Luna nickte. Selbst wenn er das nicht tat, so war er doch sehr gegenwärtig in dem leisen zweistimmigen Rauschen von Meer und Wald dort draußen, wo er so lange gelebt und geliebt hatte. Dass er seine Töchter geliebt hatte, daran zweifelte sie jedenfalls nicht. Seine Töchter, den Wald und das Meer. Er hatte geliebt, egal wie seine Beziehung zu Jantje gewesen sein mochte. Er war womöglich lebendiger gewesen als viele der Menschen, die ihn nicht verstanden hatten. Dazu kam, dass er manch einen auf unvergessliche Weise berührt hatte, wie sie nun von Tomke und von Justus erfahren hatten. Egal, was noch geschehen war, Stellans Geschichte war keine traurige. Darum konnte sie weiterlesen.

Luna nahm noch einen Schluck, wartete, bis das Käuzchen noch einmal gerufen hatte, und blätterte um.

»Ich fühle mich so jung, seit ich hier bin. Es liegt nicht nur an der Nähe des Meeres, obgleich mir nicht bewusst war, wie sehr ich es vermisst habe. Die Ursache ist auch nicht nur dieser Wald, obwohl ich solch einen noch niemals erlebt habe. Er ist voller lebendiger Wesen wie aus meiner Phantasie entsprungen, aus einem glücklichen Traum, ein Gestalt gewordenes Märchen. Er ist licht und dicht zugleich, sein Boden ist ein sanfter grüner Teppich, und der stetige Wind lässt die Wipfel der hohen Bäume nach Süden weisen, als kenne er die Richtung meiner Gedanken. Der Gespensterwald steht auf den Klippen und blickt über das Meer, es scheint, er wacht darüber, dass das Licht zum Morgen und zum Abend seinen rechten Weg am Horizont findet und kein Wolkenspiel ungesehen bleibt. Ich habe die Gabe, in beinahe jeder Landschaft zu Hause zu sein, sofern sie keiner Stadt zu nahe ist, doch so zutiefst wohl und fassungslos beglückt habe ich mich noch in keiner gefühlt.

Das alles spielt durchaus eine Rolle, aber der Hauptgrund für meine Verfassung ist eine Begegnung, auch sie wie durch einen Wunsch heraufbeschworen.

Meine Arbeit hier ist unpersönlich, dabei nicht unangenehm. Jeder werkelt vor sich hin, die meisten sind so schweigsam wie ich, vielleicht aus anderen Gründen. Es ist schwierig geworden, in diesem Staat seine Meinung zu sagen, ohne Folgen befürchten zu müssen, und keiner traut mehr einem anderen. Mir kommt dies eher entgegen, ich kann nach der Arbeit meiner Wege gehen, ohne dass man mich zu gemeinsamen Freizeitaktivitäten drängt, die mir nicht liegen. Ich müsste mich anschließen, um nicht wieder als arrogant verschrien zu werden, das bleibt mir dadurch erspart.

So streife ich beseelt durch den Wald und am Strand umher und entdecke stets Neues. Es ist noch Frühling und oft kalt, wenn der Wind bläst. Mir macht es nichts aus, im Gegenteil, es bedeutet, dass nicht viele Menschen unterwegs sind und ich diesen Ort recht ungestört in Ruhe kennenlernen darf.

Ich ging, in meine Jacke gehüllt, oben auf der Kliffkante entlang und freute mich an dem belebenden Gegenwind, der mir frisch ins Gesicht blies, und daran, wie er im klaren Abendlicht mit den jungen Blättern spielte. Auf einmal kam sie hinter einer der Buchen hervor. Eine junge Frau in einem Kleid, als wäre Sommer. Sie leckte an einem Eis, hatte helle Locken und Augen, von denen ich den Blick nicht wenden konnte, denn sie besaßen dasselbe Leuchten in wechselhaften Brauntönen wie jene unvergessenen der kleinen Hella vor so vielen Jahren. Mit diesen Augen blitzte sie mich an. ›Hallo, findest du diesen Wind auch so herrlich?‹, fragte sie. ›Er macht wunderbar lebendig, ganz durch und durch, und bläst alle Traurigkeit so weit fort, dass man denken kann, sie kommt nicht wieder.‹

Sie war deutlich jünger als ich, und so schien es mir in Ordnung, sie auch mit du anzusprechen, was sie anscheinend für selbstverständlich hielt.

›Ja, ich liebe den Wind auch‹, entgegnete ich. ›Aber hast du denn einen Grund zur Traurigkeit?‹

Ich konnte es mir kaum vorstellen und wusste doch selbst nur zu gut, dass man auch und gerade in diesem Alter genug Gründe dafür haben kann, die sich nicht einmal vom Wind beiseitewischen lassen.

›Ach was, schon vergessen!‹ Sie lachte und winkte das Thema fort, ehe es ernst werden konnte. ›Ich heiße Jantje, und du?‹

›Stellan. Sehr erfreut.‹ Mehr als diese Floskel fiel mir nicht ein, dabei meinte ich es von Herzen. Doch sie lachte wieder und hakte sich bei mir ein.

›Lass uns ein Stück zusammen gehen, du wiegst viel mehr als ich, dann schiebt mich keine launige Bö über den Rand.‹

Jantje. Ihr Name klingt wie der Ruf eines Vogels. Leicht und heiter und doch eindringlich. Ich wusste, ich würde ihn für immer im Gedächtnis behalten, dabei kann ich mir Namen nicht gut merken. Gesichter dagegen schon, darum könnte ich ja Hellas heute noch malen, wenn ich das Talent dazu hätte.

Jantje sieht nicht aus wie Hella, es ist nur der Blick, der ihr ähnelt, vor allem aber diese intensive Lebendigkeit. Hella war ernster, doch wann immer ich Jantje in die Augen sehe und mit ihr spreche, finde ich dort dasselbe Verständnis.

Wir haben uns seither noch zweimal getroffen, jeden Abend nach der Arbeit. Sie ist wie die meisten hier in demselben Gewerbe tätig wie ich, in einer Pension, die ihren Eltern gehört hat und nun dem FDGB unterstellt wurde. Geändert hat sich wohl nicht allzu viel, ihre Eltern haben die Leitung behalten, und Jantje arbeitet dort in Vollzeit mit. Sie kennt nichts anderes, doch sie sagt, sie liebe diese Arbeit. Mehr noch als ich, scheint mir. Nach Feierabend aber ist sie gern mit mir stillem Kerl zusammen, ausgerechnet. Vielleicht sagt sie das auch nur aus Langeweile, aber sie sieht mich an, als würde unser Zusammensein ihr ebenso große Freude bereiten wie mir. Oder spiegelt dieser Eindruck nur mein eigenes Empfinden wider? Sie ist doch viel zu jung! Ich darf sie nicht ermutigen, ehe sie das Leben kennengelernt hat. Da draußen gibt es Bessere für sie, die vom Alter her passen. Ich sollte mich behutsam zurückziehen, so schnell wie möglich, ohne sie vor den Kopf zu stoßen. Ich bin der Ältere, es ist meine Verantwortung.

Aber ich kann es nicht, noch nicht! Sicher wird sie bald von selbst meiner überdrüssig werden und sich jemand anderem zuwenden, wenn mehr Feriengäste kommen. Auf einen wie mich hat sie ganz sicher nicht gewartet. Bis dahin kann ich nicht anders, als die Stunden mit ihr zu genießen. Sie sagt, obwohl sie hier aufgewachsen ist, sieht sie den Wald mit ganz neuen Augen, wenn ich bei ihr bin. Vieles von dem, was ich ihr zeige, ist ihr noch nie aufgefallen – die Spuren eines Käfers im

Sand, die kleine Höhle unter einer Wurzel, den Baumläufer, der den Stamm entlang huscht und der Kobel eines Eichhörnchens. Der Busch, der einem freundlichen Geist ähnelt. Sie hört mir so konzentriert zu wie noch nie jemand, als wäre von größtem Interesse, was mir im Kopf herumgeht. So kommt es wohl, dass ich mit ihr frei reden kann wie nie zuvor. Sie ist ein Geschenk für mich, und ich möchte nichts lieber, als ihre Gesellschaft noch ein paar Tage genießen, bevor sie mich vergessen wird. Mit ihr zusammen zu sein ist wie eine Reise, so spannend und freudvoll. Meine Sehnsucht nach dem Süden und fernen Ländern ist vorerst genau wie ihre Traurigkeit mit dem Wind verflogen. Ich möchte in diesen Tagen nirgends anders sein als gerade hier. Ich habe mir vorgenommen, ihr ein Boot zu fertigen, das Schönste bisher. Hella hat sich darüber gefreut, Frau Hirschel genauso. Ich denke, das wird auch für sie gelten.

Jantje ...«

Luna legte das alte Papier behutsam zur Seite. Es erschien ihr so zerbrechlich wie jenes vergangene Glück, das aus Stellans Worten sprach.

Damals war es Wirklichkeit gewesen. So hatte er es erlebt.

Franzi war weiter unter die Decke gekrochen. »Sie muss ihn wirklich gern gehabt haben!«, sagte sie mit einer Mischung aus Staunen, Freude und Erleichterung. »Jantje hat viele Schwächen, aber sie hat niemals jemandem etwas vorgespielt. Diese Mühe macht sie sich nicht. Sie sagt und tut, was sie denkt. Ich glaube nicht, dass das jemals anders war. Auch damals nicht.«

»Nein.« Luna knipste das Licht aus. »In der Zeit, die er beschreibt, muss das bei ihr so gewesen sein.«

»Das ist schön«, flüsterte Franzi schläfrig. »Das wusste ich nicht. Ich hatte befürchtet, sie hätten sich nie wirklich ge-

mocht.« Sie machte keine Anstalten, in ihr Bett zurückzukehren.

Und so schliefen die Schwestern in dieser letzten Nacht unter
dem alten Dach aneinandergekuschelt, so wie früher, wenn die
Welt um sie herum sie verwirrte.

32

»Das habt ihr gemacht? Extra für mich?« Zu Lunas Bestürzung schimmerten Tränen in Tomkes Augen, als er das Schiff entgegennahm. Denn ein Schiff war es geworden, Boot konnte man das schon nicht mehr nennen. Bewundernd betrachtete er es. »Wie entzückend! So voller Liebe zu den Materialien, und mit Respekt vor deren jeweiligen Eigenheiten. Und mit einem Sinn für natürliche Schönheit.«

Franzi umarmte ihn spontan. Luna beneidete sie um diese Gabe. Sie selbst hätte jetzt so lange überlegt, ob sie sich das trauen konnte, bis der Moment verpasst war.

»Du hast unsere Baumgeister gerettet und all die Jahre auf sie aufgepasst, und du denkst immer noch an Stellan«, sagte Franzi. »Für all das ist unser Schiff nur ein ganz kleines Dankeschön!«

»Wenn Stellan das wüsste«, sagte Tomke und wischte sich die Augenwinkel, bevor er das Schiff sorgsam auf das Tischchen stellte, über dem die Bilder gehangen hatten. Essie hatte dort zwei ausdrucksvolle Kohlezeichnungen von alten Bäumen aufgehängt, um die leeren Stellen zu füllen. »Er wäre so glücklich! Aber er war immer glücklich über seine Mädchen.«

»Das war lieb von euch«, sagte Essie wenig später und legte für einen Augenblick einen Arm um Luna und den anderen um Franzi. »Danke! Und nun fühlt euch wohl hier. Richtet euch ein, wie es euch gefällt.« Dann ließ sie sie allein.

Sie standen im Laden, umgeben von Bücherregalen. Luna ließ ihre Tasche auf die gewaltige Couch fallen, die Essie ausgeklappt und mit Bettzeug versehen hatte. »Ich weiß, man kann von draußen nicht reingucken, aber ein merkwürdiges Gefühl ist es doch, hinter einem Schaufenster zu schlafen«, stellte sie fest. Sie mochte den Raum, doch das mit dem Bett verursachte ihr Beklommenheit.

Franzi blickte verwirrt. »Aber es war ja deine Idee. Du hast den Raum gesehen, ehe du dich entschieden hast. Wollen wir doch lieber abreisen?«

Luna sagte nichts. Sie öffnete die Tür zu dem Büro mit der minimalen Küchenzeile und dem winzigen Badezimmer. So klein war der Raum gar nicht, er wirkte nur durch den Schreibtisch so, der nicht schön war, aber eine großzügige Fläche besaß. An den Wänden standen stapelweise Schuhkartons, die noch übrig waren aus der Ladenphase. Luna rüttelte daran. »Leer«, stellte sie fest. »Weißt du was? Wir tauschen Couch und Schreibtisch aus. Dann können wir hier hinten schlafen. Das ist viel besser.«

Franzi blickte zweifelnd. »Lohnt sich das für die paar Tage? Und schaffen wir das? Außerdem müssten wir Essie fragen.«

»Du fragst Essie, ich rufe Justus an. Er kann uns helfen.« Es passierte nicht oft, aber wenn Luna sich etwas in den Kopf gesetzt hatte, dann überlagerte dieser Wunsch ihre Menschenscheu und machte sie stark. Dass dies gerade hier und jetzt geschah, freute sie. Es zeigte ihr, dass sie auf dem richtigen Weg war. Franzi, die sie erstaunt betrachtet hatte, umarmte Luna kurz und ging hinaus, Essie zu suchen.

Es war nicht so, dass Luna der Anruf leichtfiel, aber es war dennoch problemloser als befürchtet. »Sehr gern«, versicherte Justus. »Ich kann gleich rüberkommen, ist ja nur um die Ecke.«

Essie hatte gegen die Aktion nichts einzuwenden. Eine Stunde später war Luna vollauf zufrieden.

»Dann können wir ja jetzt gleich mit Justus zurückgehen und mit dem zweiten Schiff anfangen«, stellte Franzi mit einem Schmunzeln fest.

»Amüsier dich ruhig. Manchmal muss ich es eben so haben, wie ich es brauche.«

»Das finde ich gut. Ich war nur von deiner Entschlossenheit überrascht.« Franzi drückte sie kurz an sich.

»Dafür machen wir jetzt ein besonders schönes Schiff für dein Café«, versprach Luna.

»Unsere Schiffe sind *alle* besonders schön«, verkündete Franzi.

Kaum wühlten sie wieder im Schuppen in dem Vorrat an Wurzeln, Rinde und Holz, hatten sie Justus' Gegenwart vergessen und merkten erst eine Weile später, als sie sich für einen Rumpf entschieden hatten, dass er sie stillschweigend allein gelassen hatte. »Oje, hoffentlich ist er nicht beleidigt«, meinte Franzi bestürzt. »Wir hätten uns noch mal bedanken sollen.«

»Ich glaube, er versteht uns.« Luna wusste nicht, woher sie diese Gewissheit nahm, aber während sie am Holz den Bug zurechtschliff, ließ sie der Gedanke nicht los. Er fühlte sich schön und ungewohnt an.

Je öfter sie Justus begegnete, desto mehr fielen ihr die kleinen Details wieder ein, die ihr damals schon aufgefallen waren. Die Art, wie er zuhörte – mit ernstem Blick, als zählte nichts anderes auf der Welt als sein Gegenüber. Das eine Grübchen, das auch dann sichtbar war, wenn er nicht lächelte. Seine Art, Dinge zu berühren, als wäre alles etwas Wertvolles, auch ein Alltagsgegenstand wie ein Hammer oder eine Zeitung. Die sanfte Ruhe in seiner Stimme, die klang, als würde sie Kraft aus einer unsichtbaren Tiefe gewinnen – wie die Bäume.

»Wir machen um eins Mittagspause«, sagte Franzi. »Essie hat uns eingeladen, als ich sie wegen des Umräumens fragte. Es gibt Tortillas.«

»Essie kocht mexikanisch?«

»Essie kocht alles gern. Sie probiert immer etwas Neues.«

Die Tortillas waren ausgesprochen lecker, stellte Luna später fest. Sie hatte nicht gewusst, dass sie mexikanisch mochte. Mit Kochen hatte sie sich selten beschäftigt. Auf dem Hof gab es bodenständige Sachen wie Kartoffeln und Kohl mit Schwein oder Huhn, und das war völlig in Ordnung gewesen. Zu Hause machte sie sich höchstens Salat oder Tiefkühlpizza. Vielleicht war es Zeit, auch hier neue Wege zu beschreiten. Wenn das Schiff fertig und Franzi fort war, könnte sie Essie nach dem Rezept fragen, oder ob sie beim Kochen helfen und dabei etwas lernen konnte. Vielleicht würde sie dann im *Schwalbennest* einmal Sieglinde und ihren Mann zum Dank für all die Nachbarschaftshilfe einladen. So viele *Vielleichts*! Sie bekam etwas Angst vor sich selbst, gleichzeitig war da ein aufgeregtes Kribbeln in ihr. Franzi hatte sie mit ihrem plötzlichen Auftauchen am ersten April aus ihrer Bequemlichkeit katapultiert. Und damit wesentlich mehr in ihr geweckt, als sie für möglich gehalten hatte.

»Ich helfe abwaschen«, erklärte Franzi nach dem Essen. »Du kannst ruhig schon weitermachen, Luna, ich komme dann nach.«

»Nein, ich habe was zu erledigen. Ich geh mal kurz an den Schreibtisch. Hol mich ab, wenn du fertig bist.« Luna hatte das dringende Bedürfnis, wieder ein paar Worte in das Notizbuch aus Stellans Vermächtnis zu schreiben. Einige Male hatte sie das nun schon getan, nie, ohne zärtlich über den Einband zu streichen. Es war immer, als ob sie mit ihm selbst spräche und seine tröstliche Gegenwart wie ein unsichtbares Lesezeichen zwischen den Seiten lag.

Das diffuse Licht, das durch die hellen Jalousien drang, war angenehm. In dem Beet vor dem Seitenfenster hatte Essie Hornveilchen um die Rosen herum gepflanzt, die immer weiter austrieben, und auch ein Ring von Narzissen blühte auf. Das Fenster war gekippt. Frühlingsduft erfüllte das Zimmer, gemischt mit dem Aroma des Meeres. In der Ferne warf die Sonne Licht auf den Wald, so dass die Kronen glänzten. Der von Arbeitsspuren gezeichnete massive Schreibtisch und der durchgesessene Stuhl mit dem dicken Kissen erschien Luna merkwürdig vertraut, als hätte sie schon ein Leben lang daran gearbeitet.

Ein seltsames Glück erfüllte sie, als sie den Stift ansetzte, den Stellan ihr gewissermaßen in die Hand gelegt hatte.

Stellan, etwas ist anders! Ich liebe Vehlefanz, den Krämer Forst, den Mühlensee und das Schwalbennest. Die Gegend dort ist meine Heimat geworden. Sie hätte dir auch gefallen. Ich freue mich schon sehr auf meine Rückkehr dorthin. Aber hierherzukommen hat mir bewusst gemacht, dass auch dieser Ort unverrückbar ein Teil von mir ist. Du und der Gespensterwald, ihr habt mich bedeutend geprägt. Ihr beide wart es, die mir die Welt verzaubert haben, so dass ich sie anders wahrnehme als viele, mit denen ich zu tun hatte. Nein, ich halte die Kobolde und Geister, die meine Phantasie in Wurzeln, Bäumen und Wolken sieht, nicht für das, was die meisten als Realität verstehen, genauso wenig wie du. Auch wenn man uns das manchmal vorgeworfen hat. Aber sie sind Teil eines bestimmten Lebenszaubers, den ich empfinde, wenn ich allein draußen unterwegs bin und meine Umgebung so lebendig wahrnehme. Blumen, Gräser und Bäume sind für mich alles Wesen, Weggefährten, auf Augenhöhe mit mir, genauso wie die Vögel, die Schmetterlinge, die Frösche. Seit ich den Wald wiedergesehen habe, seit Franzi meine Kindheit wieder lebendig macht und meiner Vergangenheit die Spuren von Angst und Traurigkeit nimmt, gehe ich wieder mit dieser alten Freude in jeden neuen Tag, die ich einst von dir geschenkt bekommen habe.

Ich weiß nicht, ob das anhält, wenn ich wieder fort bin. Es wird mir auch diesmal ein wenig das Herz brechen, wegzugehen und nicht zu erleben, wie das helle Grün langsam ins Sommergrün wechselt, wie es blüht und reift, wie sich die Gestalten der Bäume mit neuen Trieben ändern und wie die ersten Blätter sich golden färben, wenn die Bucheckern reifen.

Du hast den Gespensterwald geliebt und davor den Darßwald, später jenen in Dänemark. Auch andere Orte hast du in den Zeilen erwähnt, die wir jetzt von dir lesen dürfen. Es gab wohl kaum einen Baum, mit dem du dich nicht befreundet hast. Wie hast du es gemacht, immer und immer wieder loszulassen und woanders anzukommen? Ich weiß nicht, ob ich dazu fähig sein werde. Ich wünschte, ich könnte dich fragen. Und weiß doch, was du sagen würdest: Hör den Bäumen zu. Berühre sie. Gib dir Zeit.

Aber werden sie eine Antwort für mich haben, so wie für dich? Ich bin mir nicht sicher. Ich weiß nur, dass ich noch ein wenig bleiben muss, um es herauszufinden.

Deine Baumgeister jedenfalls haben den Weg zu uns zurückgefunden. Sie hätten niemals verloren gehen dürfen. Nun lehnen sie hier an der Wand, und es ist ihr altvertrauter, weiser Blick, der mir Mut macht. Damals ist mir nicht aufgefallen, dass auch ein Anflug von Heiterkeit in ihren Augenwinkeln liegt. Wahrscheinlich amüsieren sie

sich darüber, wie kompliziert wir Menschen sind, und fragen sich,
wann wir von den Bäumen lernen werden und einfach aufsaugen,
was uns guttut, die schlichten, klaren Dinge. Wasser und Licht. Und
wachsen, von innen heraus.

Sie verstaute das Buch in der Schublade und ging, Franzi zu suchen. Wenn sie mit dem Schiff für das Café fertig waren, blieb gewiss genug Material übrig für ein kleineres, das sie für Justus machen wollte. Er hatte auch einen Dank verdient – für jetzt, und für damals. Das Schiff konnte dann zusammen mit dem, das er einst von Stellan erhalten hatte, auf seiner Fensterbank stehen. Das würde ihr gefallen.

Franzi

Nienhagen/Gespensterwald

33

Während Franzi Birkenrinde für ein Segel zurechtschnitt, versuchte sie, ihre Gefühle zu sortieren. Sie hatte wie geplant das Bild wiedergefunden, aber dazu noch viel mehr. Sie hatte sich so gut es ging mit Luna ausgesöhnt und begann allmählich, ihre Schwester zu verstehen, die so anders war als sie selbst. Das machte sie glücklich, denn erst jetzt war ihr bewusst geworden, wie schmerzlich sie Luna vermisst hatte.

Außerdem würde sie eigenhändig einen ganz persönlichen Baumgeist für ihr Kind gestalten. Sie stellte zunehmend fest, wie gern sie mit Holz und Rinde arbeitete und dass sie von der Fähigkeit, die Stellan ihr vor so langer Zeit beigebracht hatte, nichts verlernt, sondern diese weiterentwickelt hatte.

Sie hatte sogar den Wald ihrer Kindheit endlich wiedergesehen, wovor sie so lange zurückgeschreckt war, trotz der andauernden unterschwelligen Sehnsucht danach.

Doch genau hier lag der Grund, warum sie jetzt innerlich so unruhig war. Je länger Franzi sich in Nienhagen aufhielt, desto stärker wurde das Empfinden, dass etwas sie festhalten wollte. In der Nacht hatte sie geträumt, dass die so lebendigen Gestalten der Buchen mit ihren vielen Armen liebevoll, aber mit beängstigender Kraft nach ihr griffen. Marley müsste auch hier aufwachsen!, schienen sie sagen zu wollen. Die gutmütigen Kobolde aus Stellans Geschichten wuselten dabei zwischen den Wurzeln herum und hielten eine Versammlung ab, in der sie einen Plan schmiedeten, doch Franzi verstand nur Gemurmel und war beunruhigt aufgewacht. Dann hatte sie wach gelegen und Matteo furchtbar vermisst.

Sie musste unbedingt nach Hause! Hoffentlich konnten sie heute Abend Stellans Tagebuchauszüge zu Ende lesen. So wichtig und schön das war, es ging ihr so nahe, dass sie es auch anstrengend fand und es kaum abwarten konnte, Matteos Arme um sich zu spüren, mit ihm im Garten unter dem Teetassenbaum zu sitzen und über ganz normale Alltagsdinge wie Fischlieferungen und Sommermenüs zu sprechen.

Matteo würde begeistert sein, wenn er das Schiff für das Café sah, dachte sie jetzt. Luna und sie hatten sich gut eingespielt. Dieses Exemplar würde besonders schön werden, mit noch mehr Details. Luna hatte das Steuerrad diesmal nicht geschnitzt, sondern aus feinen, apart gemusterten Wurzeln zusammengesetzt. Die Bullaugen waren nicht aus Steinen, sie bestanden jetzt aus hauchdünner, transparenter Birkenrinde aus Justus' Fundus.

»Weißt du noch, Stellans Geschichte von den Flausen?«, fragte Luna, die gerade ein winziges Rettungsboot glattschliff.

Franzi dachte nach. »Die Flausen ... stimmt, Jantje sagte oft, Stellan würde uns Flausen in den Kopf setzen. Das klang, als wären die etwas Schlimmes.«

»Ja. Aber Stellan erklärte, das hätte sie leider völlig falsch verstanden. Flausen, meinte er, wären so ähnlich wie Fledermäuse. Sie haben Flügel, sind schnell und leise und sehr wendig. Aber anders als Fledermäuse sind sie bunt und fliegen bei Tag, wenn man wach ist. Fledermäuse sind wichtig, auch für die Forstwirtschaft, weil sie in einer Nacht bis zu viertausend

Mücken und Schädlinge fressen, Samen verteilen und manche Pflanzen bestäuben …«

»Richtig«, fiel Franzi ein, »und er sagte, Flausen sind genauso unverzichtbar, nämlich für unseren Geist und unsere Seele. Mit ihren bunten Flügeln würden sie Trägheit und Traurigkeit vertreiben und dann die Samen von guten Ideen in den Gedanken verteilen und zum Wachsen bringen, indem sie ihnen frische Luft und Phantasie zufächeln.« Sie lächelte vor sich hin. »Das hatte ich völlig vergessen. Danke, dass du mich daran erinnert hast. Das muss ich später auf jeden Fall Marley erzählen!«

Luna schmunzelte ebenfalls. »Mach das. Dann vergiss aber auch die Schnurstrackse nicht.«

Franzi lachte hellauf. »Stimmt ja! Aber davon muss ich vor allem Matteo erzählen. Er findet manchmal, ich lasse mich zu sehr ablenken. Daran sind ja die Schnurstrackse schuld.«

»Die Schnurstrackse«, zitierte Luna in einer erstaunlich guten Nachahmung von Stellans geheimnisvoller, tiefer Stimme, »sind eine besondere Art Kobolde. Sie sind gut Freund mit den Flausen. Die Schnurstrackse sind unsichtbar, das macht sie so geschickt. Eigentlich sollen sie dafür sorgen, dass es klappt, wenn Jantje sagt: ›Nach der Schule kommst du aber heute schnurstracks nach Hause, Mädchen!‹ So ein Schnurstracks läuft vor dir her, ohne dass du es merkst, und kümmert sich darum, dass du nicht vom Weg abkommst. Aber dann sieht er plötzlich eine Flause vorbeifliegen, und die erzählt etwas von einer Entdeckung und ist so bunt und fröhlich, dass er ihr folgt. Und schon musst du hinterher und auf einen Baum klettern, oder Heidelbeeren pflücken, oder Steine sammeln. Da kannst du gar nicht anders! Dafür musst du dich nicht schämen. So ein Schnurstracks ist nämlich unwiderstehlich. Er führt dich immer direkt zum Ziel, das ist seine Aufgabe. Man weiß eben nur nicht immer vorher, welches Ziel es ist.« Luna hatte diese Worte mit Stellans ausdrucksvollen Gesten untermalt.

Franzi wischte sich eine Lachträne ab. »Du glaubst gar nicht, wie mich das damals beruhigt hat!«

»Mich auch«, gab Luna zu. »Das hat er mir schon erklärt, als du noch gar nicht geboren warst, und später dann dir. So was ist zeitlos. Und dann war da noch die Fabel vom sommersprossigen Waldflamingo, der immer dann auftauchte, wenn das Leben einfach viel zu ernst war …«

»Wie konnte ich den vergessen!« Franzi prustete schon wieder los.

»Weißt du was, ich könnte all diese Geschichten nach und nach aufschreiben, für Marley – würde dir das gefallen?« fragte Luna vorsichtig.

Marley war Luna also tatsächlich wichtig. Eine warme Freude erfüllte Franzi. »Das ist eine wunderbare Idee, Luna! Ich kann nicht so gut schreiben, und außerdem werde ich bestimmt in nächster Zeit keine Ruhe dafür haben.«

»Ich mach das gern. Das ist wenigstens etwas, was ich tun kann. Ich werde im *Schwalbennest* auf der Terrasse sitzen, euch vermissen und aufschreiben, an was ich mich erinnere. Lauter kleine Geschichten.« Luna strahlte. »Die können wir dann später vorlesen.«

Ach ja, die Schnurstrackse, überlegte Franzi, während sie das fertige Segel am Mast anbrachte. Ich glaube, die versuchen gerade mal wieder einen Schabernack mit mir und wollen mich zu anderen Zielen locken, die gar nicht meine sind. Und Flausen schwirren sowieso immer um mich herum, ist das nun gut oder schlecht?

Mitten in ihr Grübeln hinein klingelte ihr Handy. Es war Ava. »Ich bin gerade in Nienhagen, ich habe etwas ausgeliefert. Kann ich kurz vorbeikommen?«

Franzi beschrieb ihr, wo sie waren. Bald darauf klopfte es an der Tür des Schuppens.

»Hallo! Ich will nicht lange stören, ich habe nur ... oh.« Sie betrachtete bewundernd das fast fertige Schiff. »Wie schön! Da komme ich vielleicht gerade richtig.« Sie zog eine Rolle Draht aus ihrer Tasche. »Ich hatte welche von den zarten Lichtern übrig, mit denen ich das Schiff beleuchtet habe, das ihr mir geschenkt habt. Ich dachte, ihr könnt sie eventuell gebrauchen.«

»Mensch, Ava, das ist ja super! Dieses Schiff ist als Deko für mein Café gedacht, und ich hatte genau das vor – es auch zu beleuchten, weil mir das auf deinem Bild so gut gefiel. Ich wusste nur nicht recht, wie ich das anfangen soll.« Franzi untersuchte den feinen Draht mit den kaum sichtbaren LED-Birnchen. »Ist das batteriebetrieben?«

»Vor allem solarbetrieben. Wenn du dieses kleine Paneel innen an ein Fenster legst, genügt das. Tageslicht reicht, es muss keine Sonne scheinen. Das lädt den Akku auf, dann funktioniert es den ganzen Abend.«

»Wirklich? Das ist ja winzig. Ich dachte, so was muss viel größer sein.« Franzi war begeistert. Das war gewissermaßen reale Magie. »Das heißt, ich muss nur unauffällig den Draht befestigen und ansonsten nicht mit Elektrik herumfummeln? Das ist nämlich etwas, was ich nicht gerne mache.«

»Nein, mehr musst du nicht tun. Der Akku hält jahrelang.«

»Großartig. Dann kann ich Matteo das fertige Schiff präsentieren, wenn ich zu Hause bin. Der wird hingerissen sein.« Franzi sah es schon vor sich. Sie würde das Schiff abends im

Gastraum platzieren und ihn dann hereinrufen. Sie überraschten sich so gern gegenseitig.

»Freut mich, dass ich helfen konnte. Da ist noch was.« Ava zögerte.

»Was denn?«, fragte Luna. »Sag schon. Mich was nicht zu trauen ist eigentlich meine Rolle.«

Sie mag Ava, dachte Franzi, das ist mir schon in Kühlungsborn aufgefallen.

»Ich wollte nur sagen, wenn ihr noch ein Schiff übrig haben solltet – ich meine, das, was ihr mir geschenkt habt, würde ich natürlich niemals verkaufen, das sollt ihr nicht denken. Ich liebe es. Immer wenn ich es ansehe, macht es mir Mut. Aber ich habe es als Dekoration ins Schaufenster gestellt.« Ava war sichtlich verlegen. »Es zieht die Kunden an. Und ganz viele haben mich schon gefragt, ob sie es kaufen können, obwohl ich *unverkäuflich* drangeschrieben habe. Ich wollte es euch nur sagen, weil – also, falls ihr mal in Not seid oder einfach Lust habt, welche zu verkaufen, dann würde das wahrscheinlich funktionieren.«

»Verkaufen? Du meinst in deinem Laden?«, fragte Franzi verblüfft.

Ava hob die Schultern. »Ich meinte nur, dass es überhaupt möglich wäre. Oder ihr macht das woanders. Ich wollte euch einfach nur die Reaktion der Kunden mitteilen.«

»Stellan hat manchmal eines verkauft, wenn er Geld brauchte. Oder geschnitzte Wanderstöcke«, sagte Luna mehr zu sich selbst als zu Franzi oder Ava.

»Wie gesagt, ich wollte es euch nur erzählen«, sagte Ava. »Ich muss jetzt auch weiter. Könnten wir ... können wir in Kontakt bleiben?«

Sie muss doch ein ganzes Stück jünger sein als ich, fand

Franzi, oder liegt es am Licht hier drin? Ava wirkte plötzlich ein wenig verloren, wie ein aus dem Nest gefallener Vogel. Vielleicht sollten wir ihr auch einen Baumgeist machen, einen kleinen wenigstens, der ihr das Gefühl gibt, beschützt zu werden.

»Sehr gerne machen wir das«, versicherte sie.

»Ja, auf jeden Fall«, bekräftigte Luna. »Ich schicke dir meine Adresse, falls du mich mal in Vehlefanz besuchen willst.«

Das überraschte Franzi nun doch. Wie schön. Luna öffnete sich immer mehr, obwohl es ihr bestimmt nicht leichtfiel. »Wo mein Café ist, weißt du ja schon«, fügte sie hinzu. »Wir freuen uns jederzeit, dich zu sehen. Und vielen Dank für alles!«

Ava lächelte erleichtert. »Dann erst mal tschüs.«

Nachdem sie fort war, arbeiteten Luna und Franzi schweigend weiter, beide in Gedanken versunken.

»Schon schön, dass unsere Schiffe anscheinend mit Stellans Werken mithalten können und dass die auf diese Weise weiterleben«, sagte Luna eine ganze Weile später. »So hat er es sich bestimmt gedacht, als er uns die Kiste mit dem Werkzeug und Material und den Vorlagen hinterlassen hat. Er hoffte, dass ein sanfter Schubs genügen würde, um uns an die Zeit mit ihm und seine Lehren zu erinnern.«

»Und schön auch, dass du mir hilfst, weil du dich ja besser erinnern kannst. Du hattest so viel mehr Zeit mit ihm«, stimmte Franzi zu. »Ich hätte unbedingt Kontakt mit euch aufnehmen sollen, als ich erwachsen war. Aber ich war so verletzt, hatte mich im Stich gelassen gefühlt und war zu stolz. Und ich wollte wohl auch keinen Streit mit Jantje provozieren. Sie war die einzige Familie, die ich noch hatte. Also habe ich mir mein eigenes Leben aufgebaut mit der Ausbildung, dann Matteo und dem

Café.« Nachdenklich fegte sie Sägespäne zusammen. »Wahrscheinlich wollte ich mir beweisen, dass ich es auch allein schaffe. Und dann waren auf einmal all die Jahre vergangen. Es ist so leicht, einen richtigen Zeitpunkt zu verpassen.«

»Das weiß ich nur allzu gut«, tröstete Luna sie. »Das ging mir ja genauso. Wie oft schon wollte ich dir schreiben und hab es immer wieder aufgeschoben. Ich habe mich vor deinen berechtigten Vorwürfen gefürchtet. Und Stellan hätte dich ja auch anschreiben oder aufsuchen können. Er hat stattdessen die Entscheidung getroffen, sich ganz zurückzuziehen und allein mit dem Wald zu sein, auch ohne mich. Mach dir also keine Vorwürfe.«

Franzi dachte darüber nach, bis sie die Werkstatt blitzsauber aufgeräumt und alle Spuren ihres Werkelns beseitigt hatten. »Du hast recht. Das werde ich auch nicht,« entschied sie. »Das belastet nur und bringt gar nichts. Stellan würde es nicht wollen. Er hat uns so viel hinterlassen, was wir genießen und an Marley weitergeben können. Die Freude am Leben, am Schönen und Phantasievollen, die Geschichten, das Handwerk. Das zu nutzen ist das Beste, was wir tun können. Sieh mal!« Sie schaltete das Licht aus. Die Lämpchen am Mast und an der Reling waren nun das Einzige, was noch den Raum erleuchtete. Sie warfen vielfache vergrößerte Schatten an die Wände – vom Segel, vom Steuerrad, vom Anker, von den Tauen. Das Schiff selbst wirkte märchenhaft und geheimnisvoll, und doch so verlässlich und funktionsfähig, als könnte man damit bedenkenlos in eine vielversprechende Zukunft segeln.

Von Justus hatten sie den ganzen Tag nichts gehört. Als sie gingen, Franzi mit dem Schiff in den Armen, blickten sie zum

Giebel hinauf, wo das Fenster erleuchtet war. »Er arbeitet«, sagte Luna. »Stören wir ihn besser nicht.«

Sie mag ihn, dachte Franzi. Das höre ich in ihrer Stimme. Jetzt kenne ich sie schon wieder ziemlich gut. »Wir können uns morgen bei ihm bedanken«, sagte sie.

»Ja, ich habe dazu schon eine Idee. Franzi – liest du heute wieder vor?«, fragte Luna. »Ich … ich mag es einfach nicht. Es macht mich nervös. Ich höre lieber dir zu. Dafür bitte ich auch Essie um Kakao.«

Franzi lachte. »Na, dann musst du das Vorlesen wirklich hassen! Ich mach es gern. Ich muss ja üben. Es kommen Jahre auf mich zu, in denen ich Marley vorlesen muss – nein, will«, verbesserte sie sich.

»Ja, das, was ich für euch aufschreiben werde. Oder du erzählst einfach was.«

»Beides«, sagte Franzi vergnügt. Sie sah es genau vor sich: der gutmütige Baumgeist, den sie noch gestalten würde, über Marleys Bett. Auf der Fensterbank ein kleineres beleuchtetes Schiff. Sie selbst auf der Bettkante, wie sie aus Lunas Buch mit Stellans Geschichten las. Und wenn sie Dienst im Café hatte, dann würde Matteo das übernehmen. Oder Patenonkel Lian oder Tante Luna.

Sie konnte es nicht erwarten, nach Hause zu kommen. Doch zuvor wollte sie erfahren, warum die Geschichte ihrer Eltern nach dem schönen Anfang viel später ein so plötzliches Ende genommen hatte.

34

»Die bräuchten im *Küstenkauz* jemand Neues in der Küche«, meinte Franzi nachdenklich, als sie an der Tasse nippte. »Dieser Kakao von Essie ist um Längen besser als der dort.« Es ärgerte sie aus irgendeinem Grunde.

»Dein Café ist woanders«, erinnerte Luna sie. »Der *Küstenkauz* ist Vergangenheit. Das geht uns nichts mehr an.« Sie klang so gelassen, dass Franzi nicht wusste, ob sie sich auch darüber ärgern oder es bewundern sollte.

»Kannst du denn etwas, was so lange so wichtig war, einfach problemlos hinter dir lassen?«, wollte sie wissen.

»Oft, ja. Manchmal eben auch nicht. Sonst hätte ich Oma Hedwigs Sachen sicher eher sortiert und das *Schwalbennest* längst umgeräumt. Liest du jetzt vor?«

»Ich mach ja schon.« Es war ungewohnt, mit Luna in einem Doppelbett zu liegen, auch wenn die Couch groß war. Ausgeklappt wie jetzt füllte diese das ehemalige Büro beinahe aus. Das war recht gemütlich. An der Wand hingen große Fotografien des Gespensterwaldes. Luna hatte eine Kerze angezündet, deren tanzende Flamme sich mehrfach in den gläsernen Rahmen spiegelte. Am Waschbecken der rudimentären Küchenzeile tropfte gelegentlich der Hahn. Es klang wie ein ganz langsamer Herzschlag.

»Wir treffen uns nun seit Wochen. Dass Jantje gute zehn Jahre jünger ist als ich, muss ich mir immer wieder bewusst machen. Es fällt mir kaum noch auf, weil ich mich zunehmend jung und sorglos fühle, wenn wir zusammen sind. Sie zerstreut alle meine Zweifel mit ihrem Lachen, mit diesem schalkhaften, liebevollen Blitzen in ihren braunen Augen. Ja, diese Augen haben mich an Hella erinnert, aber ich hielt es für eine bloße Äußerlichkeit. Doch Jantje ist genau so, wie ich mir eine Gefährtin erträumt habe. Ich glaube, sie versteht es, wie leidenschaftlich ich in meiner Freizeit im Wald unterwegs bin, und begleitet mich gern. Sie hört mir zu, wenn ich von meinen Empfindungen erzähle, wenn ich ein besonderes Baumwesen treffe – diese Buchen hier haben alle eine beeindruckende Persönlichkeit! Sie lauscht mir und lacht, wenn ich eine meiner Geschichten von Kobolden und Waldelfen für sie spinne. ›Du zauberst all meine Sorgen fort‹, sagt sie und lehnt sich an meine Schulter. ›Ich vergesse alles andere, wenn ich bei dir bin.‹ Wenn ich sie frage, was für Sorgen jemand wie sie denn hat, dann lacht sie nur und wischt die Frage beiseite. ›Ach, immer die Pension! Küchenarbeit, servieren, an der Rezeption sitzen. Es ist manchmal alles so öde.‹ Doch wenn ich vorschlage, sie könnte sich doch eine andere Arbeit suchen, dann nimmt sie es zurück. ›Nein, nein, ich liebe es ja‹, erklärt sie hastig, ›es ist nur, meine Eltern sind ständig um mich und beobachten und kritisieren, das ist nicht leicht, weißt du?‹ Nein, das weiß ich nicht, da ich mich an meine Eltern kaum erinnern kann, und ihre kenne ich noch immer nicht. Aber ich versuche zu verstehen, was sie meint. Also lenke ich sie weiter ab und genieße ihre Gegenwart. Sie erwidert meine Geschichten mit ihren eigenen, von kauzigen Gästen und verrückten Lieferanten. Sie mag es, wenn ich ihr sage, wie schön ich sie finde, doch sie ist anders als andere Frauen, die ich kannte. Sie hat diese unerschütterliche Lebensfreude in sich, sie ist wie ein Frühlingstag, der nie zu Ende geht, erfrischend auch bei dreißig Grad, denn es ist längst

Sommer, ich weiß auch nicht, wo die Wochen geblieben sind.

Wir liegen im Schatten der Buchen oder gehen schwimmen, und die Abende sind hell und lang, als wäre dieses Glück endlos. Gleichzeitig erscheint es mir so durchsichtig und zerbrechlich wie Glas. Manchmal wage ich kaum zu atmen vor Angst, es wäre alles nur ein Traum.

Mich bekümmert, dass ich sie noch niemals abholen oder nach Hause begleiten durfte. Das geht so völlig gegen meine Überzeugung. Doch sie hat mir kategorisch verboten, in Sichtweite der Pension Küstenkauz aufzutauchen. ›Meine Eltern sind so streng. Ich habe keine Kraft für endlose Diskussionen.‹

›Du bist doch erwachsen, Jantje‹, sage ich dann, doch sie erwidert: ›Ach Stellan, du hast keine Ahnung.‹ Also frage ich nicht, wie lange sie das noch so handhaben will.

So treffen wir uns weiter heimlich. Ich fühle mich unwohl dabei, möchte sie aber nicht in Schwierigkeiten bringen, schließlich weiß ich doch gar nicht, wohin das mit uns führen wird. Ich liebe sie, ja, ich weiß es längst. Doch so herzlich und zärtlich und fröhlich sie auch ist, sie lässt mich nicht in ihre Seele blicken, nicht tief genug. Manchmal sieht sie hinaus auf die See und dann, für einen Moment, umgibt sie eine Traurigkeit wie ein Abendnebel, klamm und düster. Wenn ich sie darauf anspreche, spricht sie von einem anstrengenden Gast oder der Laune ihres Vaters, und schon lacht sie wieder. Ich gebe zu, ich dringe dann nicht weiter in sie, aus Furcht, etwas zwischen uns zu zerstören. Vielleicht auch aus Angst vor der Wahrheit, was immer diese sein mag … Ich kann dieses unverhoffte Glück nicht aufgeben, noch nicht! Es ist doch möglich, dass mir so etwas mein Leben lang nie wieder geschieht und ich für immer von dem zehren muss, was ich jetzt und hier an diesem magischen Ort, an diesen goldenen Tagen erleben darf. Mit ›meiner‹ Jantje, würde ich gern schreiben, aber sie ist nicht mein und wird es nie sein. Man kann einander nur beglücken oder berei-

Franzi

Nienhagen/Gespensterwald

chern, oder eben verletzen. Ich glaube nicht daran, dass man einem
anderen Menschen gehören kann oder sollte.«

Franzi blätterte um. »Das ist so schön, dass er einmal richtig glücklich mit ihr war«, sagte sie mit belegter Stimme. »Ich hatte fast vergessen, dass er so sein konnte. Ich glaube, mit uns zusammen war er das auch manchmal, nur anders eben.«

Luna nickte heftig. »Ja, er war zwar oft melancholisch, aber er hatte auf der anderen Seite immer die Fähigkeit, tief glücklich zu sein. Auch wenn er allein war, im Wald oder am Meer oder auf einer Wiese. Ich habe es gesehen, wenn er nicht wusste, dass ich da war. Manchmal saß ich in einem Baum.«

»Diese Fähigkeit hast du auch«, erkannte Franzi. »Als du beschrieben hast, wie es dir draußen in der Natur geht, hast du genauso glücklich ausgesehen.«

»Ja, das stimmt wohl.«

Für einen Moment spürte Franzi – nein, nicht Neid, aber Sehnsucht. Die Sehnsucht danach, auch so allein und unabhängig für ihr Glück sorgen zu können, so wenig zu brauchen, nichts als nur die Gesellschaft von Bäumen oder den Blick aufs Wasser. Auch sie genoss so etwas, aber an dieses tiefe Empfinden von Luna und Stellan kam sie nicht heran. Doch dann dachte sie an Matteo, wie es mit ihm zusammen war. An ihre tief empfundene Freude, wenn ihre Gäste im Café zufrieden waren und immer wiederkamen. Wenn sie dort im Garten unter dem Tassenbaum stand, in der Ferne den Wald sah, die braunen Segel der Zeesboote auf dem Bodden und tief in sich spürte, dass sie dort nun zu Hause war. Doch, sie hatte dieselbe Fähigkeit, glücklich zu sein. Nur eben aus anderen Gründen.

Stellan hatte sie beide gelehrt, das zu können – ohne ihnen

ihre Unterschiede zu nehmen. Er hatte nie gefordert, dass sie es auf seine Art taten.

Jantje hatte ebenso unbedingt gewollt, dass sie glücklich wurden, nur war sie überzeugt gewesen, dass ihr eigenes Verständnis von Glück das einzig richtige und mögliche war.

War dieser Unterschied auch der Grund für den Bruch zwischen ihren Eltern gewesen?

»Das war eine Überraschung heute! Ein Rudolf Nagel hat mich im Wald angesprochen. Ich saß auf der Bank am Kliff und blickte auf das Meer, und um mich herum segelten die ersten goldenen Blätter herunter. Es war ein warmer, sanfter Südwind, der sie von den Zweigen löste. Ich dachte an meine alte Sehnsucht, in den Süden zu reisen, und stellte fest, dass dieses Bedürfnis gänzlich verschwunden schien! Ich will an keinem anderen Ort mehr sein als hier. Wozu? Hier sind diese einzigartigen Bäume, ist dieser verwunschene Wald voller Licht und Schatten, in dem die Geschichten und märchenhaften Gestalten in meinem Kopf Wirklichkeit zu sein scheinen. Und zu all dem Reichtum ist jetzt noch Jantje in meinem Leben.

So versunken war ich in meine erstaunte Zufriedenheit, dass ich den Mann nicht kommen sah, der sich auf einmal neben mich setzte. Er sprach mich an, dass er Rudolf Nagel sei, der Vater von Jantje. Ich wollte mich sofort entschuldigen, dass ich Jantje nie nach Hause gebracht hatte, es war mir unangenehm. Er musste wohl von uns gehört oder uns gesehen haben. Doch er hob die Hand, dass ich schweigen sollte. ›Ich weiß, dass Jantje Ihnen nicht erlaubt hat, dass Sie sich uns vorstellen‹, sagte er. ›Ich kenne meine Tochter. Aber ich kenne auch die Menschen hier, und es gibt wenig, was ich nicht erfahre.‹ Ich hoffe, dass das wirklich nur auf der Tatsache gründete, dass er hier einheimisch und nicht, dass er bei der Staatssicherheit war. Aber selbst wenn, ich habe nichts zu verbergen. ›Ich habe mich umgehört, und bin sicher, dass Sie ein anständiger Kerl sind, man merkt das schon an Ihrer Arbeitsmoral‹, erklärte er. ›Einen Ruf der Diskretion haben Sie auch. Das gefällt mir. Ich will nur sagen, Sie sind herzlich willkommen in der Pension Küstenkauz, mir und meiner Frau.‹ Er musterte mich wie bei einer Prüfung und nickte dann. ›Ich werde Jantje sagen, dass sie Sie zum Erntedankfest mitbringen soll. Uns ist es recht, wenn Sie sich um unsere Jantje kümmern, wissen Sie – oder auch ernstere Absichten haben. Es würde ihr guttun.‹ Er schüttelte mir die Hand und ging, ehe ich viel sagen konnte. Ich war hin- und hergerissen zwischen Belustigung, einem gewissen Ärger, weil mir Feste mit vielen Menschen ein Gräuel sind und weil er über uns bestimmen wollte – und einer gewissen Sympathie. Denn dass er mich anscheinend seiner Tochter wert befand, schmeichelte mir dann doch. Außerdem drehte er sich noch einmal um und zwinkerte mir zu. »Ich mag Sie«, sagte er einfach, und da war auf einmal so ein herzlicher Blick in seinen Augen, die Jantjes ähneln.

Ich verstehe nichts von Eltern, aber Rudolf Nagel war nicht so, wie ich ihn mir nach Jantjes Beschreibung vorgestellt hatte. Für einen Moment wünschte ich, mein Vater hätte sich so um mich gesorgt.

Trotzdem ist mir unwohl, denn ich weiß, wie trotzig Jantje gegen ihre Eltern ist, und wenn der Vater ihr sagt, dass ich ihm willkommen bin, dann kann das gut ihren Widerspruch auslösen und sie lässt mich fallen wie die oft zitierte heiße Kartoffel.«

»Wie gut er sie nach der kurzen Zeit kannte«, meinte Luna erstaunt. »Aber es muss ja erst mal gut gegangen sein. Kannst du noch weiterlesen?«

Der Kakao war alle, und das Land draußen totenstill. Kein Auto mehr auf der Straße, keine Stimme von Vorübergehenden oder aus einem Nachbargarten. Kein Geschirrklappern in

Essies Küche. Es war stockdunkel, selbst der letzte Lichtschein des Tages am Horizont hinter dem Wald war verloschen. Franzi gähnte herzhaft. »Müde bin ich schon«, musste sie zugeben. »Aber ich will das zu Ende lesen. Ich muss morgen endlich nach Hause, und ich will jetzt alles wissen. Was ist mit dir?«

»Ich bin merkwürdig hellwach. Ich habe das Gefühl, mit Stellan dort gesessen zu haben.«

»Na, dann.«

»Ich kann nicht fassen, was passiert ist. Es scheint mir, als würde ich auf das Leben eines anderen blicken. Kann das tatsächlich meines sein? Ich schwanke zwischen haltlosem Glück und einem Schrecken, dass alles ein Fehler ist, vor allem für Jantje.

Man wollte mich in einem anderen Hotel haben. Der Herbst ist fortgeschritten, die Saison beendet. Die Gestalten der Bäume, die durch ihre bis weit oben astlosen Stämme wie Säulen einer heiligen Stätte wirken, treten ohne Blätter umso deutlicher zutage. Wenn sie nicht durch den ständigen Wind in jener Form geprägt wären, die nach Süden weist, was mir Mut macht, hätte ich sicher nicht gewagt, zu einer ganz anderen Frage Ja zu sagen.

Denn heute hat Jantje mich gefragt, ob ich sie heiraten würde. ›Du bist zu anständig, du wirst mich nie fragen‹, sagte sie, ›deshalb tue ich es. Dieser Blödsinn, dass du zu alt für mich bist, den schlag dir aus dem Kopf. Ich liebe deine Reife. Ich habe bisher noch nie ein böses oder tadelndes Wort von dir gehört. Und deine Ruhe tut mir gut.‹

›Fragst du das, weil deine Eltern es wollen?‹

Natürlich hatte ich längst mit dem Gedanken gespielt, aber es nicht richtig gefunden, ihn zu äußern.

Ihr Gesicht verlor sein fragendes Strahlen und seine Offenheit und verfinsterte sich in Empörung. ›Kennst du mich nicht inzwischen

besser? Aber da ist etwas, das mit meinen Eltern zu tun hat, ja.‹ Sie
zupfte mit nervösen Fingern an meinem Ärmel herum. ›Sie bestehen
darauf, dass ich dir etwas erzähle, was in meiner Jugend gewesen ist.‹

Bei allem Ernst der Situation musste ich mir ein Lächeln verkneifen.
Ihre Jugend! Sie war doch kaum zwanzig. Bei Kriegsende geboren in ein
zerstörtes, leidendes, trauerdurchtränktes Land, war sie sicherlich
darum so verzweifelt lebenshungrig. Denn das habe ich inzwischen
bemerkt, seit ich mit ihr auf den Festen in der Pension gewesen bin und
sie zusammen mit den Gästen erlebt habe: Sie ist beinahe gierig nach
Gesellschaft und Musik, nach Aufmerksamkeit und Lachen, nach
Unterhaltung und Tanz, so völlig anders als ich. Wir sind wie zwei
Hälften eines Ganzen. Das kann doch nur gut sein?

›Erzähle es mir nur, wenn du möchtest‹, sagte ich. ›Du musst mir
nichts beichten. Wer bin ich denn, dass ich über etwas urteilen sollte?
Ich werde dir auch nicht mein ganzes Leben erzählen, da werden wir nie
fertig, und es spielt keine Rolle mehr.‹ Denn ich mag es nicht, über mich
zu reden, es fällt mir viel zu schwer, und das kann ich nicht einmal
Jantje zuliebe ändern.

›Ich will aber!‹, sagte sie heftig. ›Gerade weil du so anständig bist,
viel zu anständig für mich, möchte ich es auch sein.‹

Und so erzählte sie mir, dass sie sich, als sie sechzehn war, in einen
Musiker verliebt hatte, der an der Mole in Warnemünde spielte. Sie
war dort in den Ferien zu Besuch bei einer Freundin. Er spielte Gitarre
und auch Saxophon und Mundharmonika. Robert hieß er, aber er
nannte sich nur Bobby. Er war das, was sie einen Hippie nannten,
mit langen Haaren und geflickten Jeans und einer sehr ungezwungenen
und damals ungewöhnlichen Einstellung zu den üblichen Verhaltens-
regeln. Das kam Jantjes Aufgeschlossenheit und Lebenshunger so
entgegen, dass sie wohl zwangsläufig sofort zueinanderfanden. Nach
allem, was sie berichtete, passte er wesentlich besser zu ihr als ich.«

Franzi ließ die Seiten sinken. »Sie haben sich damals schon gekannt? Bobby und Jantje?«, fragte sie entgeistert. »Wusstest du das?«

Luna schüttelte den Kopf. »Nein, Stellan hat nie darüber gesprochen. Über nichts in seiner Ehe oder drumherum.«

Die Beschreibung von Bobby passte aber gut, dachte Franzi, auch wenn sie ihn erst viel später kennengelernt hatte.

»Bobby war neunzehn. Er stammte aus Berlin, aber er verlängerte seinen Urlaub und begleitete Jantje am Ende ihrer Ferien nach Hause. Ganz Nienhagen war entsetzt, man zerriss sich das Maul über den jungen Mann, den sie aufgrund seines Äußeren als ungepflegt, ungehörig und nutzlos einordneten und seine Musik nicht einmal als solche erkannten. Aber Jantje stand unerschütterlich zu Bobby. Sie bekam Hausarrest und kletterte aus dem Fenster, sie verweigerte die Nahrung. Bobby und Jantje schworen sich Treue und dass sie heiraten wollten, sobald Jantje volljährig wurde. In der DDR war es durchaus üblich, jung zu heiraten. Bobby bot an, in der Pension mitzuhelfen. Doch Jantjes Eltern konnten sich mit ihm nicht anfreunden, zu anders war er und der Tratsch nicht gut fürs Geschäft.

Bobby blieb in der Nähe und schlug sich mit Straßenmusik und Gelegenheitsarbeiten durch. Doch manchmal musste er nach Berlin, Dinge regeln, seine Eltern besuchen, Ersatzteile für Instrumente besorgen. Er war gerade dort, als die Mauer gebaut wurde, und konnte nicht wieder zurück. Das wollte er wohl auch nicht, nicht um diesen Preis. Er war ein freiheitsliebender Mensch, und Jantje wusste das. Sie hatte nicht die kleinste Hoffnung, dass er es irgendwie möglich machen würde, zu ihr zu kommen. Ihre Eltern waren unendlich erleichtert.

Doch dann stellte Jantje fest, dass sie schwanger war. Mit sechzehn. Ihr Vater tobte. Ohne Bobby war sie todunglücklich. Das Kind wurde

später tot geboren. ›Mir war danach lange alles egal‹, erklärte sie mir.
›Und ich bereue nichts. Bist du jetzt entsetzt?‹

›Warum sollte ich? Bin ich ein Priester?‹ Mir tat nur unendlich leid,
was sie durchgemacht hatte.

›Seit wir uns kennen, fühle ich mich wieder lebendig‹, sagte sie und
blickte mich aus diesen Augen an. ›Deine Geschichten sind ein bisschen
wie Bobbys Musik. Und du urteilst nicht über mich.‹

Ich konnte nicht anders. Ich sagte Ja, ich würde sie heiraten, es gäbe
nichts, was ich lieber täte.

Vielleicht bin ich nur ein Ersatz für Bobby. Zweite Wahl. Doch die
Gegenwart gehört jenen, die anwesend sind. Wenn man ein solches
Geschenk bekommt, wie kann man das ablehnen? Von nun an halte ich
es wie bisher auch: Ich bin dankbar für jede Stunde mit Jantje. Nur jetzt
mit der Hoffnung, dass es noch viele mehr werden.«

Franzi ließ die Seiten sinken. »Diese Hoffnung hat sich wenigstens erfüllt«, sagte sie leise.

35

Die heruntergebrannte Kerze flackerte und ließ Schatten in den Ecken huschen. Luna war immer noch hellwach. Ihre Augen glänzten. »Geisterstunde!«, sagte sie. »Das würde Stellan gefallen, dass wir seine Worte um diese Zeit zum Leben erwecken. Kannst du noch?«

»Ich muss ins Bad.« Franzi schälte sich aus der Decke. »Und ich brauche ein Glas Wasser. Zuhören könnte ich noch. Vorlesen nicht mehr. Ich bin heiser.«

Luna zögerte. »Na gut. Dann lese ich weiter. Ist ja nicht mehr allzu viel.«

»Sehr gerne!« Franzi freute sich. Als sie zurückkam, warf sie ihr Kopfkissen ans Fußende und legte sich andersherum, damit sie Luna sehen und besser zuhören konnte.

»Die Leute im Dorf reden, seit der Heirat schon, vor allem aber seit wir die Pension übernommen haben und Rudolf und Hedwig nach Brandenburg gezogen sind. Die Nienhagener finden es merkwürdig, dass wir keine Kinder haben. Es ist eben in der DDR so üblich, dass man welche bekommt, und das früh. Sie wissen natürlich, dass Jantje bereits ein Kind geboren hatte, also schieben sie es auf mich. Mir ist es egal. Und Jantje sowieso. Wir sind eben etwas Besonderes, sagt sie. Ich würde mich unglaublich freuen, Vater zu werden, doch mein Glück hängt nicht davon ab, und ich kann Jantje verstehen. ›Ich möchte lange richtig jung sein‹, sagt sie. ›Ich habe was nachzuholen und will mit dir *das Leben feiern, vor allem jetzt, da meine Eltern weit weg sind und ich frei bin.‹ Und sie sagt auch, dass es damals eine Quälerei und eine schwere Geburt war und sie das nicht so schnell noch einmal erleben möchte.«*

Luna brach ab. »Franzi ... kannst du dich bitte wieder andersherum legen? Es macht mich nervös, wenn du mich die ganze Zeit ansiehst. Das ist wie früher in der Schule, wenn ich an die Tafel musste und alle gucken.«

»Oh.« Franzi war überrascht und im ersten Augenblick verletzt. »Macht es denn keinen Unterschied, dass ich nur deine Schwester bin und keine ganze Schulklasse?«

»Doch. Es macht einen Unterschied. Und du bist nicht *nur* meine Schwester. Aber trotzdem. Bitte!«

Franzi seufzte und räumte ihr Kissen und sich selbst wieder um. Verstehen konnte sie das nicht, aber sie musste lernen, so was zu akzeptieren. Wie Stellan. Der hatte die Gabe besessen, andere einfach so zu nehmen, wie sie waren.

Als Luna fortfuhr, lief Franzi eine Gänsehaut über den Rücken, denn es ging genau darum. Als hätte Stellan ihre Gedanken gelesen und den Text geändert. Das kam wohl davon, wenn man zur Geisterstunde las ... Sie nahm sich zusammen. Die Wahrheit war natürlich, dass manches einfach zeitlos gültig war und damit nicht nur auf Stellan und Jantje zutraf.

»Wir sind glücklich. Das heißt, ich bin es. Bei Jantje bin ich mir nicht immer sicher. Wenn sie lacht, und das tut sie oft, dann ist es ein großes, weites Lachen, das nicht nur mir die Welt licht macht, auch allen um sie herum. Sie ist tatsächlich freier ohne ihre Eltern, die so viel Kritik an ihr geübt hatten. Die Gäste reißen sich um die Plätze in der Pension.

Das ist hier an der Küste normal, es gibt zu wenig Unterkünfte für so viele Menschen, die sich ja nur innerhalb der Grenzen bewegen dürfen. Doch in den Küstenkauz kommen sie nicht nur wegen der Nähe des Meeres, sie kommen wegen Jantje und ihren Festen. Sie hat die Gabe, die Menschen ihre Sorgen vergessen zu lassen und ihre Tage heiter zu machen. Ich darf nicht traurig sein darüber, dass ich sie mit all diesen Fremden teilen muss, die sie als Freunde betrachtet. Manchmal bin ich es dennoch.

Sie begleitet mich nicht mehr so oft in den Wald. Als ich anfangs dachte, wir teilen dieselbe Liebe zu dem Lebenszauber, der für mich so vieles durchzieht, da habe ich etwas Entscheidendes übersehen. Nämlich dass es doch ganz andere Aspekte des Lebens sind, von denen Jantje sich verzaubern lässt. Sie zieht ihre Energie aus der Gesellschaft, nicht wie ich aus der Stille und dem Wesen der Natur. Früher war es meine Gesellschaft, die ihr dafür genügte. Zwar habe ich immer gewusst, dass sie den Trubel liebt, doch ich glaubte, wir ergänzen uns. Das wäre auch so, wenn sie nur damit zufrieden sein könnte, dass ich mir meine Kraft eben regelmäßig woanders holen muss als sie, fern des Lärms und der Menschenmengen. Dann kann ich sie auch wieder mit Freude bei der Arbeit unterstützen. Sie braucht mich dafür allerdings kaum, alles geht ihr so leicht von der Hand. Sie dreht die Musik auf, wenn ihr Energie fehlt, und alles ist wieder gut. Für sie. Ich muss dann die Flucht in den Wald ergreifen, und sie versteht es nicht. Nicht nur das: Sie nimmt es mir übel. Ich soll mich ändern, bittet sie mich, immer und immer wieder, doch ich kann es nicht.

Dann wieder gibt es Tage, da ist alles so schön, aber sie werden seltener. Wenn sie kommen, betrachte ich sie als Geschenk und bewahre sie sorgfältig in meiner Erinnerung. Dazwischen nehme ich mir kurze Zeiten in der Natur, um bei Kräften und Zuversicht zu bleiben. Ich habe Dr. Harald Lehnert kennengelernt, er lehrt Forstwirtschaft und ist am Wochenende oft hier. Ich durfte ihm den Wald zeigen. Er scheint gern mit mir zu diskutieren und auf Entdeckungswanderungen zu gehen. Der Austausch macht mir viel Freude. Jantje mag den Gesang der Vögel, doch es interessiert sie nicht, wie diese heißen und was ihre Bedürfnisse und Brutgewohnheiten sind. Ich werfe ihr das nicht vor, warum sollte ich? Denn ich kann mich umgekehrt nicht übermäßig für Variationen von Bettwäsche und Speiseplänen begeistern. Mit Harald kann ich über das sprechen, was mich fasziniert. Geschichten über Kobolde erfinden, die ich in die Gestalten der Wurzeln interpretiere, ist eine Sache, doch die Vögel sind für mich die wirklichen Kobolde, ihr Gesang das glückliche Lachen der Wälder. Lebenszauber eben.

Jantjes und mein gemeinsamer Weg ist trotz gelegentlicher Zweifel bei allem schwierigen Alltag einer, von dem ich keinen Schritt missen möchte. Ein Abenteuer, ungewiss wie ein Wildpfad im Wald, man sieht nicht, was hinter dem nächsten Busch kommt. Es kann eine Lichtung sein, voller Blumen und Sonnenwärme, aber auch eine Wurzel, über die man stolpert, oder ein Loch, in das man tritt.

Ungewisse Wege gehen ist das, was ich schon immer am besten konnte. Sie sind unwiderstehlich. Und was ist schon gewiss? Dann doch lieber ein verwilderter Pfad voller Geheimnisse als eine gerade Teerstraße, von der man das Ende ebenso wenig sieht.«

Luna blätterte weiter, während Franzi noch über das eben Gehörte nachdachte.

»Je mehr Jantje von den Gästen – auch jenen im Gästehaus der Marine, das mit der Pension zusammenarbeitet – über die Welt außerhalb unseres abgeschotteten Staates hört, desto unruhiger wird sie. Manchmal beschleicht mich das unbestimmte Gefühl, dass sie auf etwas wartet. Ob sie selbst weiß, was es ist? ›Reisen zu können wäre schön‹,

sagt sie, und dann am nächsten Tag: ›Ich habe hier doch alles, was ich
brauche. Es geht mir so gut. Du lässt mich sein, wie ich bin.‹

Ich wünschte nur, sie würde das auch für mich gelten lassen.
Neuerdings wird sie regelrecht zornig, wenn ich nicht der strahlende
Gastgeber sein kann. Ich hätte die falsche Einstellung. Sie tut genau
das, worunter sie selbst bei ihrer Mutter so heftig gelitten hat: kritisie-
ren. Das ist ja nicht ungewöhnlich, vielleicht ist es sogar unvermeidlich,
dass man so wird, wie man es von seinen Eltern kennt? Ich kann das
nicht beurteilen. Vielleicht habe ich in dieser Hinsicht als Waise Glück
gehabt und kann darum so sein, wie es mir von Natur aus gegeben ist.
Jedenfalls soweit Jantje es zulässt. Nach einem Vorwurf ihrerseits
entschuldigt sie sich meist, aber ich weiß nicht, ob sie das auch so
meint. Sie kann meine Bedürfnisse nicht begreifen wie ich ihre. Ich
denke, es ist eine Art Farbenblindheit, nur eben eine der Seele, nicht der
Augen. Sie kann nichts dafür. Oder verstehe ich sie doch genauso
wenig wie sie mich?«

Mehr stand in diesem Eintrag nicht. In den leeren Zeilen unter
dem Text war Stellans Ratlosigkeit stärker zu spüren, als wenn
dort weitere Worte gewesen wären.

Luna wischte sich über die Stirn und las auf der nächsten
Seite weiter.

»Es ist etwas völlig Überraschendes passiert. Harald, also Dr. Lehnert,
hat mich zu einer Reise eingeladen! Ich habe erst nicht gewusst, wie ich
das Jantje beibringen soll. Ich wollte ablehnen, doch Harald kann so
überzeugend sein. Außerdem ist da dieser neugierige und eigennützige
Wunsch tief in mir, der mich drängt, diese einmalige Gelegenheit auf
keinen Fall zu versäumen. Einen amerikanischen Wald zu sehen!
Ich dachte erst, ich verstehe nicht richtig, doch Harald hat es mir

erklärt. Aufgrund meiner selbstständig angeeigneten Fachkenntnis und Erfahrung und meinem jahrzehntelangen Ruf als diskreter und zuverlässiger Mensch komme ich als sein Begleiter und Assistent bestens in Frage, ihn zu einem Kongress der Forstwirtschaft und einem vierwöchigen Studienaufenthalt in Oregon zu begleiten. Es gibt nämlich mittlerweile Verträge zwischen der Akademie der Wissenschaften der DDR und der National Academy of Sciences, welche DDR-Wissenschaftlern Forschungs- und Studienaufenthalte ermöglichen. Wer hätte das gedacht!

Wie gern würde ich Jantje mitnehmen, aber das ist natürlich wegen der Fluchtgefahr nicht erlaubt. So aber kennt die Staatssicherheit mich längst gut genug, um zu wissen, dass ich meine Frau und die Pension niemals im Stich lassen würde. Es ist ein wenig demütigend und unheimlich, aber es eröffnet mir diese Chance, zu lernen und einen Wald auf einem anderen Kontinent zu erleben.

Ich habe Jantje nach langem Zaudern schließlich einfach gefragt, und wieder einmal hat sie mich überrascht und ganz anders reagiert als erwartet. ›Aber natürlich, Lieber. Du hast es verdient. Wenigstens einer von uns kommt hier mal raus! Dann kannst du mir hinterher berichten, wie es dort ist.‹

Ich ahne, wie es sein wird: Das, was ich erzählen kann, wird nicht das sein, was sie interessiert. Doch ich werde mich bemühen, die andere Seite jenes so anderen Meeres auch mit ihren Augen zu sehen.

So wird sich unerwartet meine alte Sehnsucht erfüllen. Sehr südlich ist das zwar nicht, vielmehr westlich, aber immerhin weit weg. Vor langer Zeit einmal, damals im Darßwald mit den drei Freunden, sprachen wir auch vom Westen. Mich faszinierte der Südwind und wo er herkam, einen anderen von uns aber der Westwind. Ob er ihm rechtzeitig entgegengereist ist, bevor der eiserne Vorhang fiel? Damals glaubten wir alle vier noch an einen Lebenszauber, der sich der

Vernunft entzieht. Wir hatten sogar ein gemeinsames Abschieds-
projekt, um diesen Gedanken zu verewigen. Ich war nie wieder dort,
denn heute denke ich, man kann ihm keine Gestalt verleihen, ihn nicht
in etwas Festes, Greifbares bannen. Entweder man glaubt an ihn oder
nicht. Sollten Jantje und ich doch eines Tages ein Kind bekommen,
möchte ich ihm meinen Glauben daran unbedingt weitergeben, wenn
nicht, werden sich zumindest die Bäume daran erinnern, dass er ein
wesentlicher Teil von mir war.

So stehe ich nun vor einem großen Abenteuer und kann nur hoffen,
dass Jantje es mir hinterher nicht doch übel nehmen wird und dass es
ihr in der Zwischenzeit gut gehen möge. Dieser Zustand des Zerris-
senseins ist sehr schwer erträglich für mich, aber dieses eine Mal kann
ich nicht anders.«

Luna sah auf. »Er hat nie erwähnt, dass er in Amerika war!
Warum wohl?«

»Jantje auch nicht. Vielleicht kam es nicht dazu. Außerdem
ist es typisch Stellan, so geheimnisvoll zu sein. Lies weiter.«
Franzi war jetzt auch wieder hellwach und fest entschlossen,
alles zu Ende zu erfahren. Die Atmosphäre war seltsam unwirklich geworden, als hätten sie ihre eigene Zeit angehalten, um in
die Stellans zu schlüpfen. Sie schob die Decke weiter herunter.
Die Luft, die zum offenen Fenster hereintrieb, war warm. Der
Frühling kam immer mehr in Fahrt.

»Ich hatte vieles befürchtet. Dass Jantje mir die Reise doch noch
vorwerfen würde. Dass sie sich in der Zwischenzeit in einen Gast
verlieben oder gemerkt haben könnte, dass sie mich nicht braucht.
Dass wir uns einander entfremden – immerhin ging es um fünf ganze
Wochen.

Es kam anders, und das zeigt wieder einmal, was Erwartungen und Befürchtungen taugen. Besser mit offenem Herzen alle Unternehmungen angehen! Denn Jantje schloss mich bei der Rückkehr tränenüberströmt in die Arme und wollte kaum wieder loslassen. ›Ich bin nicht dafür gemacht, allein zu sein! Wenn du da bist, irritiert es mich, dass du so anders bist und vieles nicht mit dir geht, aber ohne dich geht es schon gar nicht! Was meinst du, wollen wir nun doch ein Kind? Ich werde demnächst dreißig, ein guter Zeitpunkt, findest du nicht?‹

Vielleicht hat sie mich wirklich vermisst, vielleicht haben auch Hedwig und Rudolf, die schon lange auf Nachkommen warteten, sie bei einem ihrer Besuche in dieser Richtung beeinflusst. Ich will es nicht näher erfragen, ich bin einfach nur voller Freude und möchte das nicht mit Befürchtungen und Mutmaßungen unnötig beschweren.

Ich kann es kaum erwarten.«

Luna blätterte um und befühlte die verbliebenen Seiten. »Viel kommt da nicht mehr. Dabei hat es noch etwa siebzehn Jahre gedauert bis zur Trennung.«

»Na, er hat ja ganz am Anfang erklärt, dass er nur das aufgehoben hat, was uns betrifft«, überlegte Franzi. »Und er hat dann vielleicht nicht mehr so oft Tagebuch geschrieben. Er hat sich so viel mit uns beschäftigt und uns seine Geschichten erzählt, da musste er sich nicht mit Schreiben trösten. Er war einfach weniger einsam.«

»Das mag sein. Kannst du jetzt doch noch den Rest lesen?« Luna klang erschöpft. Das Vorlesen strengte sie eindeutig an. Franzi hatte sich mittlerweile erholt und streckte bereitwillig die Hand aus. Sie wollte Stellans Worte sehen, die doch eine Art letzter Abschied sein würden.

36

»Es ist so ein Wunder. Wir haben eine Tochter! Wir haben sie Luna genannt, nach dem Mond, der uns beide in der letzten Zeit getröstet hat,
ohne dass wir es voneinander wussten.

Jantje war krank. Sie hat eine Erkältung verschleppt, und dann war
es eine schwere Lungenentzündung. Wenn ich nachts wach lag, sah ich
den Mond über dem frostigen Wald aufgehen. Sein Licht am dunklen
Himmel gab mir Kraft. Ich klammerte mich immer wieder daran und
dachte, es muss doch alles gut werden! Einmal ging ich vor Schlaf-
losigkeit und quälender Sorge hinaus bis an den Strand, saß auf der
Brandungsmauer und betrachtete die Eisschollen, die klirrend von den
Wellen gegen das Ufer getrieben wurden. Es war ein kaltes Geräusch,
das ich in anderen Jahren gemocht hatte und das mir jetzt bis ins
Innerste fuhr. Ich fragte mich, ob ich Jantjes warmes Lachen jemals
wieder hören würde. Ob unser Kind eines Tages würde lachen können.
Doch dann tauchte der Mond zwischen den Wolken auf und überstrich
alles mit seinem Zauber. Da verwandelte sich meine Verzweiflung in
Hoffnung. Gestern, als ich den Namen Luna für unsere Tochter
vorschlug, verriet mir Jantje, dass es ihr ähnlich gegangen war. Sie
hatte den Mond von ihrem Krankenbett aus nur im schmalen Fenster-
viereck sehen können, und dennoch half er ihr, ließ den Schein über ihr
Bett wandern bis in ihr Gesicht, und da spürte sie neue Kraft und
Zuversicht.

Der Mond soll Luna ein treuer Gefährte sein, der ihr finstere Nächte erhellt und dunkle Gedanken durch lichtvolle Zuversicht verdrängt. Wir machten ihn kurzerhand zum Paten. ›Das passt auch zu Stellan, dem Stern‹, sagte Jantje und wieder einmal erklärte ich ihr, dass Stellan im Schwedischen ›der Ruhige‹ bedeutet und nur die weibliche Form Stella ›der Stern‹ heißt, im Lateinischen. Aber wie immer wischt sie solche Einwände fort. ›Für mich passt es‹, sagte sie, und ich fand den Gedanken so schön, dass ich es von nun an auch so sehen will. Sterne sind ruhig, zumindest scheint es uns so, also gibt es da keinen großen Widerspruch.

Sie hat mir auch gestanden, dass sie während meiner Reise große Angst hatte, ich würde im Westen bleiben, so wie vor so langer Zeit jener Bobby. »Noch einmal hätte ich es nicht ausgehalten, verlassen zu werden«, sagte sie. Ich kenne sie aber mittlerweile gut genug. Sie hätte bald jemanden gefunden, der die Einsamkeit von ihr fernhält, so wie sie damals mich fand. Für einen Moment war ich froh, dass ich ihre Angst vor dem Alleinsein nicht teile. Jantje wird ihr Leben lang von anderen abhängig sein. Ich möchte sie zwar niemals verlieren, doch es wäre ihre Abwesenheit, die ich fürchte, nicht das Alleinsein. Viele halten sie für lebenslustiger und vor allem lebenstauglicher als mich, oft habe ich Kommentare dazu gehört – seltsamerweise nie von Hedwig und Rudolf ... Warum habe ich jetzt solche Gedanken? Es muss daran liegen, dass ich Vater geworden bin und mich frage, was ich meiner Tochter in den nächsten Jahren an hilfreichem Werkzeug auf ihren Lebensweg mitgeben kann. Und was sie wohl von uns beiden an Veranlagungen mitbekommen haben mag. Ich freue mich unglaublich darauf, mit ihr die Welt noch einmal neu zu entdecken, obwohl ich selbst diese Fähigkeit nie verloren habe. Doch sie wird die Welt mit ihren Augen sehen und ihren eigenen Zauber hineinweben, und ich darf ein wenig daran teilhaben. Ich kann es nur wiederholen: Es ist ein Wunder und ein Geschenk. Danke dafür, meine Jantje!«

»Das ist so schön!« Franzi wischte sich die Augen und stieg aus dem Bett, um sich ein Glas Wasser zu holen. »Glaubst du, er hat sich über mich genauso gefreut?«

»Da bin ich mir sicher. Lies weiter, dann erfährst du es vielleicht.«

»Ich habe für Luna ein liebes Gesicht aus Baumrinde und Steinen vom Strand gefertigt, einen guten Geist, der von nun an über ihrem Bett hängt. Sie liebt die Bäume so, und auch die Steine. Ich denke, dieses Material entspricht am meisten ihrem Wesen. So einen guten Geist, dem man alles anvertrauen kann, der einem immer beisteht, einen nie verrät oder tadelt und der ständig verfügbar ist und geduldig zuhört, den kann doch jeder gut gebrauchen. Zumal ich, je älter meine Tochter wird, bemerke, dass es ihr ebenso schwerfällt wie mir, ihre Gedanken in gesprochene Worte zu fassen. Sie hat nichts von Jantjes Leichtigkeit, dafür umso mehr von meiner Liebe zur Natur.
Ich genieße es unendlich, mit ihr durch den Wald zu streifen und ihr zu jeder Wurzel, die mich in der Form oder durch einen Schatten an ein Wesen erinnert, Geschichten zu erzählen, genauso wie von den Tieren, denen wir begegnen. Gleichzeitig habe ich Bedenken, ob sie es einmal schwerer dadurch haben wird. Andererseits – wenn man um die Magie weiß, den Lebenszauber, so wie sie und ich, dann hat man auch die nötige Kraft für alle Schwierigkeiten.
So ging es mir jedes Mal, und ich hoffe inständig, dass das auch für sie gelten wird.

Jantje versteht das nicht, sie sagt, ich setze dem Mädchen zu viele Flausen in den Kopf und sollte sie lieber ermutigen, aufgeschlossener zu werden, freundlicher zu den Gästen und sich in der Schule mehr zu beteiligen. Luna soll das Feiern und Lachen lernen, nicht das Verträumtsein und entrückte Herumspinnen. Jantje scheint sich nicht zu

erinnern, dass sie mich einmal gerade deswegen gemocht hat –
oder war ich nur zur rechten Zeit da, als sie nicht mehr allein sein und
endlich nach vorn blicken wollte?

Doch dann wieder begleitet sie mich mit Luna in den Wald, nur wir
drei – oder es gibt ein Sommerfest, und ich bin so, wie sie es sich
wünscht, und feiere lustig mit. An solch gelungenen Tagen ist alles so
schön wie noch nie zwischen uns. Dann denke ich, wir haben das meiste
richtig gemacht.

Heute hat sich dies auf die allerschönste Weise bestätigt. Denn Jantje
hat mir freudestrahlend etwas gesagt, mit dem ich längst nicht mehr
gerechnet hatte und das mich so glücklich macht, dass ich noch einmal
aufstehen und in den Wald spazieren musste, als sie schlief. Ich musste
es den Bäumen sagen und dem Meer, dem Käuzchen und dem Mond:
Wir bekommen noch ein Kind!«

Franzi kam heute weinend aus der Schule. Das Thema war, woran
man glaubt, und Franzi hat von Kala erzählt, dem Baumgeist, den ich
vor einigen Jahren in bester Absicht auch über ihr Bett gehängt habe.
Luna und Franzi lieben beide ihre Schutzgeister, denen sie all ihre
Sorgen anvertrauen können. Die Lehrerin und die gesamte Klasse aber
haben sie ausgelacht.

Ich habe sie bei der Hand genommen, und wir sind in den Wald
gegangen. Dort haben wir unter einer Buche gesessen, bis sie sich
beruhigt hatte. Dann habe ich ihr erklärt, dass nicht alle Menschen die
Gabe besitzen, die Magie der Bäume wahrzunehmen und ihre Kraft zu
spüren oder Trost bei ihnen zu finden. Bei solchen Menschen schweigen
die Bäume. Ich habe Franzi auch gesagt, dass ihr selbst niemand diesen
lebendigen und wahren Zauber nehmen kann, egal wie oft jemand
darüber lacht. Er ist so tief und stark in ihr wie Wurzeln und sorgt
dafür, dass sie aufrecht bleiben kann, wenn jemand versucht, sie zu

erniedrigen. Ich glaube, sie hat mich gut verstanden, denn als wir heimgingen, war sie wieder fröhlich. Sie steht fester auf der Erde als Luna. Der zweite Vorname, den ich ihr gegeben habe, Terra, erinnert sie hoffentlich immer daran.«

Luna setzte sich auf. »Das war doch das, wovon du mir erzählt hast!«

»Ja. Schade, dass er nie erfahren hat, wie gut ich mich daran erinnere«, sagte Franzi traurig.

»Ach, ich denke, das hat er dir durchaus zugetraut«, beruhigte Luna sie.

»Es ging mir wirklich schlecht damals. Ich hatte Angst, Kala könnte beleidigt sein und würde die Augen zumachen und mir nie wieder zuhören. Aber Stellan hat alles wieder ins Lot gebracht. Ich hatte das Gefühl, in mir etwas Kostbares zu besitzen, was niemand zerstören kann.«

»So ist es ja auch«, meinte Luna und legte ihr einen Arm um die Schultern.

»Jantje ist froh, dass Franzi so ist, aufgeschlossen und heiter mit den Gästen, nie schüchtern, und gewandt in einer Menschenmenge. Lärm erschreckt sie nicht. Jantje denkt, Franzi ist wie sie, und sie sagt unverblümt, wie viel besser das ist. Für Luna schmerzt mich das. Es ist beinahe das Einzige, was mich auf Jantje ernsthaft wütend macht. Franzi soll ihrer großen Schwester ein Vorbild sein, was soll das? Luna ist ein wunderbarer Mensch, und ich begreife nicht, wie Jantje so feste Vorstellungen davon haben kann, was für alle richtig und was falsch ist. Sie befürchtet sogar, Luna hätte einen schlechten Einfluss auf Franzi, ebenso wie ich, weil wir beide den Kopf immerzu in den Wolken und vom wirklichen Leben keine Ahnung hätten.

In einem irrt Jantje. Franzi ist nicht wie sie – nicht nur. Franzi ist in beiden Welten zu Hause, in Jantjes und in meiner. Sie wird gut zurechtkommen, und hoffentlich auch glücklich sein.«

Luna reichte Franzi ein Taschentuch. »Wollen wir aufhören?« Franzi schüttelte heftig den Kopf. »Nein. Den Schluss noch!

»Die Ereignisse haben sich überschlagen, im Kleinen wie im Großen. Im November fielen die Blätter von den Bäumen, und in Berlin fiel die Mauer. Niemand von uns hatte je damit gerechnet. Hier an der Küste ist dergleichen so weit weg! Den Wald kümmert es nicht, das Meer auch nicht. Was das aber für uns bedeutet, ist noch nicht abzusehen. Ich weiß nur, dass man nun reisen kann. Ich weiß auch, wie sehr Jantje sich danach sehnte, mich zu begleiten, als ich damals in die USA fahren durfte. Nun will ich es wiedergutmachen. Ich möchte mit ihr eine Reise machen, und sie soll sich allein aussuchen, wohin. Die Mädchen können dieses Mal noch bei Hedwig bleiben, beim nächsten Mal dann mit uns kommen. Doch diese erste Fahrt, die soll nur für uns beide sein, damit wir wieder einmal Zweisamkeit genießen können und ein Abenteuer, wie es sich Jantje immer erträumt hat. Ich möchte mit ihr machen, was sie liebt, in Konzerte gehen, tanzen, was auch immer sie sich wünscht, auch wenn mir manches schwerfallen wird. Sie lacht schon so lange zu selten. Ich möchte mich bedanken für all die Jahre mit ihr.«

Franzi blätterte um. Sie ahnte, was folgen würde. Am liebsten hätte sie aufgehört zu lesen, aber da mussten sie jetzt durch.

»Es kam anders.
Die Mauer trennte die Menschen nicht mehr. Wir machten einen Ausflug nach Warnemünde. An der Mole stand ein Straßenmusiker

und spielte Saxophon. Wir genossen ein Eis und lauschten aus der Ferne, es waren viele Menschen da. Der Wind trieb die Töne zu uns. Ich fand die Melodie angenehm, nachdenklich und heiter zugleich. Eine unbestimmte Sehnsucht stieg in mir auf. Ich erkannte sie als meine alte nach dem Süden, vielleicht war es auch nur, weil der Südwind wehte.

So stand ich in Gedanken versunken und bemerkte auf einmal, dass Jantje nicht mehr neben mir stand. Sie hatte ihre Tasche achtlos auf einer Bank liegen gelassen und lief, rannte durch das Menschengedränge hin zu dem Musiker. Er ließ das Instrument sinken und stand ganz still, während sie auf ihn zukam. Sie ließen sich nicht aus den Augen. In dem Moment wusste ich, dass ich sie verloren hatte.

Bobby war wieder da.

Letzte Woche hat sie mir gesagt, dass sie sich trennen möchte. Bobby und sie gehören zusammen, sagte sie, immer schon, und nichts würde sie mehr trennen. Sie war traurig, dankbar für unsere gemeinsame Zeit und die Kinder, aber unwiderruflich entschlossen. Sie wollte endlich das Leben haben, um das sie betrogen worden war – von ihren Eltern, von Vorurteilen, Traditionen und den Machthungrigen. Und ich glaube, sie war auch ein wenig erleichtert, mich loszuwerden. Ich war doch wohl zu oft das, was sie einmal über Luna sagte, sie nannte es ›Spaßbremse‹. Es ist gut, wenn sie nun niemand mehr bremst. Jantje soll ihr Wesen uneingeschränkt ausleben dürfen, nach all der Zeit, mit Musik und Geselligkeit, zusammen mit demjenigen Menschen, den sie wirklich liebt. Ich wollte immer nur, dass sie glücklich ist, ich denke, das wird sie nun werden. Bobby ist wie Jantje, immer noch jung und lebenslustig.

Hedwig ist leider außer sich vor Ärger und schwört, nichts mehr mit Jantje zu tun haben zu wollen. Eine Scheidung gehöre sich nicht, sagt sie, es sei eine Sünde. Außerdem hat sie mich immer gern gehabt, obwohl wir im Wesen völlig gegensätzlich sind. Luna und ich könnten bei ihr bleiben, bietet sie an, aber das möchten wir nicht.

Ich trauere, aber ich hadere nicht damit, dass ich Jantje nicht halten kann. Meine Welt bricht nicht zusammen, ich weiß immer, wo ich Trost finde. Von Beginn an habe ich doch geahnt, dass das mit uns keine Zukunft hat, und nun hatten wir trotzdem allem die vielen Jahre. Dafür bin ich voller Dankbarkeit. Vielleicht ist es so besser für uns beide. Jetzt, da ich älter werde, werden mir der Lärm und die Menschenmengen, die sie zu ihrem Glück braucht, zunehmend unerträglicher. Ich bin ein wenig müde. Neben dem Schmerz, Jantje zu verlieren, ist da auch, eine Vorfreude darauf, mein Alter in Einsamkeit und Ruhe zu genießen, das gebe ich zu. Nur dass ich Franzi zurücklassen muss, ist unerträglich, aber wir werden in Kontakt bleiben, ich werde für sie da sein und ihr eines Tages neue Wälder zeigen.«

»Das jedenfalls hat er getan«, flüsterte Franzi und putzte sich erneut die Nase. »Nur weil er früher vom Darßwald erzählt hat, bin ich dorthin gekommen und habe mit Matteo ein Zuhause gefunden. Ohne Stellan wäre ich nicht dort.«

Luna lächelte. »Er hat meistens geschafft, was er sich vorgenommen hatte. Manchmal dauerte es nur etwas länger.«

»Luna, die die Trennung von ihrer Schwester ebenso schmerzt, ist wie ich, sie wird immer ihre Stärke aus denselben Wundern schöpfen. Wie ich ist ein jedes Jahr für sie wie ein unerschütterlicher, gleichmäßiger Herzschlag, der uns trägt und mit glücklicher Lebendigkeit erfüllt. Es beginnt mit den ersten grünen Spitzen der Schneeglöckchen und Krokusse, setzt sich fort mit den schwellenden Knospen an den Zweigen *und schier endlosen Teppichen aus Buschwindröschen. Mit dem Entfalten der jungen Blätter, dann dem Gesang der Nachtigallen von überallher, Rapsfeldern, die in einem Gelb blühen, an dem man die Seele wärmen kann. Später folgt der Flug der Mauersegler hoch unter den Wolken, die Mohnblüte, die so leidenschaftlich an den Feldrändern glüht, der Geschmack von Erdbeeren auf der Zunge, der unvergleichliche Duft der Linden an einem Frühsommertag. Schließlich das Gold reifer Gersten-ähren in der Abendsonne, die Ernte süßer Trauben, das Aufflammen der Herbstfarben im Wald. Das wilde Rauschen der Stürme an der Küste, die geheimnisvollen Nebelschleier über den Mooren. Der erste Frost, der ein kristallenes Funkeln über alles legt, dann der Schnee, der die Welt weich und leise macht. Ich zähle es auf, weil es mich beruhigt. Das ist für mich und für Luna der ewige Boden unter unseren Füßen. All das und unsere Fähigkeit, uns zutiefst daran zu beglücken, ist es, was ich Lebenszauber nenne. Er wirkt weit über menschliche Beziehungen hinaus. Natürlich ist es ein großes zusätzliches Glück, wenn jemand dieses Empfinden mit einem teilen kann. So bin ich dankbar, dass mir das zwar nicht mit Jantje, aber dafür mit Luna geschenkt wurde.«*

»Wir konnten nur nicht gut darüber sprechen, immer weniger, je älter wir wurden«, sagte Luna. Sie klang traurig. Jetzt war es Franzi, die den Arm um sie legte.

»Das war vielleicht gar nicht nötig. Nicht bei euch.« Sie hatte zeitweise fast das Atmen vergessen, so gründlich war sie in Stellans Leben versunken. Nun holte sie tief Luft und las die ab-schließenden Zeilen.

»Ich habe über die Jahre immer seltener das Bedürfnis gehabt, meine Gedanken und Gefühle zu notieren. Sie sind doch vergänglich wie die Blätter der Buchen und wechseln ebenso ihre Farbe. Manche Gefühle

ziehen Wurzeln, mache Gedanken tragen Früchte, und am Ende wird alles wieder zu der Erde, die Neues hervorbringt, in einem ewigen Rhythmus. Das ist gut so.

Nur diejenigen Seiten, die meinen Mädchen erklären können, wie alles kam – die Liebe zwischen Jantje und mir, aus der sie hervorgingen, und die Trennung, von der ich noch nicht weiß, was für Auswirkungen sie haben wird –, werde ich für sie in der Obhut guter Geister hinterlegen. Eines Tages werden sie Fragen zu dem Anfang ihrer Geschichten haben. Mehr als dies kann ich ihnen nicht geben. Doch ich bin überzeugt, ihnen werden dabei die Tage einfallen, als wir gemeinsam umhergestreift sind, im Frühling dem Lachen des Waldes gelauscht haben und im Herbst die Kobolde gesucht. Dann erinnern sie sich auch, wie man den Lebenszauber aufspürt und unter einem Baum Geschichten endloser Möglichkeiten spinnen kann. Mond und Erde sind ihre Paten, was soll da schiefgehen? Sie werden aus ihrem Leben gute Geschichten machen, weil sie wissen, dass man sich immer an einen Baum wenden kann, wenn man das Glück aus den Augen verloren hat. Dass sie nur durch einen Wald zu gehen brauchen, den Vögeln zuhören und dem Wind in den Kronen, eine Wurzel betrachten, sich an einen Stamm lehnen und das Licht in den Blättern sehen, um wieder zu sich zu finden – und einen Weg, der verlockt.«

»Jantje konnte mit seiner Hochsensibilität nicht umgehen«, sagte Luna, als Franzi die Seiten liebevoll zusammenfaltete. »Sie hat es nicht verstanden. Aber weißt du was? Zum ersten Mal nehme ich ihr das nicht mehr übel. Sie konnte es ja gar nicht verstehen! Damals hat man überhaupt nicht gewusst, dass es das gibt. Jedenfalls existierte kein Begriff dafür. In der Pädagogik schon gar nicht – in den Schulen wird bis heute wenig Rücksicht darauf genommen. Es sind eben die leisen, sie fallen nicht auf, obwohl es fast ein Viertel der Menschen betrifft. Stellan war das auch nicht in dem Maße bewusst. Er hat sich immer schuldig gefühlt deswegen – und doch wusste er gleichzeitig, dass es eine Gabe ist, nur hat ihn niemand darin ermutigt, außer vielleicht seine Freunde und die kleine Hella vor so langer Zeit im Darßwald. Ich habe es besser als er. Damals habe ich wegen meiner Eigenheiten auch ständig ein schlechtes Gewissen gehabt, dafür haben die Schule und Jantje gesorgt. Aber heute nicht mehr – und Stellans Worte haben mich nun endgültig davon erlöst.« Sie stieg aus dem Bett und sah eine Weile aus dem Fenster in die Dunkelheit. Franzi befreite sich auch von der Decke. Sie fühlte sich steif, wie nach einer langen Reise mit der Bahn. Nun, eine Reise durch die Jahre war wohl noch anstrengender. Doch sie fühlte sich angekommen.

Es war kühl geworden. Franzi stellte sich dicht neben Luna. Draußen funkelten Sterne, der Dreiviertelmond stieg gerade über dem Wald empor. »Es ist so schön, wieder hier zu sein.« Sie hatte es gar nicht laut aussprechen wollen, aber Luna nickte.

»Ja. Der alte Zauber ist noch da, und er ist ungebrochen. Die Bäume haben ihn bewahrt und werden es tun, solange sie stehen. Franzi!« Luna fasste ihre Schwester bei den Händen und wirbelte sie im Zimmer herum, so gut das bei der Enge ging, einmal um die Couch, dann sogar hinaus in den großen Ladenraum. »Ich bin frei!«

»In dir ist ja doch etwas von Jantje!« Franzi lachte, verblüfft. »Vielleicht redet ihr ja irgendwann wieder einmal miteinander.«

»Wer weiß? Ich kann mir gerade sogar das vorstellen.« Luna ließ sich wieder ins Bett fallen. »Zum Abschied, ehe du fährst, können wir morgen früh noch die Geschichte aus Stellans zweitem Umschlag lesen. Das wird ein schöner Abschluss. Aber jetzt sollten wir dringend noch etwas schlafen. Ich glaube, es wird schon bald wieder hell.«

Ja. Der nächste Morgen wartete bereits hinter dem Horizont, und Franzi war so bereit dafür wie noch nie.

Luna

Nienhagen

37

Der Morgen hatte für Luna schon immer mit dem ersten weichen Schein über dem Horizont begonnen, mit den Vogelstimmen, die sich erst vereinzelt, dann im Chor in die Dämmerung aufschwangen. Ihr war dann jedes Mal, als würden diese Stimmen sie mit sich emportragen, in eine lichterfüllte Höhe, in der sie immer leichter wurde.

Leise stieg sie aus dem Bett, betrachtete ihre schlafende Schwester und fand, dass diese, wenn sie so entspannt im Dämmerlicht dalag, kaum älter wirkte als damals.

Luna fand es zwar manchmal anstrengend, in Gesellschaft zu sein, aber eines wusste sie: Sie wollte Franzi nie wieder aus ihrem Leben missen.

Die Tür nach draußen quietschte ein wenig. Luna nahm sich vor, sie zu ölen. Sie reckte die Arme zum Himmel und sog die frische Luft begierig ein. Eine Amsel flötete in der Hecke. Mit dem Wind trieb ein süßer Duft des Blauregens an der Hauswand durch den Garten.

Dieser warme, sanfte Südwind, der jetzt, mitten im Frühling, eine Ahnung von Sommer in sich trug! Er erzählte lautlos von all den Blüten, die gerade in unzähligen Knospen entstanden. Er würde bei der Bestäubung helfen, indem er Pollen umhertrug und die Bienen darauf hinwies, wo Nektar zu finden war. Er sprach still von den Schmetterlingen, denen er bei ihrem Taumeln durch die Tage Auftrieb geben würde, von Vögeln, die das Kreisen auf ihm genossen, ohne einen Flügelschlag tun zu müssen. Von Wiesen und reifenden Feldern, über deren Oberfläche er Muster wandern lassen konnte, die mit dem Licht spielten. Von Meereswellen, denen er eine Richtung und zusätzlichen Schwung geben wollte. Von Bäumen, die er beugen und in deren Krone er rauschen mochte, ohne sie zu brechen. Von Regenwolken, die er umherbewegen würde, damit das durstige Land Regen bekam. Von Stirnen, die er kühlen, und Sorgen, denen er etwas Gewicht nehmen durfte.

Von Gedanken, die er ordnen, und Mut, den er in Ohren flüstern konnte.

Jedenfalls in meine, dachte sie, als sie lange dort stand, die Zeit vergaß und zusah, wie die Wolken erst einen rosa Hauch, dann einen goldenen Schimmer verliehen bekamen. Denn der Wind trug noch mehr in sich, vielleicht für sie allein. Den Zauber nämlich, den zu sehen Stellan sie gelehrt und diese Fähigkeit auf mehrfache Weise an sie weitergegeben hatte. Durch Veranlagung, durch sein Beispiel, durch seine Geschichten. Sie hatte diese Magie nie vergessen. Wenn sie in Vehlefanz bei den Winterlinden auf dem Bosselberg stand und über das Land blickte, wenn sie im Krämer Forst die Spechte und Baumläufer beobachtete, wenn sie am Mühlensee die Wildvögel ziehen sah – dann spürte sie diesen Zauber mit jeder Faser. Das tiefe, andächtige Glück, mit dem sie all dies erfüllte.

Sie vermisste Vehlefanz, die Wasserbüffel, sogar den Laden. Doch nun wusste sie, was sie lange verdrängt hatte. Sie wollte nicht nur in der Umgebung leben, die ihre Heimat geworden war, sondern auch in jener, die ihre Vergangenheit war. Der

Reichtum, den es zu fühlen, zu riechen, zu sehen und zu hören gab, war so unendlich groß, und in ihr verlangte etwas Unbändiges danach, jede Menge davon zu erleben. Und wie Stellan etwas davon weiterzugeben. Es genügte ihr nicht mehr, Marmelade ansprechend zu sortieren und zu verkaufen. Sie wollte Schiffe gestalten, die Geschichten erzählten, die Träumen Segel verliehen, so dass der Wind sie in Fahrt bringen konnte. Schiffe, die in den Menschen etwas zum Klingen brachten. Vor Avas Schaufenster waren Leute stehengeblieben, sie hatten das Schiff kaufen wollen. Es zog sie an. Vielleicht konnte ein solches Werk die Augen des einen oder anderen für den Zauber öffnen, sie unbefangen staunen lassen, Schönheit neu sehen, Sehnsüchte wecken und Wünsche wiederfinden.

Sie wusste noch nicht, was sie in ihrem Leben ändern würde. Doch dass es geschehen musste, sagte ihr der Südwind in den Bäumen so deutlich, wie er die wärmere Jahreszeit ankündigte.

Draußen vor dem Haus hatte ein Auto angehalten, doch Luna hatte das plötzlich verstummende Motorengeräusch nicht beachtet. Vielleicht einer, der Brötchen austrug oder die Zeitung. Von hier hatte man keinen Blick auf die Straße. Als jemand um die Hausecke auf sie zukam, fuhr sie zusammen.

»Entschuldigung! Ich wollte Sie nicht erschrecken.« Als er vor ihr stand, wusste sie gleich, wer es war. Franzi hatte ihr Bilder gezeigt.

»Wohnt hier eine Franzi? Ich bin Matteo, ihr Lebensgefährte.«

»Ich weiß.« Luna betrachtete ihn prüfend. Er war schlank, seine dunklen Haare waren verwuschelt und sein Blick müde, aber er strahlte dieselbe freundliche, intensive Lebendigkeit aus wie Franzi.

»Du musst Luna sein. Sie hat mir Bilder geschickt«, erkannte er. »Dann bin ich wohl richtig. Schön, dich kennenzulernen, Luna!«

»Das finde ich auch. Franzi schläft noch.«

»Ich möchte sie überraschen und sie abholen. Ich habe mir den ganzen Tag freigenommen. Lian ist eingesprungen. Hella hat Besuch, darum geht das. Und da dachte ich, ich nutze den ganzen Tag und fahre so früh los, dass ich zum Frühstück hier bin. Dann kann sie mir noch die Gegend zeigen, bevor wir nach Hause fahren.«

»Das ist eine schöne Idee. Dann hole ich mal Brötchen.« Sie hatte den winzigen Kühlschrank noch nicht befüllt und auch sonst keine Vorräte gekauft. Darüber hatte sie sich gar keine Gedanken gemacht. Wenn sie allein war, aß sie ja nicht viel. »Komm mit rein.« Drinnen griff sie sich nur ihre Tasche und zeigte auf die Tür des ehemaligen Büros. »Da findest du Franzi. Bis gleich.«

Der Bäcker würde gerade aufgemacht haben. Hoffentlich gab es dort auch ein paar Kleinigkeiten, so wie es in Touristenorten üblich war – Butter, Marmelade oder Honig, vielleicht sogar etwas Käse.

Sie hatte Glück. Noch ganz beseelt von dem Duft frischen Gebäcks verließ sie bald den Laden mit einer vollen Tasche. Sie wollte Matteo und Franzi ausreichend Zeit für ihr Wiedersehen lassen und nahm einen Umweg über das Steilufer, wo sie sich auf die oberste Treppenstufe setzte und eine Weile hinunter auf das Meer blickte, auf das der junge Morgen Lichtspuren zeichnete. Links öffnete sich der Weg in den Wald. Er lockte Luna. Da war eine Wurzel an der Seite mit einem Profil wie ein verschmitzter, wachhabender Kobold. »Er ruft nach dir«, hätte

Stellan gesagt. »Er sagt, einen Frühlingstag darf man nicht versäumen. Der ist einzigartig, er kommt niemals wieder und ist voller Überraschungen.«

Später, dachte Luna. Später, wenn Franzi weg ist, werde ich herkommen, und die Bäume können mich trösten und mir zeigen, was es zu sehen gibt. Jetzt erst mal Frühstück.

Sie setzten sich um den alten Schreibtisch im Verkaufsraum, um zu essen. Es war überraschend gemütlich mit all den Büchern rundherum, obgleich das Zimmer sonst praktisch leer war. Franzi strahlte. Auch für einen weniger sensiblen Menschen als Luna wäre es offensichtlich gewesen, wie glücklich sie über Matteos Anwesenheit war. »Was für eine schöne Idee von dir, mich abzuholen!«, sagte sie immer wieder.

Zwischen den Bissen berichtete Matteo vom Alltag im Café. Franzi saugte begierig jedes Wort auf. Man sah, wie sie für ihren Betrieb brannte. Luna konnte sich das zwar nicht vorstellen – den ganzen Tag mit Fremden zu tun zu haben, und das bei dem Geräuschpegel, der dazugehörte – Stimmengewirr, Geschirrklappern. Aber sie freute sich, dass Franzi so glücklich war.

»Mit Lian ist es richtig unterhaltsam, und wir vertragen uns prächtig in der Küche«, berichtete Matteo. Seine dunklen Augen glänzten. »Die Süßspeisen, die er macht, haben sich immer mehr herumgesprochen. Ich glaube, das sorgt für Zulauf an Gästen. Ich habe die Bilder fleißig online gepostet, die machen echt was her. Er hat ein Talent dafür, alles zu dekorieren, mit Blüten und Kräutern und so. Ich habe nie geahnt, dass es eine Limonadenpflanze gibt, und Schokoladenpfefferminze, und ein Australisches Zitronenblatt – du glaubst nicht, wie das duftet. Und schmeckt! Lian hat bei Hella einen Kräutergarten angelegt und Ableger mit zu uns gebracht. Was hältst du davon, wenn wir hinter dem Haus auch einen starten?«

»Unbedingt!« Franzi war begeistert. »Was verwendet er noch?«

»Orangenverbene, Ananassalbei, so was alles. Er macht auch Cocktails daraus, mit und ohne Alkohol. Und für die pikanten Sachen Currykraut, Pilzkraut …«

»Pilzkraut?«

»Ja, es schmeckt wirklich nach Champignons, wenn man es kaut. Dasselbe gilt für die Käsepflanze. Du solltest mal Lians Kräuterquark kosten! Die Gäste lieben den, mit Kartoffeln.«

»Käsepflanze …? Ich muss unbedingt nach Hause!«, sagte Franzi entschlossen. »Seid ihr fertig?«

Luna stand auf. »Ich räume das hier weg, dann kannst du packen.« Insgeheim nahm sie sich vor, Franzi doch sehr bald zu besuchen. Am besten gleich auf dem Heimweg von hier. Der Abschied fiel ihr schwer. Dabei hatte sie doch nie wieder von jemandem abhängig sein wollen.

»Ich hab ja kaum Zeug. Ich hatte nie eine so lange Abwesenheit geplant«, sagte Franzi.

»Aber dein Schiff«, erinnerte Luna sie. »Und Kala.«

Franzi fing an zu lachen. »Kala! Natürlich. Jetzt hätte ich über Stellans Geschichten und den Schiffen fast vergessen, warum wir ursprünglich hierhergekommen sind. Guck doch mal, Matteo!« Sie zog ihn dorthin, wo das Schiff für das Café und das Bild eingewickelt bereitstanden und fing an, sie noch einmal auszupacken, damit Matteo sie begutachten konnte.

Luna ging leise nach hinten und wusch das Frühstücksgeschirr ab, vorsichtig, um Essie und Tomke in der anderen Haushälfte nicht zu wecken.

Ja, sie freute sich sehr für ihre kleine Schwester. Aber eine leise Wehmut beschlich sie doch, wenn sie die beiden zusammen sah. Wie musste es wohl sein, wenn man sich mit einem Partner so gut und liebevoll verstand? Sie hatte nie jemanden gefunden, der so zu ihr passte wie Matteo zu Franzi. Sie hatte allerdings auch nicht danach gesucht. Die Distanz zwischen Dennis und ihr war ihr angenehm erschienen, und die paar Beziehungen davor hatten eine ähnliche Basis gehabt. Sie war immer zufrieden gewesen.

Aber war das jetzt noch so?

Sie war gerade fertig, als Franzi hereinkam. »Luna, wir wollen doch noch Stellans Geschichte lesen! Die in dem zweiten Umschlag.«

»Ich weiß.« Luna hätte den Moment gern noch ein wenig herausgezögert. Es war Stellans unwiderruflich letzte Geschichte.

Aber sie hatten bereits Jahre gebraucht, um sie überhaupt zu finden. Es war Zeit.

»Hast du was dagegen, wenn Matteo zuhört?«, fragte Franzi.

»Nein, gar nicht.« Zu Lunas eigener Verwunderung stimmte das. »Wenn ich nur nicht vorlesen muss.«

»Einverstanden, mir macht es nichts aus. Wollen wir uns in den Garten setzen?«

Luna sah hinaus. Der Tag war so sanft wie der Südwind, mild, ein wenig dunstig. »Nein. Wir machen es im Wald.«

Das war der einzig richtige Platz dafür.

38

Sie setzten sich auf eine Bank nahe am Steilufer, dort, wo das junge hellgrüne Gras, kurz gehalten vom stetigen Wind, sich wie ein Teppich ausbreitete. In ihrem Rücken warf der Gespensterwald bizarre Schatten auf sie. Die Blätter in den hohen Kronen flüsterten wie ein gespanntes Publikum. In der Tiefe zu ihren Füßen breitete sich der Strand mit den bunten Steinen aus, dahinter das weite Meer, beinahe unwirklich mit dem weichen, im Vormittagslicht goldenen Dunst darüber.

Eine Weile saßen sie stumm, Franzi mit dem Umschlag in der Hand.

»Jetzt weiß ich, warum du so ein besonderer Mensch geworden bist«, sagte Matteo nachdenklich. »Wer an solch einem Ort aufwächst …«

»… der muss von den Geistern, Elfen, Feen und Kobolden für immer berührt sein, auch wenn sie nicht so aussehen wie in den üblichen Märchen beschrieben«, beendete Luna den Satz, als er keine Worte fand. »So hat es Stellan oft gesagt.«

Matteo wandte sich um und betrachtete die Bäume, Wurzeln und Steine, die ihn schon auf dem Weg hierher sprachlos gemacht hatten. »Genau. Dieser Ort ist wie aus einer anderen Welt.«

»Und doch stellt er im Grunde die Essenz von unserer Welt dar. So ist sie, wenn man genau hinsieht. An dieser Stelle kommt der Zauber nur so deutlich durch, dass man ihn kaum versäumen kann. Lies, Franzi!«, sagte Luna. »Wir können es nicht ewig hinausschieben.«

Als Franzi die Seiten entfaltete, hüpfte ein Rotkehlchen näher, das zwischen den Wurzeln herumgepickt hatte. Dann saß es still, als wollte es lauschen.

»*Liebe Luna, liebe Franzi,*

es gibt noch etwas, was ich ausgelassen habe. Wenn ihr die Seiten aus meinem Tagebuch gelesen habt, wisst ihr nun, dass ich vor Lunas Geburt die einmalige Gelegenheit hatte, im Rahmen eines Austauschs zu einem Wissenschaftskongress in Texas zu reisen.

Dort habe ich mich zeitweise verloren gefühlt unter all den Fremden. Aber es zahlte sich aus, dass ich in meiner Jugend in Schweden Englisch gelernt hatte und es seitdem hin und wieder gepflegt habe, indem ich englische Bücher las, soweit sie zur Verfügung standen. Über meine Aussprache haben sie geschmunzelt, aber verständigen konnten wir uns. Bei einem Essen kam ich mit einem netten Mann ins Gespräch, der sich mir als Stuart Roosa vorstellte. Wir sprachen über die grandiose Landschaft, und er fragte mich, wo ich herkäme. Ich erzählte ihm vom Gespensterwald und zeigte ihm Bilder. Stuart – man nennt sich dort sehr schnell beim Vornamen – war fasziniert davon. Er erzählte mir, dass er Anfang der fünfziger Jahre als sogenannter Rauchspringer in Oregon und Kalifornien Waldbrände bekämpft hatte. Das war ungefähr zu der Zeit, als ich mit meinen Freunden auf dem Darß im Wald lebte und mit ihnen an einem Projekt arbeitete, das mich beflügelt und fortan meinen Weg geprägt hat. Darauf will ich hier nicht eingehen, weil es nichts mit eurem Leben zu tun hat, aber genauso prägte die Waldbrandbekämpfung Stuart. Die Rauchspringer wurden mitsamt ihrer Ausrüstung per Fallschirm in entlegenen Gebieten abgesetzt.

In jenen Jahren entwickelte er eine besondere Beziehung zu Wäldern. So war es kein Wunder, dass wir uns ausgesprochen gut verstanden.

Wir ließen den Nachtisch aus und gingen spazieren, und dabei erfuhr ich Erstaunliches. Ihr mögt es für eine meiner phantasievollen Geschichten halten, aber es ist die reine Wahrheit! Ihr könnt es in der Bibliothek nachlesen – alles über Stuart Roosa, natürlich nicht über unsere Begegnung.

Stuart, so stellte sich heraus, war Astronaut. Er war Teil der Besatzung der Apollo-14-Mission gewesen, die dritte Crew, die auf dem Mond landete. Allerdings betrat Stuart selbst nie den Mond – er war der Pilot, derjenige, der den Mond umrundete, bis seine beiden Kollegen von der Oberfläche zurückkehrten. Währenddessen fotografierte er und machte Experimente. Bei sich hatte er mehrere hundert Samen verschiedener Baumarten. Es waren, so gestand er mir verschmitzt, einige mehr als offiziell bekannt. Diese Samen befanden sich neun Tage in der Schwerelosigkeit und haben den Mond vierunddreißig Mal umrundet. Man wollte wissen, ob das einen Einfluss auf sie haben würde.

Zurück auf der Erde wurde eine große Anzahl davon der Forstbehörde übergeben, die sie zum Vergleich neben andere Samen derselben Arten pflanzten. Zahlreiche weitere wurden anlässlich von Feiern in Parks oder vor Regierungsgebäuden gepflanzt. Andere Setzlinge überreichte man als Geschenk, wenn Politiker die USA besuchten, zum Beispiel dem japanischen König.

Irgendwann schließlich verlor man das Projekt aus den Augen. Heute weiß man zu einem großen Teil nicht mehr, wo diese Bäume geblieben sind.«

Franzi brach ab. »Das ist ja ein Ding! Hörst du eigentlich zu, Matteo? Ist was mit dem Café?«

Matteo blickte zerknirscht von seinem Handy auf, auf dem er herumgetippt hatte. »Nein, ich wollte nur rasch nachsehen, ob ...«

»Ob das alles stimmt?«, fragte Franzi. »Das verstehe ich. Aber trotz seiner ständig aktiven Phantasie wusste Stellan doch immer sehr genau zwischen Dichtung und Wahrheit zu unterscheiden. Zumindest der Teil über Stuart Roosa wird korrekt sein.«

»Ja. Ist er. Haargenau.« Matteo steckte das Handy weg. »Tut mir leid. Bitte lies weiter.«

Luna lächelte in sich hinein. Stellan und ein Astronaut. Irgendwie passte es ausgesprochen gut.

»Die Bäume, so fand man heraus, keimten zum großen Teil problemlos und wiesen keinen Unterschied zu ihren Altersgenossen auf.

Das, meine Mädchen, zeigt mir vor allem eines: Man kann wie diese Bäume aus der vertrauten Umgebung, ja sogar der eigenen Welt gerissen werden, kann eine Zeitlang völlig den Boden unter den Füßen verlieren – und dennoch unbeschadet an dem Ort wachsen und aufrecht stehen, an den man danach gerät.

Stuart und ich haben natürlich auch über die Situation in der DDR gesprochen. Er wunderte sich. In seinem Land, sagte er, sperre man mit Hilfe von Stacheldraht die Rinder ein, nicht die Menschen. ›Die Freiheit kann ich euch nicht schenken‹, sagte er beim Abschied, ›aber das hier möchte ich dir geben!‹ Er überreichte mir eine Streichholzschachtel. Als ich sie öffnete, fand ich eine einzige Buchecker darin.

›Sie war dem Mond ganz nahe‹, sagte er. ›Pflanze sie in deinen sagenhaften Gespensterwald, und wenn ein Baum daraus wächst, wirst du in ihm eine Verbindung zum Himmel haben, von der nur du allein weißt. Den Himmel kann niemand begrenzen. Der Baum soll dir Glück bringen.‹

Mich hat das, wie ihr euch denken könnt, sehr berührt.

Ich wollte bis zum Frühjahr warten, um die Buche zu pflanzen. Doch nicht lange nach meiner Rückkehr sagte mir Jantje, wie ihr nun wisst, dass wir ein Kind bekommen würden. Einige Zeit später lag sie mit der schweren Lungenentzündung in der Klinik. Da pflanzte ich den Samen in einen Topf und stellte ihn an einen hellen Platz. Voller Bangen und Spannung redete ich mir ein, wenn er keimt, dann würde alles gut gehen, Jantje gesund werden und unser Kind wohlbehalten zur Welt kommen! Ich erzählte niemandem davon, denn solche Wünsche muss man ja angeblich für sich behalten, damit sie in Erfüllung gehen. Jantje war ohnehin nicht in der Verfassung zuzuhören. Stattdessen sah ich jeden Abend zum Mond auf und fühlte eine tröstende Verbindung. Menschen waren dort oben gewesen. Alles schien möglich.

Was soll ich sagen – das Wunder trat ein. Eines Morgens hatte sich der Keimling aus der Erde geschoben. Und ob ihr es glaubt oder nicht – an demselben Abend sagte mir der Arzt, dass Jantje außer Gefahr sei und es dem Kind gut ginge.

Nun weißt du auch, warum du wirklich Luna heißt, mein Mädchen. Als du ein Jahr alt warst, pflanzte ich den Keimling in den Wald. Ich nahm dich mit, du lachtest und plappertest dabei, wohl weil du meine Freude und Hoffnung spürtest. Damals stellte ich mir vor, dass du dich dort vielleicht einmal mit deinen Liebsten treffen würdest, wenn du erwachsen bist.

Bitte fühle dich nicht ausgeschlossen, Franzi. Ich habe dem Baum, den ich die Mondbuche nenne, sofort davon erzählt, als du Jahre später unterwegs warst und geboren wurdest. Er weiß alles über dich ebenso wie über Luna. Ich habe diesen Baum gehütet, vor Wildverbiss geschützt und vor Wind und Trockenheit, bis er stark genug war, allein zurechtzukommen, und ihm alle meine tiefen Empfindungen und

Geheimnisse verraten, manchmal mit Worten, manchmal ohne.

Oft hat er mir in all den Jahren Trost und Kraft gespendet. Nun muss ich ihn verlassen, aber es genügt mir zu wissen, dass er da ist. Eines an ihm aber ist mir vor nicht allzu langer Zeit aufgefallen. Für manches muss man erst ein gewisses Alter erreichen, das gilt für Bäume wie für Menschen. Ihr werdet nachts ein schwaches Leuchten an dieser Buche erkennen, wenn ihr genau hinseht.

Ich werde euch den Standort nicht verraten. Ich möchte es nicht aufschreiben. Wenn das in falsche Hände gerät, könnte man den Baum beschädigen oder Teile zu stehlen versuchen. Doch ich möchte euch bitten, ihn zu suchen.

Ich weiß nicht, wann ihr diese Zeilen findet, aber wann auch immer es ist, die Buche wird da sein. Ich bin mir sicher, sie hat euch etwas zu geben.

In Liebe

Stellan

Franzi verstaute die Seiten langsam wieder in dem Umschlag. Sie schwiegen alle eine Weile, jeder mit seinen Gedanken beschäftigt.

»Eins steht fest«, sagte Franzi schließlich. »Von diesem Baum muss die Rinde kommen, aus der wir Marleys Baumgeist machen werden. Natürlich nur, wenn es ein loses Stück gibt.«

Matteo blickte von ihr zu Luna. »Eine tolle Geschichte. Aber was heißt das jetzt? Wollt ihr diesen Baum noch suchen, ehe wir nach Hause fahren?«

Luna und Franzi sahen sich an. »Luna, glaubst du, dass die Buche wirklich leuchtet? Oder ist dieser Teil der Geschichte eines von Stellans Märchen?« Franzi klang ratlos.

Luna wusste es nicht. Sie nahm Franzi den Umschlag aus der

Hand und betrachtete ihn. »Er hat draufgeschrieben, dass es wichtig ist. Also will er auf jeden Fall, dass wir diesen Baum finden. Vielleicht ist es wie bei den Schatzsuchen, die er früher für uns organisiert hat? Wenn das Leuchten der einzige Hinweis ist, sollten wir dem nachgehen.«

»Aber das ginge nur nachts.« Franzi sah unglücklich aus. »Matteo ...«

Er legte den Arm um sie. »Weißt du was? Ich kann im Auto schlafen, und dann fahren wir einfach erst morgen. Ich sage Lian Bescheid. Der schafft das schon. Er hatte es sogar angeboten, ich dachte nur nicht, dass es nötig sein würde.«

»Wirklich? Es wäre mir ganz recht, wenn wir nicht nachts alleine durch den Wald laufen müssten«, sagte Franzi etwas kleinlaut. »Dabei fallen mir bestimmt alle alten Gespenstergeschichten von Stellan wieder ein ...«

»Du brauchst nicht im Auto zu übernachten«, sagte Luna. »Ich hatte mir schon überlegt, mal draußen unter den Sternen zu schlafen. Das mache ich zu Hause auch manchmal. Heute ist es warm genug.« Darauf hatte sie sich schon gefreut. Hier, wo man das Meer und die Bäume zweistimmig rauschen hörte und der Himmel noch dunkler war, würde das noch mal etwas ganz anderes sein als in Vehlefanz.

»Ist ja klasse!« Franzi strahlte auf einmal. »Dann können wir jetzt auch noch einen Strandspaziergang machen, und dann stelle ich Matteo Essie und Tomke vor, die freuen sich – ich habe schon so viel von dir erzählt. Und heute Abend suchen wir die Mondbuche.«

39

Die Strandwanderung zog sich in die Länge, denn Matteo fing selbst an, Steine zu sammeln, und warf immer wieder einen faszinierten Blick hinauf zum Gespensterwald.

Franzi hatte Essie angerufen und gefragt, ob Matteo eine Nacht bleiben durfte. Als sie schließlich zurück waren, hatten Essie und Tomke gekocht.

»Das reicht für uns alle«, sagte Essie augenzwinkernd. »Justus war vorhin hier und hat den ersten Spargel mitgebracht. Wir haben gehofft, dass ihr uns Gesellschaft leistet.« Sie hatten den Tisch im Garten gedeckt. So saßen sie dort gemütlich beisammen. Tomke erzählte Anekdoten aus alten Zeiten, Franzi und Matteo aus neuen. Essie bemutterte alle und Luna genoss es, still dabeizusitzen, den frischen Kräutern und anderen herrlichen Frühlingsaromen nachzuschmecken und den Gesprächen zuzuhören. Natürlich gab es auch Nachtisch – Crème brûlée und Rhabarberkompott.

Währenddessen wurden die Schatten stetig länger. Es war bald Abend, aber noch nicht dunkel genug. So vertrieben sie sich die Zeit damit, im Garten zu helfen. Matteo hackte Holz, Franzi stapelte es unter das Dach, Luna half Essie, Rosen anzubinden und Wildtriebe zu entfernen.

Sie hatten ihren Gastgebern nur erklärt, dass sie eine Nachtwanderung machen wollten. Stellans Mondbuchengeschichte war dann doch zu persönlich.

Luna hatte die Sonnenuntergänge im Gespensterwald nie vergessen. Heute war es genauso spektakulär wie in ihrer Erinnerung. Im Westen färbte sich der Himmel flammend rot hinter dem Wald, bevor die Sonne über dem Meer gemächlich immer tiefer wanderte und einen goldenen, in den Wellen zitternden Lichtfinger auf das Wasser zeichnete. Ein Fluttümpel unten am Strand spiegelte die Rot- und Orangetöne wider. Im Osten spielten sanfte Blau- und Rosatöne über dem Horizont, und die bizarren Stämme der Buchen waren wie ein langsamer Tanz von Scherenschnitten vor all dem Glühen und gaben ihm einen Rahmen wie nirgendwo sonst.

Sie saßen stumm, alle drei. Worte waren hier nicht nur für Luna überflüssig. Dieses gemeinsame andächtige Schweigen genoss sie. So etwas hatte sie nicht oft erlebt. Nicht seit ihrer Zeit mit Stellan.

Dann war die Sonne fort. Die blaue Stunde entfaltete ihren Zauber. Sie blieben sitzen, bis es dunkler wurde, nur noch ein leichter orangener Streifen hinter dem Meer lag und auf Bojen und Schiffen die Lichter aufflammten. Franzi fischte für jeden eine Taschenlampe aus ihrem Rucksack sowie Mückenspray.

»Was für eine gute Idee!«, sagte Matteo erleichtert. »Die Viecher summen schon hungrig um meine Ohren.«

»Das Zeug ist immer im Rucksack, seit ich am Darßwald wohne. Wollen wir?«

»Warte.« Luna legte eine Hand auf den Arm ihrer Schwester. »Seht mal!«

Auf der anderen Seite des Himmels erschien ein diffuses Licht. Kurz darauf ging der Dreiviertelmond auf, groß und rötlich zwischen langsam treibenden Wolken, denen er einen hellen Saum verlieh. Er warf einen Glanz auf die Wellen und tauchte den gelblichen Lehm der Steilküste in einen geheimnisvollen warmen Schimmer. Es war wie ein Gruß von Stellan.

Sie standen dort, bis die Wolken dichter wurden, dann machten sie sich auf den Weg. Der Mond, falls das Gewölk ihn gelegentlich freigab, stand noch zu tief, in den Wald drang kein Licht. Es wurde finsterer.

»Soll ich die Taschenlampe anmachen?«, fragte Franzi. »Matteo, für mich ist das immer noch vertraute Umgebung, aber sieh dich bloß vor, dass du nicht über die Wurzeln fällst ...«

»Nicht nötig, ich passe auf. Bei Lampenlicht sehen wir doch nicht, wenn der Baum leuchtet.«

Luna hörte an seiner Stimme, dass er Stellans Behauptung nicht glaubte und nur dabei war, weil er Franzi liebte und nichts gegen ein kleines Abenteuer und einen Spaziergang im Wald hatte.

»Lasst mich vorausgehen«, sagte sie. »Ich kann mich genau erinnern, wie man sich hier im Dunkeln bewegt, und außerdem war ich ja gerade erst bei Tag hier.«

Zweige knisterten unter ihren Füßen. Kleine Tiere raschelten zwischen den Wurzeln. Das Meer wisperte am Fuß der Klippe, und manchmal fuhr ein schlafriger Windhauch durch die Baumkronen. Plötzlich blieb Luna stehen, so dass Franzi in sie hineinlief.

»Was ...«

»Psst. Hörst du?«

Sie lauschten, dann kam er. Der Ruf des Käuzchens.

»Ohh! Wie früher«, flüsterte Franzi.

Auch Luna fühlte sich von dem Geräusch so zurückversetzt, dass sie hätte schwören können, Stellans Atmen neben sich zu hören und die vertraute breitschultrige Silhouette eine Spur dunkler vor dem Himmel zu erkennen. Doch es war nur ein Baum.

Als der Kauz zu rufen aufhörte, gingen sie weiter.

»Ich wusste nicht mehr, wie unglaublich es hier nachts ist. Noch viel verwunschener als in meiner Erinnerung«, sagte Franzi nach einer Weile leise.

Luna ging es genauso, nur empfand sie es so tief, dass sie es nicht in Worte fassen konnte, nicht einmal Franzi gegenüber. Der Wald war so bescheiden grandios, so still lebendig, so endlos und doch behaglich, so verblüffend vielfältig und doch so einfach. Sie spürte, wie etwas in der Nacht unsichtbar nach ihr griff – keine Kobolde, die ihr einen Streich spielen wollten, keine Brennnesseln, die man im Dunkeln nicht sah – nein, es war der Ort an sich. Die alten Bäume, die sich in ihre Richtung lehnten, wie um ihr zuzuhören, die steile, brüchige Küste, der ewige Wind, der ganze zeitlose, gewaltige, ebenso flüchtige wie beständige Zauber. Er würde sie nicht noch einmal loslassen.

»Hier leuchtet nirgends etwas«, unterbrach Matteo die Stille.

»Ich denke immer noch, es muss eine Art Rätsel sein, wie die Schatzsuchen, die Stellan früher für uns gemacht hat«, erklärte Franzi. »Das mit dem angeblichen Leuchten ist nur ein Hinweis auf etwas anderes, so wie damals eine Fährte aus Nussschalen zu einem besonders schönen Tannenzapfen für den Adventskranz führte oder zu einer Dose mit Keksen. Nur was? Aber – oh, warte. Da ist was Helles!« Aufgeregt zeigte sie zwischen die Bäume. Luna folgte ihr. Da, zum Teil hinter einem Stamm verborgen, lag ein Pfeil aus weißen Quarzkieseln. Er zeigte tiefer in den Wald.

Nun knipste Franzi doch die Lampe an. Matteos Augen glänzten, er schien nun Gefallen an der Sache zu finden. »Folgen wir dem Pfeil?«, fragte er. »Ich dachte, man solle die Wege nicht verlassen? Wegen der Bodenverdichtung und der Windbremse und all dem, hast du doch erzählt.«

»Das stimmt«, sagte Luna. »Aber wir sind hier zu Hause. Wir wissen, wie man sich verhält. Ich denke, da können wir eine Ausnahme machen. Wer auch immer diesen Pfeil gelegt hat, hat sich etwas dabei gedacht.« Sie hatte eine leise Ahnung, ohne zu wissen, woher, behielt sie aber für sich. »Wir lassen die Lampe an, dann zertreten wir nichts.«

Im Scheinwerferkegel wirkte alles wieder anders. Ein Baumpilz stak riesig hervor, sah aus wie ein Ohr und warf einen langen Schatten. In einem hohlen Stumpf schien sich etwas zu bewegen, doch da war nichts. Ein liegender Hirsch stellte sich als eine umgefallene, halb verrottete Bank heraus.

»Sind wir noch richtig?«, überlegte Franzi.

»Sieht so aus.« Matteo zeigte auf ein Glimmen in einem Astloch. Dort fanden sie eine kleine runde Solarlampe, auf die ebenfalls ein Pfeil gemalt war.

»Ein bisschen gruselig ist das«, sagte Franzi, »aber ich will jetzt gar nicht darüber nachdenken und mir einfach vorstellen, dass ich wieder acht bin und Stellan gerade hier vor uns entlanggegangen ist.« In ihrer Stimme war ein leichter Bruch. Matteo nahm ihre Hand.

»Am liebsten wäre mir, wir kämen nie ans Ziel, bis es Morgen wird«, meinte Franzi eine Weile später, nachdem sie weitere Pfeile aus Birkenrinde, weißem Stoff und weißen Muscheln gefunden hatten, und sprach damit aus, was Luna schon die ganze Zeit gedacht hatte. Auch wenn sie Stellans Baum niemals finden würden, so hatten sie doch etwas anderes entdeckt, um es nie wieder zu vergessen: wie sie sich fühlten, wenn sie hier waren. Was es zu sehen und zu hören gab, bei Tag und bei Nacht. Dass Magie hier Wirklichkeit war, ohne dass man überhaupt Phantasie dafür brauchte.

Schließlich kamen sie an eine Senke, in deren Windschutz sogar etwas von dem hier seltenen Unterholz wuchs. Dahinter öffnete sich eine kleine Lichtung, auf der eine Buche stand. Davor lagen zwei Herzen aus weißen Blüten, die mit der Spitze auf den Stamm zeigten.

»Ist sie das?«, fragte Franzi mit Ehrfurcht und Zweifel in der Stimme.

Luna ging zu dem Baum hin, berührte den Stamm und sah zu der Krone auf.

»Ja, das ist sie.« Sie zweifelte nicht an den Zeichen, die ihnen gegeben worden waren. Außerdem spürte sie, dass Stellan oft hier gewesen war. Dass es eine Verbindung zwischen ihr und diesem Lebewesen gab.

»Kann das vom Alter her stimmen?«, erkundigte sich Matteo. »Der Baum müsste doch so alt sein wie du, also ...«

»... fünfundvierzig«, half sie ihm aus seiner Verlegenheit. »Ja. Ich habe es vorhin nachgelesen. Buchen sind schnellwüchsig. Sie wachsen pro Jahr ungefähr einen halben Meter, bis sie ihre endgültige Höhe erreicht haben. Sie können vierzig bis fünfundvierzig Meter hoch werden. Der Stamm wird jedes Jahr etwa einen Zentimeter dicker. Sie haben sogar zwei Wachstumsschübe jährlich. Einen im Frühling ab März, der andere fängt im Juli an. Man nennt ihn Johannistrieb. Sie können dreihundert Jahre alt werden, das Durchschnittsalter liegt eher bei hundertfünfzig ...«

»Luna!«, sagte Franzi, trat zu ihr und legte den Arm um sie. »Ich bin auch aufgeregt.«

»Entschuldigt. Wenn mich etwas berührt, fange ich an, Fakten zu rezitieren«, sagte Luna zu Matteo und freute sich insgeheim, dass ihr diese persönliche Bemerkung so ungewöhnlich locker von den Lippen ging. Schließlich kannte sie ihn noch kaum. »Jedenfalls könnte dieser Baum von der Stammdicke her absolut der Richtige sein.«

»Er ist sehr schön. Aber er sieht aus wie die anderen auch. Und leuchten tut er nicht«, stellte Matteo fest.

Luna dreht sich zu ihm um und lächelte. »Bist du sicher?« Denn als sie an dem Baum hinaufgesehen hatte, war ihr etwas aufgefallen, das vor lauter Konzentration auf den Weg keiner von ihnen bemerkt hatte. Es hatte einen Grund, dass die sorgsam angeordneten Blüten auf dem Boden so hell und sichtbar waren.

Die Wolken waren mittlerweile weniger geworden. Der Mond war höher gestiegen und schien nun ungehindert in den Wald. Und auf den glatten hellgrauen Stämmen sämtlicher Buchen glänzte der Widerschein und ließ sie mattsilbern leuchten.

Franzi lächelte glücklich. »Natürlich leuchtet er! Und natürlich ist er genau wie alle anderen. Und trotzdem etwas Besonderes, weil jeder Baum und der ganze Wald etwas Besonderes sind. Genau daran wollte Stellan uns erinnern!«

Luna nickte. Eine tiefe Zufriedenheit erfüllte sie. »Genau das. Trotzdem ist dieser Baum ein einzigartiger Freund. Erst Stellans, jetzt unserer. Denn wir kennen seine Geschichte. Das ist wichtig.«

Sie legten beide eine Hand an die glatte Rinde und standen eine Weile zusammen dort, in Gedanken ganz nahe bei ihrem Vater.

Während sie unter der Mondbuche standen, traf Luna eine Entscheidung. Sie würde nicht nur noch einige Tage hierbleiben. Sie wollte regelmäßig hierher zurückkehren. Auf diesen Ort konnte sie nie wieder verzichten. Ebenso wenig wie auf die Gegend um Vehlefanz in Oberhavel. Es ärgerte sie, dass sie nicht an zwei Orten gleichzeitig sein konnte.

Sie wollte sich nicht mehr begnügen, sich nicht mehr selbst einengen. Sie wollte alles, was sie glücklich machte.

Auch Franzi schien etwas beschlossen zu haben. Vielleicht lag es an diesem Baum, vielleicht an dem unwirklichen Zauber der Nacht, vielleicht an der Tatsache, dass sie sich morgen vorerst trennen würden oder dass sie hier und heute die Antwort auf Stellans letztes Rätsel gefunden hatten. Sie ging hinüber zu Matteo und setzte sich zu ihm. Die Nacht war so still, dass Luna jedes Wort hören konnte.

»Matteo, ich möchte so gern, dass Marley in der Kindheit oft hier sein darf. Lass uns regelmäßig hierherfahren. Marley soll auch Steine sammeln und den Blick durch die Bäume auf das Meer haben dürfen. Und die Koboldwurzeln sehen. Erleben, wie dieser einzigartige Wald im Wind tanzt. Wie im Herbst die Sonne hinter goldenen Blättern aufgeht und die Pilze wachsen. Wie der Frühling den ersten grünen Schleier über die Zweige legt und diesen weichen, kurzen Grasteppich zwischen die Stämme. Wir machen eine Wanderung wie diese und zeigen Marley das Leuchten auf den Stämmen, wenn der Mond scheint. Und wir stellen unser Kind der Mondbuche vor. Ja? Bitte?«

Matteo drückte sie an sich. »Sehr gerne, mein Engel. Wenn wir das zeitlich irgendwie hinbekommen. Es wird schwierig, wenn Marley später in der Schule ist und wir in den Ferien

Hauptsaison haben. Aber irgendwie wird es schon gehen. Hauptsache, du bist glücklich.«

Ängstlich sah sie zu ihm auf. »Gefällt es dir denn auch hier?«

»Wie sollte es einem nicht gefallen? Ich glaube, der Zauber dieses Waldes ist für jeden unwiderstehlich, der auch nur ein wenig Sinn für so was hat. Bloß sagt mir eins – wer hat diese frischen Zeichen gelegt? Bei aller Märchenhaftigkeit im Mondlicht, der Geist eures Vaters war es bestimmt nicht.«

»Nein«, sagte eine tiefe Stimme, und eine Gestalt trat aus den Schatten am Rande der Lichtung. »Es war Stellans Auftrag. Aber ich war es.«

40

»Justus! Das habe ich mir gedacht«, sagte Luna.

Er trat neben sie. Bei jedem anderen, der ihr nicht ausgesprochen nahestand, hätte sie unwillkürlich einen Schritt zur Seite gemacht. Sie fragte sich, wie es sein konnte, dass sie sich von ihm überhaupt nicht bedrängt fühlte.

Im Gegenteil. Ihre innere Unruhe glättete sich für den Moment wie ein aufgepeitschtes Meer in einer plötzlichen Windstille.

Er lächelte sie an. »Als Stellan damals wusste, dass er gehen würde, hat er mir mit der Bitte um Verschwiegenheit die Geschichte von der Buchecker und was daraus wurde erzählt. Ich war ja noch jung, gar nicht so viel älter als du, und habe mit großen Augen zugehört, dankbar für sein Vertrauen. Er hat mir erklärt, dass ihr beide oder wenigstens eine von euch eines Tages den Baum suchen würdet. Bis dahin bat er mich, über die Buche zu wachen und wenn der Tag käme, euch behilflich zu sein. Er hat mir von euren Schatzsuchen früher berichtet und mit einem Augenzwinkern gemeint, ich würde dann schon wissen, wie ich es machen könnte. Vorhin, als ich bei Tomke war und er mir sagte, dass Franzi abreisen würde, dachte ich mir, dass, wenn ihr die Mondbuche suchen wolltet, heute die einzige Gelegenheit dafür sein würde. Also habe ich alles vorbereitet und einfach gehofft.«

»Und wenn wir nicht gesucht hätten – hättest du etwas gesagt?«, wollte Franzi wissen.

Er zögerte. »Ich weiß nicht. Stellan wünschte sich ja, dass ihr von selbst kommt. Wahrscheinlich hätte ich es irgendwann mit Luna besprochen. Du bleibst doch noch eine Weile, sagtest du?« Er sah sie hoffnungsvoll an.

»Ja, ein paar Tage bestimmt.«

»Jedenfalls sind wir gekommen, auch wenn es Jahre gedauert hat. Stellan wäre wohl zufrieden mit uns.« Franzi sah trotzdem bekümmert aus. »Ich hatte mir ja fest vorgenommen, für Marley einen Baumgeist aus der Rinde dieses Baumes zu gestalten. Aber ich habe vergessen, dass Buchen eine so glatte, dünne Rinde haben. Das geht ja gar nicht!«

»Daran habe ich schon gedacht. Tomke hatte mir von den Baumgeistern erzählt. Da kann ich helfen«, sagte Justus. »So ein Baumgeist muss nicht unbedingt aus Rinde sein, oder? Seht mal, der dicke Ast dort.« Er richtete den Lichtstrahl seiner Taschenlampe nach oben. »Der ist abgestorben. Er ist gefährlich, den muss ich sowieso absägen. Aber er hat eine interessante Zeichnung und Astlöcher. Meint ihr, daraus könntet ihr vielleicht etwas machen? Wenn man ihn längs durchsägt und die Hälfte eines Stücks nimmt, könnte es wie ein Kopf aussehen.«

Franzi richtete ihre eigene Lampe nach oben. »Ja! Ich sehe es. Da, das da ist ein Mund, und der Aststummel die Nase ... perfekt, das machen wir! Das ist die Idee!«

»Ich ...« Justus schien verlegen. »Ich habe mit dem Absägen gewartet, weil ich dachte, vielleicht wollt ihr dabei sein. Vielleicht sogar mit hochklettern. Ich habe da hinten eine Leiter bereitgestellt.«

»Justus, wie lieb von dir. Aber ich besser nicht«, sagte Franzi widerstrebend und legte eine Hand auf ihren Bauch. »Dabeisein ist wunderbar, das genügt mir. Das kann ich später einmal Marley erzählen. Aber klettern besser nicht. Mir wird manchmal schwindlig.«

Luna dachte an damals. »Ich komme mit hoch«, sagte sie entschieden. »Vielleicht kann ich dir zur Hand gehen.«

»Das wäre schön.« Seine Augen glänzten, viel mehr konnte sie von seinem Gesicht nicht sehen, denn er hatte die Lampe wieder ausgeschaltet.

»Au ja, Tante Luna«, sagte Franzi. »Das macht Marleys Baumgeist noch persönlicher.«

»Ist das nicht zu gefährlich im Dunkeln?«, wandte Matteo ein.

»Ach was, ich kann das im Schlaf, ich mache das seit meiner Jugend«, beruhigte ihn Justus. »Außerdem sichere ich mich beim Sägen, wenn ich Hände brauche. Und es ist ja gar nicht richtig dunkel.«

»Na gut.« Matteo half ihm, die Leiter an den Stamm zu stellen. Dann hielten Franzi und er die Lampen so, dass die Sprossen deutlich zu sehen waren. Ohnehin reflektierte das Aluminium der Leiter das Mondlicht noch heller als die Buchenstämme und, weit unten, die Wellenkämme auf der See.

Luna sah das Meer und den Wald umso besser, je weiter sie nach oben stiegen. Es schien ihr genau wie an jenem Abend, als sie Justus das erste Mal einen hohen Baum hinaufgefolgt war. Es hatte dieselbe traumartige Atmosphäre von Unwirklichkeit. Nur war sie diesmal von einer seltsame Ruhe und Gewissheit erfüllt. Woher das rührte, wusste sie nicht, aber es spielte auch keine Rolle. Sie genoss es einfach.

Justus hielt an und sicherte sich mit einem Seil, während Luna solange die Säge hielt und ihm dann reichte. Sie blieb in der nötigen Entfernung, einen Arm um den Stamm gelegt. »Wir sind auf deiner Mondbuche, Stellan«, flüsterte sie leise.

Oben blinzelten Sterne durch die Blätter, rund um Justus' Silhouette. Er sägte den äußeren Teil des Astes ab und ließ ihn an einem Seil herab. Dann trennte er das Stück mit der Zeichnung, das sie von unten gesehen hatten, vom Rest des Stummels ab. »Möchtest du es nehmen, Luna? Ich habe einen Rucksack dafür, damit es beim Herablassen nicht beschädigt wird.«

»Sehr gerne.« Sie sah zu, wie er das Holz hineingleiten ließ. Dann beugte er sich herab und half ihr, vorsichtig den Rucksack aufzusetzen, während sie sich mit der jeweils anderen Hand gut festhielt.

»Zu schwer?«, fragte er besorgt.

»Keine Spur.« Sie sah sich noch einmal um, zögerte den Moment heraus. »Es ist so wunderbar hier oben. Man ist so ... zwischen den Welten. Zwischen Himmel und Erde, irgendwie zeitlos. Und alles ist so still um uns herum, bis auf den leisen Nachtwind in den Blättern.«

Wie zur Antwort rief in einem benachbarten Baum das Käuzchen. Sie mussten lachen.

»Wir können das ja mal wieder machen. Einfach so«, sagte Justus.

»Das würde mir sehr gefallen.« Glücklich und vorsichtig begann Luna den Abstieg. Unten überreichte sie das Stück Mondbuche feierlich ihrer Schwester, die über die glatte Rinde strich und die Astlöcher befühlte.

»Wunderbar! Da können wir die Augen einsetzen, sieh mal, hier und hier«, sagte Franzi voller Freude. »Das wird ein guter Geist! Wie sollen wir ihn nennen, Luna?«

Luna überlegte. »Wie wäre es mit Fagi? Fagus ist Latein für Buche.«

»Das passt.« Franzi strahlte. Matteo nahm ihr rasch den Rucksack ab. Justus verstaute währenddessen die Leiter. »Die hole ich morgen ab. Und den Rest vom Holz auch. Nun lasst uns gehen. Es ist spät. Wie ich Essie kenne, wird sie nicht schlafen, ehe sie nicht aus dem Fenster gesehen hat, dass ihr wohlbehalten zurück seid. Sie hält nicht viel von nächtlichen Spaziergängen.«

»Justus«, sagte Franzi, »würdest du uns auch dabei helfen, den Baumgeist zu gestalten?« Sie wandte sich zu den anderen um. »Ich wünsche mir nämlich was. Ich möchte, dass wir morgen, ehe wir abfahren, alle zusammen den Geist fertigstellen. Tomke, Essie und wir vier. Dann wirkt er. Das bringt Marley Glück, ich weiß es.«

»Ja, wenn … wenn du das möchtest, sehr gerne, natürlich.« Justus klang verblüfft, verlegen und erfreut.

Luna freute sich auch. Sie dachte an Stellan und die Zeit in seiner Jugend im Darßwald, als er dort mit Freunden zusammengewohnt hatte. Vielleicht würde die Magie des heutigen Abends einmal eine ähnliche Erinnerung werden, etwas, das sie alle verband und prägte.

Am nächsten Morgen hatten Essie und Tomke einen reichhaltigen Frühstückstisch gedeckt.

»Aber so war das nicht gedacht, dass wir euch Arbeit machen!«, protestierte Luna.

»Unsinn! Die Bewegung tut mir gut, wenn ich Brötchen holen gehe«, erklärte Tomke.

»Es war auf einmal so viel Leben im Haus, das genießen wir«, meinte Essie. »Das wird mir richtig fehlen.«

Luna mochte Essie von Herzen gern und überraschte sich selbst, indem sie sie spontan umarmte. »Ich bleibe ja noch ein bisschen.«

Essie erwiderte die Umarmung fest. »Darüber freue ich mich sehr.«

»Wir werden auf jeden Fall öfter nach Nienhagen zu Besuch kommen«, versicherte Franzi. »Dann sehen wir uns. Und natürlich laden wir euch zur Taufe von Marley ein, in die Schifferkirche von Ahrenshoop.«

»Wann hast du das denn beschlossen?«, fragte Matteo erstaunt.

»Gerade eben.« Franzi schmierte sich eine Menge Honig auf ihr Brötchen. »Wäre das in Ordnung für dich?«

»Es ist eine schöne Idee. Ich hatte nur noch nicht so weit gedacht.«

»Wir kommen gern«, sagte Essie, und Tomke nickte sichtlich erfreut. »Übrigens«, fiel ihm ein, »ich hatte gestern Besuch von einem früheren Kollegen. Als er das Schiff gesehen hat, das ihr mir geschenkt habt, war er völlig fasziniert. Wo ich das herhätte und ob er auch eines erwerben könnte.«

»Das übrige Material reicht vielleicht noch für eins«, meinte Luna. »In den Tagen, in denen ich noch hier bin, könnte ich das sicher schaffen.« Sie war insgeheim sogar dankbar dafür, etwas zu tun zu haben. Sie konnte ja nicht nur draußen herumlaufen. Und es würde ihr helfen, Franzi nicht so zu vermissen. Davor hatte sie etwas Angst und hoffte, dass sie sich nicht allzu sehr an die Gegenwart ihrer kleinen Schwester gewöhnt hatte. Sie wollte auch weiterhin unabhängig sein und allein zurechtkommen können, ohne sich unvollständig zu fühlen.

»Ich kann dir dabei helfen«, erbot sich Justus.

Luna wunderte sich über die kribbelige Freude, die das in ihr auslöste. Sie erkannte sich in diesen Tagen selbst nicht wieder und wusste nicht, ob das gut oder schlecht war.

»Da können wir ja gleich einen Laden für Rindenschiffe aufmachen«, bemerkte Franzi lachend. »Was ist jetzt mit dem Baumgeist?«

Weil der alte Schreibtisch für so viele Helfer zu klein war, fertigten sie den neuen Baumgeist auf demselben großen Gartentisch an, an dem sie gefrühstückt hatten. Der Himmel blieb bedeckt, aber es war warm und trocken. Es duftete nach dem Hyazinthenflieder in der Hecke. Möwen kreisten über dem Haus. Die Arbeit ging ihnen von der Hand wie in einem eingespielten Team. Es war, als füge sich alles wie von selbst zusammen. Franzi zeichnete eine Skizze davon, wie sie sich das fertige Bild vorstellte. Essie befreite ein Brett, das sie im Geräteschuppen gefunden hatte, von Staub. Justus halbierte das Stück des dicken Astes der Mondbuche der Länge nach. Matteo fixierte die glatte Seite auf dem Brett. Luna versah vier Leisten mit einigen schlichten Schnitzereien, Tomke baute daraus einen Rahmen um das Brett. Franzi half mit dem Schnitzmesser und einigen kleinen Akzenten der natürlichen Musterung nach, um das Gesicht herauszuarbeiten. Matteo erweiterte die Astlöcher gerade so weit, dass er die Steine einsetzen konnte, die Franzi als Augen gewählt hatte. Tomke fixierte sie mit winzigen Metallplättchen.

»Jetzt sieht er uns an! Der guckt aber lieb«, freute sich Essie.

»Und verschmitzt«, meinte Tomke.

»Und weise«, staunte Matteo. »Ich hatte mir das bis jetzt noch nicht richtig vorstellen können.«

Franzi brachte zwei Ösen als Aufhänger an, während Luna kritisch das Bild betrachtete. »Da fehlt noch was. Er ist oben zu glatt, wo er abgesägt wurde.« Sie lief hinein und suchte in dem Korb mit Materialien, die übrig waren. Mit einer fein verzweigten Wurzel in der Hand kehrte sie in den Garten zurück und brachte sie oben an dem Baumgesicht als verwegen-heitere Frisur an. »Wie findet ihr das?«

»Perfekt!«, rief Franzi und umarmte sie, und dann auch gleich noch alle anderen. »Fagi ist fertig! Ich freu mich so. Danke! Jetzt wünschen wir uns noch was, Marley und ich.«

»Noch was? Ihr werdet langsam anspruchsvoll«, neckte Matteo, aber Luna hörte die Liebe in seiner Stimme.

»Ja. Stellan hatte doch sein Logo hinten auf den Baumgeistern angebracht und einen Namen, von dem wir annehmen, dass es sein Künstlername war. Notos, der Südwind. Ich finde, wir sollten hinten auf diesem Bild auch unterschreiben. Wir alle. Es wird für immer zeigen, wie wichtig uns das war.«

Nun konnten sie den Abschied nicht weiter aufschieben. Matteo wollte wieder zurück. »Lian hat morgen einen Termin, er muss Hella routinemäßig zum Arzt nach Rostock fahren. Wir müssen ihn entlasten. Und die Gäste fragen schon lange nach Franzi.«

»Ja, ich habe jetzt auch Heimweh. Ich will die Baumgeister aufhängen und sehen, wie das Schiff im Café wirkt und ob es den Gästen gefällt.« Franzi legte sorgsam ein Tuch über das Bild, schlug die Kofferraumklappe zu und drückte Luna an sich. »Bis bald, hoffentlich! Bis dahin bleiben wir in Kontakt. Wenn du willst natürlich nur«, fügte sie hastig an.

»Ich will! Und pass auf dich auf.«

»Das mach ich schon«, sagte Matteo und zwinkerte Luna zu,

bevor er einstieg. »Wir freuen uns, wenn du kommst!«, rief er noch, bevor er die Tür schloss.

Luna schluckte. Wie es aussah, hatte sie wieder eine Familie. Es würde noch eine Weile dauern, bis sie das wirklich begreifen konnte.

Franzi

Born auf dem Darß

41

Lians Rhabarberpralinen waren unwiderstehlich, fand Franzi. Kein Wunder, dass er mit seinen Kreationen die Gäste ins Café lockte und für begeisterte Rezensionen sorgte. Matteo hatte ihr welche in den Garten gebracht, wo sie sich für eine Weile mit dem Tagebuch und dem Füllfederhalter unter den Tassenbaum gesetzt hatte. Darauf hatte er bestanden. »Du musst dich auch mal ausruhen, nachdem du so losgelegt hast!«

Nun war sie schon wieder vier Wochen zu Hause. Der alte Baumgeist hing im Schlafzimmer über dem Doppelbett, der neue in dem Zimmer, das bald zum Kinderzimmer werden würde. Hella und Quentin hatten von einem uralten Kinderbett auf dem Dachboden im Forsthaus gewusst. Matteo und Lian hatten es heruntergeholt, und Lian war dabei, es aufzupolieren.

»Wenn ich Patenonkel werden soll, gehört so etwas zu meinen Aufgaben«, erklärte er. Über seine eigene Familie sprach er nie. Manchmal bemerkte Franzi, dass er mit jemandem Nachrichten austauschte, aber er sagte nichts darüber, und sie mochte ihn nicht ausfragen.

Im Garten hatte Franzi auch mächtig gewirbelt, eine Menge Sonnenblumen und am Rand überall Wiesenblumen ausgesät, Zierkürbis und Winden an den Zaun gepflanzt, einen neuen Weg angelegt. Jetzt war sie tatsächlich etwas erschöpft. Sie steckte eine weitere Praline in den Mund und schlug eine neue Seite auf. Sie war Stellan dankbar für sein Geschenk. Von allein hätte sie sicher nicht begonnen, Tagebuch zu schreiben. Das kostete eine Menge Zeit. Aber der Stift und der Einband fühlten sich so angenehm an, und das Schreiben half ihr dabei, ihre Gedanken zu sortieren.

Ich vermisse Luna. Und den Gespensterwald. Ich träume nachts davon, und wenn ich aufwache, bin ich für einen Moment traurig, nicht dort zu sein, und fühle mich merkwürdig verloren. Nie hätte ich gedacht, dass er mich so berühren würde. Dann stehe ich auf, gehe in die Küche, bereite Frühstück für die Gäste vor, trinke barfuß im Garten den ersten Tee und weiß wieder, dass ich genau hier sein möchte. Hier und jetzt mit Matteo, mit Marley in meinem Bauch. Ich will aus dem Café immer mehr einen besonderen Ort machen, an dem sich Gäste willkommen fühlen. Wenn ich dann aber später die Tische decke, denke ich schon wieder daran, wie es wäre, jetzt in Nienhagen auf der Bank zu sitzen und von der Klippe aus durch die Buchen auf das Meer zu blicken.

Nachmittags mache ich einen Spaziergang durch den Darßwald und denke wieder, wie wohl ich mich hier fühle, wie zauberhaft auch dieser Wald ist und dass ich es kaum abwarten kann, bis Marley auf den weichen Wegen unter den Kiefern die ersten Schritte macht und ihren heilenden Duft einatmet. Ich denke daran, dass auch Stellan im Darßwald glücklich war und mich hierhergeführt hat, und dass er die bleibende Verbindung zwischen hier und dem Gespensterwald ist. Ich bin abwechselnd zutiefst zufrieden und furchtbar unruhig. Ob das auch die Hormone sind? Man kann doch nicht immer alles auf die Hormone schieben!

Mit Luna tausche ich jeden Tag Nachrichten aus. Sie ist immer noch in Nienhagen und schickt mir schöne Fotos, aber sie verrät wenig darüber, was sie macht. Außer dass sie Essie im Garten hilft und dass

sie zusammen die ganzen Bücher neu sortieren, damit Gäste, die sich
eines leihen wollen, besser die passenden finden.

Ich habe mich überwunden und mit Jantje telefoniert. Das hat nicht
viel gebracht, aber immerhin haben wir wieder geredet ...

Franzi hatte tagelang hin und her überlegt, ob sie ein Gespräch
mit Jantje ertragen würde. Einerseits fehlte ihr der Kontakt zu
ihrer Mutter, der zwar seit ihrem Auszug immer nur lose gewesen war, aber doch vorhanden. Andererseits überkam sie immer
wieder bodenloser Ärger, wenn sie daran dachte, wie Jantje
Stellan und vor allem Luna behandelt hatte, und dass es ihr
gelungen war, den Kontakt zwischen Franzi und den beiden
dermaßen zu verhindern, was nie wieder gutzumachen war.
Es überraschte Franzi nicht, sie kannte Jantje gut genug. Das
änderte nichts an ihrer Wut. Und auch, dass sie die Baumgeister
damals eiskalt verkauft hatte, konnte sie kaum verzeihen. Hätten sie die Tagebuchseiten eher gefunden, hätte sie Stellan vielleicht vor seinem Tod noch besuchen können.

Das hättest du auch so gekonnt, sagte ihr Gewissen.

Aber ich hatte doch gedacht, ich wäre ihm egal, widersprach sie.

Matteo hatte sie schließlich zu dem Anruf gedrängt. »Du
rennst hier herum wie Rilkes Panther im Käfig. Das kostet nur
Kraft. Bring es hinter dich!«

Also überwand sie sich, aber es fiel ihr schwer.

»Wie konntest du das tun?« Sie hatte bei dem Gespräch ruhig
bleiben wollen und souverän, doch kaum hörte sie Jantjes
Stimme, kamen ihr die Tränen.

»Nun werd mal nicht dramatisch, Franziska. Aus dir ist doch
was geworden. Luna und Stellan hatten keinen guten Einfluss
auf dich. Ich konnte sie nicht ändern, aber dich musste ich doch

beschützen davor, auch so eigenbrötlerisch zu werden. Sie waren nie glücklich. Ich wollte, dass du so unbeschwert bleibst, wie du warst. Und jetzt sieh dich an! Du hast ein florierendes eigenes Café, einen gut aussehenden, netten Mann, kommst mit allen Menschen gut aus, bist beliebt. Das kann doch nicht falsch gewesen sein.«

»Du willst dich also nicht entschuldigen? Du findest, das war alles in Ordnung so?«

»Ich weiß nicht, ob es in Ordnung war.« Jantje war ruhig geblieben. Und kühl. »Aber wofür soll ich mich entschuldigen? Luna war bei Stellan gut versorgt, und sie hat selbst so entschieden. Du warst noch klein. Ich habe damals getan, was ich für richtig und am besten für dich hielt. Mehr kann niemand tun.«

»Dann weiß ich nicht, ob ich jetzt noch weiter etwas mit dir zu tun haben kann, und vor allem, ob das für mein Kind gut wäre.« Franzis Stimme zitterte.

»Das ist dein gutes Recht.« Aber Jantje hatte gezögert. »Franzi? Ich würde mich aber trotzdem freuen, wenn wir uns alle irgendwann sehen könnten. Und Bobby auch!«

Matteo legte eine tröstende Hand auf ihre Schulter. Er würde immer hinter ihr stehen, ganz gleich, wie sie sich entschied.

Bobby zu erwähnen war ein kluger, wenngleich ausnahmsweise ehrlicher Schachzug von Jantje. Franzi mochte Bobby. Man musste ihn einfach mögen. Anders als Jantje hatte er weder ihren Drang nach Aufmerksamkeit noch eine Spur Unehrlichkeit in sich. Und Marley würde wahrscheinlich seine Musik lieben. Er hatte neben seinen Hits wunderbare Kinderlieder geschrieben.

»Wen meinst du mit ›wir alle‹?«, fragte sie.

»Dich. Matteo. Euer Kind.«

Bobby sagte etwas im Hintergrund.

»Und Luna«, fügte Jantje leise an.

»Wir überlegen es uns.«

Doch in dem Moment, als Franzi die rote Taste gedrückt hatte und in Matteos Arme flüchtete, wurde ihr klar, dass Jantje ausnahmsweise recht hatte.

Es rechtfertigte keine Lügen. Aber man konnte etwas tatsächlich immer nur so machen, wie man es nach allem Abwägen in dem Moment, in dem es darauf ankam, für richtig hielt.

Sie tippte auf Rufwiederholung.

»Jantje? Was ist aus dem Rindenboot geworden, das Stellan dir geschenkt hat, kurz nachdem ihr euch kennengelernt habt?«

Pause. »Das habe ich noch.« Jantje klang verlegen. Das war noch nie vorgekommen.

»Wirklich?«

Jantje schnaubte. »Warte!« Im Hintergrund ging eine Tür. Nur einen Moment später ploppte auf Franzis Handy eine Nachricht auf. Das Foto zeigte ein Stück von Jantjes Bett, dahinter ein Bücherregal. Obendrauf stand, wenn auch recht verstaubt, ein Rindenboot. Man sah ihm an, dass es alt war, und es wirkte deutlich unbeholfener als Stellans spätere Werke.

»Glaubst du mir jetzt?«, fragte Jantje.

»Sieht so aus. Ich melde mich. Irgendwann.« Franzi legte ein zweites Mal auf, aber diesmal sanfter.

»Das wird schon«, sagte Matteo.

Der Anblick des einfachen, vor so vielen Jahren mit Liebe gebastelten Rindenschiffs hatte Franzi tiefer berührt, als es ihr passte. Es tauchte immer wieder in ihren Gedanken auf. Auch jetzt, nachdem sie das Tagebuch geschlossen und hinauf in ihr

Zimmer gebracht hatte. Jene alte Liebe war verflogen, aber das Schiff stand als ein Denkmal dafür noch immer in Jantjes Zimmer, wo sie es sehen konnte, wenn sie morgens aufwachte. Franzi dachte an ein Buch, das sie einmal gelesen hatte, eine Geschichte von kleinen Schiffen aus Bernstein, die für einige Menschen kostbare Erinnerungen beherbergten und über die Zeit bewahrten. Sie dachte ebenso daran, wie gut ihren Gästen das beleuchtete Schiff im Gastraum gefiel. Diese standen oft davor, bewunderten es und sprachen von eigenen Träumen und Sehnsüchten, die es weckte. Was hatte es auf sich mit Schiffen, das die Menschen so faszinierte? Weil man sich damit zu neuen Zielen hin bewegen konnte? Weil sie einen über Abgründe trugen? Weil sie kostbaren Ladungen Raum boten?

Die Bäume, dachte Franzi, geben uns Stärke und Ruhe. Schiffe aber erinnern uns an das, was wir bewegen können. Schiffe aus Holz vereinen beides – sie geben uns die Kraft, Ruhe und Zuversicht, etwas auf den Weg bringen und Neues erreichen zu können – wenigstens in unseren Gedanken. Ein richtiges Schiff kann kaum jemand haben. Aber ein kleines Schiff sehr wohl. Die Bernsteinschiffe haben Erinnerungen bewahrt und zum Leuchten gebracht. Unsere Rindenschiffe aber können Träume in die Zukunft tragen.

Ob Luna eines für Tomkes Kollegen gemacht hat? Und ob in Avas Laden immer noch Kunden danach fragten?

Im Büro schaltete sie den Computer an, um die Reservierungen durchzugehen. Stattdessen jedoch rief sie den Anbieter auf, bei dem sie die Website des Cafés gestaltet hatten. Spielerisch legte sie eine neue kostenlose Seite an, lud ein Design hoch, fing an, daran herumzubasteln. Ein Farbschema in warmen Grün- und Brauntönen. Nicht zu klobig, auch nicht zu filigran.

Schlicht, aber willkommen heißend. Einen natürlichen Hintergrund, am besten eines ihrer Fotos von Rinde einblenden, weichgezeichnet, nein, etwas transparenter ... und in die Kopfleiste ein großes Bild vom Schiff im Gastraum, mit eingeschalteter Beleuchtung. Weiter unten dazu eine Beschreibung, ein kleineres Bild von den verwendeten Materialien und dem Werkzeug, mit dem es gemacht worden war. Dann noch kleinere Bilder von dem Schiff in Avas Schaufenster und eines von dem in Tomkes Wohnstube vor der Wand, an der so lange die verschollenen Baumgeister gehangen hatten. Ein Foto von Luna und ihr im Gespensterwald, mit dem Meer im Hintergrund und ein paar Worten der Vorstellung.

Das Ganze sah schon richtig gut aus. In Franzis Bauch begann etwas zu kribbeln, an dem nicht Marley beteiligt war. Sie erkannte es als eine Idee von der Sorte, die sich nicht wieder stumm schalten lässt, wenn man sie einmal hat, egal wie schlecht das Timing oder wie verrückt sie ist.

Da könnten wir ja gleich einen Laden für Rindenschiffe aufmachen ...
Ihre Bemerkung an jenem Tag war nur ein Witz gewesen.

Aber warum eigentlich?

Weil du schon ein Unternehmen hast, Franziska Terra Michelly. Und demnächst ein Kind dazu. Mehr geht nicht. Noch ein Betrieb? Noch mehr Steuern, Finanzen, Genehmigungen, Logistik, Kundenbetreuung, endlose Arbeitszeit? Denk nicht mal dran!
Trotzdem speicherte sie den Entwurf unter *Nicht öffentlich* ab.

Matteo kam herein und sah über ihre Schulter. »Neue Pläne?«

Sie sah zu ihm auf. »Nur eine Spielerei.«

Er wirkte bekümmert. Sie stand auf und umarmte ihn. »Was ist, Schatz?«

»Ich habe dich in der Zeit so vermisst«, sagte er leise.

»Ich dich auch. Es tut mir leid.«

»Das muss es überhaupt nicht. Das meinte ich nicht. Ich weiß, wie wichtig es für dich war. Ich will dich nur nicht verlieren. Und das Café hier, wir haben so viel Zeit und Leidenschaft hineingesteckt … Es ist nur, ich habe gesehen, wie sehr es dir dort gefällt, wie du am Gespensterwald hängst, und es ist ja auch zauberhaft schön da. Du denkst viel daran, du sprichst viel davon, du hast sogar im Schlaf etwas darüber gemurmelt.«

Sie legte einen Finger auf seine Lippen. »Du wirst mich nicht verlieren. Und ich denke nicht daran, das Café aufzugeben!«

Entschlossen schaltete sie den Computer aus und ging in die Küche, um den Salat vorzubereiten. Lian war schon dort und rührte ein Cappuccinoparfait an, das bei den Gästen beliebt war, vor allem in Kombination mit seinem Sanddornmousse. Er blickte auf und lächelte. »Was macht mein Patenkind?«

»Ist quietschvergnügt!« Sie begann, Zucchini zu schnippeln. »Was ist mit Hella und Quentin? Beanspruchen wir nicht zu viel von deiner Zeit?«

»Nein. Die Wahrheit ist, dass ich dort einfach nicht ausgelastet bin. Die beiden sind noch so selbständig. Und ich nehme sie ja oft auch mit hierher. Das gefällt ihnen. Hella sagt, sie werden dadurch auf ihre alten Tage noch einmal gesellig. Sie erzählt den Gästen vom Wald und gibt Wandertipps, und Quentin macht bei den Kartenspielern mit, obwohl er so schlecht sieht. Die anderen sagen ihm die nötigen Infos einfach an. Das tut ihm gut. Und mir macht es Freude, hier zu arbeiten.«

»Das ist wunderbar. Es hilft sehr.« Lian war wirklich ein Glücksfall.

Als der Salat im Kühlschrank stand, sah sie auf ihr Handy und fand eine lange E-Mail von Luna vor. Es war heiß geworden. Aus Frühling wurde schon Sommer. Sie wischte sich den Schweiß von der Stirn und setzte sich draußen in den Schatten, um die Nachricht zu lesen. Luna schien ihr ganz nahe, als würde sie die Stimme ihrer Schwester so klar hören wie in Nienhagen beim Vorlesen.

42

Liebe Franzi, schrieb Luna, Essie und Tomke sind wie Familie für mich geworden. Ich hätte nie gedacht, dass ausgerechnet mir so was passiert. Sie sind einfach anders als alle, mit denen ich bisher in meinem Leben zu tun hatte. Sie sind wie Bäume – sie urteilen nicht, reden nie schlecht oder hämisch über andere, interessieren sich nicht für Klatsch und Tratsch und wollen mich auch nicht ändern.

Sie haben geahnt, dass ich dich vermissen werde, und haben das auf ihre Art still auszugleichen gewusst, ohne mir jemals zu nahe zu treten oder sich aufzudrängen. Sie erwarten nichts und fordern nichts, sie sind einfach nur eine freundliche Gegenwart. Und zu meiner Überraschung genieße ich es!

Ich muss aber sagen, dass auch die Nachbarn zu Hause in Vehlefanz nette Nachrichten schreiben. Sieglinde kümmert sich rührend um die Post und schickt mir das Wichtigste zu. Sorgen macht mir nur der Hofladen, dort scheinen sie mich einerseits zu vermissen und schicken alle möglichen Fragen, aber sie drängen mich auch nie zurückzukommen. Ich muss unbedingt bald fahren. Schließlich muss ich ja von etwas leben, und die Rücklagen reichen nicht ewig. In mir ist außerdem eine ganz starke Sehnsucht nach den Mühlensee, nach dem Bosselberg, der Bank im Krämer Forst, nach Arvalus, nach dem ganzen schönen Land um das Schwalbennest herum und allem, was ich dort im Haus verändern möchte. Eine Woche gebe ich mir noch. Oder höchstens zwei.

Ach, Franzi, es ist nämlich etwas passiert! Es macht mich so glücklich wie noch nie und gleichzeitig bin ich voller Bedenken. Wie kann man so ratlos und so voller Gewissheit gleichzeitig sein?

Nachdem ihr abgereist seid, hat Justus mich gefragt, ob ich mit ihm spazieren gehen wollte. Wir könnten Material sammeln, falls ich für Tomkes Kollegen ein Schiff anfertigen möchte. Wenn er als Forstarbeiter dabei wäre, würde ich keinen Ärger bekommen, er wüsste ja, was man mitnehmen darf und was nicht. Ich dachte, er wollte nett sein und mich ablenken. Aber später sagte er, er hätte sich schon darauf gefreut, mal mit mir allein zu sein. Ich fand das fast unheimlich, weil ich mir das auch heimlich gewünscht hatte, ohne zu verstehen, warum. Inzwischen weiß ich es. Er findet, wir nehmen vieles ähnlich wahr, und das stimmt. Er kann genau wie ich Lärm, zu starke Gerüche und grelles Licht oder Farben schwer ertragen, und manchmal sind ihm auch die Menschen zu viel.

Dennoch ist ihm wichtig, das Wissen über die Wälder weiterzutragen, und ihre Bedeutung und wie viel Freude sie außerhalb ihrer messbaren Funktionen schenken können. Er plant, eine Waldschule zu bauen, so ähnlich wie die Waldbegegnungsstätte im Krämer Forst, nur noch detailreicher. Dabei fiel mir diese alte Dame ein, von der du erzählst hast. Hella, nicht wahr? Sie hat doch früher auch als Waldpädagogin gearbeitet. Vielleicht könnten wir Justus mal mit ihr zusammenbringen, sie kann ihm bestimmt manch guten Rat geben. Eventuell spätestens anlässlich von Marleys Taufe?

Da würde ich Justus nämlich gern mitbringen, oder auch vorher, wenn ich dich besuche. Das ist es, was ich dir eigentlich sagen wollte. Justus und ich – da ist was. Ich meine, ich glaube, nein, ich weiß, dass ich mich in ihn verliebt habe. Für diesen Zustand ein Wort zu finden, ist für mich schwierig, ich finde, ›verliebt‹ trifft es gar nicht. Es ist zu vielseitig für nur ein einziges Wort.

Wir sind so gern zusammen. Seit jenem ersten Spaziergang treffen wir uns täglich an der Mondbuche, wann immer er Zeit hat. Genau wie Stellan sich das einmal vorgestellt hat, wenn ich mich verlieben würde.

Mit Justus ist es so anders, als es für mich mit den meisten Menschen ist. Seine Nähe stört mich nie, und ich kann ihm alles sagen, ohne dass er sich je darüber lustig machen oder mich merkwürdig finden würde. Umgekehrt scheint es genauso zu sein. Er sagt, er kann mit niemandem so reden wie mit mir. Ich kann gut zuhören, meint er, und er müsse mir nicht alles erklären, ich würde ihn einfach so verstehen. Er sagt auch, dass er sich verliebt hat, und wagt es, ebenso wie ich, manchmal noch gar nicht zu glauben. Wir brauchen mehr Zeit! Die wollen wir uns auch lassen und nichts überstürzen.

Er möchte in der Waldschule weitergeben, was Stellan ihn gelehrt hat, vor allem die Liebe zu den Bäumen und das ganze lebendige Ineinandergreifen einer Waldgemeinschaft, in der jedes Lebewesen seinen Platz hat, ob mit Beinen oder Wurzeln. Die Kinder würden lernen, was eine multifunktionale Forstwirtschaft ist und wie wir alle eine nachhaltige Entwicklung unterstützen können. Sie würden erfahren, was für Folgen das eigene Handeln haben kann und warum man keinen Müll liegen lassen darf. Vor allem sollen sie den Zauber erleben dürfen, der hier Wirklichkeit ist. Dann kommt der Rest von allein. Er hat mich gefragt, ob ich ihm nicht ab und an helfen könnte. Dazu hätte ich große Lust – dazu, diese Ahnung von Magie und Staunen, von all dem Wundersamen weiterzugeben, was Stellans Vermächtnis an uns ist. Ich traue mir niemals zu, eine Führung mit einer Schulklasse zu machen oder ihnen einen Vortrag zu halten. Aber Justus hatte die Idee, ob ich nicht mit einer kleinen Gruppe Rindenboote basteln und ihnen dazu einige von Stellans Geschichten erzählen könnte. Oder mit den Kindern Wurzelkobolde entdecken. Vielleicht mit Justus zusammen Schatzsuchen vorbereiten.

Justus wird das jedenfalls hervorragend machen. Er hat noch mehr Fakten im Kopf als ich. Hattest du schon mal gehört, dass im Krieg Kinder massenweise Bucheckern gesammelt haben, damit man nahrhaftes Öl daraus pressen konnte? Das hat beim Überleben geholfen. Heute gibt es das Öl auch noch, es ist teuer und gilt als Delikatesse. Junge Buchenblätter auf Butterbrot sollen auch sehr schmackhaft sein. Wusstest du, dass eine etwa achtzigjährige Buche ungefähr achthunderttausend Blätter trägt? Wenn man die alle nebeneinanderlegen würde, würde es eine Fläche von tausendsechshundert Quadratmetern ergeben. Dieser Baum verbraucht in einer Stunde über zwei Kilo CO_2 und stellt über anderthalb Kilo Sauerstoff her. So versorgt sie täglich zwanzig Menschen … Ach herrje. Fakten. Du merkst, ich bin schon wieder aufgeregt!

Ich möchte am liebsten so viel wie möglich mit Justus zusammen sein und ein Teil der Waldschule werden, trotzdem will ich aber mein eigenständiges Leben und meine Freiheit nicht aufgeben – ja, auch das gelegentliche Alleinsein nicht, das ich brauche, um meine Energie wieder aufzutanken. Bei Justus ist es ähnlich, darum versteht er das zum Glück. Ich denke, wir werden einander nie zu ändern versuchen. Außerdem will ich sowohl im Gespensterwald als auch in Vehlefanz sein. Ich möchte weder dort noch hier alle Jahreszeiten versäumen. Wenn Justus aber hier weiter im Forst arbeiten und dazu noch seine Pläne verwirklichen will, dann kann er mich dort nicht lange besuchen, höchstens mal, um die Waldschule dort zu besichtigen und sich mit den Leuten auszutauschen.

Wie soll das also alles werden mit ihm und mir? Kann daraus jemals ein dauerhaftes ›uns‹ entstehen? Ich mag keine halben Sachen mehr machen. Wir haben nur beide so viel von dem, was Jantje als Schwächen betrachten würde. Aber wir wissen, was uns stark macht, und es ist bei uns beiden dasselbe. Die einfachen Dinge. Die kleinen, großen Wunder wie ein Sonnenaufgang oder eine Grasblüte mit Tautropfen daran. Der Wald. Unsere Wurzeln. Unser Schaffensdrang. Das macht uns stark, und es macht uns glücklich, und wenn wir zusammen sind, ist das Glück nicht nur noch viel größer, sondern wir können auch darüber reden.

Dass Mutter trotz allem das Schiff von Stellan bis heute aufbewahrt hat, macht mir in Sachen Liebe Mut. Auch von einer gescheiterten Liebe bleibt also etwas übrig – vielleicht ist das ja Grund genug, es auf jeden Fall zu versuchen?

Allmählich kann ich mir sogar vorstellen, Mutter wiederzusehen. Nicht ganz bald, aber irgendwann mal.

Was Justus und mich angeht, ist so vieles unklar. Ich war ja ein Kind, als er mich damals, als er bei der Armee war, diese ewig lange Leiter hoch mit auf den Baum genommen hat. Aber jetzt, wenn wir im Wald unterwegs sind und er meine Hand nimmt, habe ich genau dasselbe Gefühl. Als ob ich ihm ohne Bedenken auf einen endlos hohen Baum folgen könnte, ohne müde zu werden. Bis ganz oben hin, wo der Wind mit dem Licht in den Blättern spielt und man glaubt, ganz nahe an den Wolken zu sein.

Franzi, kleine Schwester, was denkst du darüber?

Ich soll dich von Justus grüßen, und von Tomke und Essie natürlich auch. Das Schiff für Tomkes Kollegen ist inzwischen fertig, und er hat sich sehr gefreut. Ava hat mal wieder eine Nachricht geschickt, nur so, sie schrieb, sie wünschte, sie hätte auch eine Schwester.

Ich bin sehr froh, dass du mich gesucht hast, auch wenn ich es nicht immer so gut zeigen kann.

Übrigens schlafe ich hier besser als zu Hause. Vielleicht liegt es an der Seeluft, oder meinst du, es ist, weil mein Baumgeist wieder über meinem Bett hängt? Gut, dass ich ihn mit ins Schwalbennest nehmen kann. Das führt meine beiden Welten ein bisschen zusammen.

Meiner grüßt deinen. Dass sie jetzt getrennt sind, wird ihnen nichts anhaben, schließlich sind es Geister :-)

Luna

Franzi schaltete den Computer aus und ging in die Gaststube. Ja, da saß wie erhofft Hella an einem Tisch und aß Lians neueste Eiskreation. Quentin war in der Runde der Stammgäste mit Kartenspielen beschäftigt.

»Hallo, Franzi, hast du das schon probiert? Kräutereis?«, fragte Hella. »Der Junge ist fabelhaft! Ich glaube, es ist Zitronenverbene dran und Schokoladenminze und Ananassalbei. Aber er verrät es mir nicht.«

»Mir auch nicht. Aber es ist ein Renner.«

»In diesen neuen Schüsseln von Nele schmeckt es auch besonders gut.« Hella bewunderte das lebendig wirkende und dennoch unaufdringliche Dekor aus Baumsilhouetten auf einem tiefblauen Hintergrund in natürlichen Schattierungen von Meer- und Himmelsfarben.

Franzi setzte sich zu ihnen. »Apropos Nele. Sie hat mir erzählt, dass du dich nicht nur mit den Fakten zu Bäumen auskennst, sondern auch mit ihrer Bedeutung in der Mythologie. Weißt du in dieser Hinsicht etwas über Buchen?«

Hella kratzte die Schüssel aus und schob sie von sich. »Ich nehme an, du meinst die Rotbuchen im Gespensterwald. Die Buche gilt als die Großmutter des Waldes. Sie ist eine mitfühlende Trösterin und weise Ratgeberin in Krisen. Sie beruhigt, stärkt und gibt Energie. In der umstrittenen Bachblütentherapie wird sie gegen Kritiksucht und Intoleranz eingesetzt.«

»Das hätte Jantje gutgetan«, murmelte Franzi.

Hella blickte amüsiert, kommentierte es jedoch nicht. »Ein

alter Buchenwald kann eine Atmosphäre besitzen wie ein Tempel oder ein Dom, weil die Stämme wie Säulen wirken, deshalb nennt man ihn gelegentlich auch Hallenwald«, fuhr sie fort. »Bei den Germanen hieß es, die Buche sei der Sitz der Göttin Frigg, Trägerin des Lebens und Beschützerin der Ehe.«

»Beschützerin der Ehe, so so. Na, bei meinen Eltern hat das nicht geklappt«, bemerkte Franzi.

»Beschützerin, nicht Retterin. Es liegt immer noch an den Menschen selbst, was sie daraus machen«, meinte Hella milde. »Aber auch außerhalb aller Mythologie wird die Buche als Mutter des Waldes angesehen, weil sie ursprünglich die wichtigste und verbreitetste Baumart in unseren Breiten ist. Sie ist sehr vital, nicht sehr anspruchsvoll und ein wichtiger Schattenspender.«

Vielleicht hätte Stellan Jantje doch von der Mondbuche erzählen sollen, dachte Franzi. Dann hätten sie ein gemeinsames Geheimnis gehabt, und vielleicht hätten sie sich dort treffen können und die Romantik wäre zurückgekommen. Aber wie ich Jantje kenne, hätte sie eher für ihre Gäste eine Sehenswürdigkeit daraus gemacht, und dann hätte früher oder später jemand den Baum ausgegraben, beschmiert oder seinen Namen eingeritzt.

»Übrigens, was für Luna vielleicht interessant ist, die Buche ist ein typischer Mondbaum, denn ihre Rinde fühlt sich kühl an, wenn man sie berührt, im Gegensatz zu den Sonnenbäumen«, fügte Hella hinzu. »Buchen mögen es auch lieber kühl. Alle Bäume ziehen ihre Kraft aus ganz unterschiedlichen Gegebenheiten. Wie die Menschen.«

Nele hatte einmal über Hella gesagt: »Ich habe ihr viel zu verdanken. Ohne sie wäre ich meinen Weg wohl nicht gegangen.

Sie wusste mehr über mich als ich selbst. Sie sieht viel mehr, als man ihr sagt.« Das schien zuzutreffen. Es war ein bisschen unheimlich. Und doch machte Hella ihr Mut.

»Wirklich? Danke, Hella. Das erzähle ich Luna.« Wenn Franzis spontaner Entschluss nicht schon vorher festgestanden hatte, dann tat er es jetzt. »Sag mal, habt ihr morgen einen Termin? Braucht ihr Lian?«

Hella deutete auf Quentin. »Die veranstalten da eine Art Skatturnier. Da bekäme ich ihn sowieso nicht weg. Nein, es steht nichts an. Brauchst du ihn?«

»Ja. Hier. Ich frage ihn mal, wenn es dir recht ist.«

»Selbstverständlich. Es scheint dir ja wichtig zu sein. Also kümmere dich drum.«

Franzi umarmte die alte Dame spontan. »Danke, Hella. Du bist toll.«

Hella lächelte. »Wenn ihr etwas entscheiden wollt, du und deine Schwester, fragt die Buche.«

Franzi fand Matteo und Lian in der Küche. »Gut, dass ihr beide da seid. Ich möchte morgen noch mal einen Tag weg. Ich muss unbedingt mit Luna sprechen. Sie braucht mich. Ich fahre früh hin und bin abends zurück. Wenn nötig auch früher. Geht das?«

Matteo sah sie forschend und etwas unsicher an. »Natürlich geht das. Wirklich nur wegen Luna?«

Sie umarmte ihn fest. »Keine Sorge. Ich komme diesmal gleich zurück, versprochen.«

»Dann ist es gut«, sagte er erleichtert.

»Wir schaukeln das hier schon«, versicherte Lian unbekümmert. »Ich dachte, ich probiere es mal mit Waldmeistermousse ...«

Franzi schlief kaum in dieser Nacht. Sie stand auf und sah aus dem Fenster zum Wald hin, über dem der ferne Strahl des Leuchtturms kreiste.

Sie musste Luna unbedingt unterstützen, nicht nur wegen deren Zweifel. Sie durfte das enorme Geschenk nicht wegwerfen, das sie mit ihrer Liebe zu Justus bekommen hatte. Gleichzeitig kannte sie keine Antwort auf das, was sie selbst bewegte.

Sie hatte doch nur ihren Baumgeist wiederfinden wollen! Dass dies gelungen war, beruhigte sie. Aber es war wohl mit den Baumgeistern ebenso wie mit Goethes »Geistern, die ich rief«: Sie richteten mehr an als geplant. Zwar hatte Franzi auch ihre Schwester wiedergefunden. Aber gleichzeitig noch viel mehr, als ihre Absicht gewesen war. Einen alten Wald, der sie mit unwiderstehlicher Sehnsucht erfüllte, und einen unbeugsamen neuen Wunsch, der sie beim besten Willen nicht losließ.

43

Im Garten lag noch ein Hauch von Dunst über der Wiese, als Franzi den Motor abstellte. Es war gerade erst hell geworden. Auf den Grashalmen funkelten Tropfen eines gestrigen Wolkenbruchs in allen Regenbogenfarben. Das Kuckuckshaus lag still in den ersten Morgensonnenstrahlen, nichts regte sich. Doch Franzi war sich sicher, dass Luna schon wach war. Sie waren beide sehr unterschiedlich, aber sie hatten ebenso vieles gemeinsam, auch, dass sie ausgesprochene Morgenmenschen waren.

Sie blieb einen Moment sitzen und dachte daran, wie sie eben noch oben auf der Klippe gesessen und zugesehen hatte, wie der Tag begann, wie sich das Licht ganz allmählich durch den Wald und über das Meer stahl. Um sie herum hatten die Buchenstämme wie beschützende Säulen gestanden, die ihr Empfinden tiefer Andacht trugen, das sonst womöglich zu überwältigend gewesen wäre.

Der Gespensterwald war ein Ort, der sie zutiefst glücklich machte, damals wie heute. Hier fühlte sie sich durch und durch lebendig. Doch es war gleichzeitig ein Ort so voller Klarheit und Größe, dass er einen zwang, sich selbst gegenüber gnadenlos ehrlich zu sein. Das flache Licht hatte nicht nur die Details der Astlöcher, bizarren Wurzelgestalten und zarten Gräser deutlich hervorgehoben, sondern auch jene in Franzis Gedanken. Sie hatte sich eingestehen müssen, dass sie nicht nur hier war, um Luna Mut zu machen. Sie wollte ihre Schwester etwas fragen, vielleicht sogar bitten.

Franzi ging zum Haus, spähte durch die Scheibe des Seitenfensters und sah Luna im Nachthemd an dem zum Werktisch umfunktionierten Schreibtisch stehen, eine Tasse in der Hand. Sie betrachtete ein Schiff, das mitten im Zimmer auf einem Baumstumpf ruhte. Den hatte sie bestimmt mit Hilfe von Justus ins Zimmer gerollt – allein war das nicht zu schaffen. Es war die perfekte Art, so ein Schiff auszustellen, fand Franzi. Davon musste sie unbedingt ein Bild machen.

Sie klopfte leise. Luna fuhr zusammen, aber als sie aufblickte und ihre Schwester sah, ging ein Strahlen über ihr Gesicht, das Franzi mehr erwärmte als die Morgensonne. Rasch öffnete sie die Tür.

Sie umarmten sich fest. »Ich musste einfach kommen«, erklärte Franzi. »Ich fahr heute Abend wieder zurück, aber ich wollte dir persönlich sagen, wie sehr ich mich für dich und Justus freue. Luna, wirf das bloß nicht weg, weil du Bedenken hast oder es dir nicht zutraust! Ihr bekommt das hin. Bestimmt. Versuch es wenigstens!« Sie lehnte sich an den Schreibtisch und spielte mit einem von Stellans alten Schraubenziehern. Wie früher. »Matteo und ich hatten genauso viele Ängste am Anfang. Und offene Fragen. Das Café zusammen zu übernehmen war sowohl ein privates als auch ein geschäftliches Risiko. Wenn es entweder wirtschaftlich oder aber mit uns nicht funktioniert hätte, wären für uns beide sowohl unser jeweiliges Auskommen als auch die Beziehung kaputt gewesen. Und über Geschäftliches kann man sich so leicht zerstreiten! Den ganzen Tag zusammenzuarbeiten klappt auch nicht bei jedem Paar. Wir haben das alles trotzdem gewagt, und du siehst ja …« Sie brach ab, weil Luna ihr eine warme Tasse Tee in die Hand drückte. Das Sonnenlicht fiel jetzt durch das Fenster, ließ Lunas langen Haare von hinten aufleuchten und machte das Nachthemd halb durchsichtig. Sie sah unwirklich aus, wie eine von Stellans Waldnymphen.

»Ja«, sagte Luna ruhig. »Ich habe gesehen, wie tief ihr euch liebt, wie ihr für das Café brennt und wie glücklich ihr seid. Trotz der Arbeitslast und obwohl ihr nicht wisst, wie das alles mit einem Kind wird. Und wenn euch was bedrückt, redet ihr drüber.«

»Siehst du.« Franzi nippte am Tee und versuchte, sich zu entspannen.

»Weißt du, was ich gemacht habe?«, sagte Luna. »Ich habe in die Büchertonne gegriffen, die Tomke und Essie draußen stehen haben. Die am Zaun, in die jeder blind hineinfassen und ein Buch daraus mitnehmen kann. Das ist anders, als eines aus dem Regal auszusuchen. Es kommt mir wie ein Orakel vor. Ich habe eins erwischt, das heißt »Die Hoffnung der Marienkäfer«. Da geht es darum, Neues zu wagen, und dass man eine unerwartete Liebe finden kann, ohne sie gesucht zu haben, auch wenn man nicht mehr jung ist. Und als ich es gerade auf der Bank im Wald fertig gelesen hatte, flog ein Marienkäfer auf mein Knie. Da dachte ich mir, das muss doch etwas bedeuten.« Sie schenkte sich nach und rührte in ihrer Tasse. »Mir ist dabei klargeworden, dass wir uns nicht so wichtig nehmen dürfen. Unzählige Leute haben dieselben Zweifel und Probleme und trauen sich trotzdem. Es kann scheitern wie bei unseren Eltern, oder es kann so gut gehen wie bei Tomke und Essie. Wer weiß das schon? Seitdem habe ich nicht mehr so viel Angst. Wir müssen die Beziehung wohl einfach wachsen lassen, wie die Bäume, Jahresring für Jahresring. Das macht sie immer stärker. Und wenn wir Glück haben, uns auch.« Sie hob die Schultern. »Trotzdem habe ich keine Ahnung, wie wir ein gemeinsames Leben hinbekommen sollen, Justus und ich.«

Franzi hatte ihre Schwester noch nie so viel am Stück reden hören. Da war was in Bewegung.

»Na, Hauptsache, ihr versucht es. Dann muss ich dich ja gar nicht mehr dazu überreden.« Sie war erleichtert. Auf der Fahrt waren ihr Bedenken gekommen, Luna zu sehr zu beeinflussen. Sie wollte nicht denselben Fehler machen wie ihre Mutter. »Jetzt muss ich mir das Schiff genau ansehen. Für wen ist es?«

Luna wurde rot. »Für Justus.«

Franzi betrachtete dieses neueste Werk eingehend und spürte, wie ihre Augen feucht wurden. »Luna, da hast du dich selbst übertroffen! Der Mast …!« Diesen Mast zierten Möwen, Seeschwalben und Kormorane. An der Reling waren filigrane Seesterne, Krabben und Seetang eingeschnitzt. Das ganze Schiff wirkte wie direkt aus einem Traum gesegelt.

»Ich habe ja lange genug geübt«, wehrte Luna verlegen ab. »Erst an den Stöcken und dann an den Leisten für die Regale im Hofladen.«

»Das macht es nicht weniger wundervoll. Im Gegenteil. Und was ist das?« Sie betrachtete Walnüsse, die an Bug und Heck und der Mastspitze aufgehängt waren.

»Warte, ich zeig es dir.« Luna zog die Jalousien ganz zu. Am Schiff flammte eine von Avas zarten Lichterketten auf – und nun sah Franzi, dass Luna die Walnussschalenhälften erst mit einem Bohrer filigran durchlöchert und dann um die Lämpchen an den Enden gelegt und wieder zusammengefügt hatte, so dass sie wie winzige Lampions wirkten.

»Ich habe mich von den realen Vorbildern mit den Positions-lichtern wegbewegt und dachte, ich mache mal was Märchen-haftes, noch mehr in Stellans Stil«, erklärte Luna und öffnete die Jalousien wieder.

Franzi schüttelte den Kopf. »Das geht über Stellans Stil hin-aus. Das ist dein eigener. Zumindest eine Weiterentwicklung.«

»Dann eben *unserer*. Ich habe auch Teile verwendet, die du ge-macht hattest und die nicht mehr auf die anderen Schiffe ge-passt haben.« Luna deutete auf die kleinen Bänke vor der Kajüte und die geheimnisvollen Kisten der Ladung.

Franzi griff in ihre Tasche und legte etwas auf den Tisch. »Ich war inzwischen auch nicht untätig.« Es war eine Tüte voller Meerglas, das sie auf dem Darß am Strand gefunden und leicht zurechtgeschliffen hatte. »Bullaugen. Für das nächste Schiff. Und noch was.« Sie förderte einige Anker in Miniaturgröße zutage. Die waren aus rostigen Gliedern einer kaputten Anker-kette, die ihr ein Fischer im Hafen geschenkt hatte, zurecht-gesägt und -gelötet. Glatt poliert und geölt besaßen sie einen dunklen Glanz und eine Aura von Alter.

»Klasse!« Luna inspizierte sie genau. »Für wen machen wir noch ein Schiff?«

»Wollen wir spazieren gehen? Ich würde das gern unter der Mondbuche mit dir besprechen.« *Wenn ihr etwas entscheiden wollt, du und deine Schwester, fragt die Buche*, hatte Hella gesagt. Außer-dem schien es Franzi der einzig richtige Ort dafür. »Ich habe Frühstück im Rucksack. Mit Kräuteraufstrich von Lian. Und seinem Rhabarbermousse.«

Luna lachte. »Warte, ich zieh mich schnell an.«

Franzi fiel auf, dass ihre Schwester nicht mehr so ernst war. Justus tat ihr gut, oder war das Essies Einfluss?

Luna verschwand im hinteren Zimmer. Franzi nutzte die Zeit, um ein Foto von dem Schiff auf dem Baumstamm zu machen. Sie setzte es in das Design der unveröffentlichten Website ein, die sie entworfen hatte. Ganz oben. Den bisherigen transparenten Hintergrund in Rindenstruktur ersetzte sie durch ein Bild der Gespensterwaldbäume im weichen Morgenlicht an der Steilküste, das sie heute früh aufgenommen hatte.

»Ach, übrigens, die hier ist für dich. Ich hab sie beim Unkrautjäten zwischen den Rosen in der Erde gefunden«, sagte Luna, als sie zurückkam, und hielt Franzi eine Tasse mit Libellenmuster hin. Sie war leicht angeschlagen. »Essie weiß nicht, woher sie stammt. Mein Beitrag für deinen Tassenbaum. Etwas aus der Heimat gehört doch dahin, dachte ich.«

»Vielen Dank, Luna!« Franzi war tief gerührt und fragte sich, ob sich außer ihr noch jemand so über angeschlagene Tassen freute. »Sag mal, was ist das?« Sie deutet auf einen Blumentopf auf der Fensterbank. Darin wuchs eine junge Buche, so lang wie ihr Arm.

»Das ist ein Ableger von der Mondbuche«, sagte Luna. »Justus hat ihn mir ausgegraben. Ich wollte ihn gern hier im Garten einpflanzen, wir müssen nur erst einen Platz vorbereiten. Ich dachte, falls dem alten Baum etwas passiert, wäre es gut, einen Nachfolger aufzuziehen. Das ist ja schließlich etwas, das Zeit braucht. "

»Sehr gute Idee«, fand Franzi.

Auf dem Pfad durch den Wald war um diese Zeit noch kein Betrieb. Schweigend gingen sie an den schmalen Stellen hintereinanderher, genossen den Morgen und dass sie zusammen waren.

Unter der Buche lag jetzt ein Stück Baumstamm. »Den hat

Justus für unsere Treffen dahin gerollt.« Luna wischte ein paar Vogelkleckse beiseite und setzte sich. »Gibt es nun Frühstück, oder willst du mir sagen, was dich bedrückt?«

»Erst Frühstück«, entschied Franzi. »Seit ich schwanger bin, kann ich nur richtig denken, wenn mein Magen nicht knurrt.«

»Da bin ich dabei. Dein Rucksack duftet nach frischen Brötchen. Und irgendwas mit Vanille.« Lunas feiner Nase entging nichts.

»Lians Apfelvanillegelee.« Franzi packte aus, und dann saßen sie dort einträchtig unter dem Baum, den ihr Vater einst nach seinem großen Abenteuer gepflanzt hatte, als er um Jantjes und Lunas Leben bangte. Nun war er nicht mehr da, Jantje, Luna und dazu Franzi aber äußerst lebendig. Die Zweige, die sich im Wind bewegten, warfen ein Lichtspiel aus grünlichen, bewegten Sonnenflecken auf die Schwestern. Am Rande der Lichtung wuchsen Schlüsselblumen und zarte blaue Blüten, deren Namen sie nicht kannten. Weiter hinten glänzte in der Tiefe das Meer mit ein paar Segelbooten darauf wie Schmetterlinge. Es war einer jener Augenblicke, die schärfer gezeichnet scheinen als normal, zeitlos an einem Ort zwischen Vergangenheit und Zukunft hängen und für immer im Gedächtnis bleiben, glasklar wie ein Foto.

»Weißt du noch«, sagte Luna, die Ellbogen auf die Knie gestützt und den Blick in die Ferne gerichtet. »Stellan hat so gern das schöne alte Wort ›verweilen‹ benutzt. ›Heute werden wir an einem besonderen Ort verweilen‹, sagte er, wenn wir mit einem Picknick loszogen oder um auf einen Entdeckungsgang zu gehen.‹«

»Stimmt«, fiel Franzi ein. »Dann wussten wir, heute erleben

wir etwas Besonderes.« Sie nahm sich vor, mit Matteo und Marley öfter einmal verweilen zu gehen, an einem Ort, der dazu einlud. Verweilen hieß, sich Muße nehmen, alles loszulassen für diese Zeit des Verweilens, sich nur auf die Umgebung und die Gegenwart zu konzentrieren. Leichtigkeit zu spüren und Ruhe zu haben für die Schönheit und die feinen Details, die man sonst übersah, weil man es zu eilig hatte oder zu viele Sorgen.

Sie zogen das Frühstück in die Länge, bis der letzte Krümel und der letzte Löffel Rhabarbermousse aufgegessen waren und sie sich vergewissert hatten, dass nirgendwo Abfall liegengeblieben war.

»So«, sagte Luna, »jetzt raus damit, für wen bauen wir noch ein Schiff? Und warum bist du hergekommen, außer mir wegen Justus Mut zu machen?«

»Ist das so offensichtlich? Eine hochsensible Schwester zu haben hat wohl nicht nur Vorteile.«

Luna grinste, auch das untypisch für sie. Hat sie das von mir oder von Justus gelernt?, fragte sich Franzi. »Ich habe nicht nur dich vermisst. Auch den Gespensterwald. Aber es ist nicht nur das.« Franzi zog ihr Tablet aus dem hinteren Fach des Rucksackes, öffnete den Entwurf der Website und reichte es Luna. »Guck dir das bitte mal an.«

Luna runzelte die Stirn, kniff die Augen zusammen und drehte sich in den tiefen Schatten hinter dem Baumstamm, um etwas auf dem Display erkennen zu können. »Das hättest du mir vielleicht besser drinnen zeigen … oh!«

»Du musst jetzt nicht die Einzelheiten sehen, das machen wir im *Kuckuckshaus*. Deine Arbeit an Details wäre sowieso gefragt, es ist bloß ein Entwurf. Es geht mir nur um die Idee. Ich habe das neulich mal aus reiner Spielerei gemacht. Und dann ist für mich Ernst daraus geworden, und ich kann irgendwie gar nicht mehr zurück. Ich weiß nur nicht, wie es gehen sollte.«

Luna betrachtete die Website eingehend. »Unsere Schiffe verkaufen? Einzelstücke über einen Webshop. Das gefällt mir! Mich juckt es ja schon seit Tagen, ein Schiff mit Blattdekor zu bauen. Weißt du, an Mast und Reling nicht Meerestiere, sondern detailgenaue Buchen-, Ahorn- und Lindenblätter, Eicheln, Kastanien, Farne. Dann könnten wir die Lampen aus den roten Früchten der Lampionpflanze machen, die am Granitzbach wachsen. Und die Segel aus gepressten Herbstblättern zwischen Pergamentpapier.«

»Wirklich? Du findest die Idee gut?« Franzi war unendlich erleichtert. Sie wusste ja inzwischen, dass es ihrer Schwester kaum gefallen würde, in die Öffentlichkeit gezerrt zu werden, und sei es nur durch eine Website. Andererseits mochte sie die Arbeit im Hofladen und konnte mit Kundenkontakt mittlerweile recht locker umgehen.

»Weißt du, jetzt, wo ich dein neues Schiff gesehen habe, das für Justus, bin ich überzeugt, dass wir damit weitermachen sollten«, erklärte sie. »Realitätsgetreue Schiffsmodelle gibt es massenweise, handwerklich wundervolle ebenso wie billige aus Asien. Aber wir, wir fertigen inzwischen Märchenschiffe. So wirken sie doch, mit der geschnitzten Reling und den Masten, den Nussschalenlampions und anderen Lichtern. Und ich meine keine Kindermärchen, sondern auch die Träume und Sehnsüchte Erwachsener. Es wäre ja nicht, um viel Geld zu verdienen. Aber für Menschen, denen das Freude oder Mut machen würde, könnten wir sie doch anbieten. Wir führen fort, was Stellan uns gelehrt hat, und tragen ein bisschen von dem in die

Welt, was der Wald und die Bäume uns schenken. Phantasie und die Freude am Schönen, das Abenteuer vor der Haustür, das Zutrauen, aus allem etwas machen zu können. Das ist doch die Aufgabe von Schiffen, dass sie Dinge in die Welt hinausbringen.«

Luna nickte langsam. »Du hast es hier auf der Seite schon sehr gut formuliert. Ein bisschen Geld müssten wir aber schon dafür verlangen. Selbst wenn wir die Materialien zum Großteil selbst finden können, in Zusammenarbeit mit dem Forstamt, wir brauchen trotzdem Werkzeug, Klebstoff, die Lichterketten und dergleichen. Und es wäre jede Menge Arbeitszeit, die man da hineinstecken müsste. Zeit, die du so gut wie gar nicht haben wirst. Und ich auch nicht, wenn ich wieder arbeite. Ein Gewerbe anmelden bedeutet, der Papier- und Behördenkram kommt auch noch hinzu.«

»Das ist es ja!« Franzi fühlte, wie ihr schon wieder die Tränen in die Augen stiegen. »Es *kann* nicht funktionieren. Selbst wenn ich Zeit hätte, ich kann das nicht im Darßwald machen. Das gehört hierher. Ich bräuchte zumindest eine Basis in Nienhagen. Und auch wenn es nur anderthalb Stunden mit dem Auto sind, kann ich nicht ständig hin- und herfahren. Außerdem wäre es Matteo gegenüber nicht fair. Das Café ist unser großer Traum und macht uns glücklich. Das muss immer an erster Stelle kommen. Selbst ohne Matteo wäre ich nicht bereit, auch nur einen Zipfel davon aufzugeben. Nur, diese Schiffsidee, die verfolgt mich bei allem, was ich tue. Ach Luna, was soll ich denn machen? Ich will einfach viel zu viel!«

Luna lachte auf. »Da geht es dir genau wie mir. Ich will nach Vehlefanz zurück. Und ich will hierbleiben. Ich möchte keine von beiden Landschaften als Zuhause mehr missen. Ich will mit

Justus zusammen sein, uns eine Chance geben, herausfinden, was daraus wird. Und diesen Einfall von dir«, sie zeigte auf das Tablet, »den hatte ich ganz ähnlich, wenn auch bloß vage. Ich habe den Gedanken gleich beiseitegeschoben. Trotzdem, ich hatte sogar schon eine Idee für den Namen.«

»Was denn?« Franzi hatte sich gegen die Buche gelehnt und gespürt, wie tröstlich es war, deren standfeste Kraft im Rücken zu spüren. Nun setzte sie sich auf. Es tat gut, mit Luna wenigstens über alles reden zu können.

»*Notos*. So wie Stellan es hinten auf die Baumgeister geschrieben hat. Sein Künstlername, wenn es einer war. Wir könnten sogar das alte Symbol als Logo benutzen, vielleicht etwas abgewandelt. Mit einem stilisierten Schiff in der Mitte.«

»Notos. Der Südwind! Luna, das ist gut!« Franzi spürte, wie die Aufregung zurückkam. »Es wäre nur richtig, dieses Unternehmen nach Stellan zu benennen. Der Südwind ist warm und sanft. Er passt zu Märchenschiffen. Viele Menschen sehnen sich nach dem Süden. Oder mindestens nach dem Frühling, den er bringt. Der Gedanke daran macht Hoffnung und weckt Träume. Träume, denen die Schiffe Schwung geben, so dass sie lossegeln können.«

Sie nahm Luna das Tablet aus der Hand, rief den Editor auf und fügte eine Zeile als Überschrift ein.

DIE SCHIFFE DES NOTOS

Luna blickte ihr über die Schulter. »Mir gefällt es. Und Stellan würde es wunderbar finden.«

Franzi starrte beklommen darauf. Sie hatte einen Titel bisher mit Absicht weggelassen. Nun, da er dort stand, wirkte es wie etwas, das man nicht mehr aus der Welt schaffen konnte. Dabei war das Ganze immer noch nur ein Hirngespinst! Es war unmöglich.

»Der Südwind ist nicht nur warm und milde. Im Sommer bringt er auch heftige Gewitter. Ich habe das Gefühl, in mir ist eines losgebrochen. Luna, was wollen wir bloß machen?«

Luna sah hinauf in die Krone der Buche. »Kannst du dich daran erinnern, was Stellan getan hat, wenn es ein scheinbar unlösbares Problem gab? Damals, als wir alle noch zusammen waren?«

Franzi dachte nach. Ja. Da war was. Ein verschwommenes, lange vergessenes gutes Gefühl ... Mühsam holte sie es an die Oberfläche ihres Bewusstseins. »Eine Familienkonferenz! Er hat dann immer eine Familienkonferenz einberufen. Abends, wenn die Gäste schliefen und die Küche geschlossen war. Oma und Opa waren auch dabei, wenn sie hier waren. Und ich durfte extra aufstehen und im Nachthemd mitmachen. Das war so aufregend für mich! Jantje war dagegen, aber Stellan bestand darauf, dass meine Meinung auch gehört werden sollte, weil ich Teil der Familie war. Ich war wahnsinnig stolz. Er hat mir dann geduldig erklärt, worum es ging.«

»Manchmal habe ich es auch erst verstanden, wenn er es dir erklärt hatte.« Luna sah Franzi auffordernd an. »Wir haben immer eine Lösung gefunden. Alle zusammen! Anschreien und Streit waren verboten, das war Regel Nummer eins. Auch Jantje hielt sich immer daran. Regel Nummer zwei lautete, man geht niemals ohne Ergebnis auseinander. Jeder hatte eine andere Sicht auf die Dinge, und am Ende gab es schließlich einen guten Kompromiss. Lass uns eine Familienkonferenz veranstalten!«

Franzi entdeckte in Lunas sonst so sanften Augen auf einmal

etwas, das sie an Stellan erinnerte. Eine kleine Verwegenheit. Entschlossenheit. Abenteuerlust.

»Wie stellst du dir das vor?«, fragte sie.

»Wir machen eine erweiterte Familienkonferenz daraus«, erklärte Luna. »Alle, die etwas dazu sagen könnten, nehmen teil, auch wenn sie nicht zur Familie gehören. Wenn es dir recht ist, kommen Justus und ich an dem Tag zu euch. Wir können dein Café kennlernen und die Konferenz dort abhalten. Geschlossene Gesellschaft. Du lädst deine Hella ein und ihren Mann, denn du hast gesagt, sie haben jede Menge Lebensklugheit. Vielleicht möchtest du sogar diesen Meisterkoch Lian, der dich vertreten hat, dazubitten. Außerdem könnte er was Leckeres zum Naschen machen, das hebt bei allen die Laune und gibt Energie.«

»In dir steckt ja doch noch eine Gastwirtstochter«, stellte Franzi verwundert fest. »Und seit wann stehst du so auf Süßkram? Oder überhaupt Essen?«

Luna blickte verlegen. »Na ja, seit ich Justus gefunden habe, ich weiß nicht, das macht wohl irgendwie … Lebensappetit.«

Franzi wurde auf einmal leichter ums Herz. Wenn Luna sich dermaßen ändern konnte, wer wusste, was noch möglich war? Träume, dachte sie. Vielleicht tragen diese Schiffe ja auch unsere eigenen.

44

Eine Woche später stellte Matteo das Schild *Geschlossene Gesellschaft* vor die Tür. Es war ohnehin ein so warmer Abend, dass sämtliche Feriengäste sich wohl am Strand aufhielten. Junikäfer umschwirrten die Sanddornbüsche, über den Himmel zogen rosa Federwolken. Er holte die liebevoll zurechtgemachten Platten aus der Küche und stellte sie auf dem Stammtisch bereit, an dem sonst die Kartenspieler saßen. Dazu Gläser, selbst gemachten Johannisbeersaft und alkoholfreies Bier. Heute brauchten sie alle einen klaren Kopf. Franzi schaltete die Beleuchtung auf dem Schiff in der Nische ein. Eigentlich war es noch zu hell, aber sie wollte, dass alle sahen, worüber geredet werden sollte und warum ihr das so am Herzen lag. Dann hängte sie von der einen Wand ein großes Bild ab.

»Was wird das?«, fragte Matteo.

»Ich brauche eine weiße Fläche. Ich habe mir Lians Mini-Beamer geliehen. Damit führt er manchmal Hella und Quentin Bilder von seinem Handy vor, wenn er im Darßwald unterwegs war. So bringt er ihnen den Wald ein bisschen nach Hause. Ich möchte nachher allen etwas zeigen, und das geht mit dem Beamer super.«

»Aha. Gute Idee«, sagte Matteo, aber es klang unsicher. Franzi sah an der kleinen Furche auf seiner Stirn und der besonders konzentrierten Art, wie er arbeitete, dass er bekümmert war. Sie stellte sich in seinen Weg und umarmte ihn. »Du hast die Platten wunderschön gemacht. Danke!«

»Ich möchte einfach nur, dass alles gut wird.«

»Es *ist* alles gut, Matteo. Wir wollen doch nur überlegen, ob es noch besser werden kann.«

»Ich will nur, dass du glücklich bist.« Er hielt sie ein bisschen zu fest.

Sie lehnte sich zurück und legte eine Hand an seine Wange. »Das bin ich doch schon. Und wir werden nichts tun, was uns nicht *beide* glücklich macht. Aber wenn sich eine Möglichkeit für etwas Schönes ergibt, dann wollten wir wenigstens darüber nachdenken! Wir hätten dieses Café niemals eröffnet, wenn wir das nicht immer so gehalten hätten.«

»Das stimmt.« Er ließ sie los und küsste sie. »Ich muss wohl aufpassen, dass ich mich nicht festfahre und träge werde. Das habe ich auch in der Küche gemerkt. Lians Impulse haben mich zu so viel Neuem angeregt.«

»Siehst du.« Sie lauschte. »Da kommt Lian schon mit Hella und Quentin. Überpünktlich wie immer. Die beiden freuen sich riesig, dass wir sie dabeihaben wollen und Wert auf ihren Rat legen. Dabei können wir froh sein, dass sie bereit dazu sind!« Franzi zog ein Sanddornblatt aus Matteos Locken. »Die zwei geben mir so viel Sicherheit durch ihre Lebenserfahrung. Übrigens, ich habe gestern, als ich im Hafen den Fisch geholt habe, spontan auch Jakob eingeladen. Der hat immer eine so klare Sicht auf komplizierte Dinge.« Sie hatte nicht vergessen, wie sehr ihr Jakob damals geholfen hatte, als er ihr die Kreide in die Hand gedrückt und ihr vorgeschlagen hatte, ein Wort auf den Steg zu schreiben. Ohne ihn hätte sie es vielleicht nie geschafft, Luna aufzusuchen.

»Gute Idee«, meinte Matteo, der Jakob auch sehr schätzte.

Lian trat herein, Hella am Arm. Quentin folgte mit seinem Rollator, kurz darauf Jakob. »Guten Abend miteinander! Kann ich etwas helfen?«, wollte er wissen.

»Alles im Griff, lieber Jakob. Heute bist du nur Gast. Setzt euch doch. Was möchtet ihr trinken?«

»Saft, bitte«, sagte Hella. »Ich freue mich darauf, deine Schwester kennenzulernen.«

»Das ist schön.« Insgeheim war Franzi ein bisschen mulmig zumute. Was, wenn Luna das Café nicht gefiel? Oder wenn ihr hier zu viele Menschen waren, zu viel Stimmengewirr? Aber das Treffen war schließlich ihre Idee gewesen, tröstete sie sich.

Doch Luna blickte sich anerkennend um, als sie kurze Zeit später zusammen mit Justus eintrat. »Das ist aber gemütlich, Franzi! Du, nicht wundern, bitte«, sagte sie. »Wir haben noch mehr Gäste mitgebracht. Die beiden und ich haben uns schon ein wenig darüber unterhalten, und da wollten sie heute sehr gern dabei sein. Es ist wichtig, sagen sie.« Hinter ihr tauchten Tomke und Essie auf. Franzi wäre nie darauf gekommen, die beiden noch mehr mit ihren Angelegenheiten zu belästigen, aber sie freute sich ungemein, sie zu sehen, und umarmte Essie spontan.

»Wunderbar! Essie, darf ich dich neben Hella setzen? Ich habe euch ja schon voneinander erzählt.«

»Herzlich willkommen! Wie schön.« Hella schob den Stuhl neben sich zurecht, während Matteo rasch weitere Gläser holte und Lian einen Stuhl für Tomke heranzog. Franzi wies Justus den Stuhl gegenüber von Hella zu und stellte die beiden ebenfalls einander vor. »Justus möchte dich über deine Erfahrungen mit Waldpädagogik ausfragen, Hella.«

»Ach, wirklich? Immer gerne.«

Franzi ließ sie alle eine Weile zur Ruhe kommen, ehe sie es für richtig hielt, sie daran zu erinnern, warum sie hier waren.

»So. Vielen Dank, dass ihr euch Zeit genommen habt. Seid ihr alle versorgt?« Sie setzte sich neben den Beamer und blickte sich um. Hella nickte ihr ermutigend zu. Quentin hob sein Glas. Jakob lehnte sich erwartungsvoll zurück. Essie lächelte herzlich.

»Ich will es genauso machen wie mein Vater Stellan früher mit uns. Ich will euch eine Geschichte erzählen. Die meisten von euch wissen bereits einige Details. Ich werde mich kurz fassen.«

»Franzi – warte mal!« Hella beugte sich vor. »Sagtest du gerade, euer Vater hieß Stellan? Das hast du noch nie erwähnt.« Ihr Blick ging von Franzi zu dem Boot in der Nische und zurück.

»Ja«, sagte Franzi, die sich bisher nicht hatte entschließen können, Hella von Stellans Tagebuch und ihrer Rolle darin zu erzählen. Wenn Hella sich nicht an ihn erinnerte, machte es wenig Sinn. »Seinetwegen sind wir ja überhaupt hier auf dem Darß gelandet. Er hat uns von der Zeit vorgeschwärmt, die er hier verbracht hat.«

»Ich bin ihm damals im Wald einmal begegnet«, sagte Hella. »Ich war erst dreizehn. Er war so verlegen. Aber er war nett zu mir und hat mir ein kleines Boot aus Rinde geschenkt. Es steht immer noch auf meinem Schrank. Natürlich war es viel einfacher gestaltet als dieses.« Sie zeigte auf das in der Nische. »Daher ist mir die Verbindung nicht gleich klargeworden.« Sie sah nachdenklich aus, bedeutete Franzi aber fortzufahren. »Entschuldige, ich wollte deine Geschichte nicht unterbrechen.«

Und so fasste Franzi in wenigen Sätzen zusammen, was ihr und Luna wichtig war. Sie erzählte von ihrer Kindheit, Stellan und den Schiffen, was diese ihnen bedeuteten, von dem Inhalt der Kiste mit seinem Nachlass, und wie sie in letzter Zeit daraufhin ein Schiff nach dem anderen gebaut hatten. Sie erwähnte Ava und das Schiff im Schaufenster, das die Menschen anzog. Wies darauf hin, dass sowohl Tomke als auch Justus mit Stellan prägende Begegnungen gehabt und ihn nicht vergessen hatten.

»Ich auch«, sagte Hella an dieser Stelle leise.

Franzi nickte. »Er hat viele Menschen berührt und dauerhaft beeinflusst, so still und bescheiden er auch war. Und nun lässt uns die Idee nicht los, dass wir seine Schiffe, vielmehr unsere Weiterentwicklung davon, so gern in die Welt schicken würden. Als schöne, ebenso bescheidene Hoffnungsträger, die die Menschen ein bisschen träumen lassen und dabei vom Wald erzählen, von dem Trost und der Kraft und dem Mut, den Bäume und ihr Holz uns geben können. Wir könnten sogar noch weiter gehen und, wenn es gut läuft, auch kleine Baumgeister mit aufnehmen als Glücksbringer für andere Kinder. Anbieten würden wir die fertigen Werke über das Internet.« Sie schaltete den Beamer an und rief den Entwurf der Website auf, ließ die Bilder einen Moment wirken. »So ungefähr denken wir es uns. Wir könnten uns das aber nur mit einer Basis im Gespensterwald vorstellen, mit einer Werkstatt dort und am besten auch einem Büro. Ein bisschen Basteln hier und da, damit ist es nämlich nicht getan, das genügt unseren Ansprüchen nicht.« Sie sah sich halb trotzig, halb verlegen um. Alle hörten noch zu. »Wir möchten nicht bloß ab und zu ein Schiff fertig bekommen und es bei Ava in ihrem Laden verkaufen, so nett ihr Angebot auch ist. Wir wollen es entweder ganz richtig oder gar nicht machen. Nur – wie das alles gehen könnte, das wissen wir nicht. Luna lebt in Vehlefanz. Ich hier. Sie hat eine Arbeit, Matteo und ich das Café. Nichts davon wollen wir aufgeben. Eltern werden wir auch, und Zeit ist daher absolut nicht übrig. Es muss also ein unmöglicher Traum bleiben. Trotzdem wollten wir euch davon erzählen. Es drängte uns einfach dazu.«

Luna stand auf und stellte sich hinter Franzi. »Ja, denn auf unseren Familienkonferenzen früher hat Stellan immer gesagt: ›Jede Idee verdient es, dass so viele kluge Menschen wie möglich darüber nachdenken, egal wie verrückt sie ist. Dann ist die Sache nämlich hinterher oft gar nicht mehr ver-rückt, sondern zurechtgerückt. Wenn eine Idee gut ist, dann enthält sie immer auch ein Samenkorn, das mit etwas Pflege gedeihen kann.‹ Und wir finden, diese Idee ist gut.« Sie setzte sich wieder hin und trank einen großen Schluck. Franzi nickte ihr dankbar zu. Es war nicht einfach für Luna gewesen, vor all diesen Leuten zu sprechen, die sie zum Teil nicht mal kannte.

Nachdenkliches Schweigen legte sich über den Raum. Alle blickten auf die Website, die weiter in Übergröße an der Wand leuchtete und verheißungsvoll aussah. Franzi hatte neben den Titel inzwischen noch das geänderte Logo gesetzt.

»Notos«, sagte Hella gedankenvoll. »Jakob, hast du das Symbol gesehen?«

Jakob nickte gelassen, sagte aber nichts dazu. Franzi beschloss, nicht nachzuhaken. Wenn Hella etwas mitteilen wollte, tat sie das grundsätzlich nur zu einem selbstgewählten Zeitpunkt. Das hatte ihr Nele erzählt, die Hella und Quentin schon länger kannte.

Nele war auch eine Zeitlang auf dem Darß gewesen, bevor sie ihre Töpferei auf der Insel Poel eröffnet hatte. Erst im letzten Jahr war sie auf der Suche nach ihrer eigenen Zukunft hierhergeraten und eines Morgens in das Café spaziert. So hatten

Franzi und Nele sich kennengelernt. Später dann hatte Nele mit der Dekoration geholfen. Seitdem wirkte der Stammtisch wie ein Steg, der direkt in das auf die Wand gemalte Meer zu führen schien. Es hatte zur Beliebtheit bei den Gästen einiges beigetragen und Franzi gezeigt, dass verrückte Einfälle auch in der Praxis durchaus etwas für sich haben konnten.

»Die Website spricht mich sehr an«, sagte Lian schließlich. »Auch wenn ich euch nicht kennen würde. So ein Schiff wünsche ich mir sofort, wenn ich die Bilder sehe. Ich überlege unwillkürlich, wo ich es in meiner Wohnung hinstellen könnte oder wem ich es unbedingt schenken möchte. Ich würde gleich nachsehen, ob ich es mir leisten kann.«

Tomke räusperte sich und ergriff das Wort. »So geht es mir auch und bestimmt vielen, die auf diese Seite geraten. Wie wir die Menschen dahin bekommen, überlegen wir später.«

Wir, hatte er gesagt, stellte Franzi fest und spürte, wie ihr Herz einen Hüpfer machte. Ihre eigenen Ausführungen hatten sie bedrückt, weil sie dabei gemerkt hatte, wie unmöglich das Ganze eigentlich war und wie sehr es ihr gleichzeitig am Herzen lag.

»Verzeiht mir, dass bei mir jetzt der Lehrer durchkommt«, fuhr Tomke fort, »aber wenn es darum geht, ein Projekt in die Realität umzusetzen, hängt es von einer klugen und effektiven Aufgabenverteilung ab. Essie und ich sind mit unserem Rentnerdasein nicht mehr ausgelastet und ein wenig unzufrieden, darum hatten wir Zeit, mit Luna zusammen nachzudenken. Wir haben uns überlegt, euch die Räume in der anderen Haushälfte, in denen Luna die letzten Wochen genächtigt hat, für einen kleinen Anteil am Gewinn dauerhaft zu vermieten. Das hätten wir ohnehin irgendwann tun müssen, und dann wäre es an einen Fremden gewesen. So wäre es uns viel lieber. Die ersten Monate braucht ihr nichts zu bezahlen, dazu gibt es zu viel zu renovieren. Ihr müsstet nur die Nebenkosten übernehmen. Dafür könnt ihr uns dann später im Garten ab und an etwas zur Hand gehen. Der Buchverleih könnte sicher nebenbei in kleinem Rahmen weitergehen wie bisher. Ich würde mich, wenn ihr wollt, um eure Abrechnungen, Steuerkram und die schriftliche Kundenkommunikation kümmern. Da ich mich körperlich nicht mehr so einsetzen kann, könnte ich am Schreibtisch nützlich sein.«

Das Kribbeln in Franzis Bauch stieg. Sie legte eine Hand darauf. Hoffentlich spürte Marley ihre Aufregung nicht, die sich zwischen Hoffnung und Zweifeln wie ein Jo-Jo auf- und abspulte.

»Ihr könnt dort eine Büroecke einrichten und gleichzeitig den Verkaufsraum wieder als solchen nutzen, das ist förderlicher als ein ausschließlicher Internetvertrieb. Wo man Schuhe verkaufen kann, kann man auch kleine Schiffe ausstellen. Auf Baumstümpfen zum Beispiel, die wir im Raum verteilen, wie Luna es schon geprobt hat. Es kommen in der Saison ja doch viele Feriengäste hierher, und Bilder des Verkaufsraums würden sich auf der Website bestimmt gut machen. Eine Werkstatt könnten wir im Schuppen einrichten, auch wenn es da eng und eher dunkel ist. Das kann man ja ändern.«

Justus meldete sich zu Wort. »Da kann ich helfen! Sie können meine Werkstatt benutzen wie neulich auch. Wir räumen auf, machen alles praktischer und heller. Ich habe dort ohnehin nicht oft zu tun.« Luna lächelte ihn glücklich an.

Nun sprach Essie. »Franzi, wenn du dort zeitweise arbeiten wolltest, dann würde ich mich gern so lange um Marley kümmern. Es würde mir große Freude machen.«

»Essie, das wäre …« Franzi schluckte tief gerührt. Dann sah sie Matteos Gesicht. Er hatte noch immer Angst, dass sie ihm entgleiten würde. Oder was spielte sich da auf seiner Miene ab? Sie war sich nicht sicher. Rasch fasste sie nach seiner Hand und drückte sie beruhigend. »So wunderbar all diese Angebote sind, ihr Lieben, aber ich könnte höchstens für die Urlaubstage in der Wintersaison mit Matteo und Marley nach Nienhagen kommen. Es geht ja nicht mal an den Wochenenden, da haben wir Hochbetrieb.«

Jakob meldete sich. »Franzi, aber wenn du gelegentlich hier vor Ort an einem Schiff arbeiten wolltest, könnte ich dir Material zukommen lassen. Ich bin ja sowieso immer mal im Wald tätig, und auch im Hafen bei Wartungsarbeiten komme ich an Holz, Rinde, Ankerketten, alte Fischernetze und dergleichen. Wenn ich mit dem Zeesboot draußen bin, finde ich oft Treibholz und andere interessante Dinge. Und du kannst jederzeit mein Werkzeug benutzen.«

»Wir könnten dir auch am Forsthaus einen Arbeitsplatz in der alten Scheune freimachen. Die benutzt keiner mehr. Das wäre ganz in deiner Nähe«, bot Hella an.

Franzi sah von einem zum anderen, und wusste nicht, was sie mit ihren Gefühlen machen sollte. Luna blickte nachdenklich. Nun ließ Matteo Franzis Hand los und stand auf. Bang sah sie zu ihm hoch.

»Ich gebe zu, dass mir diese Sache anfangs Angst gemacht hat. Angst um uns. Dass unsere Beziehung daran zerbrechen und auch das Café scheitern könnte, wenn Franzi sich auf diese neue Sache konzentriert. Ich hatte auch Angst um Franzi wegen ihrer Gesundheit, ob sie sich nicht übernimmt, vor allem wenn das Kind da ist. Aber dann habe ich gemerkt, wie

440

wichtig es dir ist.« Er lächelte ihr so voller Liebe zu, dass ihr nun doch die Tränen kamen. »Ich möchte wie gesagt nur, dass du glücklich bist! Wenn wir allein mit alledem wären, würde ich trotzdem sagen: Das können wir jetzt auf keinen Fall machen. Vielleicht später einmal, wenn Marley in die Schule geht. Aber nun seid ihr alle hier. Mit Ideen, Gedanken, Angeboten. Wir sind ja gar nicht allein damit.« Er legte seine Hand auf Franzis Schulter. »Beim Zuhören ist auch mir eine Idee gekommen. Franzi, tut mir leid, wenn ich dich damit überfalle, aber – könntest du dir vorstellen, einen Teilhaber mit ins Café zu nehmen? Dann würde für dich viel Zeit und Belastung frei werden. Du könntest zeitweise mit Marley in Nienhagen sein, wie du es dir gewünscht hast. Du sagtest ja, du möchtest ohnehin, dass auch unser Kind später Erinnerungen an den Gespensterwald hat, ebenso wie an den Darßwald. Weil es solche Erlebnisse sind, die nicht nur glücklich machen, sondern uns auch lehren, den Wald zu verstehen und zu schützen. Das finde ich genauso wichtig wie du. Ich könnte in diesen Zeiten dann pendeln und auch immer mal einen freien Tag nehmen und bei euch sein.«

Franzis Gedanken überschlugen sich. Dass er das für sie tun würde! Aber Verantwortung abgeben? Das Café war doch ihr gemeinsames Ding, ihr Traum, das schwer erarbeitete Zentrum ihres Lebens! Wollte sie das teilen?

»Hast du da jemanden Bestimmtes im Sinn, Matteo?«, erkundigte sich Lian ernst. Franzi sah eine Sorgenfalte zwischen seinen Brauen, die dort sonst nicht war.

Matteo wandte sich ihm zu. »Ja, tut mir leid, das war jetzt ziemlich plötzlich. Aber ich habe nicht vergessen, wie wir vor Wochen mal darüber gesprochen haben. Ich hatte dich im

Scherz gefragt, weil alles so gut lief und du sichtlich Freude daran hattest. Und du sagtest, warum nicht?«

»Der Gedanke gefiel mir spontan«, gab Lian zu. »Aber es war, wie du schon sagtest, ein Scherz. Das kommt überhaupt nicht in Frage, ich …«

»Sag jetzt nicht, dass wir dich brauchen, Junge!«, unterbrach ihn Quentin. »Du hast so viel Freizeit, in der du nicht weißt, wohin mit deiner Energie. Ich habe manchmal geradezu ein schlechtes Gewissen, dass es uns so gut geht. Wir benötigen deine Hilfe nur einen Bruchteil des Tages. Sollte sich das mal ändern, finden wir auch dann eine Lösung. Und es ist ja nur um die Ecke.«

»Nein! Ich bin euch verpflichtet. Ich halte meine Versprechen und Arbeitsverträge ein!«, sagte Lian heftig. »Und ich bin Pfleger, kein Koch. Ich habe zwar etwas Kapital angespart, aber das will ich eines Tages für etwas einsetzen, das zu mir passt und wovon ich etwas verstehe.« Lian stand auf und war ganz blass geworden. »Ich weiß ja nicht mal, wie lange ich hierbleibe. Ihr bedeutet mir viel, und es ist mir eine Ehre, dass ihr mich fragt. Aber es ist nicht fair, mir das aufzuerlegen – dass die Verwirklichung eurer Idee von mir abhängt!«

Er stürmte hinaus. Die Tür fiel mit einem kleinen Knall hinter ihm zu.

»O weh!«, sagte Matteo betreten. »Er hat natürlich recht.«

»Upps«, meinte Hella gelassen.

»Und du, Franzi?« Könntest du dir das denn überhaupt vorstellen?«, fragte Tomke.

»Ich glaube, ja. Wenn ich mich noch ein wenig an den Gedanken gewöhne.« Franzi nickte langsam. »Aber wenn Lian nicht will, dann wüsste ich absolut niemanden, der dafür in Betracht käme.«

Alle saßen erschrocken herum und wussten nicht, was sie mit der ratlosen Stille machen sollten. Matteo wollte Lian hinterher, aber Hella winkte ab. »Bleib. Lass ihn.«

»Dann müssen wir den ganzen Plan wohl doch für ein paar Jahre verschieben«, erklärte Luna schließlich bedrückt. »Ich will keinesfalls, dass wir jemanden damit belasten!«

Ihre Schwester ertrug ja keine Unstimmigkeiten, fiel Franzi ein. »Das werden wir nicht, Luna«, sagte sie schnell. »Niemand will das.«

»Tut mir leid, Franzi.« Matteo drückte sie an sich. »Das war ungeschickt von mir. Vielleicht ist es ja besser so und sollte einfach nicht sein. Wir halten die Augen offen, vielleicht finden wir ja irgendwann jemanden, ja?«

»Dann schreibe ich die guten Ideen wenigstens auf«, erklärte Essie. »Damit ihr in ein paar Jahren darauf zurückgreifen könnt.«

»Aber dann habt ihr den Ladenraum bestimmt vermietet«, sagte Luna traurig.

»Ja, das müssen wir dann wohl.« Tomke sah bekümmert aus. »Ewig leer stehen kann er nicht.«

»Bleibt mal alle ganz ruhig«, sagte Hella mit einem rätselhaften Schmunzeln im Mundwinkel.

Fragende Blicke wandten sich ihr zu. Sie verschränkte die Arme und nickte Richtung Tür. Einen Moment später öffnete sie sich.

»Es tut mir leid!« Lian blieb zögernd auf der Schwelle stehen. »Ihr habt mich aber auch ordentlich überrumpelt.«

»*Mir* tut es leid, mein Lieber! Bitte verzeih mir.« Matteo ging auf ihn zu. »Wir möchten deine Freundschaft auf keinen Fall verlieren!«

»Schon gut. Ich habe mich inzwischen wieder beruhigt, eine alte Freundin angerufen, die erfahrene Geschäftsfrau ist, und nachgedacht. Es ist mir, wie gesagt, eine Ehre, dass ihr ausgerechnet mir so ein Vertrauen entgegenbringt.« Lian kam herein und setze sich wieder. »Wisst ihr was? Wenn es für Hella und Quentin wirklich in Ordnung wäre und wir den Arbeitsvertrag entsprechend ändern, dann … Ich glaube, ich würde mich sehr freuen«, sagte er bedächtig. »Es ist ein schöner Ausgleich zu meiner jahrzehntelangen Pflegetätigkeit, das habe ich gemerkt, wann immer ich in der Küche stand und wenn ich die Gäste höre, wie es ihnen geschmeckt hat.«

In Franzi hob die Hoffnung, die sich in ihr eng zusammengerollt hatte, noch einmal vorsichtig den Kopf.

»Aber zu meinen Bedingungen!«, fuhr Lian fort. »Ich bringe etwas Kapital ein. Ich darf mitbestimmen, was auf die Speisekarte kommt. Und ich mache das nur auf Zeit. Wenn ich einmal fortgehen und mich anderweitig orientieren möchte, werde ich das tun. Dann würde ich stiller Teilhaber bleiben, aber die Verantwortung abgeben. Natürlich nicht von heute auf morgen und nicht, bevor ein Nachfolger gefunden ist.«

»Du würdest es also machen? Hier einsteigen?« Franzi konnte es kaum glauben.

»Ja, wenn ihr es nach der ersten Euphorie immer noch möchtet.«

»So ist es recht«, meinte Quentin beifällig.

»Hervorragend!«, stimmte Hella zu.

»Denkt einfach noch ganz in Ruhe darüber nach, Lian und Franzi.« Matteo war sichtlich erleichtert. »Lian wäre ein großer Gewinn für das Café. Und wir hätten mehr Zeit für uns und Marley, egal wo.« Er setzte sich.

»Ja, wir überlegen in Ruhe.« Franzi bekam Angst vor ihrer eigenen Courage und war überwältigt von allem. »Da bleiben ja trotz allem noch jede Menge Dinge zu klären übrig.«

Nun war es zu Franzis Überraschung Luna, die sich noch einmal zu Wort meldete.

»Franzi, ich glaube, Stellan hat uns die Antwort damals schon mitgegeben. Terra und Luna – weißt du noch? Mond und Erde halten sich gegenseitig im Gleichgewicht. Ohne das würde kein Leben existieren. Wir können es nur *zusammen* schaffen! Wir beide!« Sie sah Franzi eindringlich an, halb verlegen, halb hoffnungsvoll. Und dann war da noch dieses abenteuerlustige Funkeln in ihren Augen. Wie früher. Und ebenso ansteckend wie damals. »Wenn du die Idee mit dem Teilhaber annehmen würdest – und Lian auch, natürlich –, dann könnte der Plan von Justus funktionieren, den wir schon beinahe verworfen hatten. Er hatte nämlich die Idee, dass ich das *Schwalbennest* im Sommer vermieten könnte. Demnächst würde er Urlaub nehmen und mir bei der Renovierung helfen. Währenddessen möchten wir dort die Waldschule besichtigen und ein Konzept für unsere eigene im Gespensterwald entwickeln. Im Hofladen werde ich kündigen und nur noch Vertretung machen. Das habe ich schon mit Henriette besprochen. Sie freut sich für mich. Sie zieht sich auch zurück, ihre Tochter Daniela möchte sowieso mit einem ganz neuen, jungen Team den Hof übernehmen.«

»Und Arvalus?«, fragte Franzi, die an Lunas Freundschaft mit dem Wasserbüffel dachte.

»Den kann ich trotzdem besuchen. Es wird Zeit für eine Änderung.« Luna sah zu Justus, der ermutigend nickte. »Während des Sommers kann ich dann in Nienhagen sein, an Schiffen arbeiten, das Geschäft betreuen und nebenbei Justus mit der Waldschule helfen. Wir öffnen den Laden nur an jedem zweiten Tag, die Leute werden uns ohnehin nicht die Tür einrennen, und so viel können wir auch gar nicht produzieren. Du kannst währenddessen auch hier in Born ein paar Schiffe fertigen, Franzi, nachdem dir ja deine Freunde vor Ort eine Werkstatt anbieten.« Sie sah sich scheu um, versuchte, in den Gesichtern zu lesen. »Die Winter verbringe ich aber zu Hause in Vehlefanz, und Justus kommt mich dort besuchen, wann immer er kann, denn dann ist in der Waldschule kaum etwas los. Dafür könntest du vielleicht einige Wochen oder Monate in Nienhagen vor Ort sein, mit Marley, wie du es dir wünschst, und den Laden übernehmen und Zeit im Wald verbringen. Im Café ist ja im Winter wenig los, dann könnte das womöglich doch funktionieren? Ich – ich fände es wunderbar.« Ein wenig atemlos setzte sie sich.

»Und wenn ihr mal beide nicht da sein könnt, gibt es ja vorerst noch uns«, sagte Essie mit einem ähnlichen Glanz in den Augen wie gerade noch Luna. »Was sagst du, Franzi?«

Alle Blicke waren gespannt auf Franzi gerichtet. Aber sie sah nur Matteo an.

»Wirklich?«, fragte sie. »Bist du sicher?«

Er wich ihrem Blick nicht aus und nahm ihre Hände in seine. »Ich finde, es wäre eine feine Sache für alle. Wenn du es willst.«

Franzi dachte an den alten Baumgeist, der oben über ihrem Bett hing. Ja, schien er ihr zu sagen, *ja!*

Da spürte sie die Gewissheit. Sie küsste Matteo, dann umarmte sie Luna. »Ja! Ich will. Aber die Tage Bedenkzeit für Lian, die warten wir ab.«

»Danke«, sagte Lian mit einem Augenzwinkern. »Sehr rücksichtsvoll.«

Im nächsten Augenblick war die Stille vorbei. Alles lachte und redete durcheinander, und Matteo schenkte rundum ein. Lian hatte eine Bowle vorbereitet, die er nun aus der Küche holte, eine Version ohne und eine mit Alkohol. Es herrschte eine freudige Atmosphäre, der man anmerkte, dass hier eine große Sache passiert war.

Hella nahm Franzi beiseite. »Sag mal, ist die Website schon online sichtbar?«

»Nein, sie ist ja noch nicht fertig, denn ich dachte ja bis jetzt, es würde sowieso nie etwas daraus.«

»Schick sie unbedingt mal an Nele!«, sagte Hella eindringlich. »Sie ist schon länger Geschäftsfrau, sie kann dir bestimmt noch einen guten Rat geben.«

»Ja, mach das unbedingt!«, stimmte Jakob zu, der danebenstand, sein Glas in der Hand. Auch er klang so, als wäre es ungemein wichtig.

Merkwürdig, dachte Franzi. »Klar, das mach ich.« Irgendetwas verschwiegen ihr die beiden. Warum? Immerhin, die Idee war so oder so vernünftig.

Nun aber würde sie erst einmal mit ihrer Schwester feiern.

45

Die Saison war längst in voller Fahrt. Franzi servierte gerade im Garten Eiskaffee und Kirschkuchen, als sie drinnen das Telefon klingeln hörte.

»Du, Franzi, Nele hat sich angesagt. Sie besucht heute Hella und bringt gleich die neuen Eierbecher vorbei«, sagte Matteo, als sie mit leerem Tablett zurück in die Küche kam. »Nimm dir ruhig Zeit, und iss ein Eis mit ihr. Lian kommt nachher sowieso helfen. Es ist heiß, du darfst dich nicht so verausgaben.«

»Mach dir nicht immer so viele Sorgen. Es geht mir prima! Aber ja, das tue ich gerne. Ich bin gespannt, wie es Nele geht. Ach ja, und was sie zu der Website sagt. Vielleicht hat sie noch eine Idee.«

»Nein, aber eine Frage«, sagte Nele, die gerade hereinkam. Mit ihren unzähligen feinen blonden Zöpfen sah sie immer aus wie der pure Sommer, fand Franzi. Sie umarmte ihre Freundin. »Hallo, Nele!«

»Wie geht es Timon?«, fragte Matteo. Timon war Lians Vorgänger als Pfleger bei Hella und Quentin gewesen. Er war Neles Freund, aber er hielt sich gerade eine längere Zeit in Kanada auf.

»Ausgezeichnet«, sagte Nele mit einem zärtlichen Lächeln. »Wir tauschen jeden Tag so viele Videonachrichten aus, dass ich das Gefühl habe, den kanadischen Wald beinahe besser zu kennen als er.«

»Grüß ihn herzlich von mir.« Matteo wandte sich wieder seiner Arbeit zu.

»Wollen wir uns nach draußen setzen?«, fragte Franzi, die in der Zwischenzeit zwei Eisbecher zurechtgemacht hatte. »Da hinten am Tassenbaum ist ein freier Tisch.« Die jungen Blaumeisen waren längst ausgeflogen. Manchmal hüpften sie noch durch die Zweige, doch die Eltern brüteten bereits zum zweiten Mal. Franzi betrachtete das immer noch als gutes Zeichen.

Nele sah sich um. »Weißt du was, lass uns über die Straße zu der Bank am Wald gehen. Hier sind so viele Leute.«

»Okay«, sagte Franzi verwundert.

Am Waldrand roch es nach sonnenwarmem Sand und den Kiefern, die hier wuchsen. Um die Bank herum gedieh filigraner Adlerfarn. Bis auf das Summen einiger Sandbienen war es still. Franzi warte gespannt, was Nele auf dem Herzen hatte.

»Weißt du«, sagte Nele schließlich und löffelte genüsslich an ihrem Eis, »Hella hat dir nicht geraten, mir die Website zu zeigen, weil sie das für nötig hielt. Die Seite ist meiner Meinung nach genau richtig. Ich würde sie so veröffentlichen, sobald ihr so weit seid. Nur das korrekte Impressum nicht vergessen. Ach ja, und ich möchte ein Schiff bestellen! Für das Schaufenster meiner Töpferei. Das gibt Atmosphäre. Ich kann da wunderbar meine Waren drumherum gruppieren, schließlich liegt es direkt an der Strandpromenade. Aber darum geht es jetzt nicht.« Sie räusperte sich. »Hella wollte, dass ich das Logo sehe. Und den Namen. *Die Schiffe des Notos.* Und das Symbol mit den vier Kreisen und dem für Wind in der Mitte. Ich habe es sofort wiedererkannt, auch wenn ihr das kleine Schiff hinzugefügt habt!«

»Wiedererkannt?« Was meinte Nele? »Hast du denn mal ein Bild oder Schiff meines Vaters gesehen, wo das Symbol hinten drauf war, mit seinem Künstlernamen? Wir nehmen jedenfalls an, dass Notos sein Künstlername war, auch wenn wir nie etwas davon wussten.«

»Es war nicht sein Künstlername. Es war sein Spitzname. Unter seinen Freuden.« Nele kratzte die Schüssel aus und stellte sie beiseite. »Zumindest glaube ich das. Mein Großvater wurde wohl Boreas genannt. Der Nordwind. Er hatte eine Schwäche für den Norden. Hat dein Vater jemals die Freunde erwähnt, mit denen er in seiner Jugend ein Jahr lang hier im Darßwald gelebt hat? Wir denken, es waren insgesamt vier junge Männer in jener Hütte im Wald.«

Franzi versuchte, Nele zu folgen. »Na ja, als ich klein war, hat er öfter erzählt, dass er hier eine Zeitlang glücklich war. Er schwärmte von dem Darßwald. Nur dadurch bin ich ja darauf gekommen, das Café gerade hier zu übernehmen. Dann haben wir kürzlich das Symbol und den Namen auf der Rückseite von Bildern gefunden, die er gemacht hat, und Seiten aus seinem Tagebuch. Da erwähnt er die Freunde, allerdings ohne Namen. Soll das heißen, dein Großvater war einer von ihnen?«

»Ja. Eigentlich hieß er Joram. Er war sehr jung, als meine Großmutter von ihm schwanger wurde. Und wohl trotzdem ein paar Jahre älter als dein Vater.«

»Und mein Vater war einige Jahre älter als meine Mutter. Sie sind spät Eltern geworden. So kommt es wohl mit dem Generationenunterschied hin. Stellan hatte eine Schwäche für den Süden ...« Ihr wurde etwas klar. »Dann sind wir also beide praktisch aus demselben Grund auf den Darß gekommen? Du hast deinen Großvater kaum erwähnt.«

»Nein, ich hatte bisher nur mit Hella, Quentin und Jakob darüber gesprochen. Es gibt da nämlich eine Sache, die wir gern geheim halten wollten. Aber nun ist es anders. Geheim soll es zwar bleiben, aber jetzt geht es auch dich etwas an! Es ist wichtig. Wir haben bisher vergeblich nach Jorams anderen Freunden gesucht. Dafür gibt es einen Grund. Du wirst es vielleicht nicht glauben, aber ...«, Nele zuckte etwas verlegen mit den Schultern, »du sagst ja immer, dein Vater – Stellan, nicht wahr? – hat euch empfänglich für Märchen und Sagen gemacht und auch für das, was du den ›realen Zauber‹ nennst. Pass auf, es ist so.« Sie lehnte sich zurück und sah in den Himmel, wo Schwalben unter Schäfchenwolken kreisten, während sie versuchte, die Worte zu finden. »Als damals das Jahr zu Ende war und die jungen Männer in alle Himmelsrichtungen auseinandergingen – sie standen ja am Anfang ihres Erwachsenenlebens und hatten völlig unterschiedliche Pläne –, da nahmen sie sich zum Abschluss ein gemeinsames Projekt vor.«

»Ja, das hat er erwähnt, aber nicht näher erklärt.«

»Es war inspiriert von dem Wind, den sie liebten, und von einem Stück Holz, das am Strand angeschwemmt worden war. Es sollte eine Art Denkmal für die schöne Zeit sein und für das, was jeder von ihnen im Wald für sein Leben gelernt hatte. In einer alten Kiefer konstruierten sie eine Windharfe aus vier hölzernen Trichtern, in die Saiten gespannt wurden. Jeder baute einen der Trichter, und jeder Trichter wies in eine andere Windrichtung. Das Symbol mit den vier Kreisen, das wohl für ihre Freundschaft stand, wurde auf allen Trichtern eingeschnitzt, und dazu die Namen der Anemoi.«

»Die Windgötter«, sagte Franzi leise. »Wir haben es nachgeschlagen. Die Kinder der Morgenröte und der Abenddämmerung.«

»Genau. Mein Großvater war davon überzeugt, dass die Musik, die der Wind auf dieser Windharfe spielte, ihren Weg in die

Seelen der Menschen finden würde, die vorbeigingen. Sie würden es nur unbewusst wahrnehmen, denn es ist eine leise Musik, aber sie hat einen Zauber. Er hoffte, dass sie dazu beitragen würde, dass die Wanderer sie spüren, sich hier wohlfühlen und gut auf den Wald achten würden.« Nele schwieg einen Moment.

Franzi stellte sich die vier jungen Männer vor, die in der Kiefer saßen und hämmerten und polierten und dem Wind dazu verhalfen, eine Musik durch die Wipfel und auf die Wege zu schicken. O ja, das passte zu Stellan! Sie wischte sich die Augen.

»Sie haben die Harfe so gebaut, dass man sie von unten nicht sehen kann. Sie hatten Sorge, dass sie sonst zerstört wird. Hella, die auch eine Zeitlang mit meinem Großvater befreundet war, war die Einzige, die noch davon wusste. Sie hatte ihm das Versprechen gegeben, auf die Harfe zu achten. Doch irgendwann konnte sie das nicht mehr, und die Harfe verfiel. Als ich im letzten Jahr herkam, mich als Jorams Enkelin zu erkennen gab und sie herausfand, dass ich musikalisch bin, bat sie Timon und mich, das Instrument zu erneuern. Mit Jakobs Hilfe gelang es uns. Aber nun kommt noch etwas. Das ist der Teil, den du vielleicht nicht glaubst.«

»Hey, ich bin Stellans Tochter.«

Nele lächelte. »Ja, das macht mir Hoffnung. Also, mein Großvater sagte zu Hella etwas, was sie damals nur für eine nette Geschichte hielt, die sie motivieren sollte, die Harfe zu pflegen. Sie hat es mir aufgeschrieben.« Sie zog einen Zettel aus der Tasche und las vor. »Er sagte: ›Wenn die Harfe eines Tages verstummt und du lässt sie wie versprochen reparieren, und wenn dann die Melodie in einigen Teilen dennoch nicht erklingt und die Saiten keinen Ton von sich geben, dann hat das einen Grund. Wenn es der Teil ist, der dem Nordwind gewidmet ist, dann muss meine

Geschichte erzählt werden, weil sie vergessen worden ist. Dasselbe gilt für die anderen drei Trichter. Wenn von ihnen einer stumm bleibt, ist die Geschichte von demjenigen meiner Freunde, der ihn gebaut hat, vergessen worden, und sie muss gefunden und erzählt werden. Das ist das, was wir einander versprochen haben, bevor wir auseinandergingen. Geschichten haben eine Macht, sie sind das, was unser Leben zusammenhält und uns daran erinnert, dass wir Menschen sind. Der Baum war unser Zeuge. Er wird den Wind erst wieder ganz zwischen seine Zweige lassen, wenn diese Bedingung erfüllt ist.«

»Wow«, sagte Franzi.

»Ja. Und nun kommt das Verrückte! Ich bin ja damals nach Born gekommen, um die Geschichte meines Großvaters herauszufinden. Von der Harfe wusste ich da noch nichts, das kam dabei erst ans Licht. Großvaters Geschichte habe ich dann aufgeschrieben und zusammen mit einem kleinen Baum in den Geschichtengarten auf Rügen gebracht.«

»Davon hat mir Hella mal erzählt. Es ist ein Garten, in den man Pflanzen oder Bäume bringen kann, die einem etwas bedeuten. Und daneben auf einem Schild wird aufgeschrieben, warum das so ist.«

»Ja, genau. Jorams Geschichte war also erzählt. Und weißt du, welcher von den erneuerten Trichtern als einziger Töne von sich gibt, wenn der Wind aus der richtigen Richtung weht?«

»Boreas? Der, der nach Norden zeigt?« Als Nele nickte, versuchte Franzi, das zu verdauen. »Das war also nicht nur eine Phantasie von Joram?«

»Anscheinend nicht. Wir haben jedenfalls keine andere Erklärung dafür. Seitdem hoffen Hella und ich, dass wir die übrigen drei Freunde finden. Und nun hat es auch dich hierhergezogen, und du hast die Geschichte von Notos herausgefunden. Du müsstest sie nur noch aufschreiben und an die Leute vom Geschichtengarten schicken. Die drucken das auf ein Schild. Es gibt eine Formatvorlage im Internet, ich maile dir den Link.«

»Und ich müsste einen Baum dazu pflanzen, nehme ich an«, sagte Franzi aufgeregt. Wenn das stimmte, würde sie mit Marley irgendwann zu dieser Kiefer wandern und die Musik des Windes hören können, und es wäre, als ob Stellan zu ihnen beiden spräche. Warum wohl hatte er die Harfe im Tagebuch nicht erwähnt?

Weil er nicht sicher war, ob es nicht in falsche Hände geraten würde, gab sie sich selbst die Antwort. Jantje hätte das niemals geheim gehalten. Er hat schon von der Mondbuche geschrieben, da wollte er die Harfe nicht auch noch riskieren. Außerdem wird er angenommen haben, dass es sie nach all den Jahrzehnten längst nicht mehr gibt. Wie würde er sich freuen, dass sie noch existiert! Gerade er muss doch daran geglaubt haben.

»Ja«, stimmte Nele zu, sichtlich froh, dass Franzi sie nicht für verrückt hielt. »Du könntest für deinen Baum einen Platz neben dem finden, den ich für Joram gepflanzt habe. Das war natürlich eine Kiefer. Hast du eine Idee, was für dich beziehungsweise für Stellan passen könnte?«

»Oh ja.« Franzi lächelte. »Die habe ich allerdings.«

Sie rief Luna in Nienhagen an und vereinbarte einen Tag mit ihr. Es eilte, denn danach würde Luna mit Justus nach Vehlefanz aufbrechen, um das *Schwalbennest* zu renovieren.

Und Franzi würde mehr und mehr Arbeit Lian überlassen, die Website veröffentlichen, das nächste Schiff bauen und auf Marleys Geburt warten.

46

»Bist du sicher, dass dieser Geschichtengarten der richtige Platz für die kleine Mondbuchentochter ist?«, fragte Luna.

Auf dem Beifahrersitz hielt sie den Topf mit dem jungen Baum auf dem Schoß wie etwas äußerst Zerbrechliches. Die kleine Buche wippte bei jeder Unebenheit der Straße fröhlich mit den Blättern. Sie fuhren gerade über die Brücke, die nach Rügen führte. Rechts und links glitzerte der Strelasund, das Licht zwischendurch von darübergleitenden Wolkenschatten gedämpft.

»Du hast dir doch selbst die Website angesehen und alle auffindbaren Artikel darüber gelesen.«

»Ja. Es hat mir sehr gefallen.« Luna versank in Nachdenken. »Justus hat versprochen, dass wir für den Garten im Kuckuckshaus noch ein anderes Mondbuchenkind finden. Und für den vom Schwalbennest auch.«

»Na siehst du, dann ist doch alles gut.« Franzi warf ihrer Schwester einen raschen Seitenblick zu. Sie kannte Luna inzwischen gut genug, um zu sehen, wie offen und zugleich verletzlich sie die unerwartete Situation mit Justus und all die neuen Aussichten machten. Ihre Welt war weiter geworden, und noch wusste sie nicht, ob sie sich das alles zutraute. Offenbar vertraute sie Justus – aber auch sich selbst? Ihr ganzes Leben lang war sie mehr oder weniger allein gewesen. Nun sah sie glücklich aus und überraschend jung. Franzi hoffte von Herzen, dass alles

gut gehen würde und Luna sich nicht aus Angst vor ihrer eigenen Courage bald wieder in sich zurückzog.

»Wie geht es denn mit Justus?«, erkundigte sie sich vorsichtig.

»Ich frage mich immer noch, wie das sein kann«, sagte Luna
zögernd. »Dass er mich auch mag, meine ich. Dass es uns beiden gleich gegangen ist – als wir uns wiedergesehen haben,
weißt du, da war es, als ob wir uns schon immer gekannt haben.
So war es damals auch, als wir auf den Baum gestiegen sind. Es
war nur diese eine Begegnung. Aber Justus hat Stellan gekannt,
und er findet auch, dass ich unserem Vater ähnlich bin. Ja, und
obwohl er mit Menschen besser umgehen kann als ich, empfin-
det er so vieles wie ich. Er kann sich über eine Landschaft oder
ein buntes Blatt oder eine Wolke am Morgenhimmel genauso
sehr freuen. Es ist – es ist einfach unglaublich schön mit ihm. Ich
hoffe, ich vermassle das nicht, aber ich glaube, es wird alles gut
gehen. Ich hab mich noch mit niemandem so entspannt gefühlt,
außer mit dir. Nur, du und ich sind eben sehr verschieden.«

Franzi lächelte. »Ich weiß. Du musst mir immer ziemlich viel
erklären, wie es dir geht und wie anders vieles für dich ist als für
mich.«

»Das macht aber nichts«, versicherte Luna. »Mir hilft es selber, mir über was klarzuwerden, wenn ich es dir zu beschreiben
versuche. Aber es ist so wohltuend, dass Justus mich ohne viele
Worte versteht.«

»Ich freue mich so für dich«, sagte Franzi. »Ich hoffe, dass
du später Marley auch ganz viel erklärst. Es ist gut, wenn man
frühzeitig verstehen lernt, dass Menschen verschiedene Bedürfnisse haben und jeder die Welt um sich herum anders wahr-
nimmt. Das hat Jantje wohl nie begriffen.«

»Vielleicht versuche ich ja irgendwann noch mal, es auch ihr zu erklären. Seit ich mit Justus zusammen bin, kann ich mir sogar das vorstellen.«

»Das wäre schön. An besten, wenn Bobby dabei ist. Bobby nimmt alle so, wie sie sind. Ich denke, Jantje ist mit dem Alter in dieser Hinsicht auch etwas toleranter geworden. Es ist einen Versuch wert. Guck bloß mal, diese Alleen!«

Die Alleen waren tatsächlich beeindruckend. Sie besaßen eine völlig eigene Atmosphäre von Zeitlosigkeit. Beschützend wölbten die alten Bäume ihre Äste über die Straßen, so dass dichte grüne Tunnel entstanden, in denen man sich geborgen fühlte. Als wollten ihnen die Bäume sicheres Geleit geben. Ihr Schatten wirkte wie ein stiller Segen.

»Luna«, sagte Franzi nach einer Weile, »als ich gestern Abend etwas oben in das Kinderzimmer gelegt und beim Gehen das Licht wieder ausgemacht habe, da dachte ich, ich hätte etwas gesehen.«

Luna wartete. Jeder andere hätte jetzt gefragt: »Was denn?« Aber Luna wusste wohl, dass Franzi einfach einen Augenblick brauchte, um den Mut zu finden, es auszusprechen. Auch wenn es nur Luna gegenüber war. So war es früher auch gewesen.

Franzi war unglaublich froh, dass sie ihre Schwester wiederhatte.

»Wir haben den Baumgeist für Marley doch aus dem Ast von der Mondbuche gemacht.«

»Ja?«

»Es schien kein Mond. Aber der Baumgeist hat ganz sanft geleuchtet.«

»Wenn du das gesehen hast, Terra«, sagte Luna, »dann war das so.«

Später fuhren sie an fröhlichen Menschen in Badeanzügen vorbei, die Luftmatratzen schleppten oder Strandtaschen. Dann wieder passierten sie reifende Felder.

»Rügen ist ganz schön groß für eine Insel«, fand Franzi.

»Ja, und wir müssen auch ziemlich weit nach Norden rauf.« Luna sah auf das Navi. »Zum Jasmunder Bodden. Hast du die Bilder davon auf der Website gesehen? Da wirkt er wie flüssiges Licht. Ich habe am Mühlensee schon oft wunderschöne Sonnenuntergänge im Wasser gespiegelt erlebt, aber nie so, wie es dort aussieht. Ich freue mich auf diesen Garten. Findest du, wir haben die Geschichte, die wir dorthin geschickt haben, gut formuliert? Eigentlich war auf der Vorlage nicht genug Platz. Ich hätte am liebsten Stellans Geschichten alle dazugeschrieben.«

»Ja, aber die wirst du ja für Marley festhalten.« Franzi bremste, fast hätte sie die Abfahrt Richtung Martinshafen übersehen. »Vielleicht machen wir sogar ein Buch daraus und verkaufen es auf unserer Seite, was meinst du?« Die Idee war ihr gerade erst gekommen.

Luna sah sie verblüfft an, dann erhellte ein Lächeln ihr Gesicht. »Warum nicht? Schreiben kann ich wesentlich besser als reden. Das Tagebuchschreiben macht mir viel mehr Freude, als ich dachte. Stellan kannte mich besser als ich selbst. Vielleicht erfinde ich selbst ein paar Geschichten dazu – zu den Schiffen.«

»Na, das wär doch was! Und zu den Baumgeistern auch! Wir könnten Baumgeister mit einer passenden Geschichte dazu anbieten.«

»Ich denke drüber nach.« Franzi konnte sehen, dass es hinter Lunas Stirn bereits arbeitete. »Vielleicht können wir das Buch dann auch in der Waldschule gebrauchen. Justus könnte daraus vorlesen, schließlich sind Stellans Geschichten im Gespensterwald entstanden. Hinterher können wir den Kindern dann zeigen, wie das kam. Die Wurzeln und Schatten und bizarren Stämme und die Wesen, die dazwischen rascheln …«

»Perfekt! Oh!« Franzis Ausruf galt dem Bodden, der hinter einer Kurve unvermutet offen vor ihnen lag. Er wirkte wie ein ungemein weiter, licht- und farbendurchfluteter Wolkenspiegel.

Luna fehlten die Worte, sie wusste nicht, wo sie zuerst hinsehen sollte. Franzi gab sich Mühe, sich auf den Feldweg zu konzentrieren. Luna drückte schützend den Topf an sich, als das Auto durch ein Schlagloch fuhr. Bald gelangten sie an einen Parkplatz vor einem Tor. Der Schriftzug darüber verriet, dass sie ihr Ziel erreicht hatten, und Franzi stellte den Motor ab.

»Hier sind ganz schön viele Menschen«, stellte Luna fest und betrachtete die Familien, die ein und aus gingen, einige ebenfalls mit Töpfen im Arm.

Franzi blieb noch einen Moment sitzen, um Luna Zeit zu geben. »Ich glaube, wir haben den Text für das Schild genau richtig hinbekommen«, sagte sie. »Wir haben alles untergebracht, was etwas über Stellan aussagt. Jeder, der es liest, wird spüren, was er für ein Mensch war und was er anderen bedeutet und gegeben hat. Ich bin gespannt, wie es gedruckt aussieht.«

Sie sollte es bald erfahren. Als sie sich in dem Blockhaus hinter dem Tor dort meldeten, wo *Büro, Herzlich willkommen!* stand, begrüßte sie ein fröhliches junges Mädchen, das sich als Philea vorstellte. »Ja, hallo! Hier ist euer Schild«, sagte sie, als Franzi ihren Namen nannte. »Und hier eine Karte vom Garten, da sind die Wege verzeichnet. Dort hinter dem Blumengarten findet ihr den neuen Geschichtenwald. Wir haben ihn erst kürzlich angelegt, es ist also noch richtig viel Platz. Sucht euch einfach einen, der euch gefällt. Wenn ihr Fragen habt oder Hilfe braucht, meldet euch. Ansonsten lassen wir die Gäste in Ruhe.«

»Sehr angenehm«, murmelte Luna beifällig. Philea strahlte sie an.

»Eben! Das ist schließlich was ganz Persönliches. Und keine Sorge, es wird eurem Bäumchen gut gehen. Stellan würde es gefallen. Ich habe die Geschichte natürlich gelesen«, setzte sie stolz hinzu, als sie Lunas und Franzis überraschte Gesichter sah. »Wir lesen sie alle. Und wir kümmern uns um alles, was hier gepflanzt wird. Es gibt immer mehr freiwillige Helfer.« Sie deutete auf einen kurz gemähten Grasweg, der sich zwischen blühenden Lupinen und Rittersporn entlangschlängelte. »Am besten geht ihr da lang. Spaten und Gießkannen findet ihr unterwegs.«

Tatsächlich kamen sie an hölzernen Ständern vorbei, an denen Hacken, Spaten und Kannen hingen, die man sich nehmen konnte. Franzi griff sich Werkzeug, Luna trug den Topf und suchte auf der Karte den richtigen Weg. Der Wald war nicht schwer zu finden. Nur der Blumenreichtum lenkte sie ab, am liebsten wären sie überall stehen geblieben, hätten die Geschichten auf den vielen Tafeln gelesen und an den Blüten gerochen. Doch sie hatten später noch eine wichtige Verabredung auf dem Darß.

»Vielleicht kommen wir bald mal wieder her«, meinte Luna sehnsüchtig. »Es ist wunderschön hier. Ich könnte den ganzen Tag auf einer der Bänke sitzen und mich nur umsehen.«

»Das können wir gern machen. In nächster Zeit wird das schwierig, aber spätestens zusammen mit Marley. Oder du machst das schon mal mit Justus. Oh, guck mal, da vorne hinter der Hecke an dem Baum steht *Geschichtenwald!*«

Hinter der Hecke war es ruhiger, hier waren kaum Leute. Franzi entdeckte sofort die Kiefer, von der Nele ihr ein Bild gezeigt hatte. Sie sah gesund aus, größer als auf dem Foto, und streckte ihre Zweige unternehmungslustig dem Himmel entgegen. Erst interessiert, dann berührt lasen sie, was dort über jenen Joram geschrieben stand, der vor so langer Zeit ein Freund Stellans gewesen war und sich um den verlorenen Jungen gekümmert hatte. Sie fanden auch den Vogelbeerbaum, den Nele bei einem späteren Besuch aus ihren eigenen Gründen in der Nähe gepflanzt hatte.

»Guck mal!« Franzi zeigte auf die letzten Zeilen von Neles Schild.

Vielleicht liest dies irgendwann jemand, der den Namen Joram einmal gehört hat, weil sein Vater oder Großvater ihn erwähnt hat, im Zusammenhang mit einer Freundschaft von vier Männern auf dem Darß Anfang der fünfziger Jahre. Eine Freundschaft, für die ein bestimmtes Symbol stand. In diesem Fall würde ich mich freuen, wenn sich derjenige bei Remy Kreyhenibbe melden und den Kontakt zu mir suchen würde.

Von der Harfe stand da natürlich nichts. »Ob sich daraufhin irgendwann noch jemand melden wird? Was glaubst du?«, fragte Luna.

»Es ist wohl leider eher unwahrscheinlich, dass ausgerechnet einer, der etwas darüber weiß, genau hierherkommt. Wir wären ja auch nicht darauf gestoßen. Aber wer weiß, vielleicht entdecken wir das Symbol irgendwo einmal wieder. Oder jemand bemerkt es auf unserer Website, so wie Nele. Wo wollen wir die Buche pflanzen? Such du den Platz aus! Du hast ein besseres Gespür für so was«, bat Franzi.

Luna trat ein Stück beiseite, sah sich um, dann schloss sie für einen Moment die Augen, ging ein paar Schritte in jede Richtung. Schließlich blieb sie stehen. »Hier. Ich würde sie genau hierhin pflanzen!« Es war an der Seite eines sanften Hügels, vom Wind geschützt, doch mit Blick auf den Bodden. Weit genug von den anderen Bäumen entfernt, so dass alle eine mächtige Krone ausbilden konnten, ohne sich zu bedrängen, aber nahe genug, dass sie gegenseitig den Wind darin flüstern hören konnten.

Franzi griff nach dem Spaten und fing an zu graben. Luna nahm ihn ihr aus der Hand. »Lass mich lieber. Hol du Wasser.«

Während ein verspielter Wind Pusteblumensamen um sie kreisen ließ, setzten sie den jungen Baum zusammen in die Vertiefung, bedeckten vorsichtig die Wurzeln und schwemmten behutsam die Erde an. Dann klopften sie die Stange mit dem Schild mithilfe eines Steins daneben in den Boden. »Das haben sie schön gemacht«, fand Franzi. Die Schrift war gut zu lesen und ansprechend, und am Rand gab es feine, kleine Zeichnungen von Bucheckern und Vögeln.

»Für dich, Stellan!«, sagte Luna leise.

»Ja. Für dich«, wiederholte Franzi.

Eine Weile standen sie schweigend dort. »Seine Geschichte ist erzählt. Wir müssen langsam los, wenn wir noch bei Tageslicht auf den Darß wollen. Und morgen erfahren wir, ob Stellans Teil der Harfe wieder klingt«, meinte Franzi schließlich nach einem Blick auf die Uhr.

Es war nicht nur, weil sie Nele nicht warten lassen wollte. Sie war voller Sehnsucht, die Musik der alten Windharfe zu hören, auch wenn die Hälfte der Töne fehlen sollte.

Am Ausgang trafen sie auf eine schlanke Frau mit dunklen Haaren und verblüffend hellblauen Augen. »Hallo, ich bin Remy. Vielen Dank für euren Beitrag zum Wald. Ich hoffe, es war alles angenehm für euch?«

»Ja, vielen Dank! Es ist ein ganz besonderer Ort, den ihr hier geschaffen habt«, erwiderte Franzi. Remy musste wohl gehört haben, wie sehr das von Herzen kam. Sie lächelte.

»Ja, die Pflanzen im Geschichtengarten verflechten mit der Zeit ihre Wurzeln und auch die Geschichten ständig enger miteinander. So wird etwas immer Stärkeres daraus. Etwas zutiefst Menschliches. Das macht die Atmosphäre hier aus. Kommt jederzeit gern wieder, und gute Heimfahrt!«

Unterwegs aßen sie ein Fischbrötchen. Anderthalb Stunden später fuhren sie in der Abenddämmerung am Forsthaus vor. Dort saßen Hella, Quentin und Nele auf einer Bank vor dem Haus zwischen blühendem Fingerhut in Weiß, Gelb und Violett.

Franzi dachte mit Freude daran, dass sie bereits vor ein paar Tagen begonnen hatten, in der Scheune einen Arbeitstisch herzurichten, wo sie bequem in einer Atmosphäre, die die Phantasie anregte, an ihren Schiffen arbeiten konnte. Licht fiel dort zwischen den alten Brettern hindurch und ließ glänzende Staubkörnchen tanzen, es duftete sommerlich nach Stroh und harzig nach der Waldwolle, die Hella dort einst hergestellt hatte.

Heute würden sie im Gästezimmer schlafen. Und morgen ganz in der Frühe zu der Kiefer in den Darßwald fahren. Denn um diese Zeit waren dort noch keine Menschen unterwegs. Beobachter konnten sie nicht gebrauchen.

»Und? Habt ihr die Buche gepflanzt?«, erkundigte sich Hella.

»Ja, es hat alles wunderbar geklappt.« Franzi zeigte ihnen ein Bild.

»Perfekt. Stellans Geschichte ist also gefunden und erzählt. Und ich habe schon alles Nötige eingepackt«, sagte Nele vergnügt. »Ich muss sowieso regelmäßig auf die Kiefer, die Saiten stimmen. Ich bin unglaublich gespannt, ob der Trichter des Südwinds jetzt wieder funktioniert! So richtig kann ich Jorams Voraussage ja noch immer nicht glauben.«

»So gern ich ihn mochte, mir geht es genauso«, gestand Hella. »Aber der Wald ist voller Geheimnisse, von denen wir nicht einmal die Hälfte auch nur ahnen.«

Franzi wechselte einen Blick mit Luna. Ausnahmsweise wusste sie genau, was ihre Schwester dachte.

Sie beide besaßen dank ihres Vaters die Fähigkeit, dergleichen Wundersames bei allem Wissen um die messbare Wirklichkeit für möglich zu halten. Es machte einen Teil des Zaubers aus, am Leben zu sein, den sie niemals missen mochten.

Das war Stellans Vermächtnis.

»Und wenn morgen kein Südwind weht?«, überlegte Luna.

»Zurzeit kommt er aus unterschiedlichen Richtungen. Darum habe ich ja den morgigen Tag ausgesucht. Ich habe Jakob gefragt, der lebt hier schon immer und kennt das Wetter wie kein anderer«, erklärte Nele hoffnungsvoll. »Es müsste gerade so genügen, wenn wir Glück haben.«

»Macht euch keine Sorgen«, sagte Quentin voller Gewissheit. »Er wird wehen, wie er will.«

Franzi war sich nicht sicher, was das bedeutete.

Epilog

Ich war genauso gespannt wie alle, die von der Harfe wussten. Darum versteckte ich mich im Unterholz, von wo aus ich die Kiefer gut sehen konnte. Anders als im Gespensterwald war der Bewuchs des Bodens hier dicht. Morgennebel lag noch in den feuchten Senken des Waldes. Die Sonne ging gerade erst zwischen Federwolken auf, färbte sie orange und füllte den Dunst mit einem weichen Leuchten. Alles wirkte unwirklich wie aus einem von Stellans Märchen.

Wind wehte keiner. Es war still bis auf den anschwellenden Chor der Vögel, die Stellan das Lachen des Waldes genannt hatte. Sie begrüßten mit aller Kraft den neuen Morgen, für sie zählte sonst nichts. Anders als für Hella und Quentin, die im Forsthaus gespannt auf Nachricht warteten. Anders als für Luna, Nele und Franzi, die sich in Jakobs kleinen Lastwagen geklemmt hatten. Er besaß eine Genehmigung, auf den Forstwegen zu fahren, und saß am Steuer. Auf der Ladefläche lag die lange Leiter.

Das Auto parkten sie am Leuchtturm, von dort musste man zu Fuß gehen. Ich hörte sie kommen. Unter der Kiefer blieben sie stehen und legten die Leiter an. Ich saß regungslos in meinem Versteck, aber ich war nicht das einzige aufmerksame Wesen hier. Ein Eichelhäher, der mich bemerkt hatte, stieß einen Warnruf aus, eine Amsel stimmte ärgerlich ein. Luna, die genau wusste, was das hieß, sah sich um und entdeckte mich dank ihrer scharfen Beobachtungsgabe sofort. Zum Glück erkannte sie mich gleich.

»Ach, du bist auch hier?« Sie klang nicht erstaunt.

»Ich kann mich doch erst verabschieden, wenn ich erfahren habe, was passiert«, erklärte ich und sah ihr an, dass sie mich verstand. »Außerdem muss ich wissen, wie es euch geht, bevor ich euch allein lasse.«

»Mir geht es so gut wie noch nie«, antwortete Luna und begegnete meinem prüfenden Blick offen und ohne Scheu.

»Mit wem sprichst du?«, fragte Franzi besorgt und kam nachsehen.

»Es ist nur die Autorin, die unsere Geschichte schreibt. Sie weiß sowieso alles.« Luna legte einen Arm um ihre Schwester. »Sie will nur noch hören, ob mit uns alles in Ordnung ist.«

»Ich weiß *nicht* alles!«, widersprach ich. »Zum Beispiel, ob der Trichter von Notos wieder klingen wird.«

Franzi strahlte mich an. »Mir geht es hervorragend, danke. Aber jetzt müssen wir Nele helfen! Dann werden wir das herausfinden.«

Jakob vergewisserte sich, dass die Leiter sicher an der Kiefer lehnte, die der Wind ebenso gebeugt hatte wie die Buchen im Gespensterwald und doch ganz anders. Vom Boden aus ahnte man tatsächlich nichts von der Harfe. Franzi blieb unten. »Mir wird leicht schwindlig«, gestand sie, »und außerdem ist es zu gefährlich für Marley.«

Ich traute mir den Aufstieg auch nicht zu. Luna aber war glücklich über die Gelegenheit, wieder einmal in einen hohen Baum zu klettern. Nele war als Erste oben, Luna folgte, um ihr das Werkzeug zu reichen. Nele reinigte die Saiten, entfernte trockene Kiefernnadeln aus den Resonanzkörpern, ölte das Holz an einigen Stellen nach. Dann drehte sie an der Mechanik, zupfte an den Saiten und stimmte sie mit Hilfe ihres feinen musikalischen Gehörs, so gut es ging. »Ohne Wind kann ich das nicht nachprüfen!«, klagte sie. »So ein Mist, da müssen wir wohl morgen noch einmal wiederkommen.«

Doch ich hatte den Möwen zugesehen, die über dem Meer kreisten, und bemerkte etwas. »Wartet!«, rief ich. »Seht.« Weit draußen auf dem Wasser begann sich die glatte Oberfläche leicht zu kräuseln. Es war wie ein Atemhauch, der darüber ging. Schweigend sahen wir zu, wie sich die Bewegung dem Strand näherte.

»Du hast recht! Es kommt Wind auf!«, sagte Luna leise, wie um das gemächliche Lüftchen nicht zu stören.

Das Kräuseln nahm zu, dann entstand in den Ästen ein Rauschen.

»Hast du das gemacht?«, fragte Jakob mich interessiert.

Ich zuckte mit den Schultern. Ich wusste es wirklich nicht. Man weiß nie so genau, woher die Strömungen kommen, die uns beeinflussen, ob in der Luft oder im Wasser.

»Schhh! Seid still!«, mahnte Nele von oben.

Zuerst dachten wir wohl alle, wir würden es uns einbilden, so leise und langsam trieb der tiefe, ruhige Klang herab, als würde er wie Herbstblätter von den Zweigen rieseln.

»Es ist Boreas«, sagte Luna, die um den Stamm herum spähte und die Hand ausstreckte, um das Vibrieren des Trichters zu spüren. »Der Nordwind.«

Gebannt lauschten wir. Ich hätte mich in dem geheimnisvollen Klang verlieren können, der sank und stieg wie die sanften

Hügel einer Landschaft, wie das Auf und Ab einer Lebensgeschichte. Dann wurde es wieder still. Samen einer Pappel und die letzten Dunstschwaden drehten sich auf der Lichtung nebenan in einem unschlüssigen Wirbel. Wind aus unterschiedlichen Richtungen, genau wie Jakob es vorausgesagt hatte.

»Der West- und der Ostwindtrichter schweigen weiterhin, obwohl die Saiten in Ordnung sind«, stellte Nele fest. Es klang irritiert. Doch Franzi nickte vor sich hin, und Luna lächelte in sich hinein.

Ich war froh, dass mich niemand fragte, ob die Geschichten zu jenen, die zu diesen beiden Winden fehlten, jemals gefunden werden. Denn ich weiß auch das nicht.

Und dann kam der Strudel aus Samen auf der Lichtung für einen Moment zur Ruhe. Im nächsten Augenblick aber fuhr ein launiger Windstoß darüber und wehte sie entschieden nach Norden davon.

»Notos!«, sagte Jakob wie zur Begrüßung.

Wir hörten es alle. Der hölzerne Trichter, den Stellan einst als Dank an seine Zeit im Wald gefertigt hatte, besaß wieder eine Stimme. Ein neuer, hellerer Ton schlich sich an, wurde stärker und umfing uns, warm wie der Frühsommer und freundlich wie der Südwind.

Danksagung

Auch diese Geschichte wäre nicht ohne meinen Lebensfreudegefährten Frank (www.liebke-foto.de) gelungen, der mich bei der Recherche in unseren Wunder-vollen Landschaften mit Ideen und Liebe unterstützt. Er hält alles in inspirierenden Bildern fest, auf die ich in dunklen Tagen immer wieder zurückgreifen kann. Darum: Danke, mein Kapitän und Lichtzauberer!

Den Gespensterwald haben wir sowohl im Sommer als auch bei einem Wintersturm erlebt, und es war unvergesslich.

Natürlich wäre auch die Geschichte von Franzi und Luna nicht ohne meine engagierten, treuen, herzlichen Unterstützer erzählt worden, welchen allen ein dickes DANKE gilt: meiner Lektorin Susanne Kiesow, dem gesamten Team von den S. Fischer Verlagen um Katinka Bock, die meine Bücher erst möglich machen und ihr Bestes dafür geben, auch und vor allem in diesen immer noch zunehmend schwierigen Zeiten.

Dr. Ronald Henss, der unermüdlich immer sofort Fehler aufspürt und Feedback gibt, kaum dass ein Kapitel geschrieben ist, egal was ihm sonst im Leben geschieht.

Meinen aufmerksamen und unermüdlichen Testleserinnen, der Buchbloggerin Heike Dewald (www.irveliest.wordpress. com) von »Irve liest« und meiner Freundin Christina Hinz, die mich beide auf unterschiedliche Art auch bei Zweifeln ermutigen und aufmuntern und dabei die Unstimmigkeiten im Manuskript entdecken.

Ohne unsere faszinierenden Landschaften, in denen ich die Geschichten finde, gäbe es diese Romane natürlich ebenfalls nicht. Gerade dieses Buch hätte nicht entstehen können, wenn die Buchen an der Steilküste von Nienhagen nicht so beharrlich dem Wind und allen Widrigkeiten trotzen und ein stetes Zeichen für das Leben setzen würden, das uns allen Mut machen kann.

Der größte Dank aber gilt meinen Leser/innen, die meinen Geschichten von ihrer Zeit schenken. Über alle Zuschriften, die mich auf verschiedenen Kanälen erreichen, freue ich mich sehr. Sie geben mir immer wieder die Kraft, neue Bücher zu schreiben. Danke!

Im Herbst 2023 erscheint der dritte Band
der Sehnsuchtswald-Reihe von Patricia Koelle.
Hier finden Sie eine exklusive Leseprobe.

PATRICIA KOELLE

Das Leuchten der Blätter

Roman
Sehnsuchtswald-Reihe
Band 3

Ava

Kühlungsborn

2019

1

Wenigstens hatte der Mann den scheußlichen Untersetzer mitgenommen! Den ganzen Vormittag hatte niemand außer diesem einen mürrischen Kunden den Laden betreten. Er hatte alles angefasst, unzählige Fragen gestellt und dann nur diese Keramikkachel gekauft. Ava hatte den Verdacht, dass er nur nicht wieder hinausgewollt hatte, wo ihm der wilde Seewind Sand und salzige Gischt ins Gesicht treiben würde. Sie konnte es ihm nicht übel nehmen. Schließlich war sie selbst ausnahmsweise ganz froh, hier drinnen festzusitzen. Und sie war dem Mann dankbar, dass er sie endlich von dem hässlichen Ding befreit hatte.

Schade nur, dass er sie nicht auch von dem meisten anderen Sachen erleichtern konnte, von dem sie sich hier umzingelt fühlte. Sie wünschte sich manchmal jemanden, der wie eine Märchenfigur den Zauberstab schwingen und alles um sie hinwegfegen würde. Dann bliebe ein leerer Raum, mit dem sie genau das anfangen konnte, was sie wirklich wollte.

Aber es waren ja nicht nur die allzu vielen Gegenstände, die sie belasteten, es war auch das Geflecht aus ebenso zahlreichen alten Verpflichtungen. Sie wusste keinen Ausweg, wie sie sich mit Anstand von alledem befreien konnte.

Wenigstens war jetzt Mittag. Sie hatte keine Lust, in die Wohnung hinaufzugehen und sich etwas zu Essen aufzuwärmen.

Stattdessen drehte sie das Schild an der Tür auf »Geschlossen« und machte sich auf den kurzen Weg zur Seebrücke. Das Wetter wirkte mittlerweile ein wenig freundlicher, und sie brauchte dringend frische Luft.

Der Wind wehte Bruchstücke von Musik zu ihr herüber. Wie fast immer stand ein Straßenmusikant auf dem Platz an der Seebrücke, wo sämtliche Feriengäste vorbeiströmten oder stehen blieben, um von dort aus auf das weite Meer zu blicken und die Küste entlang. Sie wechselten sich jeden Tag ab. Manche kannte sie, viele nicht, aber ob sie Saxophon spielten, Geige oder Flöte, es berührte Ava unweigerlich tief. Wenn sie zu Hause Musik hörte, funktionierte es längst nicht so wie draußen, wo sich die Melodie mit dem Rauschen der Wellen und dem Brausen des Seewinds zu einem gewaltigen, ursprünglichen Ganzen mischten, das von Freiheit erzählte und eine unbestimmte Sehnsucht in ihr weckte.

Heute stand Orje mit seiner Drehorgel dort, stellte sie fest, als sie näher kam. Er war regelmäßig hier, und neben ihm lehnte sein fröhlicher Sohn Fiete. Orje hatte mit seiner Frau Synne schon manchmal etwas in Avas Laden gekauft – aber nur die Dinge, die sie selbst auch mochte. Die beiden besaßen ein unfehlbares Auge für Schönes. Kein Wunder, denn Synne führte eine Galerie im Künstlerdorf Ahrenshoop, seit sie diese vor einer Ewigkeit von ihrer Chefin übernommen hatte. Synne hatte nie etwas anderes machen wollen. Wann immer Ava mit ihr sprach, wünschte sie sich, sie wüsste das selbst auch so genau und wäre so spürbar im Reinen mit sich. Ob ihr das eines Tages gelingen würde?

Orje winkte ihr zu, während er mit der anderen Hand die Kurbel drehte. Sie erwiderte den Gruß, wollte ihn aber nicht ablenken und steuerte auf den Fischbrötchenstand zu, wo sie sich in eine Schlange einreihen musste.

»Du auch?«, sagte eine amüsierte Stimme hinter ihr, als sie endlich bezahlt hatte und sich zum Gehen wandte.

»Enno!« Ava musste lachen. »Sieht so aus, als ob sich manche Dinge nicht ändern.«

Er zupfte sie spielerisch an einer ihrer langen Strähnen, von denen ihre Freundin Luna meinte, es wären sämtliche Braunschattierungen von Holz und Baumrinde darin. »Ja, wir hatten bei der Arbeit ja auch immer gleichzeitig Hunger. Gute alte Zeiten!«

»Stimmt, das waren sie.« Mit Enno hatte sie in demselben Betrieb ihre Ausbildung zur Elektronikerin absolviert. Die Harmonie zwischen ihnen war von Anfang an erstaunlich gewesen. Erst bei der Arbeit, später privat. Sie waren in jeder Hinsicht zusammen erwachsen geworden. Irgendwann blieben sie dann nur noch beste Freunde, alles andere war einfach vorbei. Seit Ava den Laden übernommen hatte, sahen sie sich nicht mehr so oft.

»Wie geht es Herrn Bärmühl?«, fragte sie, als auch Enno sein Brötchen erhalten hatte und sie zusammen die Promenade entlangschlenderten.

»Och, der Boss ist recht fit. Klagt nur über seine Knie, jetzt wo es etwas kühler wird.«

»Grüß ihn lieb.« Ihr ehemaliger Lehrherr und Chef war ihr in vielem ein väterlicher Ratgeber, immer noch. Vor allem, als sie den Laden hatte übernehmen müssen, war seine Erfahrung ihre Rettung gewesen.

»Mach ich. Wie geht es dir denn?«

Sie zuckte mit den Schultern. Enno kannte sie zu gut. Es hatte keinen Sinn, ihm etwas vorzumachen.

Er schüttelte den Kopf und biss in sein Brötchen. »Du hättest bei uns im Betrieb bleiben sollen. Handwerk ist dein Ding.«

»Ach, Enno, du weißt doch, dass Herr Bärmühl uns sowieso nicht mehr beide halten konnte.«

»Ja, es war schon richtig, dass er den Betrieb verkleinert hat«, gab Enno zu. »Aber wie lange willst du noch weitermachen, wovon du nicht überzeugt bist?«

»Ich bin es Frida schuldig. Ich kann ihr Lebenswerk nicht einfach so aufgeben.«

Er schnaubte. »Lebenswerk! Eine Sammlung Tinnef, nix anderes ist das, und das weißt du auch. Ich kannte Frida Nossen, vergiss das nicht. Sie würde bestimmt nur wollen, dass du glücklich bist.«

»Sie dachte immer, ich mag solche Sachen ebenso wie sie.« Ava hatte es nie über sich gebracht, ihrer »zweiten Mutter«, wie sie Frida genannt hatte, die Wahrheit zu gestehen. Frida bedeutete ihr zu viel. Jetzt alles aufzugeben fühlte sich an wie ein bitterer Verrat. Nicht nur an Frida, auch an ihrem Vater. »Vernunft ist das Wichtigste, meine tüchtige Kleine. Versprich mir, dass du immer vernünftig sein wirst! Ich möchte, dass du ein gutes, sicheres Auskommen hast«, hatte er sie immer wieder eindringlich gebeten.

Ein etabliertes Geschäft für eine vage Idee mit ungewissem Ausgang aufzugeben, fiel bestimmt nicht unter Vernunft.

»Sie ist aber nicht mehr da«, meinte Enno. »Es ist doch *dein* Leben.«

»Ja, eben. *Mein* Leben, und Frida war ein sehr wichtiger Teil davon. Für mich wird sie nie ganz fort sein!«

»Schon okay. Deine Sache.« Enno brachte selten etwas aus der Ruhe.

Leseprobe

»Und bei dir?«, fragte sie, um das Thema zu wechseln. »Bist du neulich mit diesem schwierigen Kunden fertig geworden, von dem du erzählt hast? Der, der darauf bestand, dass der Strom nicht durchfließen kann, wenn man das Kabel um die Ecke verlegt?«

»Klar.« Er knüllte das leere Papier zusammen und warf es aus der Ferne in den Papierkorb. Er traf immer. »Es gibt für die meisten Probleme eine Lösung.« Er sah Ava vielsagend und durchdringend an.

Sie sah auf die Uhr. »Ich muss zurück«, sagte sie hastig. »Mach's gut, bis dann.« Ihre Wege führten in entgegengesetzte Richtungen. Nachdem sie sich vergewissert hatte, dass er außer Sichtweite war, blieb sie an der Seebrücke stehen und lauschte Orjes Drehorgelklängen, bis sie sich wieder beruhigt hatte. Es genügte doch, wenn sie sich selbst kritisierte! Da musste Enno nicht auch noch ihre wunden Stellen beleuchten.

Die Melodie, die aus der Drehorgel erklang, kannte Ava nicht, aber sie war heiter und schwungvoll und fügte sich hervorragend in das Rauschen der Wellen ein. Und in diesen launigen, auflandigen Wind, der jetzt, Anfang September, schon nach einer Ahnung von Herbst roch. Wieder kam ihr der Vater in den Sinn. Sie hatten sich über so vieles unterhalten, als er in seinem Krankenbett lag und seine Sehkraft fast verloren hatte. »Warum habt ihr mich eigentlich Ava genannt?«, hatte sie ihn gefragt. Seltsam, als Kind hatte sie sich nie darüber Gedanken gemacht. Über vieles nicht. Sie neigte dazu, die Dinge als gegeben hinzunehmen. Das hatte ihr wohl geholfen, als sie klein war und ihre Mutter früh und plötzlich gestorben war. Seitdem sie aber als Jugendliche oft so lange bei ihrem Vater saß, dachte sie über fast alles lange nach, was ihr auf einmal erstaunlich vorkam.

»Ava bedeutet Wasser«, hatte Oswald Janning gesagt. »Deine Mutter und ich haben uns damals gedacht, Wasser ist das Kostbarste von allem. Wertvoller als alle Reichtümer der Welt, und im letzten Sonnenlicht am Abend goldener als Gold. Bei Tag spiegelt es den ganzen Himmel, wenn es will. Wasser gestaltet Landschaften. Wasser ist weich und stark zugleich. Man kann von ihm lernen. Ohne es wächst nichts, nichts Grünes und auch wir nicht. Wir wollten dich nach dem Wertvollsten nennen, was uns einfiel! Ich fand immer, es passt zu dir. Magst du den Namen nicht?«

»Doch«, hatte sie geantwortet. »Jetzt auf jeden Fall!«

Als sie nun auf das Wasser sah, dessen Wellenkämme brachen und gegen den Strand rollten, um sich mit den nachkommenden zu kreuzen und unruhige Muster zu bilden, fragte sie sich, was er gemeint hatte. Was sollte sie davon lernen? Die See wirkte ebenso aufgewühlt wie sie selbst, wenn sie nachts nicht schlafen konnte und sich hin und her warf.

Immerhin brach jetzt die Sonne durch und ließ den nassen Sand glänzen.

Die Mittagsstunde war vorüber, nun musste sie sich tatsächlich beeilen. Als sie wieder beim Laden ankam, wartete zum Glück unter dem unveränderten Schild *NosStalgie – Altes, Schönes und Inspirationen, Inhaberin Frida Nossen* trotz der Wetterbesserung kein Kunde. Dennoch hatte sie die nächsten Stunden ganz gut zu tun. Sie verkaufte eine Fußbank an eine alte Dame und einen Garderobenständer in Form einer Giraffe an ein kicherndes Pärchen. Es war doch noch ein guter Tag geworden, denn die Gegenwart der Giraffe hatte schon seit Jahren an ihren Nerven gezerrt. Das Tier hatte sie mit seinen schielenden Glasaugen so penetrant angestarrt, dass sie es irgendwann mit einer Augenbinde versehen hatte. Genau das fanden die beiden jungen Leute so originell, dass sie darauf aufmerksam geworden waren.

Eine Stunde vor Ladenschluss kehrte wieder Ruhe ein. Ava wischte lustlos Staub. Sie zögerte, dann öffnete sie den Durchgang zu einem Raum, den sie nie jemandem zeigte. Ihr eigenstes, kleines Reich, seit sie ihn nach Fridas Tod entrümpelt und neu mit dem Nötigsten eingerichtet hatte. Vielleicht hatte sie jetzt noch etwas Zeit dafür, hier tätig zu werden …

In diesem Augenblick betrat jemand den Laden. Schnell schloss sie die Tür wieder, die sie durch einen quer gestellten Schrank vor den meisten neugierigen Blicken verborgen hatte.

Die Frau öffnete die Tür mit dem Ellenbogen, denn sie trug einen großen Karton. »Mein Onkel ist gestorben. Ich habe sein Zimmer in der Residenz aufgelöst«, stieß sie außer Atem hervor und ließ die Kiste auf einen zierlichen Teewagen plumpsen, der unter dem Gewicht erzitterte. »Da habe ich mir gesagt, Vanessa, da war doch immer der Laden von der Frau Nossen für solche Fälle. Und da bist du Stammkundin, da sind die Sachen gut aufgehoben. Da kommt nichts einfach in den Müll. Die jungen Leute im Heim, wissen Sie, mit ihrer Wegwerfmentalität würden ja eiskalt alles entsorgen, das ist doch heute so, dass …« Sie strich sich eine unglaubwürdig pechschwarze Locke aus der Stirn, nahm die übergroße Sonnenbrille ab, sah Ava genauer an und stockte. »Sie sind aber nicht Frau Nossen, oder?«

»Nein. Ich bin Ava Janning, Frau Nossen war mein Vormund. Mein Beileid zum Tod Ihres Onkels.«

»Vanessa Bleichstieg.« Die Frau winkte ab. »Ach, er war weit über neunzig und schon lange nicht mehr ganz bei sich, wissen Sie. Aber seine Besitztümer wollte ich doch in Sicherheit bringen. Wer weiß, was damit passiert wäre. Diese Verschwendung heutzutage …«

»Eigentlich achten junge Menschen oft stärker auf Nachhaltigkeit als viele ältere.« Ava konnte es nicht lassen. Manche Leute brachten sie einfach auf die Palme, Kunden oder nicht. Frida hatte das nie verstanden. Sie kam mit jedem aus. »Frau Nossen ist übrigens auch verstorben.«

»Ach, wirklich? Wie schade. Aber Sie nehmen mir doch die Sachen ab, nicht wahr? Ich weiß nicht, was ich sonst damit machen soll. Und ich muss ja die Kosten der Renovierung tragen. Er hat immer wieder heimlich geraucht, der Onkel Ernst. Und auf die Wand gezeichnet, wenn der Mond darauf schien, stellen Sie sich das vor!«

Ava erwärmte sich für Onkel Ernst, blickte aber widerstrebend auf eine porzellanene Standuhr mit sehr vielen rosa Schnörkeln. »Die hatte er von seiner Mutter geerbt«, erklärte Frau Bleichstieg. »Das wertvolle Stück ist antik, und nicht nur das. Sie dürfen sich freuen, dass ich Ihnen das alles anbiete!«

»Möchten Sie dann nicht einiges von den wertvollen Dingen behalten?«, versuchte sich Ava in Diplomatie.

»Ich? Ach was, das Zeug ist viel zu hässlich! Ich meine, es passt einfach nicht zu meinem Stil«, verbesserte sie sich hastig.

Nachdem Ava den Inhalt genauer untersucht hatte, musste sie Frau Bleichwinkel sogar recht geben. Der Pfeifen-Aschenbecher in Form eines Fußballstadions, das Trinkgefäß aus echtem Kuhhorn und die Hermann-Hesse-Sonderausgabe im Ledereinband passten nicht zu ihr. Auch der schöne alte Schiffskompass nicht, und nicht die bronzene Nackte auf einer Buchstütze, die ihr unmissverständlich einen Vogel zeigte. Onkel Ernst musste ein recht vielseitig interessierter Mann gewesen sein. Ava hätte gern gewusst, was er von seiner Nichte gehalten hatte.

»Den Kompass und die Hesse-Ausgabe würde ich Ihnen zu einem angemessenen Preis abkaufen.« Ava hatte sich seit einiger Zeit vorgenommen, den Laden wenigstens nur noch mit Stücken zu füllen, deren Anblick sie nicht zu viel Selbstbeherrschung kostete. So richtig hatte es noch nicht funktioniert. Sie konnte einfach nicht nein sagen.

»Das kommt nicht in Frage! Sie nehmen alles oder gar nichts. Ich habe keine Zeit, mich noch länger damit aufzuhalten. Manche Leute müssen richtig arbeiten, wissen Sie!«

Am liebsten hätte Ava die Frau samt ihres gönnerhaften Lächelns und der rosa Schnörkel aus dem Laden geschoben. Doch sie hatte das Bedürfnis, Onkel Ernsts historischen Kompass zu retten. Und Frau Bleichstieg war nicht die Einzige ihrer Art. Wenn das Geschäft in Fridas Sinne weiterbestehen sollte, konnte Ava sich die Kunden nicht aussuchen. Es fiel ihr eben nur mit jedem Mal schwerer.

»Ist gut, aber dann nur für diesen Preis.« Sie schrieb etwas auf und reichte es der Frau, die ihn mit spitzen Fingern hochhielt.

»Wie bitte? Das finden Sie angemessen? Frau Nossen hätte so ein lächerliches Angebot niemals gewagt! Die wusste gute Ware noch zu schätzen.«

»Bestimmt«, entgegnete Ava. »Aber Frau Nossen ist tot, und ich gehöre zu der verschwenderischen jungen Generation, wissen Sie. Ich verschwende mein Geld daher lieber selbst. Für Dinge, die nicht zu hässlich für meinen Stil sind.« Sie nahm einen Schein aus der Kasse. »Ja oder nein?«

»Geben Sie schon her. So was!«

Die Tür knallte undamenhaft hinter ihr zu. Ava sah ihr erleichtert nach, dann nahm sie die Bronzefigur in die Hand und pustete den Staub fort. »Was mache ich jetzt nur mit dir? Ich hoffe, Onkel Ernst hatte mehr Freude an dir als seine Nichte ihm vermutlich gemacht hat.« Vielleicht wollte Enno sie ja haben? Herr Bärmühl und er hatten in der Werkstatt über die Jahre einige seltsame Dekorationen verteilt. »Man muss doch auch mal was zu lachen haben, Mädel«, hätte Herr Bärmühl gesagt, wenn er wieder mal was angeschleppt hatte, was er beim Pokern gewonnen hatte.

Seufzend verstaute Ava ihre Neuerwerbungen. Nur den Schiffskompass polierte sie liebevoll und wies ihm einen Ehrenplatz zu. Das war ein echtes und wirklich schönes Stück. Vielleicht würde er ihr ja irgendwann den richtigen Weg weisen.

Die Sache mit dem Mond hatte sie berührt. Licht war immer wieder die Antwort. Sie sah deutlich vor sich, wie der alte Mann in seinem Bett gelegen hatte, im Heim und allein. Wie der Mond aufgestiegen und sein Lichtkegel durch die Vorhänge geschlüpft war, wie er eine helle Spur auf die Wand gemalt hatte. Wie Onkel Ernst nach dem Stift auf seinem Nachttisch gegriffen und diese Spur nachgezeichnet hatte, damit er sich daran erinnern würde und auch bei Tag darüber freuen konnte.

Frida hätte das auch gefallen. Vielleicht traf ihre Seele ja nun irgendwo in einer anderen Daseinsform auf die von Onkel Ernst, und sie würden gemeinsam lachen, über die Frau Bleichstiegs dieser Welt und über Bronzefiguren, die immer noch jedermann fröhlich einen Vogel zeigten, auch wenn man nicht mehr da war. Und vielleicht war es dort immer so hell, dass man das Licht nie auf die Wand zeichnen musste.

2

Ava wollte den leeren Karton entsorgen, als sie in der unteren Ecke noch ein in braunes Tuch gewickeltes Päckchen entdeckte. Vorsichtig hob sie es heraus. Mittlerweile traute sie Onkel Ernst vom Wackeldackel bis zu kostbaren Meissener Sammeltassen alles zu.

Zum Vorschein kam ein breiter hölzerner Rahmen in verblichenen, abgeschabten Blautönen. Meeres- und Himmelsfarben, dachte Ava. Es war ein tiefer Rahmen, eher wie ein Kästchen, und die Front bestand aus Glas, in dem sich ihr Gesicht spiegelte. Sie trug ihren Fund ans Fenster, um erkennen zu können, was sich dahinter verbarg. »Ohhh!«, entfuhr ihr leise.

Hinter dem Glas lag eine Landschaft, aus Holz geschnitzt, so fein, dass Ava immer neue Details entdeckte. Im Hintergrund lag eine sanfte Hügelkette. Davor in ein Tal kuschelte sich ein Haus, das sowohl ein kleines Schloss sein konnte als auch ein Gutshaus, mit einigen Türmchen und vielen Fenstern, drumherum eine Handvoll wesentlich schlichtere, winzige Häuser. Dazwischen verlief ein heckengesäumter Weg mit Kurven, auf dem ein Mann mit einem Stock und einem Hund entlangwanderte. Er war nicht größer als zwei Stecknadelköpfe, und doch sah man, wie entspannt er war und dass er sich an seiner Umgebung freute und dort wohlfühlte. Im Vordergrund wuchsen Farne und Büsche und vor allem, klar erkennbar an den liebevoll ausgestalteten Blättern, eine Eiche. Ihr Stamm war mächtig, und ihre Äste breiteten sich schützend über die ganze Szene bis hin zum anderen Bildrand. Der Wanderer, so wirkte es, steuerte gemächlich darauf zu und würde sich bestimmt später am Fuße dieses Baumes ausruhen, den Rücken gegen die gefurchte Borke gelehnt. Er würde zufrieden auf seinen Weg zurückblicken und vielleicht auf das Haus, in dem er wohnte, hinter einem der vielen Fenster mit den haarfeinen Fensterkreuzen.

Der Hintergrund bestand aus braunem Pergamentpapier, alt und verblichen, darauf mit zartem Federstrich nur ein paar fliegende Vögel angedeutet, winzig in der Ferne, frei über dieser Landschaft, die alt war und doch so unverbraucht erschien, als wäre sie gestern erst gefertigt worden. Vielleicht von jemandem mit Heimweh.

In der Abendsonne warfen die Blätter, Äste, Hecken und sogar der Wanderer filigrane Schatten, und wenn Ava sich bewegte, wirkte dadurch alles lebendig. Sie glaubte, den Wind in den Eichenblättern rascheln zu hören. Gleich würde eines heruntersegeln, zu dem Wanderer auf dem Weg, und vom beginnenden Herbst erzählen …

Ava starrte auf die kleine, friedliche Welt im Glaskasten und musste schlucken. Sie wusste nicht, was sie an dieser schlichten und doch meisterhaften Darstellung so tief berührte, dass sie den Rahmen am liebsten nicht mehr loslassen wollte. Und warum sie den winzigen Wanderer beneidete und eine plötzliche schmerzliche Sehnsucht spürte, die an ihrem Innersten zerrte.

Eine Signatur des Künstlers lautete E. F. Hatte jener Onkel Ernst selbst das Kunstwerk geschaffen, hatte er es einst als kostbare Erinnerung mitgenommen, oder war es ein Geschenk einer Liebe gewesen? Sie würde es nie herausfinden, doch das machte nichts. Das Bild sprach für sich, es war eine eigene Miniaturwelt, die in sich ruhte und sich selbst genügte. Sie benötigte keine Geschichte. Sie besaß eine zeitlose Gültigkeit fern aller äußeren Umstände.

Ava trug den unvermuteten Schatz hinauf in ihre enge Wohnung im oberen Stock. Sie würde das Relief nicht verkaufen. Nie. Den Grund konnte sie nicht benennen, aber sie spürte eine eigenartige Gewissheit, dass es ihr etwas zu sagen hatte. Sie hatte nur noch keine Ahnung, was das war.

Vielleicht konnte ihre Freundin Luna etwas dazu raten, wenn sie sich wieder einmal sahen. Luna war hochsensibel und nahm Dinge wahr, die andere oft übersahen. Ava kannte Luna noch gar nicht lange, aber sie hatten vieles gemeinsam und sich sofort gut verstanden. Es war ein Glücksfall, dass sie sich begegnet waren.

Sie hatte so viele wunderbare Freunde. Luna, deren Schwester Franzi, Enno, Herrn Bärmühl, sowie einige alte Kunden und deren Kinder, mit denen sie einst in den Sommerferien am Strand gespielt hatte. Sie besaß ein Auskommen und ein Dach über dem Kopf und lebte an einem Ort, wo andere Urlaub machten und sich nicht selten den Rest des Jahres dorthin wünschten. Warum nur war sie also zunehmend unzufrieden? *Undankbar!*, hätte ihre Großmutter ausgerufen, an die sie sich nur noch dunkel erinnern konnte als eine strenge Frau mit Häubchen und der unerschütterlichen Überzeugung, alles über Moral zu wissen.

Immerhin war nun Ladenschluss. Den Gedanken von vorhin, heute noch etwas Richtiges anzufangen, gab sie auf. Dafür musste sie sich konzentrieren und mit sich selbst im Einklang sein. Dazu war sie jetzt viel zu aufgewühlt. Sie würde einmal auf die Seebrücke hinauslaufen, jetzt, wo das Kühlungsborner Gästegewühl nachließ und es ruhiger wurde bis auf das Gekreische der Möwen, die sich um Futter und Schlafplätze stritten. Danach würde sie sich eine heiße Dusche gönnen, einen Kakao und etwas Lesen im Bett. Die Wirklichkeit würde sie für heute einfach ausblenden.

Doch selbst Stunden später, als sie sich in ein altes Lieblingsbuch geflüchtet hatte, zog die Landschaft hinter Glas ihren Blick immer wieder an.

Am nächsten Tag regnete es. Gründlich. Die Straße vor dem Schaufenster lag vorerst verlassen bis auf ein paar Feriengäste, die sich, verzweifelt an ihre Schirme geklammert, beim Bäcker versorgen wollten. Dabei hätte sie gerade heute einen Tag gebrauchen können, an dem sie von morgens bis abends zu tun hatte. Selbst Kunden wie Frau Bleichstieg wären ihr lieber gewesen als Leerlauf, denn ihre innere Unruhe von gestern war im Schlaf nicht verflogen, im Gegenteil. Immer wieder starrte sie auf die liebevoll geschnitzte Landschaft, die stumm und unerreichbar hinter dem Glas lag. Aus unerfindlichem Grund machte dieses zwischen Hügel gebettete Miniaturdorf, bewacht von dem majestätischen Baum, sie tieftraurig und glücklich zugleich. Dabei spürte sie eine Leere in sich, die sie bis gestern erfolgreich mit allen möglichen Tätigkeiten und Ablenkungen gefüllt hatte, ähnlich wahllos wie Frida Nossen einst ihren Laden mit verwaisten Dingen.

Sie nahm sich vor, etwas Vernünftiges zu tun und im Keller endlich die alten Ordner auszumisten, die seit der Wiedervereinigung, aus den Anfangszeiten von Fridas Laden, dort lagerten.

Das hatte sie schon seit einer Ewigkeit tun wollen. Wenigstens jene, die dreißig Jahre alt waren. Einiges davon verstieß inzwischen ohnehin gegen den Datenschutz, und Rechnungen von damals brauchte kein Mensch mehr. Wenn sie sich nicht entschließen konnte, das Geschäft aufzugeben, dann wollte sie es wenigstens richtig führen. Dann sollte es eine Zukunft haben, und dafür brauchte sie Platz, eine gute Organisation und ein paar andere Veränderungen. Was sie machte, hatte sie immer gründlich getan – etwas anderes hätten ihr weder ihr Vater noch Herr Bärmühl durchgehen lassen. »Nu, denk da besser noch mal drüber nach, Mädel, dann findst auch den Fehler.« Wie oft hatte der sie während der Lehre so mit einem strengen Blick über ihre Schulter ermahnt.

Also ging sie entschlossen hinunter. Sie hätte gegen die kühle Stille dort und gegen das Plätschern des Wassers in der Regenrinne gern Musik eingeschaltet, aber dann hätte sie oben die Türklingel nicht gehört, falls doch ein Kunde kam. Wenn die Gäste nach einem langen Frühstück feststellten, dass kein Strandwetter war, vielleicht befiel sie dann ja aus Langeweile doch die Lust zum Stöbern.

Ava stapelte die Ordner aus dem Regal auf dem Boden und begann, sie zu sortieren. Die Schichten aus Staub obendrauf deprimierten sie, dann der Anblick von Fridas schmaler Handschrift, die gleichzeitig penibel und lebendig wirkte und ach, so vertraut! Ihr war, als müsste die herzliche Stimme ihrer zweiten Mutter gleich die Treppe herunterrufen: »Avakind, magst du heute Apfelmus mit Milchreis essen?«

Ihre »zweite Mutter«, so hatte Ava Frida schon genannt, als ihre eigene Mutter noch lebte. Da hatten sie in Wismar gewohnt. Die Ferien aber hatte sie grundsätzlich bei ihrer Patentante Frida an der Ostsee verbracht. Herrliche Zeiten waren das gewesen. Sie hatte sich dort pudelwohl gefühlt. Als ihre Mutter dann so früh gestorben war, hatte Frida wie selbstverständlich diese Rolle übernommen. Nicht nur in den Ferien, auch dazwischen war sie für Ava jederzeit erreichbar gewesen. Frida hatte alle Gespräche mit ihr geführt, die ihr Vater, selbst noch in Trauer gefangen und unbeholfen in Mädchensachen, nicht bewältigen konnte. Auch als Ava in die Pubertät kam. Frida, die selbst keine Kinder hatte, war dennoch im Umgang selbst mit Teenagern von endloser Geduld und mitfühlendem Rat. Als Ava sechzehn war und ihr Vater an Leukämie erkrankte, war es Frida, die Ava davor bewahrte, den Halt zu verlieren. Denn Ava saß damals Tag für Tag am Bett ihres Vaters und las ihm vor, erzählte von der Schule und sprach mit ihm über die Vergangenheit und das Leben im Allgemeinen.

Als Oswald Janning für immer eingeschlafen war, während Ava und Frida seine Hände hielten, erfuhr Ava, dass er Frida zu ihrem Vormund ernannt hatte. Ihren Schulabschluss hatte sie da schon gemacht, trotz allem, und zog zu Frida nach Kühlungsborn. Frida nahm sie mit so offenen Armen in ihr Leben auf, wie sie stets alles annahm, was niemand mehr haben wollte. Das war Avas Rettung.

Sie half im Laden mit, Frida zuliebe und um nicht zu viel Zeit zum Grübeln zu haben. Bis sich die Lehre bei Herrn Bärmühl ergab, einem alten Freund Fridas. Diese Zeit hatte Ava Freude gemacht. Sie durfte endlich mit den Händen arbeiten, so wie sie es sich in den langen Stunden am Krankenbett erhofft hatte. Denn schon damals, in dem ewig abgedunkelten Zimmer, war in ihr das Samenkorn einer Idee geboren und hatte sich unter aller

Traurigkeit zu einem hartnäckigen Traum entwickelt. Die Ausbildung zur Elektronikerin war ein Schritt auf dem Weg dorthin, so dachte sie sich das.

Doch dann war das Arbeiten in Herrn Bärmühls Elektrogeschäft so angenehm gewesen, auch nach ihrer Abschlussprüfung. Damals war sie ja auch mit Enno zusammen. Zu dritt bildeten sie ein lustiges und effektives Team, beliebt im ganzen Umkreis. Die volle Stundenzahl konnte Herr Bärmühl ihr dennoch nicht bezahlen, was Ava sehr recht war, denn so konnte sie weiterhin auch im Laden helfen. Frida machte das so glücklich, dass Ava ihr nie verriet, wie wenig sie diesen Wust aus den verschiedensten, oft sinnlosen Gegenständen und geschmacklosen Dingen mochte, die Frida aus Nachlässen zusammenkaufte. Sie hatte Frida so viel zu verdanken. Sie ertrug es nicht, sie zu verletzen. Wie oft hatte Frida gesagt: »Meine Ava, es ist so ein Geschenk, hier mit dir zu tun, was mir am liebsten ist, und zu wissen, dass ich nicht allein damit bin!«

Als Fridas Herz Jahre später dann so unerwartet versagt hatte, war außer Ava niemand über das Testament verwundert gewesen, in dem sie eine bescheidene Summe Erspartes erbte und vor allem den Laden. »Ich weiß, dass du mehr als fähig bist, alles in einem guten Sinne weiterzuführen, und vertraue es dir sehr gern und aus tiefer Überzeugung an«, hatte der Anwalt Fridas Begleitschreiben vorgelesen.

»Wir helfen dir mit allem Papierkram und was sonst so anfällt, ist doch klar!«, hatten Enno und Herr Bärmühl ihr versichert und sie bei der Beerdigung wie zwei besorgte Leibwächter flankiert.

Ava aber hatte niemals damit gerechnet, dass auch Frida sie irgendwann allein lassen würde. Sie hatte einfach nie darüber nachgedacht. Da nützte es auch nichts, dass sie mittlerweile über dreißig war. Frida war ihre einzige Familie. Sie war wie betäubt und hatte sich daran festgehalten, jeden Tag zu tun, was nötig war, damit das Geschäft weiterlief. Es gab ihrem Dasein Struktur und ihr einen Halt.

Inzwischen, über ein Jahr später, war diese Betäubung längst einem Gefühlscocktail gewichen, mit dem sie immer weniger fertig wurde.

Ordnung! Ordnung würde sicher helfen. Auf die äußere folgte oft auch eine innere, das hatte ihr Vater oft behauptet. »Ich hoffe, du hast recht«, murmelte Ava laut, während sie einen Papierstapel in den Schredder stopfte. Malerrechnungen aus der Zeit der Eröffnung waren zweifellos verzichtbar.

Als sie den dritten Ordner durchging, der voller Lieferscheine für längst verkaufte Beistelltische, bestickte Teemützen, Tarotkarten und afrikanische Masken war, fiel ein grellpinker Umschlag heraus, in dem es leise klirrte.

Für meine Ava stand darauf, zweimal unterstrichen.

Entgeistert starrte sie darauf, dann hob sie ihn auf. Was tat der Umschlag hier unten? Warum hatte er nicht bei dem Testament gelegen? Es sah fast aus, als hatte sie ihn erst finden sollen, wenn sie sich mit diesen Unterlagen befasste. Was ergab das für einen Sinn?

Sie nahm ihn mit hinauf. Bei jedem Schritt klirrte er, aber er wog fast nichts. Es war fast Mittag, also drehte sie das Türschild wieder auf »Geschlossen« und lief ganz nach oben. Sie trank ein Glas Wasser und setzte sich auf ihr Bett. Einen Moment saß sie still und sah auf das Dorf hinter Glas, bis sich ihr Atem beruhigt hatte. Dann öffnete sie den Umschlag.

Drinnen lag ein langes, dünnes Band aus weichem, grünem Leder, das durch einige silberne Perlen gezogen war – eine in Herzform, eine in Kleeblattform und eine, die wie eine kleine Wolke aussah. An einem Ende hing eine kurze silberne Querstange, an dem anderen war eine flache, unregelmäßig runde Scheibe mit einer Öse hinten befestigt. Ein Armband! wurde ihr nach einigem Rätseln klar. Eines von der Sorte, die man sich mehrmals um das Handgelenk schlang. Um es zu schließen, konnte man einfach die Stange durch die Öse schieben.

Ava fuhr mit dem Finger zärtlich über das weiche Material und die silbernen Glücksbringer, dann betrachtete sie den Verschluss näher. Auf der leicht gebogenen Scheibe war etwas eingraviert und die Vertiefungen geschwärzt, so dass die Zeichnung dreidimensional wirkte und deutlich zu sehen war.

Sie stellte eine hinter Hügeln aufgehende, strahlende Sonne dar. Darunter standen in fließender Schrift die Worte: *Genieße die Reise.*